TOUTES les matières

1re et 2e années

MCO

Management Commercial Opérationnel

Objectif BTS

DÉVELOPPEMENT DE LA RELATION CLIENT ET VENTE CONSEIL
ANIMATION ET DYNAMISATION DE L'OFFRE COMMERCIALE
Armelle LIARD
Séverine SÉGUY-MASSON

GESTION OPÉRATIONNELLE
MANAGEMENT DE L'ÉQUIPE COMMERCIALE
Nicolas BLOCH

CULTURE ÉCONOMIQUE, JURIDIQUE ET MANAGÉRIALE
Bruno BONNEFOUS
Marc GÉRONIMI
David LECCIA

CULTURE GÉNÉRALE ET EXPRESSION
Émilie DHÉRIN

ANGLAIS
Corinne DENIS

hachette
ÉDUCATION

Découvre les conseils des SHERPAS pour réussir ton année !

Envie de mettre toutes les chances de ton côté pour réussir ton BTS ? Comme les guides des expéditions dans l'Himalaya, les Sherpas t'accompagnent pour gravir la montagne du BTS et son sommet, l'insertion pro !
Sur ta route, 20 étapes pour progresser, découvrir le monde de l'entreprise et être bien dans tes baskets. C'est parti ! 🚀

Nos techniques magiques ✨

1. Devenir productif et efficace : nos méthodes de productivité
2. Comment prendre des notes rapides et efficaces ?
3. Comment faire un bon exposé et passer à l'oral ?
4. Bannir les fautes d'orthographe les plus courantes
5. Comment faire un planning et être super organisé ?
6. Comment te motiver quand tu as la flemme de travailler ?
7. La méthode imparable pour gérer un projet de groupe
8. 6 techniques de mémorisation pour tout retenir
9. 7 techniques de Jedi pour réviser efficacement

Vise le mont "Entreprise" ⛰️

10. Déjouer les questions pièges en entretien d'embauche
11. 10 conseils pour réussir un bon CV
12. Les *do/don't* d'une lettre de motivation
13. Comment trouver le stage de tes rêves ?

Prépare ton sac 🎒

14. 14 apps de productivité pour étudiant
15. Comment être à l'aise à l'oral ?
16. 40 templates pour faire une présentation PPT au top

Bien dans tes baskets 👟

17. Comment prendre confiance en toi ?
18. Comment gérer ton stress le jour J ?
19. 9 astuces pour bien dormir
20. Comment gérer ton argent en tant qu'étudiant ?

Tu ne peux pas scanner les QRcodes ?
Tape dans ton navigateur : pxlme.me/KSK5yMs5

Sommaire

TABLEAU « RÈGLEMENT D'EXAMEN » DU BTS MCO

Intitulés et coefficients des épreuves et unités			Voie scolaire dans un établissement public ou privé sous contrat, CFA ou section d'apprentissage habilité. Formation professionnelle continue dans les établissements publics habilités		Formation professionnelle continue dans les établissements publics habilités à pratiquer le CCF étendu		Voie scolaire dans un établissement privé, CFA ou section d'apprentissage non habilité. Formation professionnelle continue dans les établissements publics non habilités ou en établissement privé, enseignement à distance, candidats justifiant de 3 ans d'expérience professionnelle	
Épreuves	**Unité**	**Coef.**	**Forme**	**Durée**	**Forme**	**Durée**	**Forme**	**Durée**
E1 Culture générale et expression	U1	3	Ponctuelle écrite	4 h	CCF 3 situations d'évaluation		Ponctuelle écrite	4 h
E2 Communication en langue vivante étrangère	U2	3						
Sous-épreuve E21 : Compréhension de l'écrit et expression écrite	U21	1,5	Ponctuelle écrite	2 h	CCF 2 situations d'évaluation		Ponctuelle écrite	2 h
Sous-épreuve E22 : Compréhension de l'oral, production orale en continu et en interaction	U22	1,5	CCF	20 min. (* 20 min.)	CCF 1 situation d'évaluation		Ponctuelle orale	20 min. (* 20 min.)
E3 Culture économique, juridique et managériale	U3	3	Ponctuelle écrite	4 h	CCF 2 situations d'évaluation		Ponctuelle écrite	4 h
E4 Développement de la relation client et vente conseil et Animation, dynamisation de l'offre commerciale	U4	6						
Sous-épreuve E41 : Développement de la relation client et vente conseil	U41	3	CCF		CCF		Ponctuelle orale	30 min.
Sous-épreuve E42 : Animation et dynamisation de l'offre commerciale	U42	3	CCF		CCF		Ponctuelle orale	30 min.
E5 Gestion opérationnelle	U5	3	Ponctuelle écrite	3 h	Ponctuelle écrite		Ponctuelle écrite	3 h
E6 Management de l'équipe commerciale	U6	3	CCF		CCF		Ponctuelle écrite	2 h 30 min.
EF1 Communication en Langue vivante (**)	UF1		Ponctuelle orale	20 min. (* 20 min.)	Oral	20 min. (* 20 min.)	Ponctuelle orale	20 min. (* 20 min.)
EF2 Parcours de professionnalisation à l'étranger	UF2		Ponctuelle orale	20 min.	Oral	20 min.	Ponctuelle orale	20 min.
EF3 Entrepreneuriat	UF3		Ponctuelle orale	20 min.	Oral	20 min.	Ponctuelle orale	20 min.

(*) Temps de préparation.
(**) La langue vivante étrangère choisie au titre de l'épreuve facultative est obligatoirement différente de celle choisie au titre de l'épreuve obligatoire. Seuls les points au-dessus de la moyenne peuvent être pris en compte.

Introduction aux épreuves ADOC et DRCV

COMPRENDRE EN VIDÉO Retrouvez tous nos tutos vidéos sur notre chaîne YouTube « Objectif BTS Hachette ».

COURS

1 Quel stage professionnel réaliser en unité commerciale ?

Le choix du lieu de stage constitue un enjeu très important dans la réussite à l'examen dans la mesure où c'est le lieu de stage qui va vous permettre de valider toutes les compétences attendues au BTS MCO.

1 L'importance de décrocher un bon stage

COMPRENDRE EN VIDÉO *Le savoir-être en entreprise*

• Le stage constitue le support des deux épreuves orales professionnelles du BTS MCO :
– l'épreuve de DRCV (Développement de la relation client et vente conseil) ;
– l'épreuve de ADOC (Animation et dynamisation de l'offre commerciale).

N.B. **: chacune de ces épreuves a un coefficient 3, d'où l'enjeu important pour vous de performer lors de ces épreuves orales !**

• Si vous préparez le BTS en formation initiale dans un lycée public ou privé sous contrat avec l'État, vous serez évalué(e) en CCF (contrôle en cours de formation) tout au long de vos deux années de BTS. Si vous préparez le BTS en contrat de professionnalisation ou dans un centre de formation, vous serez évalué(e) à la fin de votre deuxième année de BTS en contrôle ponctuel.

• Quelles que soient les modalités d'évaluation, il s'agira pour vous de réaliser votre stage (ou votre contrat de professionnalisation) au sein d'une unité commerciale dans laquelle vous pourrez :
– mettre en place les activités vous permettant de valider les compétences visées par ces épreuves ;
– entretenir de bonnes relations avec votre tuteur afin de pouvoir disposer des informations nécessaires à l'élaboration des dossiers supports de ces épreuves.

2 Où réaliser son stage en BTS MCO ?

• Vous devez réaliser votre stage ou votre contrat dans une unité commerciale physique (ex. : un magasin) ou virtuelle (ex. : un site Internet) où le client potentiel peut accéder à une offre de biens ou de services (en magasin, en showroom ou bien sur la page du site Internet). **Vous ne devez pas choisir une unité commerciale dont l'activité principale est de prospecter le client par téléphone, par courrier ou en porte-à-porte.**

Astuce

Avant de signer une convention de stage ou un contrat de professionnalisation, demandez un entretien à votre tuteur/tutrice afin de vous assurer que vous pourrez mener des activités validant les compétences visées, et que vous pourrez également en obtenir des preuves.

• Cette unité commerciale peut être indépendante (ex. : magasin indépendant de prêt-à-porter de votre ville) ou bien faire partie d'un réseau (ex. : magasin Etam de votre ville) ; elle peut appartenir à n'importe quel secteur d'activité.

Exemples d'unités commerciales

Grande distribution	Hypermarché Auchan, supermarché Carrefour Market, supérette Monoprix.
Grande surface spécialisée	Leroy Merlin, Decathlon, Kiabi, Gémo, Norauto, King Jouet, Boulanger.
Petite surface spécialisée	Jules, Sephora, Grain de malice, Swatch, magasin indépendant de décoration.
Services	Agence de la Société Générale, cabinet d'assurances AXA, agence de location Avis.

• Le stage peut avoir lieu dans une ou deux unités commerciales proposant des biens et/ou des services à une clientèle de particuliers ou de professionnels (utilisateurs, prescripteurs, revendeurs) et d'une taille suffisante (minimum une personne) pour justifier le recours à un technicien supérieur. Il peut se dérouler partiellement ou totalement à l'étranger.

3 Objectifs et compétences visés par les épreuves orales

	DRCV	ADOC
Objectifs	• Avoir une bonne connaissance de l'unité commerciale au sein de son réseau. • Être opérationnel à l'issue du stage en tant qu'assistant du manager. • Prendre en responsabilité des activités courantes au sein de l'unité commerciale. • Interroger et exploiter le système d'information commerciale (collecte, mise à jour ou exploitation de données).	
Compétences visées	• Assurer la veille informationnelle. • Réaliser des études commerciales. • Vendre. • Entretenir la relation client.	• Élaborer et adapter en continu l'offre de produits et de services. • Organiser l'espace commercial. • Développer les performances de l'espace commercial. • Mettre en place la communication commerciale. • Évaluer l'action commerciale.
Support de l'épreuve	Un dossier composé : • de fiches activités couvrant les compétences de l'épreuve ; • d'annexes illustratives (documents internes de l'unité commerciale, productions personnelles).	

• Pour ces deux épreuves, l'information recueillie sur l'unité commerciale, sur son réseau, sur la place de l'unité commerciale au sein de son réseau et sur ses performances est ESSENTIELLE. Vous vous engagez à ne pas les divulguer.

• Des rencontres régulières avec votre tuteur vous permettront de renseigner le dossier.

2 Quel est l'esprit des épreuves orales professionnelles ?

Les épreuves orales professionnelles (DRCV et ADOC) prennent appui sur le(s) stage(s) réalisé(s) en entreprise et sur les observations de situations professionnelles. Il faut bien comprendre l'esprit de ces épreuves à fort coefficient (3 pour chacune) pour les réussir.

1 L'importance de bien rédiger les fiches d'activité

Voir p. 10

• Chaque compétence validée sera présentée dans une **fiche d'activité** dont la méthodologie générale est expliquée dans cette même partie. Des exemples sont ensuite donnés pour illustrer cette méthodologie dans les parties DRCV et ADOC.

• Ces fiches, **sous forme numérique**, seront regroupées dans un dossier DRCV et dans un dossier ADOC puis envoyées au service des examens quelques semaines avant les épreuves. Elles seront ensuite consultées par le jury avant votre arrivée pour l'oral.

Attention !

Il est donc très important de respecter une méthodologie rigoureuse et structurée.

2 L'illustration des méthodologies avec des annexes

• La présentation d'annexes lors des épreuves orales professionnelles n'est pas obligatoire mais fortement **recommandée**.

• Vos annexes devront être **présentées de manière claire et professionnelle**. Elles vous permettront, par ailleurs, d'animer votre oral et d'illustrer vos propos.

3 Une même structure dans le déroulement des deux épreuves orales

Les épreuves orales de DRCV et ADOC suivent exactement le même déroulement en forme ponctuelle : une première partie de présentation du ou des contextes des activités (10 minutes) et une seconde partie d'entretien avec le jury (20 minutes). La seule différence entre ces deux épreuves porte sur les compétences à valider.

4 La présentation d'un diaporama pour la première partie de l'oral

Votre diaporama de présentation devra décrire **le ou les contextes d'activités (unités commerciales) ainsi que l'activité réalisée ou observée pour chacune des compétences à valider.**

5 La mise en évidence du digital

La digitalisation faisant partie intégrante du programme du BTS MCO, vous devrez **insister dans vos méthodologies sur les outils digitaux mobilisés** : logiciels internes, stratégie omnicanale de l'unité commerciale, réseaux sociaux, etc.

3 Comment constituer ses dossiers professionnels ?

Les dossiers professionnels constituent le support de vos deux épreuves orales professionnelles. Ils vont permettre au jury de valider chacune des compétences attendues au travers des fiches de situations professionnelles. La qualité de rédaction de ces fiches sera mesurée en fonction de la richesse des activités conduites mais aussi de votre rigueur dans la méthodologie suivie.

1 Le contenu des dossiers professionnels

• Les dossiers professionnels sont constitués de l'ensemble des fiches de situations professionnelles vécues ou observées, en unités commerciales ou en établissement de formation.

• Ces dossiers doivent être obligatoirement sous une forme numérique et seront remis au jury sous cette forme lors des épreuves.

Remarque

Le nombre de pages de chaque dossier n'est pas imposé. En revanche, aucune annexe ne doit y figurer. Les annexes seront apportées le jour de l'examen.

2 Ce qui est attendu

• Chaque fiche de situation professionnelle doit rendre compte des éléments suivants :

– la (ou les) compétence(s) mobilisée(s) ;

Exemple Bloc 1 DRCV « Assurer la veille informationnelle »

– la date et la durée de l'activité ;

Exemple Activité menée le 10 janvier 202N, pendant 3 heures.

– le contexte professionnel ;

Exemple L'enseigne HEMI est une enseigne britannique proposant des produits du quotidien à bas prix. L'offre est répartie en plusieurs univers tels que Décoration, Enfant et Alimentation. Mon unité commerciale évolue sur un marché très concurrentiel et afin de maintenir sa compétitivité, elle doit régulièrement procéder à une veille de son marché et de ses concurrents.

– les objectifs que vous souhaitiez atteindre. Attention à bien décrire les objectifs quantitatifs mais aussi qualitatifs ;

– la méthodologie que vous avez utilisée pour les atteindre. Pensez à décrire chacune des étapes précisément et associez autant que possible les outils numériques utilisés ;

– les moyens et les techniques mis en œuvre. Récapitulez les différents outils que vous avez utilisés (numériques ou autres) mais aussi les techniques maîtrisées et liées aux deux blocs de compétences DRCV et ADOC ;

– les résultats que vous avez obtenus. N'oubliez pas de faire le lien avec les objectifs énoncés plus haut et de montrer les écarts entre objectifs et résultats.

• Toutes ces fiches devront être accessibles par le jury sous forme numérique, ce qui suppose que vous vous rendiez aux épreuves avec un outil numérique (ordinateur ou tablette).

Conseil

Vous trouverez la description de chacune de ces fiches dans les pages suivantes de l'ouvrage.

4 Comment construire une fiche de situation professionnelle ?

Cette maquette est la forme que vous devez respecter pour présenter vos fiches de situations professionnelles. Il est nécessaire que vos fiches soient uniformes.

LYCÉE .... – BTS MCO – SESSION 20xx
Épreuve E41 OU E42
FICHE DE SITUATION PROFESSIONNELLE *(recto-verso)*

Les numéros des fiches doivent suivre l'ordre des compétences de vos deux blocs.

Nom et prénom de l'étudiant :	**N° de la fiche :**
Intitulé précis de l'activité :	

Vous devez choisir un titre qui correspond à l'activité réalisée et non à celui de la compétence.

COMPÉTENCES DÉCLARÉES PAR L'ÉTUDIANT

Vous devez lister la ou les sous-compétence(s) mobilisées dans le cadre de la situation professionnelle, sans forcément viser la totalité des sous-compétences.

RECOURS AUX OUTILS NUMÉRIQUES

Vous devez lister les outils numériques professionnels utilisés et préciser à quelles occasions vous y avez eu recours.

Vous devez ensuite présenter les informations suivantes :

– **Date et durée de l'activité :** vous devez indiquer la date et la durée précises de l'activité (en intégrant les phases de préparation, de déroulement et de suivi).

– **Contexte professionnel de l'activité :** après avoir rappelé rapidement (en 2 lignes maximum) le contexte de la situation (unité commerciale, établissement de formation ou autre), vous devez décrire le cadre dans lequel s'est déroulée votre activité (à savoir tous les éléments qui peuvent justifier cette activité).

Exemples Une baisse du flux clients, l'arrivée d'un nouveau concurrent, une opération commerciale, l'absence d'un membre de l'équipe, la période de l'année, etc.

– **Objectifs poursuivis :** il est important d'utiliser des verbes d'action pour décrire des objectifs précis.

- **Objectifs qualitatifs :** ici, tous les objectifs sont non chiffrés.

Exemples Améliorer la satisfaction de la clientèle, proposer un produit répondant au besoin du client, rendre un rayon plus attractif, etc.

- **Objectifs quantitatifs :** ici, tous les objectifs sont chiffrés.

Exemples Augmenter le degré de satisfaction de la clientèle de 10 %, accroître le chiffre d'affaires de 3 % par rapport à N – 1, atteindre un taux de transformation de 53 %, etc.

– **Degré d'autonomie :** il peut être total ou partiel. S'il est total, vous avez mené l'activité de A à Z ; s'il est partiel, vous avez reçu l'assistance de votre manager ou de son adjoint.

Exemple Pour réaliser cette activité, j'ai construit le questionnaire de satisfaction en autonomie mais j'ai reçu l'aide de collaborateurs pour l'administration et le traitement de l'enquête.

Astuce
Pour plus de clarté, le déroulement de l'activité peut être décrit à l'aide d'un tableau.

– **Déroulement de l'activité :**

La méthodologie utilisée *Vous décrirez ici les différentes étapes de votre activité en prenant soin de détailler la préparation, l'exécution et le suivi.*	Les moyens et techniques mis en œuvre *Il s'agit de décrire précisément les méthodes utilisées. Vous devez montrer que votre activité a été menée avec méthodologie et que vous maîtrisez les notions de DRCV ou d'ADOC nécessaires à l'activité.*	Annexes envisagées (lister les supports visuels de présentation) *Vous préciserez ici quelles annexes vous prévoyez de montrer lors de votre oral afin d'illustrer les différentes étapes méthodologiques. Indiquez un numéro et un titre pour chaque annexe.*
1 Préparation de l'activité		
2 Exécution de l'activité		
3 Suivi de l'activité		

Astuce
Prévoyez autant de lignes que d'étapes dans l'activité.

– **Moyens et techniques mis en œuvre :** vous devez lister les différents outils créés ou utilisés durant cette activité.

Exemples Utilisation de Google Forms pour l'administration et le traitement de l'enquête, consultation du *book merchandising*, création d'une base de données clients.

– **Résultats obtenus :** ici, il s'agit de relier les résultats obtenus aux objectifs fixés et indiqués en haut de la fiche.

- **Résultats quantitatifs.**

Exemple Le chiffre d'affaires a augmenté de 2 %, soit un écart de – 1 point par rapport à l'objectif fixé de 3 %.

- **Résultats qualitatifs.**

Exemple Le produit proposé répondait aux attentes du client en termes de budget et de caractéristiques techniques.

5 Où trouver l'information pour enrichir ses dossiers professionnels ?

La richesse de vos dossiers repose, en grande partie, sur la qualité des informations qui les composent. Cette information devra donc être **actualisée et de source fiable**. Certaines informations présentées pourront être **brutes**, c'est-à-dire directement issues de l'unité commerciale. D'autres informations pourront être **traitées** par vos soins puis présentées dans des documents de synthèse issus de votre production personnelle.

1 Les sources et les types d'informations

	Types d'informations	Sources d'informations
Groupe d'appartenance	• Historique du groupe. • Organisation du groupe. • Implantation. • Stratégie, etc.	• Tuteur. • Directeur régional. • Site institutionnel du groupe. • Presse économique (*Le Monde*, *Les Echos*, *Le Figaro*, etc.). • Presse spécialisée (*Capital*, *Management*, *Stratégies*, etc.). • Sites Internet d'information.
Réseau de l'unité commerciale	• Activité, organisation, taille du réseau. • Implantation nationale/internationale. • Clientèle ciblée : professionnelle et/ou particulière. • Positionnement du réseau. • Communication/culture d'entreprise.	• Site institutionnel du réseau. • Site intranet du réseau. • Rapport d'activité. • Presse professionnelle spécialisée (*LSA*, *Points de Vente*, *Marketing magazine*, etc.). • Magazine interne du réseau, etc.
Unité commerciale	• Localisation géographique/attractivité de l'unité commerciale. • Zone de chalandise/profil des habitants de la zone (voir l'Outil d'aide à la création d'entreprise – Odil de l'Insee –, www.insee.fr/fr/information/1401383). • Politique de produit : offre de produits et de services, politique de marque, etc. • Politique de prix (stratégie, promotions, etc.). • Politique de distribution (canal, méthode de vente, etc. • Politique de communication (communication nationale/communication locale ; programme de fidélisation, etc.). • Étude des concurrents directs et indirects (cartographie des concurrents, relevés de prix, positionnement, etc.).	• Tuteur. • Entretiens avec le directeur régional. • Entretiens avec les membres de l'équipe. • Observation sur le terrain. • Relevés de prix. • Étude de la concurrence. • Étude du profil de la clientèle potentielle (site Insee, onglet Odil pour recueillir des informations sur les caractéristiques des habitants de la zone). • Zone de chalandise : www.creer-zone-de-chalandise.fr ou www.oalley.fr • Étude de satisfaction de la clientèle (réalisée par le réseau ou par vos soins).

	Types d'informations	Sources d'informations
Unité commerciale	• Étude de la clientèle (profil, motivations et freins, segmentation de la clientèle, etc.). • Étude des performances commerciales : – en distribution : étude des tableaux de bord (CA, panier moyen, taux de transformation, indice de vente, etc.) ; – en banque : étude des tableaux de bord (PNB global, PNB par produit, par conseiller ou par segment client, etc.). – à comparer avec la moyenne du réseau, les objectifs, l'année N – 1, etc.	• Tableaux de bord et diverses informations à disposition (salle de pause, etc.).

Lors de vos périodes en entreprise, munissez-vous d'un carnet et pensez à noter toutes les informations que vous jugerez importantes.

Astuce

Votre téléphone vous permettra également de recueillir des preuves de vos activités **à condition que vous ayez l'autorisation par votre tuteur de l'utiliser à cette fin.**

2 Les outils numériques au service de votre veille

• Votre évaluation aux épreuves d'ADOC et de DRCV portera également sur votre utilisation régulière des outils numériques pour mener vos activités et pour réaliser votre veille informationnelle sur votre réseau et/ou votre unité commerciale.

• Pour mener celle-ci, plusieurs outils s'offrent à vous :

– **les alertes sur Internet : Google ou Alerti**. Google Alerts est un service qui envoie un e-mail ou une alerte lorsqu'une nouvelle page Web, correspondant aux mots-clés que l'on a choisis, apparaît dans les résultats Google. Pour savoir comment créer une alerte Google, n'hésitez pas à chercher des tutoriels. Certains sont bien expliqués (exemple : vidéo « Créer une alerte Google » sur la chaîne YouTube Exaprint) ;

– **les agrégateurs de flux RSS : Netvibes ou Feedly :** un **agrégateur de flux RSS**, aussi appelé un lecteur de flux (ou *reader*), est soit une application Web, soit un logiciel, soit un module intégré à une messagerie qui permet d'afficher sur une page Web personnalisable les nouveautés des sites/blogs sur lesquels on fait de la veille ;

– **les outils de curation comme Pearltrees ou Scoop-it :** la curation est une activité qui consiste à identifier des sources de contenus (sites, blogs, médias sociaux), à en extraire les contenus les plus pertinents et à les présenter sous la forme d'une agrégation thématique sur un média Web distinct des sources d'origine. Des tutoriels existent afin de savoir comment bien utiliser ces outils de curation ;

– **les newsletters, les réseaux sociaux, les sites d'avis en ligne.** Ces outils complémentaires permettent d'enrichir votre veille informationnelle en collectant principalement les retours clients.

6 Comment se préparer aux dix premières minutes des épreuves orales ?

Vous trouverez ci-après un tableau qui vous permettra de ne rien oublier lors des dix premières minutes de présentation des épreuves orales et de proposer au jury une présentation animée par des annexes.
À votre arrivée, le jury ne dispose que de votre dossier numérique composé de l'ensemble des fiches d'activités. À vous d'animer votre oral !

Grille de lecture du tableau :

- **Colonne « Je dis » :** les éléments que vous devez dire à l'oral. **Attention :** cette colonne est à compléter par vos soins de manière à adapter votre discours à votre contexte professionnel ;
- **Colonne « Je montre » :** l'ensemble des documents que vous pouvez produire pour illustrer votre discours (liste non-exhaustive).

COMPRENDRE EN VIDÉO — *Comment réaliser un bon Powerpoint*

Les différentes parties de votre dossier	Je dis	Je montre	Annexes numérotées
	Bonjour Je me présente	Je lance ma présentation animée sur mon ordinateur (Powerpoint, Prezi, etc.) avec la photo de la vitrine de mon unité commerciale.	Annexe 1
Introduction	Je dis le nom de mon unité commerciale, de mon réseau, où elle se trouve, et dans quel univers/rayon j'ai travaillé.	Photo de mon univers ou de mon rayon Plaquette de l'entreprise	Annexe 2 Annexe 3
I Les contextes géographique et organisationnel de mon unité commerciale			
• **Le contexte géographique**	Mon UC se situe à : • Ville • Axes routiers, moyens de transport, etc. • Zone de chalandise : zone primaire, secondaire, tertiaire et méthode de construction (isochrone ou isométrique).	Présentation carte géographique avec localisation de mon UC et ses moyens d'accès. Zone de chalandise permettant de visualiser l'UC. COMPRENDRE EN VIDÉO — *La zone de chalandise*	Annexe 4 Annexe 5
• **L'organisation matérielle de l'UC**	• Les horaires sont…. Nous ouvrons le dimanche car nous sommes en zone touristique et nos jours d'ouverture sont… • Nous disposons de nombreux facteurs d'ambiance comme… Le réseau nous impose des CD musicaux et un certain nombre de visuels… • L'agencement de notre UC respecte les codes de l'enseigne (couleurs, mobilier, etc.).	Photo Photo des éléments communs aux UC du réseau. Plan de masse du point de vente avec sens de circulation de la clientèle.	Annexe 6 Annexe 7 Annexe 8

Les différentes parties de votre dossier	Je dis	Je montre	Annexes numérotées
• **L'organisation matérielle de l'UC (suite)**	• Notre surface de vente se répartit sur x m² et de la manière suivante : … Nous pouvons constater les zones chaudes et les zones froides qui se localisent ainsi…	Plan de masse avec zones chaudes et froides	Annexe 9
II Le contexte commercial			
• **La clientèle**	• Le profil type de la clientèle est…	Présentation du profil du client et/ou de la segmentation des clients.	Annexe 10
	• La clientèle se répartit de la façon suivante : …	Tableau ou graphique avec la part de chaque catégorie de clientèle en % (diagramme circulaire).	Annexe 11
• **L'offre de l'UC**	• Nous proposons un assortiment (**large, étroit, profond ou peu profond**) et notre positionnement est (**spécialiste, généraliste**).	Catalogue de l'UC	Annexe 12
	• Nous offrons également des services associés au produit principal, comme….	Tableau ou graphique avec les types de produits (et/ou services), leur part dans le CA.	Annexe 13
• **Les concurrents**	• Nos concurrents sont nombreux, ou peu nombreux sur notre zone de chalandise, et principalement dans la zone primaire.	Présentation de la zone de chalandise en situant les principaux concurrents directs, voire indirects	Annexe 14
	• Leurs assortiments sont similaires au nôtre, ou se distinguent comme vous pourrez le constater, par leurs catalogues.	Catalogues + tableau synthétique des concurrents étudiés sur différents aspects.	Annexe 15
III Les différentes activités professionnelles	Je vais maintenant vous présenter succinctement les différentes activités que j'ai menées.	Les différentes fiches d'activités professionnelles (FAP)	Ne présenter aucune annexe lors des « dix minutes »

7 Quelles sont les questions du jury sur le réseau et l'unité commerciale ?

Vous trouverez ci-dessous une liste de questions fréquemment posées par le jury. Cette liste n'étant pas exhaustive, elle balaye néanmoins un grand nombre de thèmes pouvant faire l'objet de questions.

1 Les questions sur le réseau

Questions du jury	Éléments de réponses
1 Quels liens votre unité commerciale a-t-elle avec son réseau ?	Liens au niveau de l'assortiment, de la communication, du recrutement, des performances à réaliser, etc.
2 Quelle est la forme de commerce de votre réseau ?	Il peut s'agir d'un réseau intégré, d'un réseau associé, d'un réseau mixte.
3 Quel est le positionnement de votre réseau ?	Le positionnement peut être haut de gamme, moyen de gamme, bas de gamme.
4 Quelle est l'autonomie de votre unité commerciale face au réseau ?	L'autonomie peut être totale, partielle ou nulle.
5 Quel rang votre unité commerciale occupe-t-elle dans son réseau ?	Le rang peut être calculé en terme de chiffre d'affaires sur le secteur, la région et la France.
6 Quelle est la stratégie de prix adoptée par votre réseau ?	Le réseau peut avoir adopté une politique d'alignement, d'écrémage ou de pénétration.
7 Quelle est la stratégie de distribution de votre réseau ?	La stratégie de distribution peut être intensive, sélective ou exclusive.
8 Quelle est la politique de communication de votre réseau ?	La communication peut être média et/ou hors média.

2 Les questions sur l'unité commerciale

Questions du jury	Éléments de réponses
1 Quelle a été votre méthode de construction de la zone de chalandise ?	• Construction à partir des codes postaux des clients lors de leurs passages en caisse. • Construction à partir de courbes isométriques (distance) ou à partir de courbes isochrones (temps). • Distinction entre les trois zones : zone primaire, zone secondaire, zone tertiaire.

Questions du jury	Éléments de réponses
2 Caractérisez la concurrence de votre unité commerciale.	• Concurrence directe (mêmes biens et services que l'UC). • Concurrence indirecte (biens ou services de substitution). ***N.B.*** : la concurrence peut être interne (unité commerciale du même réseau).
3 Caractérisez la clientèle de votre unité commerciale.	• Segmentation de la clientèle. • Profil de la clientèle (sexe, âge, lieu d'habitation, etc.). • Motivations et freins de la clientèle. • Comportement d'achat (**exemple avec la méthode RFM** : Récence, Fréquence, Montant).
4 Caractérisez l'offre de votre unité commerciale.	• Assortiment (largeur, profondeur). • Politique de marque (marques nationales, marques distributeurs, etc.). • Services associés. • Marchandisage (organisation, gestion, séduction).
5 Quelle est la politique de prix de votre unité commerciale ?	• Stratégie de prix (pénétration, alignement, écrémage). • Politique promotionnelle de l'unité commerciale.
6 Quelle est la politique de distribution de votre unité commerciale ?	• Unité commerciale physique et/ou virtuelle. • Existence d'un site marchand (particularité des UC *click and mortar*). • Méthode de vente : libre-service, libre-service assisté, vente conseil, vente à distance.
7 Quelle est la stratégie de communication de votre unité commerciale ?	• Communication du réseau (média et hors média). • Communication locale de l'unité commerciale. • Programme de fidélisation de la clientèle.
8 Quelle est la politique d'approvisionnement de votre unité commerciale ?	• Elle s'appuie sur une centrale d'achats, des producteurs locaux, les deux.
9 Quelle est la politique digitale de votre unité commerciale ?	• La politique digitale de l'unité commerciale fait appel au *click and collect*, aux tablettes en magasins.

8 La « *To do list* » pour réussir ses épreuves orales professionnelles

Votre réussite aux épreuves orales professionnelles est subordonnée à une bonne préparation matérielle et personnelle. Cette liste est un allié précieux pour vous !

1 La préparation matérielle : que mettre dans mon sac ?

1. Ma convocation et une pièce d'identité en cours de validité.

2. Mon support informatique : ordinateur portable, tablette.

- **Conseil 1 :** classer les fichiers par dossier pour bien les retrouver lors de l'oral.

> **Exemple** Un dossier DRCV et un dossier ADOC avec, à l'intérieur de chaque dossier, un dossier par compétence.

- **Conseil 2 :** enregistrer votre dossier sur le disque dur de votre support numérique **ET** sur une clé USB en cas de problème informatique.

Attention

La batterie de votre support numérique doit être chargée avant votre oral (pas de possibilité de se relier à une prise de courant lors de l'examen).

- **Conseil 3 :** présenter un support informatique « professionnel » (pas de photo de vacances ou de votre chien en fond d'écran).
- **Conseil 4 :** prendre un support numérique que vous avez l'habitude d'utiliser car le jury sera amené à vous faire manipuler cet outil lors de l'oral.

3. Mon dossier complet imprimé et toutes les annexes papier que vous jugerez utiles.

- **Conseil 5 :** imprimer l'intégralité du dossier pour en disposer en cas de problème informatique : support du Powerpoint, annexes classées par dossier, etc.

4. Une trousse et une calculette : le jury peut être amené à vous demander de procéder à un calcul lors de l'oral.

2 La préparation personnelle : comment se détendre sans perdre d'énergie ?

- **Conseil 6 :** bien repérer les détails pratiques liés à l'épreuve : le lieu de l'examen, la durée du trajet, le moyen de transport adéquat, l'heure de départ (prévoir d'arriver 30 minutes avant l'heure de convocation), etc.
- **Conseil 7 :** opter pour une tenue professionnelle, propre et soignée : tenue vestimentaire, coiffure, rasage, ongles, etc.
- **Conseil 8 :** se détendre la veille au soir et juste avant l'examen avec des exercices de respiration ventrale et se répéter une phrase motivante que vous aurez choisie pour vous préparer au mieux physiquement à cette épreuve orale.

Astuce

Dans certaines régions et particulièrement en Île-de-France, il faudra prévoir les aléas liés aux embouteillages et aux retards dans les transports en commun, éventuellement arriver la veille de l'examen en cas de lieu d'examen trop éloigné du domicile.

> **Exemples de phrases**
>
> « Il faut toujours viser la lune car même en cas d'échec, on atterrit dans les étoiles. » (Oscar Wilde)
>
> « Ils ne savaient pas que c'était impossible alors ils l'ont fait. » (Mark Twain)

Développement de la relation client et vente conseil

Présentation de l'épreuve E41

Développement de la relation client et vente conseil (DRCV)

Dossier numérique et personnel + entretien
Coefficient : 3

1 Les objectifs de l'épreuve

- Cette épreuve est une sous-épreuve de l'épreuve E4.
- La sous-épreuve E41 a pour objectif d'évaluer les compétences du bloc n° 1 « Développer la relation client et assurer la vente conseil » :

– assurer la veille informationnelle ;
– réaliser des études commerciales ;
– vendre ;
– entretenir la relation client.

2 Les modalités de l'épreuve

Toutes les candidates et tous les candidats ne sont pas évalués de la même façon.

A Le contrôle en cours de formation (CCF)

- Si vous êtes dans un établissement habilité à valider l'épreuve en **CCF**, vous la passerez de cette manière.
- **La sous-épreuve s'appuie sur un dossier faisant référence aux situations professionnelles que vous avez vécues ou observées au cours de votre formation**, y compris en milieu professionnel. Ce dossier, **numérique**, vous est personnel. Vous devez l'avoir rédigé et constitué. Chaque compte rendu d'activité présent dans le dossier est accompagné de l'évaluation qui a été faite par votre ou vos professeurs.
- Une commission d'évaluation est chargée d'apprécier le degré de maîtrise des compétences relevant du bloc n° 1. Cette commission est composée d'un professeur de Développement de la relation client et vente conseil et ayant en charge votre suivi pendant vos activités professionnelles et d'un professionnel.
- L'évaluation donne lieu à une **note sur 20**.

B La forme ponctuelle

- Si vous passez cette épreuve sous la **forme ponctuelle, elle se déroulera à l'oral** et durera **30 minutes**.
- La sous-épreuve comprendra **deux temps** :

– pendant 10 minutes maximum, vous présenterez le ou les contexte(s) des activités professionnelles que vous avez réalisées et les compétences mobilisées dans ce cadre, sans être interrompu(e). Vous devrez, à cette occasion, **nécessairement utiliser une présentation numérique** ;
– pendant le temps restant, la commission d'évaluation vous interrogera sur chacune des compétences du bloc n° 1.

- La commission d'évaluation est composée d'un professeur en charge d'enseignements professionnels en STS Management Commercial Opérationnel et d'un professionnel.

- La sous-épreuve repose sur un **dossier numérique personnel** rédigé et constitué par vos soins.

- Le dossier est remis au jury **en format numérique**. L'ensemble des comptes-rendus des activités réalisées devra être accessible par le jury lors de l'épreuve. Vous vous présentez à l'épreuve **avec l'équipement numérique permettant d'accéder au dossier et de le consulter**. En dehors du dossier fourni au jury avant l'épreuve, vous pouvez apporter le jour de l'épreuve **tout document que vous estimez pouvoir venir en appui de votre prestation**.

- L'évaluation donne lieu à une **note sur 20 points**.

3 Le dossier numérique

- L'épreuve nécessite que vous rédigiez un **dossier numérique devant comporter les descriptifs de situations professionnelles** vécues en unité commerciale ou au cours de votre formation.

- Il rend compte, **pour chaque activité réalisée**, des éléments suivants :

– la (ou les) compétence(s) mobilisée(s) ;
– la date et la durée ;
– le contexte professionnel ;
– les objectifs poursuivis ;
– la méthodologie utilisée ;
– les moyens et les techniques mis en œuvre ;
– les résultats obtenus.

4 Les critères d'évaluation

- Les techniques et outils de la veille commerciale sont appropriés.
- L'information produite est fiable et pertinente pour la prise de décision.
- Les méthodologies d'études sont adaptées au contexte.
- Les résultats des études sont exploitables.
- La démarche de vente conseil est pertinente
- Les attentes du client et leurs évolutions sont prises en compte.
- Les techniques de fidélisation mises en œuvre sont adaptées.
- Les objectifs de vente, de fidélisation et d'accroissement de la valeur client sont atteints.
- La communication est mise en œuvre au service de l'efficacité relationnelle.

1 Assurer la veille informationnelle

Activité gagnante : l'analyse d'un marché

L'analyse d'un marché consiste à rechercher, analyser et exploiter les informations liées à ce dernier avec l'enjeu majeur d'y rester compétitif.

1 Le déroulement de l'activité

Attention

Vous prendrez modèle sur la fiche 4 **de la partie introductive aux deux épreuves** (→ p. 10).

• **Vous devez donner un nom précis à votre activité** en précisant la nature du marché.

Exemple

Analyse du marché des objets de décoration.

• **La date et la durée de l'activité.** Vous devez indiquer précisément la date et la durée de l'activité, en intégrant la collecte et le traitement des informations, l'analyse, etc.

Exemple

J'ai réalisé l'analyse du marché du 10 au 28 février N.

• **Le contexte professionnel de l'activité.** Vous devez décrire précisément le cadre et les circonstances de cette activité : vous réalisez votre stage au sein de l'unité commerciale X. Cette unité commerciale dépend du marché Y. Vous êtes amené à réaliser une analyse du marché Y en termes d'offre, de demande et d'environnement afin de mieux connaître ce marché.

Exemple

L'enseigne HEMI est une enseigne britannique proposant des produits du quotidien à bas prix. L'offre est répartie en plusieurs univers tels que Décoration, Enfant et Alimentation. Pour pouvoir mettre en œuvre la compétence « Assurer la veille informationnelle », j'ai été amené(e) à réaliser une analyse du marché représentatif de l'offre de mon unité commerciale, à savoir les objets de décoration.

• **Les objectifs poursuivis.** Vous distinguerez les objectifs qualitatifs et les objectifs quantitatifs que vous présenterez avec *des* verbes d'action.

– **Objectifs qualitatifs** : dans cette activité, les objectifs qualitatifs sont de trois ordres : le comportement d'achat de la clientèle, la connaissance de la structure de l'offre et les caractéristiques de l'environnement du marché.

Exemples

- Caractériser le comportement des consommateurs sur le marché (motivations, freins, moments et lieux d'achat, etc.).
- Caractériser la structure de l'offre (producteurs, distributeurs).
- Identifier les éléments de l'environnement ayant une influence sur le marché.

– **Objectifs quantitatifs** : les objectifs quantitatifs sont exclusivement des objectifs chiffrés. Dans cette activité, les objectifs sont liés à l'évolution du marché en termes d'offre et de demande.

Exemples

- Mesurer l'évolution du marché en termes de demande (dépenses des consommateurs, etc.).
- Mesurer l'évolution du marché en termes d'offre (parts de marché, ventes en volume, etc.).

• **Le degré d'autonomie.** Votre autonomie peut être totale si vous n'avez pas été assisté au cours de votre activité, ou partielle si vous avez été assisté lors de certaines étapes de l'activité.

Exemple

Dans cette activité, mon degré d'autonomie a été total, de la collecte d'informations à l'élaboration du rapport d'étude.

La méthodologie utilisée	Les moyens et techniques mis en œuvre	Les annexes à présenter
1 Préparation de l'activité		
Recherche des informations utiles	Vous devez décrire précisément votre mode d'organisation pour collecter les informations : outils numériques de collecte (Google, Google Alerts, Netvibes, Pearltrees, etc.), autres sources documentaires (site Web du syndicat professionnel du marché concerné, presse spécialisée, etc.).	**Annexe 1** : le tableau de recherche des informations avec les liens Web
Sélection et hiérarchisation des informations	• Vous devez expliquer à partir de quels critères vous avez sélectionné et hiérarchisé les informations collectées. • Vous pourrez choisir trois critères de classement : la fiabilité, la pertinence et la récence de l'information, puis vous établirez un *scoring* pour aboutir à un tableau des informations structuré par composante (offre, demande et environnement).	**Annexe 2** : le tableau de classement des informations par composante du marché
2 Déroulement de l'activité		
Analyse de l'offre	• Vous expliquerez ici la manière dont vous avez structuré votre analyse de l'offre. • Vous analyserez pour cette composante : les produits et services, les producteurs, les distributeurs, les concurrents, etc.	**Annexe 3** : la synthèse structurée de l'analyse de l'offre
Analyse de la demande	• Vous décrirez précisément comment vous avez organisé votre analyse de la demande. • Vous structurerez votre travail en deux axes : l'axe qualitatif (comportement d'achat du consommateur) et l'axe quantitatif (quantités achetées, progression de la demande, etc.).	**Annexe 4** : la synthèse structurée de l'analyse de la demande
Analyse de l'environnement	• Vous devez analyser les éléments de l'environnement ayant une influence sur votre marché. • Vous pourrez réaliser cette analyse à partir du modèle PESTEL.	**Annexe 5** : la synthèse structurée de l'analyse de l'environnement selon le modèle PESTEL
3 Suivi de l'activité		
Élaboration du diagnostic Opportunités/Menaces du marché	Vous expliquerez ici comment vous procédez à l'élaboration du diagnostic Opportunités/Menaces à partir des synthèses élaborées précédemment.	**Annexe 6 :** le diagnostic des opportunités et des menaces

La méthodologie utilisée	Les moyens et techniques mis en œuvre	Les annexes à présenter
Rédaction d'une synthèse sur le marché	Il s'agit ici de mettre en évidence dans une synthèse les éléments les plus significatifs de l'analyse du marché. Cette synthèse précisera l'état de santé du marché et ses perspectives d'avenir.	**Annexe 7 :** la synthèse sur l'analyse du marché
Élaboration du dossier d'analyse de marché et remise au tuteur	Vous préciserez ici sous quelle forme vous avez rendu compte de votre travail auprès de votre tuteur : remise d'un dossier d'étude, animation d'un debriefing lors d'une réunion, etc.	**Annexe 8 :** le plan du rapport d'étude

• **Les résultats obtenus.** Vous reprendrez ici les éléments clés de votre analyse du marché en termes d'offre, de demande et d'environnement. Vous conclurez avec votre synthèse sur cette analyse du marché.

2 Les méthodologies de l'activité

A L'annexe 1 : le tableau de recherche des informations avec les liens Web

Sources	Offre	Demande	Environnement
Internet (navigateur, alerte ou flux RSS, site institutionnel, etc.)			
Documents (documents internes, presse spécialisée, etc.)			

Remarque

Vous préciserez les sources avec les liens Web ou les noms des supports, des titres, etc.

B L'annexe 2 : le tableau de classement des informations par composante du marché

Informations collectées sur… *(préciser ici le sujet de l'information et sa source)*	**Fiabilité de l'information** *(apprécier si l'information collectée est issue d'une source fiable)*	**Pertinence de l'information** *(apprécier si l'information collectée est utile pour le thème d'étude)*	**Actualité de l'information** *(apprécier si l'information collectée est actualisée)*
Thème	**Origine de la source**	**Intérêt du contenu**	**Date de l'information**
Exemple Les parts de marché par circuit de distribution sur le marché du prêt-à-porter.	Source : *LSA* (magazine spécialisé reconnu par la profession). * * *	Cette information permet de mettre en évidence l'importance des différents circuits de distribution. * * *	Septembre 2015 L'information n'est pas très récente. * *
		OFFRE	
		DEMANDE	
		Au niveau qualitatif	
		Au niveau quantitatif	
		ENVIRONNEMENT	

Remarque

Vous pourrez dans chaque case « noter » l'information par un système de scoring : */**/*** ou 1/2/3.

C L'annexe 3 : la synthèse structurée de l'analyse de l'offre

L'analyse de l'offre doit être structurée en **quatre parties** :

1. les produits et les services ;
2. les producteurs : combien ? Qui ? Quelle part de marché (en volume et en valeur, absolue et relative) ?
3. les distributeurs (canaux utilisés, etc.) ;
4. les concurrents directs/indirects (leur positionnement, leur part de marché, etc.).

D L'annexe 4 : la synthèse structurée de l'analyse de la demande

L'analyse de la demande est structurée en **deux parties** :
– **sous l'angle quantitatif :** quantités achetées, panier moyen, etc. ;
– **sous l'angle qualitatif :**
- le profil du consommateur (âge, revenu, lieux de consommation, etc.) ;
- le comportement d'achat (fréquence, moment d'achat, etc.) ;
- le parcours client ;
- les facteurs d'influence : prescripteurs, influenceurs, etc.

E L'annexe 5 : la synthèse structurée de l'analyse de l'environnement

L'analyse de l'environnement est réalisée **à l'aide de la grille d'analyse PESTEL** :
– **Politique** : politique fiscale, aides et subventions, décisions politiques, etc. ;
– **Économique** : cycles économiques, inflation, taux de chômage, etc. ;
– **Social** : démographie, culture, niveau d'étude, etc. ;
– **Technologique** : nouvelles découvertes, dépenses publiques en R&D, etc. ;
– **Écologique** : traitement des déchets, protection de l'environnement, etc. ;
– **Légal** : normes et sécurité, lois, droit du travail, etc.

F L'annexe 6 : le diagnostic des opportunités et des menaces

Le diagnostic peut être réalisé à l'aide de la grille suivante :

	Opportunités	Menaces
Offre		
Demande		
Environnement		

G L'annexe 7 : la synthèse sur l'analyse du marché

- Vous rédigerez une synthèse structurée par composante du marché.
- Vous conclurez par les perspectives d'évolution du marché.

H L'annexe 8 : le plan du rapport d'étude

- Vous remettrez un rapport d'étude à votre tuteur.
- Il comprendra :

– une page de garde avec l'intitulé de votre analyse de marché, le nom de l'unité commerciale, vos nom et prénom, les dates de réalisation ;
– un sommaire du rapport avec la pagination de chaque partie ;
– l'analyse de l'offre selon le plan de l'annexe 3 ;
– l'analyse de la demande selon le plan de l'annexe 4 ;

– l'analyse de l'environnement selon le plan de l'annexe 5 ;
– le diagnostic des opportunités et des menaces du marché ;
– votre synthèse sur le marché ;
– les annexes : tableaux de collecte et de sélection de l'information, sources, etc.

3 Les questions du jury les plus courantes concernant la compétence « Assurer la veille informationnelle »

Questions	Éléments de réponses
① En quoi les critères de fiabilité, de pertinence et d'actualité de l'information sont-ils justifiés pour sélectionner l'information ?	Ces trois critères constituent les qualités fondamentales d'une information. La fiabilité témoigne de la qualité de la source choisie. La pertinence vérifie si l'information répond exactement à la question posée. L'actualité nous incite à utiliser une information datée et actualisée.
② Connaissez-vous d'autres critères de qualité de l'information ?	• **L'accessibilité** : ce critère vérifie si l'information est facilement exploitable, si son accès est libre et éthique. • **L'économie** : il convient de vérifier si l'information est gratuite ou payante.
③ En matière de collecte d'informations, l'unité commerciale est confrontée à une nouvelle loi relative au RGPD. Quels sont les objectifs de cette loi ?	La loi sur le RGPD (Règlement général de protection des données) du 25 mai 2018 s'inscrit dans la continuité de la loi Informatique et Libertés de 1978. Le RGPD a **trois objectifs principaux** : • renforcer le droit des personnes ; • responsabiliser les acteurs traitant les données ; • crédibiliser le RGPD en renforçant la coopération entre les autorités européennes de protection des données.
④ Concrètement, quelles sont les obligations du responsable de l'unité commerciale en matière de RGPD ?	**Le responsable a quatre obligations** : • constituer un registre de traitement des données (une fiche par activité recensée) ; • trier les données en vérifiant leur réelle nécessité ; • respecter le droit des personnes en les informant sur l'usage fait des données ; • sécuriser les données collectées.

4 Les autres activités « valeurs sûres »

Si vous n'avez pas la possibilité de mettre en place une analyse de marché pour valider la compétence « Assurer la veille informationnelle », d'autres activités vous sont proposées ci-dessous :
– une veille concurrentielle sur la zone de chalandise ;
– un relevé de prix de la concurrence ;
– la création/la mise à jour d'une fiche client de la base de données ;
– une veille informationnelle.

2 Réaliser et exploiter des études commerciales

Activité gagnante : l'étude de la concurrence

L'étude de la concurrence consiste à procéder à une veille de vos concurrents afin de mettre en place des actions qui permettront à votre unité commerciale de rester compétitive sur son marché local.

1 Le déroulement de l'activité

Attention

Vous prendrez modèle sur la fiche 4 **de la partie introductive aux deux épreuves** (→ p. 10).

• **Vous devez donner un nom précis à votre activité.** Il ne s'agit pas de parler d'étude sans dire précisément de quelle étude il s'agit.

Exemple

L'étude de concurrence de l'unité commerciale HEMI.

• **La date et la durée de l'activité.** Vous devez indiquer précisément la date et la durée de l'activité.

Exemple

L'activité s'est déroulée du 20 mars 2020 au 15 avril 2020.

• **Le contexte professionnel de l'activité.** Ici, le contexte professionnel doit être décrit avec précision et il doit correspondre à l'activité. Il ne s'agit pas seulement de décrire l'unité commerciale et son contexte mais aussi de décrire le contexte de l'activité « Étude de la concurrence ».

Exemple

L'enseigne HEMI est une enseigne britannique proposant des produits du quotidien à bas prix. L'offre est répartie en plusieurs univers tels que Décoration, Enfant et Alimentation. Mon unité commerciale évolue sur un marché très concurrentiel et, afin de maintenir sa compétitivité, elle doit régulièrement procéder à des études de la concurrence. Mon tuteur m'a chargé de cette étude.

• **Les objectifs poursuivis.** Vous devez préciser ici les objectifs que vous souhaitez atteindre grâce à cette activité. Les objectifs sont de deux types : qualitatifs et quantitatifs.

– **Objectifs qualitatifs** : dans cette activité, les objectifs qualitatifs sont pour l'essentiel des objectifs de connaissance des concurrents. Cette connaissance se fera par le biais d'observations.

Exemple

Mieux connaître mes concurrents afin de maintenir un avantage concurrentiel sur eux.

– **Objectifs quantitatifs** : Les objectifs quantitatifs sont **exclusivement** des objectifs chiffrés. Dans cette activité, les objectifs quantitatifs correspondent au nombre de concurrents étudiés.

Exemple

Étudier 6 concurrents directs et 3 concurrents indirects dans ma zone de chalandise primaire.

• **Le degré d'autonomie.** Votre autonomie peut être totale si vous n'avez pas été assisté au cours de cette étude par votre manager (ou son adjoint) ou partielle si vous avez été assisté lors de certaines étapes.

Exemple

Autonomie totale : l'étude a été menée par mes soins depuis la définition des objectifs jusqu'à la rédaction et la présentation du rapport d'étude à mon tuteur et à l'équipe de vente.

La méthodologie utilisée	Les moyens et techniques mis en œuvre	Les annexes à présenter
	1 Avant l'étude	
Définition des objectifs et des modalités de l'étude	• Vous devez décrire ici la méthodologie que vous avez suivie pour définir les objectifs et les modalités de l'étude. Vous avez peut-être consulté votre tuteur pour cela. N'hésitez pas à faire un compte-rendu de votre rendez-vous. Les objectifs d'une étude de la concurrence sont doubles : – délimiter précisément la concurrence directe et indirecte de l'unité commerciale ; – évaluer les forces et les faiblesses de la concurrence afin d'en tirer des enseignements et des améliorations possibles pour notre unité commerciale.	**Annexe 1** : le compte-rendu du rendez-vous tuteur (objectifs et modalités de l'étude)
Identification des concurrents directs et indirects sur ma zone de chalandise	• Vous devez répertorier l'ensemble des concurrents directs et indirects sur votre zone de chalandise. • Vous déterminerez précisément leur activité (types de clients ciblés, offre proposée, zone géographique touchée).	**Annexe 2** : la carte de la zone de chalandise avec la localisation des différents concurrents ainsi que votre UC **Annexe 3** : la fiche d'identité de chaque concurrent
Construction d'une grille d'analyse de la concurrence	• Il s'agit ici de construire une grille multicritères qui vous permettra de visiter les points de vente concurrents et de les comparer à partir de critères identiques. Vous confronterez ces analyses avec l'analyse que vous ferez à l'aide de la même grille de votre propre unité commerciale. • Vous expliquerez ici : – quels critères vous avez retenus ; – quel système de *scoring* (notation) vous avez choisi.	**Annexe 4 :** la grille d'analyse de la concurrence vierge
	2 Pendant l'étude	
Visites des différents concurrents	• Vous décrirez ici comment vous avez procédé pour effectuer les différentes visites. **Astuce !** La technique du client-mystère est la meilleure pour ce genre d'étude. En effet, ne sachant pas qui vous êtes, l'équipe de vente du point de vente concurrent se comporte le plus naturellement possible. De la même façon, faites visiter votre point de vente par quelqu'un de votre entourage qui n'est pas connu de votre équipe de vente.	**Annexe 5** : les différentes grilles d'analyse renseignées après l'observation des concurrents **ET** de votre UC

La méthodologie utilisée	Les moyens et techniques mis en œuvre	Les annexes à présenter
	3 Après l'étude	
Construction du rapport d'étude	• Vous décrirez ici votre méthodologie de construction du rapport de l'étude que vous remettrez à votre tuteur. • Vous conclurez en précisant quel est le concurrent le plus dangereux en indiquant son score.	**Annexe 6 :** le rapport d'étude de la concurrence
Présentation à l'équipe des conclusions	• Vous présenterez votre compte-rendu à l'équipe. • Ici, vous expliquerez comment vous avez choisi une date, un créneau horaire pour réunir l'équipe, comment vous vous êtes assuré de la disponibilité de tous. Astuce ! C'est le moment de montrer que vous utilisez les TIC. Vous pouvez utiliser Doodle (agenda partagé) pour organiser la réunion – www.doodle.com. • Vous vous assurerez également à cette étape de la disponibilité d'une salle de réunion.	**Annexe 7 :** le compte-rendu à l'équipe **Annexe 8 :** le mail à l'équipe **Annexe 9 :** l'impression écran du Doodle

• **Les résultats obtenus.** Vous distinguerez ici les résultats quantitatifs et les résultats qualitatifs. Vous les comparerez aux objectifs poursuivis et indiqués au début de la fiche. Vous calculerez, le cas échéant, les écarts.

2 Les méthodologies de l'activité

A L'annexe 1 : la définition des modalités de l'étude et le repérage des contraintes éventuelles

Vous préciserez dans un document les différents éléments liés aux modalités de l'enquête :
– **les objectifs de cette étude :** pourquoi menez-vous cette enquête ?
– **les lieux de l'étude :** à l'intérieur du magasin, devant le magasin, etc. ;
– **la durée de l'étude et les moments de visite des concurrents :** moment de la semaine, moment de la journée, etc. ;
– **l'équipe d'observateurs :** êtes-vous seul à visiter ou avez-vous des collaborateurs ?
– **le mode de l'étude :** client-mystère ou autre.

B L'annexe 2 : la carte de la zone de chalandise

• Vous présenterez la zone de chalandise de votre UC et positionnerez dessus les différents concurrents directs et indirects.

• Vous pouvez utiliser des logiciels spécifiques comme oalley.fr.

C L'annexe 3 : la fiche d'identité des concurrents (à dupliquer autant de fois que de concurrents)

NOM DU CONCURRENT :	
Adresse :	
Jours et heures d'ouverture :	
Offre proposée :	
Type de clients ciblés :	
Concurrent direct ou indirect :	

D L'annexe 4 : la grille d'analyse des concurrents

Vous devez construire une grille qui permette d'évaluer la dangerosité des concurrents à différents niveaux (accueil, offre produits, offre services, aménagement du point de vente, etc.).

Exemple de grille

CRITÈRES	ITEMS	NOTATION	POINTS	TOTAL
Facilité d'accès	Balisage	Oui Non	1 0	
	Embouteillage fréquent à proximité	Oui Non	1 0	
	Transports en commun	Oui Non	1 0	
			TOTAL SUR	
Emplacement	Facilité de stationnement	Parking du magasin À proximité Difficultés	2 1 0	
	Présence d'une locomotive (magasin qui attire la clientèle comme un hyper)	100 à 500 m 500 à 1 km + 1 km	2 1 0	
			TOTAL SUR	
			TOTAL GLOBAL	

E L'annexe 5 : le rapport d'étude de la concurrence

Le rapport d'étude doit respecter la structure suivante :

– **Page 1 : Partie 1 Méthodologie**

A) Identification des concurrents directs et indirects

B) Localisation sur la zone de chalandise (= carte)

C) Méthode de récolte des informations (face-à-face, téléphone, client mystère, etc.)

D) Critères de comparaison retenus et justification de la notation

– **Page 2 : Partie 2 La grille d'analyse vierge**

– **Page 3 et suivantes : Les grilles complétées d'analyse de la concurrence** (une par concurrent)

– **Dernière page : Synthèse**

Points forts des concurrents	Points faibles des concurrents

Atouts de notre UC par rapport aux concurrents	Faiblesses de notre UC par rapport aux concurrents

Scores obtenus par les différents concurrents
X : **Y :** **Z :** etc.
Conclusion
Le plus dangereux et son score

Remarque
Il n'y a pas de méthodologie spécifique pour les annexes 7, 8 et 9.

3 Les questions du jury sur l'activité

Questions	Éléments de réponses
❶ Comment avez-vous délimité votre zone de chalandise ?	• À l'aide du fichier clients, à l'aide des clients encartés. • Techniquement, à l'aide du site Oalley par exemple. • J'ai utilisé des courbes isochrones (en fonction du temps de trajet) ou isométriques (en fonction de la distance).
❷ Comment avez-vous construit votre grille d'analyse de la concurrence ?	• J'ai défini certains critères qui me semblaient importants à évaluer pour mesurer la dangerosité des concurrents. • J'ai affecté à ces critères des points de façon à pouvoir calculer un score pour chaque concurrent et identifier le plus dangereux.
❸ Comment avez-vous mené votre tournée de visites ?	• **En marguerite** : dans ce type de tournée, l'UC est au centre de la zone des concurrents à visiter. La zone est divisée en secteurs (pétales) dans lesquels sont planifiées les tournées. • **En spirale** : le point de départ de la tournée escargot (ou spirale) est l'UC. Le client-mystère organise ses visites en suivant le tracé d'une spirale. • **En zigzag** : le client-mystère organise sa tournée autour d'un axe central. Il commence par le concurrent le plus éloigné de son UC pour terminer par le plus proche.

4 Les autres activités « valeurs sûres »

D'autres activités peuvent également être menées pour valider cette compétence comme :
– effectuer un relevé de prix auprès de la concurrence ;
– réaliser une analyse de la zone de chalandise ;
– étudier la demande sur le marché ;
– étudier l'offre sur le marché ;
– analyser des outils de communication de la concurrence ;
– réaliser une veille commerciale sur un produit ou un service.

3 Vendre dans un contexte omnicanal

Activité gagnante : la vente d'un produit ou d'un service dans un contexte omnicanal

La vente dans un contexte omnicanal est caractérisée par les différentes possibilités qui s'offrent au client pour réaliser son achat. Le magasin physique n'est plus le seul lieu d'achat mais d'autres lieux de vente prennent de plus en plus d'essor (Internet, téléphone, réseaux sociaux, etc.).

1 Le déroulement de l'activité

Attention Vous prendrez modèle sur la **fiche 4 de la partie introductive aux deux épreuves** (→ p. 10).

• **Vous devez donner un nom précis à votre activité.** Il ne s'agit pas de parler de vente sans dire précisément de quelle vente il s'agit.

Exemple La vente du produit X.

• **La date et la durée de l'activité.** Vous devez indiquer précisément la date et la durée de l'activité.

Exemple L'activité s'est déroulée le 20 mars 2020 et a duré 2 heures, de 13 heures à 15 heures.

• **Le contexte professionnel de l'activité.** Il ne s'agit pas seulement de décrire l'unité commerciale et son contexte mais aussi de détailler le contexte de l'activité « Vente ».

Exemple L'enseigne HEMI est une enseigne britannique proposant des produits du quotidien à bas prix. L'offre est répartie en plusieurs univers tels que Décoration, Enfant et Alimentation. Dans mon unité commerciale située dans le centre commercial Beausoleil, la vente est en libre-service. Pour pouvoir mettre en œuvre la compétence « Vendre dans un contexte omnicanal », j'ai profité d'une opération commerciale imposée par le réseau.

• **Les objectifs poursuivis.**

– **Objectifs qualitatifs :** dans cette activité, les objectifs qualitatifs sont pour l'essentiel des objectifs de satisfaction client. Cette satisfaction découlera d'une prise en charge efficace du client grâce au respect des différentes phases de l'entretien de vente et à la mise en œuvre d'outils d'aide à la vente. Cette satisfaction pourra également passer par l'omnicanalité de la vente (commande *via* le smartphone).

Exemple Satisfaire le client en découvrant ses besoins et son profil, en lui proposant un produit et/ou un service adapté et en réfutant les objections opposées, en l'accompagnant sur le site Internet via son smartphone si la vente n'est pas possible de manière physique (**ex.** : taille manquante en point de vente).

– **Objectifs quantitatifs :** dans cette activité, les objectifs de vente peuvent se mesurer en chiffre d'affaires à atteindre, en nombre de ventes à effectuer sur une période donnée.

Exemple Réaliser plus de ventes que l'année précédente, le même jour, sur la même tranche horaire, soit au moins 2 produits de plus et un objectif de CA de 200 € en deux heures.

• **Le degré d'autonomie.** Votre autonomie peut être totale si vous n'avez pas été assisté au cours de votre vente par votre manager (ou son adjoint) ou partielle si vous avez été assisté lors de certaines phases de la vente.

Exemple Autonomie totale : la vente a été menée par mes soins depuis l'accueil du client jusqu'à la conclusion de la vente.

La méthodologie utilisée	Les moyens et techniques mis en œuvre	Les annexes à présenter
① Avant la vente : la construction des Outils d'Aide à la Vente (OAV)		
Construction de la fiche produit	• Vous devez expliquer quelle a été votre méthode pour construire une fiche caractéristique du produit à vendre. • Où avez-vous trouvé les informations sur le produit ? • Comment les avez-vous sélectionnées et comment les avez-vous structurées dans une fiche produit ?	**Annexe 1** : la fiche produit
Préparation d'un plan de découverte	• Vous devez expliquer comment vous avez construit cet outil d'aide à la vente. • Ce plan de découverte doit vous permettre de découvrir à la fois le client et ses mobiles d'achat, mais également ses besoins. • Il doit donc impérativement faire apparaitre les questions au client selon la technique de l'entonnoir (des questions les plus larges aux questions les plus précises). **Attention !** Vous en êtes au stade de la construction des Outils d'Aide à la Vente. Vous ne pouvez pas encore le compléter avec les réponses du client puisque la vente n'a pas encore eu lieu.	**Annexe 2** : le plan de découverte « vierge »
Construction d'un argumentaire de vente	• Cet argumentaire doit permettre de lister les différents arguments de vente du produit que vous souhaitez proposer. • Il doit être structuré selon la méthode Caractéristiques/Avantages /Preuves et chaque argument doit être rattaché à un profil client de la typologie SONCAS.	**Annexe 3 :** l'argumentaire de vente du produit
Préparation de l'objectionnaire	Vous devez préparer, en amont de la vente, les différentes objections que le client peut vous opposer. Y réfléchir et les identifier permet de mieux les réfuter. En conséquence, vous devez prévoir dans cet outil les objections et également les réfutations, en fonction des différents profils de clients.	**Annexe 4** : le guide de traitement des objections

La méthodologie utilisée	Les moyens et techniques mis en œuvre	Les annexes à présenter
	2 Pendant la vente	
L'accueil du client	Il doit se faire à l'aide de techniques. Cette étape est importante car elle doit permettre de créer un climat favorable pour la vente. Elle doit respecter quatre étapes : – regarder le client afin de lui montrer l'intérêt qu'on lui porte ; – lui sourire en guise de bienvenue ; – le saluer, c'est un signe de politesse ; – le prendre en charge en lui demandant en quoi vous pouvez l'aider.	
La découverte du client	• À l'aide du plan de découverte préparé en amont de la vente, vous devez découvrir le profil du client et ses besoins. • Il s'agit ici d'utiliser le plan de découverte vierge et de le compléter avec les réponses du client. Vous prendrez soin de mettre les réponses et mots-clés correspondant aux besoins et au profil du client, en surbrillance. De cette façon, vous conclurez cette phase (preuves à l'appui) par le profil client et les besoins de votre client. **Exemple** À l'issue de la phase de découverte, j'ai pu déterminer que mon client avait un profil « Argent » grâce aux mots prononcés. Il a d'autre part exprimé ses besoins qui sont…	**Annexe 5 :** le plan de découverte renseigné des réponses du client
L'argumentation	Vous devez ici proposer le produit qui correspond le mieux aux besoins du client en argumentant sur les caractéristiques du produit qui sont les *plus* proches du profil client. **Exemple** Un client au profil « Argent » sera sensible à l'argument « Prix ».	**Annexe 6 :** l'argumentaire réduit aux arguments correspondant à votre client
Le traitement des objections	Vous traiterez ici les objections qui vous sont opposées par votre client.	**Annexe 7 :** le guide de traitement des objections réduit aux objections opposées par votre client
La proposition d'un produit/service complémentaire et la conclusion de la vente	Une fois toutes les objections traitées, vous proposerez un produit complémentaire et vous conclurez la vente lorsque vous aurez repéré les signaux verbaux (le client pose des questions de détail, par exemple) et non verbaux (il sourit, il se détend).	**Annexe 8 :** la facture ou le ticket de caisse, par exemple
	3 Après la vente	
Le suivi des ventes	D'un point de vue quantitatif, vous rendrez compte de la performance des ventes (CA) à l'aide d'un tableau de bord.	**Annexe 9 :** le tableau de bord des performances commerciales

• **Les résultats obtenus.** Vous distinguerez ici les résultats quantitatifs et les résultats qualitatifs.

2 Les méthodologies de l'activité

A L'annexe 1 : la fiche produit

Une fiche produit doit reprendre les caractéristiques techniques et commerciales du produit. Vous pouvez la construire en distinguant, dans deux colonnes, ces deux types de caractéristiques. Vous pouvez également ajouter une photo du produit.

Photo

PRODUIT X / Référence ACV1679

Caractéristiques techniques	Caractéristiques commerciales

B L'annexe 2 : le plan de découverte

Il s'agit d'un outil qui permet de découvrir les besoins du client et son profil. Il se construit à partir d'un questionnement respectant la technique de l'entonnoir. Les questions vont du plus général au plus précis et doivent être courtes et claires.

– Listez toutes les questions qui vous semblent pertinentes pour mieux connaître votre client.

– Regroupez les questions par thème de questionnement.

– Variez les types de questions posées (exemples ci-dessous) :

Pourquoi ? Les objectifs	**Comment ?**	
	Type de question	**Exemples**
Pour s'informer	Ouverte	Qu'est-ce que… ? Quel est votre avis ? Pourquoi ?
	Fermée	Est-ce que… ? Êtes-vous… ? Avez-vous… ? Qui ? Combien ?
Pour approfondir	Miroir-écho	Est-ce désagréable ?
	Relais	Qu'en pensez-vous M./Mme G. ?
	Ricochet	C'est-à-dire ? Et alors ?
	Reformulation, résumé (contrôle)	S je comprends bien, vous recherchez… ? En fait pour vous…

Pourquoi ? Les objectifs	Comment ?	
	Type de question	**Exemples**
Pour orienter	Suggestive	Ne pensez- vous pas que… ?
	Contre-question	Comment fonctionne cet appareil ?
	Polémique	Croyez-vous vraiment cela ?
	Alternative	Préférez-vous un rendez-vous le matin ou l'après-midi ?
Pour conclure	Ouverte ou fermée appelant une réponse positive	Cela vous rendrait-il des services ?

C L'annexe 3 : l'argumentaire de vente

- Listez l'ensemble des **caractéristiques** du produit/service.
- Transformez ces caractéristiques en **avantages**.
- Traduisez ces avantages en **bénéfices** pour le client.
- Apportez une **preuve**.

Exemple

Argumentaire de vente renseigné pour la caractéristique « argent ».

SONCAS	Caractéristiques	Avantages	Preuves
Sécurité			
Orgueil			
Nouveauté			
Confort			
Argent	9,99 €	Moins coûteux que chez notre principal concurrent	Relevé de prix
Sympathie			

D L'annexe 4 : le guide de traitement des objections

- Listez l'ensemble des objections possibles.
- Identifiez les réponses possibles pour chacune d'entre elles.

Listing des objections potentielles	Réponses possibles
• Prix trop élevé. • Proposition concurrente meilleure.	• Rappel de la qualité de la prestation/geste commercial.
• Pas convaincu.	• Rappel des avantages. • Rassurer/revoir les avantages principaux.
• Besoin d'un délai de réflexion.	• Offre exclusive à durée limitée.
• Pas ma taille.	• Omnicanal/possibilité de commander sur le site en direct *via* votre smartphone.

E L'annexe 9 : le tableau de bord des performances commerciales

Il vous permettra de comparer non seulement les performances dans le temps mais aussi par rapport aux objectifs que vous vous étiez fixés.

Tableau de bord des performances commerciales du produit X

CA N – 1	Objectif N	CA N	Écart N/N – 1	Taux de réalisation de l'objectif	Nombre de produits vendus N – 1	Objectif N	Nombre de produits vendus N	Écart N/N – 1	Taux de réalisation de l'objectif

3 Les questions du jury sur l'activité « gagnante »

Questions	Éléments de réponses
1 Quelles sont les différentes phases de la relation commerciale ?	• La prise de contact. • La découverte du client. • L'argumentation. • Le traitement des objections. • La conclusion et la prise de congé.
2 Quels outils d'aide à la vente avez-vous créés ou utilisés ?	• Une fiche produit. • Un plan de découverte. • Un argumentaire. • Un guide de traitement des objections.
3 Quelle typologie de clients connaissez-vous ?	La typologie SONCAS (Sécurité, Orgueil, Nouveauté, Confort, Argent, Sympathie)
4 À quoi sert la phase de découverte du client ?	Elle sert : – à découvrir son profil ; – à découvrir ses besoins.
5 Comment construit-on un plan de découverte ?	On le construit en entonnoir, grâce à des questions générales puis de plus en plus précises.
6 Qu'est-ce qu'un argument de vente ?	Un argument commercial est une phrase ou une proposition destinée à convaincre un acheteur de l'intérêt d'une offre ou d'un produit. Il permet de transformer une caractéristique produit parfois peu parlante en un avantage tangible pour le client.
7 Comment est construit un argument de vente ?	Les caractéristiques du produit sont transformées en avantages, puis traduites en bénéfices pour le client à qui on apporte une preuve de ces bénéfices.

4 Les autres activités « valeurs sûres »

D'autres activités peuvent également être menées pour valider cette compétence comme :
- la vente à distance par téléphone d'un produit ou d'un service ;
- la vente à distance par e-mailing d'un produit ou d'un service ;
- l'incitation à la souscription d'une carte de fidélité ;
- la vente d'un rendez-vous en milieu banque/assurance ;
- la vente d'un produit ou d'un service lors d'un salon.

4 Entretenir la relation client

Activité gagnante : l'étude de satisfaction de la clientèle

La compétence « Entretenir la relation client » consiste à suivre les évolutions des attentes de la clientèle, à évaluer l'expérience client et à accompagner la clientèle afin de la fidéliser.

1 Le déroulement de l'activité

Attention

Vous prendrez modèle sur la fiche 4 **de la partie introductive aux deux épreuves** (→ p. 10).

• **Vous devez donner un nom précis à votre activité** en précisant le type d'étude.

Exemple Étude de satisfaction de la clientèle.

• **La date et la durée de l'activité.** Vous devez indiquer précisément la date et la durée de l'activité, en intégrant la préparation du questionnaire, son administration et son traitement.

Exemple L'activité s'est déroulée du 2 au 31 janvier N.

• **Le contexte professionnel de l'activité.** Ici, le contexte professionnel doit être décrit avec précision et doit correspondre à l'activité. Il ne s'agit pas seulement de détailler l'unité commerciale et son contexte mais aussi de décrire le contexte de l'activité « Étude de satisfaction de la clientèle ».

Exemple L'enseigne HEMI est une enseigne britannique proposant des produits du quotidien à bas prix. L'offre est répartie en plusieurs univers tels que Décoration, Enfant et Alimentation. Le réseau n'a jamais mis en place d'études de satisfaction de la clientèle ou d'enquêtes clients mystères. Mon tuteur s'inquiète de la baisse des performances commerciales de l'unité commerciale depuis quelques mois et souhaite mesurer la satisfaction de la clientèle en termes d'offre, d'équipe commerciale, etc.

• **Les objectifs poursuivis.** Vous devez préciser ici les objectifs que vous souhaitez atteindre grâce à cette activité. Les objectifs sont de deux types : les objectifs qualitatifs et les objectifs quantitatifs.

– **Objectifs qualitatifs** : dans cette activité, les objectifs qualitatifs sont de deux ordres : la connaissance de la clientèle et la satisfaction de la clientèle.

Exemples Identifier les freins et les motivations de la clientèle, caractériser le profil client de l'unité commerciale, etc.

– **Objectifs quantitatifs** : les objectifs quantitatifs sont **exclusivement** des objectifs chiffrés. Dans cette activité, les objectifs sont liés au niveau attendu de satisfaction de la clientèle.

Exemple Mesurer la satisfaction de la clientèle en termes d'assortiment, de prix, d'équipe commerciale, etc.

• **Le degré d'autonomie.** Votre autonomie peut être totale si vous avez mis en place l'étude, de la création du questionnaire jusqu'aux préconisations, ou partielle, si vous avez été assisté lors de certaines phases de l'activité (ex. : lors de l'analyse des résultats).

Exemple Mon autonomie a été totale dans cette activité, de l'élaboration du questionnaire à l'analyse des résultats. Cependant, j'ai dû attendre la validation du questionnaire par mon tuteur avant de pouvoir l'administrer.

La méthodologie utilisée	Les moyens et techniques mis en œuvre	Les annexes à présenter
	1 Préparation de l'étude	
Entretien avec mon tuteur : définition des modalités de l'étude et repérage des contraintes éventuelles	Il s'agit ici de montrer qu'une étude de satisfaction de la clientèle répond avant tout à une demande émanant du directeur de l'unité commerciale ou du réseau et qu'elle prend donc en compte un certain nombre de contraintes fixées par le tuteur (thèmes, conditions d'administration, durée, lieu, échantillon, etc.). *N.B.* : la pratique en BTS MCO est d'administrer **100 questionnaires**.	**Annexe 1** : la définition des modalités de l'étude
Élaboration du questionnaire et validation par mon tuteur	Vous devez expliquer comment vous avez construit votre questionnaire : le choix des thèmes, la forme des questions choisies, l'ordre des questions, etc. *N.B.* : un questionnaire se limite en pratique à **15 questions**.	**Annexe 2** : le(s) questionnaire(s) vierge(s) avec les différentes étapes de validation
Test du questionnaire, corrections éventuelles, validation du questionnaire définitif et impression des questionnaires	Vous préciserez ici si vous avez testé votre questionnaire, auprès de quel échantillon, et si vous avez dû faire quelques corrections après le test. *N.B.* : le test est réalisé auprès de **10 % de l'échantillon**.	**Annexe 3 :** le questionnaire test avec la mise en évidence des erreurs **Annexe 4 :** le questionnaire définitif validé par le tuteur
	2 Déroulement de l'étude	
Planning d'administration de l'étude et administration de l'enquête	Vous expliquerez ici les modalités de l'administration : lieu, nombre de questionnaires administrés par jour, etc. Vous pourrez utiliser la méthode des quotas au prorata du chiffre d'affaires réalisé par jour.	**Annexe 5** : le tableau d'administration des questionnaires **Annexe 6** : les exemplaires des questionnaires administrés (environ 10)
Paramétrage de l'enquête sur un logiciel de dépouillement d'enquête	Vous décrirez précisément comment vous réalisez le paramétrage du questionnaire sur le logiciel de dépouillement d'enquête afin de mettre en évidence votre maîtrise du logiciel.	**Annexe 7** : le paramétrage du questionnaire sur le logiciel de dépouillement d'enquête (Ethnos, Sphinx, Google Forms, etc.)
Saisie des réponses	Vous devez expliquer ici comment vous saisissez les réponses des différents questionnaires sur le logiciel, en précisant les précautions à prendre pour limiter les erreurs (numérotation des questionnaires, etc.).	**Annexe 8** : un exemple de page de saisie du questionnaire
	3 Suivi de l'étude	
Analyse des résultats de l'étude : analyse des tris à plat et des tris croisés	Vous expliquerez ici comment vous procédez à l'analyse des résultats : choix des tris à plat, choix des tris croisés pertinents, choix des graphiques représentatifs des résultats, analyse des résultats par question, etc.	**Annexe 9** : les tris à plat et les tris croisés

La méthodologie utilisée	Les moyens et techniques mis en œuvre	Les annexes à présenter
Rédaction d'une synthèse et des préconisations	Il s'agit ici de mettre en évidence dans un document de synthèse les éléments les plus significatifs de l'étude, en distinguant les points forts et les points faibles révélés. Cette synthèse sera suivie des préconisations à mettre en place.	**Annexe 10** : la synthèse de l'étude et les préconisations
Élaboration du rapport d'étude et remise au tuteur	Vous préciserez ici sous quelle forme vous avez rendu compte de votre travail auprès de votre tuteur : remise d'un rapport d'étude, animation d'un debriefing lors d'une réunion, etc. Le plus souvent, il vous sera demandé d'élaborer un rapport d'étude.	**Annexe 11 :** le plan du rapport d'étude

• **Les résultats obtenus.** Vous distinguerez ici les résultats quantitatifs et les résultats qualitatifs. Vous les comparerez aux objectifs poursuivis et indiqués au début de la fiche en calculant les écarts entre les résultats attendus et les résultats obtenus. Vous pourrez formuler ici des préconisations afin d'améliorer la satisfaction de la clientèle.

2 Les méthodologies de l'activité

A L'annexe 1 : la définition des modalités de l'étude

Vous renseignerez dans cette annexe les différents items ci-dessous :
– les objectifs de l'étude (qualitatifs et quantitatifs) ;
– les thèmes à aborder dans l'étude ;
– la taille de l'échantillon et sa justification ;
– le lieu d'administration ;
– le mode d'administration (en face-à-face, par auto-administration, par téléphone, etc.) ;
– le planning d'administration prévu ;
– les noms des enquêteurs ;
– la durée prévisionnelle de l'étude ;
– les autres éléments que vous jugerez utiles.

B Les annexes 2, 3, 4 et 6 : le questionnaire

• Il s'agit, ici, de présenter les différentes étapes d'élaboration de votre questionnaire, du premier jet au questionnaire final en mettant en évidence les différents éléments corrigés.

• Un bon questionnaire présente :
– un titre ;
– une introduction ;
– des thèmes (dont celui de la signalétique) ;
– des types de questions variés : questions fermées, questions à choix multiple, au moins une question ouverte ;
– une conclusion.

• Le questionnaire sera idéalement présenté sur une page recto-verso maximum.

Exemple

Donnez votre appréciation sur les items suivants :

	– –	–	+	++
Accueil				
Présentation des produits				
Choix des marques				
Disponibilité des vendeurs				
Qualité des conseils				

Astuce

Pour faciliter l'administration de votre questionnaire, vous pourrez rassembler certaines questions dans un tableau.

C L'annexe 5 : le tableau d'administration des questionnaires

Exemple de planning d'administration des questionnaires selon la méthode des quotas

Le nombre de questionnaires à administrer par jour et par moment d'administration (ex. : matin, après-midi) sera calculé au prorata du chiffre d'affaires généré par l'unité commerciale.

	Lun		Mar		Mer		Jeu		Ven		Sam	
% de CA												
Nombre de questionnaires												
Moments d'administration												

D L'annexe 7 : le paramétrage du questionnaire sur le logiciel de dépouillement d'enquête

Vous présenterez ici une édition du masque de paramétrage de votre questionnaire sur le logiciel de dépouillement utilisé.

E L'annexe 8 : un exemple de page de saisie du questionnaire sur le logiciel de dépouillement d'enquête

Il s'agit ici de mettre à la disposition du jury un exemple de saisie des réponses à votre questionnaire sur le logiciel de dépouillement d'enquête.

F L'annexe 9 (sur plusieurs pages) : les tris à plat et les tris croisés

• Chaque question fera l'objet d'un tri à plat, c'est-à-dire que le résultat statistique lié à cette question suite à l'administration de votre questionnaire sera fourni.

• Vous présenterez également des tris croisés, à savoir les résultats statistiques du croisement de deux questions. Le choix des questions devra s'effectuer en tenant compte des objectifs de votre enquête. L'usage est de présenter entre un et trois tris croisés pertinents.

Exemple de tri croisé

Q1 : Avez-vous la carte de fidélité ?

Q2 : En moyenne, quelle dépense faites-vous lors d'une visite dans notre magasin ?

Astuce

Vous présenterez l'analyse de vos résultats à raison d'une page par tri en incluant l'intitulé de la question, le tableau et/ou le graphique des résultats du tri et une phrase d'analyse de ces résultats.

G L'annexe 10 : la synthèse de l'étude et les préconisations

• À l'issue de la phase d'analyse des résultats, vous rédigerez une synthèse structurée par thème reprenant les éléments les plus pertinents de vos analyses de tris à plat et tris croisés.

Exemples de thèmes

Comportement d'achat, satisfaction par rapport aux services proposés, profil du client, etc.

• Vous conclurez votre synthèse par des préconisations argumentées qui pourront répondre aux problématiques soulevées dans votre analyse.

H L'annexe 11 : le plan du rapport d'étude

Vous remettrez un rapport d'étude à votre commanditaire. Vous présenterez les résultats de votre étude de satisfaction dans un dossier relié et structuré comme suit :

– **une page de garde avec l'intitulé de votre étude,** le nom de l'unité commerciale, vos nom et prénom, les dates de réalisation de votre étude ;

– **un sommaire du rapport** avec la pagination de chaque partie ;

– une introduction présentant l'éventuel problème à résoudre (dans le contexte de l'unité commerciale ou plus globalement) ;

– **la méthodologie de votre étude :**
  - le rappel des objectifs ;
  - l'utilisation du logiciel (Ethnos, Sphinx ou étude en ligne) ;
  - la justification des choix concernant la population mère, la taille de l'échantillon et son mode de calcul ;
  - les contraintes : coût, délai, personnel, etc. ;
  - les modalités : lieu, mode et dates d'administration (présentation des différentes étapes dans un planning).

– **les résultats :** présentation des analyses illustrées (tableaux, graphiques), des tris à plat de toutes les questions et des tris croisés (environ 4) ;

– **la synthèse de votre étude structurée par thèmes :**
  - bilan (points positifs/points négatifs) compte tenu des objectifs et du problème posé ;
  - difficultés rencontrées ;
  - préconisations/recommandations argumentées et budgétées.

– **les annexes :**
  - le questionnaire d'enquête vierge ;
  - les questionnaires administrés ;
  - tous les éléments chiffrés en lien avec la démarche méthodologique, avec l'analyse des tris et, enfin, avec les recommandations effectuées en synthèse.

3 Les questions du jury sur l'activité « gagnante »

Questions	Éléments de réponses
1 Comment avez-vous constitué votre échantillon en termes de taille et de caractéristiques ?	• J'ai choisi d'utiliser une méthode d'échantillonnage non probabiliste car je ne connaissais pas la liste exhaustive des individus constituant ma population mère. Pour des contraintes de temps, mon tuteur et moi avons décidé d'interroger 100 personnes. • Afin de reproduire au mieux les caractéristiques de ma clientèle en termes d'âge et de sexe, j'ai choisi d'utiliser la méthode des quotas.
2 Quel mode d'administration avez-vous choisi et pourquoi ? Connaissez-vous d'autres modes d'administration ?	• J'ai choisi le mode d'administration en face-à-face car il permet un contact direct avec la personne interrogée et, ainsi, de recueillir ses impressions. • Il existe d'autres modes d'administration qui n'étaient pas appropriés à ma situation : par téléphone, par mail, en auto-administration, par courrier, etc.
3 Quels sont les différents types de questions que l'on peut retrouver dans votre questionnaire ? Justifiez leur choix.	• Il existe 4 principaux types de questions dans un questionnaire : – la question fermée : collecte simple, réponses sincères ; – la question à choix multiple : administration fluide ; – la question à échelle : réponse précise si besoin de mesurer un item ; – la question ouverte : permet à la personne interrogée de dire ce qu'elle n'a pas encore eu l'occasion de préciser lors de l'administration.
4 Comment avez-vous procédé à l'analyse des réponses de votre questionnaire ?	J'ai d'abord procédé à leur analyse par le biais de tris à plat, c'est-à-dire à l'analyse question par question. Puis, j'ai réfléchi aux tris croisés possibles (croisement de deux questions) en fonction des objectifs de mon enquête. Enfin, j'ai rédigé une analyse des résultats de mon étude par thème que j'ai illustrée grâce à des tableaux et graphiques adaptés.
5 Comment avez-vous identifié les préconisations présentes dans votre rapport d'étude ?	J'ai choisi les préconisations à partir de l'analyse de mon étude que j'ai mise en lien avec mes objectifs de départ. Chacune de mes préconisations est en lien direct avec un objectif.

4 Les autres activités « valeurs sûres »

Si vous n'avez pas la possibilité de mettre en place une étude de satisfaction de la clientèle pour valider la compétence « Entretenir la relation client », d'autres activités vous sont proposées ci-dessous :

- la prise en charge d'un client insatisfait ;
- l'étude des programmes de fidélité de la concurrence ;
- le traitement d'un échange de produits ;
- la participation à un rendez-vous client (en banque/assurance) ;
- l'élaboration d'un devis ;
- l'évaluation du programme de fidélisation de l'unité commerciale ;
- la mise en place d'outils de collecte de suggestions de la clientèle (boîte à idées, etc.) ;
- la relance téléphonique après une proposition commerciale ;
- l'analyse des résultats d'une opération de marketing direct (mailing, phoning, etc.).

Animation et dynamisation de l'offre commerciale

COMPRENDRE EN VIDÉO Retrouvez tous nos tutos vidéos sur notre chaîne YouTube « Objectif BTS Hachette ».

Présentation de l'épreuve E42

Animation et dynamisation de l'offre commerciale (ADOC)

Dossier numérique et personnel + entretien
Coefficient : 3

1 Les objectifs de l'épreuve

- Cette épreuve est une sous-épreuve de l'épreuve E4.
- La sous-épreuve E42 a pour objectif d'évaluer les compétences du bloc n° 2 « Animer et dynamiser l'offre commerciale » (ADOC) :

– élaborer et adapter en continu l'offre de produits et de services ;
– organiser l'espace commercial ;
– développer les performances de l'espace commercial ;
– mettre en place la communication commerciale ;
– évaluer l'action commerciale.

2 Les modalités de l'épreuve

Toutes les candidates et tous les candidats ne sont pas évalués de la même façon.

A Le contrôle en cours de formation (CCF)

- Si vous êtes dans un établissement habilité à valider l'épreuve en **CCF**, vous la passerez de cette manière.
- **La sous-épreuve s'appuie sur un dossier faisant référence aux situations professionnelles que vous avez vécues ou observées au cours de votre formation**, y compris en milieu professionnel. Ce dossier, **numérique**, vous est personnel. Vous devez l'avoir rédigé et constitué. Chaque compte rendu d'activité présent dans le dossier est accompagné de l'évaluation qui a été faite par votre ou vos professeurs.
- Une commission d'évaluation est chargée d'apprécier le degré de maîtrise des compétences relevant du bloc n° 2. Cette commission est composée d'un professeur de Animer et dynamiser l'offre commerciale et ayant en charge votre suivi pendant vos activités professionnelles et d'un professionnel.
- L'évaluation donne lieu à une **note sur 20**.

B La forme ponctuelle

- Si vous passez cette épreuve sous la **forme ponctuelle, elle se déroulera à l'oral** et durera **30 minutes**.
- La sous-épreuve comprendra **deux temps** :

– pendant 10 minutes maximum, vous présenterez le ou les contexte(s) des activités professionnelles que vous avez réalisées et les compétences mobilisées dans ce cadre, sans être interrompu(e). Vous devrez, à cette occasion, **nécessairement utiliser une présentation numérique** ;
– pendant le temps restant, la commission d'évaluation vous interrogera sur chacune des compétences du bloc n° 2.

- La commission d'évaluation est composée d'un professeur en charge d'enseignements professionnels en STS Management commercial opérationnel et d'un professionnel.
- La sous-épreuve repose sur un **dossier numérique personnel** rédigé et constitué par vos soins.
- Le dossier est remis au jury **en format numérique**. L'ensemble des comptes rendus des activités réalisées devra être accessible par le jury lors de l'épreuve. Vous vous présentez à l'épreuve avec l'équipement numérique permettant d'accéder au dossier et de le consulter. En dehors du dossier fourni au jury avant l'épreuve, vous pouvez apporter le jour de l'épreuve **tout document que vous estimez pouvoir venir en appui de votre prestation**.
- L'évaluation donne lieu à une **note sur 20 points**.

3 Le dossier numérique

- L'épreuve nécessite que vous rédigiez un **dossier numérique devant comporter les descriptifs de situations professionnelles** vécues en unité commerciale ou au cours de votre formation.
- Il rend compte, **pour chaque activité réalisée**, des éléments suivants :

– la (ou les) compétence(s) mobilisée(s) ;
– la date et la durée ;
– le contexte professionnel ;
– les objectifs poursuivis ;
– la méthodologie utilisée ;
– les moyens et les techniques mis en œuvre ;
– les résultats obtenus.

4 Les critères d'évaluation

- L'analyse de la demande et de l'offre est pertinente.
- L'offre proposée est adaptée aux caractéristiques locales et est cohérente avec la politique commerciale de l'enseigne.
- Les achats des clients sont facilités par des linéaires bien approvisionnés et vendeurs.
- L'agencement de l'espace commercial facilite le travail du personnel et contribue au confort d'achat des clients.
- La réglementation, les règles d'hygiène et de sécurité sont respectées.
- Les principes d'agencement de l'enseigne sont mis en œuvre.
- Les propositions d'animations et d'opérations promotionnelles sont cohérentes avec le contexte local et avec la politique commerciale de l'enseigne.
- Le choix des outils et des messages de communication est approprié.
- Les retombées de la communication commerciale sont analysées.
- Les performances d'implantation sont analysées.
- Les propositions d'axes d'amélioration ou de développement tiennent compte des réalités locales et, le cas échéant, nationales.

1 Élaborer et adapter en continu l'offre de produits et de services

Activité gagnante : l'analyse de l'offre de l'unité commerciale ou d'un univers/rayon

Cette fiche d'activité permet de présenter une activité visant à analyser l'offre de votre univers de vente ou de votre rayon.

1 Le déroulement de l'activité

Attention

Vous prendrez modèle sur la **fiche 4 de la partie introductive aux deux épreuves** (→ p. 10).

• **Vous devez donner un nom précis à votre activité** en précisant le rayon ou l'univers concerné.

Exemple

Analyse de l'offre de produits de l'univers « Alimentation ».

• **La date et la durée de l'activité.** Vous devez indiquer la date et la durée de l'activité.

Exemple

L'activité s'est déroulée du 27 février au 15 mars N.

• **Le contexte professionnel de l'activité.** Il s'agit ici de décrire le contexte de l'activité « Analyse de l'offre de l'univers Alimentation ».

Exemple

L'enseigne HEMI est une enseigne britannique proposant des produits du quotidien à bas prix. L'offre est répartie en plusieurs univers tels que Décoration, Enfant et Alimentation. Régulièrement, mon unité commerciale analyse son offre, à travers ses performances, afin de l'adapter en continu. Ma tutrice m'a chargé(e) de réaliser un diagnostic de l'offre.

• **Les objectifs poursuivis.**

– **Objectifs qualitatifs** : dans cette activité, les objectifs qualitatifs sont de deux ordres : analyser la concurrence locale et les opportunités et menaces de l'environnement et analyser les produits vendus par notre unité commerciale et leurs spécificités.

Exemple

Connaître la concurrence locale de mon unité commerciale HEMI, située dans le centre commercial Les 5 Temps, et analyser l'offre de produits de mon univers Alimentation et ses caractéristiques.

– **Objectifs quantitatifs** : dans cette activité, les objectifs sont liés aux performances commerciales générées par l'offre de produits de mon unité commerciale ou de mon univers.

Exemple

Mesurer les performances commerciales des produits et/ou familles de produits de mon univers Alimentation.

• **Le degré d'autonomie.** Votre autonomie peut être totale si vous avez mené cette activité de la préparation jusqu'aux préconisations, ou partielle si vous avez été assisté lors de certaines phases de l'activité (ex. : lors de la visite des concurrents).

Exemple

Après un entretien avec ma tutrice, mon autonomie a été totale de la préparation des outils jusqu'à l'analyse des résultats et la présentation des préconisations à l'équipe et à ma tutrice.

La méthodologie utilisée	Les moyens et techniques mis en œuvre	Les annexes à présenter
	1 Préparation des outils	
Entretien avec ma tutrice/ mon tuteur	• Il s'agit de montrer qu'une analyse de l'offre comporte plusieurs phases et ne se résume pas à l'analyse de chiffres de performance. • L'analyse de l'offre concurrente ainsi que les menaces et opportunités du marché local sont à prendre en compte pour faire des préconisations d'amélioration.	**Annexe 1** : le compte-rendu d'entretien avec la tutrice/ le tuteur (modalités)
Préparation des outils permettant le diagnostic	Vous devez expliquer comment vous préparez les outils vous permettant de mener ce diagnostic complet (grille d'analyse de l'offre concurrente, grille d'analyse de l'offre de votre unité commerciale au niveau qualitatif, tableau de bord des performances de son offre, mesure des indices de sensibilité à la marge et au chiffre d'affaires).	**Annexe 2** : la grille d'analyse de l'offre concurrente vierge **Annexe 3** : la grille d'analyse qualitative de notre offre vierge **Annexe 4** : le tableau de bord des performances de notre offre vierge **Annexe 5** : la mesure des indices de sensibilité vierge
	2 Déroulement de l'activité	
Visite des concurrents	Vous expliquerez ici comment vous avez procédé pour visiter vos concurrents : – modalités (horaires, jours) ; – type de visite : client – mystère ou non ; – concurrents directs et indirects visités.	**Annexe 6** : les modalités de la veille **Annexe 7** : les différentes grilles renseignées
Analyse qualitative de mon offre produits	Vous décrirez précisément comment vous avez réalisé le diagnostic de l'offre de votre unité commerciale ou de votre univers sur le plan qualitatif (caractéristiques des produits, positionnement des produits, rôle des différents produits joué dans la gamme de l'unité commerciale ou du rayon/univers).	**Annexe 8** : l'analyse qualitative de mon offre de produits renseignée
Analyse des performances commerciales de mon offre produits	Vous expliquerez comment vous avez procédé pour compléter votre tableau de bord et quelle analyse vous faites des performances des différents produits et/ou failles ainsi que la place que chaque produit et/ou famille occupe dans le rayon et/ou l'univers.	**Annexe 9** : le tableau de bord des performances de mon offre renseigné et analysé **Annexe 10** : le tableau des indices de sensibilité calculés et l'interprétation
Analyse de l'environnement local	Il s'agit de montrer que l'environnement local comporte des caractéristiques qui peuvent se transformer en opportunités et en menaces concernant la construction de l'offre de l'unité commerciale (**ex.** : une population jeune imposera à l'UC de s'adresser à ce segment en proposant une offre adaptée à ses attentes).	**Annexe 11** : le tableau des opportunités et des menaces de l'environnement local

La méthodologie utilisée	Les moyens et techniques mis en œuvre	Les annexes à présenter
	3 Suivi de l'activité	
Analyse de la satisfaction de la clientèle	Vous indiquerez ici, si vous avez la possibilité de vous les procurer, les résultats de l'étude de satisfaction sur l'offre de votre UC réalisée soit par le réseau, soit par vos soins.	**Annexe 12 :** le tableau de résultat de l'étude de satisfaction

• **Les résultats obtenus.** Vous distinguerez ici les résultats quantitatifs et les résultats qualitatifs. Vous les comparerez aux objectifs poursuivis et indiqués au début de la fiche.

2 Les méthodologies de l'activité

A L'annexe 1 : le compte-rendu d'entretien

Compte-rendu d'entretien
Objectifs de l'entretien Il s'agit de la réponse à la question : « Pourquoi s'être réunis ? » **Date de la rencontre** **Liste des présents** Ajoutez éventuellement leur service si vous êtes dans une grande structure. **Sujets abordés** **Conclusions et décisions** **Actions**

B L'annexe 2 : la grille d'analyse de l'offre concurrente

• Vous devez construire une grille qui reprend l'ensemble des thèmes à évaluer chez les concurrents (produits, prix, mise en valeur de l'offre, profondeur, largeur, longueur de la gamme).

• D'autre part, chaque item doit être évalué et doit se voir attribuer un score afin de déterminer, *in fine*, les points forts de l'offre et les axes d'amélioration.

Exemple

Critères			
Taille de la gamme			
Offre proposée			
Prix pratiqués			
Etc.			

C L'annexe 3 : la grille d'analyse qualitative de notre offre

Critères	🙂	😐	☹️
Caractéristiques de nos produits			
Positionnement			
Rôle des différents produits dans la gamme (leader, d'avenir, tactique, d'appel, régulateur, contributeur)[1]			
Etc.			

1. **Produit leader** : génère le chiffre d'affaires le plus important.
Produit d'avenir : permet de renouveler la gamme (lancement).
Produit tactique : destiné à stimuler les ventes.
Produit d'appel : attire le client du fait de son prix peu élevé.
Produit régulateur : assure un chiffre d'affaires régulier (produit « vache à lait »).
Produit contributeur : dégage de fortes marges.

D L'annexe 4 : le tableau de bord des performances de notre offre

• Construisez un tableau de bord faisant apparaître les performances commerciales de l'offre ou de chaque produit et/ou de chaque famille de produits de votre univers.

• Comparez ces indicateurs dans le temps (ex. : entre N et N – 1).

	Chiffre d'affaires			Quantités vendues			Objectif de CA	Taux de réalisation de l'objectif
	CA N – 1	CA N	Taux d'évolution	Quantités N – 1	Quantités N	Taux d'évolution		
Réf. 1								
Réf. 2								
…								
Total								

E L'annexe 5 : la mesure des indices de sensibilité

• Construisez un outil qui vous permettra de mesurer les indices de sensibilité à la marge ainsi qu'au chiffre d'affaires.

• Vous commencerez toujours par analyser chaque famille de produits avant de procéder à l'analyse par référence. Cette dernière est beaucoup plus fastidieuse car il existe jusqu'à 500 références dans un rayon. Il est possible toutefois de se limiter à l'analyse par famille mais elle sera moins précise. Vous présenterez votre travail dans des tableaux de calculs d'indices.

Exemple

Famille	CA réalisé	Marge brute (MB)	MLD[1]	% CA[2]	% MB[3]	% MLD[4]	IS/CA[5]	IS/MB[6]
Famille 1	8 703	650	25,58	78,7	23,7	80,7	0,98	0,29
Famille 2	1 686	1 083	4,08	15,2	39,4	12,9	1,18	3,05
Famille 3	670	1 012	2,04	6,1	36,9	6,4	0,95	5,77
Total	**11 059**	**2 745**	**31,70**	**100**	**100**	**100**		

1. Mètre linéaire développé ou MLD (nombre de mètres occupés par la famille × nombre de niveaux)
2. % CA = (chiffre d'affaires de la famille/chiffre d'affaires total) × 100
3. % MB = (marge brute de la famille/marge brute totale) × 100
4. % MLD = (MLD occupé par la famille/MLD total) × 100
5. Indice de sensibilité sur le chiffre d'affaires (IS/CA). Il compare les ventes de la famille avec la surface qu'elle occupe dans le rayon. On peut aussi travailler sur les quantités vendues à la place du chiffre d'affaires.

$$\frac{\%\ CA}{\%\ MLD}$$

6. Indice de sensibilité sur la marge brute (IS/MB). Il compare la marge dégagée par une famille de produits et la place qu'elle occupe dans le rayon.

$$\frac{\%\ MB}{\%\ MLD}$$

F L'annexe 10 : l'interprétation des indices de sensibilité

- L'indice de sensibilité doit être au moins égal à 1 pour être performant.
- S'il est supérieur à 1, cela signifie qu'il est très performant et que la famille ou la référence concernée est sous-représentée. Il faut donc augmenter sa place dans le linéaire.
- Au contraire, si l'indice est inférieur à 1, cela signifie qu'il est peu performant et que la famille ou la référence concernée est sur-représentée. Il faut donc réduire sa place dans le linéaire.

Tableau d'aide à l'interprétation des résultats

	$\frac{IS}{CA} < 1$	$\frac{IS}{CA} > 1$
$\frac{IS}{MB} < 1$	La famille de produits est sur représentée. La place accordée à la famille est trop importante par rapport à son efficacité. Il faut réduire la part de linéaire accordée, voire supprimer la famille.	Le CA réalisé est important mais la marge est insuffisante. Il faut augmenter la marge (augmentation du prix de vente ou baisse du prix d'achat) si cela est possible. Ces familles ne doivent pas être mises en valeur dans le linéaire.
$\frac{IS}{MB} > 1$	La marge réalisée sur cette famille est bonne mais les ventes réalisées sont insuffisantes. Il faut se demander si, en les changeant d'emplacement, il serait possible d'augmenter les ventes.	La famille est sous-représentée. Le comportement de cette famille est très bon en termes de CA et de marge générés. Cette famille mérite qu'on lui accorde une plus grande part de linéaire.

3 Les questions du jury les plus courantes concernant la compétence « Élaborer et adapter en continu l'offre de produits et de services »

Questions	Éléments de réponses
1 Comment avez-vous construit votre grille d'analyse des concurrents ?	Citez les critères étudiés chez les concurrents et la méthode d'observation (ex. : client-mystère).
2 Quels indicateurs du tableau de bord avez-vous choisis et pourquoi ?	Citez les indicateurs et dites pourquoi vous les avez choisis.
3 Comment interprétez-vous les résultats de vos indices de sensibilité ?	Référez-vous à l'annexe 10.

4 Les autres activités « valeurs sûres »

Si vous n'avez pas la possibilité d'analyser l'offre de l'unité commerciale ou d'un univers/rayon pour valider la compétence « Élaborer et adapter en continu l'offre de produits et services », d'autres activités vous sont proposées ci-dessous :

– analyser la demande ;
– analyser l'offre du marché ;
– proposer une nouvelle offre de produits ;
– proposer un nouveau service.

2 Organiser l'espace commercial

Activité gagnante : l'implantation du merchandising d'un univers

L'implantation du merchandising d'un univers consiste à mettre en valeur les produits de l'univers afin de maximiser les ventes ou les marges.

1 Le déroulement de l'activité

Attention

Vous prendrez modèle sur la fiche 4 **de la partie introductive aux deux épreuves** (→ p. 10).

• **Vous devez donner un nom précis à votre activité** en précisant le rayon ou l'univers concerné.

Exemple

Implantation de la nouvelle collection Mugs.

• **La date et la durée de l'activité.** Vous devez indiquer précisément la date et la durée de l'activité.

Exemple

L'activité s'est déroulée le 28 février N et a duré 7 heures.

• **Le contexte professionnel de l'activité.** Il s'agit ici de décrire le contexte de l'activité « Implantation de la nouvelle collection Mugs ».

Exemple

L'enseigne HEMI est une enseigne britannique proposant des produits du quotidien à bas prix. L'offre est répartie en plusieurs univers tels que Décoration, Enfant et Alimentation. Chaque mois, le réseau développe une nouvelle collection par univers et envoie à ses unités commerciales le book merchandising intégrant toutes les préconisations de mise en place de cette nouvelle offre. Ma tutrice a reçu le plan merchandising de la nouvelle collection « Mugs » et me charge de procéder à son implantation.

• **Les objectifs poursuivis.**

– **Objectifs qualitatifs** : dans cette activité, les objectifs qualitatifs sont de deux ordres : le respect des consignes du réseau et la satisfaction de la clientèle.

Exemples

Implanter une collection en respectant les préconisations du réseau, proposer un merchandising attractif à la clientèle, améliorer le repérage des produits au sein du linéaire, etc.

– **Objectifs quantitatifs** : dans cette activité, les objectifs sont liés aux performances commerciales générées par cette nouvelle collection et au niveau de satisfaction de la clientèle évalué par le réseau.

Exemples

Augmenter le chiffre d'affaires de la collection de 10 % par rapport à N-1, atteindre l'objectif de vente de 150 mugs fixé par le réseau, atteindre un niveau de satisfaction de 85 % sur le pôle merchandising lors du prochain baromètre de satisfaction du réseau.

• **Le degré d'autonomie.** Votre autonomie peut être totale si vous avez mis en place l'implantation depuis sa préparation jusqu'aux préconisations, ou partielle si vous avez été assisté lors de certaines phases de l'activité (ex. : lors de la préparation de l'offre).

Exemple

Après avoir lu le plan merchandising avec ma tutrice et reçu ses conseils, mon autonomie a été totale de la préparation de l'implantation jusqu'à la théâtralisation du rayon. L'analyse des résultats a été réalisée en autonomie partielle avec l'aide de ma tutrice.

La méthodologie utilisée	Les moyens et techniques mis en œuvre	Les annexes à présenter
1 Préparation avant l'implantation		
Entretien avec ma tutrice : lecture du plan merchandising de la collection Mugs et repérage des contraintes	• Il s'agit de montrer qu'une activité de merchandising se prépare en amont et ne se résume pas à la simple mise en place des produits dans le linéaire. • Vous devez donc expliquer comment vous vous préparez à cette implantation et quelles sont les contraintes à respecter par le réseau et/ou l'unité commerciale.	**Annexe 1** : le plan merchandising de la collection à implanter (envoyé par le réseau ou créé par vos soins si l'UC est indépendante) **Annexe 2** : la charte du réseau sur le merchandising ou le compte-rendu d'entretien avec la tutrice (modalités)
Préparation des nouveaux produits à implanter	Vous devez expliquer comment vous préparez la nouvelle collection à implanter selon les méthodes d'organisation de votre UC (traitement de la réception de la marchandise, manipulations informatiques, étiquetage, etc.).	**Annexe 3** : le bon de livraison (photocopie ou photographie) **Annexe 4** : la photographie du plan de travail en réserve
2 Déroulement de l'implantation		
Désimplantation de l'ancienne collection	Vous expliquerez ici la manière dont vous traiterez les produits de l'ancienne collection si la nouvelle collection vient remplacer une ancienne collection (déplacement des produits, mise en réserve, réimplantation, etc.).	**Annexe 5** : le plan de masse de l'UC **Annexe 6** : la photographie de désimplantation et de réimplantation éventuelle de l'ancienne collection
Préparation du squelette du rayon	Vous décrirez précisément comment vous réalisez le squelette du rayon conformément au plan merchandising du réseau (réaménagement des étagères, mise en place de broches, etc.).	**Annexe 7** : la photographie du squelette du rayon
Implantation de la nouvelle collection et de l'information sur le lieu de vente	Vous expliquerez comment vous avez procédé à l'implantation de la nouvelle collection en précisant les contraintes liées au réseau (clés d'entrée, logique d'implantation, etc.).	**Annexe 8** : la photographie de la nouvelle implantation
Validation de l'implantation par ma tutrice	Il s'agit de montrer que chacune de vos activités doit être validée par votre tutrice.	
3 Suivi de l'implantation		
Réassort de la collection	Vous préciserez ici la nécessité de procéder au réassort régulier des linéaires afin d'offrir un rayon attractif à la clientèle.	

La méthodologie utilisée	Les moyens et techniques mis en œuvre	Les annexes à présenter
Analyse des performances commerciales	Il s'agit ici de mettre en évidence les performances commerciales liées à la nouvelle implantation en prenant soin de faire le lien entre les objectifs fixés et les résultats obtenus (résultats, calcul des écarts par rapport à N – 1 et aux objectifs, etc.).	**Annexe 9 :** le tableau de bord des performances commerciales du rayon
Analyse de la satisfaction de la clientèle	Vous indiquerez ici, si vous avez la possibilité de vous les procurer, les résultats de l'étude de satisfaction réalisée soit par le réseau, soit par vos soins.	**Annexe 10 :** le tableau de résultat de l'étude de satisfaction

• **Les résultats obtenus.** Vous distinguerez ici les résultats quantitatifs et les résultats qualitatifs. Vous les comparerez aux objectifs poursuivis et indiqués au début de la fiche en calculant les écarts entre les résultats attendus et les résultats obtenus. Vous pourrez formuler des axes d'amélioration pour une prochaine implantation.

2 Les méthodologies de l'activité

A L'annexe 1 : le plan merchandising de la collection à implanter

Pour présenter cette annexe, il vous suffit de vous procurer le plan merchandising envoyé par le réseau ; en général, les unités commerciales le fournissent aux étudiants. Si ce n'est pas le cas ou si vous êtes dans une unité commerciale indépendante, vous devrez alors élaborer vous-même le planogramme en justifiant vos choix.

Exemple

Niveau des yeux		**Ex.** : produit à forte marge placé sur un niveau très vendeur.
Niveau des mains		
	Etc.	
Niveau des pieds		

B L'annexe 2 : la charte du réseau sur le merchandising

Si cette charte existe, vous présenterez en annexe la totalité ou un extrait de cette charte. Sinon, vous recenserez dans un document les différentes règles de merchandising observées dans votre unité commerciale.

Exemple Les règles de merchandising dans mon unité commerciale

- Respecter un colorama du plus clair au plus foncé (dans le sens de circulation du rayon).
- Positionner les produits à forte marge au niveau des yeux.
- Développer le cross merchandising sur le linéaire.
- Etc.

C L'annexe 3 : la photocopie ou photographie du bon de livraison

- La photocopie ou photographie du bon de livraison vous permettra, lors de votre oral, de présenter une preuve du traitement de la réception des marchandises.
- Par ailleurs, ce document sera un support intéressant pour que le jury comprenne l'organisation des livraisons dans votre unité commerciale (traitement manuel et /ou informatique, etc.).

D Les annexes 4, 6, 7 et 8 : les photographies des différentes étapes de l'implantation

Afin de dynamiser votre oral et toujours dans l'esprit de mieux guider le jury dans votre activité, vous présenterez des photos du linéaire implanté pour montrer la démarche que vous avez conduite.

Astuce

Les photographies ne peuvent pas constituer à elles seules les annexes représentatives d'une activité de merchandising mais elles permettront au jury de se situer dans votre unité commerciale et donc de mieux comprendre le contexte de votre activité.

E L'annexe 5 : le plan de masse de l'unité commerciale

- Il est impératif de présenter un plan de l'unité commerciale pour cette activité.
- S'il n'existe pas dans l'unité commerciale, alors vous devrez le construire en prenant soin de bien mettre en évidence les sens de circulation dans le magasin, ainsi que les zones chaudes et froides.

Exemple

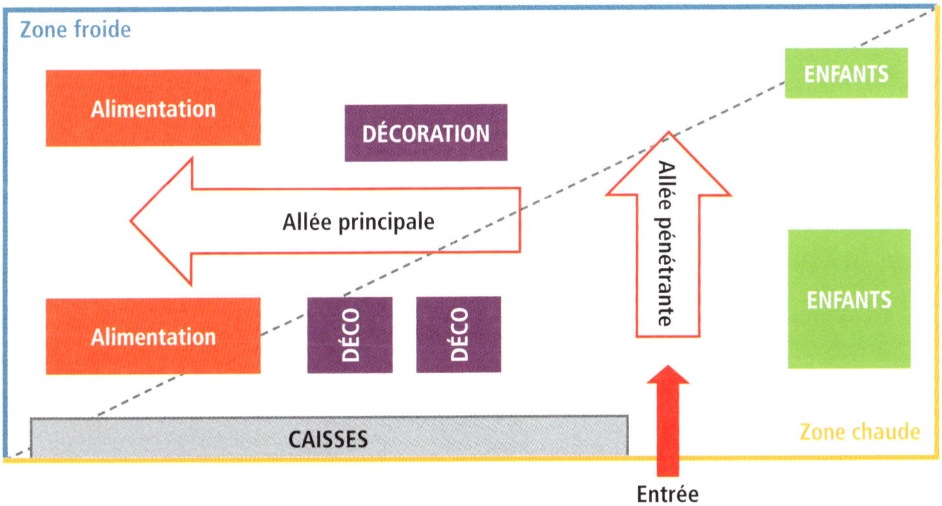

F L'annexe 9 : le tableau de bord des performances commerciales

	Chiffre d'affaires			Quantités vendues			Objectif de CA	Taux de réalisation de l'objectif
	CA N−1	CA N	Taux d'évolution	Quantités N−1	Quantités N	Taux d'évolution		
Réf. 1								
Réf. 2								
...								
Total								

Conseil

Vous utiliserez les indicateurs qui vous semblent les plus pertinents : chiffre d'affaires, quantités vendues, marge, contribution au chiffre d'affaires du rayon, rotation des stocks, etc.

G L'annexe 10 : les résultats de l'étude de satisfaction de la clientèle

Il s'agira ici de présenter les résultats de l'étude de satisfaction du réseau sur l'item « merchandising » ; ces résultats d'étude ont, en général, une fréquence trimestrielle.

Astuce

Si vous avez réalisé vous-même une étude de satisfaction avant et après l'implantation de la nouvelle collection, vous pouvez présenter en annexe les résultats de cette étude en précisant l'évolution des taux de satisfaction après l'implantation.

3 Les questions du jury les plus courantes concernant la compétence « Organiser l'espace commercial »

Questions	Éléments de réponses
1 Quel est le type de marchandisage utilisé par votre unité commerciale pour mettre en valeur son offre ? Quels autres types de marchandisage connaissez-vous ?	Il existe trois types de marchandisage : • **le marchandisage d'organisation** : il concerne l'organisation générale de l'unité commerciale mais aussi le détail des linéaires. Il consiste à faciliter la recherche des produits par le client mais aussi à optimiser le travail de manutention ; • **le marchandisage de séduction** : il consiste à créer une ambiance agréable et propice à l'achat par la théâtralisation de l'offre, les lumières, l'ambiance sonore, la musique, etc. ; • **le marchandisage de gestion** : il consiste à optimiser la rentabilité du rayon et du point de vente en général. Son principe repose sur des méthodes quantitatives d'allocation du linéaire.
2 Quels sont les enjeux d'une bonne présentation de son offre dans les linéaires ?	Les enjeux du merchandising sont de **trois ordres** : • **pour le consommateur** : se repérer dans l'unité commerciale et trouver facilement les produits qu'il recherche ; • **pour le distributeur** : proposer une offre qui réponde aux besoins de la clientèle ; • **pour le producteur** : avoir une bonne représentation de sa gamme dans le linéaire.

Questions	Éléments de réponses
3 Quelle différence faites-vous entre une implantation verticale et une implantation horizontale ?	• **L'implantation verticale** : les produits d'une même famille sont disposés les uns au-dessus des autres sur les linéaires. Cette présentation est la plus courante car elle permet un effet de masse dans le linéaire. • **L'implantation en tête de gondole** : la tête de gondole sert le plus souvent à présenter des produits en promotion. Elle permet de doubler, voire de tripler les ventes. • **L'implantation horizontale** : une étagère est dédiée à un produit pour favoriser les produits que l'on veut vendre. • Il existe également : – la présentation en panneaux : chaque panneau présente des produits complémentaires à l'offre principale ; – la présentation avec des cloisons : les familles sont séparées par des cloisons dans le linéaire.
4 Comment mesure-t-on la place accordée à une famille ou à une référence dans un rayon ? Utilisez-vous dans votre unité commerciale une méthode de calcul d'allocation du linéaire pour chaque référence ? Expliquez la notion d'indices de sensibilité.	• On mesure la place accordée à une famille ou à une référence en calculant le linéaire au sol (nombre de mètres au sol occupés par la famille) et en calculant le linéaire développé (nombre de mètres au sol occupés par la famille × nombre de niveaux d'exposition). • Dans mon unité commerciale, on calcule l'allocation accordée à une produit ou à une famille de produits en prenant en compte sa contribution au chiffre d'affaires du rayon. • Le calcul des indices de sensibilité permet de vérifier si la place accordée à une famille de produits correspond au niveau de chiffre d'affaires et de marge générés par cette famille de produits. On calcule ces indices **à partir de trois éléments** : la part de chiffre d'affaires, la part de marge et la part de linéaire occupé par la famille. À partir de ces indices de sensibilité, on pourra vérifier la bonne représentativité de la famille de produits dans le linéaire. Ces calculs permettent donc aussi de réimplanter un rayon avec une bonne allocation de l'espace afin d'optimiser le chiffre d'affaires et la marge.
5 En dehors des indicateurs de performances commerciales, comment auriez-vous pu analyser l'attractivité de votre rayon ?	J'aurais pu mettre en place une étude d'attractivité du rayon : elle consiste à suivre le trajet en magasin d'un échantillon de clients. À partir de ce suivi, on peut calculer un certain nombre d'indices : indice de passage, indice d'achat, indice d'attractivité, indice d'attention et indice de manipulation.

4 Les autres activités « valeurs sûres »

Si vous n'avez pas la possibilité de mettre en place l'implantation complète d'un univers pour valider la compétence « Organiser l'espace commercial », d'autres activités vous sont proposées ci-dessous :

– l'implantation d'une tête de gondole ou d'un *corner* ;
– la réorganisation d'un rayon ou d'un univers ;
– l'aménagement d'une vitrine à partir du book réseau ;
– la mise en place d'un *showroom* ;
– le réaménagement de l'espace « Attente clients » en banque/assurance ;
– l'optimisation de l'espace réserve ;
– la création d'un site Internet (même fictif).

3 Développer les performances de l'espace commercial

Activité gagnante : la mise en place et le suivi d'une opération commerciale

La mise en place et le suivi d'une opération commerciale consistent à préparer une opération, coordonner son organisation et évaluer ses résultats.

1 Le déroulement de l'activité

Attention

Vous prendrez modèle sur la fiche 4 **de la partie introductive aux deux épreuves** (→ p. 10).

• **Vous devez donner un nom précis à votre activité.** Vous préciserez **la nature de l'opération commerciale**.

Exemple Mise en place et suivi de l'opération « Fête des mères ».

• **La date et la durée de l'activité.** Vous devez indiquer précisément la date et la durée de l'activité.

Exemple L'activité s'est déroulée du 15 mai au 10 juin N.

• **Le contexte professionnel de l'activité**. Ici, le contexte professionnel doit être décrit avec précision et doit correspondre à l'activité. Il ne s'agit pas seulement de décrire l'unité commerciale et son contexte mais bien aussi de décrire le contexte de l'activité « Mise en place et suivi de l'opération Fête des mères ».

Exemple L'enseigne HEMI est une enseigne britannique proposant des produits du quotidien à bas prix. L'offre est répartie dans plusieurs univers tels que Décoration, Enfant et Alimentation. Chaque année, le réseau met en place une opération sur le thème de la fête des mères. Cette opération est relayée par une vaste campagne de communication par le biais de prospectus distribués dans la zone de chalandise. Je suis chargé(e) de la mettre en place dans l'univers décoration et d'organiser un challenge interne sur des « *Beauty Box* ».

• **Les objectifs poursuivis.** Vous devez préciser ici les objectifs que vous souhaitez atteindre grâce à cette activité. Les objectifs sont de deux types : les objectifs qualitatifs et les objectifs quantitatifs.

– **Objectifs qualitatifs** : dans cette activité, les objectifs qualitatifs sont de deux ordres : le respect des consignes du réseau et la fidélisation de la clientèle.

Exemples Proposer une offre attractive à la clientèle, respecter les préconisations du réseau, fidéliser la clientèle, développer la cohésion d'équipe.

– **Objectifs quantitatifs** : les objectifs quantitatifs sont **exclusivement** des objectifs chiffrés. Dans cette activité, les objectifs sont liés aux performances commerciales générées par cette opération commerciale et au niveau de satisfaction de la clientèle évalué par le réseau.

Exemples Augmenter le chiffre d'affaires de 10 % par rapport à N-1, atteindre un indice de vente de 3 articles par panier, augmenter le panier moyen de 8 % pour atteindre 27 euros, vendre 100 beauty box sur la période (challenge interne).

• **Le degré d'autonomie**. Votre autonomie peut être totale si vous avez mis en place l'opération depuis sa préparation jusqu'aux préconisations, ou partielle si vous avez assisté lors de certaines phases de l'activité (**ex.** : lors de l'analyse des résultats).

La méthodologie utilisée	Les moyens et techniques mis en œuvre	Les annexes à présenter
1 Préparation de l'opération		
Réunion de briefing d'équipe avec ma tutrice : prise de connaissance de l'opération « Fête des mères » du réseau	Il s'agit ici de montrer qu'une opération commerciale se prépare en amont et que sa réussite repose sur sa bonne organisation (préparation de l'opération, contraintes du réseau, contraintes de l'UC, objectifs, etc.).	**Annexe 1** : la copie du mail d'information sur l'opération « Fête des mères » organisée par le réseau **Annexe 2 :** le compte-rendu de la réunion d'équipe
Définition des modalités du challenge interne « Beauty Box »	Vous devez expliquer précisément les modalités du challenge organisé dans l'unité commerciale : dates, durée, objectifs, collaborateurs concernés, récompense, etc.	**Annexe 3** : le règlement du challenge **Annexe 4** : la fiche produit « Beauty Box »
Réception des produits à implanter et du kit de théâtralisation et étude du plan merchandising préconisé par le réseau	Vous devez expliquer ici comment vous vous organisez pour préparer l'opération au niveau matériel : commande éventuelle des produits (si non automatique), réception de la marchandise, etc.	**Annexe 5 :** le bon de livraison (photocopie ou photographie) **Annexe 6 :** le plan merchandising de l'opération commerciale (ou préconisations du réseau)
Élaboration d'un rétroplanning de l'opération « Fête des mères »	Il s'agit ici de mettre en évidence votre capacité à créer des outils de pilotage pour l'organisation de cette opération.	**Annexe 7** : le rétroplanning de l'opération commerciale
2 Déroulement de l'opération		
Implantation des produits dans l'univers Décoration	• Vous devez expliquer ici comment vous implantez les produits en insistant bien sur les règles d'implantation adoptées par le réseau et/ou l'unité commerciale. • Vous préciserez également votre marge de manœuvre par rapport aux contraintes imposées par le réseau et les difficultés éventuelles rencontrées.	**Annexe 8** : le plan de l'unité commerciale **Annexe 9** : la photographie des linéaires implantés (rayons, vitrine, etc.)
Élaboration de la tête de gondole « beauty box »	Vous décrirez précisément comment vous réalisez le squelette de la tête de gondole en respectant le plan merchandising du réseau.	**Annexe 10** : la photographie de la tête de gondole
Théâtralisation de l'espace de vente	Vous expliquerez ici comment vous avez su rendre attractif votre espace de vente (thème, décoration, etc.).	**Annexe 11 :** les photographies des univers
Validation de l'implantation par ma tutrice	Il s'agit ici de montrer que chacune de vos activités a reçu la validation de votre tuteur.	

La méthodologie utilisée	Les moyens et techniques mis en œuvre	Les annexes à présenter
	3 Suivi de l'opération	
Analyse des performances commerciales	Vous mettrez en évidence les performances commerciales liées à l'opération du réseau et au challenge interne en faisant le lien entre les objectifs fixés et les résultats obtenus.	**Annexe 12 :** le tableau de bord des performances commerciales de l'opération **Annexe 13 :** les résultats du challenge
Bilan de l'opération commerciale « Fête des mères »	• Dans ce bilan, vous dresserez une analyse des résultats quantitatifs et qualitatifs pour l'opération commerciale ainsi que pour le challenge interne. • Vous conclurez ce bilan avec vos préconisations pour la mise en place d'une future opération.	**Annexe 14 :** le compte-rendu de l'opération commerciale

• **Les résultats obtenus.** Vous distinguerez ici les résultats quantitatifs et les résultats qualitatifs. Vous les comparerez aux objectifs poursuivis et indiqués au début de la fiche en calculant les écarts entre les résultats attendus et les résultats obtenus. Vous pourrez ici formuler des axes d'amélioration pour une prochaine opération.

2 Les méthodologies de l'activité

A L'annexe 1 : la copie du mail d'information sur l'opération commerciale

Vous devez vous procurer la preuve de la mise en place de cette opération commerciale par le réseau (copie du mail ou de la lettre explicative).

Astuce

Si cette opération est relayée par une campagne de communication, vous pourrez présenter au jury un support de communication : prospectus, mail, carte d'invitation, photographie d'une affiche, etc.

B L'annexe 3 : le règlement du challenge

Le règlement du challenge est un document synthétique et structuré qui reprend les modalités du challenge : durée, collaborateurs concernés, objectifs, récompense, etc. Il est composé d'articles.

Exemple

Règlement du challenge « Beauty Box Fête des mères »

Article 1 : Objet et nature du challenge
Le challenge consiste à vendre un maximum de beauty box à l'occasion de l'opération commerciale Fête des mères. Ce challenge s'inscrit dans le cadre d'une opération nationale mais est indépendant du réseau.

Article 2 : Date et durée du challenge
Le challenge se déroulera du 15 mai au 10 juin N, soit 23 jours ouvrés.

Article 3 : Personnes concernées
Le challenge concerne tous les membres de l'équipe commerciale, à savoir : Anatole C, Baptiste V, Thibaut P, Astrid H et Amaya M.

C L'annexe 4 : la fiche produit « beauty box » (➔ Fiche 3, fiche produit p. 36)

D L'annexe 6 : le plan merchandising de l'opération commerciale (➔ Fiche 2, plan merchandising p. 58)

E L'annexe 7 : le rétroplanning de l'opération commerciale

Le rétroplanning est un document synoptique dans lequel vous présentez l'organisation dans le temps de toute l'opération commerciale, de sa préparation à son suivi en précisant la répartition des tâches entre les collaborateurs.

Exemple

Tâches	J − 15	J − 7	J − 1	Opération	J + 1	J + 7
Réunion briefing	Ma tutrice et toute l'équipe					
Rédaction du règlement du challenge		Anatole C				
Réception des marchandises			Baptiste V Astrid H			
Etc.						

Astuce

Le rétroplanning peut être réalisé sur un traitement de texte ou un tableur. Toutefois, il existe également des logiciels de gestion des tâches téléchargeables gratuitement sur internet (ex. : Gantt Project).

F L'annexe 8 : le plan de l'unité commerciale (➔ Fiche 2, plan de l'unité commerciale p. 59)

G Les annexes 9, 10 et 11 : les photographies de l'opération commerciale

Afin de dynamiser votre oral et toujours dans l'esprit de mieux guider le jury dans votre activité, vous présenterez des photographies de l'opération commerciale pour montrer la démarche que vous avez conduite.

Exemples Photographies des linéaires implantés, photographie d'une tête de gondole, photographie de la vitrine, photographie d'un collaborateur lors d'une animation, etc.

H L'annexe 12 : le tableau de bord des performances commerciales de l'opération (➔ Fiche 2, tableau de bord p. 60)

Conseil

Vous utiliserez les indicateurs les plus pertinents pour analyser les performances. Le jury appréciera, bien sûr, votre maîtrise du tableur pour réaliser ce tableau de bord (mise en place de formules de calculs).

I L'annexe 13 : les résultats du challenge

Exemple Les résultats du challenge « beauty box »

	Quantités de beauty box vendues (Objectif : 100 unités)			Contribution aux ventes
	Semaine 1	Semaine 2	Total	
Anatole C	5	18	23	16,4 %
Amaya M	7	14	21	15 %
Etc.	…	…	…	…
Total	**37**	**83**	**140**	**100 %**
Taux de réalisation de l'objectif en %				**140 %**

J L'annexe 14 : le compte-rendu de l'opération commerciale

Le compte-rendu est souvent destiné au directeur régional du réseau afin de lui présenter de façon concise les résultats de l'opération commerciale.

Compte-rendu de l'opération commerciale « Fête des mères » de l'année N
De : **À :** **Objet :** **Durée de l'opération :** **Tableaux de bord** (résultats de l'opération commerciale) : **Bilan au plan quantitatif :** **Bilan au plan qualitatif :** **Difficultés rencontrées :** **Préconisations :**

3 Les questions du jury les plus courantes concernant la compétence « Développer les performances de l'espace commercial »

Questions	Éléments de réponses
1 Quelle technique, sur le lieu de vente, auriez-vous pu mettre en place pour développer davantage les ventes ?	Une animation sur le lieu de vente aurait pu être mise en place. Elle dynamise le point de vente en théâtralisant une offre et permet de créer du trafic et d'améliorer l'image de l'unité commerciale auprès de sa clientèle.
2 Comment avez-vous choisi les indicateurs de performance de votre opération ?	Les indicateurs ont été choisis **en fonction de trois critères**. Chaque indicateur devait être à la fois : • pertinent par rapport aux objectifs de l'opération ; • actualisé, c'est-à-dire mis à jour régulièrement tout au long de l'opération ; • synthétique afin d'apprécier l'opération dans sa globalité.

Questions	Éléments de réponses
3 En quoi la mise en place d'un challenge peut-elle contribuer à une meilleure cohésion d'équipe ?	• La mise en place de récompenses individuelles va créer une émulation au sein de l'équipe ; la mise en place de récompenses collectives va permettre de développer l'esprit d'équipe. • La condition de réussite d'un challenge est de fixer des objectifs individuels et/ou collectifs pertinents.
4 Comment peut-on procéder au contrôle des actions lors d'une opération commerciale ?	• Au moment de l'opération commerciale, il faut s'assurer que les produits sont bien mis en place dans l'unité commerciale et que l'offre est attractive, tout en respectant les consignes du réseau. • À la fin de l'opération commerciale, il convient de déterminer sa rentabilité en calculant l'augmentation des ventes et en la comparant au coût de revient de l'opération.

4 Les activités « valeurs sûres »

Si vous n'avez pas la possibilité de mettre en place et de suivre une opération commerciale pour valider la compétence « Développer les performances de l'espace commercial », d'autres activités vous sont proposées ci-dessous :

– la préparation et la mise en œuvre des soldes ;

– la mise en place et le suivi d'un podium promotionnel ;

– la mise en place et le suivi d'une animation commerciale ;

– l'organisation d'un jeu concours ;

– l'étude de la rentabilité d'un rayon ;

– la création d'un partenariat pour une animation ;

– la formation des clients à l'utilisation des outils numériques de l'unité commerciale ;

– la communication sur le lieu de vente ou les réseaux sociaux pour faire connaître l'offre ou l'animation commerciale.

4 Mettre en place la communication commerciale

Activité gagnante : la mise en place d'un support de communication

Cette activité consiste à mettre en place un support de communication locale en cohérence avec la communication du réseau. Vous mettrez en évidence la dimension numérique de votre communication si votre unité commerciale le permet (réseaux sociaux, blog, site Internet, etc.).

1 Le déroulement de l'activité

Attention

Vous prendrez modèle sur la fiche 4 **de la partie introductive aux deux épreuves** (→ p. 10).

• **Vous devez donner un nom précis à votre activité en précisant l'objet de votre communication.**

Exemple
Promotion de l'atelier « cupcakes » par un *flyer* et une publication Facebook.

• **La date et la durée de l'activité.** Vous devez indiquer la date et la durée de l'activité.

Exemple
L'activité s'est déroulée du 7 au 30 mars N et a duré 17 jours.

• **Le contexte professionnel de l'activité.** Il s'agit ici de décrire le contexte de l'activité « Mise en place d'un support de communication ».

Exemple
L'enseigne HEMI est une enseigne britannique proposant des produits du quotidien à bas prix. L'offre est répartie en plusieurs univers tels que Décoration, Enfant et Alimentation. Cette année, le réseau a proposé aux unités commerciales de mettre en place des ateliers un samedi par mois afin de créer du trafic et de mieux faire connaître son offre. J'ai été chargé(e) de mettre en place la communication pour l'atelier « *cupcakes* » du samedi 21 mars N.

• **Les objectifs poursuivis.**

– **Objectifs qualitatifs** : dans cette activité, les objectifs qualitatifs sont de deux ordres : la cohérence avec le réseau et la connaissance de l'offre de l'unité commerciale.

Exemples
Mettre en place un support de communication en cohérence avec la politique du réseau, faire découvrir et faire aimer l'offre de produits, informer la clientèle sur l'atelier « *cupcakes* ».

– **Objectifs quantitatifs** : dans cette activité, les objectifs sont liés aux retombées de la communication réalisée ainsi qu'aux performances commerciales générées par l'atelier mis en place.

Exemples
Attirer la clientèle de la zone de chalandise et augmenter le trafic clients de x %, optimiser les retombées de la communication, augmenter le chiffre d'affaires de x %.

• **Le degré d'autonomie.** Votre autonomie peut être totale si vous avez mis en place la communication, ou partielle si vous avez été assisté(e) lors de certaines phases de l'activité (**ex.** : lors de la création du support).

Exemple
Dans cette activité, mon autonomie a été totale dans le choix des supports de communication et des messages à transmettre. La création du support a été réalisée par une société externe.

La méthodologie utilisée	Les moyens et techniques mis en œuvre	Les annexes à présenter
	1 Préparation avant l'activité	
Définition des modalités de l'atelier et du support de communication	Vous préciserez ici le contexte de l'atelier « *cupcakes* » (date, lieu, objectifs, etc.) puis vous expliquerez les modalités de création de votre support de communication (objectifs, cible, message, charte graphique, type de support, budget, etc.). Ces éléments sont souvent définis lors d'une réunion avec le/la tuteur/tutrice.	**Annexe 1** : le compte-rendu de la réunion avec le/la tuteur/tutrice
Création et impression du *flyer*	• Vous expliquerez ici comment vous avez créé votre support de communication. Vous préciserez si vous avez fait appel à un prestataire extérieur. • Vous justifierez vos choix, par exemple avec la méthode AIDA (voir la méthodologie de l'activité). • Vous préciserez ici le nombre d'exemplaires édités.	**Annexe 2** : le *flyer* (justifié par la méthode AIDA) **Annexe 3** : le devis du prestataire externe
Élaboration du message pour les réseaux sociaux	Vous justifierez ici le choix du message ainsi que celui du réseau social en fonction de la cible visée et de l'opération concernée.	**Annexe 4 :** le message (justifié par la méthode AIDA) **Annexe 5 :** la justification du choix du réseau social
Définition des zones de distribution du *flyer*	À l'aide d'une carte de la zone de chalandise, vous délimiterez les zones de distribution du *flyer* et justifierez vos choix. Vous pourrez faire appel à un prestataire extérieur pour cette tâche. Dans ce cas, vous présenterez le devis du prestataire en annexe. **Remarque :** si votre zone de distribution se limite à un centre commercial, vous devrez obtenir une autorisation de distribution au préalable par la direction du centre.	**Annexe 6** : la carte de la zone de distribution
Élaboration d'un rétroplanning de l'opération de communication	Vous préciserez ici comment vous avez organisé l'opération de communication dans son ensemble afin de situer chacune des actions dans le temps.	**Annexe 7** : le rétroplanning de l'opération de communication
Validation des choix par mon tuteur	Il s'agit de montrer que chacune de vos activités a été validée par votre tuteur.	
	2 Déroulement de l'activité	
Distribution des *flyers* sur les zones	Vous expliquerez ici comment vous avez organisé la distribution des *flyers* (zones, nombre de *flyers* distribués, dates, collaborateurs, etc.).	**Annexe 8 :** le tableau de distribution des *flyers* par zone

La méthodologie utilisée	Les moyens et techniques mis en œuvre	Les annexes à présenter
Publication du message sur les réseaux sociaux	Vous préciserez la manière dont vous avez procédé pour publier votre annonce sur le réseau social choisi.	**Annexe 9** : l'impression écran de la publication sur le réseau social
	3 Suivi de l'activité	
Analyse des retours de *flyers*	Vous devez analyser les retours de vos *flyers* afin de mesurer leur impact en termes de communication. Pour ce faire, vous pouvez insérer sur le *flyer* un coupon à présenter lors de l'atelier, ou bien interroger les participants à l'atelier sur la manière dont ils ont été informés de l'évènement.	**Annexe 10** : l'analyse des retours
Analyse des retombées sur les réseaux sociaux	Vous devez analyser les retombées de votre publication sur le réseau social choisi par le biais d'indicateurs tels que le nombre de « likes », les commentaires, etc.	**Annexe 11** : l'analyse des retombées sur les réseaux sociaux
Réunion de debriefing avec le tuteur	Vous présenterez dans un document de synthèse les retombées de votre opération de communication. Vous préciserez vos préconisations pour les opérations à venir.	**Annexe 12** : la synthèse de l'opération de communication

• **Les résultats obtenus.** Vous distinguerez ici les résultats qualitatifs et les résultats quantitatifs. Vous les comparerez aux objectifs poursuivis et indiqués au début de la fiche en calculant les écarts entre les résultats attendus et les résultats obtenus. Vous pourrez ici formuler des axes d'amélioration pour une prochaine opération.

2 Les méthodologies de l'activité

A L'annexe 1 : le compte-rendu de la réunion avec le tuteur

Date :

Nom et fonction du tuteur :

Modalités de l'atelier « *cupcakes* » : objectifs, date, lieu, durée, collaborateurs concernés, budget, cible visée, nombre de clients espéré, etc.

Choix du ou des support(s) de communication :

Objectifs de la communication :

Cible(s) visée(s) : sexe, âge, lieu d'habitation, clients/prospects, etc.

Message à transmettre :

Cahier des charges : charte graphique, format, couleur, mentions obligatoires sur le *flyer**, etc.

Budget de communication :

Et tout élément susceptible de préciser les modalités de l'opération

* **Mentions obligatoires sur un *flyer* : date d'impression, « Ne pas jeter sur la voie publique ».**

B L'annexe 2 : le *flyer* justifié par la méthode AIDA

C L'annexe 5 : la justification du choix du réseau social

Vous pourrez justifier vos choix à partir d'éléments tels que le nombre d'utilisateurs, le sexe, l'âge, les secteurs concernés, les intérêts et limites de ce support, etc.

D L'annexe 6 : la carte de la zone de distribution

Vous pourrez utiliser la carte de la zone de chalandise de votre unité commerciale, que vous découperez ensuite en zones de distribution.

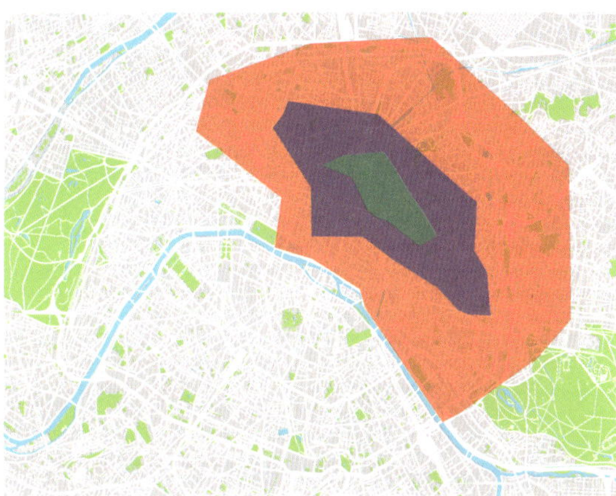

E L'annexe 7 : le rétroplanning de l'opération de communication (→ Fiche 3, rétroplanning de l'opération commerciale p. 65)

F L'annexe 8 : le tableau de distribution des *flyers* par zone

Zones	Nombre de *flyers*	Collaborateur	Date de distribution
Zone 1			
Zone 2			
Etc.			

G L'annexe 10 : l'analyse des retours du *flyer*

L'analyse peut être effectuée grâce aux indicateurs suivants :
- taux de retour = (nombre de retours ou visites/nombre d'envois) × 100 ;
- taux de conversion = (nombre d'achats/nombre de retours) × 100.

Exemple

Sur 1 000 flyers distribués, 40 clients ont participé à l'atelier.

Sur les 40 clients, 35 ont acheté des produits « *cupcakes* ».

Taux de retour = (40/1 000) × 100 = 4 %.

Taux de conversion = (35/40) × 100 = 87,5 %.

H L'annexe 11 : l'analyse des retombées sur les réseaux sociaux

Vous pouvez mener votre analyse à partir des indicateurs suivants :
- le nombre d'abonnés à la page (*followers*) ;
- le nombre de « *likes* » ;
- le nombre de commentaires ;
- le nombre de partages.

I L'annexe 12 : la synthèse de l'opération de communication

Vous reprendrez les éléments liés aux analyses des retombées de l'opération de communication (dans notre exemple : l'analyse des retombées du *flyer* et de la publication Facebook), puis vous proposerez des préconisations pour une future opération de communication.

3 Les questions du jury les plus courantes concernant la compétence « Mettre en place la communication commerciale »

Questions	Éléments de réponses
1 Quels sont les trois types d'objectifs en communication ?	• **Objectif cognitif :** faire connaître. La communication cherche à accroître la notoriété. • **Objectif affectif :** faire aimer. La communication tente de construire et d'améliorer l'image de marque de l'unité commerciale. • **Objectif conatif :** faire agir. La communication cherche à modifier le comportement des consommateurs en les poussant à l'acte d'achat.
2 Quels sont les supports de la communication ?	On distingue les médias et le hors média. • **Médias :** presse, télévision, affichage, cinéma, Internet, radios. • **Hors média :** marketing direct, promotion des ventes, foires et salons, sponsoring, relations publiques, réseaux sociaux.
3 Distinguez la communication de masse et la communication relationnelle.	• **La communication de masse** s'adresse à un large public avec des messages peu différenciés. Elle utilise le plus souvent les médias. • **La communication relationnelle** s'adresse à une cible spécifique, de façon différenciée, grâce à une connaissance de la cible. Elle est le plus souvent interactive.
4 Quels sont les nouveaux moyens et supports de communication que vous connaissez ?	• La communication digitale sur différents canaux (réseaux sociaux, site Web, blog, application mobile, emailing). • Les réseaux sociaux. • La communication géolocalisée. • Le *street* marketing. • Le marketing d'influence. • La communication *C to C* (actions de communication réalisées par des consommateurs à destination d'autres consommateurs).

4 Les autres activités « valeurs sûres »

Si vous n'avez pas la possibilité de mettre en place un support de communication pour valider la compétence « Mettre en place la communication commerciale », d'autres activités vous sont proposées ci-dessous :
– la réalisation d'une PLV à l'occasion d'un évènement ;
– la création de supports de communication internes ou externes au point de vente ;
– la mise en place d'un sponsoring ;
– la création d'un mailing à destination des clients de l'unité commerciale ;
– l'animation d'une communauté sur un réseau social ;
– la création d'une page Facebook ou Instagram ;
– la participation à l'animation du site Internet du magasin.

5 Évaluer l'action commerciale

Activité gagnante : l'évaluation des performances de l'unité commerciale

L'évaluation des performances de l'unité commerciale consiste à recueillir puis à analyser des informations issues de son système d'information commerciale, afin d'identifier ses forces et ses faiblesses.

1 Le déroulement de l'activité

Attention

Vous prendrez modèle sur la **fiche 4 de la partie introductive aux deux épreuves** (→ p. 10).

• **Vous devez donner un nom précis à votre activité** en précisant si cette activité concerne l'unité commerciale ou seulement un univers.

Exemple Évaluation des performances de l'unité commerciale.

• **La date et la durée de l'activité.** Vous devez indiquer précisément la date et la durée de l'activité, en intégrant l'extraction des données du système d'information commercial, l'analyse des données et la restitution des données.

Exemple L'activité s'est déroulée du 1er au 14 février N.

• **Le contexte professionnel de l'activité**. Ici, le contexte professionnel doit être décrit avec précision et il doit correspondre à l'activité. Il ne s'agit pas seulement de décrire l'unité commerciale et son contexte mais bien aussi de décrire le contexte de l'activité « Évaluation des performances commerciales ».

Exemple L'enseigne HEMI est une enseigne britannique proposant des produits du quotidien à bas prix. L'offre est répartie en plusieurs univers tels que Décoration, Enfant et Alimentation. Chaque semaine, mon tuteur anime une réunion auprès de son équipe pour présenter les réalisations de la semaine passée et les objectifs pour la semaine suivante. Mon tuteur m'a demandé de préparer la prochaine réunion hebdomadaire.

• **Les objectifs poursuivis.** Vous devez préciser ici les objectifs que vous souhaitez atteindre grâce à cette activité. Les objectifs sont de deux types : les objectifs qualitatifs et les objectifs quantitatifs.

– **Objectifs qualitatifs** : dans cette activité, les objectifs qualitatifs sont d'améliorer notre connaissance sur les performances de l'unité commerciale ainsi que sur la clientèle, d'informer l'équipe sur l'état des performances de l'unité commerciale, de proposer des axes d'amélioration, etc.

Exemples Caractériser le comportement d'achat de la clientèle, développer la cohésion d'équipe par le biais de réunions hebdomadaires, etc.

– **Objectifs quantitatifs** : les objectifs quantitatifs sont **exclusivement** des objectifs chiffrés. Dans cette activité, les objectifs sont liés à l'évolution des indicateurs, à l'atteinte des objectifs fixés par le réseau, etc.

Exemples Mesurer l'évolution des indicateurs commerciaux par rapport à N – 1, mesurer l'indice de réalisation du chiffre d'affaires par rapport à l'objectif réseau, situer l'unité commerciale par rapport à la moyenne du réseau, etc.

• **Le degré d'autonomie.** Votre autonomie peut être totale si vous avez mis en place l'étude des performances jusqu'aux préconisations, ou partielle si vous avez été assisté lors de certaines phases de l'activité (ex. : l'analyse des résultats).

La méthodologie utilisée	Les moyens et techniques mis en œuvre	Les annexes à présenter
	1 Préparation du suivi des performances	
Entretien avec mon tuteur : définition des modalités du suivi des performances	Il s'agit ici de montrer que le suivi des performances répond avant tout à une demande émanant du directeur de l'unité commerciale. Ex. : éléments à prendre en compte dans les analyses, comment présenter les résultats, etc.	**Annexe 1** : le compte-rendu de l'entretien
Recueil des informations sur le système d'information commercial de l'unité commerciale	Vous devez expliquer comment vous avez récupéré les informations sur le SIC (nom du logiciel, modalités de recueil, période concernée, etc.).	**Annexe 2** : l'extraction des données brutes du système d'information commerciale
	2 Déroulement du suivi des performances	
Élaboration des tableaux de bord et des éventuels graphiques	Vous expliquerez ici comment vous avez élaboré vos tableaux de bord (choix des indicateurs, modes de calcul, noms des logiciels utilisés, etc.). Vous préciserez si vous avez réalisé des graphiques.	**Annexe 3** : le tableau de bord final (avec la mise en évidence des formules Excel) **Annexe 4** : les graphiques éventuels
Analyse des tableaux de bord et des graphiques	Vous expliquerez ici comment vous procédez à l'analyse des résultats et des graphiques (par indicateur, par thème, etc.).	**Annexe 5** : l'analyse des performances de l'unité commerciale
	3 Suivi de l'analyse des performances	
Rédaction d'une synthèse et des préconisations	Il s'agit ici de mettre en évidence, dans un document de synthèse, les éléments les plus significatifs de l'étude, en prenant soin de distinguer les points forts et les points faibles identifiés. Cette synthèse sera suivie des préconisations à mettre en place pour améliorer les performances de l'unité commerciale.	**Annexe 6** : la synthèse de l'étude et les préconisations
Élaboration du rapport d'étude et remise au tuteur	Vous préciserez ici sous quelle forme vous avez rendu compte de votre travail auprès de votre tuteur : remise d'un rapport d'étude, animation d'une réunion de debriefing.	**Annexe 7** : la préparation de l'animation d'un debriefing lors d'une réunion

• **Les résultats obtenus.** Vous distinguerez ici les résultats quantitatifs et les résultats qualitatifs. Vous les comparerez aux objectifs poursuivis et indiqués au début de la fiche en calculant les écarts entre les résultats attendus et les résultats obtenus. Vous pourrez ici formuler des préconisations afin d'améliorer les performances de l'unité commerciale.

2 Les méthodologies de l'activité

A L'annexe 1 : le compte-rendu de l'entretien avec le tuteur

Date de l'entretien :

Nom du tuteur et sa fonction :

Objet de l'entretien :

Éléments à prendre en compte dans les analyses :

Mode de présentation des résultats :

Planning à respecter :

Reporting (réunion d'équipe, entretien, etc.) :

B L'annexe 2 : l'extraction des données brutes du système d'information commerciale

- Il s'agit ici de présenter un extrait des données chiffrées issues du système d'information commerciale.

- Si vous n'avez pas accès à ces données, vous pouvez demander à votre tuteur de vous fournir au moins des évolutions par indicateur.

C L'annexe 3 : le tableau de bord final

COMPRENDRE EN VIDÉO

Le tableau de bord sur Excel

Extrait d'un tableau de bord : suivi des performances en euros

	CA en N	CA en N – 1	Objectif CA en N	Taux d'évolution	Taux de réalisation en N
Univers 1	140 400	94 739	113 687	48,20 %	123,49 %
Univers 2	144 000	103 680	124 416	38,89 %	115,74 %

Il existe de nombreux autres indicateurs à faire figurer dans un tableau de bord tels que :
- le panier moyen ;
- l'indice de vente ;
- le taux de transformation ;
- le taux de marque ;
- le taux de contribution au CA ;
- le taux de recrutement ;
- etc.

Remarque

Vous mettrez en évidence les formules utilisées pour calculer les indicateurs avec le logiciel Excel.

D L'annexe 4 : les graphiques

Vous pourrez choisir des graphiques pertinents pour mieux illustrer les tendances des différents indicateurs.

E L'annexe 5 : l'analyse des performances de l'unité commerciale

• Il s'agit ici de mettre en évidence les principales tendances des indicateurs : leur taux d'évolution, leur taux de réalisation par rapport aux objectifs fixés, éventuellement leur taux de contribution par rapport à l'unité commerciale, etc.

• Vous devez vous poser un certain nombre de questions pour bien analyser votre tableau de bord :
– les phénomènes observés sont-ils internes ou externes ?
– Les dérives défavorables sont-elles rattrapables ?
– Les écarts favorables sont-ils reproductibles ?
– Etc.

F L'annexe 6 : la synthèse de l'étude et les préconisations

• À partir de l'analyse réalisée précédemment, vous rédigerez une synthèse structurée par thème, par indicateur, par famille de produits, etc., présentant les principaux points forts de l'unité commerciale ainsi que ses principaux axes d'amélioration.

• Vous proposerez ensuite des préconisations pertinentes à mettre en place pour améliorer les performances commerciales et ce, en lien avec la politique du réseau.

G L'annexe 7 : la préparation de l'animation de la réunion de débriefing

• Vous élaborerez un document synthétique et communicant (d'une longueur de maximum deux pages) qui vous permettra d'animer votre débriefing.

• Vous indiquerez sur ce document les principaux éléments relatifs à la période passée avec, par exemple :
– les tendances des indicateurs (objectif, réalisé, écart) ;
– les points positifs (avec les félicitations pour l'équipe) ;
– les points à améliorer (avec des conseils pour l'équipe) ;
– et enfin les objectifs pour la prochaine période, les éventuelles actions à mettre en place, etc.

> **Remarque**
> Dans les unités commerciales fonctionnant en réseau, la tête de réseau propose souvent une structure de document qu'il suffit de compléter.

3 Les questions du jury les plus courantes concernant la compétence « Évaluer l'action commerciale »

Questions	Éléments de réponses
1 Sous quels angles peut-on analyser les performances d'une unité commerciale ?	On les analyse **sous trois angles** : • **l'efficacité commerciale** : c'est la mesure des résultats obtenus par rapport aux objectifs à atteindre ; • **l'efficience** : c'est la mesure des résultats obtenus par rapport aux moyens utilisés pour les atteindre (membres de l'équipe, budget, etc.) ; • **la pertinence** : la confrontation des objectifs et des moyens permet d'évaluer la pertinence de l'organisation de l'unité commerciale.

Questions	Éléments de réponses
2 Qui s'intéresse particulièrement aux performances d'une unité commerciale ?	• La tête de réseau, si l'unité commerciale est en réseau. • Le manager de l'UC a besoin de mesurer les performances par rayon, par membre de l'équipe, par action commerciale mise en place afin de mettre en évidence leur contribution aux résultats de l'unité commerciale.
3 Pourquoi est-il si important de mesurer les performances d'une unité commerciale ?	**Trois raisons** justifient la nécessité de mesurer la performance : • **sur le plan commercial** : pour connaître les évolutions de l'UC et lui permettre de s'adapter à son marché et à sa clientèle ; • **sur le plan financier** : pour mesurer la rentabilité de l'activité et prévoir les éventuels investissements ; • **sur le plan managérial** : pour évaluer l'équipe et adapter les moyens humains nécessaires à l'atteinte des objectifs.
4 Comment avez-vous choisi les indicateurs de votre tableau de bord ?	À partir des objectifs fixés par mon tuteur, j'ai choisi des indicateurs pour lesquels l'équipe pouvait constituer un véritable levier d'action (CA, panier moyen, taux de transformation, indice de vente, etc.).
5 Pourquoi est-il si important de communiquer régulièrement les résultats de l'unité commerciale à son équipe ?	Il est important de communiquer régulièrement les résultats de l'unité commerciale à son équipe : • pour l'informer sur les évolutions de l'entreprise, la place qu'elle occupe dans le réseau, ses principaux points forts et ses axes d'amélioration ; • pour la motiver à atteindre les objectifs en impliquant chacun des membres lors de la réunion ; • pour décider d'actions managériales et/ou commerciales à mettre en place ; • pour favoriser la cohésion de l'équipe au sein de l'unité commerciale.

4 Les activités « valeurs sûres »

Si vous n'avez pas la possibilité d'analyser les performances globales de l'unité commerciale pour valider la compétence « Évaluer l'action commerciale », d'autres activités vous sont proposées ci-dessous :

– l'analyse des retombées d'une animation commerciale ou d'une opération promotionnelle ;
– l'étude de satisfaction de la clientèle et la proposition d'actions correctrices ;
– l'analyse des retombées de la stratégie digitale de l'unité commerciale ;
– le suivi des ventes de l'unité commerciale.

Méthodologies pour mener ses activités professionnelles

COMPRENDRE EN VIDÉO Retrouvez tous nos tutos vidéos sur notre chaîne YouTube « Objectif BTS Hachette ».

1 Le guide d'entretien

Le guide d'entretien correspond à une **étude qualitative** réalisée le plus souvent lors de la préparation d'une mission ou activité ou, parfois, en amont d'une étude quantitative. C'est un **entretien semi-directif** que vous conduirez avec un ou plusieurs collaborateurs de l'entreprise enclins à vous livrer des informations utiles à votre réflexion. Une étude qualitative permet de comprendre les motivations, les attitudes, les attentes des personnes interrogées et leur processus de décision.

étape 1 L'élaboration du guide d'entretien

Le guide d'entretien contient environ **5 questions ouvertes** suffisamment larges pour que votre interlocuteur développe ses réponses.

Exemples de questions

- Votre unité commerciale enregistre actuellement des contre-performances en terme de panier moyen. Comment l'expliquez-vous ?
- Comment envisagez-vous la mise en place de l'animation commerciale Saint-Valentin ? De quel budget pourrions-nous disposer ? Quelle serait notre marge de manœuvre ?

Remarque

Ce guide d'entretien présentera en haut de page le nom du collaborateur interviewé et sa fonction, la date et le lieu de l'interview. Suivront ensuite les questions à poser.

étape 2 Le déroulement de l'entretien

- Vous prendrez rendez-vous avec la ou les personnes à interviewer afin de convenir de la date, de l'heure et du lieu de l'entretien. Vous pourrez annoncer une durée d'environ une heure.
- Vous conduirez ensuite l'entretien en complétant les réponses à chacune des questions, de la façon la plus complète possible.

Remarque

Il est possible d'enregistrer l'entretien puis de le retranscrire si toutefois vous en avez eu l'autorisation au préalable.

étape 3 L'analyse de l'entretien

- Il s'agit ici de mettre en évidence les principaux éléments qui ressortent de l'entretien :
  – l'analyse du contenu verbal (décisions, dates, contraintes, budget, etc.) ;
  – l'analyse du contenu non verbal (gestuelle, mimiques, posture, etc.).
- Vous présenterez ces différents éléments dans un compte-rendu d'entretien.

2 La construction de la zone de chalandise

La zone de chalandise est la **zone géographique dans laquelle se situent les clients potentiels de l'unité commerciale**. Elle est propre à chaque unité commerciale.

1 Définition

COMPRENDRE EN VIDÉO *La zone de chalandise*

La connaissance de la zone de chalandise est essentielle pour l'unité commerciale :

– **à des fins prévisionnelles lors d'une ouverture** ;

– **pour optimiser les investissements publicitaires** (définition des zones de distribution des ISA – imprimés sans adresse –, choix des emplacements d'affichage, choix des supports de presse locaux, etc.) ;

– **pour connaître la provenance de ses clients et adapter son offre**.

2 La méthode de construction de la zone de chalandise

étape 1 La détermination de l'étendue de la zone de chalandise

• L'étendue de la zone de chalandise se définit de différentes façons :

– en demandant aux clients leur code postal lors de leur passage en caisse ;

– en récupérant les adresses sur les demandes de cartes de fidélité ;

– en collectant les adresses des participants à un jeu concours ;

– en demandant des informations sur la provenance des clients auprès du tuteur.

• Les informations collectées permettent ensuite de **diviser la zone de chalandise en trois sous-zones** :

– **la zone primaire** : la plus proche du point de vente (0 à 10 minutes d'accès environ), avec le taux d'emprise le plus élevé (entre 55 et 70 % de la clientèle potentielle). Elle constitue le cœur de cible de l'unité commerciale ;

– **la zone secondaire** : située à environ 10 à 15 minutes de l'unité commerciale, zone d'emprise intermédiaire représentant 20 à 25 % environ de la clientèle potentielle, avec une concurrence importante et une clientèle instable ;

– **la zone tertiaire** : la plus éloignée (15 à 20 minutes d'accès environ), taux d'emprise minimum, clientèle marginale.

Remarque

Ces intervalles de temps peuvent être variables en fonction de la nature de l'activité et de l'attractivité de l'unité commerciale.

étape 2 La construction de la zone de chalandise sur un logiciel de géomarketing

• La construction de la zone de chalandise peut s'effectuer selon deux méthodes :

– **la construction selon des courbes isométriques** : ce sont des cercles concentriques mesurant la distance qui sépare le client de l'unité commerciale. Elles ne prennent pas en compte les éventuelles difficultés d'accès ;

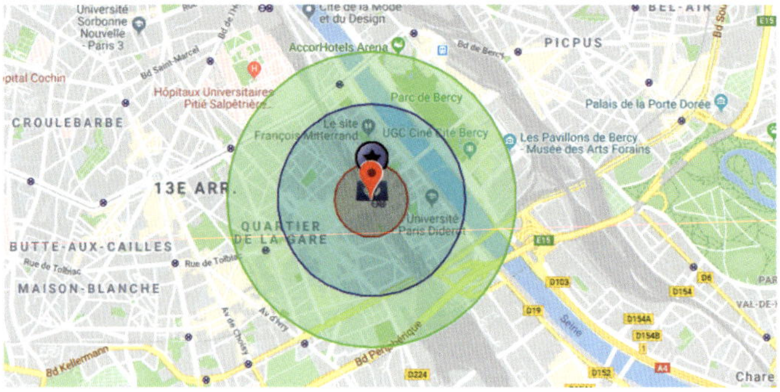

- Zone primaire = 5 km (cercle rouge)
- Zone secondaire = 10 km (cercle bleu)
- Zone tertiaire = 15 km (cercle vert)

– **la construction selon des courbes isochrones** : ces courbes mesurent le temps d'accès du client au point de vente à pied ou en voiture. Elles sont, en général, plus pertinentes que les courbes isométriques.

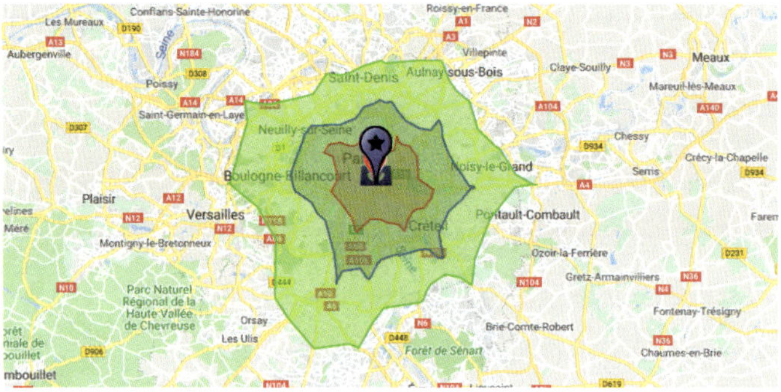

- Zone primaire = 8 minutes (zone rouge)
- Zone secondaire = 13 minutes (zone bleue)
- Zone tertiaire = 20 minutes (zone verte)

• **De nombreux logiciels de géomarketing sont accessibles gratuitement en ligne** pour construire sa zone de chalandise.

Exemple oalley.fr.

• Il suffit de suivre le mode opératoire de ces logiciels pour construire votre zone de chalandise.

Remarque

Dans le cas particulier des unités commerciales du secteur bancaire, la zone de chalandise est découpée en fonction de la situation géographique des autres agences du réseau.

étape 3 La qualification de la zone de chalandise

• Afin de rendre plus précise votre zone de chalandise, vous devrez collecter des informations relatives aux caractéristiques des habitants de la zone :

– **au niveau quantitatif** : recenser le nombre d'habitants de la zone et par sous-zone ;

– **au niveau qualitatif** : collecter des informations sur le profil des habitants de la zone et des sous-zones : sexe, âge, revenus, dépenses, etc.

Remarque

Dans certaines unités commerciales en réseau, vous pourrez récupérer la zone de chalandise déjà construite directement auprès du responsable de l'unité commerciale ou bien de la direction du centre commercial, si l'unité commerciale est située dans un centre commercial

• Ces informations peuvent être collectées auprès de différentes sources : mairies, Internet (www.insee.fr). Toutes ces informations vous permettront d'affiner l'étude de votre zone de chalandise et de mettre en évidence l'adéquation ou la non-adéquation de la cible visée par l'unité commerciale et le profil de la clientèle potentielle de la zone.

3 L'étude des performances commerciales

La mesure des performances de l'unité commerciale permet d'évaluer sa situation sur une période donnée. Le tableau de bord, couramment utilisé par le manager dans ce cadre, est le premier outil pour réaliser un diagnostic. Il peut servir à :

1. diagnostiquer un problème dans l'UC (global ou sur une famille de produits) ;
2. piloter l'équipe (notamment par rapport aux performances attendues par le réseau) ;
3. animer l'équipe (pour l'informer et la motiver à partir de données concrètes).

1 La méthodologie de construction du tableau de bord

phase préalable

– **Lister tous les indicateurs commerciaux utiles** pour déterminer **votre** problématique (CA, marge, panier moyen, taux de transformation (TT), ventes réalisées par les différents membres de l'équipe commerciale, etc.) ;

– **déterminer la période à étudier** (1 mois, 6 mois, 1 an) en cohérence avec ce que vous supposez puisqu'à ce stade vous ne savez pas encore quelle est votre problématique ;

– **déterminer le « champ d'exploration »** (magasin, magasin/réseau, famille de produits, rayon, etc.).

phase 1 **Valider le choix des indicateurs**, de la période et du champ de recherche auprès de votre professeur référent et de votre tuteur.

phase 2 **Construire un tableau de bord vierge** à l'aide du logiciel Excel.

phase 3 **Récolter les informations** auprès du tuteur ou de l'intranet de l'unité commerciale et calculer les indicateurs analytiques comme le taux de contribution, le taux de réalisation des objectifs, le taux d'évolution de tous les indicateurs bruts sélectionnés (CA, marge, etc.).

phase 4 **Compléter le tableau de bord** à l'aide des informations préalablement collectées.

phase 5 **Effectuer les calculs nécessaires** (écart, taux d'évolution, etc.) grâce au logiciel Excel.

phase 6 **Analyser les résultats obtenus**.

phase 7 **Construire le rapport** qui fera apparaître les écarts anormaux, les points faibles de l'unité commerciale/du rayon/de la famille de produits, chercher à les expliquer et proposer des préconisations adaptées.

2 Un exemple de tableau de bord

	Prévu		Réalisé		Année N – 1	Cumul montant	Cumul % CA	Cumul année N – 1
	Montant	% CA	Montant	Écart				
CA (en €)								
CA/m²								
Panier moyen								
Quantités vendues								
Marge								
Résultat								
Délai de livraison								
Taux de retour								

3 Une méthodologie d'analyse du tableau de bord

étape 1 Je fais un constat.

Exemple

Le chiffre d'affaires régresse de 5,2 % entre N-1 et N.

étape 2 J'analyse.

Exemple (suite)

Cela est probablement dû à l'arrivée d'un concurrent sur notre zone de chalandise.

étape 3 Je préconise.

Exemple (suite)

Il serait souhaitable de mettre des actions commerciales en place comme une semaine de promotion, accompagnée d'une campagne de communication locale multi-supports.

4 L'audit de l'équipe commerciale

L'équipe reflète ce qu'il se passe dans l'unité commerciale. Elle est le témoin privilégié des problématiques de l'entreprise.

Il est donc intéressant de la sonder sur trois thématiques :
1. le management mis en place au niveau du point de vente ;
2. le développement et la fidélisation de la clientèle ;
3. l'offre de produits et de services.

1 La méthodologie

phase préalable **Identifier précisément les différents membres de l'équipe commerciale** aux différents niveaux hiérarchiques et les lister.

phase 1 **Déterminer un mode de sondage** : entretien de groupe, entretien individuel, entretien libre (dangereux !), entretien semi-directif.

phase 2 **Évaluer**, grâce à une grille d'interview, les points forts et les points faibles de l'équipe, d'une part, et de l'unité commerciale, d'autre part, au travers des yeux des membres de l'équipe.

Remarque

L'entretien libre peut poser problème car les sondés sont libres de répondre ce qu'ils souhaitent, rendant le traitement des réponses plus compliqué.

1. La grille doit avoir une **double entrée** :
points forts/points faibles d'une part ;
relatifs aux membres de l'équipe/relatifs à l'unité commerciale d'autre part.

	Points forts	Points faibles
Des membres de l'équipe		
De l'unité commerciale		

2. La grille doit permettre d'aborder **les trois thématiques citées en introduction** lors de l'entretien.

phase 3 **Mener les entretiens.**

phase 4 **Synthétiser les résultats en dépouillant les différents questionnaires renseignés.**

phase 5 **Construire son rapport d'audit.**

2 La construction du rapport d'audit de l'équipe commerciale

Structure du rapport	Nombre de pages	Contenu de l'audit de l'équipe commerciale
Page de garde	1	• Nom, prénom, statut dans l'UC. • **Titre « *Rapport d'audit d'équipe* ».** • Nom (et logo) de l'UC pour laquelle le rapport est réalisé.
Sommaire	1	• Subdivision du rapport avec la pagination de chaque partie.
Introduction	1	• Présentation du **problème** à résoudre (dans le contexte de l'UC ou plus globalement). • Rappel des **objectifs** de l'audit.
Méthodologie	1	• Type d'étude utilisé. • Utilisation du logiciel Word. • Présentation du nombre de personnes interrogées, des thèmes abordés, date, lieu et modalités d'administration, etc.
Résultats	Variable	Présentation synthétique des résultats à la suite de l'analyse de différentes interviews.
Synthèse	2 à 5 pages	• Bilan (points forts/faibles) compte tenu des thèmes et/ou du problème posé. Présentation du bilan sous la forme d'un tableau. • Difficultés rencontrées. • Recommandations éventuelles.
Annexes	Variable	• La grille d'audit vierge. • Les grilles remplies.

Exemple de bilan

Points forts des membres de l'équipe	Points faibles des membres de l'équipe

Atouts de notre unité commerciale par rapport aux concurrents selon l'équipe	Faiblesses de notre unité commerciale par rapport aux concurrents selon l'équipe

5 L'étude de la concurrence

Votre unité commerciale évolue souvent sur un secteur très concurrentiel et il convient d'être en situation de veille commerciale.

1 Ses objectifs

L'étude de la concurrence a pour **objectifs** :

– **de délimiter clairement la concurrence directe et indirecte** de l'unité commerciale ;

– **d'évaluer les forces et faiblesses de la concurrence directe** afin d'en tirer des enseignements et des améliorations possibles pour l'unité commerciale.

2 La méthodologie

phase préalable **Déterminer de manière précise l'activité de votre entreprise** (type de clients, zone géographique), **puis en déduire la concurrence directe** (directement positionnée sur les mêmes créneaux ou marchés) **et indirecte** (positionnée sur des créneaux différents mais pouvant se substituer à ceux de votre unité commerciale).

phase 1 **Construire** un fichier concurrents directs et les reporter sur une carte.

phase 2 **Évaluer**, grâce à une analyse multicritères, de cette concurrence, par exemple :

– l'emplacement et la qualité du point de vente (**ex.** : photographies) ;

– l'ancienneté et la notoriété (du dirigeant, de l'enseigne) ;

– le niveau d'activité et la croissance du chiffre d'affaires ;

– l'accueil téléphonique (attente, conseils, services) ;

– l'accueil physique et les conseils (client mystère) ;

– le choix et le prix (tableau comparatif) ;

– la communication.

Remarque

Lorsque vous recherchez des informations sur le niveau d'activité et le chiffre d'affaires, attention à bien réaliser une recherche (notamment à l'aide de sites comme www.societes.com) sur la raison sociale du magasin concurrent et non sur l'enseigne.

phase 3 **Synthétiser les résultats** : en évaluant chaque critère avec un barème de notation (**ex.** : de 1 à 10).

phase 4 **En déduire** les concurrents les plus sérieux.

phase 5 **Faire des préconisations** : confronter les résultats de cette dernière sélection aux prestations fournies par votre propre entreprise. En déduire les « plus et les moins » de votre entreprise (choses à maintenir, choses à faire, choses à ne plus faire).

phase 6 **Construire le rapport d'étude de la concurrence.**

3 La construction du rapport d'étude de la concurrence

Structure du rapport	Nombre de pages	Contenu de l'étude de la concurrence
Page de garde	1	• Nom, prénom, statut dans l'unité commerciale. • **Titre « *Rapport d'étude de la concurrence* ».** • Nom (et logo) de l'UC pour laquelle le rapport est réalisé.
Sommaire	1	• Subdivision du rapport avec la pagination de chaque partie.
Introduction	1	• Présentation du **problème** à résoudre (dans le contexte de l'UC ou plus globalement). • Rappel des **objectifs** de l'étude de la concurrence.
Méthodologie	1	• Type d'étude utilisé. • Utilisation du logiciel Word/Excel. • Justification du nombre et du choix des concurrents, des thèmes abordés, date, lieu et modalités d'administration, etc. • Présentation de la méthode d'évaluation choisie pour comparer les concurrents.
Résultats	Variable	Présentation synthétique des résultats à la suite de l'analyse des scores obtenus par chaque concurrent.
Synthèse	2 à 5 pages	• Bilan (points forts de notre UC par rapport à la concurrence et des concurrents par rapport à notre UC ; idem points faibles). • Difficultés rencontrées. • Recommandations éventuelles.
Annexes	Variable	• Questionnaire vierge. • Questionnaire rempli pour chaque concurrent. • Tous les éléments chiffrés en lien avec la démarche méthodologique, avec l'analyse, et enfin avec les recommandations effectuées en conclusion (**ex.** : la mise en place d'un challenge d'équipe).

6 L'étude de satisfaction de la clientèle

L'étude de satisfaction de la clientèle est une étude quantitative ponctuelle par questionnaire. Elle permet d'obtenir des données chiffrées extrapolées à la population totale, à partir d'un échantillon représentatif. Aujourd'hui, les études sont le plus souvent administrées en ligne ou grâce à une tablette ou un smartphone.

étape 1 La préparation de l'étude

A La définition des modalités de l'étude et le repérage des contraintes éventuelles

- **Les objectifs de cette enquête.**

– Pourquoi menez-vous cette enquête ?

– Que souhaitez-vous connaître ou mesurer (produits, prix, accueil de l'équipe, ambiance du magasin, comportement d'achat, etc.) ?

- **Les caractéristiques de l'échantillon à interroger.**

– Nombre de personnes[1].

– Profil des personnes à interroger (client, client fidèle, visiteur, sexe, âge, etc.).

1. Vous utiliserez une méthode d'échantillonnage non probabiliste puisqu'on ne connaît pas la liste exhaustive des individus constituant la population mère. On ne peut donc pas théoriquement calculer la taille de l'échantillon.

Principales méthodes d'échantillonnage	Caractéristiques
Méthode des quotas	On reproduit les caractéristiques (sexe, âge, etc.) de la population étudiée sur l'échantillon. Ex. : On respectera la composition de la clientèle : 40 % d'hommes et 60 % de femmes.
Méthode arbitraire	L'échantillon est composé de manière intuitive en ayant cependant pour souci de respecter une variété sociale. Ex. : L'enquêteur veillera à interroger toutes les tranches d'âges.
Méthode des itinéraires	Les enquêteurs doivent respecter un itinéraire précis sur lequel ils vont constituer leur échantillon. Ex. : On interrogera une personne sur 5 en sortie de caisse d'un magasin.

- **Le lieu d'administration** : à l'intérieur du magasin, devant le magasin, en sortie de caisses, etc.

- **La durée d'administration et les moments d'administration** : moment de la semaine, moment de la journée, etc.

- **L'équipe d'administrateurs** : êtes-vous seul à administrer le questionnaire ou avez-vous des collaborateurs ?

- **Le mode d'administration** : en face-à-face, par téléphone, par mail, en auto-administration.

B L'élaboration du questionnaire et sa validation par le commanditaire

Vous expliquerez ici les étapes de construction de votre questionnaire :

– **l'identification des thèmes à aborder dans le questionnaire :** vous limiterez votre questionnaire à quatre thèmes, dont le thème signalétique (sexe, âge, lieu d'habitation, profession, etc.) ;

– **la formulation des questions** :

- vous veillerez à alterner les types de questions : questions fermées, questions à choix multiples, questions à échelle, questions ouvertes ;
- vous serez attentifs à l'ordre des questions afin de rendre l'administration de votre questionnaire plus fluide.

Exemple de question fermée

Possédez-vous la carte de fidélité de notre magasin ?

❏ Oui ❏ Non

Exemple de question à choix multiples

Donnez votre avis sur l'équipe du magasin :

	– –	–	+	++
Accueil en magasin				
Disponibilité				
Qualité des conseils				
Sourire				

Exemple de question à échelle

Sur une échelle de 1 à 5 (5 étant la note la plus haute), comment jugez-vous l'ambiance générale de notre magasin ?

❏ 1 ❏ 2 ❏ 3 ❏ 4 ❏ 5

Exemple de question ouverte

Auriez-vous des suggestions à proposer pour améliorer le choix des produits dans notre magasin ?

____

____

____

____

Astuce

Pour faciliter le dépouillement, vous limiterez votre questionnaire à une question ouverte.

– **la mise en page de votre questionnaire :** vous présenterez votre questionnaire avec un titre, une introduction ainsi qu'une conclusion ;

– **la validation du questionnaire** par le commanditaire.

C La finalisation du questionnaire

• Vous testerez votre questionnaire sur environ 10 % de votre échantillon final et procéderez aux corrections éventuellement nécessaires.

• Vous imprimerez ensuite votre questionnaire en limitant sa présentation à une page recto verso.

étape 2 Le déroulement de l'étude

A Le planning d'administration de l'étude et l'administration de l'enquête

• Vous présenterez un planning d'administration de votre questionnaire afin de mettre en évidence la rigueur de votre méthodologie : nombre de questionnaires administrés par jour ou par moment de la journée, etc.

• Vous préciserez le nom de la méthode non probabiliste que vous avez choisie.

Exemple

L'administration des questionnaires est répartie au prorata du chiffre d'affaires généré par jour. Sur un total de 100 questionnaires, si la contribution au chiffre d'affaires du samedi représente 40 %, alors 40 questionnaires seront administrés le samedi.

Remarque

La pratique en BTS MCO est d'administrer 100 questionnaires et de justifier la taille de l'échantillon par des contraintes de temps et/ou de budget.

B Le paramétrage de l'enquête sur un logiciel de dépouillement d'enquête

• Vous devez maintenant procéder au paramétrage de votre questionnaire sur un logiciel de dépouillement d'enquête. Cette étape consiste à construire le questionnaire sur le logiciel et à saisir les caractéristiques des différentes questions.

• Cette étape est essentielle car un paramétrage mal exécuté rend la saisie des résultats erronée et vous oblige à recommencer cette étape.

C La saisie des résultats

• Cette étape consiste à entrer dans le fichier de l'enquête les réponses reçues lors du questionnement des personnes.

• La sauvegarde des données se fait à la fin de chaque questionnaire, ce qui vous permet de réaliser cette étape de saisie en plusieurs fois.

Remarque

Dans le module de saisie, le terme **individu** signifie questionnaire.

étape 3 Le suivi de l'étude

A L'analyse des résultats de l'étude : l'analyse des tris à plat et des tris croisés

L'analyse des résultats de l'étude s'effectue grâce au module de traitement du logiciel de dépouillement d'enquête :

– les tris à plat permettent d'analyser les résultats question par question ;

– les tris croisés permettent d'analyser les résultats d'une question en fonction des résultats d'une autre question.

Exemple de tri croisé

Question 1 : Avez-vous la carte de fidélité de notre magasin ?

Question 2 : Dans quelle tranche d'âge vous situez-vous ?

Le croisement de ces deux questions permettra d'améliorer notre connaissance du client encarté en terme d'âge.

Astuce

Vous présenterez l'analyse de vos résultats à raison d'une page par tri en incluant l'intitulé de la question, le tableau et/ou le graphique des résultats du tri et une phrase d'analyse de ces résultats.

B La rédaction d'une synthèse et des préconisations

• À l'issue de la phase d'analyse des résultats, vous rédigerez une synthèse structurée par thème reprenant les éléments les plus pertinents de vos analyses de tris à plat et de tris croisés.

Exemples de thèmes

Le comportement d'achat, la satisfaction sur les services proposés, le profil du client.

• Vous conclurez votre synthèse par des préconisations argumentées qui pourraient répondre aux problématiques soulevées dans votre analyse.

Remarque

Votre synthèse ainsi que vos préconisations seront intégrées à votre rapport d'étude.

C L'élaboration du rapport d'étude et sa remise au commanditaire

• Votre remettrez un rapport d'étude à votre commanditaire.

• Vous présenterez les résultats de votre étude de satisfaction dans un dossier relié et structuré comme suit :

– une page de garde avec l'intitulé de votre étude, le nom de l'unité commerciale, vos nom et prénom, les dates de réalisation de votre étude ;

– les modalités de votre étude : objectifs, lieu, mode et dates d'administration, caractéristiques de l'échantillon, etc. ;

– le questionnaire vierge validé par le commanditaire ;

– les analyses illustrées (tableaux, graphiques) des tris à plat et tris croisés ;

– la synthèse de votre étude structurée par thèmes ;

– les préconisations.

7 L'étude d'attractivité d'un rayon

Une étude d'attractivité permet de mieux comprendre les contre-performances inhérentes à un rayon ou à une famille de produits. Elle consiste à suivre un certain nombre de clients dans leur parcours au sein de l'unité commerciale afin de mettre en évidence les principaux points faibles d'un rayon. Elle peut être complétée par une étude de satisfaction de la clientèle portant sur le rayon afin de pouvoir affiner l'analyse.

étape 1 L'analyse de l'existant

• Avant de procéder à l'étude d'attractivité, il est important de mener une démarche qualitative qui aura pour objectifs de déterminer les points forts et les points faibles les plus évidents de l'implantation du rayon.

• Il peut s'agir, par exemple, de demander à chaque membre de l'équipe de réaliser une observation critique du rayon à partir du plan merchandising initial.

• Quelques pistes pour l'analyse à mener :
- le parcours du client ;
- la répartition des zones chaudes et des zones froides ;
- l'adaptation du mobilier aux produits du rayon, à l'image de l'unité commerciale ;
- l'ambiance générale (éclairage, décoration, etc.) ;
- la facilité de circulation du client ;
- le repérage du client au sein du rayon (balisage, etc.) ;
- la mise en valeur des produits ;
- etc.

étape 2 L'étude d'attractivité du rayon

A L'élaboration du plan de masse de l'unité commerciale

• Vous élaborerez un plan de masse de l'unité commerciale afin de pouvoir procéder au suivi des clients qui entrent dans le magasin.

• Ce plan de masse comportera une légende qui permettra de mettre en évidence les arrêts, les prises en main de produits, etc.

Définition

Plan de masse (en distribution) : plan représentant l'implantation des rayons dans le point de vente.

Exemple

SUIVI DES CLIENTS

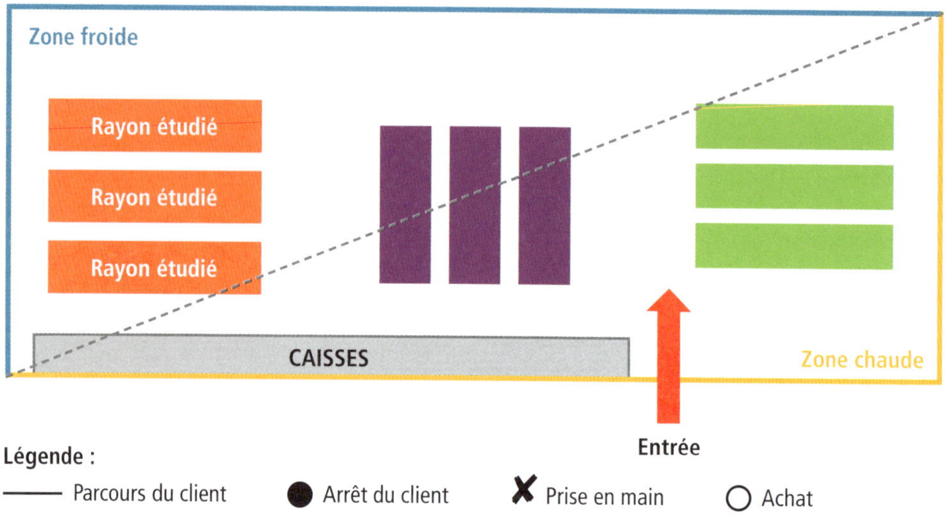

B L'observation des clients

• Une fois le plan de masse élaboré, vous le photocopierez autant de fois que le nombre de suivis prévus. L'usage est de suivre environ 50 clients.

• Vous procéderez ensuite au suivi clients en prenant soin de bien noter les arrêts, prises en main et achats de vos clients. Vous pourrez répartir ces suivis tout au long de la semaine afin d'avoir une meilleure représentativité du comportement du client. En règle générale, on utilise la méthode des itinéraires pour constituer l'échantillon des clients suivis (**ex.** : un client suivi tous les 10 clients entrés dans l'unité commerciale).

C Le calcul des indices

• Vous calculerez ensuite des indices à partir des suivis réalisés :

Indice	Mode de calcul	Interprétation
Indice de passage	Nombre de passages dans le rayon/ nombre de clients suivis.	Évaluer l'emplacement du rayon et déterminer les zones froides et chaudes.
Indice d'attractivité	Nombre d'achats dans le rayon/nombre de passages dans le rayon.	Évaluer l'attractivité du rayon, son impact auprès de la clientèle.
Indice d'attention	Nombre d'arrêts dans le rayon/nombre de passages dans le rayon.	Estimer la puissance visuelle du rayon, sa capacité à retenir l'attention du client.
Indice de manipulation	Nombre de prises en main dans le rayon/ nombre d'arrêts dans le rayon.	Vérifier que l'offre de produits correspond aux besoins du client.
Indice d'acquisition	Nombre d'achats dans le rayon/nombre de prises en main.	Vérifier si le niveau de prix pratiqué est correct et si l'assortiment est adapté.
Indice d'achat	Nombre d'achats dans le rayon/nombre de clients suivis.	Montrer l'efficacité commerciale globale du rayon.

• Pour calculer les indices, vous utiliserez un tableur (**ex.** : Excel) afin de mettre en évidence votre maîtrise des formules.

étape 3 L'analyse de l'attractivité du rayon

• Vous procéderez ensuite à l'analyse des indices calculés. Un indice performant est proche de 1.

• Idéalement, ces indices doivent être comparés dans le temps pour estimer l'évolution des performances soit entre différents rayons, soit entre des rayons similaires dans des unités commerciales différentes du réseau.

Exemple d'analyse

Indice d'acquisition = 0,33

Cet indice n'est pas bon. Il signifie que seuls 33 % des clients qui prennent le produit en main l'achètent. Cet indice met en évidence que le produit est attractif mais certainement trop cher.

• Vous mènerez ensuite votre analyse que vous pourrez structurer ainsi :
– l'agencement global de l'unité commerciale ou du rayon : est-il adapté au parcours client ?
– l'offre proposée : est-elle suffisamment visible ?
– le confort d'achat : l'information sur le lieu de vente (ILV) est-elle suffisamment incitative et informative ?

• Vous terminerez votre analyse en proposant des préconisations visant à améliorer l'attractivité de votre unité commerciale ou du rayon étudié.

8 L'étude des indices de sensibilité d'un rayon

L'étude des indices de sensibilité d'un rayon consiste à vérifier si la place accordée à chacun des produits ou à chacune des familles de produits permet d'optimiser la rentabilité du rayon. Cette étude assez longue à réaliser demande beaucoup de rigueur mais elle permet de justifier avec beaucoup de précision une proposition de réimplantation de rayon.

étape 1 Le recueil des informations

• Avant toute analyse, vous récolterez tous les renseignements qui vous permettront ensuite d'être plus efficace. Un rayon stable (épicerie, etc.) est plus facile à analyser qu'un rayon saisonnier (maillots de bain, etc.).

• Les informations à collecter sont les suivantes :

Pour l'ensemble du rayon	Pour chaque référence
• Un schéma précis au centimètre près du rayon par famille, mais aussi par référence. • Une photo du linéaire pour pouvoir juger de son aspect visuel. • Le sens de circulation de la clientèle pour déterminer l'entrée et la sortie du rayon.	• Le chiffre d'affaires ou les quantités vendues sur une période de plusieurs mois. • La marge réalisée par référence.

étape 2 Le diagnostic par famille de produits

• Vous commencerez toujours par analyser chaque famille de produits avant de procéder à l'analyse par référence. Cette dernière est beaucoup plus fastidieuse car il existe jusqu'à 500 références dans un rayon.

• Il est possible toutefois de se limiter à l'analyse par famille mais elle sera moins précise. Vous présenterez votre travail dans des tableaux de calculs d'indices.

Exemple

Famille	CA réalisé	Marge brute (MB)	MLD[1]	% CA[2]	% MB[3]	% MLD[4]	IS/CA[5]	IS/MB[6]
Famille 1	8 703	650	25,58	78,7	23,7	80,7	0,98	0,29
Famille 2	1 686	1 083	4,08	15,2	39,4	12,9	1,18	3,05
Famille 3	670	1 012	2,04	6,1	36,9	6,4	0,95	5,77
Total	**11 059**	**2 745**	**31,70**	**100**	**100**	**100**		

1. Mètre linéaire développé ou MLD (nombre de mètres occupés par la famille × nombre de niveaux)

2. % CA = (chiffre d'affaires de la famille/chiffre d'affaires total) × 100

3. % MB = (marge brute de la famille/marge brute totale) × 100

4. % MLD = (MLD occupé par la famille/MLD total) × 100
5. Indice de sensibilité sur le chiffre d'affaires (IS/CA). Il compare les ventes de la famille avec la surface qu'elle occupe dans le rayon. On peut aussi travailler sur les quantités vendues à la place du chiffre d'affaires.
$$\frac{\%\ CA}{\%\ MLD}$$
6. Indice de sensibilité sur la marge brute (IS/MB). Il compare la marge dégagée par une famille de produits et la place qu'elle occupe dans le rayon.
$$\frac{\%\ MB}{\%\ MLD}$$

étape 3 L'analyse des indices de sensibilité du rayon

- L'indice de sensibilité doit être au moins égal à 1 pour être performant.

- S'il est supérieur à 1, cela signifie qu'il est très performant et que la famille ou la référence concernée est sous-représentée. Il faut donc augmenter sa place dans le linéaire.

- Au contraire, si l'indice est inférieur à 1, cela signifie qu'il est peu performant et que la famille ou la référence concernée est sur-représentée. Il faut donc réduire sa place dans le linéaire.

Tableau d'aide à l'interprétation des résultats

	$\frac{IS}{CA} < 1$	$\frac{IS}{CA} > 1$
$\frac{IS}{MB} < 1$	La famille de produits est sur représentée. La place accordée à la famille est trop importante par rapport à son efficacité. Il faut réduire la part de linéaire accordée, voire supprimer la famille.	Le CA réalisé est important mais la marge est insuffisante. Il faut augmenter la marge (augmentation du prix de vente ou baisse du prix d'achat) si cela est possible. Ces familles ne doivent pas être mises en valeur dans le linéaire.
$\frac{IS}{MB} > 1$	La marge réalisée sur cette famille est bonne mais les ventes réalisées sont insuffisantes. Il faut se demander si, en les changeant d'emplacement, il serait possible d'augmenter les ventes.	La famille est sous-représentée. Le comportement de cette famille est très bon en termes de CA et de marge générés. Cette famille mérite qu'on lui accorde une plus grande part de linéaire.

étape 4 La synthèse de l'étude des indices de sensibilité

Une fois les calculs réalisés, vous rédigerez une synthèse de votre étude des indices de sensibilité en précisant :
- les modalités de l'étude ;
- les tableaux de calculs des indices de sensibilité ;
- l'interprétation des indices de sensibilité calculés ;
- vos préconisations en terme d'allocation de linéaire par famille et/ou par référence.

9 La recherche d'informations sur Internet

Il est important aujourd'hui de bien cibler ses outils sur Internet pour réaliser une recherche d'informations pertinente et fiable.

1 Ses objectifs

Effectuer une recherche d'informations sur Internet permet :
– d'assurer la veille informationnelle sur son marché, son enseigne et son point de vente ;
– de mobiliser les outils numériques appropriés ;
– de hiérarchiser les informations.

2 La méthodologie

étape 1 **Faites un remue-méninges par rapport au besoin d'informations** sur le marché de l'entreprise.

Conseil
Utilisez la méthode QQOQCCP.

étape 2 **Utilisez des opérateurs de recherche qui vous permettent d'affiner celle-ci.**

Types d'opérateurs	Explications	Exemples
ET ou AND	On veut mettre deux mots en relation.	Je cherche à avoir des informations sur mon enseigne (xx) en France uniquement. xx ET France
OU ou OR	On cherche deux mots indépendamment ou ensemble.	Je cherche à avoir des informations sur le réseau commercial en France, sur le réseau commercial en général ou sur la France en général. Réseau commercial OU France
Les parenthèses : ()	On veut combiner plusieurs signes.	Je cherche à avoir des informations sur le réseau, sur les franchises, les succursales, mais également sur les réseaux de franchises ou sur les réseaux de succursales. Réseaux ET (franchises OU succursales)
L'astérisque : *	On cherche des mots ayant la même racine.	Je veux trouver tous les mots de la même famille comme commerce, commercial, etc. Commerc*
Les guillemets : « … »	On cherche une expression ou une phrase telle quelle.	Je veux retrouver une citation.

Exemple
Si vous tapez sur Google « marché des objets connectés en Ile-de-France », vous obtenez 1,19 millions de résultats ; si vous tapez « Marché+objets connectés+Ile-de-France », vous obtenez 938 000 résultats.

étape 3 Organisez vos recherches et automatisez-les.

– Déterminez les sources d'informations que vous allez utiliser : les sites Web de presse, les agrégateurs de flux (voir § 3), la création d'alertes Google.

– Listez les mots-clés que vous allez utiliser pour votre requête sur les sites Web.

étape 4 Effectuez la recherche.

étape 5 Élaborez un tableau de synthèse des informations collectées.

Adresse du site web	Nature de l'information trouvée (vidéo, article de presse, image, etc.) + date	Contenu résumé ou intérêt de l'information	Pertinence de l'information (Oui/Non)	Précision de l'information (Oui/Non)	Récence de l'information (Oui/Non)	Information (Validée/ Non validée)

3 Comment utiliser un agrégateur de flux RSS ?

A La présentation de l'outil

• **Netvibes est un outil en ligne efficace pour les professionnels qui organisent leur veille sur le Web.**

• Ce tableau de bord permet, en effet, de suivre des centaines de sources d'informations simultanément, et de gérer de nombreuses tâches courantes, *via* plusieurs applications tierces connectées au service.

B Le mode opératoire

1. Se connecter à Netvibes à l'aide de Google ou grâce au lien www.netvibes.com. S'inscrire.

2. Créer un ***dashboard*** :

– à l'arrivée sur Netvibes, un *dashboard* (tableau de bord de vos flux RSS) partiellement complété est déjà créé ;

– pour en créer un plus personnel, cliquer sur *DASHBOARDS/NOUVEAU* (en haut à droite).

3. Paramétrer votre *dashboard* :

– vous pouvez mettre en forme votre dashboard. Pour cela, cliquez sur OPTIONS (en haut, à droite) :

- général : titre, visualisation des articles (compacte ou largeur personnalisée) ;
- contenu local : type de contenu : Europe, France, etc. ;
- langue : langue souhaitée ;
- thèmes : personnaliser avec une couleur, un fond d'écran imagé.

4. Créer des onglets et les mettre en forme :

– à droite de la barre d'onglets, cliquer sur +, autant de fois que vous souhaitez d'onglets ;

– personnaliser ses onglets : dans cette fenêtre, vous pouvez donner un nom à l'onglet, une couleur, et mettre en page les **boîtes** de l'onglet ;

– mettre en forme ses onglets : à droite dans le titre de l'onglet, cliquez sur la petite flèche descendante (options de l'onglet) puis sur le cercle barré en haut à gauche.

5. Ajouter des **widgets** :

– dans chaque onglet, vous pouvez ajouter des widgets qui correspondront aux flux RSS que vous souhaitez ;

– pour cela, cliquez sur **+AJOUTER** en haut à gauche (en vert) :

- **App de lecture** : vous ajoutez un flux manuellement à l'aide d'une adresse URL copiée dans le navigateur que vous collez dans les applications de lecture (**ex.** : URL de *LSA* si je souhaite le flux RSS de ce magazine).
- **Annuaire de flux RSS** : effectuez une recherche Google sur les termes « annuaire de flux rss ». Vous ajoutez ensuite un flux RSS à partir d'un annuaire de flux RSS.
- **Applications essentielles** : vous ajoutez un contenu à partir des apps essentielles (**ex.** : toutes les vidéos YouTube actualisées du magazine *LSA* ou une *To Do List*).

– Parfois, les flux n'ont pas des titres très clairs ou alors n'en ont pas du tout. Vous pouvez donc renommer les flux. Pour cela, placez-vous dans la barre grisée du widget et cliquez sur les quatre carrés à droite, puis renommez-les.

C Quelques conseils

1. **Soyez curieux :** ne vous limitez pas à ce que vous avez déjà, cherchez de nouvelles sources d'inspiration !

2. **Appuyez-vous sur des sources fiables :** il vous faudra identifier les sources d'informations dignes de confiance.

3. **Diversifiez vos sources :** une veille informationnelle efficace implique la diversification des sources. Ne vous limitez pas à des sites institutionnels, consultez aussi les blogs, les tweets, etc.

4. **Automatisez le recueil des informations.**

Gestion opérationnelle

COMPRENDRE EN VIDÉO Retrouvez tous nos tutos vidéos sur notre chaîne YouTube « Objectif BTS Hachette ».

Présentation de l'épreuve E5

Gestion opérationnelle

Épreuve écrite
Durée : 3 heures
Coefficient : 3

1 L'objectif de l'épreuve

- L'épreuve vise à valider les compétences correspondant au bloc n° 3 « Assurer la gestion opérationnelle », à savoir gérer les opérations courantes, prévoir et budgétiser l'activité et analyser les performances.
- Elle donne lieu à une note sur 20 points.

2 Le sujet

- Il prend appui sur l'étude d'un cas de gestion d'une unité commerciale.
- Il propose des situations professionnelles accompagnées de documents destinés à présenter :
– le contexte commercial support de l'épreuve ;
– les informations nécessaires à la résolution des problèmes posés.
- Il permet la mise en œuvre d'une démarche de résolution de problème grâce à un questionnement adapté. Ce dernier peut comporter des questions à choix multiples.

3 Les critères d'évaluation

- Les contraintes légales et réglementaires sont respectées.
- Les approvisionnements sont assurés et optimisés.
- Le suivi des stocks est rigoureux.
- Les calculs de trésorerie sont justes.
- Les propositions de prix sont réalistes.
- Les risques sont anticipés.
- Le traitement des incidents et des situations de crise est efficace.
- Les objectifs fixés sont réalistes.
- Les budgets sont fiables et opérationnels.
- Les propositions de décision d'investissement sont pertinentes.
- Les tableaux de bord sont opérationnels.
- Les données quantitatives sont judicieusement mobilisées.
- Les propositions d'enrichissement du système d'information commercial sont appropriées.
- Les comptes-rendus sont adaptés et exploitables.
- Les mesures correctrices sont cohérentes.

4 Travaillez efficacement !

• Lisez attentivement la présentation générale et, plus particulièrement, les mises en situation car elles contiennent des éléments d'information importants.

• Après avoir lu et analysé chaque question, reportez-vous aux annexes concernées et repérez les éléments d'information utiles qui serviront à formuler une réponse à l'aide de surligneurs. Vous éviterez ainsi d'avoir à relire les documents figurant en annexes à de multiples reprises.

• Sachez repérer les verbes « d'action » utilisés dans la formulation de la question car ils précisent ce qui est attendu :

Définissez	Définition d'une notion.
Caractérisez	Description, voire explication.
Calculez, déterminez	Calculs à effectuer à l'aide de données fournies en annexes.
Identifiez, repérez	Éléments d'explication à trouver dans les documents en annexes.
Vérifiez	Une vérification doit le plus souvent faire l'objet d'un calcul.

5 Sachez présenter votre copie

• Il est inutile de rédiger une introduction et une conclusion générales.
– Reportez les numéros des questions dans la copie.
– Ne regroupez pas plusieurs questions en une.
– Ne recopiez pas les documents fournis en annexes.
– Soignez la forme de vos réponses : tableau – énumération - réponse rédigée.

• En général, les réponses doivent être justifiées à l'aide de calculs et/ou d'analyses qui se présentent le plus souvent sous la forme de tableaux ou d'énumérations d'arguments.

Le recours aux techniques quantitatives de gestion (calculs) ne doit pas vous faire perdre de vue qu'il faut toujours commenter les résultats obtenus. De plus, il est indispensable de détailler chaque calcul car les points attribués dépendent du raisonnement tenu. Ainsi, un calcul dont le résultat est faux peut, malgré tout, vous rapporter un nombre de points conséquent s'il est suffisamment détaillé.

Remarque

Certaines questions vous demandent d'avancer des arguments en faveur de telle ou telle hypothèse, ou bien d'expliquer quels sont les avantages et les inconvénients d'un choix éventuel. N'hésitez pas à être exhaustifs et à avancer un maximum d'arguments car le barème détaillé tiendra compte du nombre d'idées différentes avancées.

1 Le cycle d'exploitation

L'unité commerciale entretient des relations avec ses partenaires. Les différents échanges qui en résultent sont constitués de flux économiques de natures différentes.

1 Les étapes du cycle d'exploitation

A L'entreprise commerciale

B L'entreprise industrielle

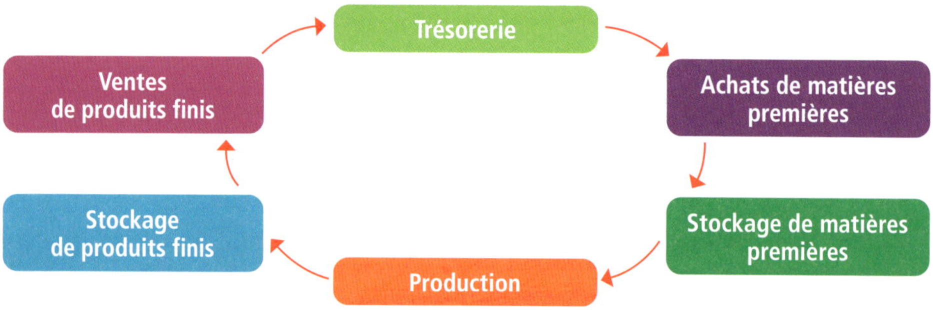

C L'entreprise de service

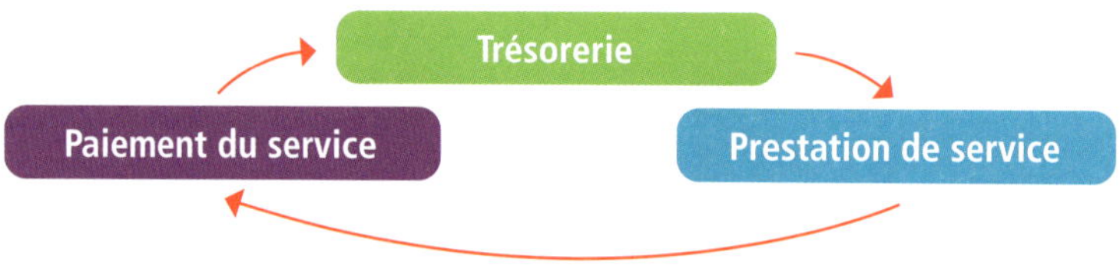

2 Le besoin en fonds de roulement

• **Le besoin en fonds de roulement (BFR) représente le besoin de financement qui est dû au décalage dans le temps pendant le cycle d'exploitation.**

Exemple

L'entreprise doit parfois régler ses fournisseurs avant de recevoir le montant dû par ses clients.

Achat	Vente	Besoin en trésorerie
Règlement à 30 jours aux fournisseurs.	Règlement à 45 jours du client.	Il faudra régler au minimum le fournisseur 15 jours avant que les clients ne paient.

• On peut ainsi déterminer un besoin en fonds de roulement d'exploitation qui tiendra compte des décalages de trésorerie consécutifs aux opérations du cycle d'exploitation :

Opérations qui engendrent des besoins de financement	Opération qui apporte des ressources de financement
• Durée de crédit accordée aux clients. • Durée de stockage.	Durée de crédit accordée par les fournisseurs.

BFR = créances clients + stocks – dettes fournisseurs

Remarque
On considère par simplification qu'une année compte 360 jours.

• **La valeur moyenne des stocks** s'obtient à partir de la durée moyenne de stockage :

$$\frac{\text{achats HT} \times \text{délai moyen de stockage}}{360 \text{ jours}}$$

• **La valeur moyenne des créances clients** s'obtient à partir du délai de paiement moyen :

$$\frac{\text{CA TTC} \times \text{délai moyen}}{360 \text{ jours}}$$

• **La valeur moyenne des dettes fournisseurs** s'obtient à partir du délai de paiement moyen :

$$\frac{\text{achats TTC} \times \text{délai moyen}}{360 \text{ jours}}$$

• On peut exprimer **le BFR en nombre de jours de chiffre d'affaires HT :**

$$\frac{\text{BFR} \times 360 \text{ jours}}{\text{CA HT}}$$

• Si le besoin en fonds de roulement est trop élevé par rapport aux ressources de financement disponibles, l'entreprise devra, afin de faire face à ses échéances, soit prélever dans sa trésorerie, soit demander des facilités de trésorerie à sa banque, ce qui engendrera des frais.

Les actions qui permettent de diminuer le BFR

Réduction du délai de paiement des clients	Réduction de la durée moyenne de stockage	Augmentation du délai de paiement aux fournisseurs

Remarque
Un BFR négatif signifie que l'activité dégage une ressource excédentaire de financement. C'est le cas des entreprises qui règlent leurs fournisseurs à crédit alors que leurs clients paient comptant (distribution, hôtellerie, restauration, etc.).

Exercice d'entraînement

Corrigé p. 152

Déterminez le besoin en fonds de roulement de l'entreprise Alpha d'après les données suivantes :
• chiffre d'affaires TTC : 120 000 € ;
• coût d'achat HT des marchandises : 40 000 € ;
• délai moyen de paiement des créances clients : 45 jours ;
• délai moyen de paiement des dettes fournisseurs : 32 jours ;
• délai moyen de stockage : 12 jours ;
• taux de TVA : 20 %.

2 Les documents commerciaux et les opérations de règlement

Les documents commerciaux permettent d'organiser les échanges commerciaux. Ils constituent une source de renseignements indispensables et sont également un moyen de preuve en cas de litige.

1 Les documents commerciaux

Les documents commerciaux permettent de conserver l'historique détaillé des opérations réalisées entre l'entreprise, ses fournisseurs et ses clients.

A Les différents types de documents

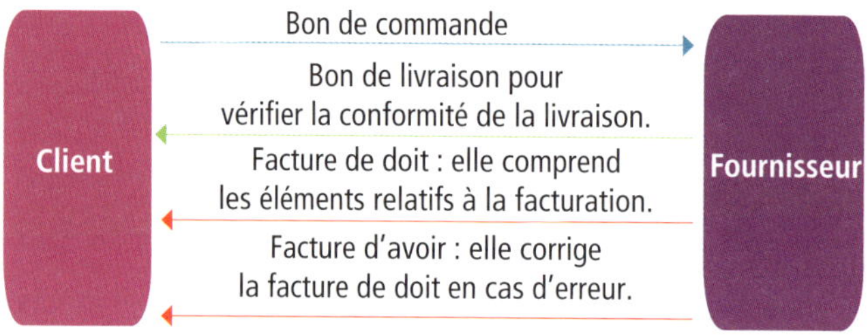

Remarque

La commande peut être précédée d'un devis, c'est-à-dire un document émis par le fournisseur détaillant la nature des biens vendus ou de la prestation de service exécutée et son prix. La jurisprudence estime que la durée de validité d'un devis varie entre 2 et 3 mois.

B La facture de doit

Une facture de doit comporte des mentions obligatoires.

Exemple

Les mentions obligatoires sont surlignées en jaune.

Distriplus SARL
3 rue des Acacias
92170 Vanves
← Vendeur

→ Client
Durand SARL
3 avenue de la Liberté
92170 Vanves

Facture n° FV430 du 15 avril 2020

Référence	Désignation	Quantité	Prix unitaire brut HT	Remise	Prix unitaire net HT[1]	Montant HT[2]
X 001	Siphon	10	3,50	/	3,50	35,00
P 003	Robinet	2	40,00	15 %	34,00	68,00

Échéance : paiement sous 8 jours	Total HT	103,00
Escompte de règlement en cas de paiement anticipé : 2 %	– Remise globale 5 %	5,15
	= net commercial HT[3]	97,85
	+ transport HT	15,00
	= net HT	112,85
Taux des pénalités de retard : 4 %	– escompte 2 %	2,26
Indemnité forfaitaire pour frais de recouvrement : 40 €	= net financier HT	110,59
SARL au capital de 8 000 €	+ TVA 20 %	22,12
n° RCS : vanvesB453678954 n° TVA : FR 32543786543	= net à payer TTC	132,71

N.B. *: les opérateurs de calcul ne doivent pas figurer dans la facture.*

Si les opérations sont soumises à des taux de TVA différents, il faut faire figurer sur chaque ligne le taux correspondant.
1. Le prix unitaire net tient compte des réductions commerciales (remise, rabais) : 40 – (1 – 15 %) = 34.
2. Montant HT = quantité × prix unitaire net HT
3. Le net commercial HT tient compte de toutes les réductions commerciales successives (remise sur chaque produit puis remise globale).

C La distinction entre réduction commerciale et financière

Réduction commerciale	**La remise** est accordée en fonction de la qualité du client, de sa fidélité ou des quantités achetées.
	Le rabais provient d'un problème de non-conformité ou de qualité.
	La ristourne est une réduction pratiquée en fonction des ventes réalisées sur une période déterminée.
Réduction financière	**L'escompte** vient récompenser le paiement comptant ou avant l'échéance prévue.

D Les différents taux de TVA

Il existe différents taux de TVA :
– **le taux normal à 20 % :** il concerne tous les produits ou services pour lesquels aucun autre taux n'est prévu;
– **le taux intermédiaire à 10 % :** pour les produits agricoles non transformés, la restauration, les musées, les zoos, etc. ;
– **le taux réduit à 5,5 % :** il s'applique aux produits alimentaires, aux livres notamment ;
– **le taux particulier à 2,1 % :** il concerne les médicaments remboursables, la presse, les spectacles, etc.

Remarque
D'autres taux peuvent s'appliquer en Corse et en Outre-mer.

E Le non-respect des obligations légales

Il entraîne des sanctions qui peuvent être de différents types :
– **sanction pénale pour défaut de facturation** : 75 000 € pour une personne physique et 375 000 € pour une personne morale ;
– **sanction fiscale** : 15 € par mention manquante ou inexacte pour chaque facture, plafonnée au quart de son montant.

2 Les opérations de règlement

- Le règlement d'une dette peut s'effectuer au comptant ou à crédit.
- Le mode de règlement ainsi que les outils utilisés font l'objet d'un accord entre les parties.

A Les modes de règlement

- On distingue différents modes de règlement :

– **le règlement au comptant** : à la commande ou à la livraison ;
– **le règlement à réception :** dans le délai maximum d'une semaine après réception de la facture ;
– **le règlement à crédit (terme différé)** : à une certaine échéance ou avant un délai qui débute le jour de l'émission de la facture.

• **Les délais de paiement sont exprimés en jours ou en jours fin de mois**, le délai de paiement légal s'élève à 30 jours mais peut être négocié et ne doit, dans ce cas, pas dépasser 60 jours.

Exemple pour une facture émise le 20 janvier

Délai	Échéance
45 jours : restent 11 jours en janvier + 28 jours en février + 6 jours en mars	6 mars
45 jours fin de mois	31 mars

B Les obligations légales

Le non-respect du délai de paiement peut être sanctionné d'une amende d'un montant maximal de 75 000 € pour une personne physique et 2 millions d'euros pour une personne morale.

C Les outils de règlement

Moyens de paiement matériels

Espèces et chèques	La date de validité d'un chèque est de 1 an et 8 jours.
Effets de commerce : instruments de paiement à crédit	**Lettre de change** : le tireur (vendeur) donne au tiré (client) l'ordre de payer une certaine somme au bénéficiaire à une échéance donnée.
	Billet à ordre : c'est le client (souscripteur) qui émet l'effet et s'engage à payer.
Mandat	Instrument de transfert de fonds *via* la poste

Moyens de paiement immatériels

Carte bancaire	C'est le moyen de paiement le plus utilisé en France. La carte bancaire, traditionnellement appelée carte de crédit, n'est qu'une simple carte de débit. C'est également le cas des cartes prépayées.
Virement et transfert de fonds	Le transfert de fonds peut s'effectuer sans l'intermédiaire d'une banque, *via* d'autres organismes (**ex.** : Western Union).
Prélèvement	C'est le créancier qui émet l'ordre de transfert de fonds.
Porte-monnaie électronique et paiement sans contact	Le paiement sans contact s'est substitué au porte-monnaie électronique pour les petits montants.
Moyens de paiement par Internet	Certaines entreprises du Web offrent la possibilité de bénéficier de moyens de paiement sécurisés (**ex.** : Paypal).
Crypto-monnaies	Il est possible d'utiliser des monnaies virtuelles émises sur le Web (**ex.** : le bitcoin).

Exercice d'entraînement

Corrigé p. 152

L'entreprise Delta vend du matériel informatique. **Calculez le montant net TTC à payer du client Martin d'après les données suivantes :**
• ventes de 5 unités centrales au prix unitaire HT de 250 € et de 10 écrans au prix unitaire HT de 120 € ;
• les unités centrales sont en promotion (– 20 %) ;
• le client est fidèle et bénéficie d'une remise globale de 5 % ;
• le taux de TVA est de 20 %.

3 La gestion des stocks

La détention de stocks représente un coût pour l'entreprise. Elle doit donc ajuster ses approvisionnements de façon à minimiser ces coûts tout en évitant le risque de rupture.

1 Les enjeux stratégiques de la gestion des stocks

Stocks insuffisants	Niveau suffisant	Surstockage
• Rupture. • Insatisfaction des clients.	• Maîtrise des coûts. • Clients satisfaits.	• Coût trop élevé. • Clients satisfaits. • Risque d'invendus.

Le fonctionnement en réseau des unités commerciales. La constitution de réseaux permet aux unités commerciales d'anticiper les ruptures en permettant des réapprovisionnements rapides entre elles grâce à une mutualisation des stocks.

Gestion opérationnelle

2 La gestion économique des stocks

- L'entreprise peut adopter une méthode mathématique à condition de maîtriser parfaitement son environnement (rythme des ventes, prix, délais, etc.).

- **Le modèle de Wilson** permet de fixer un **nombre optimal de commandes permettant de minimiser les coûts liés au stock (N) :** $N = \sqrt{\dfrac{c \times t}{2A}}$

Consommation annuelle en valeur (C) =	stock initial + achats – stock final
t : taux de possession du stock (coût du stockage en % de la valeur du stock)	Coût de possession : t × stock moyen
Coût de passation d'une commande (A)	= coût engendré à chaque commande

Coût du stockage : coût de possession + coût de passation

Lot économique Q (quantité à commander à chaque fois) : $\dfrac{C}{N}$

Exemple : l'achat et la revente de chaises

Consommation de la période (ventes) : 12 500 chaises à 12 € (prix d'achat unitaire HT)

Taux de possession du stock : 2 %

Coût de passation d'une commande : 65 €

Consommation en valeur : 12 500 × 12 = 150 000 €

$N = \sqrt{\dfrac{150\ 000 \times 0,02}{2 \times 65}}$ = 4,80, soit 5 commandes.

Q = 12 500/5 = 2 500 chaises à chaque commande

3 Les indicateurs de gestion des stocks

Stock moyen	Moyenne des états des stocks sur une période ou (stock initial + stock final)/2
Stock d'alerte	Seuil en-dessous duquel la passation d'une commande est déclenchée
Stock de sécurité	Stock supplémentaire destiné à éviter les ruptures

- **Le stock d'alerte correspond donc au stock minimum auquel on ajoute le stock de sécurité.**

Taux de rotation des stocks	Nombre de fois où un article est renouvelé en stock en moyenne : ventes/stock moyen.
Délai moyen de stockage	360 jours (pour 1 an)/taux de rotation

4 L'obligation d'inventaire

Inventaire physique (intermittent) au moins 1 fois par an (Code de commerce)

Inventaire théorique (permanent) informatisé

Différences constatées →

Démarque connue :
- produits périmés ;
- produits offerts ;
- vols et casse répertoriés.

Démarque inconnue :
- vols et casse ;
- erreurs (étiquetage.)

Remarque

La démarque est une baisse du chiffre d'affaires.

5 La valorisation des stocks

- Valoriser les stocks consiste à **estimer la valeur d'un élément en stock d'après son coût d'entrée dans le stock**.
- Deux articles identiques peuvent être acquis à des montants différents à des dates distinctes. Le problème est donc de déterminer quel est le coût de l'un de ces articles si on le prélève du stock.

A La méthode PEPS (Premier Entré Premier Sorti)

Exemple

Date	Opération	Quantité	Prix unitaire	Total
01/03	Stock initial	10	4,00	40,00
05/03	Achat (entrée)	15	4,50	67,50
10/03	Achat (entrée)	10	5,00	50,00
10/03	Stock (après les 2 entrées)	10 15 10	4,00 4,50 5,00	40,00 67,50 50,00
15/03	Vente (sortie)	10 15 7	4,00 4,50 5,00	40,00 67,50 35,00
15/03	Stock	3	5,00	15,00
20/03	Achat	15	4,60	69,00
20/03	Stock	3 15	5,00 4,60	15,00 69,00

22/03	Vente	3 7	5,00 4,60	15,00 32,20
25/03	Stock	8	4,60	36,80

Les articles prélevés en stocks sont prélevés dans **l'ordre chronologique de leur entrée**. Il ne reste en stock le 15/03 que 3 articles à 5,00 €.

Remarque

En anglais, cette méthode s'appelle **FIFO** (*First In First Out*).

B La méthode CUMP (Coût unitaire moyen pondéré)

COMPRENDRE EN VIDÉO *Le CUMP*

Exemple

Date	Opération	Quantité	Prix unitaire	Total
01/03	Stock initial	10	4,00	40,00
05/03	Achat	15	4,50	67,50
10/03	Achat	10	5,00	50,00
20/03	Achat	15	4,60	69,00
25/03	Cump	50	4,53	226,50
28/03	Vente	35	4,53	158,55
30/03	Stock final	15	4,53	67,95

- Le prix unitaire des articles se trouvant en stock est une **moyenne pondérée** :

$$\text{CUMP} = \frac{\text{valeur du stock initial + valeur des entrées}}{\text{quantité en stock initial + quantités entrées}}$$

Exemple (suite)

Soit (40 + 67,50 + 50 + 69) / (10 + 15 + 10 + 15) = 4,53

- **Toutes les sorties de stock de la période (ventes) seront valorisées à ce coût.**
- Le CUMP peut être recalculé après chaque entrée ou être calculé en fin de période.

Attention

Les prix figurant dans les fiches de stocks présentées en exemples ne sont pas des prix de vente mais des **coûts d'approvisionnement** correspondant aux prix d'achat et aux charges liées à ces prix.

Exercices d'entraînement

Corrigé p. 152

1. **Calculez le nombre optimal de commandes et le lot économique d'après les données suivantes :**
   - consommation de la période : 654 piscines au prix d'achat HT de 23,00 € ;
   - taux de possession du stock : 3 % ;
   - coût de passation d'une commande : 42,00 €.

2. **a) Calculez le coût unitaire moyen pondéré d'un article en stock d'après les données suivantes :**
   - stock initial : 12 unités au prix unitaire de 45,00 € ;
   - achats de la période : 28 unités au prix unitaire de 42,00 € et 12 unités au prix unitaire de 43,00 € ;
   - ventes de la période : 47 unités au prix de 60,00 € HT.

   b) Déterminez la marge commerciale réalisée.

Voir p. 124

4 La gestion des approvisionnements

Établir un programme d'approvisionnement consiste à programmer les livraisons de façon à assurer un niveau de stock suffisant pour couvrir les ventes de la période à venir.

1 La méthode calendaire

L'approvisionnement s'effectue en quantités variables à des dates fixes.

Exemple

L'entreprise Alpha prévoit les ventes suivantes :

Semaine 1						
lundi	**mardi**	**mercredi**	**jeudi**	**vendredi**	**samedi**	**dimanche (matin)**
2	4	5	6	7	13	4

Lundi de la semaine suivante : 2

Conditions d'approvisionnement et de stockage

La livraison se fait par **palettes indivisibles de 5 cartons.**

Le stock de sécurité est de 3 cartons.

Les livraisons ont lieu le mardi et le jeudi matin avant l'ouverture du magasin.

	Lundi	Mardi	Mercredi	Jeudi	Vendredi	Samedi	Dimanche
Besoin		12		35			
Stock initial	5	3	9	4	33	26	13
Livraison		10		35			
Stock initial après livraison	5	13	9	39	33	26	13
Ventes	2	4	5	6	7	13	4
Stock final	3	9	4	33	26	13	9

Le mardi :

Besoin (12) : **ventes prévues jusqu'à la livraison suivante** (4 + 5) **+ stock de sécurité** (3)

Stock final : stock initial (après livraison) – ventes

Livraison : besoin – stock initial (ici arrondi aux 5 unités supérieures : 12 – 3 = 9 ⇒10)

Le jeudi suivant :

Besoin : ventes du jeudi au lundi suivant + stock de sécurité : 6 + 7 + 13 + 4 + 2 + 3 = 35

Livraison : besoin – stock initial : 35 – 4 = 31 arrondis à 35

Remarques

- Le stock de sécurité est un stock supplémentaire permettant d'éviter les ruptures en cas de ventes supérieures aux prévisions. Il peut parfois être exprimé en pourcentage des ventes.
- En cas de livraison en fin de journée, le besoin ne doit pas tenir compte des ventes de la journée.

2 La méthode du point de commande

L'approvisionnement s'effectue en quantités fixes à des dates variables.

Exemple (suite)

Les livraisons se font à des dates variables en quantités fixes de 5 ou 10 cartons.

	Lundi	Mardi	Mercredi	Jeudi	Vendredi	Samedi	Dimanche
Besoin	5	7	8	9	10	16	7
Stock initial	5	3	4	4	3	6	3
Livraison	0	4 ⇒ 5	4 ⇒ 5	5	7 ⇒ 10	10	4 ⇒ 5
Stock initial après livraison	5	8	9	9	13	16	8
Ventes	2	4	5	6	7	13	4
Stock final	3	4	4	3	6	3	4

Le besoin doit être calculé pour chaque jour.

Le vendredi :

Besoin (10) : ventes (7) + stock de sécurité (3)

Stock final : stock initial (après livraison) – ventes

Livraison : besoin – stock initial (ici arrondi aux 5 unités supérieures : 10 – 3 = 7 ⇒ 10)

Remarques

- Si le besoin est inférieur au stock, on ne prévoit pas de livraison.
- Les périodes (en-tête de colonnes) peuvent également être des semaines.

Gestion opérationnelle

Exercices d'entraînement

Corrigé p. 152

1. Établissez le programme d'approvisionnement suivant la méthode calendaire.

Prévisions de vente pour les 6 semaines de promotion :

Semaine	1	2	3	4	5	6
Ventes prévues	174	180	171	162	190	183

Stock en début de semaine 1 : 180

Ventes de la semaine 7 : 100

Principes du calendrier d'approvisionnement :

- livraison **en fin de semaine** en quantités variables ;
- les quantités à livrer seront calculées en fonction des prévisions de vente **de la semaine suivante** + un stock de sécurité de 10 % des ventes hebdomadaires prévues.

2. Établissez le programme d'approvisionnement suivant la méthode du point de commande.

Ventes sur la semaine : 400 unités, la livraison a lieu le matin avant l'ouverture.

Jour	Lundi	Mardi	Mercredi	Jeudi	Vendredi	Samedi
Répartition	12,5 %	11,25 %	17,5 %	18,75 %	17,5 %	22,5 %

Stock en début de semaine 1 : 60 unités ;

- stock de sécurité : 5 unités ;
- livraison : palettes de 100 unités.

5 Le financement de l'exploitation

Le manager doit être attentif au suivi des règlement pour assurer un niveau de trésorerie satisfaisant. Les banques peuvent également être sollicitées pour assurer un besoin de financement résiduel.

1 Les moyens de financement

Moyen	Exemple	Trésorerie
Allongement du **délai de paiement des fournisseurs**		
Réduction du **délai de paiement des clients**	Un escompte de 2 % est accordé à un client (créance de 20 000 €) qui accepte de payer comptant (délai habituel 30 jours).	10 000 – 400 = **19 600 €** Coût : 20 000 × 2 % = 400 €.
Affacturage (mobilisation de créances)	Affacturage de factures pour un montant global de 10 000 €. Taux : 3 % ; frais : 80 €.	20 000 - 680 = **19 320 €** Coût : 20 000 × 0,03 + 80 = 680 €

L'affacturage est un contrat par lequel le factor s'engage à avancer le règlement de factures et percevoir le paiement à l'échéance en contrepartie du versement de frais et d'un pourcentage de commission.

2 Les relations avec les banques

- L'entreprise peut également s'adresser à sa banque pour obtenir de la trésorerie.

Moyen	Exemple	Trésorerie
Concours bancaire (découvert autorisé)	Découvert de 20 000 € pendant 12 jours au taux de 7 % annuel.	20 000 – 46,03 = **19 953,97 €** Agio : 20 000 × 12/365 × 0,07 = 46,03 €
Escompte d'effets de commerce	Valeur nominale : 20 000 € Délai de paiement restant : 12 jours Taux d'escompte : 3 % Frais : 15 €	Valeur nette : 20 000 – 35 = **19 965 €** Intérêt : 20 000 × 12/360 × 0,03 = 20 € Agio : 20 + 15 = 35 €

- **Effet de commerce** : titre négociable qui constate une créance payable à une certaine échéance. Le détenteur d'un effet peut le présenter à l'escompte auprès de sa banque pour percevoir son montant diminué d'un agio et de frais prélevés par sa banque.

Remarque

Les taux sont exprimés en taux annuels. Ces taux doivent être comptabilisés pour la période considérée grâce à un prorata :
Taux de la période : taux annuel × nombre de jours/365 ou 360

3 Le suivi des règlements

L'entreprise doit tenir un échéancier des factures clients et engager une procédure de recouvrement après plusieurs relances infructueuses :

Procédure amiable

- Courriel / appel téléphonique.
- Première lettre de relance.
- Deuxième lettre de relance par recommandé.
- Les courriers de relance doivent comporter des informations claires et précises permettant d'identifier la créance et son échéance initiale.

Mise en demeure

La **lettre de mise en demeure** est obligatoire avant tout recouvrement judiciaire. Le débiteur dispose de 30 jours pour payer à partir de sa réception.

Recouvrement judiciaire

– Créance < 4 000 € : **recouvrement par huissier**.
– Créance ≥ 4 000 € : **injonction de payer délivrée par un juge**.

Exercice d'entraînement

Corrigé p. 153

Calculez le montant versé à l'entreprise Oméga après la remise à l'escompte le 12 avril des effets de commerce suivants au taux annuel de 4 %. Les frais d'escompte s'élèvent à 20 €.

Client	Valeur nominale	Échéance
Dupond	32 000,00	25 mai
Hakimi	11 500,00	5 juin

6 Le compte de résultat

Le compte de résultat est un document comptable et financier qui retrace les opérations réalisées dans l'année et permet de constater un bénéfice ou une perte.

1 Comprendre le compte de résultat

Le compte de résultat comporte **3 niveaux de lecture** :

– **l'exploitation** qui concerne l'ensemble des opérations qui entrent dans le cadre de l'activité habituelle de l'entreprise ;

– **le niveau financier** qui concerne les charges et produits financiers (ex. : intérêts perçus sur des placements ou payés sur des emprunts ou découverts) ;

– **le niveau exceptionnel** qui concerne les opérations qui ne se rapportent pas à la gestion courante de l'entreprise.

Exemple

Compte de résultat au 31/12/N			
CHARGES	Montant	PRODUITS	Montant
Charges d'exploitation		Produits d'exploitation	
Achats de marchandises	140 000	Ventes de marchandises	242 200
Variation de stocks	–35 000	Indemnités et subventions	0
Autres achats	3 050	Autres produits	20 000
Services extérieurs	68 500		
Impôts et taxes	3 100		
Charges de personnel	24 000		
Dotations aux amortissements et provisions	50 500		
Total charges d'exploitation	**254 150**	**Total produits d'exploitation**	**262 200**
Charges financières	**6 120**	**Produits financiers**	**340**
Charges exceptionnelles	**40**	**Produits exceptionnels**	**95**
Total charges	**260 310**	**Total produits**	**262 635**
Solde créditeur (bénéfice) — Résultat	**2 325**	Solde débiteur (perte)	
TOTAL	**262 635**	**TOTAL**	**262 635**

2 Les charges et les produits

- Les charges correspondent aux opérations qui diminuent le résultat de l'entreprise (ex. : les achats).

- Les produits correspondent aux opérations qui augmentent le résultat de l'entreprise (ex. : les ventes).

Remarque

Certaines charges et certains produits ne correspondent pas à des dépenses et des recettes. Il s'agit de charges et produits calculés tels que les amortissements et les provisions (charges) ainsi que les reprises correspondantes (produits).

3 La formation du résultat

Résultat = Total des produits – total des charges

- Résultat > 0 ⇒ l'entreprise réalise **un bénéfice**.
- Résultat < 0 ⇒ l'entreprise réalise **une perte**.

Remarque

Le bénéfice (solde créditeur) est placé dans la colonne des charges pour des raisons de présentation, afin d'équilibrer le total des charges et des produits.

4 Le calcul des soldes intermédiaires de gestion (SIG)

- L'analyse des soldes intermédiaires de gestion, à partir du compte de résultat, permet de savoir comment se forme le résultat de l'entreprise.

- **La marge commerciale** représente la performance commerciale :

  MC = ventes de marchandises – (achats de marchandises + var. de stocks)

- **La valeur ajoutée** représente la richesse produite par l'entreprise :

  **VA = MC + production – (achats de matières premières + var. de stock)
  – autres achats – services extérieurs**

- **L'excédent brut d'exploitation** représente la trésorerie nette dégagée par l'activité courante. C'est un indicateur essentiel.

  **EBE = VA + indemnités et subventions – impôts et taxes
  – charges de personnel**

Remarque

Un EBE négatif est une insuffisance brute d'exploitation.

- **Le résultat d'exploitation** représente le résultat dégagé par l'activité courante :

  RE = EBE + reprises + autres produits – dotations – autres charges

- Il faut ajouter les résultats financier et exceptionnel au RE pour obtenir le résultat :

  Résultat = RE + résultat financier + résultat exceptionnel

5 Les indicateurs de performance

Ils s'expriment par rapport au chiffre d'affaires HT et permettent une comparaison des entreprises entre elles ou de se situer par rapport aux données du secteur.

Taux de marge commerciale	MC/CA HT
Taux de valeur ajoutée	VA/CA HT
Taux de marge brute	EBE/CA HT
Taux de marge d'exploitation	RE/CA HT
Taux de marge bénéficiaire	Résultat/CA HT

Remarque

Pour obtenir les valeurs en %, il faut multiplier par 100.

Gestion opérationnelle

6 L'amélioration de la performance

L'analyse des SIG et des indicateurs de performance associés permet de prendre des mesures destinées à améliorer la performance de l'entreprise parmi lesquelles :

– l'amélioration de la marge commerciale grâce à de meilleures conditions d'achats négociées avec les fournisseurs ;

– l'amélioration de l'EBE grâce à une meilleure maîtrise de la masse salariale ;

– l'amélioration du taux de marge bénéficiaire grâce à une réduction des charges financières et exceptionnelles.

7 La capacité d'autofinancement

COMPRENDRE EN VIDÉO

Le calcul de la CAF (méthodes additive et soustractive)

• La CAF est une ressource potentielle de financement interne.

• Elle se calcule :

– **à partir du résultat net – méthode additive :**

CAF = Résultat net + dotations amortissements et provisions – reprises sur amortissements et provisions

– **à partir de l'EBE – méthode soustractive :**

CAF = EBE + produits encaissés – charges décaissées

(sans tenir compte de ceux déjà pris en compte pour le calcul de l'EBE)

Remarque

Certains produits et charges sont calculés par opposition aux produits encaissés et aux charges décaissées. Il s'agit des dotations pour amortissements et dépréciations ainsi que des reprises correspondantes.

Exercice d'entraînement

Corrigé p. 153

Calculez les soldes intermédiaires de gestion ainsi que la capacité d'autofinancement de l'entreprise Sigma. Vous disposez de son compte de résultat.

CHARGES	N	PRODUITS	N
Charges d'exploitation		**Produits d'exploitation**	
Achats de marchandises	142 108	Ventes de marchandises	240 219
Variation de stocks	−37 252	Indemnités et subventions	11 296
Autres achats	3 103	Autres produits	
Services extérieurs	67 930	Reprises sur amortissements et provisions	12 000
Impôts et taxes	3 062		
Charges de personnel	24 000		
Dotations aux amortissements et provisions	50 455		
Total charges d'exploitation	**253 406**	**Total produits d'exploitation**	**263 515**
Intérêts versés	6 036	Intérêts perçus	340
Total charges financières	**6 036**	**Total produits financiers**	**340**
Charges exceptionnelles	**0**	**Produits exceptionnels**	**98**
Total charges	**259 442**	**Total produits**	**262 635**
Solde créditeur (bénéfice)	**4 511**	Solde débiteur (perte)	
TOTAL	**263 953**	TOTAL	**263 953**

7 Le calcul du coût de revient par la méthode des coûts complets

La méthode des coûts complets permet de déterminer le coût de revient d'un produit vendu grâce à l'analyse et à la répartition des différentes charges.

1 Le schéma de production

• Il est réalisé en tenant compte des charges :
– **directes (CD)** qui peuvent être affectées directement à chaque coût ;
– **indirectes (CI)** communes à l'ensemble de l'activité et qui nécessitent donc un traitement grâce à un tableau de répartition.

Exemple

Un importateur achète 5 000 kg de pommes golden et 6 000 kg de pommes royal gala (on s'intéressera ici uniquement aux pommes golden).

Prix d'achat du kg de golden : 0,70 € HT

Les pommes achetées sont conditionnées dans des sacs.

Coût de la main-d'œuvre charges comprises (conditionnement) : 0,06 € le kilo

Tableau de répartition des charges indirectes

Centre	Approvisionnement	Conditionnement	Distribution
Unité d'œuvre (UO)	Tonne achetée	Tonne conditionnée	100 € de CA
Nombre d'UO	11	13	
Coût de l'UO	**33 €**	**7 €**	**2 €**

• **L'unité d'œuvre** est une unité de mesure représentative de l'activité d'un centre. Le coût d'une unité d'œuvre permet de répartir les charges indirectes de l'activité lors des différentes étapes du calcul du coût de revient.

Exemple **Le centre Approvisionnement**

Lorsque l'entreprise achète des pommes (golden et royal gala), les charges indirectes d'approvisionnement s'élèvent à 33 € par tonne achetée.

L'importateur vend 6 tonnes de pommes golden à un distributeur.
• Stock initial : 3 000 kg de pommes golden au coût de 0,75 € le kg.
• 7 tonnes de pommes golden ont été conditionnées et vendues.
• Prix de vente HT d'un kg de pommes golden : 1,20 €.

Les coûts sont calculés dans l'ordre du schéma de production.

Remarque

Il n'y a pas de stock de produits finis car les pommes sont vendues immédiatement après leur conditionnement.

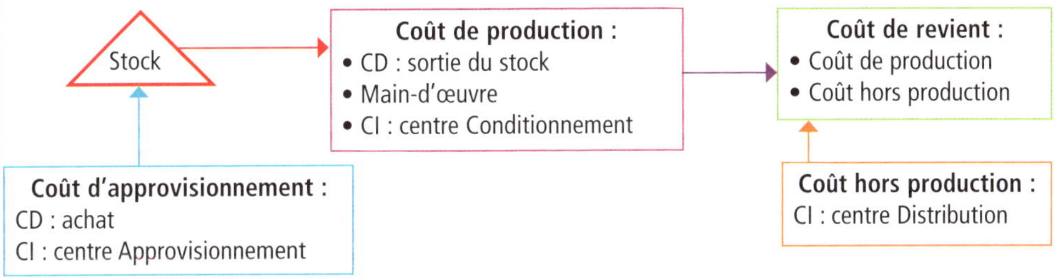

2 Le calcul des coûts

Les coûts unitaires seront arrondis au centime le plus proche.

Exemple (suite)

Le coût d'approvisionnement (5 000 kg achetés)

Élément	Quantité	Coût unitaire	Total
Prix d'achat	5 000 (kg)	0,70	3 500,00
Centre Appro.	5 (tonnes)	33,00	165,00
Total	**5 000**	**3 665/5 000 = 0,73**	**3 665,00**

Le coût de sortie du stock de matières premières (→ Fiche 3) :

CUMP = (3 000 × 0,75 + 5 000 × 0,73)/(3 000 + 5 000) = 0,74

Le coût de production (7 000 kg conditionnés)

Élément	Quantité	Coût unitaire	Total
Sortie du stock	7 000 (kg)	0,74	5 180,00
Main-d'œuvre	7 000 (kg)	0,06	420,00
Centre Conditionnement	7 (tonnes)	7,00	49,00
Total	**7 000**	**5 649/7 000 = 0,81**	**5 649,00**

Le coût hors production (7 000 kg vendus)

Élément	Quantité	Coût unitaire	Total
Centre Distribution	84[1]	2,00	168,00
Total	**7 000**	**168/7 000 = 0,02**	**168,00**

1. Le nombre d'UO pour le centre de distribution est le nombre de centaines d'euros de chiffre d'affaires. Le CA = 7 000 × 1,2 = 8 400, soit 84 unités d'œuvre.

Le coût de revient

Élément	Quantité	Coût unitaire	Total
Coût de production	7 000 (kg)	0,81	5 649,00
Coût hors production	7 000 (kg)	0,02	168,00
Total	**7 000**	**5 817/7 000 = 0,83**	**5 817,00**

Résultat analytique

Élément	Quantité	Coût unitaire	Total
Chiffre d'affaires	7 000	1,20	8 400,00
– coût de revient	7 000	0,83	5 817,00
= Résultat (bénéfice)	**7 000**	**2 583/7 000 = 0,37**	**2 583,00**

Exercice d'entraînement

Corrigé p. 153

L'entreprise Kappa fabrique et vend des tables de jardin à des distributeurs spécialisés.

Déterminez le résultat de la vente de tables de jardin d'après les données suivantes :

- stock initial de matières premières : 2 tonnes de naphta (pétrole) au prix unitaire de 507 € ;
- achat de 3 tonnes de naphta au prix unitaire de 500 € la tonne ;
- consommation de la période : 4 tonnes de naphta ;
- coût de la main-d'œuvre directe : 211 heures à 16 € ;
- nombre d'heures machines : 200 heures ;
- fabrication de la période : 800 tables ;
- stock initial de tables : 200 tables au prix unitaire de 12,57 € ;
- ventes de la période : 950 tables au prix de vente unitaire de 14,00 €.

Tableau de répartition des charges indirectes

Centre	Approvisionnement	Production	Distribution
Unité d'œuvre	Tonne achetée	Heure machine	100 € de CA HT
Nombre d'UO	22	5 230	2 900
Coût de l'UO	12,00 €	23,00 €	2,50 €

8 La méthode du coût partiel et le seuil de rentabilité

Évaluer la rentabilité consiste à calculer le bénéfice ou la perte dégagé(e) par une activité marchande, qu'il s'agisse d'une opération ponctuelle ou d'une activité se déroulant tout au long de l'année.

1 Le compte de résultat par variabilité des charges (différentiel)

Le compte de résultat permet de déterminer la rentabilité.

Exemple

Journée promotionnelle « guitares » dans une unité commerciale :

- prix catalogue de la guitare : 150 € TTC (TVA 20 %), remise 20 % ;
- taux de marque (hors promotion) : 52 % ;
- coûts : *flyers* 800 €/animation 1 100 € ;
- prévision de ventes : 50 unités.

Remarque

Le coût d'achat des guitares s'obtient grâce au calcul suivant :
Prix de vente HT × (1 – taux de marque)

	En €	En % du CA
CHIFFRE D'AFFAIRES	**5 000**	**100 %**
Prix HT	150/1,20 = 125 €	
Prix HT avec remise	125 × 0,80 = 100 €	
CA HT	50 × 100 = 5 000 €	
– CHARGES VARIABLES	**3 000 €**	**3 000/5 000 = 60 %**
Coût unitaire d'achat HT	125 × (1 – 0,52) = 60 €	
Coût d'achat total HT	50 × 60 = 3 000 €	
= MCV	**2 000 €**	**2 000/5 000 = 40 %**
– CHARGES FIXES (CF)	**1 900 €**	/
Flyers	800 €	
Animation	1 100 €	
= RÉSULTAT	**100 €**	/

TMCV = Taux de marge sur charges variables

2 La distinction entre charges variables et fixes

- Les **charges variables** varient proportionnellement aux quantités vendues (**ex.** : coût d'achat des marchandises vendues, commission sur les ventes).
- Les **charges fixes** ne dépendent pas du volume des ventes (**ex.** : salaire fixe, loyer, *flyers*).

3 Le calcul du seuil de rentabilité

• **Le seuil de rentabilité en valeur** représente le minimum de chiffre d'affaires à réaliser pour faire un bénéfice :

SR valeur = CF/TMCV

Exemple (suite) SR val = 1 900/0,40 = 4 750 €

• **Le seuil de rentabilité en volume** représente la quantité minimum à vendre pour faire un bénéfice :

SR volume = SR val/prix de vente unitaire HT

Exemple (suite) SR vol = 4 750/100 = 47,50, soit 48 guitares

4 Le cas particulier où on ne dispose pas de prévisions des ventes

Sans prévisions des ventes, le compte de résultat par variabilité des charges n'est pas indispensable **car on raisonne sur une unité vendue**.

SR volume = CF/marge sur charges variables unitaire

SR valeur = SR volume × prix de vente unitaire HT

Exemple (suite)
MCV unitaire = prix de vente HT – charges variables = 100 – 60 = 40 €
SR vol = 1 900/40 = 47,50, soit 48 guitares
SR val = 48 × 100 = 4 800 €

Remarque
Il s'agit ici d'un seuil de rentabilité en valeur réel et non théorique qui tient compte de l'arrondi à 48 guitares. Il diffère du seuil de rentabilité en valeur théorique déterminé dans la première méthode.

5 Le calcul du point mort

Le point mort représente le nombre de jours au terme desquels le seuil de rentabilité est atteint. Il peut éventuellement être converti en date.

Point mort = (SR valeur/chiffre d'affaires) × nombre de jours de l'opération

Exemple
Le chiffre d'affaires prévisionnel d'une semaine promotionnelle (6 jours d'ouverture) est estimé à 12 000 €, le SR en valeur s'élève à 9 000 €.
Point mort = (9 000/12 000) × 6 = 4,5 jours, donc au milieu du cinquième jour.

Remarque
Quand le seuil de rentabilité est calculé sur 1 an, on prend 360. Quand il s'agit d'une opération journalière, on ne calcule pas de point mort.

Exercice d'entraînement

Corrigé p. 154

Évaluez la rentabilité prévisionnelle d'une opération de communication commerciale (promotion accompagnée d'une distribution de prospectus sur 30 000 foyers).

- Coût HT de la conception, de l'impression et de la distribution : 2 700 €.
- Taux de retour (visites en magasin) : 3 %.
- 1 visiteur sur 5 effectue un achat en magasin (taux de transformation).
- Panier moyen TTC : 60 € (TVA 20 %).
- Taux de marque moyen : 35 %.

9 La fixation des prix et la formation du prix de vente

Le prix de vente d'un bien ou d'un service dépend de facteurs liés au marché et à l'entreprise elle-même. Les techniques de fixation dépendent de la stratégie de prix adoptée.

1 Les stratégies de prix

Pénétration

Le prix adopté est inférieur à celui des concurrents afin de gagner des parts de marché rapidement.

Alignement

L'entreprise aligne ses prix sur ceux de la concurrence afin de rester compétitive.

Écrémage

Le prix de vente pratiqué est supérieur au prix moyen du marché car le produit peut justifier d'un avantage compétitif lié à l'image ou à la qualité.

Prix

Les prix différenciés

– En fonction du type de clientèle, du lieu d'achat, du mode de distribution, etc.
– En fonction de la période d'achat et du coefficient de remplissage ou d'occupation (transport ferroviaire, aérien et hôtellerie) : *yield management.*

2 Les contraintes légales

A Les prix réglementés

Les prix sont, en principe, librement fixés mais l'État peut encadrer certaines pratiques tarifaires.

Exemples

Certains tarifs de professions réglementées comme les notaires, les tarifs de taxis, les livres neufs pour lesquels le prix de vente final ne peut pas baisser au-delà de 5 % du prix indiqué en couverture, les tarifs de l'électricité et du gaz.

B Les pratiques illicites

Elles comprennent :
- la revente à perte ;
- l'entente entre concurrents pour fixer un prix ;
- la fixation d'un prix abusivement bas en vue d'éliminer un concurrent ;
- l'abus de dépendance économique (d'un partenaire commercial).

C Les réductions

Le commerçant peut pratiquer un prix promotionnel si cela reste une pratique non systématique. Le prix réduit doit pouvoir être comparé au prix normal de référence et les avantages éventuels liés à une promotion doivent être clairement identifiés et délimités.

D Les soldes

Ils sont réglementés et permettent la revente à perte. Les périodes sont fixes et encadrées par la loi. Les soldes doivent permettre l'écoulement d'un stock et ne doivent pas être l'occasion pour un commerçant de pratiquer des réductions de prix déloyales.

3 Les techniques de fixation du prix

A Par rapport au coût de revient

Coût de revient + marge = prix de vente.

L'entreprise détermine le coût de revient de son produit afin de fixer un prix de vente qui puisse lui permettre de dégager une marge commerciale.

B Par rapport à un objectif de rentabilité

L'entreprise peut fixer son prix pour atteindre le seuil de rentabilité, c'est-à-dire le montant qui permettra de commencer à réaliser des bénéfices.

C Par rapport à la demande

- L'**étude de marché** permet de déterminer un niveau de prix de façon empirique. Il est possible de déterminer un **prix d'acceptabilité**, c'est-à-dire le prix qu'un maximum de consommateurs seraient disposés à payer pour le produit car ils estiment qu'il n'est ni trop cher ni de mauvaise qualité.

- Le **coefficient d'élasticité** d'un produit permet de mesurer la variation de la demande quand le prix varie :

$$\text{Coefficient d'élasticité} = \frac{\text{variation de la demande en \%}}{\text{variation du prix en \%}}$$

Exemple

Un coefficient d'élasticité de – 0,8 signifie que quand le prix augmente de 1 %, le demande diminue de 0,8 %. La connaissance de ce coefficient permet d'agir sur le prix pour anticiper un niveau de demande attendu.

4 La formation du prix de vente

Le prix de vente proposé par l'unité commerciale doit permettre de dégager une marge commerciale suffisante pour que l'exploitation soit rentable.

A La marge brute

- Il s'agit de la somme perçue entre l'achat et la revente, c'est-à-dire de la différence entre le prix de vente hors taxes et le prix d'achat hors taxes.

Marge brute = prix vente HT – prix d'achat HT

- La marge brute peut s'exprimer en % du prix d'achat :

Taux de marge = marge brute/prix d'achat HT

Attention !

Ne pas confondre marge brute avec marge nette ou bénéficiaire (marge après la déduction des charges liées à la vente).

- La marge brute peut également s'exprimer en % du prix de vente :

Taux de marque = marge brute/prix de vente HT

Exemple

Une unité commerciale achète un produit 5 € HT et le revend 12 € HT.
Marge : 12 - 5 = 7 €
Taux de marge : 7/5 = 1,4, soit 140 %
Taux de marque : 7/12 = 0,5833, soit 58,33 %.

Remarque
Le taux de marque ne peut pas excéder 100 %.

B L'utilisation du taux de marge

- Il est possible de déterminer le prix de vente quand on connaît le prix d'achat et le taux de marge :

Prix d'achat HT : 5,00 €
Taux de marge : 140 %

Marge = prix d'achat × taux de marge
= 5 × 140/100 = 7,00 €
Prix de vente HT = prix achat HT + marge
= 5 + 7 = 12,00 €

Ou

Prix de vente HT = prix achat HT × (1 + taux de marge)
= 5 × (1 + 140/100) = 12,00 €

Prix de vente HT 12,00 €

- À l'inverse : **prix d'achat HT = prix de vente HT/(1 + taux de marge)**.

C L'utilisation du taux de marque

- Il est possible de déterminer le prix d'achat HT quand on connaît le prix de vente et le taux de marque.

Prix de vente HT 12,00 €
Taux de marque : 58,33 %

Prix d'achat HT = prix de vente HT × (1 – taux de marque)
= 12 × (1 – 58,33/100) = 5,00 €

Prix d'achat HT : 5,00 €

Marge = prix de vente × taux de marque
=12 × 58,33/100 = 7,00 €
Prix d'achat HT = prix de vente HT – marge
= 12 – 7 = 5,00 €

- À l'inverse : **prix de vente HT = prix d'achat HT/(1 – taux de marque)**.

D Schéma récapitulatif

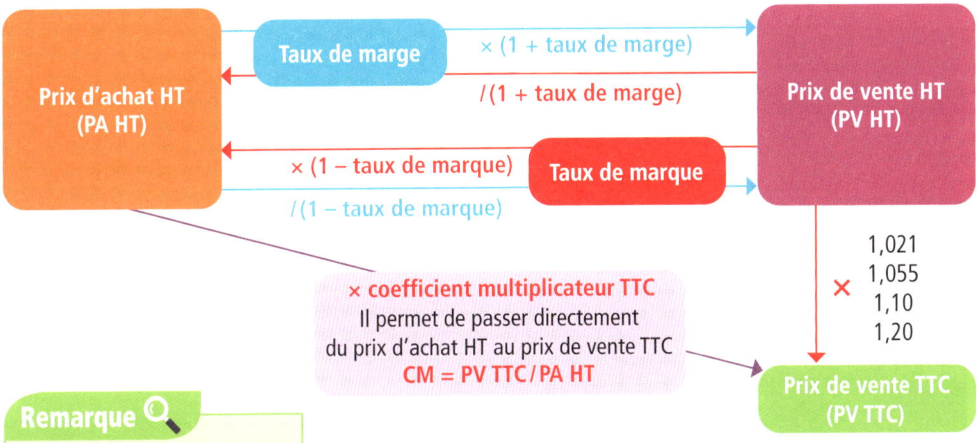

Remarque

Il existe **4 taux principaux de TVA** : 2,1 % (taux super réduit), 5,5 % (taux réduit), 10 % (taux intermédiaire) et 20 % (taux normal).

Exercice d'entraînement

Corrigé p. 154

L'entreprise Epsilon organise une opération de liquidation sur les tables de jardin. Trois hypothèses sont à l'étude.

Calculez, pour chaque hypothèse, le chiffre d'affaires et la marge réalisée. Concluez.

	Hypothèse 1	Hypothèse 2	Hypothèse 3
Nature de la promotion	Réduction de 50 %	Réduction de 80 %	Vente à prix coûtant (prix d'achat)
Estimation du % de stock liquidé	60 %	85 %	95 %

- Le stock de tables de jardin à écouler s'élève à 65 unités.
- Le prix catalogue s'élève à 49,90 € TTC (taux normal).
- Le taux de marque s'élève hors période promotionnelle à 72 %.

10 Le bilan

Le bilan est un document comptable. Son analyse permet, notamment, de juger de la solidité financière d'une entreprise.

1 Le bilan comptable

Le bilan permet de disposer d'une image fidèle du patrimoine de l'entreprise.

A La présentation du bilan

Exemple

Bilan de la société Magnolias (en milliers d'euros)

Actif	Brut	Amort. et dépr.	Net	Passif	Montant
Actif immobilisé				**Capitaux propres**	1 420
Immobilisations incorporelles	400	10	390	– Capital social	....
– Frais d'établissement	....	....	....	– Réserves	....
– Fonds de commerce	....	....	....	– Résultat	....
– Brevets	....	....	....		
Immobilisations corporelles	1 000	60	940	**Provisions pour risques et charges**	0
– Terrains	....	....	....		
– Constructions	....	....	....		
– Installations	....	....	....		
– Matériel de transport	....	....	....		
Immobilisations financières	100	10	90		
– Titres	....	....	....		
Actif circulant	200	46	154	**Dettes**	
Stocks	....	....	....	– Dettes financières[1]	216
– Mat. premières	....	....	....	– Dettes fournisseurs	130
– Marchandises	....	....	....	– Dettes fiscales et sociales	13
– Produits finis					
Créances d'exploitation	100	18	82	– Autres dettes	0
– Clients	....	....	....		
– Autres créances	....	....	....		
Disponibilités	123		123		
TOTAL	**1 923**	**144**	**1 779**	TOTAL	**1 779**

1. Dont concours bancaires : 16.

B L'actif du bilan

• **L'actif immobilisé.** Il regroupe les éléments liés à l'activité de l'entreprise qui ne sont pas consommés durant le cycle d'exploitation. **Certaines immobilisations sont amortissables**, c'est-à-dire que leur valeur peut être répartie sur une durée d'usage. Le cumul des amortissements représente une perte de valeur et il doit être soustrait de la valeur brute afin de déterminer la valeur nette du bien.

• Les éléments d'actif (immobilisations et autres) peuvent subir des pertes de valeur autres que celles liées à l'usage. **On parle alors de dépréciation**. Un stock peut, par exemple, se déprécier du fait d'une avarie, une créance peut être dépréciée car le débiteur est suspecté d'insolvabilité. Leur valeur nette doit également tenir compte de la dépréciation constatée. **Le principe de prudence** impose que les dépréciations, même si elles ne sont que probables, soient inscrites à l'actif du bilan pour diminuer le montant brut des éléments concernés.

• **Les disponibilités.** Elles représentent les liquidités immédiatement disponibles détenues par l'entreprise, c'est-à-dire principalement la **caisse** (espèces) ainsi que les sommes détenues sur le compte en **banque** et les supports d'épargne très liquides (livrets).

> **Remarque**
> Le degré de liquidité représente la faculté du support à assurer la disponibilité immédiate (ou non) des sommes épargnées.

C Le passif du bilan

Il représente l'ensemble des dettes contractées par l'entreprise. Ces dernières sont **les ressources** dont dispose l'entreprise pour fonctionner. On distingue :

– les capitaux propres qui sont des ressources propres (apports des actionnaires, réserves, résultat non distribué) ;

– les provisions pour risques et charges qui sont des « dettes » constituées en vue d'un événement tel qu'un litige qui donnera lieu à une charge à supporter dont la probabilité est grande ;

– les dettes qui regroupent les emprunts mais également les concours bancaires (ou soldes créditeurs de banque) qui sont des facilités de caisse accordées à court terme telles que le découvert bancaire.

2 L'équilibre financier

L'analyse du bilan d'une société permet à ses parties prenantes d'estimer le risque encouru lors de relations financières ou commerciales. Elle ne s'effectue pas directement à partir du bilan comptable. Ce dernier doit faire l'objet de retraitements permettant de construire un bilan fonctionnel afin de l'analyser.

A La présentation du bilan fonctionnel

Exemple (suite)

Bilan fonctionnel condensé de la société Magnolias (en milliers d'euros)

Actif (emplois)	Montant	Passif (ressources)	Montant
Actif immobilisé Valeur brute des immobilisations	1 500	**Passif stable** Capitaux propres + provisions pour risques et charges + total des amortissements et dépréciations figurant à l'actif du bilan + dettes financières (sans les concours bancaires)	1 764
financent			
Actif circulant hors trésorerie Valeur brute des stocks et des créances	300	**Passif circulant hors trésorerie** Dettes fournisseurs / fiscales / sociales/ autres dettes	143
		financent	
Trésorerie active Disponibilités	123	**Trésorerie passive** Concours bancaires figurant dans les dettes financières	16
TOTAL	**1 923**	**TOTAL**	**1 923**

Retraitements à effectuer à partir du bilan comptable

B L'analyse du bilan

Indicateur	Signification	Exemple
Fonds de roulement net global (FRNG) **FRNG = passif stable – actif stable**	• Le FRNG traduit la **capacité de l'entreprise à financer correctement ses investissements (actif immobilisé). Il doit donc être positif.** • Un FRNG négatif est le signe d'une structure financière risquée. Un FRNG positif signifie qu'il subsiste une ressource excédentaire après le financement des investissements.	1 764 – 1 500 = 264
Besoin en fonds de roulement (BFR) **BFR = actif circulant (hors trésorerie) – passif circulant (hors trésorerie)**	• Le BFR correspond au besoin de financement de l'actif circulant né au cours du cycle d'exploitation. • Généralement l'actif circulant n'est pas totalement financé par le passif circulant et **il subsiste un besoin qui devra être financé grâce au FRNG.**	300 – 143 = 157
Trésorerie nette **TN = FRNG – BFR** **ou** **TN = trésorerie active – trésorerie passive**	• Quand le fonds de roulement net global est suffisant pour couvrir le besoin en fonds de roulement, le montant qui reste est alors laissé en banque (en disponibilités). • Si le FRNG n'est pas à la hauteur du BFR, le besoin de financement résiduel sera apporté par du crédit à très court terme, c'est-à-dire une trésorerie nette négative. Cette dernière situation est défavorable car elle entraîne le paiement d'un agio coûteux à la banque (frais bancaires et intérêts).	264 – 157 = 107 Ou 123 – 16

N.B. : certaines activités comme la distribution ou la restauration dégagent des ressources de financement grâce au cycle d'exploitation car les clients paient comptant. **Le BFR est alors négatif et constitue une ressource.**

C Les solutions quand la trésorerie nette est négative

Deux solutions existent : **augmenter le FRNG et/ou diminuer le BFR**.

Solution	Comment
Augmenter le FRNG	La solution la plus simple consiste à souscrire un emprunt pour augmenter les ressources stables. On peut également procéder à une augmentation de capital.
Diminuer le BFR	• Diminution du montant des créances clients en diminuant le délai de paiement des clients/ diminution du montant des stocks. • Augmentation du montant des dettes d'exploitation en augmentant le délai de règlement aux fournisseurs (les dettes fournisseurs constituent la plus grande partie des dettes d'exploitation).

D Les ratios du bilan fonctionnel

	Ratio	Calcul	Commentaire
STRUCTURE	Couverture des emplois stables	$\frac{\text{ressources stables}}{\text{emplois stables}}$	> 1 : les immobilisations sont financées par des ressources stables.
	Indépendance financière	$\frac{\text{capitaux propres}}{\text{ressources stables}}$	Indicateur permettant de mesurer la capacité d'endettement de l'entreprise.
	Rentabilité financière	$\frac{\text{résultat net}}{\text{capitaux propres}}$	Indicateur qui mesure le rendement des capitaux propres, c'est-à-dire la rentabilité des capitaux investis.
EXPLOITATION	Délai de crédit clients	$\frac{\text{créances clients}}{\text{chiffre d'affaires TTC}} \times 360$	L'entreprise cherche à le raccourcir ⇨ ↘ BFR.
	Délai de crédit fournisseurs	$\frac{\text{dettes fournisseurs}}{\text{achats TTC}} \times 360$	L'entreprise cherche à l'allonger ⇨ ↘ BFR.
	Délai de stockage	$\frac{\text{stock moyen}}{\text{coût d'achat HT}} \times 360$ (des marchandises vendues ou des matières premières utilisées)	L'entreprise cherche à le raccourcir ⇨ ↘ BFR.

Remarque

L'analyse du bilan et le calcul des ratios font généralement l'objet d'une comparaison entre deux années (ou bien avec ceux du secteur). Il faut alors commenter leur évolution (ou les écarts) et conclure sur une évolution favorable ou défavorable.

Exercice d'entraînement

Corrigé p. 154

Effectuez l'analyse des indicateurs de l'entreprise Gasnier SARL ainsi que leur évolution.

ACTIF			PASSIF		
	31/12/N	**31/12/N-1**		**31/12/N**	**31/12/N-1**
Actif immobilisé	96 700	98 865	**Ressources stables**		
			Ressources propres	140 100	142 320
			Dettes financières	22 345	27 102
Actif circulant			**Passif circulant**		
Stocks	1 822	944	Dettes fournisseurs	23 220	20 120
Créances clients et comptes rattachés	103 594	127 398	Dettes fiscales et sociales	30 151	28 770
Disponibilités	26 430	12 825	Concours bancaires	12 730	21 720
TOTAL	**228 546**	**240 032**	**TOTAL**	**228 546**	**240 032**

11 La prévention et la couverture des risques

Les actions de prévention des risques sont indispensables mais ne permettent pas de faire face au dommage en cas de réalisation du risque.

1 La prévention des risques

Types de risques	Actions de prévention
Risques professionnels	• Procédures écrites. • Méthodes de travail formalisées. • Listes de pointage.
Risques clients	• Analyse de la solvabilité. • *Scoring* sur plusieurs critères : – Retards de paiement ; – Incidents de paiement ; – etc.
Risques fournisseurs	• Analyse du bilan. • Diversification des approvisionnements.
Risques sociaux	• Méthodes de gestion du stress. • Amélioration des conditions de travail. • Politique de GPEC (gestion prévisionnelle des emplois et des compétences).
Risques environnementaux	• Veille stratégique. • Veille légale.
Risques technologiques	• Veille technologique.

La veille permet de collecter des informations afin d'anticiper les mutations environnementales, légales et technologiques.

2 L'évaluation et la couverture des risques

A L'évaluation des risques : une obligation

Le document unique d'évaluation des risques professionnels (DUERP) est une obligation légale. Il impose aux employeurs d'évaluer les risques afin d'y apporter une réponse adaptée.

B La couverture des risques

• La réalisation d'un risque peut entraîner des coûts importants pour l'entreprise :

– des impayés ;

– une baisse du chiffre d'affaires et de la marge ;

Remarque

Les provisions ont pour objectif de constater un risque possible dans la comptabilité de l'entreprise en calculant la charge correspondante qui diminue le résultat de l'entreprise (en vertu du principe de prudence).

– des amendes et pénalités ;
– des charges et frais consécutifs à des dommages matériels.

• Pour se prémunir contre les risques, l'entreprise peut souscrire différents types d'assurances :
– **l'assurance responsabilité civile professionnelle :**

Activité	Accidents causés en dehors des locaux.
Biens	Dommages causés par des biens n'appartenant pas à l'unité commerciale mais utilisés pour son compte.
Personnes	Pathologies professionnelles.

– **l'assurance multirisques** :
- elle couvre les dommages causés dans l'entreprise ;
- elle peut également couvrir la gestion des impayés.

– **D'autres assurances spécifiques** : assurances des locaux et biens (Incendie, explosion, inondation), assurance de la flotte automobile, protection juridique, assurance contre la perte d'exploitation, etc.

• Les **mutuelles** se distinguent des assurances car ce sont des sociétés d'assurance à but non lucratif. Les contrats qu'elles proposent sont généralement souscrits par les entreprises pour offrir aux salariés une **couverture complémentaire santé**. Cette dernière constitue une obligation légale.

Exercice d'entraînement

Corrigé p. 155

Micheline Rossiya doit mettre en application le document unique de gestion des risques au plus tard le 1er octobre au sein de l'entreprise. Elle vous délègue la responsabilité de ce dossier et vous charge d'animer la première demi-journée de réunion d'information sur l'existence et le contenu du document unique.

Concevez un graphique permettant de qualifier les risques en utilisant les deux axes de l'évaluation des risques et placez sur ce graphique les situations à risques s'étant déroulées dans l'agence commerciale.

ANNEXE 1 : les axes d'évaluation des risques

Axe 1 : la gravité du dommage

C'est l'effet redouté, plus ou moins important, sur la santé de l'agent (blessures, maladie...).

Appellation	Cotation	Critères de gravité
Minime	1	Blessure légère ou atteinte légère à la santé sans arrêt de travail et sans séquelles (égratignures, brûlures très légères, fatigue visuelle...).
Significative	2	Blessure ou atteinte à la santé avec arrêt de travail mais sans séquelles (hématomes, coupures peu profondes, pincement, mal de tête...).
Élevée	4	Blessure ou atteinte à la santé avec arrêt de travail et possibilité de séquelles (écrasement d'un doigt, choc à la tête, entorse, fractures, chocs psychologiques, lumbago...).
Très élevée	8	Blessure ou atteinte à la santé avec arrêt/incapacité partielle (section d'un doigt, d'un ligament ne permettant plus à l'agent de travailler dans les conditions normales, traumatisme crânien avec perte de connaissance…).
Grave	16	Accident mortel/incapacité totale/lésions irréversibles/séquelles graves.

Axe 2 : la fréquence d'exposition des agents aux sources de dangers
Cet axe intègre la durée et la fréquence d'exposition réelles de l'agent à la source de danger *via* les activités à l'origine du risque qu'il exerce.

Appellation	Cotation
Très rare	1
Rare	2
Occasionnel	3
Fréquent	4
Permanent	5

ANNEXE 2 : la typologie des principaux risques

- Risque lié à la manutention manuelle/risque de chutes.
- Risque d'incendie et d'explosion/risque toxique.
- Risque lié aux circulations et aux déplacements.
- Risque lié aux effondrements et chutes d'objets.
- Risque lié à l'électricité.
- Risque lié à l'organisation du travail.
- Risque lié aux machines et aux équipements.
- Risque lié aux ambiances thermiques.
- Risque lié à l'intervention d'entreprises extérieures.

ANNEXE 3 : des situations concrètes pour évaluer les risques

Situation 1** (23 septembre N – 2) – **Yasmina
Description : glissade sur un sol humide non signalé par une balise lors de l'entretien des sols par une société extérieure.
Conséquences : chute lors du déplacement vers le guichet ; perte de connaissance ; intervention du SAMU et hospitalisation durant 2 jours ; traumatisme crânien.

Situation 2 – Pierre
Description : utilisation d'un écran d'ordinateur (de plus de 6 ans) durant l'intégralité de son service.
Conséquence : fatigue visuelle nécessitant le port de lunettes.

Situation 3** (11 mai N-1 ; 14 juin N-1, 14 février) – **Jean-Maxence
Description : manutention d'un carton de prospectus depuis la réserve jusqu'à la surface de vente de l'agence commerciale.
Conséquence : lumbago avec arrêt de travail.

Situation 4** (8 avril N-3) – **Victor
Description : agression physique par un client à la suite d'une altercation verbale. Conséquence : trouble psychologique avec incapacité de reprendre son poste ; affecté à un autre service.

Situation 5** (9 mars) – **Élodie
Description : chute occasionnée par des câbles traînant au sol lors de la modernisation du réseau informatique.
Conséquence : fracture du poignet et arrêt de travail (10 jours).

12 Les méthodes de prévision des ventes

Il existe différentes méthodes pour prévoir les ventes : l'approche empirique qui consiste à effectuer une étude de marché pour déterminer les ventes futures et les méthodes statistiques qui consistent à prolonger la tendance des ventes passées pour extrapoler les ventes futures.

1 Le choix d'une méthode statistique

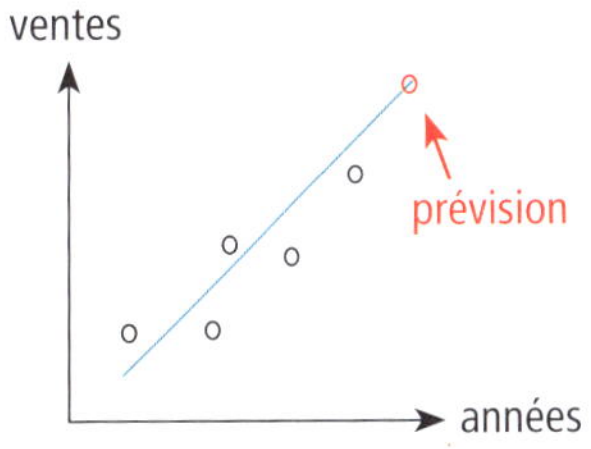	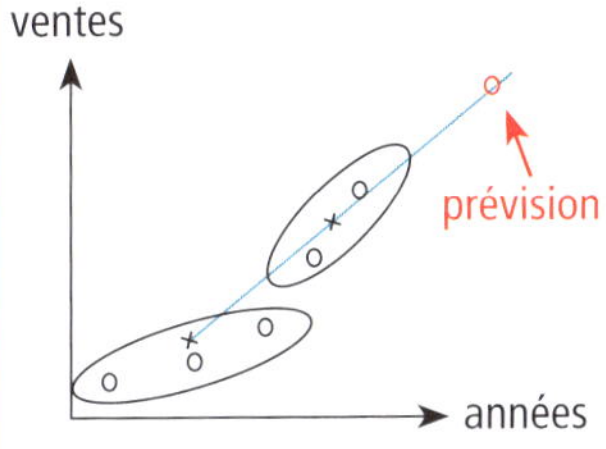	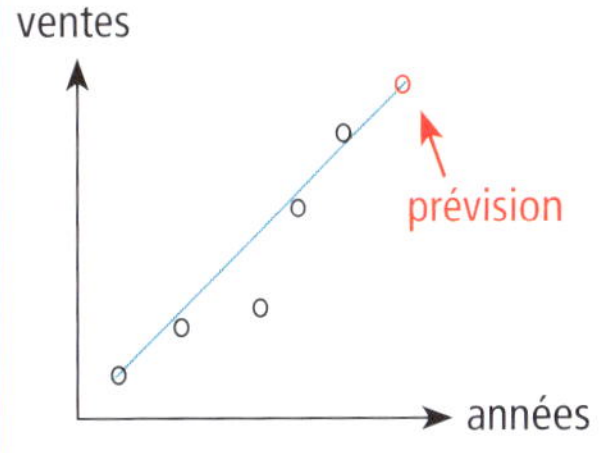
Moindres carrés : on prolonge la droite qui passe au plus près de tous les points (régression linéaire).	**Mayer** : on prolonge la droite qui passe par deux points moyens.	**Points extrêmes** : on prolonge la droite qui passe par les deux points extrêmes.
Séries irrégulières : nuage de points	On sépare la série en deux sous-séries d'importances à peu près identiques : 3 + 2 ; 4 + 3 ; 5 + 4…	**Séries régulières**

- **Dans les trois cas, il s'agit de déterminer l'équation d'une droite de type $y = ax + b$.**
- **Inconvénient des méthodes statistiques** : elles s'appuient sur les ventes passées et ne tiennent pas compte des événements qui pourraient survenir.

A La méthode des moindres carrés (régression linéaire)

Exemple

Numérotation des années à partir de 1 (colonne x)

Année	x	y (CA en k€)	$X = x - \bar{x}$	$Y = y - \bar{y}$	X^2	XY
N – 3	1	480	– 1,5	– 76	2,25	114
N – 2	2	546	– 0,5	– 10	0,25	5
N – 1	3	569	0,5	13	0,25	6,5
N	4	629	1,5	73	2,25	109,5
Somme	10	2 224	$\Sigma X = 0$	$\Sigma Y = 0$	$\Sigma X^2 = 5$	$\Sigma XY = 235$
Moyenne	$\bar{x} = 2,5$	$\bar{y} = 556$				

Années passées — Ventes passées — $1 - 2,5$ — $480 - 556$ — $(-1,5) \times (-1,5)$ — $(-1,5) \times (-76)$

$$a = \frac{\Sigma XY}{\Sigma X^2} \qquad b = \bar{y} - a\bar{x}$$

$a = \frac{235}{5} = 47$ et $b = 556 - 47 \times 2{,}5 = 438{,}5$

On obtient une équation du type : $y = 47x + 438{,}5$.

Prévision : on remplace x par le numéro de l'année.

⇨ En N : $y = 47 \times 5 + 438{,}5$, soit 673,50 k€.

B La méthode de Mayer (ou de la double moyenne)

On sépare la série en deux et on calcule les coordonnées de deux points moyens A et B dont les coordonnées sont les moyennes des coordonnées des points correspondants : A($\overline{x}$; $\overline{y}$) et B($\overline{x}$; $\overline{y}$).

Exemple

Année	N – 4	N – 3	N – 2	N – 1	N
x : renumérotation des années	1	2	3	4	5
y : ventes en k€	401	562	630	738	852

A (N – 4 à N – 2) ; *B* (N – 1 et N)

Point moyen *A* de coordonnées $x_A = \frac{(1 + 2 + 3)}{3} = 2$ et $y_A = \frac{(401 + 562 + 630)}{3} = 531$

Point moyen *B* de coordonnées $x_B = \frac{(4 + 5)}{2} = 4{,}5$ et $y_B = \frac{(738 + 852)}{2} = 795$

$a = \frac{(y_B - y_A)}{(x_B - x_A)}$ et $b = y_A - ax_A$

$a = \frac{795 - 531}{4{,}5 - 2} = 105{,}6$ et $b = 531 - 105{,}6 \times 2 = 319{,}80$

On obtient une équation du type : $y = 105{,}6x + 319{,}80$.

Prévision : on remplace x par le numéro de l'année.

⇨ En N+1 : $y = 105{,}6 \times 6 + 319{,}80$, soit 953,40 k€.

C La méthode des points extrêmes

On détermine l'équation de droite qui passe par les deux points se situant aux extrémités de la série.

Exemple

Année	N – 4	N – 3	N – 2	N – 1	N
x : renumérotation des années	1	2	3	4	5
y : ventes en k€	401	562	630	738	852
	$A(x_A ; y_A)$				$B(x_B ; y_B)$

$a = \frac{(y_B - y_A)}{(x_B - x_A)}$ et $b = y_A - ax_A$

Dans notre exemple : $a = \frac{852 - 401}{5 - 1} = 112{,}75$

et $b = 401 - 112{,}75 \times 1 = 288{,}25$

On obtient une équation du type : $y = 112{,}75x + 288{,}25$.

Prévision : on remplace x par le numéro de l'année.

⇨ En N+1 : $y = 112{,}75 \times 6 + 288{,}25$, soit 964,75 k€.

Remarque

Des méthodes de prévisions différentes appliquées à une même série de données ne donnent pas le même résultat.

2 La progression des ventes par rapport à un taux de croissance

L'étude des tendances du marché permet d'estimer un taux de croissance prévisionnel de l'activité qui sera utilisé pour prévoir les ventes.

Exemple

Le CA en N est de 50 000 €.

On prévoit une croissance du marché de 10 % l'année suivante et de 20 % l'année d'après.

CA N + 1 = CA N × (1 + taux) = 50 000 × 1,10 = **55 000 €**

CA N + 2 = 55 000 × 1,20 = **66 000 €**

3 La corrélation

- Si deux variables sont corrélées, cela signifie que la variation de l'une affecte l'autre. On peut alors effectuer une prévision après avoir vérifié s'il existe un lien de corrélation *r*.

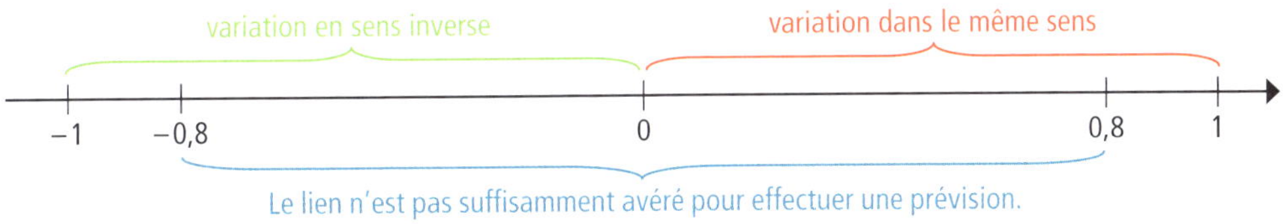

- Si $r \leqslant -0{,}8$ ou $r \geqslant 0{,}8$ ⇨ **le lien est suffisamment fort pour effectuer une prévision.**

Exemple

On cherche à vérifier la corrélation entre le budget de communication engagé et le chiffre d'affaires pour estimer le chiffre d'affaires réalisé pour un budget de communication de 150 000 € en N + 1.

Année	N – 4	N – 3	N – 2	N – 1	N
Budget en k€	103	131	82	103	131
CA en k€	2 123	2 230	1 969	2 043	2 435

Tableau à construire

	x en k€ (budget)	y en k€ (CA)	$X = x - \bar{x}$	$Y = y - \bar{y}$	X^2	Y^2	XY
	103	2 123	−7	−37	49	1 369	259
	131	2 230	21	70	441	4 900	1 470
	82	1 969	−28	−191	784	36 481	5 348
	103	2 043	−7	−117	49	13 689	819
	131	2 435	21	275	441	75 625	5 775
Somme	550	10 800	0	0	1 764	132 064	13 671
Moyenne	110	2 160					

$$r = \frac{\sum XY}{\sqrt{\sum X^2 \sum Y^2}}$$

Dans l'exemple : $r = \frac{13\,671}{\sqrt{1\,764 \times 132\,064}} = 0{,}896$

La corrélation entre le budget de communication et le chiffre d'affaires est avérée.

Attention

Il faut repérer dans la situation proposée quelle est la variable *x* et quelle est la variable *y*. C'est le niveau de *x* qui va influer sur le niveau de *y*.

$a = \frac{\Sigma XY}{\Sigma X^2} = \frac{13\,671}{1\,764} = 7{,}75$

et $b = \overline{y} - a\overline{x} = 2\,160 - 7{,}75 \times 110 = 1\,307{,}5$

Prévision pour un budget de 150 000 € (150 k€) :

$y = 7{,}75 \times 150 + 1\,307{,}5 = 2\,470$ k€

Remarque

La calculatrice programmable (mode examen) permet de déterminer *r*, *a* et *b* grâce à la fonction statistique (à 2 variables) préprogrammée linearReg.

4 La saisonnalité des ventes

A Les coefficients saisonniers

Les coefficients de variation saisonnière (CVS) représentent la part des ventes réalisées au cours des différentes périodes de l'année. Ils peuvent s'exprimer en données brutes ou en pourcentage.

Somme des CVS = nombre de périodes

Exemple

Planches de surf :

Trimestre	1	2	3	4
CVS	0,2	1	2,4	0,4

CVS en % = CVS brut/nombre de périodes

Le CVS est représentatif de l'intensité des ventes par rapport à la moyenne qui est de 1.

Trimestre	1	2	3	4
CVS en %	0,2/4 (× 100) = 5 %	25 %	60 %	10 %

B La prévision des ventes périodiques à l'aide des CVS

Ventes période N = ventes annuelles × CVS en % période N

Exemple (suite)

Prévision 200N (planches de surf) = 62 000 unités

Prévisions trimestrielles

Trimestre	1	2	3	4
Ventes	62 000 × 5 % = 3 100 planches	62 000 × 25 % = 15 500	62 000 × 60 % = 37 200	62 000 × 10 % = 6 200

C Le calcul des coefficients saisonniers

- Il faut disposer des ventes réalisées par période (trimestres ou mois) sur plusieurs années passées.

CVS = moyenne des ventes par période/moyenne des moyennes

Exemple

La société Styl'homme vend des articles d'habillement et des produits de soins à destinations des hommes.

55/78

Trimestre	1	2	3	4
N − 2	30	200	14	52
N − 1	35	210	15	60
N	31	220	16	53
Moyennes par période	32	210	15	55
CVS	0,410	2,692	0,192	0,705
CVS en %	10,25 %	67,25 %	4,75 %	17,75 %

Somme des CVS = 4 et moyenne des moyennes :
(32 + 210 + 15 + 55)/4 = 78

• **Attention :** prenez garde au sens du tableau tel qu'il est proposé. Les années peuvent être en colonnes et les périodes en lignes. Les moyennes et CVS seront alors présentés en colonnes.

Remarque

Les CVS peuvent également être mensuels. La somme des CVS est alors égale à 12.

Exercice d'entraînement

Corrigé p. 155

Calculez les CVS, effectuez une prévision annuelle puis prévoyez les ventes trimestrielles pour l'année N + 1.

Ventes	Trimestre 1	Trimestre 2	Trimestre 3	Trimestre 4	Année
N − 3	56	103	345	23	527
N − 2	65	110	340	27	542
N − 1	66	132	364	12	574
N	76	129	371	25	601

13 Les budgets

Un budget est un document prévisionnel qui participe au pilotage de l'entreprise. Les budgets des encaissements et des décaissements permettent, en outre, d'élaborer le budget de trésorerie.

1 La démarche budgétaire

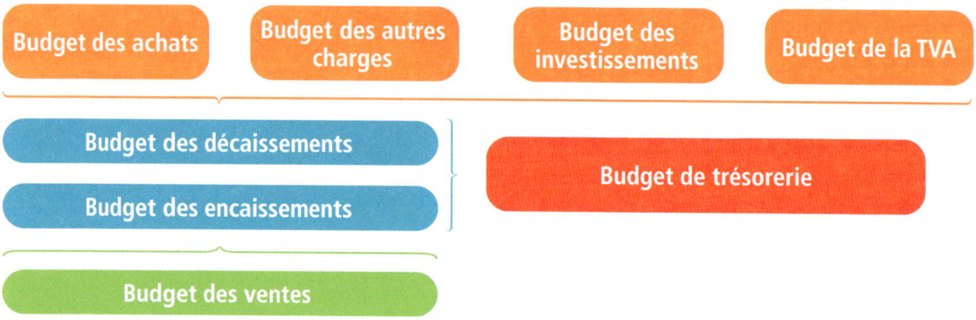

2 Le budget des encaissements

- **Il est réalisé à partir des ventes TTC** de la période et des autres types de recettes.
- Il prend en compte les délais de paiement.

Exemple

	Montant TTC	Janvier	Février	Mars
Ventes N–1 (réglées en janvier N)		3 000		
Ventes janvier	**24 000**	7 200	16 800	
Ventes février	**40 000**		12 000	28 000
Ventes mars	**28 000**			8 400
Autres recettes	**16 000**	4 000	6 000	6 000
Subventions	**3 000**		3 000	
TOTAL	**111 000**	14 200	37 800	42 400

Les clients règlent leurs factures pour 30 % au comptant et pour 70 % à 30 jours (TVA 20 %).

Ventilation des ventes de janvier :

- le chiffre d'affaires s'élève à 20 000 € HT en janvier ;
- chiffre d'affaires TTC : 20 000 × 1,20 = 24 000 € TTC ;
- encaissement de janvier : 24 000 × 30 % = 7 200 € ;
- encaissement de février : 24 000 × 70 % = 16 800 €.

3 Le budget des décaissements

Il est réalisé à partir des achats TTC de la période et des autres types de dépenses.

Exemple

- Les fournisseurs sont réglés selon les modalités suivantes : 20 % au comptant, 40 % à 30 jours et 40 % à 60 jours.
- La TVA à payer et les charges sociales sont décaissées le mois d'après.

Remarque

Les encaissements et décaissements correspondent aux recettes et dépenses TTC et non aux produits et aux charges. En effet, les produits et charges incluent des éléments dits « calculés » tels que les amortissements et provisions et leurs reprises qui ne correspondent à aucun flux de trésorerie.

	Montant TTC	Janvier	Février	Mars
Achats N – 1 (réglés en N)		1 000		
Achats janvier	**20 000**	4 000	8 000	8 000
Achats février	**32 000**		6 400	12 800
Achats mars	**24 000**			4 800
Autres charges	**8 000**	2 000	3 000	3 000
TVA			667	1 334
Mensualité d'emprunt		460	460	460
Salaires		4 000	4 000	4 000
Charges sociales		1 400	1 600	1 600
TOTAL	**84 000**	**12 860**	**24 127**	**35 994**

Sur les salaires de janvier → 1 600

Remarque : la TVA peut être calculée grâce à un sous-budget réalisé séparément.

	Janvier	Février	Mars
TVA collectée sur les ventes	4 000	6 667	4 667
TVA déductible sur les achats	3 333	5 333	4 000
TVA à payer (pour le mois)	**667**	**1 334**	**667**
TVA décaissée (le mois suivant)		**667**	**1 334**

Ventes HT de janvier : 24 000/1,20 = 20 000

TVA collectée de janvier : 24 000 – 20 000 = 4 000 (ou 20 000 × 20 % = 4 000)

4 Le budget de trésorerie

Il reprend les totaux des budgets des encaissements et des décaissements.

Trésorerie finale = trésorerie initiale + encaissements – décaissements

Exemple

La trésorerie initiale (en janvier) s'élève à 1 500 €.

	Janvier	Février	Mars
Trésorerie initiale	1 500	2 840	16 513
Encaissements	14 200	37 800	42 400
Décaissements	12 860	24 127	35 994
Trésorerie finale	**2 840**	**16 513**	**22 919**

Gestion opérationnelle

5 Les modalités d'optimisation de la trésorerie

• **En cas de trésorerie prévisionnelle positive**, il peut être intéressant d'envisager des placements pour bénéficier d'une rémunération. Les excédents de trésorerie non placés privent l'entreprise de revenus.

• **En cas de trésorerie prévisionnelle négative, il faut adopter des mesures correctrices pour éviter la défaillance de l'entreprise :**

Accroître le montant des encaissements	Accroître les ventes.
Diminuer le montant des décaissements	• Réduire les coûts. • Renégocier les prix d'achat.
Diminuer le besoin en fonds de roulement	• Diminuer les délais de règlement des clients. • Diminuer le délai moyen de stockage. • Allonger les délais de paiement aux fournisseurs.

Remarque

La modification des délais de règlement et de stockage ne change pas le montant total des encaissements et des décaissements mais seulement leur répartition sur une période donnée. Elle permet de diminuer le besoin en fonds de roulement et, par conséquent, le montant de la trésorerie nécessaire à l'exploitation sur cette période.

• Si les décaissements présentent des montants trop importants pour des raisons autres que l'exploitation (**ex.** : un investissement), il est souhaitable de souscrire un emprunt supplémentaire pour y faire face. Ce dernier peut être un emprunt bancaire ou bien être souscrit auprès des associés (comptes courants d'associés).

• L'absence de mesures correctrices conduit l'entreprise à recourir au concours bancaire.

Exercice d'entraînement

Corrigé p. 156

Réalisez le budget de trésorerie de l'entreprise Delta pour le premier trimestre N d'après les données suivantes :

Mois	Janvier	Février	Mars
Ventes HT	5 000	6 000	8 000
Achats HT	1 000	1 100	1 200

• Les ventes sont encaissées au comptant pour 20 % et le solde est réglé à 30 jours.
• Les achats sont réglés en moyenne à 60 jours.
• Les achats de novembre et décembre N – 1 s'élevaient respectivement à 500 € TTC et 600 € TTC.
• Les ventes de décembre N – 1 s'élevaient à 4 800 € TTC.
• L'entreprise compte deux salariés dont les salaires bruts s'élèvent à 2 200 € et 1 860 €.
• Les cotisations salariales et patronales s'élèvent respectivement à 20,5 % et 36 % des rémunérations brutes.
• Les cotisations salariales et patronales sont versées le mois suivant aux caisses sociales. Les salaires nets sont versés à la fin du mois.
• Les cotisations de N – 1 à régler en janvier s'élèvent à 2 223 €.
• Des produits financiers (non soumis à la TVA) sont perçus en janvier et février pour 240 et 135 €.
• Les prestations vendues sont facturées au taux de TVA de 20 %.
• Les achats sont réalisés au taux de TVA de 20 %.
• La TVA est réglée à l'administration fiscale le mois suivant.
• La trésorerie initiale s'élève à 2 000 €.

Les calculs seront arrondis à l'euro le plus proche.

14 Le financement de l'investissement

L'investissement consiste en l'acquisition d'actifs durablement conservés. Il est indispensable à la croissance et à la pérennité de l'unité commerciale. Cette dernière doit déterminer quelles sont les ressources disponibles pour en assurer le financement.

1 Les ressources internes de financement

Moyen/outil	Intérêt
L'autofinancement	L'autofinancement est la ressource interne provenant de la capacité d'autofinancement après versement des dividendes. Elle mesure la capacité de l'unité commerciale à financer ses besoins grâce à ses propres ressources. Le recours à l'autofinancement permet à l'entreprise de conserver son indépendance financière.
Les apports en comptes courants des associés	Les associés peuvent prêter des fonds à l'entreprise, souvent en contrepartie de versements d'intérêts qui sont déductibles de l'impôt sur les sociétés. C'est un moyen de financement souple avec peu de formalités qui ne modifie pas la composition du capital.
L'augmentation de capital	Une augmentation de capital consiste à émettre de nouveaux titres. Les formalités sont importantes mais ce moyen renforce la structure des fonds propres et diminue le ratio d'endettement de l'entreprise. L'augmentation de capital permet de se procurer des ressources tout en préservant l'indépendance financière de l'entreprise.

2 Les ressources externes de financement

Moyen/outil	Intérêt
Le crédit bancaire (emprunt)	C'est le moyen de financement le plus courant. Le recours aux établissements de crédit est assez simple mais ces derniers exigent des garanties parfois importantes de la part des emprunteurs.
Le crédit-bail (*leasing*)	Il permet de disposer d'un bien contre le versement d'une redevance déductible. La levée de l'option d'achat permet de devenir propriétaire du bien. Les entreprises n'ayant pas de ressources importantes peuvent se tourner vers ce système qui offre une grande souplesse d'utilisation mais se révèle plus onéreux que le crédit sur la durée d'utilisation du bien.
Le financement participatif (*crowdfunding*)	Il consiste à emprunter ou céder des parts de l'entreprise auprès d'un nombre important d'investisseurs (micro-investisseurs) grâce à des outils de mise en relation comme Internet. C'est un mode de financement sans intermédiaire particulièrement adapté au lancement de nouveaux projets.
Les investisseurs privés (« *business angels* »)	Les « *business angels* » investissent des fonds dans une société en création qui a un fort potentiel de développement. En contrepartie du risque pris, ils rentrent dans le capital de l'entreprise et peuvent espérer des gains importants en cas de succès.
Les fonds de capital risque	Comme les investisseurs privés, ils investissent dans les sociétés innovantes à fort potentiel de développement mais ce sont des sociétés d'investissement (personnes morales).

3 L'emprunt bancaire

L'emprunt est la principale ressource de financement externe. Le niveau des taux d'intérêt influence fortement la décision d'emprunter et, en conséquence, les possibilités d'investissement.

A L'emprunt par mensualités ou annuités constantes

- La somme versée à la banque est identique à chaque période mais la partie remboursée (amortissement) varie.

- Selon les situations, l'emprunt peut être remboursable par mensualités ou annuités constantes :

$$\text{Mensualité ou annuité constante} = \frac{\text{capital emprunté} \times \text{taux}}{1 - (1 + \text{taux})^{-n}}$$

avec n = nombre de périodes et taux = taux d'intérêt mensuel ou annuel

Remarque

Cette formule est, en général, fournie en annexe dans les sujets. Sur votre calculatrice, la formule est à saisir de la manière suivante : cal × taux/(1 – (1 + taux) ^(- n)) avec le taux exprimé en valeur brute (ex. : 0,14 % = 0,0014).

Exemple

Emprunt pour une acquisition de 25 000 € HT.

Taux annuel : 2,10 % ; assurance : 0,5 % du montant emprunté payable chaque année ; pas de frais de dossier ; durée : 5 ans.

Modalités de remboursement : annuités constantes.

Annuité = 25 000 × 0,021/(1 - $1{,}021^{-5}$) = 5 319,36 €

Période	CRD (capital restant dû) début de période	Taux d'intérêt	Intérêt (capital × taux)	Amortiss. (Annuité – intérêt)	Annuité	CRD fin de période (CRD début – amortissement)
N	25 000,00	2,10 %	525,00	4 794,36	5 319,36	20 205,64
N+1	20 205,64	2,10 %	424,32	4 895,04	5 319,36	15 310,59
N+2	15 310,59	2,10 %	321,52	4 997,84	5 319,36	10 312,75
N+3	10 312,75	2,10 %	216,57	5 102,79	5 319,36	5 209,96
N+4	5 209,96	2,10 %	109,41	5 209,95	5 319,36	0,00

Montant total des annuités réglées à la banque : 5 319,36 × 5 = 26 596,82 €

Montant de l'assurance : (25 000 × 0,5 % × 5) = 625,00 €

- **Coût de l'emprunt = montant total réglé à la banque – montant emprunté.**

- **Ou montant total des intérêts + assurance + frais de dossier** (si on dispose du tableau de remboursement).

Exemple (suite)

26 596,82 + 625 – 25 000 = 2 221,82 €

Ou (525 + 424,32 + 321,52 + 216,57 + 109,41) + 625 = 2 221,82 €

Remarque

Il n'est donc pas indispensable de réaliser le tableau de remboursement de l'emprunt pour déterminer son coût.

- Si l'emprunt est remboursable par mensualités (tous les mois) :

Taux mensuel = taux annuel/12

Nombre de périodes (mois) = nombre d'années × 12

B L'emprunt par amortissements constants

• La mensualité ou l'annuité varie à chaque période mais la partie remboursée (amortissement) reste constante :

Amortissement constant = capital emprunté/n (nombre de périodes)

Exemple

Période	CRD début	Taux d'intérêt	Intérêt (capital × taux)	Amort. constant	Annuité (intérêt + amort.)	CRD en fin de période
N	25 000,00	2,10 %	525,00	5 000,00	5 525,00	20 000,00
N + 1	20 000,00	2,10 %	420,00	5 000,00	5 420,00	15 000,00
N + 2	15 000,00	2,10 %	315,00	5 000,00	5 315,00	10 000,00
N + 3	10 000,00	2,10 %	210,00	5 000,00	5 210,00	5 000,00
N + 4	5 000,00	2,10 %	105,00	5 000,00	5 105,00	0,00

Amortissement annuel = 25 000/5 ans = 5 000 €.

• **Coût du crédit = somme des intérêts + assurance + frais de dossier.**

• Il faut réaliser l'intégralité du tableau pour déterminer le coût du crédit.

Remarque

Il existe également **l'emprunt *in fine* qui permet de rembourser le capital dans son intégralité lors de la dernière échéance.** L'amortissement de l'emprunt est nul pour toutes les échéances précédentes.

Exercice d'entraînement

Corrigé p. 157

La société Kashmir SARL vous charge d'étudier deux modalités de financement pour l'acquisition d'une machine-outil.

1. Financement par crédit-bail

• Montant du financement HT : 18 000 €.
• Valeur résiduelle de rachat HT : 520 €.
• Dépôt de garantie : 0,00 €.
• Nombre d'échéances : 60.
• Durée du contrat : 60 mois.
• Périodicité : mensuelle.
• Frais de dossier : 300 € HT (facturés lors de la première échéance).
• Loyer : 330 € HT.

2. Modalités de l'emprunt

• Montant emprunté : 18 000 €.
• Durée de l'emprunt : 5 ans.
• Taux d'intérêt nominal annuel : 1,3 %.
• Frais de dossier : 200 €.
• Montant annuel de l'assurance : 0,3 % annuel du montant emprunté payable chaque année.
• Modalités de remboursement : annuités annuelles constantes.

Remboursement par période = $V_0 \times \frac{i}{1 - (1 + i)^{-n}}$

avec :

V_0 = montant emprunté

n = nombre de périodes de remboursement

i = taux d'intérêt par période

15 Les critères de choix d'investissement

Évaluer la rentabilité d'un investissement revient à comparer les flux nets de trésorerie obtenus au coût de ce dernier. Si la somme des flux nets de trésorerie actualisés est supérieure au montant dépensé pour l'investissement, alors ce dernier est rentable.

1 Les flux nets de trésorerie (FNT)

• Le calcul des flux nets de trésorerie permet de savoir quelle est la trésorerie nette dégagée par un investissement.

• Les FNT proviennent de la différence entre les encaissements (recettes) et les décaissements (dépenses).

• Il existe des produits et des charges qui ne correspondent à aucun flux monétaire (mouvement d'argent) : **on parle de charges et de produits calculés.**
– Charges calculées : dotations aux amortissements et provisions.
– Produits calculés : reprises sur provisions.

• **Les charges calculées sont à réintégrer (ajouter) au bénéfice pour obtenir le flux net de trésorerie et les produits calculés à déduire.**

2 Le calcul des flux nets de trésorerie

Exemple

Une unité commerciale d'une surface de 250 m² réalise un investissement de 50 000 € au début de l'année N pour agrandir et rénover la surface de vente. Le chiffre d'affaires hors taxes actuel s'élève à 1 150 000 €. Le chiffre d'affaires supplémentaire hors taxes espéré est de 13 % par an pendant 5 ans. Les économies d'énergie annuelles sont estimées à 2 €/m². Les charges d'exploitation (incluant l'amortissement) engendrées par l'investissement s'élèvent à 141 000 € chaque année. L'investissement est amorti suivant le mode linéaire sur 5 ans. Le taux d'imposition est de 33 % 1/3.

Chiffre d'affaires supplémentaire + économies réalisées	1 150 000 × 13 % + 250 × 2 = 150 000 €
– charges supplémentaires (amortissement inclus)	141 000 €
= bénéfice avant impôt	150 000 – 141 000 = 9 000 €
– impôt à 33,1/3	9 000/3 = 3 000 €
= bénéfice net	9 000 – 3 000 = 6 000 €
+ amortissement de l'immobilisation (réintégration d'une charge calculée)	50 000/5 = 10 000
= FNT	6 000 + 10 000 = **16 000 €**

• **Rappels**
– C'est parfois le taux de marque qui vous permet de calculer les coûts d'achat (charges supplémentaires) engendrés par un nouvel investissement :

coût d'achat = chiffre d'affaires × (1 – taux de marque)

– Calcul de la dotation aux amortissements de l'immobilisation :

montant de l'investissement (immobilisation)/durée d'utilisation

Remarque

Cas particulier du financement par emprunt
- La mensualité se décompose entre l'intérêt et l'amortissement.
- L'intérêt (charge) doit être ajouté aux charges supplémentaires pour le calcul du bénéfice net et l'amortissement de l'emprunt doit être déduit du bénéfice net.

3 L'actualisation des flux nets de trésorerie

- L'actualisation des flux nets de trésorerie permet de **tous les ramener à la valeur actuelle (au moment de l'investissement)** car « un euro de demain ne vaut pas un euro d'aujourd'hui ». On utilise donc un taux d'actualisation.

$$\text{FNT actualisé} = \frac{\text{FNT}}{(1 + \text{taux d'actualisation})^n}$$

avec n le numéro de l'année en débutant par 1.

Exemple (suite)

Si le taux d'actualisation est de 6 % :

Année	N	N + 1	N + 2	N + 3	N + 4
FNT	16 000	16 000	16 000	16 000	16 000
FNT actualisé	15 094	14 240	13 434	12 673	11 956

L'année N + 1 est l'année n° 2 donc FNT actualisé : $16\,000/(1 + \frac{6}{100})^2 = 14\,240$

- Avec la calculatrice, on saisit la formule suivante : 16 000/(1+6/100)^2.

Remarque

Si les FNT sont identiques, on peut utiliser la formule de la valeur actuelle d'une suite d'annuités constantes :

$$\Sigma\,\text{FNT actualisé} = \text{FNT} \times \frac{1 - (1 + \text{taux d'actualisation})^{-n}}{\text{taux d'actualisation}}$$

4 La valeur actuelle nette (VAN)

- C'est un indicateur qui permet de mesurer la rentabilité de l'investissement :

VAN = somme des FNT actualisés – coût de l'investissement

- **Si cette dernière est positive, l'investissement est rentable.**

Exemple (suite)

Somme des FNT actualisés :
15 094 + 14 240 + 13 434 + 12 673 + 11 956 = 67 397 €

VAN : 67 397 – 50 000 = 17 397 €, donc l'investissement est rentable.

Remarque

La valeur actuelle nette est un critère de décision financier. D'autres critères managériaux ou commerciaux entrent en compte dans la prise de décision.

Gestion opérationnelle

5 Le délai de récupération du capital investi (DRCI)

• Le DRCI permet de déterminer le délai nécessaire (en années, mois et jours) à la récupération du capital investi, c'est-à-dire le moment ou le cumul des FNT est égal au montant de l'investissement.

Exemple (suite)

Année	N	N + 1	N + 2	N + 3	N + 4
FNT	16 000	16 000	16 000	16 000	16 000
FNT cumulés	16 000	32 000	48 000	64 000	80 000

Le montant de l'investissement de 50 000 € est récupéré au cours de l'année N + 3.

Il faut ensuite calculer le nombre de jours nécessaires en N + 3 pour atteindre un cumul de 50 000 :

	Montant	Nombre de jours
FNT réalisé en N + 3	64 000 – 48 000 = 16 000	360 jours
FNT suffisant pour atteindre le montant de l'investissement	50 000 – 48 000 = 2 000	Nombre de jours pour atteindre le DRCI à déterminer

Nombre de jours pour atteindre le DRCI en N + 3 : 2 000 × 360/16 000 = 45 jours (règle de proportionnalité dans le tableau précédent).

45/30 = 1,5 mois et 1 mois représente 30 jours.

Donc 45 jours correspondent à 1 mois et 15 jours (45-30).

Le DRCI est donc de 3 ans, 1 mois et 15 jours depuis le début de l'investissement.

• Calcul du nombre de jours correspondant au DRCI durant l'année où il est atteint :

$$\frac{\text{(Montant de l'investissement – cumul des FNT de l'année précédente)}}{\text{FNT de l'année}} \times 360$$

Exercice d'entraînement

Corrigé p. 157

Le gérant du supermarché Atlas s'interroge sur l'opportunité d'effectuer un investissement. Ce dernier s'élève à 25 000 € HT en N et est programmé sur 5 années (la valeur résiduelle du matériel étant nulle à la fin de la période).

Déterminez la rentabilité de l'investissement en utilisant la valeur actuelle nette et le délai de récupération du capital investi afin de l'aider dans sa prise de décision.
Données prévisionnelles en € :

	N	N + 1	N + 2	N + 3	N + 4
Charges prévisionnelles	17 000	19 000	19 100	18 900	18 900
Chiffres d'affaires prévisionnels	17 800	20 000	21 500	23 000	23 500

L'investissement est amorti suivant le mode linéaire.
L'impôt sur les sociétés est de 28 % du résultat avant impôt. Pour financer cet investissement, l'unité commerciale a choisi d'utiliser ses fonds propres.
Le taux d'actualisation retenu est de 5 %.

16 Les indicateurs de performance et de rentabilité et le reporting

Les indicateurs de performance permettent au manager et aux différentes parties prenantes de l'organisation de prendre des décisions opérationnelles ou stratégiques.

1 Le tableau de bord

- **Le tableau de bord est un outil de pilotage** qui permet d'évaluer les performances de l'unité commerciale.

Exemple

Produits	CA N	CA N – 1	Objectif N	Taux de réalisation	Taux d'évolution
Produit A	140 400	94 739	115 000	122,09 %	+ 48,20 %
Produit B	121 000	103 680	125 000	96,80 %	+ 16,71 %

Écart correspondant : 122,09 % – 100 %, soit + 22,09 %

CA_N/Objectif (× 100)

[(CA_N – CA_{N-1})/ CA_{N-1}] × 100

- **écart = taux de réalisation – 100 %**

Remarque

Un taux de réalisation peut également être formulé en écart ou en indice (taux d'évolution positif ou négatif) :

indice = 100 + écart × 100

OU

taux de réalisation × 100

2 Un outil de pilotage, de communication et de remédiation

A L'analyse du tableau de bord

- Le manager étudie les indicateurs, les écarts et les évolutions anormales.
- Il recherche les causes de ces phénomènes.

B La communication des résultats à l'équipe commerciale

- **Lecture du tableau de bord :** le manager retient les informations liées à l'activité de son équipe.
- **Communication des informations à l'équipe et identification commune de solutions :**
– communication quotidienne des résultats pour corriger rapidement les écarts ;
– organisation de réunions pour motiver les équipes et amener l'équipe à proposer des mesures pour améliorer ou conforter les résultats.

3 Les caractéristiques des indicateurs

Un bon indicateur doit posséder les caractéristiques suivantes :
– **la clarté** : pour qu'on comprenne facilement ce qu'il recouvre et comment il est calculé ;
– **la pertinence** : il présentera une vue précise de l'activité ;
– **la fiabilité** : il sera construit à partir de sources d'information ne pouvant être remises en question ;
– **l'actualité** : il sera basé sur des données récentes.

4 Les indicateurs

A Les principaux indicateurs commerciaux

On peut notamment citer les indicateurs commerciaux suivants :
– l'écart sur objectif en valeur et en % ;
– la marge, le taux de marge, le taux de marque ;
– le taux d'évolution : CA, marge ;
– le taux de réalisation, l'indice de réalisation, l'écart de réalisation ;
– le pourcentage de contribution du CA et de la marge pour chaque famille de produits ;
– le panier moyen ;
– le nombre de contrats proposés/souscrits ;
– le nombre de personnes présentes/invitées à un événement ;
– etc.

B Les principaux indicateurs économiques et financiers

Indicateur	Calcul	Interprétation
Taux de marge commerciale	$\frac{\text{marge commerciale}}{\text{CA HT}}$	Mesure la performance de l'activité commerciale de l'entreprise.
Taux de marge d'exploitation	$\frac{\text{résultat d'exploitation}}{\text{CA HT}}$	Mesure la performance de l'entreprise sans tenir compte des éléments financiers et exceptionnels.
Taux de marge bénéficiaire	$\frac{\text{résultat net}}{\text{CA HT}}$	Mesure la capacité de l'entreprise à être rentable.
Taux de rentabilité financière	$\frac{\text{résultat d'exploitation}}{\text{capitaux investis}}$ Les capitaux investis comprennent les capitaux propres et les dettes à long terme.	Mesure la capacité de l'entreprise à rentabiliser ses capitaux investis.
	$\frac{\text{résultat net}}{\text{capitaux propres}}$	Mesure la rentabilité de l'entreprise du point de vue de l'actionnaire.
Taux de rentabilité économique	$\frac{\text{résultat d'exploitation}}{\text{immobilisations brutes+BFR}}$ En excluant les éléments hors exploitation.	Mesure la performance économique de l'entreprise, indépendamment de la structure de financement.

5 Un outil pour le reporting

- Le reporting permet de rendre compte à la hiérarchie des performances de l'entreprise. Il lui sert de support pour le contrôle de l'activité et pour la détermination des objectifs.
- Les supports utilisés pour réaliser le reporting comprennent le tableau de bord, les représentations graphiques.
- Les outils utilisés sont le tableur ou des logiciels spécialisés en reporting.
- Les canaux de communication mobilisés dans ce cadre sont les réunions, l'intranet et la messagerie électronique.

6 La communication des indicateurs

A La communication financière et institutionnelle

- Pour valoriser son attractivité et améliorer son image, l'entreprise communique sur ses résultats financiers auprès des marchés et de ses partenaires.
- Par exemple, elle peut mettre en avant une amélioration de son taux de marge bénéficiaire auprès de ses actionnaires actuels et potentiels pour attirer de futurs investisseurs.

B Les relations avec les banques

Les indicateurs de performance permettent aux partenaires financiers d'évaluer le risque encouru dans le cadre d'un apport de fonds.

C La communication interne

Les indicateurs de performance sont un outil de pilotage stratégique pour les dirigeants. Ils sont également un ensemble d'informations source de motivation pour les collaborateurs.

Exercice d'entraînement

Corrigé p. 158

Le gérant de OfficePlus vous demande de l'aider à analyser les performances de l'unité commerciale pour les années N – 1 et N et à préparer une réunion d'équipe présentant les résultats de cette analyse.
Construisez et complétez un tableau de bord qui vous permettra d'analyser les performances du magasin.

Famille	CA HT en N – 1 (€)	Coût d'achat des marchandises vendues HT en N – 1 (€)	CA HT en N (€)	Coût d'achat des marchandises vendues HT en N (€)
Papeterie	65 085	42 344	71 670	43 824
Matériel bureautique et informatique et accessoires	22 650	16 321	26 548	22 076
Mobilier de bureau	12 450	9 748	10 337	6 645
Services	12 077	4 263	11 335	4 591
Total	**112 262**	**72 676**	**119 890**	**77 136**

	N – 1	N
Objectif CA HT	115 000 €	116 500 €

CORRIGÉS

1 Le cycle d'exploitation Énoncé p. 105

Valeur moyenne des créances clients : 120 000 × 45/360 = 15 000 €
Valeur moyenne des stocks : 40 000 × 12/360 = 1 333 €
Valeur moyenne des dettes fournisseurs : (40 000 × 1,20) × 32/360 = 4 267 €
BFR = 15 000 + 1 333 – 4 267 = 12 066 €
BFR en jours de CA HT : 12 066 × 360/(120 000/1,20) = 44 jours

2 Les documents commerciaux et les opérations de règlement Énoncé p. 108

Matériel	Q	Prix HT	Remise	Prix net HT	Montant
Unités centrales	5	250	20 %	200	1 000
Écrans	10	120	-	120	1 200
				Total HT	2 200
				Remise de 5 %	110
			Net commercial HT		2 090
				TVA 20 %	418
				TTC	**2 508**

3 La gestion des stocks Énoncé p. 111

1.

N : $\sqrt{(654 \times 23 \times 0{,}03)/(2 \times 42)}$ = 2,32, soit 3 commandes
Q : 654/3 = 218 unités à chaque commande

2. a)

Opération	Quantité	Prix unitaire	Total
Stock initial	12	45,00	540,00
Entrée	28	42,00	1 176,00
Entrée	12	43,00	516,00
CUMP	**52**	**42,92**	**2 232,00**
Sortie	47	42,92	2 017,24

b) Marge commerciale : chiffre d'affaires – coût du stock = (60 × 47) – 2 017,24 = 802,76 €

4 La gestion des approvisionnements Énoncé p. 113

1.

Semaine	1	2	3	4	5	6
Besoin	198	171 + 17 = 188	178	209	201	110
Stock initial	180	198	188	178	209	201
Ventes	174	180	171	162	190	183
Stock final	6	198 – 180 = 18	17	16	19	18
Livraison	192	188 – 18 = 170	161	193	182	92
Stock final après livraison	198	18 + 170 = 188	178	209	201	110

2.

Jour	L	M	Me	J	V	S
Besoin	50 + 5 = 55	50	75	80	75	95
Stock initial	60	10	65	95	20	50
Livraison	/	100	100	/	100	100
Stock initial après livraison	60	110	165	95	120	150
Ventes	400 × 0,125 = 50	45	70	75	70	90
Stock final	10	65	95	20	50	60

5 Le financement de l'exploitation Énoncé p. 115

Client	Valeur nominale	Echéance	Agios
Dupond	32 000	25 mai	32 000 × 0,04 × 43/360 = 152,89
Hakimi	11 500	5 juin	11 500 × 0,04 × 53/360 = 67,72

Montant perçu : 32 000 + 11 500 – 152,89 – 67,72 – 20 = 43 259,39 €

6 Le compte de résultat Énoncé p. 118

Calcul des soldes intermédiaires de gestion

- Marge commerciale : 240 219 – (142 108 – 37 252) = 135 363
- Valeur ajoutée : 135 363 – 3 103 – 67 930 = 64 330
- Excédent brut d'exploitation : 64 330 + 11 296 – 3 062 – 24 000 = 48 564
- Résultat d'exploitation : 48 564 + 12 000 – 50 455 = 10 109

Calcul de la CAF

- Méthode soustractive : 48 564 + 340 + 98 – 6 036 = 42 966
- Méthode additive : 4 511 + 50 455 – 12 000 = 42 966

7 Le calcul du coût de revient par la méthode des coûts complets Énoncé p. 121

Coût d'approvisionnement (3 tonnes achetées)

Élément	Quantité	Coût unitaire	Total
Prix d'achat	3	500,00	1 500,00
Centre Appro.	3	12,00	36,00
Total	**3**	**512,00**	**1 536,00**

CUMP : (2 × 507 + 1 536)/(3 + 2) = 510,00

Coût de production (800 tables produites)

Élément	Quantité	Coût unitaire	Total
Sortie stock	4 (tonnes)	510,00	2 040,00
Main–d'œuvre	211 (heures)	16,00	3 376,00
Centre Production	200 (heures)	23,00	4 600,00
Total	**800 (tables)**	**12,52**	**10 016,00**

CUMP : (200 × 12,57 + 10 016,00)/(200 + 800) = 12,53

Coût de revient pour un chiffre d'affaires de 950 × 14 = 13 300,00

Élément	Quantité	Coût unitaire	Total
Sortie stock	950 (tables)	12,53	11 903,50
Centre Distribution	133 (centaines d'euros)	2,50	332,50
Total	**950**	**12,88**	**12 236,00**

Résultat analytique (950 tables vendues)

Élément	Quantité	Coût unitaire	Total
Chiffre d'affaires	950	14,00	13 300,00
Coût de revient	950	12,88	12 236,00
Total	**950**	**1,12**	**1 064,00**

8 La méthode du coût partiel et le seuil de rentabilité Énoncé p. 123

Calcul du nombre de clients : 30 000 × 0,03 × 1/5 = 180 clients
Panier moyen HT : 60/1,20 = 50,00

Élément	En €	En % du chiffre d'affaires
Chiffre d'affaires	180 × 50 = 9 000,00	100 %
Charges variables	9 000 × (1 – 35 %) = 5 850,00	65 %
Marge sur coûts variables	9 000 – 5 850 = 3 150,00	35 %
Charges fixes	2 700,00	
Bénéfice	3 150 – 2 700 = 450,00	

Seuil de rentabilité en valeur : 2 700/0,35 = 7 714,29 €
Seuil de rentabilité en volume : 7 714,29/50 = 154,29, soit 155 clients

9 La fixation des prix et la formation du prix de vente Énoncé p. 127

Indicateur	Période normale	Hypothèse 1	Hypothèse 2	Hypothèse 3
Coût d'achat unitaire HT	41,58 × (1 – 72 %) = 11,64			
Prix de vente HT	49,90 /1,20 = 41,58	41,58 × (1 – 50 %) = 20,79	41,58 × (1 – 80 %) = 8,32	11,64
Quantité vendue		65 × 60 % = 39	65 × 85 % = 55	65 × 95 % = 62
Chiffre d'affaires		39 × 20,79 = 810,81	55 × 8,32 = 457,60	62 × 11,64 = 721,68
Marge pour les produits vendus		810,81 – (39 × 11,64) = 356,85	457,60 – (55 × 11,64) = – 182,60	0
Marge en tenant compte des produits invendus		810,81 – (65 × 11,64) = 54,21	457,60 – (65 × 11,64) = – 299,00	721,68 – (65 × 11,64) = – 34,92

Commentaire : l'hypothèse 1 est la seule permettant de réaliser une marge totale positive. Elle est à privilégier même si c'est celle qui écoule le moins de stock.

10 Le bilan Énoncé p. 131

Indicateur	N	N–1
FRNG	(140 100 + 22 345) – 96 700 = 65 745	(142 320 + 27 102) – 98 865 = 70 557
BFR	(1 822 + 103 594) – (23 220 + 30 151) = 52 045	(944 + 127 398) – (20 120 + 28 770) = 79 452
TN	65 745 – 52 045 = 13 700 26 430 – 12 730 = 13 700	22 557 – 31 452 = – 8 895 12 825 – 21 720 = – 8 895

Commentaire : La situation financière de l'entreprise s'est améliorée. En effet en N–1, le FRNG n'était pas suffisant pour financer le BFR. L'entreprise devait recourir aux concours bancaires. En N, le FNRG a diminué (– 4 812 €, soit – 6,8 %) mais le BFR également, en montants et proportions plus importants (– 27 407 €, soit – 34,50 %). Le FRNG est suffisant pour assurer le financement résiduel de l'exploitation et la trésorerie nette est positive.

11 La prévention et la couverture des risques
Énoncé p. 133

Situation	Gravité	Fréquence
S1	Cotation 8 (très élevée)	Cotation 1 (très rare)
S2	Cotation 1 (minime)	Cotation 5 (permanent)
S3	Cotation 4 (élevée)	Cotation 3 (occasionnel)
S4	Cotation 16 (grave)	Cotation 1 (très rare)
S5	Cotation 4 (élevée)	Cotation 2 (rare)

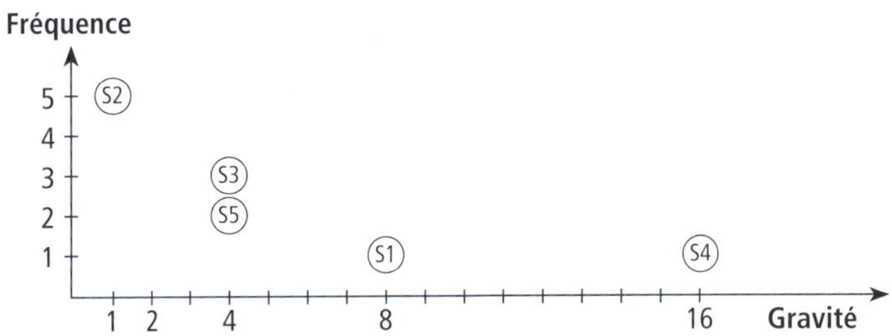

12 Les méthodes de prévision des ventes
Énoncé p. 139

Calcul des CVS

	Trimestre 1	Trimestre 2	Trimestre 3	Trimestre 4
Moyenne	65,75	118,5	355	21,75
Moyenne des moyennes	140,25			
CVS brut	0,469	0,845	2,531	0,155
CVS en %	11,72 %	21,12 %	63,28 %	3,88 %

Prévision annuelle pour N + 1

Année	x	y	X	Y	X²	XY
N–3	1	527	–1,5	–34	2,25	51
N–2	2	542	–0,5	–19	0,25	9,5
N–1	3	574	0,5	13	0,25	6,5
N	4	601	1,5	40	2,25	60
Somme	10	2244	0	0	5	127
Moyenne	2,5	561				

a = 127/5 = 25,4 et b = 561 – 25,4 × 2,5 = 497,5
Prévision N + 1 : 25,4 × 5 + 497,5 = 624,50

Prévisions trimestrielles en N + 1

	Trimestre 1	Trimestre 2	Trimestre 3	Trimestre 4
Prévision	624,5 × 0,1172 = 73,19	131,91	395,18	24,21

13 Les budgets *Énoncé p. 142*

Budget des ventes TTC

Mois	Janvier	Février	Mars
Décembre N–1 : 4 800	3 840		
Janvier : 5 000 × 1,20 = 6 000	1 200	4 800	
Février : 6 000 × 1,20 = 7 200		1 440	5 760
Mars : 8 000 × 1,20 = 9 600			1 920
Total	**5 040**	**6 240**	**7 680**

Budget des achats TTC

Mois	Janvier	Février	Mars
Novembre N–1 : 500	500		
Décembre N–1 : 600		600	
Janvier : 1 000 × 1,20 = 1 200			1 200
Total	**500**	**600**	**1 200**

Budget de TVA

Mois	Janvier	Février	Mars
TVA collectée	5 000 × 20 % = 1 000	6 000 × 20 % = 1 200	8 000 × 20 % = 1 600
TVA déductible	1 000 × 20 % = 200	1 100 × 20 % = 220	1 200 × 20 % = 240
TVA à payer	800	980	1 360
TVA à décaisser	/	**800**	**980**

Budget des encaissements TTC

Mois	Janvier	Février	Mars
Ventes TTC	5 040	6 240	7 680
Produits financiers	240	135	/
Total	**5 280**	**6 375**	**7 680**

Budget des décaissements TTC

Mois	Janvier	Février	Mars
Achats TTC	500	600	1 200
TVA	/	800	980
Salaires nets	3 228	3 228	3 228
Charges sociales	2 223	2 294	2 294
Total	**5 951**	**6 922**	**7 702**

Budget de trésorerie

Mois	Janvier	Février	Mars
Trésorerie initiale	2 000	1 329	782
Encaissements	5 280	6 375	7 680
Décaissements	5 951	6 922	7 702
Trésorerie finale	**1 329**	**782**	**760**

Salaires bruts : 2 200 + 1 860 = 4 060
Cotisations salariales : salaires bruts × 20,5 % = 832,30 arrondis à 832 €
Salaires nets : salaires bruts – cotisations salariales : 4 060 – 832 = 3 228 €
Charges patronales : salaires bruts × 36 % = 1 461,60 arrondis à 1 462 €
Charges sociales : cotisations salariales + charges patronales = 2 294 €

14 Le financement de l'investissement Énoncé p. 145

Crédit-bail	Emprunt
Loyers : 60 × 330 = 19 800,00 Frais de dossier : 300,00 Rachat : 520,00 **Total** : 20 620,00 **Coût** : 20 620 – 18 000 = 2 620,00	Annuité : 3 741,61 Somme des annuités : 3 741,61 × 5 = 18 708,05 Assurance : 18 000 × 0,3 % × 5 = 270,00 Frais de dossier : 200,00 **Total** : 19 178,05 **Coût** : 19 178,05 – 18 000 = 1 178,05

Le crédit-bail est plus onéreux mais il comporte de nombreux avantages : sa souplesse, une redevance déductible du résultat imposable et le peu de formalités nécessaires.

15 Les critères de choix d'investissement Énoncé p. 148

	N	N+1	N+2	N+3	N+4
Chiffre d'affaires prévisionnel	17 800	20 000	21 500	23 000	23 500
Charges prévisionnelles	17 000	19 000	19 100	18 900	18 900
Bénéfice	800	1 000	2 400	4 100	4 600
Impôt sur les sociétés	224	280	672	1 148	
Bénéfice net	576	720	1 728	2 952	3 312
Dotation aux amortissements	5 000	5 000	5 000	5 000	5 000
FNT	5 576	5 720	6 728	7 952	8 312
FNT actualisé	5 305	5 178	5 795	6 517	6 482

Les résultats sont arrondis à l'euro le plus proche.

Somme des FNT actualisés : 29 277.

Valeur actuelle nette : 29 277 – 25 000 = 4 277 €.

La VAN est positive, donc l'investissement est rentable.

	N	N+1	N+2	N+3	N+4
FNT	5 576	5 720	6 728	7 952	8 312
Cumul des FNT	5 576	11 296	18 024	25 976	34 288

Le montant de l'investissement est récupéré durant l'année N+3.

Nombre de jours au cours de l'année N+3 : [(25 000 – 18 024) × 360]/7 952 = 315,81, soit 316 jours.

Le DRCI est de 3 ans et 316 jours.

16 Les indicateurs de performance et de rentabilité et le reporting

Énoncé p. 151

Famille	Évolution CA HT (N/N–1)	Marge commerciale en N–1	Marge commerciale en N	Évolution marge HT (N/N–1)
Papeterie	10,12 %	22 741	27 846	22,45 %
Matériel bureautique et informatique et accessoires	17,21 %	6 329	4 472	– 29,34 %
Mobilier de bureau	– 16,97 %	2 702	3 692	36,64 %
Services	– 6,14 %	7 814	6 744	– 13,69 %
Total	**6,79 %**	**39 586**	**42 754**	**8,00 %**

Taux de marque N–1	Taux de marque N	Contribution au CA HT N–1	Contribution au CA HT N	Contribution à la marge N–1	Contribution à la marge N
34,94 %	38,85 %	57,98 %	59,78 %	57,45 %	65,13 %
27,94 %	16,84 %	20,18 %	22,14 %	15,99 %	10,46 %
21,70 %	35,72 %	11,09 %	8,62 %	6,83 %	8,64 %
64,70 %	59,50 %	10,76 %	9,45 %	19,74 %	15,77 %
35,26 %	35,66 %	100,00 %	100,00 %	100,00 %	**100,00 %**

	N–1	N	Évolution
Écart sur objectif	– 2,38 %	2,91 %	
Taux de réalisation objectif	97,62 %	102,91 %	+ 5,29 points
Indice de réalisation objectif	97,62	102,91	

Au niveau du chiffre d'affaires :

– l'objectif de CA n'est pas atteint en N–1 mais l'est en N (taux de réalisation respectivement de 98 % et 103 %) ;

– au niveau global, le CA de l'UC a progressé de 6,79 % entre N–1 et N, grâce à une augmentation du CA des deux premières familles, avec des évolutions variables selon les rayons : par exemple, une augmentation de + 17 % du CA du rayon Matériel bureautique et informatique (qui réalise 22 % du CA de l'UC) et une baisse de 17 % pour le rayon Mobilier de bureau dont le poids n'est que de 9 % du CA total.

À noter :

– la bonne performance du rayon Papeterie avec une hausse de 10 %, alors que ce rayon réalise la part la plus importante de CA de l'UC (environ 60 %) ;

– deux familles de produits (Papeterie, Matériel bureautique et informatique) pèsent à elles seules plus de 80 % du CA du magasin en N.

Au niveau des marges :

– les taux de marque et/ou de marge augmentent de façon significative d'une année à l'autre pour le rayon Mobilier de bureau (+ 36 points) et compensent la baisse du chiffre d'affaires de cette famille. À l'inverse, la baisse du taux de marque et de la marge pour le matériel bureautique et informatique a entraîné une hausse importante du chiffre d'affaires ;

– à noter que pour le rayon Papeterie qui est le plus gros contributeur (65 %), la marge augmente de 22 %.

Conclusion :

– on note une évolution positive du CA entre les 2 années, les rayons qui ont le plus de poids dans le CA de l'UC ont des taux de marge ou marque plutôt élevés ;

– la situation est globalement favorable, sauf pour les familles Mobilier de bureau et Services.

Corrigé p. 167

Sujet du BTS Épreuve de Gestion opérationnelle

eXtra Form a été créée en 1998. L'enseigne regroupe aujourd'hui 46 salles de fitness franchisées réparties sur tout le territoire national. Le concept des salles eXtra Form repose sur une proposition commerciale traditionnelle :

- un plateau de musculation en accès libre avec des poids libres et des machines ;
- un espace de cardio training ;
- des cours collectifs ;
- la possibilité de souscrire à des séances d'entraînement individuel avec les coachs diplômés de la salle.

L'encadrement est assuré par une équipe constituée de commerciaux et de coachs diplômés. La salle d'Aigues-Mortes a ouvert en 2011, elle offre la plupart des prestations proposées par l'enseigne sur une surface de 320 m². Elle est ouverte tous les jours de l'année.

Dossier 1 Étude du financement de l'acquisition de vélos elliptiques (annexes 1 à 6)

Grégoire Calvi, le gérant, décide de renouveler 4 vélos elliptiques. En effet, les clients expriment une forte demande pour bénéficier de vélos connectés avec de nombreuses fonctionnalités.

Analyse du compte de résultat

M. Calvi vous demande de l'aider à préparer le dossier de financement des vélos elliptiques. Il vous confie les états financiers des deux dernières années.

1.1 Calculez l'excédent brut d'exploitation de l'entreprise.

1.2 Calculez la capacité d'autofinancement de l'entreprise dégagée au cours des deux dernières années.

1.3 Commentez vos résultats.

Étude du financement

M. Calvi hésite entre deux possibilités :
- un emprunt auprès de la banque ;
- une acquisition en *leasing* (crédit-bail).

1.4 Calculez, dans les deux cas, le montant total des décaissements.

1.5 Présentez les avantages et les inconvénients de chacune des trois modalités de financement (emprunt/crédit-bail/autofinancement).

Dossier 2 Étude de la rentabilité de l'activité (annexes 7 à 9)

M. Calvi souhaite rationnaliser l'aménagement de la salle dans le but de créer un espace de *crossfit* qui permettrait d'attirer une nouvelle clientèle. Il souhaite proposer cette activité en libre accès mais également, conformément à la politique commerciale de l'enseigne, organiser des plages de cours encadrés.

Prévision du chiffre d'affaires

Les études réalisées par le siège montrent que la proposition d'une offre de *crossfit* permet d'accroître le nombre d'adhérents de 8 %.

2.1 Réalisez une prévision du nombre d'adhérents pour l'année N+1 prenant en compte la tendance passée ainsi que l'augmentation du nombre d'adhérents consécutive à l'enrichissement de l'offre commerciale.

2.2 Déduisez-en la prévision de chiffre d'affaires pour l'année N+1.

Rentabilité de la nouvelle activité

Les cours encadrés de *crossfit* sont une option payante ajoutée au prix du forfait. M. Calvi vous demande d'estimer la rentabilité de leur mise en place pour l'année à venir.

2.3 Calculez le chiffre d'affaires supplémentaire gagné grâce à l'activité *crossfit* encadrée.

2.4 Déterminez le nombre de clients minimum à capter pour que l'activité soit rentable.

2.5 Concluez sur la faisabilité de l'opération.

Mise en place d'une action promotionnelle

L'enseigne demande à ses franchisés de procéder régulièrement à des opérations promotionnelles sur les ventes de compléments alimentaires. Le siège laisse la possibilité à chaque franchisé d'opter pour l'une des offres prédéfinies. Le gérant a choisi de faire porter la promotion sur une boîte de 1 kg de protéines.

2.6 Pour chacune des modalités promotionnelles, calculez :

- le chiffre d'affaires ;
- la marge.

2.7 Évaluez la pertinence de chaque offre promotionnelle.

Annexes

Annexe 1 Devis

Sport Équip plus 18, rue Jeanne d'Arc 18 100 Vierzon Devis n° 108 Réf. Client : 411eXt	**DEVIS**		Le 30/08/N eXtra Form 20 rue du Languedoc 30 220 Aigues-Mortes
Désignation	**Quantité**	**PU**	**Montant**
Vélo elliptique	4	2 120,00	8 480,00
	Brut HT		8 480,00
	Remise (10 %)		848,00
	Net commercial		7 632,00
Validité 60 jours	TVA (20 %)		1 526,40
	Net à payer TTC		**9 158,40**

Annexe 2 Le *leasing*

Le *leasing* ou crédit-bail est un mode de financement des investissements. Le crédit-bailleur met à la disposition de son client un équipement contre le paiement d'une redevance périodique. À l'issue de la période de location, le client a la possibilité d'acquérir le bien s'il lève l'option d'achat.

L'entreprise cliente n'est pas propriétaire tant qu'elle n'a pas levé l'option d'achat. Les redevances sont donc déductibles du résultat imposable.

Annexe 3 Compte de résultat en N et N–1

PRODUITS	N	N–1
Produits d'exploitation		
Ventes de prestations de services	264 352	248 491
Ventes de marchandises	23 538	21 442
Autres produits	0	0
Reprises sur amortissements et provisions	1 512	298
Total produits d'exploitation	**289 402**	**270 231**
Produits financiers	**840**	**655**
Produits exceptionnels	95	4
Total produits	**290 337**	**270 890**

CHARGES	N	N–1
Charges d'exploitation		
Achats de marchandises	14 912	13 554
Variation de stocks	– 631	– 433
Autres achats	0	0
Services extérieurs	64 059	61 709
Impôts et taxes	2 100	1 887
Charges de personnel	182 360	175 242
Dotations aux amortissements et provisions	25 500	24 360
Total charges d'exploitation	**288 300**	**276 319**
Charges financières	**6 120**	**3 350**
Dont dotations aux provisions	23	12
Charges exceptionnelles	**40**	**0**
Total charges	**294 460**	**279 669**
Solde débiteur (perte)	– 4 123	– 8 779

Annexe 4 Éléments clés du tableau des soldes intermédiaires de gestion

PRODUITS	CHARGES	SOLDES INTERMÉDIAIRES DE GESTION
Ventes de marchandises	Coût d'achat des marchandises vendues	Marge commerciale
Marge commerciale + production (de services)	Consommations de l'exercice en provenance des tiers	Valeur ajoutée
Valeur ajoutée Indemnités et subventions	Impôts et taxes Charges de personnel	Excédent Brut d'Exploitation (EBE)

Annexe 5 La capacité d'autofinancement

La capacité d'autofinancement représente la trésorerie potentielle de l'entreprise. Elle ne coïncide pas avec la trésorerie réelle car elle ne tient pas compte des délais de règlements des clients et fournisseurs. Elle ne prend pas en compte non plus les charges et produits calculés qui ne correspondent pas à des flux de trésorerie.

Annexe 6 Les modalités de financement

Crédit bancaire

- Montant à financer : 7 650 €.
- Apport initial : 1 900 €.
- Taux nominal annuel : 1,30 % sur 5 ans.
- Modalités de remboursement : annuités constantes.
- Montant de l'annuité par période : $a = V_0 \times \frac{i}{1-(1+i)^{-n}}$.

avec :

- a = montant de l'annuité.
- V_0 = montant emprunté.
- n = nombre de périodes de remboursement.
- i = taux d'intérêt par période.

Crédit-bail

- 60 loyers mensuels de 126 €.
- Valeur de rachat : 800 €.
- eXtra Form exercera son option d'achat pour devenir propriétaire du bien.

Annexe 7 Statistiques de vente

Relevé du nombre des adhérents au cours des quatre dernières années

Année	N−3	N−2	N−1	N
Nombre d'adhérents	532	520	587	625

Répartition des types de forfaits pour l'année N

Offre	Simplissimo	Mezzo	Maximo	Duo
Prix	19,90 € TTC par mois	29,90 € TTC par mois	49,90 € TTC par mois	79,90 € TTC par mois
Caractéristiques	Accès illimité de 6 heures à 14 heures	Accès illimité de 6 heures à 17 h 30	Accès illimité de 6 heures à 23 heures	Accès illimité de 6 heures à 23 heures pour 2 personnes maximum sur présentation d'un justificatif de domicile commun
Répartition	15 %	20 %	45 %	20 %

Le taux de TVA est de 20 %.

La souscription est réalisée pour une durée minimum d'une année.

La répartition des adhérents par type de forfait et les prix seront inchangés en N+1.

Annexe 8 Données chiffrées sur la nouvelle activité

- 1 séance de *crossfit* dure 1 heure 15 (échauffement compris).
- La salle propose 5 séances de *crossfit* par semaine.
- Les études réalisées par le siège montrent, qu'en moyenne, 7,5 % des adhérents souscrivent à l'option payante *crossfit*.
- Un adhérent ayant opté pour l'option suit en moyenne 84 séances par an.
- Prix de l'option : 300 € TTC par an.
- L'option *crossfit* s'applique individuellement à chaque adhérent, quel que soit le forfait souscrit.

Charges

- 0,08 € par adhérent et par séance (eau et autres consommables).
- Amortissement des matériels : 1 200 € par an.
- Rémunération du coach :

– salaire brut horaire : 22 € ;

– charges sociales : 36 %.

Annexe 9 Éléments de coût

- Boîte de 1 kg : 23 € TTC.
- TVA : 5,5 %.
- Taux de marge : 52 %.
- Ventes habituelles : 34 boîtes par semaine.

Durée de l'opération promotionnelle : 4 semaines.

Type	25 %	2 barres de protéines offertes	1 boîte gratuite pour 2 achetées
Augmentation des ventes	40 %	15 %	85 %

Le coût d'achat hors taxes d'une barre de protéines s'élève à 1,56 €.

1.1 Calculez l'excédent brut d'exploitation de l'entreprise. *Énoncé p. 159*

En N :

PRODUITS		CHARGES		SOLDES INTERMÉDIAIRES DE GESTION	
Ventes de marchandises	23 538	Coût d'achat des marchandises vendues	14 912 – 631 = 14 281	Marge commerciale	23 538 – 14 281 = 9 257
Marge commerciale + production	9 257 + 264 352 = 273 609	Consommations de l'exercice en provenance des tiers	64 059	Valeur ajoutée	273 609 – 64 059 = 209 550
Valeur ajoutée Indemnités et subventions	209 550	Impôts et taxes Charges de personnel	2 100 + 182 360 = 184 460	Excédent Brut d'Exploitation (EBE)	209 550 – 184 460 = 25 090

En N–1 :

PRODUITS		CHARGES		SOLDES INTERMÉDIAIRES DE GESTION	
Ventes de marchandises	21 442	Coût d'achat des marchandises vendues	13 554 – 433 = 13 121	Marge commerciale	21 442 – 13 121 = 8 321
Marge commerciale + production	8 321 + 248 491 = 256 812	Consommations de l'exercice en provenance des tiers	61 709	Valeur ajoutée	256 812 – 61 709 = 195 103
Valeur ajoutée Indemnités et Subventions	195 103	Impôts et taxes Charges de personnel	1 887 + 175 242 = 177 129	Excédent Brut d'Exploitation (EBE)	195 103 – 177 129 = 17 974

1.2 Calculez la capacité d'autofinancement de l'entreprise dégagée au cours des deux dernières années.

Méthode soustractive (à partir de l'EBE)
CAF = EBE + produits encaissés – charges décaissées

Année	N	N–1
EBE	25 090	17 974
Produits	840 + 95 = 935	655 + 4 = 659
Charges	6 120 – 23 + 40 = 6 137	3 350 – 12 = 3 338
CAF	**19 888**	**15 295**

Méthode additive (à partir du résultat net)
Résultat + dotations aux amortissements et provisions – reprises sur amortissements et provisions

Année	N	N–1
Résultat	– 4 123	– 8 779
Dotations	25 500 + 23 = 25 523	24 360 + 12 = 24 372
Reprises	1 512	298
CAF	**19 888**	**15 295**

1.3 Commentez vos résultats.

L'excédent brut d'exploitation est positif et est en augmentation de 40 % d'une année sur l'autre. L'exploitation de la salle de sport est donc profitable. La salle de sport affiche, néanmoins, des pertes à cause du poids des amortissements et des provisions. Cela pourrait être un frein pour l'octroi d'un crédit par la banque.
La salle de sport dégage une capacité d'autofinancement en progression de 30 % par rapport à N–1. Cela montre que son activité permet de dégager une trésorerie positive chaque année.
Même si le résultat comptable affiche des pertes, la salle de sport est économiquement et financièrement en bonne santé car les pertes sont dues à des amortissements importants qui ne correspondent pas à des décaissements mais qui sont déductibles du résultat. L'entreprise pourrait se permettre d'autofinancer son investissement car elle possède la trésorerie nécessaire.

1.4 Calculez, dans les deux cas, le montant total des décaissements.

Crédit bancaire
- Montant emprunté : 7 650 – 1 900 = 5 750,00 €.
- Montant d'une annuité : $5\ 750 \times \dfrac{0{,}013}{1 - 1{,}013^{-5}} = 1\ 195{,}24$ €.
- Montant total des annuités : 1 195,24 × 5 = 5 976,20 €.
- Montant total des décaissements : 5 976,20 + 1 900 = 7 876,20 €.

Crédit-bail
- Montant total des redevances : 60 × 126 = 7 560,00 €.
- Montant total des décaissements : 7 560 + 800 = 8 360,00 €.

1.5 Présentez les avantages et les inconvénients de chacune des trois modalités de financement (emprunt/crédit-bail/autofinancement).

Modalité de financement	AVANTAGES	INCONVÉNIENTS
Autofinancement	• Pas de coût supplémentaire. • Propriétaire : déduction des amortissements (charges).	• La trésorerie peut être insuffisante. • Pas de déduction d'intérêts.
Emprunt	• Propriétaire : déduction des amortissements (charges). • Intérêts déductibles (charges).	Coût des intérêts.
Crédit-bail (*leasing*)	• Redevance intégralement déductible. • Pas besoin de trésorerie. • Plus souple.	• Pas propriétaire durant la location. • Pas de déduction d'amortissements. • Cher.

2.1 Réalisez une prévision du nombre d'adhérents pour l'année N+1 prenant en compte la tendance passée ainsi que l'augmentation du nombre d'adhérents consécutive à l'enrichissement de l'offre commerciale.

Les ventes passées montrent une tendance à la hausse du nombre d'adhérents mais elles sont assez irrégulières. La méthode de prévision la plus adaptée est la méthode des moindres carrés.

Année	x	y	X	Y	X^2	$X.Y$
N–3	1	532	– 1,5	– 34	+ 2,25	+ 51
N–2	2	520	– 0,5	– 46	+ 0,25	+ 23
N–1	3	587	+ 0,5	+ 21	+ 0,25	+ 10,5
N	4	625	+ 1,5	+ 59	+ 2,25	+ 88,5
Somme	**10**	**2 264**	**0**	**0**	**5**	**173**
Moyenne	**2,5**	**566**				

a : somme $X.Y$/somme X^2 = 173/5 = 34,6
b : moyenne y – a × moyenne x = 566 – 34,6 × 2,5 = 479,5
Équation de la droite : $y = ax + b$: 34,6 x + 479,5

Prévision en N+1 : $x = 5$ et $y = 34{,}6 \times 5 + 479{,}5 = 652{,}5$, soit 653 adhérents.
Le *crossfit* permettrait d'augmenter le nombre d'adhérents de 8 % :
653 × 1,08 = 705 adhérents.

2.2 Déduisez-en la prévision de chiffre d'affaires pour l'année N+1.

Répartition des types de forfaits pour l'année N+1 :

Offre	Simplissimo	Mezzo	Maximo	Duo
Prix	19,90 € TTC par mois	29,90 € TTC par mois	49,90 € TTC par mois	79,90 € TTC par mois, soit 39,95 € par adhérent
Répartition	15 %	20 %	45 %	20 %
Nombre d'adhérents	705 × 15 % = 106	705 × 20 % = 141	705 × 45 % = 317	705 – 106 – 141 – 317 = 141
Chiffre d'affaires mensuel TTC	106 × 19,90 = 2 109,40	141 × 29,90 = 4 215,90	317 × 49,90 = 15 818,30	141 × 39,95 = 5 632,95

Attention : le tableau indique la répartition par type de forfait et non d'adhérent. Il faut donc faire une soustraction pour connaître le nombre d'adhérents correspondant aux 20 % de forfaits duo.

Sur les ventes de forfaits
Chiffre d'affaires total annuel TTC : 12 × (2 109,40 + 4 215,90 + 15 818,30 + 5 632,95) = 333 318,60 €
Chiffre d'affaires total annuel HT : 333 318,60/1,20 = 277 765,50 €

2.3 Calculez le chiffre d'affaires supplémentaire gagné grâce à l'activité *crossfit* encadrée.

Nombre d'adhérents souscripteurs de l'option : 705 × 7,5 % = 53 adhérents
- Chiffre d'affaires supplémentaire TTC : 53 × 300 = 15 900 €
- Chiffre d'affaires supplémentaire HT : 15 900/1,20 = 13 250 €

2.4 Déterminez le nombre de clients minimum à capter pour que l'activité soit rentable.

Charges fixes
- Rémunération : 52 semaines × 5 séances × 1,25 heure × 22 € × 1,36 = 9 724 €
- Amortissement : 1 200 €

Total des charges fixes : 10 924 €

Charges variables
53 adhérents × 84 séances × 0,08 € = 356,16 €

Compte de résultat par variabilité des charges

Élément	En €	En % du CA
Chiffre d'affaires	13 250,00	100 %
Charges variables	356,16	2,69 %
MCV	12 893,84	97,31 %
Charges fixes	10 924,00	
Résultat	1 969,84	

Seuil de rentabilité en valeur : 10 924/0,9731 = 11 225,98 €
Nombre d'adhérents minimum (seuil de rentabilité en volume) : 11 225,98 /(300/1,20) = 44,90, soit 45 adhérents.

2.5 Concluez sur la faisabilité de l'opération.

L'activité *crossfit* encadrée sera rentable à partir de 45 adhérents inscrits. Compte tenu des prévisions fournies par le siège, cette nouvelle activité permettra de dégager un bénéfice supplémentaire.

2.6 Pour chacune des modalités promotionnelles, calculez :
- **le chiffre d'affaires ;**
- **la marge.**

En période normale :
- prix de vente HT d'une boîte : 23/1,055 = 21,80 € ;
- coût d'achat HT d'une boîte : PV HT/(1+ taux de marge) = 21,80/1,52 = 14,34 €.

En période promotionnelle :

Promotion	– 25%	2 barres de protéines offertes	1 boîte gratuite pour 2 achetées
Augmentation des ventes	40 %	15 %	85 %
Nombre de boîtes vendues	34 × 4 × 1,40 =190	34 × 4 × 1,15 = 156	34 × 4 × 1,85 = 252
Nombre de boîtes facturées	190	156	252 × 2/3 (2 boîtes sur 3) = 168
PV unitaire HT	21,80 × 0,75 = 16,35	21,80	21,80
Chiffre d'affaires HT	190 × 16,35 = 3 106,50	156 × 21,80 = 3 400,80	168 × 21.80 = 3 662,40
Coût d'achat	190 × 14,34 = 2 724,60	156 × (14,34 + 2 × 1,56) = 2 723,76	252 × 14,34 = 3 613,68
Marge totale	**3 106,50 – 2 724,60 = 381,90**	**3 400,80 – 2 723,76 = 677,04**	**3 662,40 – 3 613,68 = 48,72**

2.7 Évaluez la pertinence de chaque offre promotionnelle.

D'un point de vue financier, c'est la deuxième promotion qui est la plus pertinente car c'est celle qui rapporte le plus de marge.

D'un point de vue commercial, les deux autres propositions peuvent être retenues car elles sont plus attractives aux yeux des clients.

Le manager pourrait retenir la première proposition qui est un bon compromis entre les deux contraintes.

Management de l'équipe commerciale

COMPRENDRE EN VIDÉO Retrouvez tous nos tutos vidéos sur notre chaîne YouTube « Objectif BTS Hachette ».

Présentation de l'épreuve E6

Management de l'équipe commerciale

Épreuve orale et pratique
Coefficient : 3

1 Les objectifs de l'épreuve

L'épreuve E6 a pour objectif d'évaluer les compétences du bloc « Manager l'équipe commerciale » :
– organiser le travail de l'équipe commerciale ;
– recruter des collaborateurs ;
– animer l'équipe commerciale ;
– évaluer les performances de l'équipe commerciale.

2 Les modalités d'évaluation

• Toutes les candidates et tous les candidats ne sont pas évalués de la même façon :
– si vous êtes dans un établissement habilité à valider l'épreuve en **CCF**, vous la passerez de cette façon ;
– sinon, vous passerez cette épreuve sous une **forme ponctuelle écrite** d'une durée de **2 h 30 mn**.

• L'épreuve s'appuie sur un contexte d'entreprise identique pour tous les candidats, qu'ils soient évalués en CCF ou sous la forme ponctuelle.

3 L'organisation de l'épreuve

A Le contrôle en cours de formation

• L'épreuve est orale et pratique. Elle a lieu au cours de la deuxième année de formation.

• Le contexte d'entreprise est complété localement par des questions et/ou des problèmes à résoudre. Il sert de support à l'évaluation de l'ensemble des compétences du bloc n° 4.

• L'évaluation prend la forme d'une ou de plusieurs situations d'évaluation.

• La commission d'interrogation est composée du professeur ayant en charge l'enseignement « Management de l'équipe commerciale ».

B La forme ponctuelle écrite

• L'épreuve prend appui sur le contexte d'entreprise figurant dans la circulaire nationale d'organisation de l'examen et comporte une série de questions et/ou des problèmes à résoudre relatifs aux compétences du bloc n° 4.

• La correction est assurée par un professeur en charge d'un des enseignements professionnels en STS Management commercial opérationnel.

• L'évaluation donne lieu à une note sur 20 points.

4 Les critères d'évaluation

- Les contraintes légales et réglementaires sont respectées.
- La répartition des tâches est rationnelle.
- Les plannings sont opérationnels.
- Les informations utiles au travail de l'équipe sont transmises et expliquées.
- Le recrutement est adapté aux besoins.
- Les nouveaux collaborateurs sont intégrés.
- Les objectifs des réunions sont atteints.
- Les objectifs des entretiens sont atteints.
- Les techniques d'animation sont maitrisées.
- Les outils de stimulation sont mis en œuvre à bon escient.
- Les besoins en formation sont correctement repérés.
- La démarche de formation est efficace.
- Les conflits, les risques psycho-sociaux, les situations de crise sont prévenus et/ou efficacement réglés.
- Les tableaux de bord sont opérationnels.
- La mesure et l'analyse des performances individuelles et collectives sont pertinentes.
- Les actions d'accompagnement sont efficaces.
- La communication est mise en œuvre au service de l'efficacité managériale.

1 Les outils de planification et de suivi

La planification est un élément déterminant de la performance de l'entreprise.

1 Les différents types de planning

Il existe différents types de planning :
- le planning d'équipe ;
- le planning personnel ;
- le tableau de répartition des tâches.

2 Les outils de planification et de suivi

- Les logiciels de planification se substituent progressivement aux kits matériels traditionnels.

- Les fonctionnalités des applications de planification des tâches comprennent :
  - l'affectation de ressources humaines et matérielles aux différentes tâches ;
  - la création de liens ou de dépendances entre les tâches ;
  - la synchronisation avec les agendas personnels.

3 Le tableau de répartition des tâches

- Il est établi pour une période donnée (semaine, mois, etc.) et sert à affecter les tâches à réaliser de façon rationnelle aux membres de l'équipe.

Processus

Étape 1	Étape 2	Étape 3
Analyse des activités	Définition et quantification des tâches	Répartition des tâches

Exemple de TRT

Nom	Marchandisage		Commande	Rangement des réserves et transfert des marchandises	Conseil
	Mise en rayon et entretien	Balisage			
Lucie Tounkara Gestionnaire d'appro.	40 %	15 %	25 %	10 %	10 %
Sophie Pham Employée magasin	65 %	10 %	0 %	15 %	10 %
Alex Jacq Employé magasin	65 %	10 %	0 %	10 %	15 %

• La répartition des tâches entre les membres de l'équipe peut, dans un premier temps, être réalisée en % puis quantifiée en heures.

Exemple (suite)

Lucie consacrera 40 % × 35 heures, soit 14 heures, dans la semaine à la mise en rayon et à l'entretien.

4 Le planning d'équipe

Le planning d'équipe est un élément clef de gestion de l'unité commerciale car il permet de répartir la charge de travail de manière rationnelle et efficace.

A L'identification des contraintes

Contraintes organisationnelles →
- Horaires et jours de congés.
- Charge de travail.

Contraintes légales →
- Repos hebdomadaire.
- Repos quotidien et temps de travail journalier.

B La réalisation du planning

• Une fois les contraintes posées, le travail doit être réparti entre les salariés de façon rationnelle en tenant compte de leurs souhaits dans la mesure du possible :
– la mise au point d'horaires cohérents, les moins dispersés possibles pour une même personne ;
– le respect, autant que possible, des contraintes personnelles.

Exemple de planning

	Lundi 6 h-20 h			Samedi 6 h-21 h	
Valérie 35 h	6 h 30-13 h = 6 h 30			6 h-13 h = 7 h	
Karim 35 h		13 h 30-20 h = 6 h 30			13 h-20 h = 7 h
Hoa 24 h 30	CONGÉ			9 h-13 h = 4 h	
Dominique 14 h					13 h-20 h = 7 h

Contraintes légales

Contrainte organisationnelle : 2 salariés le samedi toute la journée

Remarque

Le planning est un outil primordial d'organisation. Il doit être clair, cohérent et compréhensible par l'équipe. Il ne doit pas être envisagé comme un système de sanction ou de récompense vis-à-vis de l'équipe.

- Le planning hebdomadaire peut être organisé par demi-journées. Il peut également faire l'objet d'un découpage plus fin, par tranches horaires.

- L'ajustement des horaires de l'équipe quand la charge de travail est supérieure au volume horaire disponible peut être fait :
– grâce au recours aux heures supplémentaires ;
– grâce à l'emploi d'intérimaires.

- Dans le cas où la surcharge devient plus durable, voire pérenne, le manager doit alors recourir à l'embauche de salariés en contrat à durée déterminée ou en contrat à durée indéterminée.

- Le planning parfait n'existe pas mais il doit satisfaire au mieux les contraintes et les besoins exprimés par l'équipe.

- C'est un outil important qui participe à la performance de l'unité commerciale. Il doit être conçu comme un outil de stimulation de l'équipe.

- **Le planning doit être évolutif**, c'est-à-dire qu'il doit pouvoir faire l'objet de modifications destinées à l'adapter aux changements pouvant survenir.

Remarque

Les logiciels spécialisés dans l'élaboration de plannings et les outils de travail et de partage collaboratifs peuvent apporter une aide précieuse mais ils ne peuvent se substituer aux choix que doit effectuer le manager pour rendre le planning acceptable par l'ensemble de l'équipe.

Exercice d'entraînement

Corrigé p. 215

1. Établir le tableau hebdomadaire de répartition des tâches de l'équipe commerciale du rayon Vidéo–Hifi du magasin Alpha d'après les données suivantes :

Nom	Temps de travail	Vente et mise en rayon	Commandes	Réserves	Entretien
Nicolas	35 h	75 %		15 %	10 %
Julie	25 h	80 %		10 %	10 %
Djamel	25 h	70 %	20 %	10 %	
Corinne	35 h	75 %		15 %	10 %
Alexis	10 h	100 %			

2. Établir le planning hebdomadaire du rayon compte tenu des informations suivantes :
- l'unité commerciale est ouverte du lundi au samedi de 9 h à 19 h sans interruption. La journée d'un employé se découpe en demi-journées de 9 h à 13 h/14 h et de 13 h/14 h à 19 h (en fonction de l'heure du repas) ;
- 3 vendeurs doivent être présents le samedi ;
- chaque employé a au moins 2 demi-journées libres ;
- Corinne a demandé le mercredi entier ;
- 2 vendeurs au minimum doivent être présents dans l'unité commerciale ;
- Djamel a demandé le vendredi après-midi ;
- les matinées doivent être effectuées de 9 h à 13 h. Le nombre d'heures minimum à effectuer l'après-midi est de 2 ;
- Nicolas préfère travailler le matin.

2 L'ordonnancement des tâches : PERT et GANTT

La représentation graphique du déroulement d'un projet permet de visualiser l'enchaînement des tâches et de définir des priorités dans leur ordre d'exécution.

1 Le graphe PERT

COMPRENDRE EN VIDÉO *Le graphe PERT*

- La méthode *Program Evaluation and Review Technique* (PERT) a été développée aux États-Unis dans les années 1950.

- Le graphe PERT permet de représenter un enchaînement de tâches et de distinguer celles possédant une certaine marge de liberté par rapport aux autres.

A Le tableau des antériorités

Pour construire le graphe PERT, il faut disposer du tableau des antériorités qui permet de situer les tâches les unes par rapport aux autres.

Exemple

Code de la tâche	Intitulé de la tâche	Durée en jours	Antériorité
A	....	2	/
B		6	A
C		3	A
D		8	B, C
E		10	D

B ne peut débuter qu'après l'achèvement de A.

B La construction du graphe

- Une flèche représente 1 tâche.

- Le point d'arrivée d'une tâche doit faire apparaître la date au plus tôt (date à laquelle la tâche pourra se terminer).

Exemple

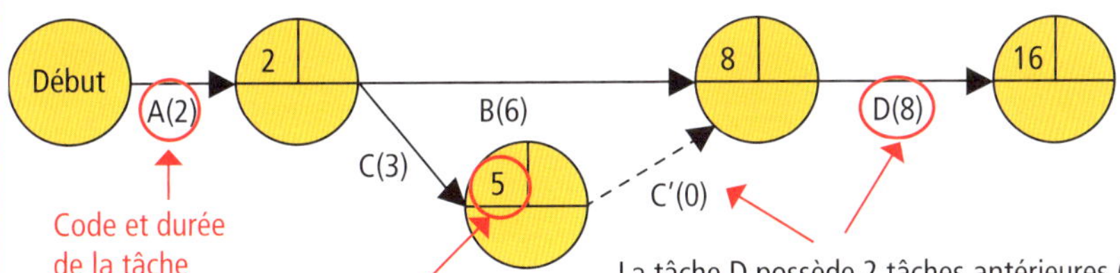

Code et durée de la tâche

Date au plus tôt : date au plus tôt de la tâche précédente + durée de la tâche.
2 + 3 = 5

La tâche D possède 2 tâches antérieures (B et C) ; or **on ne peut représenter une tâche que par une seule flèche**. On va choisir de la positionner **derrière celle qui a la date au plus tôt la plus élevée** (tâche B) et créer une tâche fictive C' d'une durée de 0 pour la relier **au point de départ** de la tâche suivante (D).

• On obtient finalement le graphe suivant.

Exemple (suite)

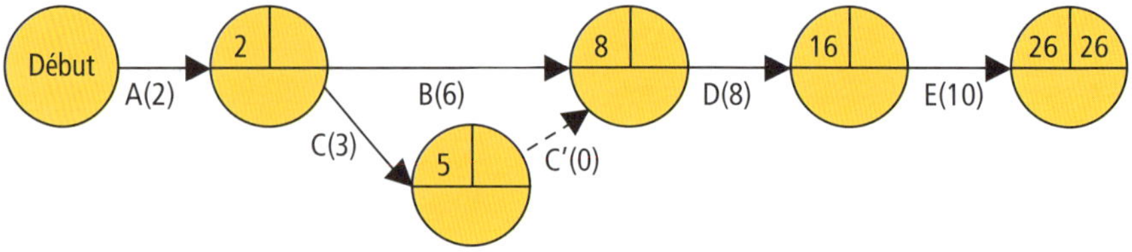

C Les dates au plus tard

• **La date au plus tard** est la date à laquelle la tâche pourra s'achever sans retarder la fin prévue du projet.

• On part de la fin et on remonte jusqu'au début du graphe :

Date au plus tard = date au plus tard de la tâche suivante – durée de la tâche

Exemple (suite)

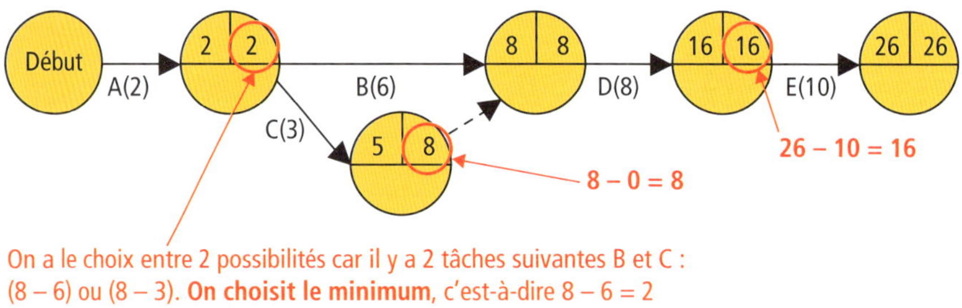

D Les marges et le chemin critique

• **La marge** qui est le retard possible pour une tâche sans retarder la fin prévue du projet.

Marge d'une tâche : date au plus tard – date au plus tôt

Exemple (suite)

Toutes les tâches ont une marge nulle, sauf la tâche C car sa date d'achèvement au plus tard est postérieure à sa date d'achèvement au plus tôt :

• **Le chemin critique** est l'enchaînement des tâches ne pouvant tolérer **aucun retard**.

Exemple (suite)

Ici, le chemin critique est : A – B – D – E.

2 Le diagramme de GANTT

COMPRENDRE EN VIDÉO — *Gantt Project*

• Il permet de représenter de façon simple un enchaînement de tâches dans le cadre de la réalisation d'un projet.

• La colonne de gauche du diagramme énumère toutes les tâches à effectuer, tandis que la ligne d'en-tête représente les unités de temps les plus adaptées au projet (jours, semaines, mois, etc.). Chaque tâche est matérialisée par une barre horizontale, dont la position et la longueur représentent la date de début, la durée et la date de fin.

Exemple (suite)

Tâches	Durée		1	2	3	4	5	6	7	8	9	10	11	12	13	14	15	16	17	…	26
A	2	/																			
B	6	A																			
C	3	A																			
D	8	B, C																			
E	10	D																			

Exercice d'entraînement

Corrigé p. 215

Planifiez le projet suivant à l'aide de la méthode de votre choix.

Code de la tâche	Intitulé de la tâche	Durée en jours	Antériorité
A	Évaluation des besoins et entretiens	2	/
B	Étude de l'existant	2	A
C	Choix de la solution et conception du système	5	B
D	Recrutement	6	C
E	Acquisition du matériel	3	C
F	Répartition du matériel	8	D, E
G	Installation des matériels	10	E, F
H	Mise en service	1	G
I	Formation des utilisateurs	10	G
J	Évaluation	12	H, I

L'unité commerciale est fermée le dimanche et les tâches ne sont réalisées que durant les jours ouvrables. La fin du projet est prévue le 30 mars.

À quelle date le projet doit-il démarrer au plus tard ?

Janvier

L	Ma	Me	J	V	S	D
				1	2	3
4	5	6	7	8	9	10
11	12	13	14	15	16	17
18	19	20	21	22	23	24
25	26	27	28	29	30	31

Février

L	Ma	Me	J	V	S	D
1	2	3	4	5	6	7
8	9	10	11	12	13	14
15	16	17	18	19	20	21
22	23	24	25	26	27	28

Mars

L	Ma	Me	J	V	S	D
1	2	3	4	5	6	7
8	9	10	11	12	13	14
15	16	17	18	19	20	21
22	23	24	25	26	27	28
29	30	31				

3 Les besoins en recrutement

Déterminer la taille optimale d'une équipe revient à comparer les besoins en heures (ou en emplois) pour effectuer une (ou un ensemble de) tâche(s) avec le volume de travail disponible afin de prévoir d'éventuels recrutements.

1 Évaluer les besoins

Qualitatifs	• Compétences et qualifications. • Postes et types de contrat. • Besoin temporaire ou pérenne.
Quantitatifs	Volume horaire nécessaire.

2 Calculer la taille optimale de l'équipe

• Déterminer les besoins en personnel consiste à évaluer les tâches à effectuer sur une période donnée pour calculer le volume horaire nécessaire.
$\Rightarrow$ **On en déduit les besoins en personnel correspondants.**

• La comparaison entre volume disponible et besoins permet d'anticiper d'éventuels besoins en recrutement :
– besoin > 0 $\Rightarrow$ besoin résiduel : il faut trouver des solutions ;
– besoin < 0 $\Rightarrow$ possible ajustement des effectifs à la baisse.

Exemple

Le directeur d'un magasin doit élaborer le planning des préparateurs de commandes pour le mois de septembre.

Ressources :
• 15 préparateurs de commandes en CDI à 35 heures par semaine ;
• 27 préparateurs de commandes en contrat de 15 heures par semaine.

Un préparateur en contrat de 35 heures prend ses congés les deux premières semaines de septembre. Un second préparateur en contrat de 35 heures prend ses congés les deux dernières semaines de septembre.

Besoins :
• nombre de commandes prévues : 6 794 ;
• nombre d'articles moyen par commande : 50 ;
• un prélèvement article toutes les 40 secondes ;
• le mois de septembre compte 4 semaines.

Volume d'heures disponible :
• 13 préparateurs x 35 h x 4 semaines = 1 820 h
• 2 préparateurs x 35 h x 2 semaines = 140 h (2 semaines de vacances en septembre) ;
• 27 préparateurs x 15 h x 4 semaines = 1 620 h ;
• **Total** = 1 820 + 140 + 1 620 = **3 580 heures disponibles**.

Calcul du temps nécessaire pour assurer la préparation des commandes clients au mois de septembre :

Nombre d'articles moyen par commande	50
Nombre d'articles à prélever pour le mois	6 794 x 50 = 339 700
Temps nécessaire pour prélever les articles (en secondes)	339 700 x 40 s = 13 588 000 s
Temps nécessaire pour prélever les articles (en heures)	13 588 000/3 600 = 3 774,44 h

Besoin résiduel : 3 774,44 h – 3 580 h = 194,44 h pour le mois de septembre, soit 194,44/4 = **48,61 h hebdomadaires**.

L'équipe actuelle n'est pas en mesure d'assurer la préparation des commandes clients puisqu'il manque 48,61 heures hebdomadaires.

3 Les solutions en cas de besoin résiduel

Recrutement	• Besoin pérenne. • Manque de flexibilité.
Intérim	• Onéreux. • Simple à mettre en œuvre et flexible.
Heures supplémentaires	À privilégier pour un accroissement ponctuel d'activité.
Meilleure organisation de la répartition du temps de travail ou optimisation des méthodes de travail	À privilégier pour limiter les coûts relatifs à la masse salariale.

Exercice d'entraînement

Corrigé p. 215

L'équipe de l'unité commerciale est composée de 4 collaborateurs : Karima (35 heures) équipière magasin, Samir (35 heures) équipier magasin et magasinier chargé de la réception de la livraison, Romain (20 heures) équipier magasin, Justine (20 heures) polyvalente caisse.

• **Les horaires du magasin** : le magasin est ouvert du lundi au vendredi de 9h30 à 12h30 et de 14h00 à 19h30 et le samedi de 9h30 à 19h30 sans interruption.

• **Les contraintes organisationnelles** : un équipier est mobilisé de 7h00 à 11h00 pour la livraison le jeudi et le samedi.

• La présence en caisse de l'équipier polyvalent est nécessaire pour un volume de 2 heures le samedi (16h00 à 18h00).

• Un équipier doit être présent tous les jours une demi-heure avant l'ouverture du magasin et une demi-heure après la fermeture du magasin. Il s'agit d'une heure journalière qui permet de préparer la surface de vente.

• **Présence sur la surface de vente** : 1 équipier le matin, 2 équipiers l'après-midi, 2 équipiers le vendredi matin, 3 équipiers les mercredi après-midi et vendredi après-midi, 3 équipiers le samedi journée.

1. **Calculez le volume hebdomadaire d'heures de travail nécessaires pour assurer le fonctionnement du rayon.**

2. **Déterminez si l'équipe actuelle, compte tenu des informations dont vous disposez, est en mesure d'assurer correctement les missions qui lui sont confiées. Vous commenterez vos résultats et proposerez des solutions.**

4 Les contrats de travail

Le choix du contrat de travail est déterminant. Il représente le lien juridique existant entre le salarié et son employeur et obéit à des règles strictes.

1 Le contrat à durée indéterminée (CDI)

Forme	Écrit non obligatoire (pour les temps pleins) sauf si une convention collective le prévoit.	
Contenu	Libre sauf mentions obligatoires.	
Durée	Sans limitation.	
Rupture	**À l'initiative de l'employeur :** • pendant la période d'essai, sans motif particulier ; • licenciement économique ou pour motif personnel ; • en cas de force majeure.	**À l'initiative du salarié :** • pendant la période d'essai, sans motif particulier ; • démission.
	D'un commun accord : rupture conventionnelle.	

2 Le contrat à durée déterminée (CDD)

Motifs	• Remplacement d'un salarié absent. • Accroissement temporaire d'activité/emploi à caractère saisonnier.
Forme	Écrit obligatoire.
Contenu	• Date de début et de fin/clause éventuelle de renouvellement. • Durée de la période d'essai/poste occupé et rémunération. • Droits collectifs.
Renouvellement	2 fois au maximum/durée totale jusqu'à 18 mois.
Rupture anticipée	• Accord entre l'employeur et le salarié. • Faute grave du salarié ou de l'employeur/force majeure. • Inaptitude constatée par le médecin du travail. • Demande du salarié justifiant d'une embauche en CDI.

3 Le contrat de travail temporaire (CTT) ou d'intérim

Les contrats	• **Contrat de mission** : entre l'entreprise de travail temporaire et le salarié intérimaire. • **Contrat de mise à disposition** : entre l'entreprise de travail temporaire et l'entreprise souhaitant embaucher.
Renouvellement	2 fois au maximum/durée totale jusqu'à 18 mois.

Rupture	**À l'initiative de l'employeur :** • pendant la période d'essai, sans motif particulier ; • en cas de faute grave du salarié ; • en cas de force majeure.	**À l'initiative du salarié :** • pendant la période d'essai, sans motif particulier ; • en cas de faute grave de l'employeur ; • en cas de force majeure ; • embauche du salarié en CDI.

4 Les autres contrats

Les contrats d'apprentissage et de professionnalisation sont des contrats en alternance (formation/travail) qui peuvent être conclus dans le cadre d'un contrat à durée déterminée ou indéterminée.
– Le contrat d'apprentissage s'adresse aux jeunes de 15 à 25 ans.
– Le contrat de professionnalisation cible une population plus large.
– Le contrat unique d'insertion est destiné aux personnes ayant des difficultés à trouver un emploi.

Exercice d'entraînement

Corrigé p. 216

Vous décidez d'embaucher un agent commercial (H/F) en CDD (20 heures hebdomadaires). Vous envisagez de recruter Lisa. Âgée de 20 ans, elle souhaite reprendre ses études et bénéficier d'un contrat d'apprentissage pour préparer un BTS par alternance. Vous étudiez les deux possibilités de contrat (CDD et contrat d'apprentissage) pour prendre une décision favorable.
Comparez les deux solutions possibles (CDD et contrat d'apprentissage) en termes de coûts et de management. Concluez.
Annexe 1 : coûts liés au contrat d'apprentissage
Le contrat d'apprentissage sera conclu sur une période de 2 ans (24 mois).
Salaire minimum en pourcentage du SMIC :

Année d'exécution du contrat	Âge de l'apprenti		
	Moins de18 ans	De 18 à moins de 21 ans	21 ans et plus
1re année	27 %	43 %	55 %
2e année	43 %	51 %	67 %
3e année	53 %	65 %	78 %

Les employeurs d'apprentis peuvent bénéficier d'aides financières, notamment d'une indemnité compensatrice forfaitaire versée par la région de 1 000 € par an et d'une indemnité de soutien à l'effort de formation de 300 € par an.
Les charges patronales sont négligeables.
Annexe 2 : coûts liés au CDD
Le CDD sera conclu pour la période maximale légale, c'est-à-dire 18 mois.
Le CDD sera embauché pour 20 heures par semaine sur la base du SMIC.
Annexe 3 : montant du SMIC (par simplification, on prendra ce montant pour les 2 années)

Brut horaire	9,53 €
Brut mensuel (base 35 heures hebdomadaires)	1 445,38 €

Les charges sociales patronales pour un salarié au SMIC dans ce cas particulier sont estimées à 20 %.

5 Le processus de recrutement

La préparation du recrutement est une étape clef de l'embauche d'un nouveau collaborateur (trice). Le recrutement suit un enchaînement d'étapes indispensables.

1 Le processus de recrutement

1. Choix du mode de recrutement →
2. Définition du profil de poste →
3. Diffusion de l'annonce
4. Tri des candidatures →
5. Entretiens →
6. Sélection du(de la) candidat(e) →
7. Intégrations

2 Le choix du mode de recrutement

- **Le recrutement interne** peut s'avérer une solution plus simple et moins onéreuse. La personne recrutée pour le poste connaît déjà le fonctionnement de l'entreprise et ses valeurs. De plus, c'est un facteur de motivation pour l'ensemble du personnel.

- **Le recrutement externe** est plus long et plus coûteux. Il permet, cependant, de faire appel à des candidats correspondant au profil souhaité et possédant les compétences requises si elles ne sont pas disponibles dans l'entreprise.

3 La définition du poste

À partir de la fiche de poste, le manager doit définir un profil de poste qui servira par la suite à évaluer les différentes candidatures.

Exemple de profil de poste

Profil de poste : Vendeur clientèle particuliers	
Lieu de travail : Batiman Saint-Maximin (Var)	
Intitulé du poste : Vendeur clientèle particuliers	
Rattachement hiérarchique : Directeur du magasin	
Missions : Chargé de l'accueil et du conseil auprès de particuliers	
Activités et tâches : • Accueillir et conseiller la clientèle du point de vente. • Développer et fidéliser la clientèle. • Commercialiser « l'offre produits » et les prestations de l'entreprise.	• Planifier et suivre les dossiers jusqu'à la facturation et l'encaissement. • Assurer la bonne tenue des rayons et leur approvisionnement.
Formation : Bac + 2 (BTS et DUT)	
Expérience : Deux années d'expérience de vendeur en menuiserie et/ou cuisine	
Qualités requises : • Sens du service client (accueil, disponibilité, écoute, conseil, etc.). • Sens de l'initiative et capacité à proposer des améliorations.	• Réactivité. • Rigueur. • Dynamisme.

4 L'annonce de recrutement

Elle reprend les éléments du profil de poste. Elle doit être concise et précise, surtout si le support de diffusion adopté est un site Internet.

Exemple d'annonce

BATIMAN SAINT-MAXIMIN (VAR)
RECHERCHE VENDEUR DE PRODUITS EN MENUISERIE ET CUISINE (H/F)
CDI de 35 heures

Rattaché(e) au directeur du magasin, vous aurez pour principales missions :
- l'accueil et le conseil à la clientèle ;
- le développement et la fidélisation de la clientèle ;
- la commercialisation de l'offre produits et des prestations de l'entreprise ;
- la planification et le suivi des dossiers jusqu'à la facturation et l'encaissement ;
- la bonne tenue des rayons et leur approvisionnement.

Lieu de travail : Magasin Batiman à Saint-Maximin La-Sainte-Baume (83470)

Profil :
- Formation : BTS ou DUT.
- Expérience souhaitée : 2 ans dans la vente de menuiserie et/ou cuisine.
- Sens du service client et dynamisme.
- Rigueur, réactivité et sens de l'initiative.

Poste à pourvoir en décembre 202X.

Si vous êtes intéressé(e), merci d'adresser votre CV accompagné d'une lettre de motivation à : recrutement@batiman.fr

Ou Cliquez ici pour postuler POSTULER

5 La diffusion de l'annonce

Mode de recrutement	Diffusion de l'annonce
Interne	• Affichage. • Messagerie. • Intranet.
Externe	• Presse. • Salon. • Internet (sites spécialisés). • Cabinet spécialisé. • Réseaux sociaux.

6 Le tri des CV

En cas d'afflux important de CV, l'entreprise devra procéder en **deux étapes** pour l'évaluation de ces derniers :

– un premier tri rapide visant à éliminer les CV ne correspondant manifestement pas au profil recherché ;

– un examen plus approfondi des candidatures retenues.

Exercice d'entraînement

Corrigé p. 216

Le réseau de boutiques Mericq destinées aux particuliers se développe. Un nouveau point de vente doit ouvrir le 1er septembre dans le centre-ville d'Agen. Le responsable de la boutique « Le Marché du Pêcheur » de Boé, Michel Berh, prendra en charge l'ouverture du nouveau magasin. Il sera remplacé à son poste actuel par un nouveau responsable recruté en interne après une diffusion de l'annonce sur l'intranet du groupe Mericq.

1. **Justifiez le recours au recrutement en interne pour la personne promue.**
2. **Proposez une annonce de recrutement pour le poste à pourvoir dans le magasin de Boé.**

Document 1 : mot de Patrick Leclercq, directeur des ressources humaines

Chez Mericq, nous sommes convaincus que **les hommes et les femmes sont une richesse pour le Groupe et la ressource la plus importante pour satisfaire ses ambitions, son développement et donc sa réussite**. Notre politique ressources humaines cultive l'équilibre entre développement économique et lien social au service de nos clients.

Cette culture est **partagée à tous les niveaux**. Elle est constituée de droits et de devoirs qui permettent de consolider l'avenir du Groupe. Elle engage la responsabilité de tous.

Pour que chacun, quel que soit son poste, soit **un acteur de la performance au quotidien**, Mericq place ses collaborateurs au cœur de son ambition d'excellence opérationnelle. Cela signifie **reconnaître les compétences, les améliorer** par la formation et **donner les moyens d'évoluer, de relever de nouveaux défis et d'exercer de nouvelles responsabilités.**

Nous valorisons depuis toujours la promotion interne, grâce à un large éventail d'opportunités et de réelles perspectives d'évolution qui accompagnent notre développement et notre réussite.

Document 2 : recrutement du (de la) nouveau(elle) responsable

FICHE DE POSTE

Société : **Le Marché du Pêcheur ZAC O'Green** Site : Boé (47)

Réf : RVB

Intitulé de poste : RESPONSABLE BOUTIQUE

Le (la) responsable boutique doit participer à l'optimisation des ventes et de la marge de la boutique dans le respect des valeurs et de la politique commerciale du réseau. Il (elle) doit aussi participer à l'animation de l'équipe de vente.

Rattachement hiérarchique

Directeur général du réseau

Missions	**Profil (compétences, aptitudes et qualités attendues sur le poste)**
Missions principales du poste de responsable magasin : • Manager l'équipe : – participer aux ouvertures et fermetures de la boutique ; – assurer le respect des consignes de sécurité ; – élaborer le planning de l'équipe ; – suivre et analyser les résultats. • Gérer : suivre les stocks et les indicateurs de performance. • Animer le magasin : – optimiser la mise en valeur des produits ; – organiser la mise en place d'opérations commerciales, relayer les plans d'action commerciale définis par le responsable réseau. • Vendre : organiser l'accueil de la clientèle et participer à la vente.	• Bonne connaissance des produits du groupe Mericq. • Polyvalence et rigueur. • Maîtrise de la communication. • Sens de la relation client. • Capacités d'animation d'équipe. • Curiosité. • Capacité d'adaptation aux évolutions du marché.

6 L'évaluation des candidatures

Lors d'un recrutement, les candidatures font l'objet d'une sélection (tri des CV) avant la convocation à des entretiens individuels.

1 L'évaluation des CV retenus

L'outil de comparaison des candidatures prend appui sur le profil de poste et doit prendre la forme d'une **grille d'analyse** comparant les candidatures sur les différents critères exigés :
– en distinguant les points positifs des points négatifs ;
– ou en attribuant une **note pondérée à chaque critère** (plus difficile) ;
– ou en attribuant des « – » et des « + » à chaque critère.

2 L'entretien de recrutement

• Il peut s'appuyer sur un guide d'entretien préexistant et nécessite l'adoption d'un comportement adéquat :
– **bienveillance** : pour donner au candidat la possibilité de se valoriser, en veillant à l'équité ;
– **écoute active** : pour permettre au candidat de s'exprimer, en faisant preuve d'empathie ;
– **respect de principes éthiques** : respecter l'interlocuteur, éviter les rapports de communication déséquilibrés, respecter la confidentialité ;
– **disponibilité** : éteindre les portables, réorienter les appels téléphoniques.

• Aucune personne ne peut être écartée d'une procédure de recrutement en raison de « son sexe, **ses mœurs, son orientation ou identité sexuelle**, son âge, sa situation de famille ou sa grossesse, **ses caractéristiques génétiques**, [...] **ses opinions politiques**, [...] **ses convictions religieuses**, son apparence physique, son patronyme, [...] son état de santé » (article L.1132-1 du Code du travail).

Attention

Les questions relatives à ces sujets ne doivent donc **absolument pas être** abordées lors d'un entretien (**elles sont prohibées par la loi**).

Management de l'équipe commerciale

Exemple de grille d'évaluation d'entretien

DATE :	NOM DU CANDIDAT :			
CRITÈRES	– –	–	+	+ +
Métier/Qualification				
Diplôme (Bac minimum)				
Expérience (connaissance du secteur, des produits, de l'unité)				
Aptitudes professionnelles				
Méthode, rigueur, organisation				
Bon contact, amabilité, accueil				
Esprit d'équipe				
Adaptabilité				
Écoute, sociabilité				
Implication				
Aptitudes personnelles				
Dynamisme				
Autonomie				
Motivation				
Endurance, résistance physique				
Commentaires :				

7 L'intégration du nouveau collaborateur

C'est un moment clef du recrutement. Le (la) nouveau(elle) collaborateur(trice) doit être opérationnel(le) le plus rapidement possible.

1 Les modalités de l'intégration

L'intégration comprend différentes tâches :

– déclarer le salarié auprès des organismes de protection sociale et affilier le salarié aux institutions de retraites complémentaires obligatoires, mutuelle et prévoyance (DPAE, etc.) ;

– remettre au salarié les documents indispensables : règlement intérieur, etc. ;

– inscrire les informations concernant le salarié embauché sur le registre unique du personnel ;

– organiser la visite médicale, informer et former le salarié à la santé et à la sécurité ;

– établir un contrat de travail.

2 La déclaration préalable à l'embauche

La déclaration préalable à l'embauche (DPAE) est une procédure obligatoire. L'employeur peut l'effectuer par téléphone, par fax ou par lettre recommandée avec accusé de réception. Elle est adressée à l'Urssaf.

3 Les principes de l'intégration

L'accueil ***Phase de découverte***	• Les locaux. • Le poste et les outils de travail. • L'organisation du travail et les collègues.
Les démarches administratives	• Les formalités d'embauche. • La remise de documents et du livret d'accueil. • Le règlement intérieur. • Etc.
Les processus et méthodes de travail	Le (la) nouveau(elle) collaborateur(trice) peut être accompagné(e) par un tuteur pour comprendre et assimiler les différents processus en vigueur dans l'entreprise.

4 Le planning d'intégration

L'intégration est la dernière phase du processus de recrutement. Elle permet au nouveau(elle) collaborateur(trice) de découvrir l'entreprise et ses modes de fonctionnement.

Exemple de déroulement d'une journée d'intégration (à adapter en fonction du contexte)

Première demi-journée : découverte de l'entreprise	**Deuxième demi-journée** : découverte du poste.
• Prise de contact avec le responsable hiérarchique. • Remise de la tenue et du règlement intérieur (voire d'un livret d'accueil). • Visite des locaux. • Entretien avec le responsable.	• Présentation de l'équipe. • Prise de contact avec un tuteur. • Présentation des produits. • Phase d'observation. • Compte-rendu (debriefing) en fin de journée.

8 La conduite d'un entretien

L'entretien avec le salarié est un temps d'échange important qui permet de définir ses perspectives d'évolution et de maintenir une relation de qualité avec l'employeur.

1 Les types d'entretien

A L'entretien annuel d'évaluation

- Il n'est pas obligatoire. Il est à l'initiative de l'employeur et porte sur :

– l'atteinte des objectifs ;
– les axes d'amélioration ;
– les compétences du salarié ;
– la fixation d'objectifs à venir ;
– l'évolution de carrière ;
– les formations possibles ;
– la rémunération.

- La convention collective peut fixer les conditions de l'évaluation.

B L'entretien professionnel

- L'entreprise doit proposer à son salarié un entretien professionnel au moins une fois tous les 2 ans.

- Ce dernier porte :

– sur ses perspectives d'évolution ;
– sur ses besoins en formation et d'accompagnement ;
– sur le compte personnel de formation.

Remarque

Le compte personnel de formation (CPF) est utilisable par tout salarié, tout au long de sa vie active, y compris en période de chômage, pour suivre une formation qualifiante ou certifiante.

- Tous les 2 ans, l'entretien professionnel doit permettre de dresser un état des lieux récapitulatif. Il donne lieu à la rédaction d'un document écrit qui doit être remis au salarié.

- Le salarié doit, par ailleurs, pouvoir bénéficier d'un entretien professionnel au retour d'un congé de moyenne ou longue durée tel qu'un congé parental.

2 Les principes de l'entretien

A La préparation

Le manager doit :
– informer le salarié des objectifs de l'entretien ;
– prévoir le temps nécessaire ;
– se procurer les documents nécessaires au bon déroulement de l'entretien tels que la fiche de poste, le récapitulatif des formations suivies, etc.

B Le déroulement de l'entretien

- Il comprend différentes phases :
– l'accueil ;
– le point sur la période précédente ;
– la période à venir ;
– la synthèse ;
– la prise de congé.
- La présence d'un **guide d'entretien** aide à son bon déroulement.

Exemple de guide d'entretien d'évaluation professionnel

Activités	• Quels sont vos atouts ? • Quelles sont vos difficultés • Quelles tâches préférez-vous ? • Etc.
Motivations	• Sources de satisfaction. • Sources d'insatisfaction. • Motivations. • Etc.
Évolution professionnelle	• Vos souhaits. • Les postes convoités. • Etc.
Formation	• Vos besoins. • Nouvelles compétences visées. • Etc.

- **L'entretien d'évaluation annuel** aborde les points relatifs à l'atteinte des objectifs et à la rémunération.
- L'entretien d'évaluation professionnel comme l'entretien d'évaluation annuel doivent se tenir sur un **mode semi-directif**. La discussion porte sur des thèmes fixés à l'avance mais les questions doivent rester suffisamment ouvertes pour permettre au salarié de s'exprimer librement.

Exercice d'entraînement

Corrigé p. 217

Allan Borghini veut une montée en compétences des membres de son équipe de conseillers de clientèle Bouygues Telecom pour obtenir une relation client de qualité. Cette volonté sera introduite lors des entretiens individuels annuels d'évaluation.

1. Énumérez les conditions de réussite de ces entretiens individuels annuels d'évaluation pour chacun des trois axes : préparation de l'échange, conditions matérielles de l'entretien et posture managériale à mettre en œuvre le jour de l'entretien. Vous vous limiterez à deux éléments de réponse par axe.

2. Concevez, à partir de la fiche métier et des valeurs de l'entreprise, un support d'entretien individuel annuel d'évaluation.

Document 1 La fiche métier « Conseiller(ère) de clientèle »

Contexte

Rattaché à un responsable d'équipe, le conseiller de clientèle est le premier interlocuteur du client sur le mobile et sur le fixe, qu'il s'agisse de demandes techniques ou commerciales. Il répond aux attentes des clients et trouve une solution à leurs problèmes dans le respect des procédures internes et de la promesse de marque. Il propose, dans l'intérêt des clients, les produits et services Bouygues Telecom. Une formation initiale alternant théorie et plateau lui est dispensée. Il travaille sur un horaire planifié selon les plages d'ouverture des centres de Relation Clients.

Rôle et responsabilité

Conseiller et répondre aux attentes techniques ou commerciales des clients dans un objectif d'optimisation de la qualité de service, de fidélisation et de vente de produits et services Bouygues Telecom.

Activités principales

- Accueillir les clients et prendre en charge leurs demandes, besoins et attentes.
- Analyser et diagnostiquer la demande client pour apporter une solution immédiate et personnalisée.
- Effectuer/demander des modifications/interventions commerciales ou techniques adaptées au besoin.
- Connaître en permanence les offres et services de l'entreprise et du marché pour fidéliser les clients sur les produits et services de Bouygues Telecom.
- Proposer et vendre aux clients les produits et services de Bouygues Telecom.
- Véhiculer l'image et les valeurs de l'entreprise à travers un discours reflétant la promesse de la marque.
- Remonter les dysfonctionnements afin de mieux servir les clients.

Compétences-clés

Savoirs	Savoir-faire	Savoir-être
• Marché et concurrence. • Métiers. • Produits et services.	• Communication orale. • Gestion et traitement de l'information. • Outils bureautiques.	• Capacité d'adaptation. • Capacité d'écoute. • Maîtrise de soi. • Réactivité. • Sens client.

Document 2 Les valeurs de l'entreprise Bouygues Telecom

Les hommes et les femmes de Bouygues Telecom œuvrent chaque jour, dans tous les métiers de l'entreprise, avec le souci constant d'offrir la meilleure expérience numérique à nos clients. L'entreprise leur donne les moyens de s'épanouir dans leur métier et dans leur environnement de travail. Et parce que nous sommes convaincus que la richesse vient de la diversité, nous sommes engagés dans une démarche systématique d'ouverture et de mixité.

Notre culture d'entreprise s'appuie sur le savoir-faire de nos collaborateurs, sur leur capacité à entreprendre et à relever les défis. Elle repose également sur un management des équipes fondé sur les valeurs de respect, de confiance et d'équité.

Notre philosophie : pour avoir des clients satisfaits, il faut avoir des collaborateurs heureux.

9 L'organisation et les principes d'animation d'une réunion

La réunion d'équipe est un moment-clé dans la gestion opérationnelle de l'unité commerciale. Elle est un facteur de motivation et de stimulation. Elle contribue à la cohésion de l'équipe. Le manager la met à profit pour faire le point sur les actions passées et fixer les objectifs à venir.

1 La préparation de la réunion

- Elle nécessite :
– de fixer l'ordre du jour et de préparer les documents nécessaires ;
– de déterminer les participants et de les informer ;
– de prévoir le lieu, l'heure et la durée.

- La préparation logistique consiste à aménager la salle et à prévoir le matériel.

2 Le déroulement de la réunion

Une réunion comprend différentes phases :
– accueillir les participants ;
– déterminer un secrétaire de séance ;
– rappeler l'ordre du jour et les objectifs de la réunion ;
– animer la réunion de manière directive sur la forme et participative sur le fond ;
– respecter le timing prévu ;
– prévoir le planning des réunions ultérieures ;
– conclure la réunion.

Compte-rendu de réunion
Date : ....
Objet : ....
Participants :

Points abordés :

Ordre du jour :
- ....
- ....

Actions :
- ....
- ....
- ....

3 Le suivi de la réunion

Il consiste :
– à réaliser le compte-rendu de la réunion ;
– à diffuser le compte-rendu ;
– à assurer le suivi avec la mise en place d'un outil décidé en commun (tableau de suivi) ;
– à organiser les réunions suivantes.

4 Les types de réunion

Information	La communication est unilatérale et laisse place aux échanges. **Exemple** : rappel de consignes, fixation d'objectifs.
Préparation/Revue	Permet de préparer ou de faire le point sur l'état d'avancement d'un projet.

Debriefing/compte-rendu/réunion bilan	Consiste à présenter l'analyse d'un événement tel qu'une action promotionnelle. Les échanges autour des résultats obtenus doivent permettre d'améliorer les actions à venir.
Résolution de problèmes	Les situations de blocage ou les difficultés rencontrées peuvent faire l'objet d'une réunion pour rechercher des solutions.
Échange	Porte sur un travail de réflexion sur un sujet particulier. **Exemple** : l'opportunité de mettre en place un nouvel assortiment.

La **réunion à distance** peut s'avérer pertinente dans certaines situations :

	Avantages	Limites
Visioconférence	• Déplacements limités. • Ne nécessite pas d'espace important.	La perception de la communication non verbale est plus limitée. Cela peut altérer la qualité des échanges.

5 Les outils et les moyens

Suivant le type de réunion et son objet, les outils les plus pertinents seront adoptés parmi la liste non exhaustive suivante :

– une présentation assistée par ordinateur (powerpoint, prezi, etc.) ;

– un diagramme de GANTT (pour les projets) ;

– un tableau/vidéoprojecteur/paperboard numérique/des tablettes ;

– des outils numériques d'animation : un éditeur numérique de cartes mentales, des notes (post-its) numériques, etc.

6 Les techniques d'animation

Information	**Style directif** qui laisse peu de place aux échanges. L'objectif est de délivrer une information descendante.
Préparation/revue **Debriefing** **Résolution de problèmes**	**Style semi-directif ou participatif** qui permet de laisser la parole aux participants sur des thèmes fixés à l'avance. L'animateur doit veiller à recentrer les échanges autour des thèmes proposés. Il doit également distribuer la parole à chacun pour favoriser les échanges.
Échange	**Style non-directif** qui permet de faire émerger des idées. Ce style est particulièrement adapté aux réunions de type *brainstorming* (remue-méninges) qui doivent favoriser l'imagination et la créativité.

L'animateur reste neutre et doit veiller à gérer les temps de parole. C'est un « facilitateur ».

Exercice d'entraînement

Corrigé p. 218

Michèle Orsoni est la directrice du magasin Bricosur à Nîmes dans le Gard depuis une dizaine d'années. Elle vous demande de l'aider à analyser les performances de l'unité commerciale pour l'année passée et à préparer une réunion d'équipe présentant les résultats de cette analyse.

Préparez l'organisation de la réunion et rédigez l'ordre du jour détaillé.

10 Les modalités de diffusion de l'information

Une diffusion efficace de l'information permet de susciter l'adhésion des collaborateurs aux différentes actions menées par l'entreprise.

1 Les canaux de diffusion

Affichage	Il peut être numérique (écrans) ou physique (notes) et permet de mettre en avant des informations importantes plutôt liées à l'organisation.
Intranet	• C'est le réseau interne à l'entreprise. Il met à la disposition des collaborateurs des informations relatives aux processus, aux activités, aux produits, etc. • La recherche d'information résulte d'une démarche active des collaborateurs.
Newsletter	La lettre d'information présente généralement des informations à caractère temporaire puisqu'elle est envoyée périodiquement.
Réunions	Elles peuvent s'effectuer à distance ou en présentiel et favorisent l'échange d'informations, donc une communication multilatérale.
Courriels	Leur efficacité repose sur le ciblage des destinataires. Les possibilités d'archivage permettent de conserver une trace écrite des échanges en cas de besoin.
SMS	Ils sont particulièrement efficaces pour une information courte et rapidement diffusée et consultée.

L'organisation doit également favoriser les **espaces de communication informelle** qui sont indispensables au bon fonctionnement de l'entreprise.

Exemple

Les espaces de pause doivent être aménagés pour favoriser les échanges qui peuvent relever de la sphère privée et, également, de la sphère professionnelle. Ces espaces de discussion participent au renforcement des valeurs de l'entreprise et à la cohésion des équipes.

2 Le partage d'informations

• L'intranet, les facilités d'accès à l'information et les **espaces collaboratifs de travail** favorisent **l'intelligence collective**.

Espaces numériques partagés	Ces espaces permettent de stocker de l'information et sont accessibles aux membres invités qui disposent de droits plus ou moins étendus en termes de lecture, d'écriture et de modification. **Exemples** : Drive, Dropbox.
Plateformes collaboratives	Elles combinent discussions, réunions, partage de documents et planification de projets **Exemples** : Microsoft teams.
Gestionnaires de tâches collaboratifs	Ils offrent des fonctions de planification qui sont combinées avec des fonctions de veille et de collecte des idées. **Exemples** : Gladys.

• L'innovation permanente menée par les éditeurs d'applications tend à faire converger ces dernières vers un modèle global qui regroupera l'ensemble des fonctionnalités.

Exercice d'entraînement

Corrigé p. 219

Situé dans le premier arrondissement de Paris, 1 rue Saint-Denis, rue passante dans une zone très touristique, le magasin DPam Châtelet propose sur une surface de vente de 240 m² un assortiment large et profond de vêtements pour enfants à une clientèle variée. Vous êtes le nouvel adjoint du responsable de ce magasin.

Vous recevez du siège, tous les matins, les données pour chaque point de vente. Vous devez ensuite transmettre des informations à chaque responsable de magasin.

Élaborez un modèle de document de communication utilisable par chaque responsable d'équipe lors des « briefs »[1] du matin. Ce modèle doit permettre de présenter les informations utiles au lancement de la journée.

1. **Brief** : réunion du matin de 5 minutes visant à présenter les objectifs de la journée et à analyser les résultats de la veille.

Document : les indicateurs de performance utilisés

– Le chiffre d'affaires
– Le panier moyen
– Le nombre de tickets
– Le taux de transformation
– La marge/le taux de marque

11 L'animation et la stimulation de l'équipe commerciale

L'animation de l'équipe commerciale consiste à mettre en œuvre des moyens adaptés afin de créer et entretenir un niveau de motivation maximum.

1 Les leviers de l'animation

- La fixation d'**objectifs commerciaux** est un préalable indispensable. Ils doivent être **MALINS** :

Mesurables	Les objectifs doivent être quantifiables.
Atteignables	Le commercial doit être en mesure de les remplir.
Limités	Il faut définir des limites dans le temps et l'espace.
Identifiables	Ils doivent être concrets et précisément définis.
Négociables	On doit pouvoir les adapter ou les réajuster.
Stimulants	Ils doivent être motivants.

- **Le plan d'action commercial** permet de répartir et d'organiser les ressources.

- Le manager doit, dans ce cadre, utiliser des techniques de communication adaptées telles que le **style participatif** qui permet un partage de la prise de décision avec ses collaborateurs pour qu'ils adhèrent aux objectifs fixés. Le style autoritaire ou directif est alors à proscrire.

2 Les moyens et les outils

Fixation des objectifs et plan d'action commercial	• Réunion. • Planning d'équipe et tableau de répartition des tâches.
Suivi et évaluation	• Tableau de bord des performances individuelles et collectives. • Réunion de suivi. • Réunion d'évaluation/bilan (débriefing).
Motivation	• Primes et commissions. • Avantages en nature. • Challenges et concours.

Le manager doit mettre en œuvre des techniques de stimulation pour motiver son équipe sur des opérations ponctuelles.

3 L'organisation d'une opération commerciale

Fixation d'objectifs et d'indicateurs pertinents	Les objectifs doivent être M.A.L.I.N.S. Les indicateurs doivent refléter l'atteinte des objectifs. **Exemple** : pourcentage de cartes de fidélité placées sur un total défini.
Définition des modalités d'organisation	• Période et lieu. • Temps de présence. Etc.
Définition des règles	• Type de challenge/concours. • Résultats individuels/collectifs. • Récompenses.
Mise en œuvre	• Réunions de suivi et tableau de bord de suivi. • Réajustements, si nécessaire.
Évaluation	Analyse des résultats pour bénéficier d'un effet d'expérience.

4 Les techniques de stimulation

- Elles ont des objectifs divers :

– motiver les équipes commerciales et accroître leur performance (fidélisation des clients, augmentation du chiffre d'affaires) ;
– favoriser l'adhésion aux valeurs de l'entreprise et récompenser les meilleurs vendeurs ;
– animer les réseaux de vente.

Challenge	Il récompense tous les participants qui atteignent l'objectif fixé.
Concours et jeu	Il récompense la meilleure performance. **Exemple** : concours du meilleur vendeur.
Renforcement d'équipe	Le team building a pour objectif de créer une cohésion dans l'équipe. **Exemple** : organisation d'un *escape game*.

- En pratique, le terme « challenge » est souvent utilisé pour désigner un concours.

5 Les types de récompenses (*incentives*)

- Différents types de récompenses peuvent être offerts : une gratification ou une prime, un cadeau, un chèque-cadeau, un voyage.

- Un cadre réglementaire est à respecter dans ce domaine :

Cadeau offert à un salarié	Le montant doit être intégré à la rémunération en tant qu'avantage en nature.
Cadeaux offerts à des revendeurs (réseau externe)	Des cotisations sociales sont prélevées sous la forme d'une contribution libératoire.
Cadeaux offerts à des tiers	Ce sont des charges déductibles de l'impôt sur les sociétés.

12 La rémunération de l'équipe commerciale

Les systèmes de rémunération sont différents d'une entreprise à l'autre. Ils sont parfois conçus pour motiver les salariés. Le coût de la rémunération est un élément essentiel des charges supportées par l'entreprise.

1 La mensualisation

La plupart des salariés sont mensualisés : leur rémunération est calculée sur la base de 52 semaines par an pour tenir compte des congés payés. Ainsi, le nombre d'heures travaillées mensuel sur la base de 35 heures de travail hebdomadaires est déterminé par ce calcul :

52 semaines × 35 heures hebdomadaires/12 mois = 151,67 heures par mois

2 Le salaire de base

- C'est la rémunération prévue dans le contrat de travail.
- Le salaire horaire ne peut être inférieur au SMIC horaire (salaire minimum de croissance).
- Le SMIC est minoré pour les apprentis (→ § 6 de cette fiche).

A La rémunération fixe

- Le salaire de base est calculé de la manière suivante :

Salaire de base = nombre d'heures × taux horaire brut

- Il peut également être calculé sur la base d'une grille (indiciaire ou à points) :

Salaire de base = nombre de points × valeur du point

B La rémunération variable

- Le salaire de base est déterminé en appliquant un taux de commission au chiffre d'affaires réalisé. Il est alors incitatif.

> **Exemple**
> Commission de 1,5 % sur un CA HT réalisé de 155 000 € :
> 155 000 × 1,5/100 = 2 325 €

- Le système de rémunération peut également être mixte : fixe + variable.

3 Le salaire brut

- **Salaire brut = salaire de base + heures supplémentaires + primes + avantages en nature.**
- Majoration des heures supplémentaires :

Entre la 36e et la 43e heure	+ 25 %
Entre la 44e et la 48e heure	+ 50 %

Management de l'équipe commerciale

- Le 1er mai, la rémunération est double.

- Les primes peuvent être systématiquement versées ou constituer une part variable de la rémunération.

Exemple

Une prime sur objectif (de vente) est une part variable de la rémunération. C'est un élément incitatif.

- Toutes les autres dispositions qui prévoient des majorations de salaire en cas de travail le dimanche ou lors d'autres occasions proviennent de conventions collectives ou d'accords collectifs.

4 Le coût total employeur de la rémunération

Coût total = salaires bruts + charges patronales

5 Les allègements de charges

Les pouvoirs publics mettent en place des dispositifs d'allègement des charges patronales.

Exemples

Une réduction de cotisations patronales s'applique aux salariés dont le salaire n'excède pas 1,6 fois le SMIC.

Une réduction de 6 points du taux de cotisations patronales d'assurance maladie pour les salaires inférieurs à 2,5 fois le SMIC.

6 Les salariés en apprentissage

Leur rémunération minimale est définie en fonction d'un SMIC minoré :

	16–17 ans	18–20 ans	20–25 ans	26 ans et plus
1re année	27 %	43 %	53 %	100 %
2e année	39 %	51 %	61 %	100 %
3e année	55 %	57 %	78 %	100 %

Remarque

Les salariés en contrat de professionnalisation sont soumis à d'autres taux.

7 Les employés en intérim

- Ils ne sont pas directement salariés par l'entreprise dans laquelle ils effectuent leur mission. La rémunération du travailleur temporaire ne peut pas être inférieure à celle que perçoit un salarié de l'entreprise ayant la même qualification et occupant le même poste de travail.

- L'intérimaire perçoit, en outre, une indemnité de congés payés et une indemnité de fin de mission.

- La prestation effectuée par le salarié intérimaire (en contrat de travail temporaire) fait donc l'objet d'une facturation entre l'agence d'intérim et l'entreprise.

8 Le bulletin de paie

- L'employeur doit remettre un bulletin de paie (ou bulletin de salaire) au salarié. Le document doit comporter diverses mentions obligatoires. Certaines mentions sont interdites.

- Depuis 2017, la dématérialisation du bulletin de paie est devenue le principe et le format papier l'exception, sauf en cas de désaccord du salarié.

- Pour la remise du bulletin de paie électronique, l'employeur doit :

– informer le salarié de son droit d'opposition à cette voie de transmission (un mois avant la première émission du bulletin de paie ou au moment de l'embauche) ;

– fixer les conditions dans lesquelles le bulletin de paie est disponible pour le salarié (durée de 50 ans ou jusqu'aux 75 ans du salarié).

- Si l'employeur ne le remet pas régulièrement, il peut être condamné à une amende pouvant atteindre 450 € par bulletin non remis et à verser des dommages et intérêts au salarié. L'employeur est tenu de conserver un double du bulletin de salaire (sous forme papier ou électronique) pendant au moins 5 ans.

- Le bulletin de paie ne peut pas mentionner les fonctions exercées au titre de représentant du personnel.

Exemple Corps du bulletin de paie simplifié

Cotisations et contributions sociales	Base	Taux salarial	Part salarié	Part employeur
SANTÉ				
Sécurité Sociale – Maladie Maternité Invalidité Décès	2 650,00			344,50
Complémentaire santé	2 650,00	1,50 %	39,75	48,58
ACCIDENTS DU TRAVAIL – MALADIES PROFESSIONNELLES	2 650,00			22,26
RETRAITE				
Sécurité Sociale plafonnée	2 650,00	6,90 %	182,85	226,58
Sécurité Sociale déplafonnée	2 650,00	0,40 %	10,60	50,35
Complémentaire Tranche 1	2 650,00	3,90 %	103,35	155,03
FAMILLE – SÉCURITÉ SOCIALE	2 650,00			91,43
ASSURANCE CHÔMAGE				
Chômage	2 650,00			111,30
AUTRES CONTRIBUTIONS DUES PAR L'EMPLOYEUR				95,30
COTISATIONS STATUTAIRES OU PRÉVUES PAR LA CONVENTION COLLECTIVE				
CSG non imposable à l'impôt sur le revenu	2 652,21	6,80 %	180,35	
CSG/CRDS imposable à l'impôt sur le revenu	2 652,21	2,90 %	76,91	
ALLÈGEMENT DE COTISATIONS				
TOTAL DES COTISATIONS ET CONTRIBUTIONS			593,81	1 145,33
Tickets restaurant			77,22 –	
Remboursement transport			37,60 +	
NET À PAYER AVANT IMPÔT SUR LE REVENU				**2 016,57**

Impôt sur le revenu	Base	Taux personnalisé	Montant
Impôt sur le revenu prélevé à la source	2 181,68	3,50 %	76,35

Management de l'équipe commerciale

- Les cotisations sont regroupées en 5 catégories :

– santé ;

– accidents du travail et maladies professionnelles ;

– retraite ;

– famille et sécurité sociale ;

– assurance chômage.

- Le bulletin de paie comporte des mentions obligatoires :

– l'identification du salarié ;

– l'identification de l'employeur ;

– l'emploi et la position du salarié dans la grille de classification professionnelle ou de rémunération ;

– la convention collective applicable ;

– le salaire brut ;

– le nombre d'heures de travail ;

– le taux et les cotisations du salarié ;

– les montants versés par l'employeur ;

– la rémunération nette avant et après impôts.

Exercice d'entraînement

Corrigé p. 219

Calculez la rémunération brute annuelle du salarié ainsi que le coût total pour l'employeur.

- Grille indiciaire : 750 points.
- Valeur du point : 3,5 €.
- 13e mois.
- Prime annuelle : 1,5 fois le salaire brut mensuel.
- Charges patronales : 35 % du salaire brut.

13 Le plan de formation

Le plan de formation ou plan de développement des compétences (depuis le 1er janvier 2019) permet aux salariés d'adapter leurs compétences à l'évolution de leur métier au sein de l'organisation.

1 Le plan de développement des compétences

• C'est un document qui rassemble l'ensemble des formations retenues par l'employeur. Il n'est pas obligatoire.

Actions de formation obligatoires	Prévues par les conventions collectives et les accords collectifs. **Exemple** : formation pour assurer la sécurité au travail.
Actions de formation non obligatoires	Décidées au sein de l'entreprise.
Autres	• Bilans de compétences. • Validation des acquis de l'expérience (VAE).

• La formation obligatoire se déroule pendant les horaires de travail et la rémunération du salarié doit être intégralement maintenue.

• Le salarié dispose, en outre, librement de son compte personnel de formation (CPF) pour suivre des formations de sa propre initiative.

2 Les obligations de l'employeur

Voir p. 192

L'employeur doit :
– proposer aux salariés des entretiens professionnels tous les 2 ans ;
– proposer des formations qui peuvent s'avérer nécessaires : adaptation au poste de travail, maintien dans l'emploi, sécurité.

3 L'élaboration du plan de développement des compétences

L'élaboration du plan passe par les phases suivantes :
– l'identification des besoins en formation ;
– l'établissement du budget ;
– la consultation du CSE (comité social et économique) ;
– la validation du plan.

Exemple de plan de développement des compétences

	1	2	3
Type	Développement des compétences informatiques		
Nom	Tableur – niveau avancé		
Objectif	Évoluer vers un poste de manager		
Salarié	Alexandre Garnier		
Fonction	Commercial		
Durée	1 semaine		
Dates	Du …. au ….		
Lieu	En interne		
Coût	………..		
Financement	………..		

4 Le financement de la formation

Formation	Financement
À l'initiative de l'employeur	Employeur
	OPCA[1]
À l'initiative du salarié	CPF ou employeur

1. **OPCA** : organisme de financement qui collecte les cotisations des entreprises.

5 Les modalités de suivi

• Une formation est dite « externe » lorsqu'elle est réalisée par un prestataire extérieur même si elle se déroule dans les locaux de l'entreprise.

		Avantages	Limite
Présentiel	Interne	• Réduction des coûts. • Valorisation de l'expérience interne.	Mobilise les ressources internes.
	Externe	Expertise des intervenants.	Coût élevé.
e-learning		• Réduction des coûts. • Souplesse.	Moins efficace car moins interactive.

• Le temps de formation consacré à un salarié implique une réorganisation de la répartition des tâches au sein de l'équipe.

6 Le coût

Le coût est lié à **trois facteurs** :
– la réorganisation interne ;
– le coût de la formation ;
– le coût des déplacements et hébergements éventuels.

7 Le suivi de la formation

• Le suivi de la formation consiste à réaliser un tableau de bord permettant de respecter les objectifs de formation. C'est un outil opérationnel permettant de visualiser l'ensemble des formations suivant des clefs de répartition spécifiques à l'organisation (le sexe, le statut, le service, etc.).

Exemple de tableau de suivi collectif

Répartition des salariés en formation				
	Cadres administratifs	**Commerciaux**	**Employés**	**%**
Hommes				
Femmes				
%				

• L'organisation tient également à jour un tableau individuel de suivi des formations effectuées par chaque salarié. Il regroupe les formations relevant du plan de développement des compétences ainsi que celles du compte personnel de formation.

Exemple de tableau de suivi individuel

Historique des formations								
Année	**Date de début**	**Date de fin**	**Formation**	**Durée (en heures)**	**Intervenant**	**Organisme**	**CPF**	**Coût (en €)**
2018	05/02	09/02	…….	25	….	…..	Non	1 345

Voir p. 192

• L'évaluation de l'efficacité d'une formation se fait le plus souvent sous la forme d'un transfert professionnel des acquis. En effet, le salarié acquiert des compétences directement opérationnelles. L'entretien individuel d'évaluation et l'entretien professionnel sont également des moments privilégiés pour faire un point sur les formations passées et à venir.

14 La gestion des conflits et la gestion de crise

Les conflits sont fréquents dans les entreprises. Ils ont des origines diverses.

1 Les types de conflits

Type de conflit	Descriptif
Malentendu	Il peut être réciproque ou non. Il est source de conflit car il engendre des incompréhensions, donc des erreurs.
Conflit d'intérêt	Il n'est pas rare que plusieurs salariés s'affrontent et entrent en conflit en vue d'obtenir un avantage.
Conflit de pouvoir	Les conflits d'autorité peuvent survenir quand les domaines de compétences ne sont pas précisément définis et que deux salariés vont s'affronter à la suite de l'empiètement de l'un sur les compétences de l'autre. Il survient entre des personnes de même rang hiérarchique.
Conflit de rivalité	La compétition et l'atteinte d'objectifs peuvent générer des conflits de rivalité entre salariés.
Conflit de génération	Les différentes générations n'ont pas la même conception de l'individu au travail. Les générations Y[1] et Z[2] accordent davantage de temps aux loisirs. L'incompréhension entre générations peut générer de fortes tensions dans l'entreprise.

1. **Génération Y** : individus nés entre 1980 et 2000.
2. **Génération Z** : individus nés après 2000.

2 Les techniques de gestion des conflits

Arbitrage/ Médiation	Un ou plusieurs intervenant(s) extérieur(s) vont permettre de faciliter la discussion. Ils possèdent un regard objectif qui leur permet de jouer le rôle d'intermédiaire. De plus, ils ne sont pas émotionnellement impliqués. Le médiateur peut ainsi faciliter la **conciliation** entre les parties en conflit.
Négociation	La meilleure stratégie de négociation est la stratégie « **gagnant/gagnant** » qui permet d'obtenir un résultat qui satisfait les deux parties. Si l'une des deux parties impose son point de vue à l'autre, c'est une stratégie « **gagnant/perdant** » qui a un inconvénient : le conflit peut resurgir.
Hiérarchie	C'est le supérieur hiérarchique qui va imposer une solution au conflit. C'est un choix **autoritaire** et rapide. Le conflit déclaré peut se transformer en conflit latent.

En cas de **conflit latent**, le manager doit s'efforcer de désamorcer le conflit. Des signes de tension visibles peuvent être annonciateurs de ce conflit latent.

3 La prévention des conflits

• Prévenir un conflit permet d'éviter une situation de crise potentiellement dommageable. Pour cela, il faut :

– **favoriser les espaces de communication informelle** : les espaces de détente permettent la communication informelle et sont également un lieu où les problèmes peuvent être résolus plus facilement ;

– **définir clairement les compétences et les objectifs** : si les règles sont claires, alors un bon nombre de conflits de pouvoir pourront être évités ;

Voir p. 199

– **le renforcement d'équipe** : la cohésion permet une meilleure communication dans l'équipe. Le développement d'un sentiment d'appartenance à l'équipe est primordial.

• En plus des dommages externes et internes qu'elle peut provoquer, une situation de crise peut durablement affecter l'image de l'entreprise si elle n'est pas traitée suffisamment tôt.

4 Les types de crises

La crise se caractérise par un trouble profond de l'activité de l'organisation. Elle peut naître de conflits mais peut également trouver son origine dans d'autres causes.

Crise	Descriptif
Humaine et sociale	• Conflits sociaux. • Dommages humains. Ex. : La vague de suicides chez France Telecom.
Technique	• Défaillances techniques/Produits défaillants. • Accidents industriels. Ex. : L'explosion de téléphones Apple.
Sanitaire	• Produits dangereux/Produits non conformes. Ex. : La viande de cheval non identifiée dans les plats Findus.
Financière et économique	• Boycott/OPA hostile.
Légale	• Mises en examen/Condamnations. • Fraudes. Ex. : Le PDG de Renault Nissan mis en examen.
Communication/ Réputation	• Rumeurs et *bad buzz*/Scandale/Polémique. Ex. : France 2 qui accuse l'entreprise Petit Navire d'employer des méthodes de pêche discutables.

5 La gestion de crise

Le **plan opérationnel de gestion de crise** doit prévoir :
– les procédures à suivre en cas de dommages existants ou possibles ;
– l'organisation de réunions ;
– la création d'une cellule de crise : composition, équipement ;
– les modalités de communication interne et externe.

6 La communication de crise

3 stratégies possibles

Reconnaître	• Reconnaître la responsabilité. • Élargir la responsabilité à d'autres acteurs. • Désigner des responsables.
Déplacer le débat	• Chercher des responsables ailleurs que dans l'entreprise. • Communiquer sur d'autres sujets pour faire oublier le sujet actuel.
Refuser/Minimiser	• Minimiser les conséquences. • Se taire en attendant que ça se calme.

L'entreprise peut faire appel à un cabinet spécialisé dans la communication de crise.

Exercice d'entraînement

Corrigé p. 219

Depuis votre prise de fonction, vous avez pris l'habitude de réunir les membres de votre équipe avant l'ouverture du magasin autour de la machine à café. Ce matin, vous vous étonnez du retard pris concernant l'implantation de trois chambres enfants dans le hall d'entrée du magasin. Cette mission avait été confiée à Sébastien et à Marcel. Il était prévu que l'installation soit terminée hier matin. La moitié seulement de l'implantation est réalisée et il reste, à votre avis, encore une journée entière pour finir l'installation. Vous questionnez Sébastien et Marcel sur les raisons de ce retard. Le ton monte entre vos deux collaborateurs.

1. **Identifiez l'origine du conflit.**
2. **Proposez un processus de règlement de ce conflit.**

Document : dialogue entre deux conseillers de vente

Sébastien : « Ce n'est pas étonnant que l'on ait pris du retard. À la vitesse à laquelle travaille Marcel et l'entrain qu'il manifeste, il fallait s'en douter ! »

Marcel : « Je ne comprends pas ce que tu veux dire. Qu'est-ce que tu sous-entends ? »

Sébastien : « Je ne sous-entends rien, je constate, c'est tout. Tu mets une heure pour monter deux barreaux ! Mais je reconnais que le travail est bien fait. Ca s'explique ! »

Marcel : « Je suis méticuleux et professionnel, c'est différent. Et puis, je serais plus rapide si tu me donnais un coup de main au lieu de passer ton temps à discuter de la pluie et du beau temps avec les clients. »

Sébastien : « Heureusement que je suis là pour m'occuper des clients et assurer la qualité du conseil et de la vente. C'est grâce à mes efforts que le chiffre de l'univers progresse et que nos primes sont ce qu'elles sont ! »

Marcel : « Oh, arrête, ce discours ne marche pas avec moi. Tu devrais plutôt apprendre à monter des chambres enfants plutôt que de te disperser sur l'espace de vente… et te noyer dans un verre d'eau. »

Sébastien : « …».

Marcel : « Et puis zut ! Puisque tu veux toujours avoir raison, tu n'as qu'à prendre en charge le montage des chambres enfants restantes. Moi, je ne m'en occupe plus ! »

15 La gestion des risques psycho-sociaux

Les risques psychosociaux concernent la santé physique et mentale des salariés. Ils sont liés aux conditions de travail.

1 Les indicateurs sociaux

Les indicateurs sociaux permettent de mesurer la performance sociale de l'entreprise.
Ils comprennent :
– l'absentéisme et un taux élevé de rotation du personnel ;
– le non-respect des horaires ou des exigences de qualité ;
– des problèmes de discipline ;
– la réduction de la productivité ;
– des accidents de travail et des incidents ;
– une dégradation du climat social.

2 Les facteurs et les signes de stress au travail

Les facteurs et signes de stress sont mesurés par les indicateurs sociaux. Ils peuvent être repérés et faire l'objet d'une démarche de prévention avant que le risque de dégradation du climat social se réalise ou prenne trop d'ampleur.

Des exigences au travail	• Délais et objectifs peu clairs. • Une surcharge de travail. • Des horaires trop importants.
Des exigences émotionnelles	• Des contacts difficiles. • Des violences physiques ou verbales. • Des émotions difficiles à retenir.
Un manque d'autonomie et de marges de manœuvre	• Peu de marges de manœuvre. • Des compétences sous-utilisées.
Une perte de sens	Une impression de faire un travail inutile.
L'insécurité de la situation de travail	• Un changement de poste non préparé. • Un contrat précaire. • Etc.

Exemple

L'entreprise Renault a été condamnée pour avoir appliqué des techniques de management autoritaire dans son technocentre de Guyancourt entre 2006 et 2007. Des objectifs irréalisables et la pénibilité des conditions de travail ont engendré une souffrance au travail qui s'est traduite par une dégradation importante, voire irréversible, de la santé d'un nombre important de salariés.

3 La prévention des risques psychosociaux et du stress au travail

• Le Code du travail énonce les **principes généraux de prévention** suivants à adapter en fonction des entreprises (article L. 4121-2) :
– évaluer, prévenir et combattre les risques ;
– réfléchir à l'ergonomie des postes et tenir compte du progrès technique ;
– rendre le travail moins dangereux ;
– planifier les actions de prévention et prendre des mesures de protection.

• **La démarche de prévention :** la démarche de prévention des risques psycho-sociaux doit être élaborée et mise en place par des groupes de travail en concertation avec le CSE (Comité social et économique) de l'entreprise.

Démarche de prévention des risques psycho-sociaux

Définir des objectifs et des moyens → Identifier les facteurs de risque (diagnostic) → Recueillir et analyser les indicateurs → Élaborer un plan d'action → Mettre à jour le Document Unique d'Évaluation des Risques (DUERP)

Exemple de plan d'action

Axe	Action	Dates	Pilote	Moyens	Étapes	Difficultés
Communication	Intégration des nouveaux arrivants	....	Mme Z	2 séances de 4 heures	....	....

• Chaque action doit faire l'objet d'une « fiche action » détaillant les propositions avancées par le groupe de travail.

• Le DUERP doit être mis à jour une fois par an et est à la disposition des salariés, des représentants du personnel, du médecin du travail et des caisses de retraite et de santé.

Remarque

Le document unique d'évaluation des risques professionnels (DUERP), a été créé en 2001.
L'élaboration et la mise à jour de ce document s'imposent à tout employeur dont l'entreprise emploie au moins un salarié.

4 La gestion des comportements critiques et du stress au travail

• Le manager doit s'efforcer d'établir un dialogue en respectant les principes suivants :
– la confidentialité ;
– le repérage d'éléments factuels sources de risque ;
– l'écoute active.

• Les pistes d'amélioration sont diverses et peuvent consister :
– en une redéfinition ou un aménagement des tâches ;
– en du coaching, de la formation ;
– en une modification du poste de travail ;
– etc.

16 Le tableau de bord et l'analyse des performances de l'équipe

Le tableau de bord de suivi d'équipe permet d'évaluer les performances individuelles et collectives. C'est un outil de pilotage opérationnel indispensable au manager.

1 Les indicateurs du tableau de bord

Principaux indicateurs

Chiffre d'affaires	**Total des ventes en valeur.** C'est l'indicateur le plus fréquent.
Marge commerciale	**Chiffre d'affaires – coût d'achat des marchandises vendues** Elle permet de mesurer la performance commerciale.
Taux de marque	**Marge commerciale/chiffre d'affaires**
Panier moyen ou ticket moyen	**Chiffre d'affaires/nombre de clients** Il représente les ventes réalisées par client, en moyenne.
Taux de fidélisation	**Part des acheteurs de l'année passée étant encore clients l'année suivante.** Nombre de clients fidèles/nombre total de clients
Ventes additionnelles	**Exemple** : extensions de garanties.
Taux de transformation	**Nombre de clients/nombre de contacts ou de visites** Il permet de mesurer l'intensité de l'effort d'argumentation commerciale.
Taux de démarque inconnue	**Coût de la démarque/chiffre d'affaires**
Indice de satisfaction clientèle	**Nombre de clients satisfaits/nombre de clients**

La conception du tableau de bord de suivi des performances de l'équipe est spécifique à chaque unité commerciale. En effet, les indicateurs choisis dépendent du type d'information désirée.

2 La conception du tableau de bord

COMPRENDRE EN VIDÉO *Le tableau de bord sur Excel*

Le tableau de bord est un outil de pilotage qui doit faire apparaître des écarts, des répartitions ou bien des taux de réalisation calculés à partir des indicateurs présentés dans le paragraphe 1.

Exemple Extrait de tableau de bord

Nom	Chiffre d'affaires N – 1 (en k€)	Chiffre d'affaires N (en k€)	Objectif chiffre d'affaires N (en k€)	Contribution au CA en N – 1[1] (en k€)	Contribution au CA en N (en k€)	Écart sur CA N/N – 1[2] (en %)	Taux de réalisation N[3] (en %)
Adeline	123 537	136 120	130 000	38	40	10,19	105
René	87 412	96 783	100 000	27	28	10,72	97
Malika	112 658	107 876	100 000	35	32	– 4,24	108
Équipe	**323 607**	**340 779**	**330 000**	**100**	**100**	**5,31**	**103**

Management de l'équipe commerciale

1. Contribution au CA : (CA/CA total) × 100
2. Écart sur CA : [(CA en N – CA en N-1)/CA en N-1] × 100
3. Taux de réalisation : (CA en N/objectif en N) × 100

3 L'analyse des performances

L'analyse du tableau de bord permet de décider d'actions de remédiation afin d'améliorer les performances.

– L'écart entre N-1 et N indique quelle est l'évolution de la performance dans le temps.

– Le taux de réalisation permet de piloter l'action commerciale et de prendre des mesures adaptées.

Exemple

Un taux de réalisation de l'objectif de 40 % au mois de juin alors qu'il devrait approcher les 50 % pour que l'objectif soit atteint à la fin de l'année impose un effort commercial plus soutenu sur les 6 derniers mois.

– La contribution aux résultats permet d'effectuer des comparaisons entre les commerciaux.

Exemple de comparaison entre le chiffre d'affaires et la marge (ou le taux de marque)

Commercial	CA	Contribution au CA	Marge	Contribution à la marge	Taux de marque
Alberto	54 276	10 %	12 890	8 %	23,75 %
Émeline	53 980	10 %	16 654	10 %	30,85 %
………	……….	……..	………	………	………
Total	**564 987**	**100 %**	**169 502**	**100 %**	**30,00 %**

Alberto réalise la même part de chiffre d'affaires qu'Émeline, cependant il ne contribue à la marge qu'à hauteur de 8 % contre 10 % pour Émeline. Cela signifie qu'il a tendance à accorder des réductions commerciales plus importantes pour augmenter le niveau des ventes. Émeline se situe dans la moyenne de l'équipe puisqu'elle applique un taux de marque sensiblement égal au taux de marque de l'équipe. Le croisement des deux indicateurs montre qu'Alberto est moins performant qu'Émeline puisqu'à chiffre d'affaires presque identique, la marge dégagée est moins bonne comme en témoigne son taux de marque.

4 Les actions de remédiation

Action	Avantages	Limites
Baisser le prix de vente	Augmenter le chiffre d'affaires et la part de marché rapidement.	Une baisse de la profitabilité : baisse de la marge et, par la suite, du résultat (bénéfice).
Adopter un système de rémunération incitatif	• Commission sur le CA. • Commission sur la marge. • Prime sur objectif.	L'augmentation de la marge doit compenser l'accroissement des coûts liés à la rémunération supplémentaire due au système incitatif.
Stimuler l'équipe	Actions de stimulation.	Elles restent ponctuelles.
Former l'équipe	Amélioration des compétences commerciales.	Le coût et le temps.

CORRIGÉS

1 Les outils de planification et de suivi *Énoncés p. 178*

1. Tableau de répartition des tâches :

Nom	Temps de travail	Vente et mise en rayon	Commandes	Réserves	Entretien
Nicolas	35 h	26,25		5,25	3,50
Julie	25 h	20,00		2,50	2,50
Djamel	25 h	17,50	5,00	2,50	
Corinne	35 h	26,25		5,25	3,50
Alexis	10 h	10,00			

2. Exemple de planning d'équipe :

Nom		Lundi			Mardi			Mercredi			Jeudi			Vendredi			Samedi		
		9 -13	13-14	14-19	9-13	13-14	14-19	9-13	13-14	14-19	9-13	13-14	14-19	9-13	13-14	14-19	9-13	13-14	14-19
Nicolas	35	4	1		4		3	4		5	4	1		4	1		4		
Julie	25				4	1		4	1		4					5		1	5
Djamel	25		1	5			3		1	5				4				1	5
Corinne	35	4		5		1	4					1	5		1	5	4		5
Alexis	10												5				4	1	
Total	130	8	2	10	8	2	10	8	2	10	8	2	10	8	2	10	12	3	15

2 L'ordonnancement des tâches : PERT et GANTT *Énoncé p. 181*

Graphe PERT :

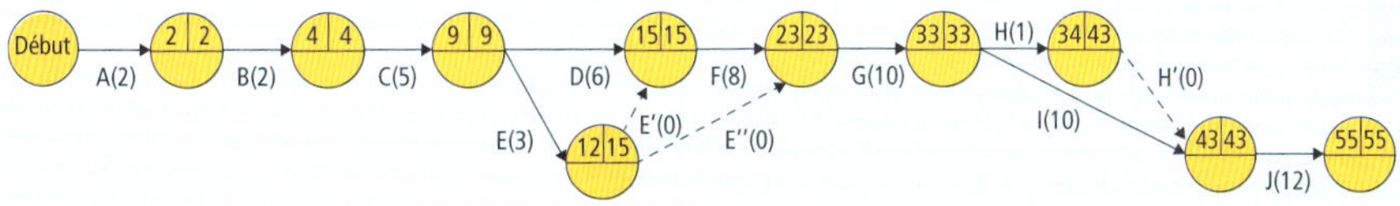

Diagramme de GANTT :

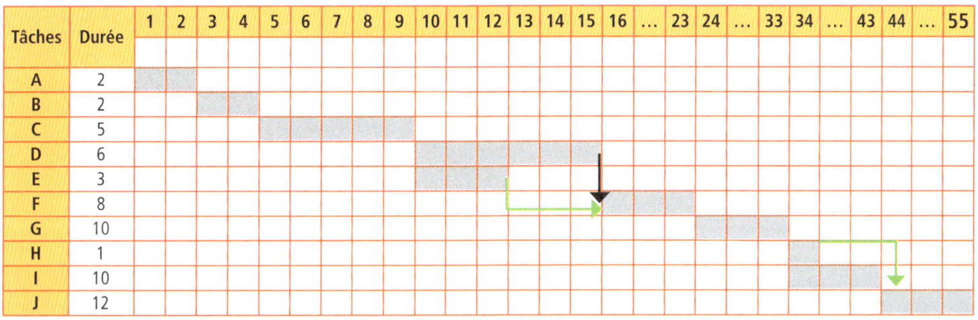

Le projet doit démarrer au plus tard 55 jours ouvrables avant la fin programmée, soit le **26 janvier**.

3 Les besoins en recrutement *Énoncé p. 183*

1. Volume d'heures disponible : 35 + 35 + 20 + 20 = 110 heures par semaine.
2. Calcul du volume d'heures nécessaires :

	Lundi	Mardi	Mercredi	Jeudi	Vendredi	Samedi
Livraison				4 h		4 h
Préparation	0,5 h	0,5 h	0,5 h	0,5 h	0,5 h	0,5 h
Matin : vente	1 × 3 h = 3 h	3 h	3 h	3 h	2 × 3 h = 6 h	3 × 10 h = 30 h
Après-midi : vente	2 × 5,5 h = 11 h	11 h	3 × 5,5 h = 16,5 h	11 h	16,5 h	
Caisse						2 h
Préparation	0,5 h	0,5 h	0,5 h	0,5 h	0,5 h	0,5 h
Total	**15 h**	**15 h**	**20,5 h**	**19 h**	**23,5 h**	**37 h**

Total hebdomadaire du nombre d'heures nécessaires : 130 heures.

Il manque 20 heures de présence (130 – 110) qui peuvent être pourvues grâce à l'emploi d'un salarié à temps partiel si la situation est durable ou au recours aux heures supplémentaires.

4 Les contrats de travail *Énoncé p. 185*

	CDD 18 mois	Contrat d'apprentissage 24 mois
Coût	**Salaire brut :** 18 mois × 20 h/35 h × 1 445,38 = 14 866, 77 **Charges patronales :** 14 866,77 × 20 % = 2 973,35 **Coût :** 14 866,77 + 2 973,35 = 17 840,12	**Année 1 :** 12 mois × 43 % × 1 445,38 = 7 458,16 **Année 2 :** 12 mois × 67 % × 1 445,38 = 11 620,86 **Aides :** Indemnité compensatrice : 2 × 1 000 = 2 000,00 Indemnité de soutien : 2 × 300 = 600,00 **Coût : 7 458,16 + 11 620,86 – 2 000 – 600 = 16 479,02**
Coût annuel	**17 840,12/1,5 = 11 893,41 €**	**16 479,02/2 = 8 239,51 €**

Comparaison sur les aspects managériaux :

	Avantages	Inconvénients
CDD	• Possibilité d'embauche. • Peut faire office d'une longue période d'essai. • Mêmes droits qu'un titulaire : congés payés, rémunération, durée de travail.	• Risque de ne pas vraiment s'impliquer. • Législation stricte visant le salarié en condition de précarité (18 mois maximum, remplacement d'un salarié). • Possibilité de rupture si le salarié trouve un CDI.
Contrat d'apprentissage	• Débutant facile à former. • Intégration progressive du collaborateur dans l'entreprise. • Contribution de l'entreprise à la formation de Lisa.	• Un collaborateur débutant, donc ayant peu de compétences. • Une formation en entreprise chronophage pour le tuteur. • Les jours de travail en entreprise sont imposés par le centre de formation.

Conclusion

La comparaison sur l'ensemble de la période n'est pas possible. Mais le contrat d'apprentissage est moins cher et permet d'offrir à Lisa une réelle formation.

5 Le processus de recrutement *Énoncé p. 188*

1. Les justifications peuvent être les suivantes :
- la reconnaissance de ses compétences et de ses qualités ;
- la valorisation et la capitalisation de son expérience ;
- une montée en compétences plus rapide ;
- de nouvelles perspectives de carrière dans le groupe Mericq ;
- la prise de nouvelles responsabilités au sein du groupe (ex. : faire appliquer les règles d'hygiène et de sécurité) ;
- la mise en œuvre des valeurs véhiculées par le groupe.

2. Annonce de recrutement pour le poste à pourvoir dans le magasin de Boé

L'annonce doit montrer un caractère spécifique à un intranet.

MERICQ
une marée d'avance

Le Marché du Pêcheur
ZAC O'Green – Boé (47)
RECHERCHE
Responsable de magasin H/F

Date de publication : xxxxxxx

Localisation : ZAC O'Green – 47 - Boé

Réf. : RVB

Fonction : Responsable de magasin

Date de prise de fonction : Septembre N

Expérience : Les expériences dans le groupe seront valorisées.

Vos missions :
- Manager l'équipe.
- Animer le magasin.
- Vendre
- Gérer : suivi des stocks, des indicateurs de performance

Votre profil :
- Bonne connaissance des produits du groupe Mericq.
- Maîtrise de la communication.
- Curiosité.
- Capacité d'adaptation aux évolutions du marché.
- Polyvalence et rigueur.
- Sens de la relation client.
- Capacités d'animation d'équipe.

Cliquez pour postuler.

MERICQ SAS – ZAC Mestre Marty – 47 310 ESTILLAC

8 La conduite d'un entretien *Énoncé p. 193*

1. Les conditions de réussite d'un entretien individuel annuel d'évaluation tiennent en trois axes :

1er axe : la préparation de l'échange

- Préparation matérielle :

– récupérer toutes les informations nécessaires sur le collaborateur : sa fiche de poste, les performances annuelles passées, les formations suivies, les évolutions ou changements de postes ;
– récupérer les projets et les perspectives d'évolution de l'entreprise (besoins en compétences à venir), le plan de formation défini ;
– pré remplir la grille d'entretien ;
– réserver une salle de réunion ou le bureau et prévoir l'agencement de l'espace, choisir un lieu calme et convivial.

- Information au collaborateur :

– communiquer à l'avance au collaborateur la date, le lieu et l'objet de la réunion ;
– lui demander de préparer l'entretien en listant ses résultats, ses réussites et ses échecs.

2e axe : les conditions matérielles de l'entretien : le jour de l'entretien, le manager doit veiller :

- à ce que l'entretien se déroule dans les meilleures conditions possibles de confort et de calme ;
- à être totalement disponible et concentré sur l'entretien (ne pas répondre au téléphone, ne pas être dérangé) ;
- à prendre le temps nécessaire à l'entretien.

3e axe : la posture managériale le jour de l'entretien

- Pratiquer l'écoute active et l'empathie.
- Respecter les différentes phases : l'accueil et la conduite de l'entretien.
- Laisser le collaborateur s'exprimer.
- Rester neutre.
- Reformuler chaque fois que nécessaire pour lever les doutes, les ambiguïtés.

2. Support d'entretien individuel

ENTRETIEN ANNUEL (page 1)

RENSEIGNEMENTS PERSONNELS		
Nom :	Prénom :	Nom du responsable direct :
Site : Nom de l'équipe :		Emploi : Ancienneté Bouygues Telecom :
Parcours professionnel :		
Que retenir de l'entretien annuel ?		
Quelles sont les attentes du salarié en matière de mobilité, de souhaits d'évolution, de formation ?		
Synthèse de l'évaluateur au niveau de la mobilité, des évolutions et des formations :		
Objectifs et résultats de la période écoulée		
Objectifs		Résultats et commentaires
Objectifs quantitatifs et qualitatifs pour l'année à venir		
Date de l'entretien	Signature du (de la) salarié(e)	Signature du responsable

ENTRETIEN ANNUEL (page 2)

SYNTHÈSE DES ÉVALUATIONS				
ÉVALUATION DES SAVOIRS				
Le candidat connaît son marché et sa concurrence.	1	2	3	4
Le candidat connaît les produits et les services proposés.	1	2	3	4
Le candidat connaît son métier :				
• Accueillir et prendre en charge une demande.	1	2	3	4
• Analyser et diagnostiquer.	1	2	3	4
• Effectuer des modifications.	1	2	3	4
• Proposer et vendre aux clients les produits.	1	2	3	4
• Remonter les dysfonctionnements.	1	2	3	4
Sous-total	1	2	3	4
ÉVALUATION DES SAVOIR-FAIRE				
Capacité à communiquer	1	2	3	4
Capacité à gérer et traiter l'information	1	2	3	4
Capacité à utiliser les outils bureautiques	1	2	3	4
Capacités à utiliser les techniques de vente	1	2	3	4
Sous-total	1	2	3	4
ÉVALUATION DES SAVOIR-ÊTRE				
Capacité d'adaptation	1	2	3	4
Capacité d'écoute	1	2	3	4
Maîtrise de soi	1	2	3	4
Réactivité	1	2	3	4
Sens du client	1	2	3	4
Sous-total	1	2	3	4
ADHÉSION AUX VALEURS DE L'ENTREPRISE				
Respect	1	2	3	4
Confiance	1	2	3	4
Équité	1	2	3	4
Sous-total	1	2	3	4
TOTAL GLOBAL	1	2	3	4

1 subit ; **2** exécute ; **3** maîtrise ; **4** est expert.

9 L'organisation et les principes d'animation d'une réunion *Énoncé p. 196*

• **Préparation de l'organisation de la réunion**

– Définition des objectifs de la réunion.
– Définition de l'ordre du jour.
– Identification d'une date et d'une heure en s'assurant de la disponibilité des participants.
– Réservation de la salle de réunion et du matériel nécessaire :

- Information des participants de la date et de l'heure.
- Préparation du document de synthèse à diffuser.
- Aménagement de la salle : disposition de la salle de réunion en fonction du nombre de participants et du local disponible (suggérer une disposition en « U »).
- Anticipation du suivi de la réunion : questions et problèmes soulevés, rédaction d'un compte-rendu, etc.

• **Ordre du jour de la réunion**

1. Présentation des chiffres clés de l'année passée (évolution globale du chiffre d'affaires du magasin et des marges, ainsi que des indicateurs – panier moyen, nombre de clients).
2. Analyse des résultats par rayon (discussion avec les collaborateurs).
3. Présentation des préconisations à appliquer pour remédier aux insuffisances constatées.

10 Les modalités de diffusion de l'information

Énoncé p. 198

La réponse doit être, dans sa forme et son contenu, un document opérationnel et pertinent.
Le document est à destination des responsables de magasin pour animer une réunion d'équipe d'une durée maximale de 5 minutes.
On peut supposer que le document restera affiché pour la journée dans la salle de repos de l'équipe.

Rubriques attendues :

Jour J-1	Jour J
Objectif de CA : CA réalisé : Écart sur objectif : Panier moyen : Nombre de tickets : Taux de transformation : Marge :	CA J de N – 1 : Objectif de CA : Panier moyen J de N – 1 : Objectif de panier moyen : Objectif de taux de transformation : Objectif de marge :
ACTIONS À MENER Événements du jour (promotion, animation, etc.) Actions managériales et commerciales pour atteindre les objectifs du jour ou combler les écarts : Etc.	**Le mot du responsable…**

12 La rémunération de l'équipe commerciale

Énoncé p. 204

Élément	Montant	Calcul
Salaire mensuel de base	2 625,00	750 × 3,5
Salaire de base annuel	31 500,00	12 × 2 625
13e mois	2 625,00	
Prime	3 937,50	1,5 × 2 625
Rémunération brute annuelle	**38 062,50**	31 500 + 2 625 + 3 937,5

Calcul du coût total employeur : 38 062,50 × 1,35 = **51 384,38 €**.

14 La gestion des conflits et la gestion de crise

Énoncé p. 210

1. Origine du conflit

- Conflit interne.
- Personnalités et conceptions du travail différentes.
- Enjeux contradictoires : priorité à la compétence technique contre priorité à la compétence relationnelle.
- Affirmation de soi : l'un des protagonistes cherche à se survaloriser et à dévaloriser les autres.

2. Processus de règlement de ce conflit

Repérer le type de conflit	Cerner l'origine réelle du conflit.
Établir les faits	S'en tenir aux évènements observables, concrets, veiller à être neutre.
Évaluer la situation	Caractériser l'ampleur du problème et ses conséquences sur la performance et l'esprit d'équipe.
Rechercher et négocier des solutions	• Aborder le conflit sous l'angle coopératif, gagnant-gagnant. • Favoriser la participation. • Créer un esprit de conciliation. • Préciser les modalités de mise en œuvre et de suivi de la solution adoptée.

Toute proposition pertinente sera acceptée.

Management de l'équipe commerciale

Culture Économique, Juridique et Managériale

COMPRENDRE EN VIDÉO Retrouvez tous nos tutos vidéos sur notre chaîne YouTube « Objectif BTS Hachette ».

ÉCONOMIE DROIT MANAGEMENT

CEJM

L'impact du numérique sur la vie de l'entreprise

Les mutations du travail

Les choix stratégiques de l'entreprise

Présentation de l'épreuve E3

Culture économique, juridique et managériale

Épreuve écrite
Durée : 4 heures
Coefficient : 3

1 L'objectif de l'épreuve

• **L'épreuve vise à évaluer les compétences du candidat à :**
– analyser des situations auxquelles l'entreprise est confrontée ;
– exploiter une base documentaire économique, juridique et managériale ;
– proposer des solutions argumentées en mobilisant des notions économiques, juridiques ou managériales et les méthodologies adaptées aux situations proposées ;
– établir un diagnostic (ou une partie de diagnostic) préparant une prise de décision stratégique ;
– prendre des décisions opérationnelles intégrant les dimensions économique, juridique et managériale ;
– exposer des analyses et des propositions de manière cohérente et argumentée.

2 Les modalités d'évaluation

• **L'épreuve prend appui sur un dossier qui comprend :**
– la présentation d'une situation contextualisée d'entreprise contenant des problématiques de nature économique ou juridique ou managériale ;
– une base documentaire ;
– une série de questions permettant de structurer et d'orienter le travail à réaliser par le candidat.

3 Conseils

COMPRENDRE EN VIDÉO

Voir les 4 vidéos : Exploiter un tableau ; exploiter un graphique ; répondre à une question de manière structurée et organisée ; rédiger un cas pratique

étape 1 **Commencez par lire attentivement la présentation générale,** et plus particulièrement les **mises en situation**. Ces dernières introduisent le traitement des questions et sont importantes car elles peuvent contenir des éléments d'information importants.

étape 2 **Lisez ensuite les questions.** Sachez repérer les **verbes « d'action »** utilisés dans les consignes car ils précisent ce qui est attendu :
– **définissez :** définir une notion ;
– **caractérisez :** décrire les traits fondamentaux, voire expliquer ;
– **identifiez, repérez :** trouver les éléments d'explication dans les documents en annexe ;
– **expliquez, justifiez :** avancer les arguments ou le raisonnement qui donnent les causes d'un fait ou d'une situation ;
– **analysez :** proposez des éléments de comparaison ou d'explication d'au moins deux variables ou plusieurs qui ont des liens entre elles.

étape 3 **À chaque question, reportez vous aux annexes concernées.** Relevez les éléments d'information qui serviront à formuler une réponse pour chacune de vos questions. Lorsque la question nécessite de faire appel à vos connaissances, rédigez-les avec clarté et en lien direct avec la question posée.

⚠ Pensez à être soigneux dans la rédaction de vos réponses. En général, elles doivent être justifiées à l'aide des documents et, pour le droit, avec rigueur. Vous pouvez recourir en économie et en management à des tableaux ou à des tirets pour énumérer vos arguments.

Remarque

N'hésitez pas à être exhaustif et à avancer un maximum d'arguments car le barème détaillé tiendra compte du nombre d'idées différentes avancées.

1 Les agents économiques, leurs rôles et leurs échanges

De multiples acteurs interviennent dans le domaine économique ; en général, on les regroupe selon leurs fonctions économiques principales. On les qualifie alors d'**agents économiques**.
Les principaux agents sont les **entreprises**, les **ménages**, les **banques** et l'État (ou les **administrations publiques**).
L'activité économique découle des échanges qui se nouent entre ces agents.

1 Les entreprises

- **Une entreprise regroupe des moyens humains, financiers et matériels** dans l'objectif de **produire des biens ou des services vendus sur le marché**.

- **Pour produire, l'entreprise utilise des facteurs de production** (travail, capital, matières premières). Les savoirs et connaissances sont aussi considérés comme un facteur de production qui prend aujourd'hui une place croissante.

- **La majorité des entreprises a un but lucratif** (réaliser un profit). La théorie économique considère qu'elles visent à maximiser leur profit. En réalité, le profit n'est pas la seule finalité des entreprises ; l'essor du secteur de l'économie sociale et solidaire montre qu'elles peuvent s'attacher à d'autres objectifs, comme le développement durable.

2 Les ménages

- Au sens statistique, un ménage désigne tous les occupants d'un même logement, sans qu'ils aient nécessairement des liens de parenté.

Remarque
Un ménage peut être composé d'une seule personne.

- Les ménages disposent de **revenus** qu'ils tirent de leur travail (**salaires**) ou de la détention d'un patrimoine (**intérêts, dividendes, loyers**…).

- Avec leurs revenus, les ménages **consomment** et épargnent.

3 Les banques

- **Les banques sont des entreprises** dont le rôle traditionnel est de **collecter l'épargne** des agents (dépôts, livrets) afin de **financer par crédit** d'autres agents qui ont besoin d'emprunter (notamment pour l'investissement des entreprises).

- **L'essor du marché financier** (ou marché des capitaux) a fait évoluer le rôle des banques : elles permettent aux agents qui souhaitent épargner et à ceux qui souhaitent se financer d'accéder au marché et de s'y rencontrer directement. L'agent qui souhaite se financer va émettre et vendre des titres sur le marché (actions, obligations…), l'agent qui souhaite épargner va **acheter des titres** sur le marché.

4 L'État (ou les administrations publiques)

• **Les administrations publiques** regroupent l'État central (les ministères…), les collectivités territoriales et les organismes de protection sociale.

• **L'action de l'État** est principalement financée par des **prélèvements obligatoires** (impôts, taxes, cotisations).

LES FONCTIONS ÉCONOMIQUES DE L'ÉTAT

Allocation
Encadrer le fonctionnement du marché par des règles de droit (droit des contrats, droit de la concurrence…), voire être lui-même producteur de services non marchands (éducation, défense nationale…)

Redistribution
Assurer une redistribution des revenus pour éviter les inégalités les plus criantes (notamment *via* la protection sociale)

Stabilisation (ou régulation)
Réguler l'activité par sa politique économique (favoriser la croissance, lutter contre le chômage, viser la stabilité des prix et l'équilibre de la balance commerciale…)

5 Les échanges entre les agents économiques

• **Les agents sont amenés à nouer des relations économiques,** généralement lors de **transactions qui s'opèrent sur le marché**. Ainsi, la relation employeur-employé qui se noue entre les entreprises et les ménages s'apparente à la rencontre d'une offre et d'une demande sur le marché du travail :

– **l'offre de travail** émane des ménages ;

– **la demande de** (facteur) **travail** émane des entreprises ;

– **le salaire** correspond au prix auquel s'effectue l'échange.

• **Les entreprises échangent des biens et services** (**offre**) avec les autres agents en contrepartie d'un paiement (**demande**) : consommation pour les ménages, consommations intermédiaires ou investissement pour les entreprises.

• **Les entreprises demandent des facteurs** pour être en mesure de produire leurs biens et services :

– **demande de facteur travail** auprès des ménages ;

– **demande de facteur capital** auprès des banques, ou directement auprès de l'ensemble des agents en passant par les marchés financiers.

• **La relation entre agents économiques ne peut toutefois pas se résumer** à la confrontation d'une offre et d'une demande sur le marché.

Exemple
L'État produit des services non marchands (gratuits ou quasi-gratuits) qu'il finance par des prélèvements obligatoires.

2 Le fonctionnement et le rôle du marché

Le marché est le lieu (fictif) de confrontation de l'offre et de la demande.

1 Le fonctionnement du marché

Le marché permet d'égaliser offre et demande et fait émerger un **prix d'équilibre.**

• **Sur certains marchés, le prix d'équilibre est spécifique :**
– le **salaire d'équilibre** permet d'égaliser offre et demande sur le **marché du travail** ;
– le **taux d'intérêt d'équilibre** permet d'égaliser offre et demande sur le **marché des capitaux**.

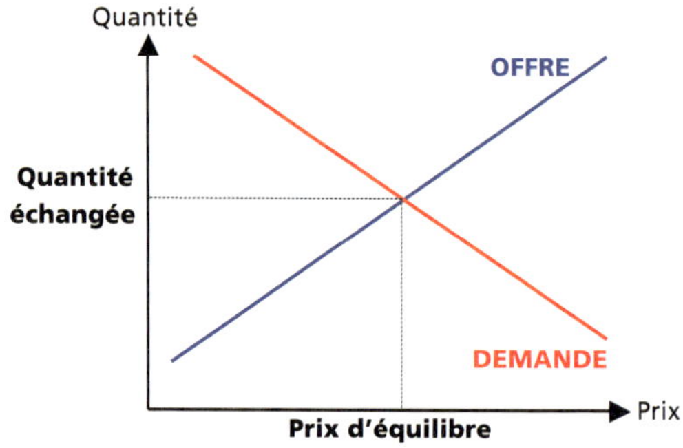

• **Sur le marché des biens et services :**
– seuls les offreurs ayant un coût de revient inférieur au prix de marché sont rentables et peuvent proposer leurs biens ou services. Lorsque le prix s'élève, un plus grand nombre d'offreurs se présente sur le marché ;
– lorsque le prix augmente, certains demandeurs quittent le marché, car leur pouvoir d'achat se réduit ; ils privilégient l'achat d'autres biens pour assurer leur satisfaction ;
– l'équilibre du marché (où les deux droites se croisent sur le schéma) est atteint lorsqu'il y a égalité entre l'offre et la demande. **Ce point de croisement définit le prix d'équilibre** (ou prix de marché)

• **En réalité, l'équilibre se met en place progressivement** par un jeu d'essais et d'erreurs.

> **Exemple**
> Le prix de vente initial proposé par certaines entreprises peut être trop élevé, mais la difficulté à vendre leur production va les conduire à réduire le prix et à se rapprocher de l'équilibre.

2 Le rôle du marché

Rôle d'ajustement	Le marché permet d'équilibrer offre et demande.
Rôle incitatif	Le marché oriente les actions et décisions des agents. **Exemple :** *une hausse de prix peut inciter des entreprises à se lancer sur le marché concerné car elles deviennent rentables.*
Rôle informatif	Le marché et le prix fournissent des informations aux agents sur les tensions entre offre et demande. **Exemple :** *une hausse de prix indique une pénurie d'offre et/ou une forte pression de la demande.*

• **En principe, le marché joue efficacement son rôle de régulateur** de l'activité économique lorsque deux conditions sont respectées :
– la possibilité pour les agents de **fixer librement leurs prix ;**
– le marché doit être concurrentiel : cette émulation pousse les entreprises à réduire leurs prix, à améliorer la qualité de leurs produits et prestations.

3 Les marchés : concurrence, coopération et barrières à l'entrée

« Avant qu'une entreprise puisse affronter la concurrence sur un marché, il faut déjà qu'elle puisse y entrer. » (site de l'OCDE)

1 La concurrence entre les entreprises

• La compétitivité correspond à la capacité d'une entreprise à faire face à la concurrence :

– **la compétitivité-prix** reflète la capacité d'une entreprise à vendre ses produits à un prix similaire, voire plus faible que celui des concurrents ;

– **la compétitivité hors-prix** reflète la capacité d'une entreprise à se démarquer de ses concurrents autrement que par le prix (image de marque, innovation, qualité…).

Définition

Concurrence : rivalité entre agents qui poursuivent un même but (ex. : développer leur part de marché).

• **Pour disposer d'un pouvoir de marché** (disposer de marges de manœuvre quant à la fixation de leurs prix, par exemple), les entreprises cherchent à résister à la pression concurrentielle qui s'exerce sur elles.

Les 5 forces de la concurrence (M. Porter)
- Les entreprises concurrentes du secteur
- Les fournisseurs
- Les clients
- Les entrants potentiels
- Les produits de substitution

Exemples

– Un sous-traitant fait face à un nombre réduit de clients (parfois un seul). Il subit une forte pression de sa clientèle.

– Dans le transport ferroviaire, la fixation des prix se doit de tenir compte des prix pratiqués par les transporteurs aériens ou du coût du transport en voiture (influence des produits de substitution).

2 La coopération entre les entreprises

• Les entreprises nouent parfois des relations de coopération qui peuvent prendre plusieurs formes, parmi lesquelles :

Type de coopération	Exemple
Alliance (entre fournisseurs et clients)	Sous-traitance, contrat de franchise, concession…
Création d'une structure juridique propre	Filiale commune, GIE (Groupement d'intérêt économique)

• De nombreuses raisons peuvent justifier ces relations de coopération : mettre en commun des moyens ou des savoir-faire (mutualiser des efforts de R&D), atteindre une taille critique, pénétrer un marché étranger…

3 Les barrières à l'entrée

A Définition et conséquences

- Les barrières à l'entrée :

– **réduisent l'intensité concurrentielle** qui pèse sur les acteurs du marché ;

– **présentent un risque pour le consommateur que les prix soient plus élevés** que sur un marché pleinement concurrentiel.

Définition

Barrière à l'entrée : toute entrave qui empêche ou freine l'accès au marché à de nouveaux entrants.

- Lorsqu'il y a des barrières à l'entrée, le marché n'est constitué que de quelques offreurs, voire d'une seule entreprise. On parle alors d'**oligopole**, ou de **monopole**.

B Les différentes formes de barrières à l'entrée

- **Les barrières peuvent être d'ordre règlementaire** (nécessité d'avoir un diplôme, monopole institué par l'État), d'ordre **technologique** (accès au marché bloqué par un brevet), etc.

- **Les tensions commerciales,** entre pays peuvent conduire à la mise en place de taxes sur les importations (ou droits de douane) comme ce fut le cas entre les États-Unis et la Chine lors de la présidence Trump. Ces taxes constituent des barrières (tarifaires) à l'entrée du marché.

- **La structure des coûts** du secteur ou des entreprises peut être à l'origine de barrières :

– lorsque les coûts d'entrée sur le marché sont importants ;

Exemple

Des investissements très lourds à consentir pour accéder au marché du transport aérien (achat d'avions).

– lorsque la structure des coûts conduit à des économies d'échelle, c'est-à-dire une diminution du coût unitaire lorsque la production s'élève. Le premier entré sur un tel marché dispose d'un avantage en termes de coût lui permettant d'éliminer toute concurrence (en baissant suffisamment ses prix pour empêcher les concurrents d'être rentables).

Exemple

Une telle structure de coût s'observe sur des activités qui supposent de créer et d'entretenir un réseau (transport ferroviaire, électricité, gaz…). Initialement des monopoles, ces secteurs font l'objet d'une ouverture à la concurrence, mais le nombre d'entreprises sur le marché reste limité.

4 L'asymétrie de l'information

1 Définition et conséquences

• **Il y a asymétrie d'information** lorsque, dans une transaction entre offreur et demandeur, l'un des deux manque d'informations pour prendre une décision parfaitement éclairée.

Exemples
– Le prêteur qui ne connaît pas parfaitement les qualités de gestionnaire de l'emprunteur ou ce qu'il va faire du montant emprunté.
– L'assureur qui ne sait pas si le conducteur couvert va conduire prudemment.
– L'employeur qui ne sait pas si la personne qu'il embauche sera aussi productive dans son travail que son niveau de qualification ne le suggère.
– Le client d'un concessionnaire de voitures d'occasion qui ne connaît pas les points faibles de la voiture qu'il achète.

• **Les asymétries d'information sont une situation de défaillance de marché.** Elles ont pour effet d'entraîner de mauvaises prises de décision, de mauvaises évaluations du risque.

Exemple
– Les banques peuvent être exagérément prudentes en n'octroyant que peu de prêts (au risque d'un rationnement du crédit) par peur d'un défaut de remboursement des débiteurs.
– Les agents peuvent au contraire prendre des risques excessifs : le conducteur, s'estimant couvert par son assurance, peut adopter une conduite dangereuse.

2 S'adapter aux asymétries

• Les agents qui souffrent de l'asymétrie peuvent parfois obtenir l'information qui leur manque : avant d'accorder un prêt, les banques demandent les bulletins de salaires, les avis d'imposition...

• L'insertion de clauses dans le contrat noué par les parties peut être un moyen de s'assurer de sa bonne exécution.

Exemple
– Les banques peuvent se protéger d'un défaut de remboursement avec des clauses dans le contrat de prêt (caution, hypothèque, nantissement).
– Pour s'assurer de l'investissement et de la productivité d'un futur embauché, l'employeur peut fixer des objectifs à atteindre (un objectif de chiffre d'affaires pour un commercial par exemple).

5 Les externalités négatives et positives

1 Définition

Il y a externalité lorsque l'activité d'un agent a des effets induits :
– **défavorables** pour d'autres agents, sans que celui à l'origine de l'externalité ne soit sanctionné → **externalité négative** ;
– **favorables** pour d'autres agents, sans que celui à l'origine de l'externalité n'en soit récompensé → **externalité positive.**

2 Les externalités négatives

Exemple	Production ou consommation causant une dégradation de l'environnement (rejets polluants, épuisement des ressources naturelles…)	
Raison de la défaillance	Les agents ne sont pas incités à être plus vertueux car le marché ne les sanctionne pas → Risque d'une pollution excessive	
Correction de la défaillance	Interdiction ou limitation de ces externalités par des règlementations publiques, l'introduction de normes **Exemple :** *interdiction de la production d'amiante*	• Principe du pollueur-payeur : faire supporter un coût au pollueur pour l'inciter à limiter les atteintes à l'environnement **Exemple :** *fiscalité verte ou écotaxe* • Logique de bonus-malus pour récompenser les agents les plus vertueux **Exemple :** *dans le secteur automobile*

• **La création d'un marché des droits à polluer** a mis en place le **principe du pollueur-payeur** relatif aux émissions de CO_2 à l'échelle mondiale :
– celui qui pollue excessivement doit **racheter des droits à polluer** ;
– celui qui pollue moins que les quotas qui lui sont accordés peut **revendre ses droits à polluer** et ainsi être « récompensé ».

3 Les externalités positives

Exemples	• La R&D : les nouvelles connaissances produites vont pouvoir inspirer d'autres entreprises. • La formation : une main d'œuvre mieux formée par une entreprise entraînera des gains profitables pour d'autres agents.
Raison de la défaillance	Si les agents à l'origine des externalités positives ne sont pas récompensés, cela favorise des comportements opportunistes dits de « **passager clandestin** » : – des entreprises peuvent attendre que d'autres engagent des dépenses en R&D pour les copier ou s'inspirer de leurs innovations ; – des entreprises peuvent débaucher des employés formés ailleurs.
Corrections de la défaillance	• Clauses contractuelles qui protègent l'agent à l'origine de l'externalité. **Exemple :** *clauses de dédit formation* éliminant *le risque de débauchage* • Droit des brevets : protège celui qui innove et constitue ainsi une incitation à la R&D ; • Mécanismes incitatifs de l'État (subventions ou crédits d'impôt) ou en produisant lui-même les activités sources d'externalités positives. **Exemple :** *enseignement et recherche publics*

6 Le rôle des banques et du marché financier

Le système financier regroupe les organismes qui permettent le financement des agents économiques. Les banques en sont un acteur incontournable, mais le marché financier (ou marché des capitaux) est aussi devenu prépondérant en matière de financement.

1 Le rôle du système financier

Le système financier a pour fonction première de **collecter l'épargne des agents à capacité de financement** (ménages, entreprises) afin de **financer les agents à besoin de financement** (ménages, entreprises) pour qu'ils puissent investir, consommer…

2 Finance indirecte et finance directe

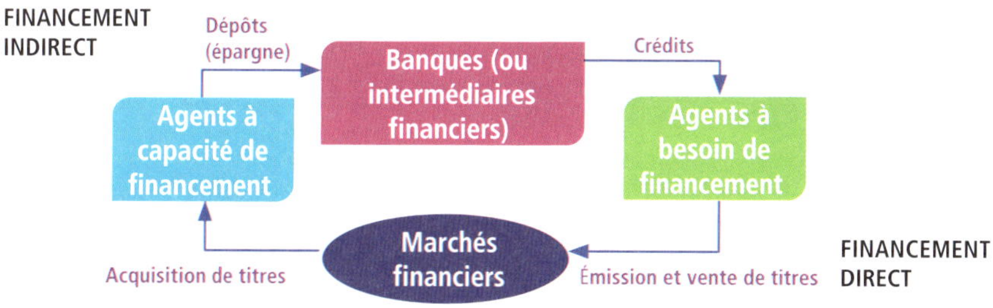

A Le financement indirect

Le **financement indirect** est également appelé **financement intermédié** (banques, intermédiaires financiers). Il reste indispensable pour certains agents qui ont des difficultés à se financer directement sur les marchés financiers (jeunes entreprises, PME).

B Le financement direct

• Il permet la **rencontre directe de l'offre et de la demande de capital sur le marché financier**. Selon les titres ou actifs financiers échangés, on distingue habituellement deux grands marchés :
– **le marché monétaire** utilisé par les entreprises, les États et les banques ; les durées d'emprunt et de prêt sont courtes ;
– **le marché financier** où les agents économiques émettent des actions ou des obligations ; les durées d'emprunt et de prêt sont plus longues.

• Le financement direct est devenu prépondérant au sein des économies développées. Il concerne principalement, pour les entreprises :
– **le marché obligataire** où les entreprises émettent et vendent des obligations en contrepartie d'**un remboursement futur et du paiement d'un intérêt pour le détenteur de l'obligation** (= une sorte d'emprunt morcelé) ;
– **le marché des actions** où les entreprises **augmentent leur capital en vendant des actions**. Les détenteurs d'action disposent alors d'un droit sur les bénéfices (dividendes) et espèrent une plus-value sur l'action.

7 Les principes généraux en matière contractuelle

Le droit défend les principes de l'autonomie de la volonté, du consentement libre, du respect de la parole donnée et de la loyauté entre les personnes.

1 La liberté contractuelle

La liberté contractuelle affirmée par l'article 1102 du Code civil obéit à 3 principes.

Les principes	Les limites légales	Exemples
Liberté de contracter *(s'engager ou ne pas s'engager)*	La loi interdit de conclure certains contrats.	Une société ne peut pas prêter de l'argent à ses dirigeants au risque de réaliser un abus de biens sociaux.
	À l'inverse, certains contrats sont obligatoires	Chaque véhicule doit être assuré.
Libre choix du cocontractant *(choisir avec qui on veut conclure un contrat)*	Le libre choix est pertinent dans les contrats dits *intuitu personae*. Mais le libre choix ne doit pas être une discrimination	Le droit de la consommation interdit le refus de vente à un consommateur sauf motif légitime (rupture de stock...).
Libre détermination du contenu du contrat *(fixer ses propres clauses)*	Le contrat doit respecter l'intérêt général, l'ordre public et les bonnes mœurs.	• La vente de produits illicites (drogue) est interdite. • Les clauses « abusives » créant un déséquilibre significatif entre les parties sont également interdites.

2 La force obligatoire des contrats

L'article 1103 du Code civil consacre le **principe d'irrévocabilité du contrat** : il ne peut être rompu que sous certaines formes ou conditions (par exemple, le respect d'un délai de préavis dans les contrats à durée indéterminée).

3 La bonne foi

• **« Les contrats doivent être négociés, formés et exécutés de bonne foi »** selon l'article 1104 du Code civil.

• **En droit des contrats,** une personne agit de bonne foi lorsqu'elle se comporte de façon loyale vis-à-vis de son partenaire. L'application de ce principe a créé de nombreuses obligations pour les contractants, dont une obligation générale d'information et de conseil, surtout lorsque le contrat est conclu entre un professionnel et un consommateur.

> **Exemple**
> Le droit de la consommation exige que le professionnel fournisse au consommateur toutes les indications relatives au produit vendu et à sa bonne utilisation. Pour un produit alimentaire, le vendeur doit indiquer la date de péremption, le poids net, le prix en euros au kilo, les ingrédients utilisés, les risques d'allergène…

8 La formation du contrat

Lorsque l'offre rencontre une acceptation, le contrat est conclu. En principe, tout formalisme est superflu. Un contrat peut donc être conclu oralement, de manière implicite, c'est le **principe du consensualisme**.

1 L'exception du formalisme dans les contrats

Deux atténuations peuvent être apportées au principe du consensualisme.

- **Le formalisme *ad probationem* :** le contractant a intérêt à se constituer une trace écrite ou électronique afin de disposer d'une preuve en cas de litige.
- **Le formalisme *ad validitatem* :** lorsque le contrat met en jeu des sommes importantes ou une grande responsabilité, la loi impose la rédaction d'un écrit pour le rendre valable.

2 Les conditions de validité de la formation du contrat

A Le consentement ne doit pas être vicié

- **Le consentement des parties** se forme par la **rencontre entre une offre ferme et précise**, éventuellement assortie d'un délai, proposée par une personne appelée l'offrant, et une acceptation. L'acceptant adhère pleinement à l'offre de manière expresse ou tacite. S'il la modifie, il fait une **contre-offre** qui est une invitation à rentrer en pourparlers.
- **La rencontre de l'offre et de l'acceptation fonctionne également avec les personnes morales** *via* leur représentant légal.
- L'article 1130 du Code civil identifie trois vices du consentement :

Erreur	Croyance fausse portant sur un des termes du contrat.	L'erreur porte sur la personne ou sur le bien mais pas sur le prix.
Dol	Fait pour un contractant d'obtenir le consentement de l'autre par des manœuvres ou des mensonges.	La rétention volontaire d'information ou le silence peuvent être considérés comme un dol.
Violence	Lorsqu'une partie s'engage sous une contrainte.	La violence peut être physique ou morale ; elle doit être illégitime pour être sanctionnée.

B Les parties doivent être capables juridiquement

Les parties doivent être des **personnes physiques majeures** ou **mineures émancipées** ou une personne physique représentant légalement une personne morale. Les mineurs et les majeurs **faisant l'objet d'un régime de protection** (tutelle, curatelle, sauvegarde de justice) ne peuvent pas conclure de contrats. Les intérêts des personnes incapables sont protégés par leur représentant légal.

C Le contenu du contrat est licite et certain

Voir p. 232

Le contenu du contrat **doit être déterminé ou déterminable** que ce soit sur le prix ou sur le bien ou la prestation de service à fournir.

Le contrat entaché d'un vice du consentement, d'une partie incapable ou d'un contenu illicite est **nul**. La nullité entraîne l'anéantissement rétroactif du contrat.

9 La négociation des contrats

L'ordonnance du 10 février 2016 réformant le droit des contrats met en avant le rôle de la phase des négociations dans le processus de formation des contrats. Si les négociations n'aboutissent pas, le contrat n'est pas conclu et les intérêts de chacun doivent être préservés. Une période de négociation et des avant-contrats précédent la signature du contrat définitif.

1 Les phases de la négociation

Avant de s'entendre, les entreprises doivent prendre le temps de se rencontrer, d'établir un terrain d'accord, de fixer les conditions de leurs relations. Cela passe par :

Les pourparlers	Échanges informels d'intentions. Ils n'engagent pas contractuellement.
Les précontrats	Ou avant-contrats. Ils fixent les conditions du déroulement du processus de négociation et les modalités de rupture. Ils engagent les signataires.
Le contrat définitif	L'engagement lie les parties. Le contrat fixe les conditions de la relation contractuelle.

2 Les obligations durant la négociation

• **Les parties doivent satisfaire aux règles de la bonne foi** pendant ces différentes phases, ce qui fait naître une obligation générale d'information : les parties doivent s'échanger les informations déterminantes qui ont un lien direct et nécessaire avec le contenu du contrat ou la qualité des parties.

• **Ce devoir d'information est impératif (« d'ordre public ») ;** les parties ne peuvent ni le limiter ni l'exclure.

• Toutefois, le principal élément de négociation reste le prix du bien ou du service. C'est pourquoi la loi prévoit que ce devoir d'information ne porte pas sur l'estimation de la valeur de la prestation.

3 La protection en cas d'échec des négociations

• **En cas de faute commise** dans les négociations ou de non-respect du devoir d'information, **la partie qui s'estime lésée doit apporter la preuve de son préjudice**. À charge pour la partie adverse de prouver qu'elle n'a pas commis de faute ou qu'elle a bien fourni cette information.

COMPORTEMENTS POUVANT ENTRAÎNER UNE SANCTION

- Abus dans la rupture des pourparlers
- Non-respect d'une clause inscrite dans les avant-contrats
- Absence de remise d'une information déterminante par l'une des parties

• **La loi envisage plusieurs sanctions** selon l'importance du comportement constaté :
– **le versement de dommages et intérêts** en fonction de la faute commise ;
– l'**annulation du contrat définitif**, si la faute a généré un vice.

10 Les clauses contractuelles

1 Clause contractuelle et clause abusive

• **Chaque clause contractuelle est rédigée librement** par les parties en fonction de leurs besoins respectifs. Elles ont également pour but d'anticiper d'éventuelles difficultés. Pour chacune, il convient de respecter un équilibre entre les parties.

• **Une clause abusive** a pour effet de créer un déséquilibre significatif. Si elle était identifiée dans un contrat, elle serait réputée non écrite par le juge.

2 Les différentes clauses contractuelles classiques

Clause	Définition	Remarques
Pénale	Les parties s'engagent à verser une somme forfaitaire fixée à l'avance si l'une d'entre elles ne remplit pas ses obligations.	• Le montant peut être modifié par le juge s'il est excessif ou dérisoire. • Une mise en demeure préalable du débiteur est en principe nécessaire. • Elle est interdite dans certains contrats (de consommation, de prêt).
De renégociation	Les parties prévoient la possibilité de redéfinir les termes du contrat : le prix ou les prestations (car avec le temps, l'équilibre économique du contrat peut évoluer).	• Clause fréquente notamment dans les contrats à exécution successive incluant de longs délais d'exécution. • Les clauses dites de révision, de variation de prix ou d'indexation de prix sont très proches.
Résolutoire	Les parties prévoient que le contrat sera résolu de plein droit si survient un événement décrit.	• Elle dispense le créancier de s'adresser à la justice. Il devra adresser à son débiteur une mise en demeure. • Ne s'applique pas si l'inexécution résulte d'un cas de force majeure ou lorsque le créancier la met en œuvre de mauvaise foi.
Limitative de responsabilité	Clause qui aménage la responsabilité des parties. Les clauses les plus usuelles fixent à l'avance le montant maximum de dommages et intérêts en cas d'inexécution, d'exécution défectueuse ou de retard.	• Clause valable sous réserve de respecter l'ordre public et des textes spécifiques. • Elle ne peut pas porter sur les obligations essentielles du contrat **Exemple :** *la SNCF peut décliner sa responsabilité en cas de vol de bagages mais ne peut pas s'exonérer sur le fait que le train doit arriver à l'heure à la destination prévue.*
De réserve de propriété	Elle diffère le transfert de propriété d'un bien jusqu'au paiement complet du prix.	Véritable garantie pour le créancier qui peut venir saisir le bien vendu si le prix n'a pas été intégralement payé.

CEJM

11 Les finalités de l'entreprise

La finalité d'une entreprise définit les buts principaux que celle-ci cherche à atteindre. La finalité a donc un caractère permanent pour l'entreprise.

1 Définition

• **Au-delà des aspects économiques,** la finalité de l'entreprise recouvre aujourd'hui des aspects de plus en plus larges.

• **Le projet d'entreprise** traduit de manière effective la finalité de l'entreprise. Il permet d'exprimer l'**identité de l'entreprise** et de rassembler ses acteurs autour d'un projet fédérateur et mobilisateur décliné en termes d'objectifs concrets (**qualitatifs** et **quantitatifs**).

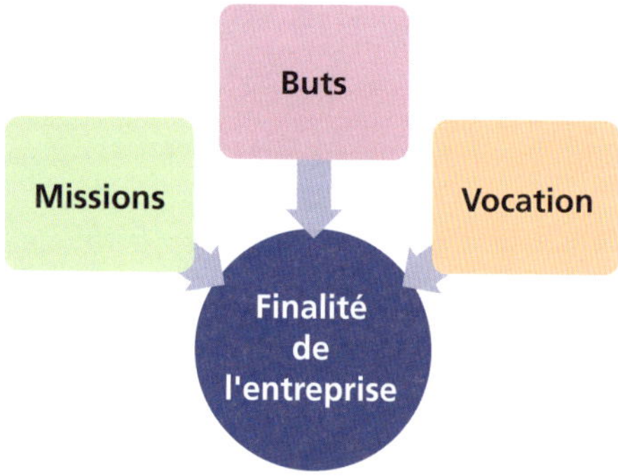

2 La responsabilité sociale de l'entreprise (RSE)

• La **responsabilité sociale de l'entreprise** se rapporte au concept de développement durable appliqué aux entreprises.

• À l'opposé d'une vision purement économique, la RSE incorpore les **aspects sociaux** (finalité sociétale), **environnementaux** (finalité environnementale) de l'action d'une entreprise, ainsi que les préoccupations de ses principales **parties prenantes** (clients, fournisseurs…). Elle illustre l'**impact des actions d'une entreprise** au sein de la société dans laquelle elle s'intègre.

Remarque

L'économie sociale et solidaire rassemble les entreprises qui cherchent à concilier solidarité, performances économiques et utilité sociale. En 2017, ces entreprises représentaient 10 % du PIB et près de 13 % des emplois privés en France.

3 Les facteurs qui agissent sur la finalité de l'entreprise

• L'histoire de l'entreprise, ses traditions, ses statuts et sa culture.
• La personnalité du dirigeant, ses valeurs et aspirations personnelles.
• Les attentes des parties prenantes (salariés, actionnaires, associés…) de l'entreprise.
• L'environnement commercial (fidélisation de la clientèle).
• L'environnement concurrentiel (part de marché et intensité de la concurrence).

Remarque

Peter Drucker propose de mettre en avant la gestion de la clientèle et de l'innovation dans la finalité de l'entreprise, ainsi que de mieux valoriser les ressources humaines de l'entreprise (analyse des conditions de travail, formation des salariés…).

12 Les parties prenantes

Dans une entreprise, le pouvoir de décision ne saurait se limiter à la volonté d'un seul individu. La prise de décision s'opère avec les motivations des différentes parties prenantes impliquées dans l'entreprise.

1 Les principales parties prenantes

Typologies de parties prenantes	Composantes
Internes	Propriétaires, dirigeants et managers, salariés
Externes	Ensemble des groupes liés à l'entreprise (actionnaires, clients, fournisseurs, distributeurs, concurrents, médias…)
Primaires	Liées contractuellement à l'entreprise et qui contribuent à son activité quotidienne : actionnaires, clients, salariés et fournisseurs
Secondaires	Ne contribuent pas directement au fonctionnement de l'entreprise : consommateurs, groupes de pression, concurrents, médias…

2 Les modèles de gouvernance

Modèle actionnarial (*shareholder*)	Modèle partenarial (*stakeholder*)
• Privilégie la relation dirigeant/actionnaire • Objectif de maximisation au profit des actionnaires • Dirigeant soumis au contrôle des actionnaires	• Cherche à prendre en compte et à défendre l'intérêt de l'ensemble des parties prenantes • Management qui prend en compte la notion de responsabilité sociétale

3 Les approches théoriques

• **Cyert et March** analysent l'entreprise comme une organisation constituée de groupes d'individus aux aspirations contradictoires : **approche conflictuelle fondée sur les intérêts divergents des parties prenantes**. Le manager cherche à répondre à des objectifs parfois divergents selon un processus de décision privilégiant le meilleur compromis possible entre les parties prenantes, parfois au détriment du choix de la solution la plus optimale pour l'entreprise.

• **Michel Crozier** insiste sur la nécessité pour le manager de **mettre en place des mécanismes prenant en compte les intérêts individuels divergents** au sein d'une entreprise, pour élaborer une dynamique collective positive et favoriser le bon fonctionnement de l'entreprise.

Exemple
On oppose souvent les attentes des actionnaires (recherche d'un dividende/profit maximum) aux aspirations des salariés (attentes d'augmentations salariales).

13 Logique entrepreneuriale et managériale

L'entrepreneur est l'acteur central de l'action collective engagée par l'entreprise. Sa démarche peut relever d'une logique managériale ou entrepreneuriale qu'il faut définir pour comprendre les motivations qui le guident.

1 Définitions

A Le processus entrepreneurial

Le processus entrepreneurial ne se limite pas à identifier une opportunité, sa mise en œuvre et le respect d'un certain nombre d'étapes sont indispensables pour assurer la réalisation du projet et garantir au mieux sa pérennité.

Remarque

Pour **Schumpeter**, l'entrepreneur est un agent économique dont la fonction est d'exécuter de nouvelles combinaisons productives ; c'est avant tout un innovateur qui a le goût de la prise de risque.

- étape 1 : Idée ou opportunité
- étape 2 : Formalisation du projet
- étape 3 : Étude de faisabilité
- étape 4 : Définition des moyens
- étape 5 : Business plan
- étape 6 : Choix de la structure
- étape 7 : Lancement de l'activité
- étape 8 : Choix stratégiques

▲ Les étapes du processus entrepreneurial

Définitions

- **Efficacité :** capacité à obtenir le résultat souhaité ou attendu, d'atteindre l'objectif qui a été fixé.
- **Efficience :** capacité de parvenir à un maximum de résultats avec un minimum de ressources.

Une action peut être efficace, mais pas efficiente si elle utilise des moyens disproportionnés.

B La logique entrepreneuriale

- La logique entrepreneuriale est une logique d'entreprise qui articule **quatre composantes** entre elles :
  – l'opportunité d'affaires ;
  – l'innovation ;
  – la création d'une organisation ;
  – la création de valeur.

- L'entrepreneur est donc tout à la fois un **innovateur**, un **manager** et un **leader**.

C La logique managériale

• La logique managériale est une logique d'entreprise caractérisée par la **recherche de performance** à travers l'**optimisation des ressources** exploitées pour réaliser les objectifs fixés.

• On la retrouve essentiellement dans les entreprises ou le manager n'est pas le propriétaire de l'entreprise. En tant que salarié, le manager se voit fixer des objectifs par les propriétaires de l'entreprise (les actionnaires).

2 Comparaison des deux logiques

	Entrepreneur	Manager
Gestion des risques	L'entrepreneur investit ses capitaux personnels et assume les risques de l'exploitation.	Le manager n'engage pas ses propres ressources. Il assume une responsabilité vis-à-vis du budget qui lui est accordé et des objectifs qu'il doit atteindre.
Recrutement	L'entrepreneur recrute ses collaborateurs.	Le manager partage le pouvoir décisionnaire ou confie le recrutement à un collaborateur.
Définition et mise en œuvre de la stratégie	L'entrepreneur définit la stratégie et les moyens nécessaires à sa réalisation.	Le manager participe à la définition de la stratégie mais doit surtout s'assurer de sa mise en œuvre et de l'utilisation des ressources qui y sont affectées.
Innovation	L'entrepreneur est un créateur, un innovateur en termes de produit, de procédé, de forme d'organisation du travail…	Le manager cherche à créer de la valeur et donc à intégrer l'innovation pour améliorer l'efficacité de l'entreprise et assurer sa pérennité face à la concurrence.

3 La notion d'intrapreneuriat

• Les logiques entrepreneuriale et managériale étant de plus en plus mêlées dans les entreprises, la notion d'**entrepreneur-manager** (intrapreneur) cherche à faire la synthèse des deux approches.

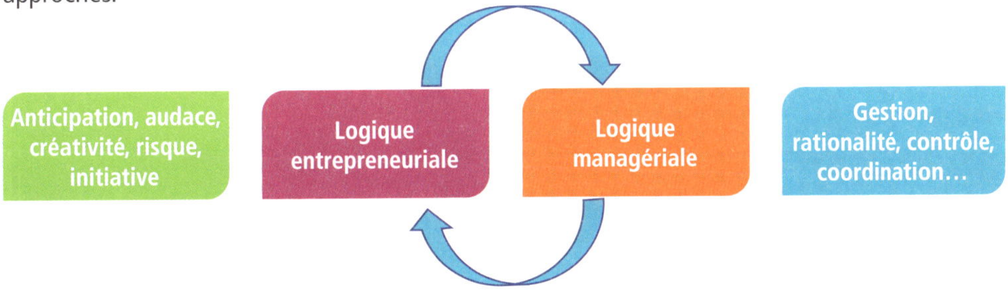

• Cette démarche permet aux entreprises de favoriser la prise de risque et l'innovation des collaborateurs, de dynamiser la gestion des personnels (facteur de motivation) en recherchant à la fois la performance et le développement de l'entreprise.

CEJM

14 Les indicateurs de performance

Une entreprise est reconnue performante lorsqu'elle réalise les résultats et objectifs fixés compte tenu des moyens mis en œuvre pour y parvenir.

1 La mesure de la performance d'une entreprise

• **La notion de performance** implique une dimension interne à l'entreprise (rentabilité, productivité…) ainsi qu'une dimension externe (implication sociétale de l'entreprise, prise en compte des attentes des clients, des fournisseurs, des actionnaires…).

• **La performance,** souvent associée à des **critères quantitatifs** (résultats financiers), se mesure de plus en plus à partir de **critères qualitatifs** (climat social, degré de satisfaction de la clientèle…).

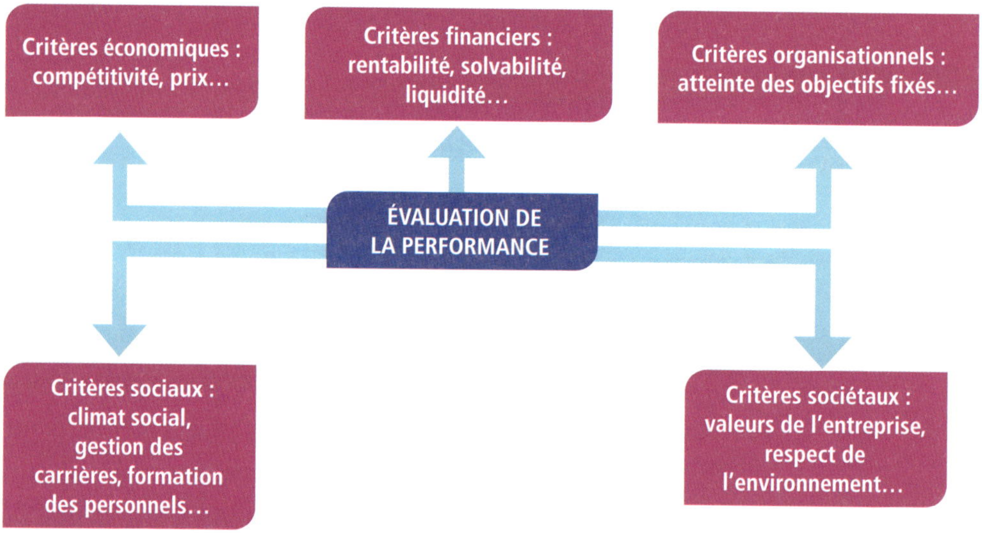

▲ Les différents critères d'évaluation de la performance

• **La mesure de la performance** d'une entreprise doit concilier :

– des éléments **quantitatifs et qualitatifs** : l'atteinte d'un objectif de production doit se faire dans le respect de normes de qualité ;

– des **objectifs à court et à long terme** ;

– la recherche d'une performance globale qui s'appuie sur une **efficacité à chaque étape du processus productif** ;

– la recherche d'une performance collective s'appuyant sur le **développement individuel de chaque membre** de l'entreprise ;

– **favoriser la stabilité** de l'entreprise tout en la rendant apte au changement ;

– **assurer une unité de pilotage** de l'entreprise tout en responsabilisant les acteurs (délégation du pouvoir de décision).

2 Le tableau de bord, un outil au service du manager

• **Le tableau de bord prospectif** permet d'orienter les décisions du manager. Avec cet outil d'évaluation, on passe du management stratégique au management opérationnel en rendant plus lisible la stratégie de l'entreprise. Le tableau de bord permet également d'équilibrer la répartition des critères de performance entre les acteurs.

• **Les principaux critères** utilisés pour concevoir un tableau de bord :

– le chiffre d'affaires ;
– le taux de marge ;
– les délais de paiement client et fournisseur ;
– le nombre de nouveaux clients ;
– le taux d'absentéisme ;
– le *turnover* des salariés ;
– les flux de trésorerie ;
– la rotation des stocks…

Les indicateurs utilisés sont des indicateurs quantitatifs. Ils doivent permettre de mesurer l'efficacité et l'efficience de chaque domaine.

Pour être pertinent, un indicateur doit être adapté, simple, précis, applicable et constant.

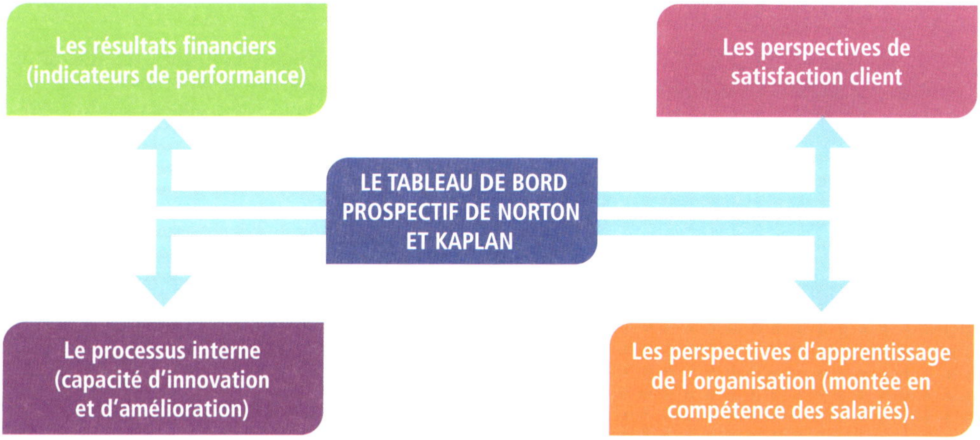

CEJM

15 Le rôle de l'État

Le poids de l'État est très différent d'un pays à l'autre. Néanmoins, quelles que soient les économies de marché, l'État assume **3 grandes fonctions** selon Richard Musgrave : **allocation, redistribution** et **régulation**.

1 La fonction d'allocation

Voir p. 225

• **L'État met en place le cadre juridique et institutionnel** indispensable au bon fonctionnement du marché : **droit de la propriété, des contrats, de la concurrence**…

Exemple
L'absence de droit des contrats pénaliserait sans doute l'activité économique : les travailleurs pourraient craindre de ne pas être rémunérés par l'employeur.

• **Lorsque le marché est défaillant,** l'État met en place les corrections nécessaires (par la fiscalité, par des droits spécifiques tels que les brevets…), voire se substitue au marché et devient lui-même producteur de services non marchands (éducation nationale, défense nationale…).

2 La fonction de redistribution

• L'État intervient pour **corriger une répartition trop inégalitaire** des richesses et des revenus.
• Son action passe par le versement de prestations ou la prise en charge de dépenses (soins médicaux) financées par des prélèvements obligatoires (impôts, taxes, cotisations) :
– **la redistribution peut être verticale :** les prélèvements s'opèrent sur les plus aisés en faveur des plus démunis.
– **la redistribution est horizontale** lorsqu'elle couvre les risques sociaux (maladie, maternité…) indépendamment des revenus.

3 La fonction de régulation (ou stabilisation)

• **La politique de régulation consiste à agir à court terme sur les fluctuations économiques.** Selon Kaldor, la situation économique d'un pays peut être envisagée *via* quatre critères ; la recherche d'équilibre passe par une attention à chacun des critères pour former un « **carré magique** ».

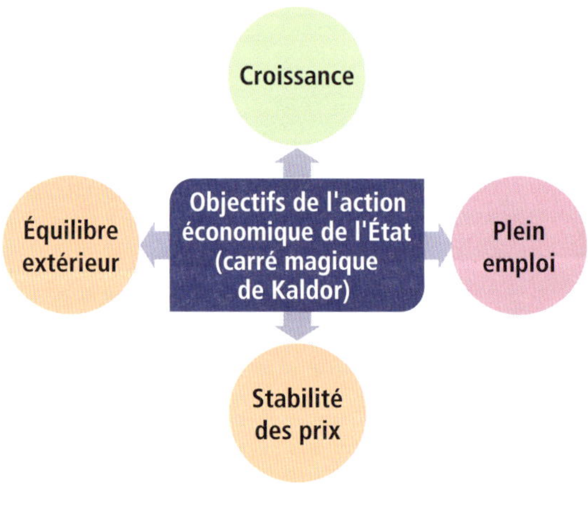

• En matière de politique économique, l'État s'appuie sur deux leviers principaux :
– **la politique budgétaire** : l'État cherche à influer sur l'activité économique *via* ses dépenses et ses mesures fiscales ;
– **la politique monétaire** : l'État (la BCE pour les pays membres de l'UEM) cherche à influer sur l'activité économique *via* ses émissions de monnaie et son action sur les taux d'intérêt.

16 La croissance économique

1 Mesure et portée de la croissance économique

• La croissance économique est mesurée par le **taux de variation du PIB (produit intérieur brut) d'un pays.** Ce dernier peut s'envisager selon 3 perspectives :

Optique production	Le PIB correspond aux richesses produites sur le territoire national. Il est égal à la somme des valeurs ajoutées (VA) produites par les agents. VA = Production – Consommations Intermédiaires
Optique demande	• Le PIB correspond à l'ensemble des éléments constitutifs de la demande globale. PIB = Consommation + Investissement + (Exportations – Importations) • Le PIB reflète les débouchés pour les entreprises : la demande interne (consommation et investissement), la demande externe (exportations). Une partie de ces débouchés est toutefois captée par des entreprises étrangères (importations).
Optique revenu	Le PIB correspond à l'ensemble des revenus versés aux agents économiques résidents. Ainsi le PIB par habitant (PIB / population) est un indicateur de revenu moyen.

• **La croissance est un objectif majeur de politique économique** car elle conditionne l'augmentation du niveau de vie des individus.

• Pour qu'il y ait véritablement croissance économique, il faut que le PIB/habitant s'élève (PIB qui progresse plus rapidement que la population).

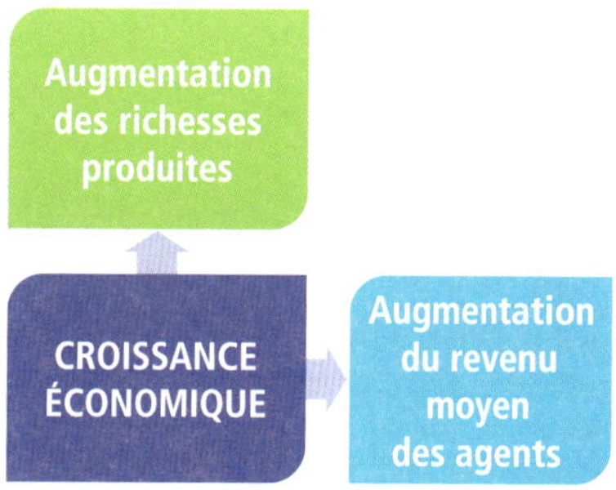

2 Les limites de la croissance

• **La croissance n'est pas toujours synonyme de progrès :**
– le progrès et le bien-être ne peuvent se résumer à des aspects exclusivement monétaires ;
– la croissance peut s'accompagner d'effets indésirables tels que la pollution (externalité négative) ;
– la croissance peut aller de pair avec un creusement des inégalités.

• Les pouvoirs publics s'attachent donc aujourd'hui à des **objectifs plus larges que la simple croissance**. La prise en compte d'un **développement durable** en est un exemple : concilier croissance et répartition équitable des richesses ainsi que préservation de l'environnement.

• **D'autres indicateurs ont été élaborés** afin de « mieux » mesurer la notion de progrès. L'**IDH (indicateur de développement humain)** est un outil de mesure qui ne néglige pas totalement le PIB (prise en compte du revenu national brut par habitant) mais qui intègre également l'espérance de vie et l'accès aux études.

17 L'existence de déséquilibres : inflation, chômage

1 L'inflation et la déflation

A Les effets de l'inflation et de la déflation

• **Une inflation trop forte est nuisible pour l'économie :**
– elle **réduit le pouvoir d'achat** des individus (hausse du coût de la vie) ;
– elle **crée de l'incertitude** sur les recettes et les coûts futurs des entreprises (les coûts d'achat vont-ils progresser plus vite que les prix de vente ?), ce qui peut paralyser l'activité économique.

• **La déflation peut toutefois s'avérer pire qu'une inflation forte** car elle est un symptôme de crise particulièrement grave : la baisse généralisée des prix conduit les entreprises à réduire leurs coûts (notamment salariaux) fragilisant ainsi la demande et les débouchés, ce qui a pour effet d'entretenir la crise (**spirale déflationniste**).

• C'est pourquoi les pouvoirs publics visent une relative **stabilité des prix** (objectif d'une inflation positive de moins de 2 % au sein de l'UEM).

Définitions
• **Inflation :** élévation généralisée et soutenue des prix.
• **Déflation :** baisse généralisée des prix (ou inflation négative).

B Les multiples causes de l'inflation

Inflation par la demande	Une forte demande incite les entreprises à augmenter leurs prix. Une croissance forte peut ainsi s'accompagner d'une dérive inflationniste.
Inflation monétaire	L'inflation est causée par un excès de création monétaire (crédit bancaire notamment).
Inflation par les coûts	La hausse des coûts conduit les entreprises à augmenter leurs prix pour maintenir leurs marges.

2 Le chômage

A Définition

• **Selon le BIT** (Bureau International du Travail), est chômeur toute personne en âge de travailler : sans emploi, disponible dans les 15 jours, à la recherche active d'un emploi.
• **En France,** la mesure habituelle du chômage diffère de celle du BIT et s'appuie sur le **nombre de demandeurs d'emplois en fin de mois** (Pôle emploi).

B Les effets du chômage

Outre la perte de revenu dont souffrent les chômeurs, **le chômage fragilise le potentiel de croissance** d'une économie (facteur travail disponible mais non utilisé) **et les débouchés pour les entreprises**.

C Les multiples causes du chômage

• **Faiblesse de la croissance et de l'activité** des entreprises.
• **Manque de flexibilité du marché du travail** (freine l'embauche des entreprises quand la conjoncture est favorable de peur d'avoir à licencier ultérieurement).
• **Problème de formation** (inadéquation avec les besoins des entreprises)...

18 Les politiques économiques et leurs finalités

1 Les objectifs des politiques économiques

Voir p. 242

• L'économiste Nicolas Kaldor a identifié quatre objectifs principaux pour les politiques économiques : la croissance économique, le plein-emploi, la stabilité des prix, l'équilibre extérieur.
• On parle à ce sujet d'un « carré magique » pour signifier qu'il n'est pas possible de poursuivre simultanément ces 4 objectifs. Ainsi par exemple :

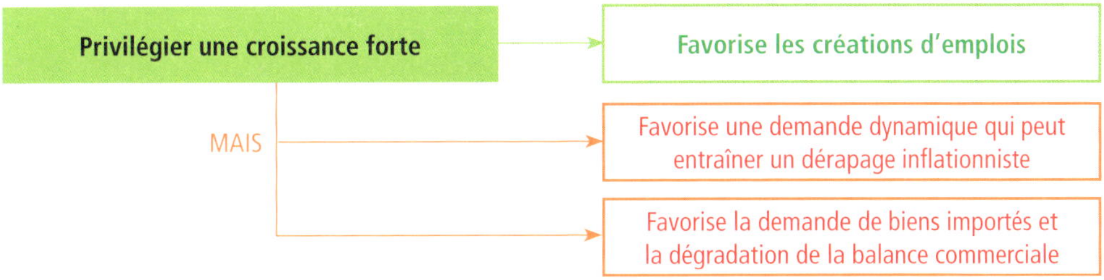

• Les pouvoirs publics doivent donc constamment effectuer des arbitrages et privilégier certains objectifs au détriment d'autres selon le contexte et les déséquilibres observés.

2 Les principaux leviers de la politique économique

A La politique budgétaire

La politique budgétaire (et fiscale) consiste à agir sur les dépenses et recettes publiques.
• **Une politique budgétaire expansionniste** (ou de relance) consiste à **augmenter les dépenses publiques et/ou alléger la fiscalité** :
– elle favorise les revenus des agents (embauche de fonctionnaires, baisses d'impôts) ;
– elle favorise les débouchés des entreprises (consommation, investissement) ;
– elle favorise la croissance.
• **À l'inverse, une politique budgétaire visant à rétablir l'équilibre budgétaire** en réduisant les dépenses et/ou en alourdissant la fiscalité sera qualifiée de **politique de rigueur ou d'austérité**.

B La politique monétaire

La politique monétaire consiste principalement à agir sur les taux d'intérêt et la quantité de monnaie dans l'économie (*via* le crédit bancaire).
• **Une politique monétaire restrictive** (ou de rigueur ou d'austérité) consiste principalement à augmenter les taux d'intérêt :
– elle renchérit le coût du crédit bancaire ;
– elle freine la création monétaire et la demande ;
– elle réduit le risque inflationniste.
• **À l'inverse, une politique monétaire visant à faire baisser les taux d'intérêt** sera qualifiée de **politique expansionniste** (ou de relance).

C Les autres leviers

• La politique économique s'appuie aussi sur ce qui relève de la fonction d'allocation de l'État, notamment son pouvoir règlementaire : définir le niveau du SMIC, des cotisations, faire évoluer le droit du travail, élever le niveau de formation des individus…
• La politique économique de l'État peut également être plus ciblée : **politique industrielle, politique de change, politique commerciale**, etc.

19 Politiques conjoncturelles et politiques structurelles

1 Les politiques conjoncturelles

Les politiques conjoncturelles visent à agir sur la demande globale afin de stabiliser la conjoncture économique. Leurs effets se font en principe ressentir à court terme.

	Politique économique mobilisée	Moyens employés	Objectifs privilégiés
Politiques expansionnistes (ou de relance)	Politique budgétaire	Creusement du déficit budgétaire (↗ dépenses, ↘ impôts) pour stimuler la demande	Croissance et emploi
	Politique monétaire	↘ taux d'intérêt pour stimuler le crédit et la demande	
Politiques de rigueur (ou d'austérité)	Politique budgétaire	Résorption du déficit budgétaire pour freiner la demande	Stabilité des prix et équilibre extérieur
	Politique monétaire	↗ taux d'intérêt pour freiner le crédit et la demande	

2 Les politiques structurelles

Les politiques structurelles sont plus particulièrement centrées sur l'offre. Les actions de l'État visent principalement à mettre en place un contexte favorable à l'activité des entreprises et à favoriser les mécanismes d'un marché concurrentiel ; les effets ne se font donc généralement ressentir qu'à moyen terme voire à long terme.

Exemples
– Politiques de formation (élévation du niveau de formation, promotion de la formation continue…).
– politique de déréglementation du travail (flexibilité horaires, moindres freins aux licenciements…).

3 Limites et difficultés de l'intervention de l'État

- Les politiques conjoncturelles et structurelles peuvent être difficiles à concilier.

Exemple

Politique de baisse des impôts →

Sur le plan conjoncturel
Favorise la demande (consommation, investissement) donc la croissance

MAIS →

Sur le plan structurel
Peut conduire l'État à réaliser des économies nuisibles pour la croissance de long terme (réduction des dépenses de formation, des investissements dans les infrastructures de transport et de communication

Voir p. 242

- L'État fait face à certaines contraintes et difficultés qui réduisent ses marges de manœuvre :

– une légitimité de l'État en matière de régulation économique parfois contestée ;

– des marges de manœuvre réduites sur le plan budgétaire : une fiscalité en France considérée comme lourde, une dette publique élevée ;

– une mondialisation qui créée des interdépendances plus fortes entre les pays.

20 Les limites de l'intervention de l'État dans une économie internationalisée

1 L'ouverture commerciale croissante

• **Le degré d'ouverture des économies** (poids des échanges extérieurs dans le PIB) a fortement progressé depuis la Seconde Guerre mondiale : progrès en matière de transports et de communications, rôle de l'OMC et réduction des barrières à l'échange telles que les droits de douane.

• **Les politiques de relance ont une efficacité moindre :** la stimulation de la demande profite en partie à des produits importés ; elle ne dynamise donc pas l'activité des entreprises locales.

2 La mobilité internationale des capitaux

• La plus grande mobilité des capitaux (mouvements financiers internationaux, délocalisations d'activité) **créée des interdépendances fortes entre les pays** et accentue les problèmes et contraintes suivants :

– **les disparités en matière de coût du travail et de fiscalité** qui affectent la compétitivité et l'attractivité des pays ;

– **la perte d'autonomie** des politiques monétaires et des politiques de change ;

– la nécessaire **prise en compte du problème du financement des dettes souveraines** (émises par un État ou une banque centrale).

3 Les problèmes à appréhender à l'échelle internationale

• Les règlementations et politiques menées à l'échelle nationale ne suffisent plus face à certains phénomènes (évasion fiscale, puissance des multinationales qui tendent à devenir apatrides) et à certains problèmes qui ne peuvent être traités qu'à l'échelle internationale, parmi lesquels :

– **les crises bancaires ou financières d'ampleur mondiale**. La mise en place de règles contraignantes pour les organismes financiers, si elles ne concernent qu'un pays, peut entraîner une fuite des capitaux ;

– **certains problèmes environnementaux** tels que les gaz à effet de serre et le réchauffement climatique.

oir 230

4 Les perspectives

• La mondialisation économique rend donc les économies de plus en plus interdépendantes, ce qui réduit l'autonomie et l'efficacité des politiques économiques nationales.

• Un pays ne peut mener une politique économique propre sans s'interroger au préalable sur son impact en matière de compétitivité, sans envisager de possibles fuites de capitaux qui fragiliseraient le financement de l'activité économique…

Remarque

La réponse à ce problème passe par une coordination plus forte des politiques menées par les États (lors de réunions internationales telles que les G7), voire par l'établissement de règles supranationales.

21 Les principes de la régulation supra-nationale dans le cadre européen

1 UE et contraintes en matière de politique économique nationale

• La France est membre de l'Union européenne depuis sa création (traité de Rome de 1957 instituant la Communauté économique européenne).

• L'intégration européenne s'est renforcée au fil du temps. Aujourd'hui, l'UE est une Union économique et monétaire (UEM) dont les membres ont dû abandonner une partie de leur souveraineté économique.

Le marché unique	• La politique commerciale et douanière est définie par l'UE (suppression des barrières à l'échange au sein de l'UE, adoption d'un tarif extérieur commun). • Certaines politiques sont du ressort, en partie ou en totalité, de l'UE (concurrence, politique agricole commune…).
La monnaie unique	• L'adoption d'une monnaie unique (pour les pays membres de la zone euro) a eu pour principaux effets : – de confier la politique monétaire à la Banque centrale européenne dont la mission est de contenir l'inflation en dessous de 2 % ; – de priver les pays de la zone de toute politique de change propre ; – de soumettre les pays de la zone à une discipline budgétaire.

2 La monnaie unique

• L'adoption d'une monnaie unique a eu pour effet d'imposer aux pays membres de la zone euro une **discipline budgétaire** qui réduit leurs marges de manœuvre en matière de politique économique.

• Le laxisme budgétaire dont peut faire preuve un pays pourrait avoir des **répercussions négatives sur le taux de change de l'euro ou sur les taux d'intérêt** en vigueur et en ferait supporter le coût à l'ensemble des membres de la zone.

• C'est ainsi que les pays qui ont adopté l'euro :

– doivent en principe **contenir leur déficit public en dessous de 3 % du PIB** sous peine de sanction (et la dette publique ne doit en principe pas excéder 60 % du PIB) ;

– doivent **tendre vers un budget structurel équilibré** avec un déficit maximal de 0,5 % du PIB (hors aléas conjoncturels tels qu'une crise qui détériore le solde budgétaire) ;

– ne sont **pas autorisés à racheter la dette publique d'un autre pays** membre.

• Il convient de noter que **l'UE a su faire preuve de pragmatisme** à plusieurs reprises :

– la majorité des pays européens ont cherché à soutenir leurs économies à l'occasion de la crise de 2008 ou lors de la crise de la covid. Ils ont ainsi vu leurs déficits déraper sans pour autant faire l'objet de sanctions ;

– la menace déflationniste du milieu des années 2010 a poussé la BCE à racheter de la dette publique.

22 Le rôle du droit dans la régulation économique

1 Les caractères de la règle de droit

- La règle de droit peut :

Obliger à faire	**Imposer**	Une entreprise cotée en bourse doit publier ses comptes annuels.
Obliger à ne pas faire	**Interdire**	Une entreprise ne doit pas pratiquer une entente avec une autre entreprise.
Ne pas obliger	**Permettre**	L'entrepreneur dispose d'un choix varié de formes juridiques pour démarrer son activité.

- Le législateur et les institutions de l'État au sens large jouent donc un rôle fondamental comme représentants et expression des volontés des citoyens pour régir les rapports sociaux.

- Les juges complètent par leur jurisprudence les insuffisances de la loi ou les vides juridiques à travers les décisions de justice rendues.

2 L'ordre public et le respect des libertés individuelles

- Le droit est donc une source de régulation de la vie des humains en général et des entreprises en particulier dans le monde économique.

- **L'autonomie de la volonté**, **la liberté contractuelle** et **la liberté du commerce et de l'industrie** ne sont garanties qu'à condition qu'elles respectent un intérêt général impérieux appelé **ordre public**. La cohésion de l'ensemble prime sur les prérogatives individuelles.

> **Exemple : article 1102 du Code civil**
> « Chacun est libre de contracter [...] **dans les limites fixées par la loi**.
> **La liberté contractuelle ne permet pas de déroger aux règles qui intéressent l'ordre public**. »

- La notion d'ordre public fait référence à des **règles impératives** auxquelles on ne peut pas déroger, par opposition aux **règles supplétives** où l'individu peut proposer des aménagements selon son bon vouloir.

3 Ordre public de direction et ordre public de protection

Généralement le législateur régule l'activité économique selon :

– **l'ordre public de direction :** l'ensemble des règles qui ont pour vocation de fixer les limites entre ce qui est interdit et ce qui est autorisé ;

> **Exemple**
> L'interdiction de la mise sur le marché des organes humains pour de l'argent.

– **l'ordre public de protection :** l'ensemble des règles impératives qui ont pour vocation de protéger les parties faibles.

> **Exemple**
> Le montant du SMIC protège les salariés face à leur employeur.

CEJM

23 Le droit de la concurrence

La liberté du commerce et de l'industrie a été proclamée en 1791. **Le droit de la concurrence** a pour objectif majeur de protéger le marché, d'une part en favorisant la concurrence, d'autre part en la protégeant. Ainsi, certains comportements sont considérés comme étant anticoncurrentiels, donc interdits, et d'autres sont règlementés.

1 L'interdiction des pratiques anticoncurrentielles

Pratique anticoncurrentielle	Article	Principe
L'entente	• Article L. 420-1 du Code du commerce • Article 101 du Traité sur le fonctionnement de l'UE	Toute forme d'accord entre entreprises qui cherche à limiter l'accès au marché, faire obstacle à la libre fixation des prix, limiter les débouchés ou répartir les marchés est interdit.
L'abus de position dominante	• Article L. 420-2 du Code de commerce • Article 102 du Traité sur le fonctionnement de l'UE	Une entreprise a le droit d'exploiter une position dominante mais pas d'en abuser. **Exemple :** imposer des conditions discriminatoires en menaçant de rompre les relations.

• **À titre exceptionnel,** les ententes et les abus de position dominante sont autorisés lorsqu'un texte règlementaire ou législatif le prévoit explicitement, ou lorsque l'entente peut assurer un progrès économique, la création d'emploi ou le partage équitable du profit qui en résulte, notamment pour le consommateur.

• **Les pratiques anticoncurrentielles sont sanctionnées** par l'autorité de la concurrence en droit français et par la Commission européenne sur le marché européen. Les sanctions sont pénales : des amendes financières et/ou la cessation du comportement illicite.

2 Le contrôle des concentrations

Les entreprises ont naturellement vocation à lutter contre leurs concurrents, à acquérir des parts de marché et à tendre vers une situation de monopole. Le but de la régulation est de contrôler les opérations de concentration afin que le niveau de concurrence soit maintenu.

A Définition des opérations de concentration

Les articles L. 430-1 et suivants du Code de commerce précisent les opérations visées. **La concentration suppose :**

– soit une **opération de fusion** entre entreprises ;
– soit une **prise de contrôle** d'une ou plusieurs entreprises par prise de participation.

B La procédure de contrôle

• L'autorité de la concurrence intervient lorsque l'opération de concentration dépasse certains seuils financiers (chiffre d'affaires du nouvel ensemble, par exemple) définis par une ordonnance du 29 mars 2011.

• La Commission européenne procède au même type de contrôle selon les seuils fixés par le règlement communautaire du 20 janvier 2004.

3 La concurrence déloyale

COMPRENDRE EN VIDÉO — *Voir vidéo : Qualifier des faits juridiques*

A Les conditions de l'action en concurrence déloyale

Une victime de concurrence déloyale **peut agir en justice par une action en concurrence déloyale pour obtenir réparation**. Cette action se fonde sur la responsabilité civile extracontractuelle (articles 1240 et 1241 du Code civil). Pour être efficace, le demandeur doit apporter la preuve de trois conditions :

Définition

Concurrence déloyale : ensemble des procédés concurrentiels contraires à la loi ou aux usages, constitutifs d'une faute intentionnelle ou non et de nature à causer un préjudice aux concurrents.

La faute du professionnel ← **Le lien de causalité entre les deux** → **Le préjudice de la victime**

Direct et certain

4 formes possibles :
– le dénigrement
– l'imitation ou la recherche de confusion
– la désorganisation de l'entreprise
– la désorganisation du marché

5 types de dommage :
– la dépréciation d'un élément attractif de la clientèle (comme une marque)
– la diminution d'un avantage concurrentiel
– le détournement de clientèle
– la gêne dans les initiatives commerciales
– l'atteinte à l'image de marque

B Les sanctions de la concurrence déloyale

• **Le versement de dommages et intérêts** pour indemniser la victime du préjudice subi peut être **financier**, **matériel** ou **moral** (atteinte à l'image de l'entreprise).

• **La cessation du comportement déloyal.**

• **La publication du jugement.**

Remarque

L'action pour actes déloyaux se prescrit en 5 ans à partir du moment où le dommage a été réalisé, ou au moment où le dommage a été constaté par la victime ou lors de la cessation des agissements déloyaux.

4 Le rôle des AAI

• **Sur un marché, le droit est mis en œuvre par des autorités de régulation :** les autorités administratives indépendantes (AAI).

• **L'Autorité de la concurrence est un exemple d'AAI.** Elle peut :
– **sanctionner** les pratiques anticoncurrentielles par des amendes ;
– **autoriser ou interdire** les opérations de concentration des entreprises ;
– **formuler des avis** et des recommandations.

Exemple

Autres exemples d'AAI :
– la Commission nationale de l'informatique et des libertés (CNIL) ;
– l'Autorité de régulation des jeux en ligne (ARJEL) ;
– la Commission de régulation de l'énergie (CRE).

24 Le droit de la propriété industrielle : brevet et marque

Dans un monde concurrentiel, l'État cherche à encourager l'innovation des entreprises et leur différenciation face aux concurrents.
À cette fin, il accorde un monopole d'exploitation temporaire et une protection contre les reproductions sans autorisation aux entreprises qui se démarquent par une innovation ou par un signe distinctif.
Grâce au droit de la propriété industrielle, l'État concilie régulation du jeu de la concurrence économique et incitation au progrès technique.

1 Les brevets

(art. L611-1 et suivants du Code de la propriété intellectuelle)

A Définition

Le brevet est un **titre juridique délivré par un organisme public** (Institut national de la propriété industrielle en France, INPI) qui confère à son titulaire un **monopole temporaire d'exploitation de l'invention** (20 ans). En contrepartie, le titulaire du brevet doit divulguer le contenu de son invention et payer une redevance annuelle à l'INPI.

B Conditions de brevetabilité

• **Pour être brevetable,** une invention doit remplir quatre conditions :
– **avoir un caractère industriel :** être utilisable dans l'industrie ou l'agriculture ;
– **être nouvelle :** produits ou procédés nouveaux, combinaisons nouvelles de procédés déjà connus ; ne pas avoir déjà fait l'objet d'une demande de brevet ; ne pas avoir été divulguée ;
– **impliquer une activité inventive :** il en est ainsi lorsque, pour un homme du métier, l'invention ne découle pas d'une manière évidente de l'état de la technique ;
– **être licite** : ne pas être contraire à l'ordre public et aux bonnes mœurs.

• **Par principe, le propriétaire du brevet est le déposant.** Toutefois, une entreprise est propriétaire du brevet dès lors que l'invention a été mise au jour par un salarié travaillant pour le compte de l'entreprise.

Exemple
Ne sont pas brevetables les procédés de clonage des êtres humains, les obtentions végétales et les races animales.

2 Les marques

(art. L711-1 et suivants du Code de la propriété intellectuelle)

A Définition

• La marque est un **signe susceptible de représentation graphique servant à distinguer les produits ou services d'une personne physique ou morale**. Elle joue un rôle actif dans la pérennité de l'entreprise, permettant notamment d'attirer et de retenir la clientèle.

• Une fois déposée, la marque est protégée pendant 10 ans renouvelables indéfiniment.

B Conditions de protection de la marque

Pour être valablement déposée, la marque doit remplir 4 conditions :

Condition : la marque doit…	Explication	Exemple
être originale et distinctive	Elle ne doit pas être la désignation générique ou usuelle du produit ou la forme imposée par la nature.	La marque « Orange » ne peut pas être utilisée pour désigner le fruit orange, mais elle peut l'être pour la téléphonie.
ne pas être déceptive	Elle ne doit pas tromper le public sur le produit ou le service.	« Évian Fruité » pour un produit qui ne comprend pas d'Évian.
être nouvelle	Elle ne doit pas porter atteinte à des droits antérieurs : une autre marque déjà enregistrée, une marque notoire, même non déposée s'il y a risque de confusion…	« Car2go » a été interdite car son nom était trop proche de la marque « Car'Go » qui propose des services de location de voiture.
être licite	Certains signes sont réservés ou prohibés.	La Croix rouge est réservée à l'aide humanitaire et internationale.

3 La protection de la propriété industrielle

A Les formalités de protection

• **Pour bénéficier de la protection liée au brevet ou à la marque,** les entreprises doivent réaliser un dépôt à l'Institut national de la propriété industrielle (INPI) en France. La protection est également accordée au niveau européen par le dépôt d'un brevet européen ou d'une marque communautaire.

• **Une procédure, dite d'extension,** permet de protéger également le brevet ou la marque dans les pays membres de l'OMC ou signataires de la convention de l'Union de Paris.

B L'action en contrefaçon

• **Le brevet comme la marque représente pour la plupart des entreprises une grande valeur patrimoniale,** c'est pourquoi il est nécessaire de le protéger. **Dès lors que le brevet ou la marque sont déposés, ils confèrent un monopole d'exploitation** que le propriétaire peut utiliser à sa guise comme un **droit de propriété**. Il peut le conserver pour lui, octroyer des licences d'exploitation ou encore le céder.

• **Si quelqu'un porte atteinte à ce monopole d'exploitation** sans avoir eu l'autorisation du propriétaire du titre juridique, ce dernier peut agir en contrefaçon. La contrefaçon est un **délit pénal**.

• **Si la contrefaçon n'est pas une reproduction identique** de l'invention ou de la marque, l'entreprise titulaire du titre peut agir en concurrence déloyale contre l'entreprise malveillante.

Remarque

• 9 Français sur 10 pensent que l'on peut acheter un produit contrefait sans s'en rendre compte.
• En 2021, la douane française a saisi 9,1 millions d'articles contrefaits.

• Selon l'Office de l'Union européenne pour la propriété intellectuelle, 435 000 emplois seraient perdus à cause de la contrefaçon en Europe et 15 milliards d'euros de recettes fiscales en moins pour les États.

CEJM

25 Les caractéristiques de l'environnement

1 Les sources de l'avantage concurrentiel

• Une entreprise s'intéresse en premier lieu aux **forces et faiblesses** dont elle dispose vis-à-vis de ses principaux concurrents sur le marché.
• Pour définir ses sources d'avantage concurrentiel, une entreprise doit mener un **diagnostic global de son environnement**.
• Selon Michael Porter, les **5 forces de la concurrence** sont :
– **l'existence de produits de substitution** qui exerce une pression indirecte sur le marché de l'entreprise ;
– **le pouvoir de négociation des fournisseurs** qui mesure le degré de dépendance d'une entreprise par rapport à ses fournisseurs ;
– **le pouvoir de négociation des clients** qui mesure les conditions d'achat qui peuvent être négociées par les clients ;
– **l'intensité de la concurrence sur le marché** (taille et nombre des entreprises concurrentes) ;
– **le rôle ou l'influence de l'État** qui freine l'insertion de nouveaux concurrents potentiels.

Définition

Avantage concurrentiel : offres proposées par une entreprise qui la différencie de ses concurrents et lui procure un avantage sur eux ; c'est un facteur clé de succès, un atout stratégique.

Exemple

Pour relancer les ventes de l'ex-Cserie de Bombardier rebaptisé A220, Airbus veut renégocier les contrats de sous-traitants et réduire les coûts de 20 %, en échange d'une hausse des volumes afin de rester compétitif vis-à-vis de son concurrent Boeing.

2 Le modèle Pestel

• **Le modèle PESTEL** propose une **analyse plus globale de l'environnement** que celle de Porter.
• **Le diagnostic stratégique** fait donc apparaître les forces et faiblesses de chaque entreprise vis-à-vis des différentes composantes de son environnement et lui permet ainsi d'adapter sa stratégie pour réagir.

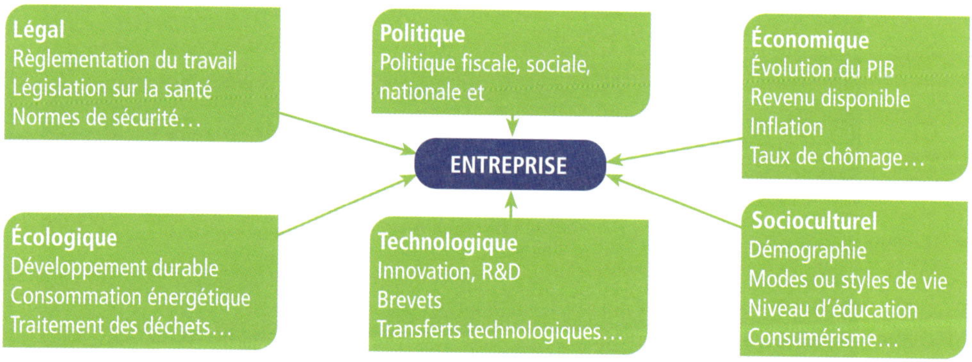

Exemple

Les confiseurs ont signé en juin 2018 une charte de déontologie et d'engagement pour rendre les bonbons plus transparents. Fini donc l'ajout du colorant E171, cancérogène, et place à un étiquetage plus clair pour les consommateurs. Par ailleurs, les fabricants de sucreries prévoient d'innover en créant des produits allégés en sucre, voire sans sucre.

26 Le rôle de l'innovation

L'innovation regroupe l'ensemble des démarches scientifiques, technologiques, organisationnelles, financières et commerciales qui aboutissent à la réalisation de produits, procédés ou processus nouveaux ou améliorés.

1 L'innovation

L'innovation distingue notamment :
– **la création de produits nouveaux** qui répondent mieux aux besoins des consommateurs ;
– **la satisfaction d'un besoin nouveau** ;
– **l'amélioration de la qualité** d'un produit ;
– **la conquête de nouveaux débouchés** ;
– **la mise au point d'une nouvelle méthode de production**.

Exemples
La PME Le Slip français réinvente la fabrication textile en France et se lance sur le Web puis en magasin ; les grands constructeurs automobiles se lancent dans la production de véhicules électriques pour remplacer les véhicules diesel et à essence ; Dyson abandonne l'aspirateur avec fil suite à ses innovations technologiques…

2 Le patrimoine technologique

• **Le patrimoine technologique** regroupe l'ensemble des technologies possédées par une entreprise, qu'elles soient émergentes (technique en phase de développement), **clés** (déterminantes dans l'avantage concurrentiel de l'entreprise) ou **de base** (nécessaires mais non discriminantes par rapport à la concurrence).
• **La connaissance du patrimoine technologique** de l'entreprise est un élément déterminant de la politique d'innovation qui pourra être décidée par le manager.

3 Le développement du patrimoine technologique

Pour accroître son patrimoine technologique, l'entreprise dispose de nombreux outils :
• **la recherche et le développement :** l'ensemble des travaux de création entrepris de façon systématique en vue d'accroître la somme des connaissances et son utilisation pour de nouvelles applications ;
• **la veille technologique :** l'ensemble des techniques licites qui organisent de façon systématique la collecte d'informations technologiques, l'analyse, la diffusion et l'exploitation de ces informations utiles à la croissance et au développement de l'entreprise ;
• **la démarche qualité :** mode de management qui consiste à rechercher l'amélioration continue et progressive des pratiques existantes.

Remarque
• Les dépenses de recherche et développement représentent un peu plus de 2 % du PIB en France ; en 2017, les entreprises françaises ont déposé 16 250 brevets à l'INPI, 90 500 marques et 6 000 dessins et modèles.
• Prépondérance des secteurs industriels parmi les principales entreprises innovantes : Valeo, PSA, Safran, Renault, Airbus, Michelin, L'Oréal, Thales.

27 Les facteurs de production

Afin d'assurer la production de biens ou de services, **l'entreprise s'appuie sur des facteurs de production** qui correspondent aux moyens humains, matériels et immatériels qu'elle utilise.

1 Le choix d'un mode de production

Voir p. 226

La majorité des entreprises opère dans un but lucratif : elles cherchent à adopter un **mode de production** tel que la valeur de la production excède les coûts engendrés par l'utilisation de facteurs.

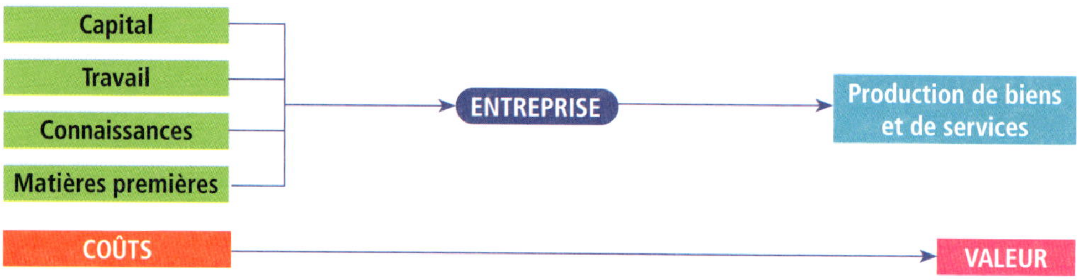

2 Les principaux facteurs de production

Les entreprises combinent plusieurs facteurs de production pour fabriquer des biens ou proposer des services.

• **Le facteur capital** peut être envisagé de deux façons :
– **les moyens financiers nécessaires au développement de l'activité.** Sur le plan comptable, le capital s'apparente à un **passif**, par exemple, le capital social ;
– **les moyens matériels (et immatériels) permettant la production.** Sur le plan comptable, le capital s'apparente à des **immobilisations** (actif), par exemple, les équipements et les machines.

• **Le facteur travail** regroupe **l'ensemble des moyens humains nécessaires à la production**, qu'ils soient permanents (CDI) ou temporaires (CDD, intérim).

• **Les connaissances** prennent une part de plus en plus importante dans le processus de production, car elles sont **source de différenciation, d'innovation et de progrès technique**. Elles résultent par exemple d'activités de R&D, de la formation des salariés.
Elles s'apparentent à un **capital immatériel** lorsqu'elles prennent la forme de **brevets**, de **logiciels**. Sur le plan comptable, on parle d'**immobilisations incorporelles**.

• **Les matières premières.** Contrairement au capital, elles sont détruites lors du processus de production et généralement incorporées aux biens et aux services réalisés.

28 Les gains de productivité et coûts de production

La productivité est une mesure de la contribution d'un ou plusieurs facteurs à la production : **production ÷ quantité de facteurs.**

1 Productivité et gains de productivité

- Les gains de productivité correspondent à un **accroissement de la productivité** :
– l'entreprise produit autant avec moins de facteurs ;
– l'entreprise produit plus en volume ou créée plus de valeur avec une même quantité de facteurs.
- Les gains de productivité sont le **fruit du progrès technique** qui peut provenir :
– d'une élévation des qualifications des travailleurs ;
– d'investissement dans des équipements plus performants ;
– d'une meilleure organisation de la production.

Exemple
Production ÷ temps de travail = productivité horaire.

2 Coûts de production

Facteurs de production	Éléments de coût
Capital (financier)	• Le coût du capital est surtout reflété par le taux d'intérêt. • Le taux d'intérêt représente le coût d'un financement lorsqu'il s'agit d'emprunt.
Travail	• Tensions sur le marché du travail (faible/forte demande pour un métier, pénurie de main d'œuvre…) • Aspects fiscaux et sociaux (cotisations) • Formations à mettre en place pour les nouveaux embauchés…
Connaissances	• Coûts des activités de R&D, coût de formation des salariés • Achats ou licences d'exploitation de brevets…
Matières premières	• Cours des matières premières • Éventuels coûts induits (externalités négatives → paiement d'écotaxes)

3 Choix d'une combinaison productive

- La part des différents facteurs utilisés dans le processus de production est le **fruit d'un arbitrage entre le coût des facteurs et leur productivité**. Ainsi, une entreprise peut choisir d'automatiser plus fortement sa production (renforcer la part du capital au détriment du facteur travail) lorsque plusieurs phénomènes le favorisent, par exemple :

Les taux d'intérêt baissent → **baisse du coût du capital**

L'automatisation améliore la qualité de la production et créée de la valeur aux yeux des consommateurs → **gain de productivité (capital)**

Les taux de cotisation augmentent → **hausse du coût du travail**

→ **Choix d'une nouvelle combinaison productive :** plus de facteur capital, moins de facteur travail (ou substitution du capital au travail)

- Au-delà des seules considérations économiques, **la combinaison productive choisie par l'entreprise peut tenir compte d'objectifs de développement durable**, par exemple : privilégier des produits ou procédés plus économes en matières premières, envisager un possible recyclage en fin de vie du produit…

29 La chaîne de valeur

1 Présentation de la chaîne de valeur

• **La chaîne de valeur de Porter** a pour objectifs de **recenser les activités de l'entreprise** et de **mesurer en quoi elles sont créatrices de valeur pour les clients** (et donc de marge pour l'entreprise).

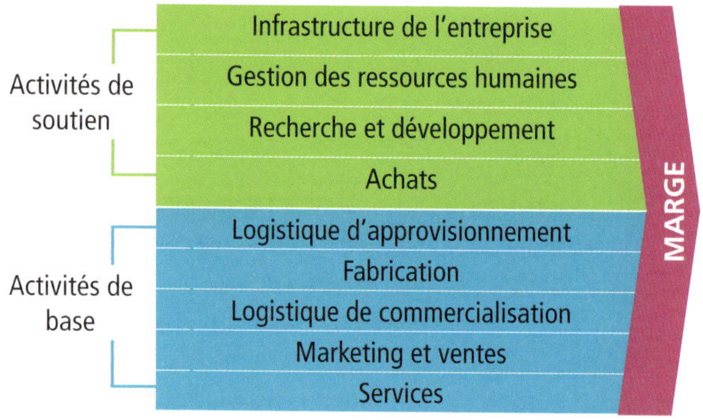

▲ La chaîne de valeur de Porter

• **Porter distingue :**
– **les activités de base** (fabrication, vente…) qui participent directement à la création et à la vente du produit de l'entreprise ;
– **et les activités de soutien ou de support** (gestion de l'infrastructure de l'entreprise, R&D, GRH…) qui rendent possibles les activités de base et en assurent la coordination, le bon fonctionnement.

• **La valeur que l'entreprise parvient à générer provient des activités elles-mêmes,** mais elle peut être le fruit de complémentarité entre activités.

Exemple
L'un des atouts d'Amazon est d'avoir su mettre à profit son activité de R&D (activité de soutien) pour robotiser et améliorer son activité de logistique en matière de gestion des stocks (activité de base).

2 Les enseignements à tirer de la chaîne de valeur

Activités fortement créatrices de valeur	• Les **développer pour construire un avantage concurrentiel** • Doivent rester dans le **cœur de métier de l'entreprise** • Logique d'optimisation pour l'entreprise : **maximiser création de valeur / coût** (ne pas chercher à faire des économies qui feraient diminuer plus fortement encore la valeur créée)
Activités faiblement créatrices de valeur	• Activités avant tout **génératrices de coûts** • Logique d'optimisation : **minimiser les coûts** • Peuvent faire l'objet d'une **externalisation**

Exemple
La société Nike a su bâtir son expansion en s'appuyant sur son image de marque :
– les **dépenses marketing et publicitaires** (en faisant appel à des sportifs reconnus) et la **conception des nouveaux modèles** valorisent cette image de marque et sont ainsi fortement créatrices de valeur ; elles restent le **cœur de métier** de la société ;
– en réalité, la fabrication des produits **crée peu de valeur**. Nike fait appel à des **sous-traitants**.

30 Les principes et finalités de l'impartition

La stratégie d'impartition consiste à faire réaliser ou produire des biens et services par d'autres entreprises.

1 Les techniques d'impartition

L'impartition **va de pair avec la domination ou le contrôle d'une entreprise sur une autre**. Les principales techniques d'impartition sont :

La concession	• Modalité très présente dans la distribution automobile. • Une entreprise (le concédant) s'engage à approvisionner en produits de sa marque une autre entreprise (le concessionnaire). • Le concessionnaire doit respecter des contraintes (éventuels quotas, politique commerciale de vente du concédant…).
La franchise	• Modalité présente dans divers secteurs, notamment la restauration rapide (Subway, McDonald's), l'entretien automobile (Feu vert, Point S)... • Une entreprise (le franchiseur) met à la disposition d'une autre entreprise (le franchisé) sa gamme de produits ou de services et une assistance commerciale ou technique. Le franchisé s'acquitte du paiement d'une redevance. • Permet une croissance rapide, sans moyens importants pour le franchiseur (il achète lui-même son point de vente).
La sous-traitance	Une entreprise (donneuse d'ordre) confie à une autre entreprise (le sous-traitant) des travaux à exécuter.

2 Les finalités de l'impartition

• Le recours à l'impartition est envisageable :
– **lorsqu'il y a un gain à recourir à une autre entreprise** car elle propose des prestations moins coûteuses et/ou de meilleure qualité qu'une prestation réalisée soi-même ;
– **les coûts de transaction** (liés à la coopération à mettre en place avec l'entreprise partenaire) **ne l'emportent pas sur les gains attendus**. L'entreprise peut ainsi se concentrer sur les activités créatrices de valeur.

Remarque

La question du recours à l'impartition est une réponse à la question : Faire ou faire faire ?

• **Mais l'impartition ne doit pas concerner les activités fortement créatrices de valeur,** source d'avantage concurrentiel.

• **L'impartition entraîne un risque de perte de savoir-faire et de compétences** qui peut causer une dépendance du donneur d'ordre envers le sous-traitant ; l'activité sous-traitée devient alors essentielle en termes de création de valeur pour le produit ou service d'ensemble.

31 Le choix de la structure juridique pour l'entreprise

L'entreprise rassemble des moyens humains, matériels et financiers afin de fonctionner. Le choix de la structure juridique de l'entreprise dépend logiquement des moyens dont elle veut se doter. Plusieurs formes juridiques existent.

1 Les facteurs de choix d'une structure juridique

La structure juridique est le cadre légal de l'activité de l'entrepreneur. Choisir une structure juridique s'effectue à partir de différents critères qui peuvent être invoqués à la création de l'entreprise et au cours de son évolution.

A Entreprendre seul ou à plusieurs

- Le premier choix à effectuer pour créer son entreprise est de se demander si l'on souhaite lancer son activité seul ou à plusieurs. Le choix s'effectue selon quelques critères décisifs :

Critère clé	Entrepreneur individuel	Société commerciale
Nombre d'entrepreneurs	Une personne physique	Plusieurs personnes physiques ou morales appelées associés
Autonomie	Le chef d'entreprise décide seul. Il a tous les pouvoirs.	Les décisions sont prises au moins à la majorité des associés.
Formalisme	En quelques minutes une personne physique peut créer sa microentreprise.	L'existence de la personne morale suppose la signature des statuts et l'immatriculation de la société au RCS.
Le régime fiscal applicable aux bénéfices de l'activité	Impôt sur le revenu dans la rubrique « bénéfices industriels et commerciaux » (BIC)	Impôt sur les sociétés des bénéfices réalisés
La transmission de l'entreprise	Le chef d'entreprise doit transmettre l'ensemble des biens constituant son activité.	Les associés doivent simplement transmettre leurs parts sociales. Le transfert est facilité.

- Le choix de la forme juridique peut de nouveau se poser au cours de la vie de l'entreprise.

Exemple
Pour augmenter sa capacité financière, il est fréquent qu'une entreprise individuelle adopte la forme d'une société commerciale telle qu'une société à responsabilité limitée (SARL) ou une société par actions simplifiée (SAS).

B Protéger son patrimoine

Critère clé	Entrepreneur individuel	Société commerciale
Capacité financière de développement	Selon le patrimoine de l'entrepreneur	Possibilité de faire appel à des capitaux extérieurs et de créer des alliances avec d'autres structures
Étendue de la responsabilité	En principe, à l'ensemble du patrimoine de l'entrepreneur	Au montant des apports des associés, dans les SARL

• En matière d'entreprise individuelle, le législateur a unifié le dispositif juridique destiné à protéger le patrimoine de l'entrepreneur contre les risques de saisie par les créanciers. Ainsi, la loi du 14 février 2022 crée un statut unique protecteur pour les entrepreneurs individuels. Par exemple, le patrimoine personnel de l'entrepreneur individuel devient par défaut insaisissable par les créanciers professionnels alors qu'avant seule la résidence principale était protégée. Ce régime a vocation à faire disparaître le régime de l'E.I.R.L qui datait de 2011.

C Choisir son régime matrimonial

• Le régime matrimonial de l'entrepreneur marié ou pacsé peut avoir un impact sur les biens saisissables en cas de déconfiture de l'activité. Trois régimes coexistent :

Régime	Principe	Conséquence
La communauté légale	• **Régime par défaut du Code civil :** les biens acquis à titre onéreux pendant le mariage sont communs aux deux époux. • Seuls les biens acquis avant le mariage demeurent propres à chaque époux.	• L'époux non commerçant est engagé par l'activité commerciale de l'époux commerçant. • Tous les deux répondent des dettes professionnelles nées après le mariage.
La communauté universelle	**Régime conventionnel issu d'un contrat de mariage** : l'ensemble des biens, même ceux acquis avant le mariage, appartient à l'un et à l'autre des époux.	• Intéressant en cas de décès d'un des époux. Le conjoint survivant récupère tous les biens. • Régime incompatible avec les risques de la vie des affaires : aucun bien ne peut échapper aux poursuites des créanciers !
La séparation des biens	**Régime conventionnel issu d'un contrat de mariage** : ce qui est acquis par un conjoint, avant ou après le mariage, lui appartient exclusivement.	Si l'un des époux est commerçant, l'autre ne peut pas voir ses biens engloutis dans la déconfiture de l'exploitation.

• Lorsqu'un conjoint se lance dans une entreprise individuelle, **le régime matrimonial recommandé est la séparation des biens**. Le choix est plus libre si l'entreprise créée est une société.

CEJM

2 L'entreprise individuelle et les structures sociétaires

Le choix de l'une ou l'autre forme juridique confère des régimes fiscaux et sociaux différents que le créateur d'entreprise doit prendre en compte.

Critère clé	Entrepreneur individuel	Société commerciale
Le régime fiscal applicable aux bénéfices de l'activité	Impôt sur le revenu dans la rubrique « bénéfices industriels et commerciaux » (BIC)	• EURL : impôt sur le revenu ou impôt sur les sociétés sur option • SA, SAS, SARL : impôt sur les bénéfices mais possibilité d'impôt sur les revenus sous conditions
Le statut social de l'entrepreneur	Travailleur non-salarié ou assimilé salarié	• Associés d'EURL : travailleurs non-salariés • Associés de SA, SAS, SARL : régime des salariés

32 Les formes juridiques de l'économie sociale et solidaire (ESS)

L'économie sociale et solidaire (ESS) est une **déclinaison du concept de développement durable**. Elle cherche à concilier trois piliers : la performance économique, le respect des humains en appliquant des valeurs d'équité et d'utilité sociale, et le respect de l'environnement.

1 Principes communs aux formes juridiques de l'ESS

• **L'ESS représente plus de 10 % du PIB en France et environ 12 % des emplois.** Les domaines d'activité sont multiples : santé, éducation, logement, insertion sociale, environnement, banque…
• **Les entreprises de l'ESS se définissent par des modes de gestion et de décision démocratiques et participatifs.** L'utilisation des résultats financiers est strictement encadrée : **leur finalité est de réinvestir des bénéfices dans l'activité, pas de distribuer des profits.**
• **Les formes juridiques de l'ESS** bénéficient d'un cadre renforcé par la loi du 31 juillet 2014 relative à l'économie sociale et solidaire : des sociétés commerciales peuvent être labellisées ESS, ce qui leur permet de bénéficier d'une fiscalité avantageuse et de dispositifs de financement spécifiques.

2 Règles spécifiques aux formes juridiques de l'ESS

Les coopératives

– Sociétés de personnes et non de capitaux : 1 adhérent = 1 voix
– Groupement ayant la capacité civile
– Création soumise à déclaration
– Principe de l'autogestion
– But non lucratif
– Obligations strictes de prudence financière pour garantir les intérêts des adhérents
– Dirigeants bénévoles élus au sein de leurs rangs

Les mutuelles

Différentes selon la qualité de leurs membres : les coopératives agricoles ont pour membres des agriculteurs ; celles de consommateurs ont pour membres des consommateurs.

↓

Les sociétés coopératives (SCOP) de forme SA, SARL ou SAS sont composées majoritairement de salariés qui détiennent au moins 51 % du capital et 65 % des droits de vote.

• **Les sociétés coopératives d'intérêt collectif** (SCIC) sont des SCOP dans les domaines de l'énergie, l'environnement, la culture, la santé. Toutefois, les membres associés au capital peuvent avoir des qualités très variées : salariés mais aussi clients, bénévoles, collectivités territoriales, partenaires privés… **L'essentiel est de s'impliquer dans le projet.**
• **Au sein de la SCOP :**

Nomination du dirigeant	Élu par les salariés associés.
Partage du profit : respect du principe d'équité	• Une part pour tous les salariés, sous forme de participation et d'intéressement ; • Une part pour les salariés associés sous forme de dividendes ; • Une part pour les réserves de l'entreprise.
Réserves	Non partageables et définitives, elles contribuent à la pérennité de l'entreprise.

33 La responsabilité de l'entreprise face aux risques juridiques

Dans un environnement concurrentiel et incertain, l'entreprise peut être amenée à affronter divers risques qui peuvent engager sa responsabilité juridique civile ou pénale lorsque plusieurs conditions sont remplies.

1 Les risques

- En termes de droit, **le risque est un événement dommageable dont la survenance est incertaine quant à sa réalisation**. L'entreprise est confrontée à de nombreux risques.

Type de risque	Illustration
Environnemental	Lorsqu'une entreprise porte atteinte à l'environnement, elle peut être amenée à réparer le préjudice écologique qu'elle a commis (Article 1246 du Code civil).
Technologique	Lorsqu'une machine tombe en panne ou qu'un brevet a été copié, l'entreprise peut réduire sa production et voir son chiffre d'affaires diminuer rapidement.
Numérique	L'entreprise peut faire l'objet d'une attaque par un virus informatique.
Politique	Les sanctions économiques prises par l'Union européenne contre la Russie peuvent avoir un impact sur l'activité des entreprises. *Ex. : L'embargo contre la Russie augmente le prix des matières premières telles que le gaz ou le blé.*
Économique	Un client fragile ne paie pas ses factures dans les délais.

- Lorsque le risque est subi, l'entreprise peut (mais pas toujours) agir en justice pour demander réparation au partenaire fautif. Lorsque l'entreprise est elle-même à l'origine du risque, consciemment ou non, elle engage sa responsabilité juridique.

2 La responsabilité civile et la responsabilité pénale

- Le droit distingue deux formes de responsabilité. Leurs caractéristiques diffèrent :

Type de responsabilité	Pénale	Civile
Manifestation	Atteinte à l'intérêt général	Atteinte à un intérêt privé
Fondement	Réalisation intentionnelle d'une infraction (contravention, délit ou crime)	Faute volontaire ou non Risque encouru
Type de sanction	Amende et/ou peine d'emprisonnement	Dommages et intérêts
Objectif de la sanction	Réparer le dommage causé à la société	Réparer le dommage causé à la victime

Pour qu'une infraction soit constituée, trois composantes doivent être réunies :
– **un élément légal :** un texte prévoit de sanctionner l'infraction. Il n'y a pas d'infraction sans texte.
– **un élément matériel :** l'infraction est exécutée et consommée par des actions précises ou parfois par une abstention ;
– **un élément intentionnel :** le délinquant doit avoir agi en connaissance de cause. La mauvaise foi doit être prouvée.

Remarque

En matière pénale, ce qui n'est pas interdit n'est pas une infraction.

Exemple

Le commissaire aux comptes commet un délit s'il ne dénonce pas une faute constatée dans la tenue des comptes de l'entreprise qu'il certifie.

CEJM

34 L'inexécution du contrat et la responsabilité civile contractuelle

Le contrat génère une stabilité dans le temps dont l'entreprise peut jouir. Mais si les contrats sécurisent effectivement les relations, ils peuvent être également source d'inexécution et donc de risque. Or l'article 1103 du Code civil rappelle bien que tout « contrat légalement formé tient lieu de loi à ceux qui les ont faits. » **L'inexécution du contrat entraîne donc la responsabilité contractuelle du débiteur défaillant.**

1 La responsabilité civile contractuelle

Les 3 conditions de la mise en jeu de la responsabilité civile contractuelle sont :

A La faute

Elle consiste en l'inexécution de ses obligations par l'une des parties et peut prendre trois formes :
– **l'inexécution totale,** comme le fait pour un vendeur de ne pas livrer le bien ;
– **l'inexécution partielle,** comme le fait pour un transporteur de ne livrer qu'une partie du colis confié (une inexécution défectueuse est considérée comme une inexécution partielle) ;
– **le retard dans l'exécution,** dans le cas de l'emprunteur qui ne respecte pas les dates d'échéance.

B Le dommage

Le créancier victime de la faute du débiteur peut exiger réparation dès lors qu'une des obligations au contrat n'a pas été remplie. Le dommage peut être patrimonial ou extrapatrimonial.

Dommage patrimonial
→ Matériel : dégradation ou perte d'un bien
→ Financier : manque à gagner, perte d'une chance ou conséquences économiques d'un dommage corporel

Dommage extrapatrimonial
→ Moral ou psychologique : « le prix des larmes »
→ Corporel ou physique

C Le lien de causalité

Ce lien entre la faute et le dommage doit être **direct et certain**. Seul le dommage prévisible donne lieu à réparation car chacun doit pouvoir calculer les risques qu'il prend en contractant.

Exemple
En cas de perte de l'objet confié, un transporteur ne remboursera que la valeur dont il a pu avoir connaissance.

2 Les 5 sanctions de l'inexécution contractuelle

Selon l'article 1217 du Code civil, des sanctions sont envisageables :

Sanction	Explication
L'exception d'inexécution	Dans un contrat synallagmatique, une partie peut refuser d'exécuter son obligation si l'autre n'exécute pas la sienne.

L'exécution forcée en nature	Lorsque l'obligation inexécutée est une obligation de payer une somme d'argent, l'exécution forcée s'effectue en nature : les biens du débiteur sont saisis et vendus. Le créancier est payé sur le prix de la vente.
La réduction du prix	Le créancier peut accepter une exécution imparfaite du contrat et solliciter une réduction proportionnelle du prix. Si l'obligation n'est que partiellement remplie, il est logique que le prix soit moindre.
La résolution du contrat	Le créancier dénonce la faute du débiteur et les parties reviennent dans la situation dans laquelle elles étaient avant la conclusion du contrat.
La réparation du préjudice	Le débiteur fautif verse des dommages et intérêts au créancier victime. Les intérêts versés peuvent être compensatoires et / ou moratoires.

3 Les formalités à accomplir

étape 1 Par une **mise en demeure**, le créancier envoie un dernier avertissement solennel au débiteur pour qu'il se conforme à ses obligations.

étape 2 Si cet ultimatum n'est pas suivi d'effet, le créancier peut **saisir la justice** et obtenir réparation de son préjudice ou l'exécution forcée du contrat.

Remarque

L'exécution forcée est envisageable pour le versement des sommes d'argent mais ne l'est pas pour la remise d'un bien ou la réalisation d'une prestation de service.

4 Le régime de la preuve

Comme dans le régime de droit commun, il appartient au créancier victime d'apporter la preuve de la défaillance de son cocontractant. Toutefois, la charge de la preuve peut dépendre de la nature de l'obligation en jeu.

Type d'obligation	Régime de la preuve	Mode d'exonération
Les obligations de résultat	En cas d'inexécution d'une obligation de résultat, la faute du débiteur consiste à ne pas avoir exécuté ce à quoi il s'était engagé. Cette faute est présumée dès qu'il y a inexécution du contrat.	Le débiteur ne peut pas s'exonérer de sa responsabilité en prouvant qu'il n'a pas commis de faute. Seule la preuve d'une cause étrangère lui permet de se libérer.
Les obligations de moyens	• En cas d'inexécution d'une obligation de moyens, le créancier doit prouver que l'inexécution résulte d'un manquement du débiteur à ses obligations, c'est-à-dire que celui-ci ne s'est pas comporté comme un homme prudent, avisé, diligent. • Le débiteur peut apporter la preuve qu'il n'a pas commis de faute.	Si la faute du débiteur est établie, celui-ci pourra encore se dégager de sa responsabilité en démontrant l'existence d'une cause étrangère ou d'une faute de la victime.

5 Les causes d'exonération

• **Une « cause étrangère »** peut correspondre à 2 situations :
– **un cas de force majeure** : il découle des forces de la nature ;

Exemple : Une inondation empêche un transporteur de livrer le bien convenu.

– **ou un cas fortuit :** il découle de l'intervention fortuite d'une tierce personne.

Exemple : Le retard du train est dû à une personne qui est passée sur la voie.

• Dans tous les cas, la cause étrangère est un événement extérieur, imprévisible et surtout irrésistible : le débiteur ne peut pas le surmonter.

35 Les principes de la responsabilité civile extracontractuelle

Lorsqu'une personne subit un dommage dans le cadre non d'un contrat mais d'une situation relevant d'un fait juridique, la victime peut invoquer le régime de la responsabilité civile extracontractuelle pour obtenir une indemnisation.

1 La RC extracontractuelle : de la faute au risque

A Le principe : la faute

• Historiquement, la responsabilité d'une personne est engagée dès lors que l'on peut prouver qu'elle a **commis une faute intentionnelle**.

Exemple : Un entrepreneur se rend responsable de concurrence déloyale et engage sa responsabilité s'il laisse des commentaires désobligeants sur le blog tenu par son concurrent direct.

• La responsabilité est qualifiée de **subjective** car **elle n'est retenue que si la faute est établie**.

• Cette responsabilité a toutefois été étendue aux cas où l'auteur du fait juridique a agi avec imprudence et négligence. La faute est moins prégnante mais toujours présente. La jurisprudence parle de **faute involontaire** ou encore de **quasi-délit**.

Exemple : Sur un échafaudage, un peintre fait tomber malencontreusement un pot de peinture sur un piéton qui passait en dessous et le blesse.

B Les limites du fondement de la faute

• L'ère de la révolution industrielle et de la production en masse de produits complexes a rendu plus difficile l'identification des auteurs d'une faute. Est-ce l'ouvrier ou la machine qui cause le dommage ? Est-ce le distributeur du produit ? Le sous-traitant ? Le fabricant ?

• Pour éviter ces incertitudes, le droit s'est progressivement tourné vers une **systématisation de l'indemnisation**.

C Priorité à l'indemnisation de la victime : la théorie du risque

• La théorie du risque s'est bâtie pour permettre d'engager la responsabilité d'une personne physique ou morale sans avoir à prouver une faute de sa part. Le risque, c'est d'abord celui qu'il faut assumer parce qu'il accompagne le profit tiré d'une activité.

Exemple : L'employeur tire profit du travail de son salarié. Il est logique que l'employeur soit responsable de son salarié sans que ce dernier ait besoin de prouver que l'employeur aurait commis une faute.

• Dans ce cas, l'existence seule du dommage permet à la victime de devenir créancière. La responsabilité est dite **objective** ou de **plein droit**.

D Jusqu'au bout de la logique : la théorie de la garantie

Dans cette théorie, **la réparation du préjudice subi par la victime est considérée comme une priorité sociale** et son indemnisation est fortement facilitée.

Exemple : En cas d'attentat terroriste, les victimes sont indemnisées automatiquement via un fonds créé pour ce type d'événement.

On ne cherche plus à identifier l'auteur et sa faute (qui le sont d'ailleurs difficilement). Ce mécanisme s'appuie sur un **principe d'assurance**.

2 Les conditions de mise en œuvre

- Aujourd'hui, pour être engagée, la responsabilité civile extracontractuelle suppose de réunir trois conditions :
– **un fait générateur.** Le Code civil prévoit le fait personnel, le fait d'autrui et le fait des choses ;
– **un dommage :** son appréciation est la même qu'en matière contractuelle. Il est patrimonial ou extrapatrimonial ;
– **un lien de causalité** direct et certain entre le fait générateur et le dommage.

3 Les régimes spéciaux de la RC extracontractuelle

A La responsabilité du fait des produits défectueux (loi du 19 mai 1998)

- **Elle définit les conditions de la responsabilité de plein droit** du producteur lorsqu'un produit défectueux a porté atteinte à une personne physique ou à un bien (pour un dégât supérieur à 500 €).
- **Ce régime de responsabilité est autonome,** que son auteur soit lié ou non par un contrat à la victime.
- **Un produit est considéré comme défectueux** dès lors qu'il n'offre pas à son utilisateur la sécurité à laquelle il peut légitimement s'attendre. Dans ce cas, la victime doit prouver le défaut du produit, le dommage subi et le lien de causalité entre les deux. Toute personne ayant participé à la chaîne de production (fabricant, sous-traitant, revendeur…) est responsable solidairement du dommage causé.
- Le régime prévoit quelques cas d'exonération du producteur (article 1245-10 du Code civil).

B La responsabilité de l'employeur vis-à-vis de ses salariés

- **L'employeur a une obligation de sécurité de résultat vis-à-vis de ses salariés.** Il est responsable des dommages qu'ils peuvent subir dès lors qu'il « avait ou aurait dû avoir conscience des risques » qu'il leur faisait encourir. Ces risques ont un lien direct avec la santé et la sécurité des salariés. Il s'agit donc d'accidents du travail et de maladies professionnelles (troubles musculo-squelettiques), mais aussi de risques psychosociaux.
- **L'employeur doit donc prendre toutes les mesures nécessaires à la sécurité et à la santé physique et mentale de ses salariés.** Si à l'occasion de la réalisation de ces risques, la faute inexcusable de l'employeur est prouvée, il peut voir engager sa responsabilité civile mais aussi sa responsabilité pénale.

C La responsabilité du fait de l'atteinte à l'environnement

Depuis la loi du 8 août 2016, la responsabilité de l'entreprise peut être engagée à l'occasion de la survenance d'un **préjudice écologique**. L'article 1246 du Code civil énonce : « Toute personne responsable d'un préjudice écologique est tenu de le réparer. »

D L'obligation précontractuelle d'information

Lors de la négociation du contrat, l'ordonnance du 10 février 2016 prévoit une sanction sur le fondement de la responsabilité extracontractuelle lorsque l'une des parties ne respecte pas l'obligation de bonne foi et l'obligation précontractuelle d'information qui en découle.

36 Les ressources tangibles et intangibles

Selon la théorie des ressources d'Edith Penrose, l'entreprise est un ensemble de ressources tangibles (matérielles) et intangibles (immatérielles). Les ressources sont appelées ressources stratégiques lorsqu'elles permettent d'obtenir un avantage concurrentiel.

1 Les ressources tangibles

Les ressources tangibles constituent les **ressources matérielles propres à l'entreprise**.

RESSOURCES TANGIBLES

- Ressources humaines : les salariés
- Ressources physiques : bâtiments, équipements, installations techniques
- Ressources financières : financement à court et long terme (dettes, trésorerie)

2 Les ressources intangibles

• Dans une économie toujours plus fondée sur les technologies de l'information et de la communication (TIC), l'avantage compétitif d'une entreprise dépend de ses **ressources intangibles (immatérielles ou compétences)**.

RESSOURCES INTANGIBLES

- Organisation de l'entreprise (structure, SI)
- Ressources technologiques (brevets, savoir-faire)
- Ressources commerciales (image de marque, notoriété)

• La compétence des entreprises repose sur 3 éléments complémentaires détenus par ses salariés :
– **les connaissances** (le savoir) ;
– **les pratiques** (le savoir-faire) ;
– **les attitudes** (le savoir-être).

• Les compétences constituent un élément de plus en plus important de l'avantage compétitif d'une entreprise.

Exemple
Le groupe LVMH, leader mondial du luxe, a créé en 2014 un Institut des métiers d'excellence afin de proposer des formations en alternance et d'assurer la transmission de ses savoir-faire dans l'artisanat, la création et la vente.

Définitions

Savoir : il relève de la connaissance acquise par l'étude, par l'apprentissage, par l'expérience.
Savoir-faire : ensemble des expériences acquises par un individu ou une organisation, dans son domaine d'activité.
Savoir-être : capacité de produire des actions et des réactions adaptées à l'environnement humain et écologique. On parle aussi de « savoir-être relationnel ».
Compétence : capacité d'une entreprise à mettre en œuvre ses ressources afin d'atteindre ses objectifs.

37 Les mécanismes de coordination et de contrôle

Une entreprise se caractérise par une organisation (structure) particulière qui suppose des mécanismes de coordination et de contrôle adaptés.

1 Les composants d'une structure selon Henry Mintzberg

La pertinence d'une structure s'évalue notamment par les mécanismes de coordination et de contrôle qui en assurent le bon fonctionnement.

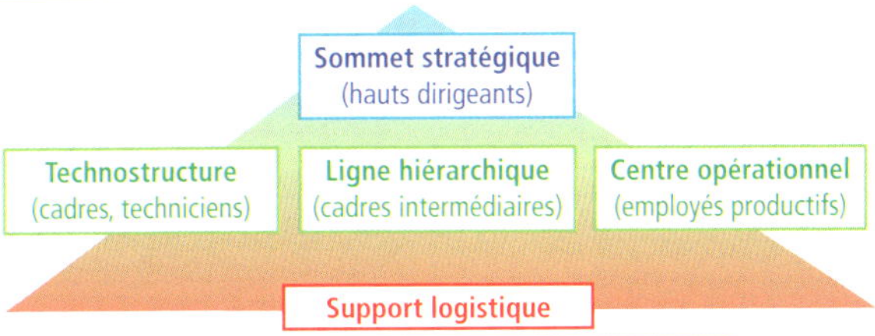

2 Les mécanismes de coordination d'une structure

Henry Mintzberg distingue **6 mécanismes de coordination** possibles selon le type d'organisation d'une entreprise.

❶ Supervision directe	Une seule personne donne les ordres et s'assure de la coordination du travail.
❷ Ajustement mutuel	La coordination des tâches se fait par la négociation et le compromis entre individus d'un même niveau hiérarchique.
❸ Standardisation des procédés	Processus d'uniformisation des règles de fonctionnement et des méthodes de travail. La technostructure assure l'essentiel de ce travail pour le compte des personnels du centre opérationnel.
❹ Standardisation des qualifications	Processus d'uniformisation du savoir et des compétences des salariés grâce à l'utilisation de références communes (langage, procédures…). Cela permet de coordonner le travail des salariés de l'entreprise.
❺ Standardisation des résultats	Processus d'uniformisation des objectifs (et donc des résultats) définis pour chaque département d'une organisation.
❻ Standardisation des normes	Processus d'uniformisation des croyances des membres de l'entreprise autour d'une culture commune.

3 Les mécanismes de contrôle

• **Il existe divers types de contrôles de la performance :**
– **par la règle** (bureaucratique) : respect des normes et des procédures.
– **par le marché** : contrôle des résultats obtenus par rapport aux objectifs initiaux.
– **par la standardisation** : respect des consignes et standardisation des opérations et de compétences.
– **par l'idéologie, les valeurs et la culture d'entreprise** : l'action des individus doit être conforme aux valeurs communes développées dans l'entreprise.

• **Ces types de contrôle ne sont pas exclusifs.** L'objectif n'est pas simplement d'analyser l'atteinte ou non des objectifs fixés, mais plutôt d'évaluer les écarts éventuels, d'en identifier les causes et de prendre les mesures correctives pour les réduire. La **pertinence** des indicateurs utilisés par l'entreprise doit permettre une bonne évaluation de **l'efficacité** (ou de l'efficience) de celle-ci.

38 Les styles de management et prises de décision

Le type de structure de l'entreprise influe sur le style de management et les prises de décision, facteurs importants de productivité.

1 Les différents styles de management selon Rensis Likert

Style de management	Caractéristiques
Style autoritaire ou autocratique	Décisions imposées par le dirigeant aux salariés sans concertation : ce système repose sur la sanction et le respect des instructions données par une **communication descendante**.
Style consultatif ou démocratique	La direction consulte les salariés avant de prendre ses décisions grâce à un système de communication aussi bien **ascendant** que **descendant**. Cette implication des salariés est un facteur de motivation.
Style paternaliste ou bienveillant	Système proche du style autoritaire : le dirigeant cherche à mettre en avant un rôle protecteur, bienveillant envers les salariés qui restent soumis aux décisions **descendantes**.
Style participatif	Décisions prises dans une démarche consensuelle avec l'ensemble des membres de l'entreprise impliqués. Selon Likert, cette démarche rend l'entreprise plus efficace.

L'exercice du pouvoir de décision dépend en grande partie du style de management mais s'analyse aussi selon une vision classique (descendante, hiérarchique) telle que décrite par **Henri Fayol**.

2 Les facteurs qui influent sur la prise de décision

Selon **Herbert Simon**, la prise de décision ne peut être dissociée de celui qui la prend et du contexte de l'entreprise dans laquelle elle est prise. Parmi les principaux facteurs qui l'influencent, on peut noter :
– **le style de direction** (concerté ou non) ;
– **le style du manager** (personnalité, histoire, attitude défensive ou offensive, expérience…) ;
– **la structure de l'entreprise** (entreprise décentralisée ou non) ;
– **le degré de risque** (niveau d'incertitude dans lequel est prise la décision) ;
– **la répétitivité de la décision**…

Exemple : Dans les TPE-PME, le dirigeant est généralement le propriétaire de l'entreprise et son mode de management déprendra en grande partie de sa personnalité (d'autoritaire à paternaliste). Dans de plus grandes sociétés, le manager ne possède pas l'entreprise. Son mode de management est plus orienté vers la recherche d'efficacité en lien avec les résultats attendus de la part des actionnaires.

3 Les trois types de décisions selon Igor Ansoff

• **Les décisions stratégiques** concernent les objectifs globaux de l'entreprise. Elles sont prises par la direction et sont irréversibles. Elles peuvent remettre en cause la pérennité de l'entreprise.
• **Les décisions tactiques** concernent le choix d'affectation des ressources au sein de l'entreprise. Elles sont prises par la direction opérationnelle et fonctionnelle de l'entreprise. Elles sont réversibles, mais à un coût très important pour l'entreprise.
• **Les décisions opérationnelles** concernent la vie quotidienne de l'entreprise. Elles sont prises par les différents niveaux de responsabilité de l'entreprise. Elles sont donc facilement réversibles.

39 Les processus de l'entreprise

La connaissance et l'analyse des processus d'une entreprise lui permettent de réaliser un diagnostic stratégique et d'identifier ses forces et faiblesses.

1 Le modèle de Porter de la chaîne de valeur

Voir p. 258

Le modèle de Porter repose sur une représentation générale de l'entreprise s'appuyant sur un processus composé d'un **enchaînement d'activités** transformant les inputs (matières premières) en outputs (produits finis) vendus aux consommateurs. **L'entreprise est définie selon son processus de transformation à partir duquel elle génère de la valeur.** Ces activités créatrices de valeur sont de deux sortes : **activités principales** et **activités de soutien**.

2 Les activités principales

Les activités principales recouvrent l'ensemble des étapes nécessaires à la création et à la distribution au client du produit ou service réalisé par l'**entreprise**.

- **La logistique interne :** activités logistiques (en amont) de réception, de stockage et de manutention interne pour affecter les moyens indispensables à la production.

- **La production :** transformation des moyens de production en produits finis (y compris emballage et contrôle qualité).

- **La logistique externe :** ensemble des activités de livraison des biens et services aux clients (collecte, stockage, distribution).

- **La commercialisation (marketing) et la vente :** ensemble des moyens et méthodes utilisés pour promouvoir l'offre de l'entreprise (publicité, force de vente, choix des circuits de distribution).

- **Les services :** ensemble des activités associées à la fourniture de services complémentaires dans le but d'accroître la valeur du produit ou service fourni (maintenance, assistance...).

3 Les activités de soutien

Les activités de soutien constituent les **fonctions support** de l'entreprise :
– **les approvisionnements :** activités liées aux achats de matière, de marchandises, de fournitures diverses, mais aussi des moyens de productions de l'entreprise ;
– **le développement technologique :** activités qui permettent à l'entreprise de disposer des technologies indispensables à la production et aux activités de soutien (Recherche et développement, systèmes d'information de l'entreprise, développement des connaissances...) ;
– **la gestion des ressources humaines :** activités liées aux aspects RH de l'entreprise (recrutement, rémunération, motivation, formation, gestion de carrière...) ;
– **l'infrastructure de l'entreprise :** activités administratives liées au fonctionnement de l'entreprise (direction générale, planification, finance, comptabilité, communication, service juridique).

Remarque

Ces activités ne doivent pas être négligées, car elles contribuent largement à la compétitivité globale de l'entreprise.

40 La responsabilité éthique, sociale, sociétale et environnementale

Les entreprises sont dites « socialement responsables » quand elles prennent en compte la responsabilité de leur impact sur la société en dehors de la simple obligation légale.

1 La responsabilité sociétale des entreprises (RSE)

Les sociétés expriment généralement leur approche éthique par un ensemble de valeurs ou de principes fondamentaux qui sont clairement formulés et communiqués en interne et en externe.

On identifie généralement 5 dimensions à la RSE :

❶ **la gestion de l'entreprise :** prendre en compte le développement durable, l'intérêt des parties prenantes ;

❷ **la qualité de vie au travail :** privilégier la qualité de l'emploi, le dialogue social, l'équité des relations et la non-discrimination, assurer des conditions de travail saines et sûres ;

❸ **la protection de la planète :** réduire l'impact environnemental des activités et des produits ;

❹ **l'acteur responsable sur le marché :** dans le respect des droits de l'homme et de l'environnement, agir avec responsabilité envers les partenaires économiques (fournisseurs et clients) ;

❺ **l'implication locale :** en fonction de la localisation des activités, agir en respectant le développement des territoires.

Définition

Éthique des affaires : ensemble des règles, codes ou principes qui vont orienter les décisions des organisations vers plus de morale et de transparence.

2 Une démarche globale

- Au-delà de simples opérations de **communication**, les grandes entreprises sont plus sensibles à une démarche RSE du fait de l'évolution des modes de consommation, de la montée des **enjeux sociétaux et environnementaux** et des risques liés à leur **réputation** (image de marque).
- Une démarche RSE se traduit par un engagement continu d'amélioration en différentes étapes :

Exemples

– Le groupe **Lego** a présenté en 2018 ses premières briques *eco-friendly* obtenues à partir de canne à sucre. Le développement de pièces végétales vise à lutter contre l'utilisation du plastique.

– **Orange** a présenté fin 2017 une application mobile « Ellomi » qui présente les différents types de handicaps et précise l'engagement et les aménagements prévus par l'entreprise pour accompagner et maintenir ses salariés en situation de handicap dans l'emploi.

41 Les effets d'expérience

La maxime « C'est en forgeant qu'on devient forgeron » signifie qu'en exécutant de façon répétée une ou plusieurs tâches, on gagne en expérience et en savoir-faire. À l'échelle d'une entreprise, cela revient à faire valoir les effets d'expérience acquis par une organisation au fil du temps.

1 L'effet d'expérience pour l'entreprise

- L'effet d'expérience permet à l'entreprise de **produire plus rapidement**, **plus efficacement**, d'**améliorer la qualité de ses produits et de ses processus de production**.

- Ces éléments permettent à l'entreprise de se doter de manière durable d'un avantage de coût qui lui assurera un **avantage comparatif à long terme.**

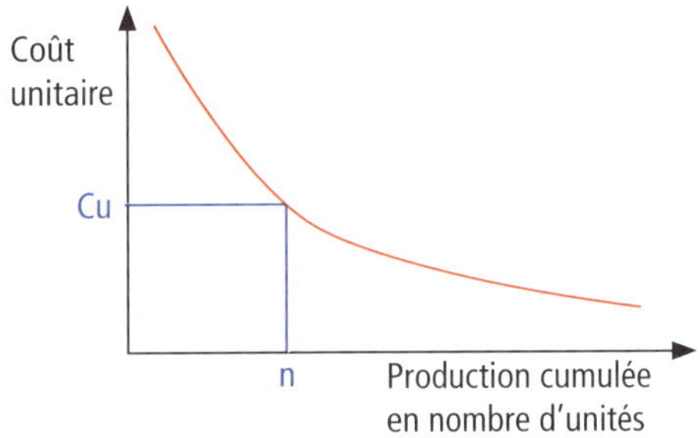

2 Les principales causes de l'effet d'expérience

Les principales raisons qui expliquent cette **diminution du coût unitaire de production** sont :

– **l'effet d'apprentissage.** L'expérience acquise par les salariés d'une entreprise qui se traduit par des gains de productivité. Beaucoup d'entreprises sont sensibilisées à ces pertes d'apprentissage lors du remplacement de salariés (nécessité d'assurer une transmission des savoir-faire en interne) ;

– **la spécialisation des personnels.** Approche tayloriste qui consiste à spécialiser les salariés en divisant les tâches pour accroître la compétitivité globale de la chaîne de production au fur et à mesure que les volumes produits augmentent ;

– **l'investissement continu.** Il permet des modifications dans le processus de production (nouvelles machines plus performantes, nouvelle organisation du travail, évolutions technologiques…). Cette amélioration continue se traduit par des gains de productivité et une diminution du coût unitaire de production ;

– **l'effet d'échelle.** Il permet de répartir les frais fixes sur un volume plus important de biens produits (une hausse des volumes permet ainsi de faire diminuer le coût d'achat auprès des fournisseurs en jouant sur les quantités commandées…).

Exemple

En 2014, Volkswagen a investi dans 7 imprimantes 3D sur son site au Portugal afin de fabriquer des produits manufacturiers habituellement fournis par des prestataires extérieurs. À la clé, plus de souplesse, d'ergonomie et un gain de temps.

CEJM

42 La distinction cycle d'exploitation-cycle d'investissement

Il existe un lien direct entre la définition de la stratégie et la réflexion à mener par l'entrepreneur sur le volume des ressources financières dont doit disposer l'entreprise pour faire face à ses besoins de financement.

1 Les besoins liés au cycle d'exploitation

• Par principe, une entreprise doit produire avant de vendre sa production, ce qui se traduit par un **décalage entre ses recettes futures et ses dépenses immédiates**.

• **Ces dépenses immédiates (cycle d'exploitation)** sont liées à l'ensemble des opérations nécessaires à une entreprise pour produire et vendre un bien ou un service :
– **acquisition des matières premières et biens intermédiaires** auprès de ses fournisseurs ;
– **fabrication du produit ou du service** (salaires, frais de la chaîne de production…) ;
– **stockage et approvisionnement** des points de vente (logistique…) ;
– **financement éventuel de la fonction commerciale** (vendeurs, commerciaux, crédits aux clients).

• **Le besoin en fonds de roulement (BFR)** détermine le montant que doit financer l'entreprise afin de couvrir le **besoin** résultant de ces décalages entre les **décaissements** (financement matières premières et biens intermédiaires, salaires, charges logistiques, frais de stockage…) et les **encaissements** (encaissement des ventes) liés à son activité.

Calcul
BFR = Actif circulant – Passif circulant

2 Les besoins liés au cycle d'investissement

• Outre le financement de son cycle d'exploitation, l'entreprise doit engager un ensemble de dépenses d'investissements (**cycle d'investissement**) pour financer l'acquisition d'**immobilisations**.

• **Ces immobilisations seront utilisées sur plusieurs cycles de production** et permettent à l'entreprise soit d'accroître, soit d'améliorer ses capacités de production.

• **Le financement du cycle d'investissement** repose sur des **financements à long terme** (ressources durables).

• **Le fonds de roulement net global** correspond à la différence entre les **ressources durables** d'une entreprise et les dépenses d'investissements engagées pour financer les immobilisations. **S'il est positif**, le fonds de roulement net global **permet à l'entreprise de financer tout ou partie de son besoin en fonds de roulement**.

Calcul
FRNG = Ressources stables – Emplois stables

43 Le bilan fonctionnel de l'entreprise

Le bilan fonctionnel permet d'analyser la situation financière d'une entreprise en comparant ses emplois (actifs) à ses ressources (passifs).

1 Analyse du bilan fonctionnel

L'analyse du bilan permet de s'assurer de l'équilibre financier d'une entreprise en distinguant les différents cycles qui impactent sa structure financière :
– **le cycle de financement et d'investissement** permet de vérifier l'adéquation entre les ressources financières d'une entreprise et leur emploi (un emploi stable doit être financé par une ressource stable) ;
– **le cycle d'exploitation et hors exploitation** permet d'analyser les besoins de financement générés par le cycle d'exploitation de l'entreprise et les modalités de son financement ;
– **le cycle de trésorerie** mesure l'impact des cycles précédents sur la trésorerie de l'entreprise.

2 Présentation simplifiée du bilan fonctionnel

Emplois (actifs)	Ressources (passif)
Emplois stables (principaux postes) – immobilisations corporelles – immobilisations incorporelles – immobilisations financières	**Ressources stables** – capitaux propres – provisions pour risques et charges – amortissements – dettes financières
Actifs circulant – d'exploitation (stocks, créances clients) – hors exploitation (autres créances)	**Passif circulant** – d'exploitation (dettes fournisseurs) – hors exploitation (autres dettes)
Trésorerie active – liquidités disponibles	**Trésorerie passive** – concours bancaires à court terme

3 Les principaux ratios financiers d'analyse du bilan

L'analyse du bilan fonctionnel d'une entreprise permet d'obtenir des informations utiles sur sa situation financière et sur sa capacité à assurer son développement et sa pérennité.

- **Délais de paiement accordés à la clientèle :** mesure la durée moyenne du crédit client.

$$\frac{\text{(Créances clients et Comptes rattachés)} \times 360}{\text{CA TTC}}$$

- **Taux d'endettement :** mesure le poids du financement externe dans les ressources stables d'une entreprise.

$$\frac{\text{Dettes financières}}{\text{Capitaux propres}}$$

- **Ratio d'indépendance financière :** permet de déterminer l'indépendance financière d'une entreprise vis-à-vis des établissements bancaires.

$$\frac{\text{Capitaux propres}}{\text{Dettes financières}}$$

- **Capacité de remboursement :** mesure le nombre d'années que l'entreprise mettra à rembourser ses dettes en utilisant sa capacité d'autofinancement.

$$\frac{\text{Dettes financières}}{\text{CAF}}$$

CEJM

44 Le compte de résultat de l'entreprise

Le compte de résultat (ou CR) est un document comptable qui présente l'ensemble des produits (encaissements) et des charges (décaissements) de l'entreprise pendant un an (exercice comptable).
Il fournit des informations sur les performances réalisées par une entreprise et constitue un outil indispensable à l'entrepreneur pour évaluer l'impact de sa stratégie sur la santé financière de son entreprise (**performance économique et rentabilité**).

1 Présentation simplifiée du compte de résultat

Charges	Produits
Charges d'exploitation (principaux postes) – coût d'achat des marchandises vendues – charges externes (fournitures, loyers, frais postaux…) – salaires et charges sociales – impôts et taxes sur la production – dotations aux amortissements, dépréciations et provisions	**Produits d'exploitation** – vente de marchandises – production vendue, stockée et immobilisée – reprises sur amortissements, dépréciations et provisions – autres produits
Charges financières – dotations aux amortissements et provisions – intérêts d'emprunts et charges assimilées	**Produits financiers** – intérêts sur placements – reprises sur provisions
Charges exceptionnelles – sur opérations de gestion ou en capital	**Produits exceptionnels** – sur opérations de gestion ou en capital
Bénéfice si produits – charges > 0	**Perte** si produits – charges < 0

Le **résultat net** (bénéfice ou perte) résulte de la différence entre les produits (encaissements) et les charges (décaissements).

2 Les principaux soldes intermédiaires de gestion (SIG)

Une analyse plus détaillée du compte de résultat permet d'établir les soldes intermédiaires de gestion.

• **Valeur ajoutée (VA) :** mesure la richesse brute créée par l'entreprise dans le cadre de son activité.

VA = Marge commerciale + Production de l'exercice
– Consommations de l'exercice en provenance de tiers

• **Excédent brut d'exploitation (EBE) :** mesure la performance commerciale et industrielle indépendamment de la politique de financement et d'investissement de l'entreprise et des événements exceptionnels.

EBE = VA de l'entreprise + Subventions d'exploitation
– Impôts, taxes et versements assimilés – Charges de personnel

• **Résultat d'exploitation :** mesure la capacité de l'entreprise à générer des ressources avec son activité principale, sans prendre en compte les éléments financiers et exceptionnels. Il met en avant la performance économique de l'entreprise.

Résultat d'exploitation = Produits d'exploitation – Charges d'exploitation

• **Capacité d'autofinancement (CAF) :** mesure l'ensemble des ressources internes générées par l'entreprise dans le cadre de son activité qui permettent d'assurer son financement.

CAF = Produits encaissables – Charges décaissables

45 Les différents modes de financement

1 Les principaux modes de financement

<table>
<tr><th>Financement interne
(utilisation des ressources financières dégagées par l'entreprise elle-même)</th><th>Financement externe
(obtention de ressources financières par des financeurs externes)</th></tr>
<tr><td rowspan="2">Utilisation de la CAF (capacité d'autofinancement) : ensemble des ressources financières internes sécrétées par l'entreprise et utilisables pour satisfaire ses besoins de financement à long terme.</td><td>Apports financiers des associés qui constituent le capital social d'une entreprise mais qui peuvent l'abonder par la suite en cas de besoin.</td></tr>
<tr><td>Augmentation de capital : opération qui consiste pour l'entreprise à accroître son capital par émission de nouvelles actions.</td></tr>
<tr><td rowspan="2">Cession d'actifs (désinvestissement) : opération qui consiste pour une entreprise à céder à une autre entreprise une partie de ses actifs en échange d'une contrepartie monétaire.</td><td>Crédit-bail : opération permettant à une entreprise de disposer d'un bien d'équipement de son choix, sans en être propriétaire, en le louant à une société spécialisée qui l'achète au fabricant.</td></tr>
<tr><td>Emprunts bancaires : opérations par lesquelles un établissement financier met à la disposition d'une entreprise une somme d'argent contre la promesse de remboursement et moyennant le paiement d'un intérêt.</td></tr>
</table>

2 Leurs caractéristiques

Le choix du mode de financement dépendra des avantages et inconvénients propres à chacun :
– **l'utilisation de la CAF** présente un risque de mauvaise utilisation des fonds disponibles qui sont immobilisés sans garantie initiale de rentabilité. La CAF constitue aussi une réserve financière que pourra utiliser l'entreprise en cas de difficultés ;
– **les cessions d'actifs** engendrent un risque de perte de compétences et de sortie définitive d'un marché par l'entreprise. Les cessions d'actifs peuvent par ailleurs entraîner un coût (moins-value) par rapport à la valeur comptable des actifs cédés ;
– **l'augmentation de capital** engendre un risque de perte de pouvoir de l'entrepreneur du fait de l'arrivée de nouveaux actionnaires et un coût financier futur lié à la nécessité de verser des dividendes plus importants ;
– **l'emprunt bancaire** engendre un coût financier lié à la nécessité de payer des charges d'intérêts sur les sommes contractées et un risque d'endettement trop important de l'entreprise ;
– **le coût de la location du crédit-bail** accroît les charges de l'entreprise. Le risque est plus limité puisque l'entreprise ne devient pas propriétaire des biens acquis par ce procédé.

Remarque

Une fois les contraintes financières identifiées, l'entrepreneur doit choisir le mode de financement adéquat pour adapter les ressources de l'entreprise à la stratégie mise en œuvre.

46 L'équilibre financier de l'entreprise

Dans le cadre de la gestion financière, l'entrepreneur ou le manager doivent faire face à deux types de besoins qui supposent des réponses spécifiques (mais non nécessairement dissociées) :
– des **besoins de financement à court terme**, pour faire face aux besoins de financement du cycle d'exploitation ;
– des **besoins de financement à long terme**, pour assurer le financement des investissements de l'entreprise à moyen et long termes en fonction de la stratégie de développement adoptée.

1 Les principales contraintes financières d'une entreprise

Définition

Gestion financière : ensemble des décisions et actions destinées à équilibrer les besoins et les ressources de financement de l'entreprise à long terme comme à court terme.

L'entrepreneur doit s'assurer d'une gestion financière qui intègre différentes contraintes :
– **la contrainte de solvabilité :** capacité de l'entreprise à honorer ses dettes exigibles à tout moment (contrainte de liquidité des fonds disponibles) ;
– **la contrainte de pérennité :** assurer la cohérence entre le besoin de financement (court ou long terme) et le mode de financement retenu pour le financer. Par principe, le financement d'un besoin doit être assuré par une ressource ayant la même échéance ;
– **la contrainte de disponibilité des ressources à court terme :** assurer le bon usage des ressources disponibles à court terme. Une entreprise doit par ailleurs disposer de réserves disponibles pour faire face à des besoins temporaires ou exceptionnels ;
– **la contrainte du coût du mode de financement retenu :** le coût du financement doit notamment être mis en parallèle avec la rentabilité attendue des dépenses envisagées.

2 La gestion du fonds de roulement

• **La gestion du fonds de roulement est un enjeu essentiel** pour l'entrepreneur qui doit s'assurer en priorité de la solvabilité de son entreprise.

• **Pour diminuer son besoin de financement à court terme** (différence entre le FRNG et le BFR), l'entrepreneur cherche au maximum à diminuer les besoins en fonds de roulement, notamment les besoins de financement à court terme de son cycle d'exploitation, c'est-à-dire réduire les postes qui mobilisent le plus de ressources financières ou accroître ses ressources financières disponibles à court terme.

• Cela suppose :
– de **réduire les délais de paiement accordés à ses clients** ;
– d'**accroître les délais de paiement consentis par ses fournisseurs** ;
– de **réduire les stocks intermédiaires** des productions réalisées.

• Ces différents éléments montrent l'importance de la relation qu'entretient l'entrepreneur avec les partenaires extérieurs de l'entreprise (clients, fournisseurs, banques…).

• **Le choix du mode de production qui sera retenu** par un manager doit prendre en compte les incidences financières qui vont en découler en termes de besoin en fonds de roulement (financement de stocks de produits…).

47 Place de marché et relations d'échange

L'essor du numérique a entraîné une **dématérialisation des échanges**.

1 Les différents types de relations d'échange

- **Les relations peuvent être directes** entre le producteur-vendeur et l'acheteur (e-commerce). C'est pourquoi l'on parle d'un phénomène de **désintermédiation**. Cette dématérialisation n'affecte pas uniquement les échanges marchands, elle favorise également les relations non marchandes, comme les formalités administratives en ligne.
- **Néanmoins, des plateformes électroniques appelées places de marché** se développent très rapidement et favorisent des **relations indirectes** entre vendeurs et acheteurs. On parle alors de phénomène de **réintermédiation**.

2 La notion de place de marché (*market place*)

- **Une place de marché est une application Web** qui joue un rôle d'intermédiaire et permet de mettre en relation des vendeurs et des acheteurs potentiels pour effectuer des transactions de biens et/ou de services.
- **Les places de marché sont ainsi des plateformes** aux mains d'un opérateur qui transmet la commande et les informations relatives à la livraison au vendeur partenaire, et qui sécurise les transactions.

A Les trois intervenants dans une transaction

La plateforme	L'opérateur de la place de marché se rémunère généralement par une commission.
Le vendeur	Le vendeur gagne en visibilité grâce à la place de marché et dispose d'un canal de distribution supplémentaire. Il a l'assurance d'**être payé**.
L'acheteur	L'acheteur bénéficie d'un plus large choix de produits et de prix et effectue ses achats dans un cadre sécurisé.

- La place de marché ne s'occupe pas des tâches relatives au stockage des articles. Sa performance repose sur sa **capacité à générer du trafic et à attirer ainsi des clients potentiels** pour les offreurs qui passent par elle.

Remarque

La qualité de service et la réputation d'une place de marché sont essentielles pour son attractivité.

B Des plateformes et des relations d'échange multiples

- Les places de marché peuvent mettre en relation des particuliers ou des professionnels entre eux, voire y associer des administrations.
- Les places de marché peuvent mettre en relation des particuliers ou des professionnels entre eux, voire y associer des administrations. Existent ainsi des plateformes B to C telles qu'Amazon ou e-Bay, B to B telles qu'Amazon Business ou Alibaba ou encore C to C telles qu'Airbnb ou Blablacar.
- Outres des ventes traditionnelles où le prix de vente s'affiche sur la plateforme, il peut y avoir des transactions qui s'opèrent avec des systèmes d'**enchères classiques**, d'**enchères inversées** (ou appels d'offre) ou sous forme de **troc**.

48 Les externalités de réseau

1 Essor des plateformes et externalités de réseau

A L'essor des plateformes

Voir p. 279

L'essor du numérique a favorisé le développement de plateformes qui ne se limitent pas aux seules places de marché : une plateforme est un service qui occupe une fonction d'intermédiaire dans l'accès aux informations, contenus, services ou biens édités ou fournis par des tiers (Conseil national du numérique).

B Le principe des externalités de réseau

• **Ces plateformes numériques créent souvent des externalités de réseau.** Elles correspondent aux **gains** qu'il y a à utiliser un réseau et apparaissent lorsque suffisamment de personnes utilisent le réseau en question : **la grande taille des plateformes en améliore la qualité et l'intérêt pour l'utilisateur** :
– **plus les places de marché sont grandes,** plus les acheteurs bénéficient de produits ou services, et les vendeurs d'une clientèle potentiellement plus importante ;
– **les grands réseaux sociaux** sont aussi intéressants pour leurs utilisateurs : davantage de contacts potentiels à nouer, plus de contenu à trouver sur le réseau (vidéos…).
• **Au-delà de l'intérêt pour les utilisateurs,** la taille du réseau **améliore la qualité de service de la plateforme** : un plus grand nombre d'utilisateurs fournit des données précieuses qui permettent à la plateforme de mieux connaître le client, donc de mieux cibler les contacts, les publicités…

2 Conséquences des externalités de réseau

A Les positions dominantes

Externalité de réseau → Qualité de service en hausse ⇄ Plateforme dont la taille grandit → Développement des plateformes qui peut conduire à des positions dominantes (ex. : Google, Facebook, Amazon).

B Les politiques de concurrence

• **L'essor des plateformes numériques entraîne des interrogations quant aux politiques de concurrence.** L'émergence de positions dominantes fait craindre des pratiques anti-concurrentielles : abus de cette position dominante pour éliminer la concurrence, pour exercer une pression exagérée sur les fournisseurs ou annonceurs…
• **Mais les risques restent à nuancer :**
– les politiques de régulation de la concurrence visent avant tout à **protéger les consommateurs** or ceux-ci ne sont généralement pas lésés : la grande taille des réseaux améliore la qualité de service, la clientèle n'est pas captive… ;
– il n'y a généralement **pas de barrières à l'entrée** sur ces marchés : peu de moyens sont nécessaires pour créer une plateforme, la position d'un leader peut être rapidement remise en question…

C La régulation

L'essor des plateformes numériques suscite aussi des craintes et problèmes en matière de régulation : difficultés d'imposition, contournement des règles de droit du travail (ubérisation), protection des données personnelles…

49 L'évolution des modèles économiques

Le développement du numérique entraîne des changements de modèle économique (*business model*) pour les entreprises, c'est-à-dire la façon dont les entreprises créent de la valeur pour en tirer des revenus.

1 Les impacts sur la société

- Au-delà du modèle économique des entreprises, ces évolutions ont des impacts plus profonds sur la société ; dans de nombreux domaines, le développement du numérique remet en question **la notion d'achat et de droit de propriété**.
- Par souci économique ou environnemental, les individus privilégient un simple **droit d'usage** des biens (par exemple, les systèmes de location de vélos, de voitures, de trottinettes).

2 Les différents modèles économiques

Modèle « traditionnel »	Produire et tirer des revenus de la vente de sa production.
Quelques nouveaux modèles économiques	**Modèle gratuit financé par la publicité** : maximiser l'audience d'un site pour obtenir une rémunération grâce à des bannières publicitaires payées par des annonceurs.
	Modèle *freemium* : faire adhérer un maximum de gens à un service gratuit pour les rediriger vers un service payant plus complet. *Ex. : Le domaine des média, la presse « classique » devant faire face à la baisse des ventes de journaux papier.*
	Modèle de l'abonnement pour un accès : vendre un droit d'usage plutôt qu'un droit de propriété. Courant pour les vidéos ou musiques à la demande : le client n'achète plus un film, mais le droit de le visionner pendant un certain temps.
	Économie collaborative : des plateformes telles qu'eBay qui mettent différents acteurs en relation et se rémunèrent généralement par des commissions. Toutes ces plateformes ne relèvent pas du domaine marchand : troc, échange de logement pour les vacances, covoiturage…
Relations non marchandes	• De nombreux **logiciels sont gratuits** (gratuiciels ou *freeware*) ; certains sont open source (on peut accéder au code source du programme et le modifier). *Ex. : OpenOffice.* • Un grand nombre de **MOOCs** (formations ouvertes à distance) sont gratuits. *Ex. : My-mooc.com.*

3 Les impacts sur les activités traditionnelles

Le numérique et les TIC (technologies de l'information et de la communication) affectent aussi le modèle économique d'activités traditionnelles.

Exemple

Être référencé par des sites dédiés (Booking.com...)

Optimiser le taux de remplissage grâce au *yield management* (tarifs différenciés)

→ **Facteurs-clés de succès pour l'hôtellerie aujourd'hui**

50 Le développement du numérique et ses effets sur l'économie

Les évolutions technologiques liées à la numérisation ont entraîné une dématérialisation de certaines activités et des relations d'échange. Elles favorisent l'automatisation des tâches.

1 Des mutations sectorielles

• Les entreprises de tout secteur ont intégré les TIC dans leurs modes de production afin de gagner en flexibilité et en réactivité pour adapter leur offre de biens et de services aux attentes des clients.

• Mais l'essor du numérique a entraîné des mutations plus profondes encore :

<table>
<tr><td>Déclin de certaines activités au profit de nouveaux secteurs émergents soumis à de nouveaux modèles économiques</td><td>Des innovations, de nouvelles technologie (effet de création) rendent obsolètes certaines activités (effet de destruction).
Ex. : l'hébergement de données.</td></tr>
<tr><td rowspan="2">Transformation du périmètre des entreprises ou de leur métier</td><td>• Les TIC favorisent le recentrage sur les activités créatrices de valeur et l'externalisation des autres activités (développement des entreprises-réseaux) : une gestion facilitée des relations entre entreprises partenaires permet par exemple d'automatiser les commandes entre client et fournisseur avec les systèmes d'échange de données informatisées.
• Les relations étroites entre entreprises partenaires nécessitent des interconnexions entre les systèmes d'information (SI) qui doivent être compatibles, d'où l'importance croissante des normes et des standardisations.</td></tr>
<tr><td>Les TIC ont profondément modifié les règles du jeu de certains secteurs :
– les plateformes type Uber pour le transport des personnes ;
– la vente d'un droit d'usage et non plus d'un droit de propriété : musique, vidéo, transport urbain.</td></tr>
</table>

2 Des mutations qui impactent le travail

<table>
<tr><td rowspan="3">En volume</td><td>Destruction d'emplois due à l'automatisation de tâches routinières</td><td rowspan="3">Les créations d'emplois compensent-elles totalement les destructions ?
→ Idées d'un revenu universel, d'une taxation des robots pour y faire face</td></tr>
<tr><td>Création d'emplois : nouveaux métiers au sein des secteurs émergents</td></tr>
<tr><td>Possibles relocalisations d'activités du fait de l'automatisation de tâches à faible qualification</td></tr>
<tr><td rowspan="2">En structure</td><td colspan="2">L'essor du numérique favoriserait des emplois qualifiés : les moins qualifiés subiraient les destructions.</td></tr>
<tr><td colspan="2">• Ubérisation de certains secteurs
• Précarisation du travail</td></tr>
</table>

51 Le rôle de la CNIL

La Commission nationale informatique et libertés (**CNIL**) est une autorité administrative indépendante instituée par la loi du 6 janvier 1978. Son rôle a été complété à l'occasion de l'entrée en vigueur du Règlement général sur la protection des données (**RGPD**) entré en vigueur le 25 mai 2018. **Sa mission se décline autour de quatre axes.**

1 Informer et protéger

La CNIL informe les particuliers et les professionnels et répond à leurs demandes. Elle met à leur disposition des outils pratiques et pédagogiques et intervient très régulièrement pour animer des actions de formation et de sensibilisation, notamment dans le cadre de l'éducation au numérique.

Remarque

La CNIL peut désigner des référents au sein d'entreprises ou de collectivités publiques, les « correspondants informatique et libertés » (CIL). Ils permettent un dialogue direct avec la CNIL. Le référent est responsable dans l'organisation du traitement des données : par exemple, à l'occasion d'un vote électronique par correspondance, il s'engage au respect de l'anonymat du vote.

2 Accompagner et conseiller

La CNIL dispose d'outils pour encourager les organisations à se conformer à des **pratiques respectueuses de la vie privée des personnes et de leurs données personnelles** :
– elle fournit des avis sur des projets de loi ou de décret ;
– elle formule des autorisations pour les traitements les plus sensibles ;
– ses recommandations peuvent être à l'origine de décisions du législateur et servent de conseils pour les professionnels ;
– elle propose des modèles qui simplifient les formalités pour se conformer à la loi ;
– elle est un interlocuteur avec qui dialoguer. Elle donne des conseils sur demande ;
– elle peut certifier la conformité d'un processus de traitement des données.

3 Contrôler et sanctionner

Phase de contrôle	Phase de sanction
La CNIL peut : – accéder à tous les locaux professionnels ; – demander communication de tout document nécessaire et en prendre copie ; – recueillir tout renseignement utile et entendre toute personne ; – accéder aux programmes informatiques et aux données.	La sanction peut prendre la forme : – d'une amende ; – d'une publication de la sanction ; – d'une injonction de cesser le traitement des données personnelles non conforme ; – d'un retrait de l'autorisation de la CNIL. → Les décisions rendues peuvent faire l'objet d'un recours devant le conseil d'État.

4 Anticiper

La CNIL met en place une **veille pour détecter et analyser les technologies ou les nouveaux usages pouvant avoir des impacts importants sur la vie privée.**

Remarque

La CNIL contribue à des débats publics mettant en jeu la vie privée et les données personnelles tels que les algorithmes et l'intelligence artificielle ou encore les enjeux autour de la reconnaissance faciale.

52 La protection des actifs immatériels

Dans l'économie numérique actuelle, les **actifs immatériels** des entreprises (sites Internet, noms de domaines, logiciels, bases de données, brevets, marques…) prennent une place croissante dans leur stratégie. Ils font partie du **patrimoine de l'entreprise** et sont **source de création de valeur**. Le droit protège ces actifs immatériels.

1 Les titulaires des droits d'auteur

- **Les droits patrimoniaux** appartiennent en principe à l'auteur de la création.

Type d'auteur	Propriétaire des droits patrimoniaux
L'auteur travaille de façon indépendante	L'auteur
Création collective (plusieurs auteurs)	Droits partagés entre les divers auteurs
Salarié	L'employeur

- **Les droits moraux** sont toujours de la propriété de leur auteur et de leurs descendants.

Exemple

L'auteur d'une œuvre peut choisir de percevoir des droits d'auteur ou de vendre son œuvre à un client, c'est le **droit patrimonial**. En revanche, il dispose d'un droit de paternité, de retrait, de repentir et d'intégrité sur son œuvre, non limité dans le temps. Il le transmet à ses héritiers ou ayants-droit : c'est le **droit moral**.

2 Le régime juridique des actifs immatériels

Créations intellectuelles	Régime juridique
Sites Internet	Les sites Web sont protégés par le droit d'auteur lorsque la condition d'originalité est remplie.
Noms de domaines	Le déposant du nom de domaine dispose d'un droit exclusif d'usage de ce nom.
Logiciels	• Le code source, le code objet et les travaux préparatoires du logiciel **font l'objet d'une protection**. • Les fonctionnalités, algorithmes et interfaces graphiques **sont exclus** de la protection.
Bases de données	Elles combinent deux régimes indépendants de protection : – une protection conforme aux droits d'auteur pour leur architecture ; – une protection spécifique des intérêts économiques du producteur de ces bases.

3 La protection des actifs immatériels

La dématérialisation bouscule la diffusion et l'utilisation des actifs immatériels qui se visionnent, se reproduisent, se transmettent sans entrave. Les atteintes au droit de propriété sont ainsi facilitées. Le droit envisage donc des protections adaptées :

– **par la protection *a priori*,** le titulaire des droits d'auteur dispose de **droits moraux et patrimoniaux**. Ces derniers consistent dans l'octroi d'un **monopole d'exploitation** ;

– **avec la protection *a posteriori*,** deux actions sont envisageables : **l'action en contrefaçon** sanctionne un délit pénal et **l'action en concurrence déloyale** se fonde sur la responsabilité civile extracontractuelle.

53 La protection de la personne dans la société numérique

Dans une société de l'information où de nombreux procédés existent pour collecter des données en grande quantité (manière de surfer sur Internet, cookies, formulaires remplis en ligne avec des données personnelles…), la vie privée et le droit à l'image des personnes physiques sont mis à mal.

1 Le droit au respect de la vie privée

• Les articles 9 du Code civil et 8 de la Convention européenne des droits de l'homme qui consacrent le respect de la vie privée doivent être renforcés pour protéger davantage.

Recul de la vie privée dans…	Exemples d'outils numériques
les informations collectées	• Les données à caractère personnel *via* des photos, des films ou des écrits • Les données de connexion • Les adresses IP de l'internaute
les procédés utilisés	• Les cookies • Les spams • La commercialisation des données

Voir p. 281

• **En France,** le droit a recherché un équilibre entre la liberté de circulation de l'information et la protection de la personne. Dès 1978, la **CNIL** a été créée pour assurer cette protection. Le droit communautaire a complété le dispositif à plusieurs reprises et récemment avec le **RGPD** entré en vigueur en mai 2018.

• **Le RGPD** a créé un nouveau poste en entreprise : le **DPO** (*Data Protection Officer*), responsable de la protection des données, est chargé de faire respecter la vie privée et les droits des salariés.

Les personnes disposent ainsi, sur leurs données personnelles :
– d'un droit au consentement préalable et éclairé sur l'utilisation des données ;
– d'un droit d'opposition au traitement des données ;
– d'un droit d'accès aux données collectées sur sa personne ;
– d'un droit de rectification en cas d'inexactitude ;
– d'un droit à l'oubli par effacement des données ou déréférencement sur les moteurs de recherche.

Les entreprises collectrices sont soumises à de nombreuses règles :
– déclaration à la CNIL ;
– demande d'autorisation ;
– obligation de sécurisation des données, qui doivent rester confidentielles ;
– transparence sur les modalités de collecte des données et sur la finalité du traitement.

• **La personne qui utilise à des fins malveillantes** des éléments de l'identité numérique d'une personne commet un délit pénal appelé **usurpation d'identité**.

2 La protection du salarié dans le cadre du travail

• **L'employeur peut contrôler davantage le travail de ses salariés** en :
– accédant au contenu du disque dur de leur poste de travail ;
– surveillant et chronométrant leur navigation Web ;
– surveillant leurs déplacements ou leur comportement (vidéosurveillance, géolocalisation).

• **Pour encadrer ce pouvoir,** l'employeur doit respecter le principe énoncé dans l'article L1121-1 du Code du travail : « Nul ne peut apporter aux droits des personnes et aux libertés individuelles et collectives de restrictions qui ne seraient pas justifiées par la nature de la tâche à accomplir ni proportionnées au but recherché. »

54 Le contrat de vente électronique

La dématérialisation des échanges a conduit le droit de la preuve à s'adapter en **intégrant la preuve électronique comme mode de preuve**.

1 L'existence du contrat : le régime de la preuve électronique

• Depuis 2000, l'article 1316-1 du Code civil énonce que **l'**écrit sous forme électronique est admis en preuve au même titre que l'écrit sur support papier, à deux **conditions cumulatives** :

Conditions cumulatives	Procédé technique : la signature électronique
1. Pouvoir identifier la personne qui en est l'émetteur.	La signature électronique suppose l'intervention d'un tiers certificateur et le recours à la cryptographie à clés asymétriques (une clé privée et une clé publique). Elle remplit ces deux conditions.
2. Pouvoir garantir l'intégrité du contenu du message : pas de faux possible et préservation de cette intégrité dans le temps.	

• Dès lors, la preuve électronique peut aussi bien servir à **constituer un support** *ad probationem* (pour se constituer une preuve, mais pas obligatoire) que *ad validitatem* (l'écrit est indispensable à la validité de l'acte sous peine de nullité).

2 Le contenu du contrat de vente électronique

• Le développement du numérique entraîne la **conclusion de contrats de vente par voie électronique** avec les consommateurs. Ce sont des contrats spécifiques car le **consentement est donné à distance** *via* **Internet**. Afin que l'acheteur/le consommateur/l'internaute soient protégés, le droit de la consommation prévoit des obligations à la charge du cybervendeur.

Protection accordée	Précisions
Obligation d'information Art. L111-1 Code de la consommation	• Le vendeur informe sur son identité, sur le bien et sur les procédés de paiement avant la vente du bien. • Il précise ses modalités de validation de la commande, ses procédés de traitement des données à caractère personnel…
Droit de rétractation du consommateur Art. L221-18 du Code de la consommation	• Une fois les informations fournies, un délai de rétractation de 14 jours court à compter de la conclusion du contrat. Tant que l'obligation d'information n'a pas été remplie, le délai de rétractation peut être reporté. • Il est d'ordre public, le consommateur ne peut pas y renoncer.
Obligation de résultat de l'exécution du contrat Art. L221-15 du Code de la consommation	• Le professionnel est responsable de plein droit à l'égard du consommateur de la bonne exécution des obligations résultant du contrat conclu à distance. • Exception : le professionnel peut s'exonérer de sa responsabilité en apportant la preuve que l'inexécution ou la mauvaise exécution du contrat est imputable soit au consommateur, soit au fait, imprévisible et insurmontable, d'un tiers au contrat, soit à un cas de force majeure

Remarque

Le professionnel vendeur ne peut pas inclure de clauses abusives dans le contrat. En outre, les clauses limitatives ou exonératoires de responsabilité en faveur du vendeur sont ici prohibées.

55 Les contrats de prestation de services numériques

Le développement du numérique rend indispensable le recours par les entreprises à des **services de prestataires informatiques** pour les besoins de leur activité.
Les contrats de prestation de service numérique (fourniture d'accès aux réseaux, hébergement de données, maintenance matérielle ou logicielle, développement de logiciels ou de sites Internet, conseils en ingénierie…) se multiplient. Ils présentent des obligations spécifiques.

1 Le contrat de fourniture d'accès aux réseaux

A Le principe

Le fournisseur a pour activité d'offrir un **accès au réseau de communication**, notamment de permettre une connexion à Internet. Les prestataires fournissent également des services complémentaires de télévision, de téléphonie et des services accessoires (disque de stockage, borne wifi…).

B Le contenu du contrat

Le prix	• Si le client est un consommateur ou un non professionnel, le droit de la consommation s'applique : droit de rétractation, obligation d'information préalable sur le prix et ses composantes… • Si le client est un professionnel, il peut exiger les conditions générales du prestataire afin de débuter des négociations. • En général, comme ce contrat est échelonné dans le temps, le prix à payer prend la forme d'un forfait ou d'un abonnement.
La prestation technique	• La connexion au réseau est une obligation de résultat qui pèse sur le fournisseur. Le client doit s'assurer que sa ligne est éligible au service demandé, mais c'est souvent le fournisseur qui le vérifie. • Le fournisseur garantit également un débit à son client.

2 Le contrat d'hébergement de données

A Le principe

L'hébergeur fournit un service de **stockage d'informations** et un accès à cette information au bénéfice de son client et/ou du public (cas du site Web).

B Les obligations des parties

Obligations de l'hébergeur	Obligations du client
• Fournir un espace mémoire pour stocker les informations • Garantir l'accès 24 h/24 aux données • Maintenir en état le fonctionnement du matériel	• Payer le prix (abonnement), sauf si l'hébergeur se rémunère par la publicité • Respecter le droit de la propriété intellectuelle (interdiction des téléchargements illégaux) • Respecter une charte de bonne conduite sur le Net

La jurisprudence semble s'accorder pour qualifier d'obligations de résultat les obligations de l'hébergeur. Elle limite les possibilités d'insérer des clauses limitatives de responsabilité en les considérant comme abusives pour les consommateurs ou créant un déséquilibre significatif entre commerçants.

3 Le contrat de maintenance informatique du matériel ou des logiciels

A Le principe

La maintenance est un contrat par lequel le « mainteneur » ou prestataire **s'engage à réparer ou entretenir le matériel et/ou les logiciels utilisés** par le client. Le client recherche souvent une solution complète et opte pour une maintenance rattachée au même prestataire que celui qui a fourni le matériel.

B Les obligations des parties

Obligations du mainteneur	Obligations du client
• **Obligation d'information,** qui suppose une obligation de conseil, de mise en garde et de renseignement. Le mainteneur doit s'informer des besoins de son client. • **Obligation d'exécution de la prestation,** qui peut englober deux volets : maintenance préventive et maintenance corrective. • **Obligation de confidentialité,** évidente lorsque le mainteneur agir sur le site de son client et entre en contact avec des données sensibles.	• **Obligation de collaboration :** le client joue un rôle proactif pour donner l'accès au matériel informatique et remettre au mainteneur les documents utiles. • **Obligation de payer le prix en contrepartie de la maintenance.** Le paiement peut être forfaitaire ou facturé pour chaque intervention. • **Obligation de recevoir la prestation :** le client doit accuser réception de la prestation de service. Il peut émettre des réserves ou même la refuser.

4 Les clauses des contrats de prestation

• **Les contrats de prestation de service numérique** conclus entre professionnels sont soumis au droit commun des contrats, mais **leur nature impose la rédaction de clauses spécifiques**.

Clause	Définition
de confidentialité	Le professionnel du numérique ne doit pas divulguer les informations confidentielles dont il pourra prendre connaissance en manipulant les données de son client.
de réversibilité des données	Elle permet au client de récupérer les données nécessaires pour transférer à un autre prestataire la gestion externalisée de son parc informatique.
de délai d'intervention	Lorsqu'une panne ou une anomalie technique apparaît, le SI de l'entreprise peut être neutralisé ; les parties peuvent prévoir des délais d'intervention selon le type de panne.
de suppléance ou *back up*	Les parties prévoient qu'en cas de panne, le prestataire proposera de manière temporaire un matériel de remplacement.
de droits d'auteur	Elle précise qui conserve les droits d'auteur lors de la livraison du logiciel : son concepteur ou son utilisateur. Elle fait de même lorsque le logiciel fait l'objet d'améliorations dans le cadre de sa maintenance.

• **La jurisprudence a mis à jour des pratiques abusives.** Pour protéger le client contre les clauses abusives du prestataire, celles-ci sont réputées **non écrites** :
– la facturation de frais d'impayés ;
– la fixation d'un délai pour contester les factures ;
– la clause de résiliation suivant laquelle tout mois commencé est dû.

56 Les caractères du SI dans l'entreprise

Dans un contexte où les entreprises se livrent à une vive concurrence, l'information, qu'elle soit d'origine interne ou externe à l'entreprise, est devenue une variable stratégique essentielle. Pour qu'elle soit exploitable par l'organisation, il est nécessaire de **la formaliser pour l'intégrer dans le processus de décision** ; c'est l'une des fonctions du système d'information (SI).

1 Les définitions du SI

Selon	Définition
Robert Reix	Le SI est « un ensemble organisé de ressources techniques, organisationnelles et humaines requises par le traitement des informations nécessaires à la stratégie et aux métiers de l'entreprise. »
Jean-Christophe Peaucelle	Un SI « se définit par l'information qu'il véhicule et par la manière dont il l'exprime sur ses différents supports. C'est un langage de communication d'une organisation, adapté à la nature plus ou moins répétitive de l'information que l'on veut y échanger. »

On distingue les **fonctions du SI** (la finalité recherchée par le SI) des **dimensions du SI** (la façon dont l'information est construite).

2 Les quatre fonctions du SI

- **Collecter :** l'entreprise acquiert des données provenant de son environnement interne ou externe.
- **Stocker :** le système d'information conserve l'information acquise afin de pouvoir la restituer.
- **Traiter :** l'information est transformée, analysée, structurée.
- **Diffuser :** le SI transmet ensuite l'information dans son environnement interne ou externe.

3 Les trois dimensions du SI

- **Le SI doit se structurer à plusieurs niveaux** pour remplir ses fonctions.

Dimension technique

Système informatique qui regroupe des ressources matérielles (machines, ordinateurs et câbles) et immatérielles (logiciels, progiciels, bases de données). C'est le niveau de l'information brute.

Dimension humaine

Les hommes et les femmes qui conçoivent, traitent et donnent du sens à l'information.
Le jugement humain est toujours au départ (conception du SI) et à la fin du processus (prise de décision).

Dimension organisationnelle

Le SI déploie un ensemble de règles, de procédures et de processus pour que l'information aide à la décision ou à l'action.

- **Les progiciels de gestion** sont des ressources immatérielles (logiciels intégrés) qui traitent des informations relatives à plusieurs fonctions de l'entreprise. Ils mettent en relation des données afin de décloisonner les services de l'entreprise et la rendre plus performante.

Remarque

– Le SCM (*Supply Chain Management*) intègre l'ensemble de la chaîne logistique d'une entreprise. Cet outil est interne à l'entreprise.
– Le CRM (*Customer Relationship Management*) gère de l'information externe (qui provient du client) pour une utilisation interne.

CEJM

57 Les apports du SI face aux défis de l'entreprise

Aujourd'hui, le développement du *Big Data* constitue un défi pour l'entreprise. Le SI doit être capable de collecter les données utiles, ce qui peut supposer une sélection préalable, et les agréger afin de constituer des informations pertinentes qui aideront à la prise de décision au sein de l'entreprise aux niveaux stratégique, tactique et opérationnel.

1 Le SI source d'avantage concurrentiel stratégique

A L'information est une ressource à part

- L'information ne s'use pas lors de son utilisation. À la différence d'une matière première traditionnelle, sa consommation n'entraîne pas sa destruction.
- La production de l'information représente un coût, mais son coût de réplication est nul ou quasi nul.
- Les deux éléments précédents rendent difficile la valorisation de l'information, contrairement à un bien tangible (immobilisation corporelle de l'entreprise telle qu'un immeuble ou une machine).

B L'information est une ressource différenciante

- **Un SI flexible est source de création de valeur** pour l'entreprise et peut générer un avantage concurrentiel s'il est mis au service du processus stratégique.

Une information pertinente → Un diagnostic stratégique complet → Une stratégie gagnante → Des décisions tactiques et opérationnelles performantes

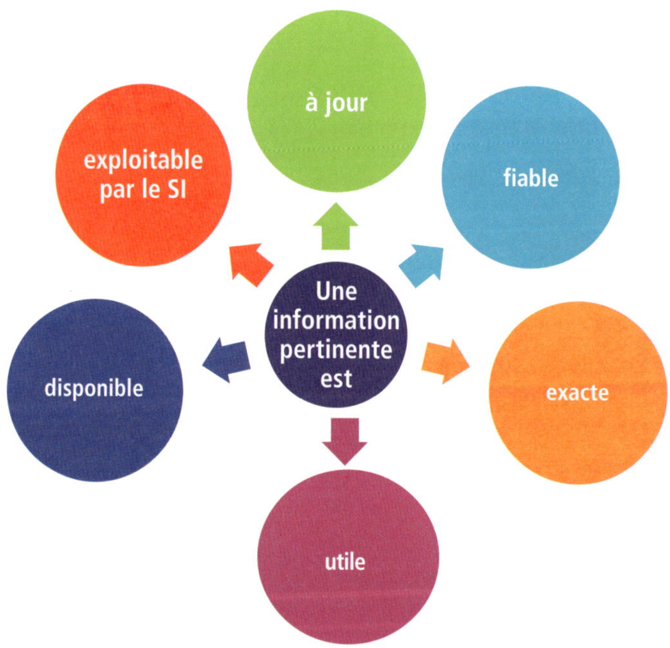

• **Le SI doit combiner une fonction d'intégration**, afin d'agréger un maximum d'informations et assurer une vue d'ensemble de l'entreprise, et une **fonction de spécialisation**, pour se placer au plus près de là où l'information est nécessaire pour décider et agir vite. Ces contraintes ont poussé les entreprises à développer de nouvelles configurations structurelles.

Remarque

Si le SI permet une bonne connaissance de l'ensemble des coûts de l'entreprise (et surtout la mise à jour de ses coûts cachés), celle-ci peut développer sa compétitivité prix.

2 Le SI source d'innovation structurelle

• Face à un environnement ouvert, changeant et incertain, les entreprises ont cherché à gagner en réactivité et peuvent s'appuyer sur le SI pour développer des structures organisationnelles plus souples et adaptables.

• Voici quelques tendances :

Empowerment	Démarche qui consiste à réduire le nombre de niveaux hiérarchiques afin d'accélérer la prise de décision.
Reengineering	• C'est une reconfiguration générale de la structure de l'organisation autour non pas des fonctions mais du processus. • Cette méthode a été mise en avant par Hammer et Champy.
Structure par projet	• Gestion des activités bâtie autour de la gestion d'un projet. Ce type de structure privilégie une gestion des coûts selon la méthode ABC et non pas seulement la méthode des coûts complets. • En termes de condition de travail, le *coworking* ou travail collaboratif est privilégié. • En termes de mécanisme de coordination, l'ajustement mutuel ou la communication transversale et non pas verticale est mise en avant.
Structure en réseau	• Les frontières de l'entreprise sont redéfinies. Le SI facilite une structure où les fonctions peuvent être externalisées mais les liens restent forts grâce à des partenariats étroits. • On parle d'« entreprise étendue ». Les fournisseurs, les clients, les sous-traitants peuvent co-concevoir, co-innover, co-construire.

58 Les risques et défis humains liés au SI

Le SI est un facteur de performance pour l'entreprise mais il pose également des difficultés que le directeur du système d'information (DSI) doit prendre en considération.

1 La typologie des risques liés aux SI

Les risques liés aux SI sont de plusieurs types : sécuritaire, opérationnel, juridique, sociaux et financiers.

Types de risque	Manifestation
Sécuritaire	**Atteintes au patrimoine informationnel** de l'entreprise : – cyber-attaques ; – diffusion d'un virus informatique ; – vol, piratage, espionnage industriel ; – destruction ou perte des données.
Opérationnel	**Tout événement qui empêche le fonctionnement normal** de l'organisation : – obsolescence ou panne du matériel ; – défaut de maintenance ; – mauvaise gestion des licences logicielles.
Juridique	**L'avènement du numérique a fait évoluer les règles du droit** sur de nombreux points : – négociation et gestion des contrats de prestations informatiques ; – respect de la réglementation en matière de protection des données à caractère personnel (RGPD) ; – protection des bases de données au titre des droits d'auteur.
Sociaux	L'outil informatique a envahi les lieux de travail et a entraîné l'**apparition de nouvelles pratiques qui doivent être surveillées** : – utilisation excessive, voire illégale, à des fins privées des moyens informatiques professionnels mis à la disposition des salariés ; – intrusion dans la vie privée sur les données récoltées relatives aux salariés ; – perméabilité entre les sphères professionnelle et privée (droit à la déconnexion).
Financiers	Le SI génère des coûts importants qu'il faut maîtriser : – coût d'acquisition et de maintenance du matériel, des licences logicielles ; – coût de l'intégration et du paramétrage du PGI et de la formation des utilisateurs.

2 Le SI source de crises et de résistance aux changements

- Au cours de la vie de l'entreprise, sa taille et sa structure évoluent ; avec elle, le SI s'adapte et évolue à son tour.
- Dans cette épopée entrepreneuriale, le changement de SI peut générer des difficultés humaines et des crises managériales à traiter.

A Les crises tout au long de la croissance de l'entreprise selon Greiner

Greiner identifie 5 crises possibles tout au long des 6 phases de développement des entreprises :

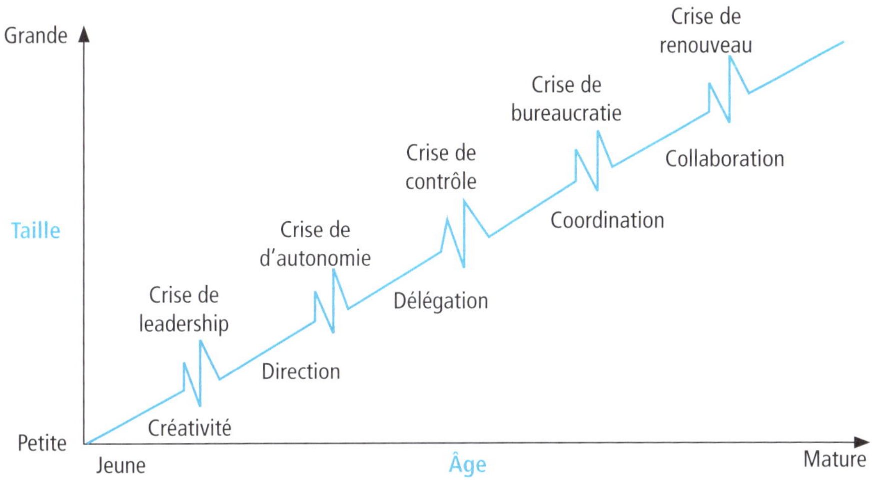

▲ Le modèle de Greiner

Phase	1. créative	2. directive	3 de délégation	4. de coordination	5. de collaboration	6. d'externalisation
Crise	de leadership	d'autonomie	de contrôle	de bureaucratie	de saturation psychologique des salariés	

B Les facteurs de résistances au changement

Le changement peut entraîner une résistance de la part des acteurs en présence. Les facteurs de ces résistances (selon Crozier notamment mais aussi Lewin, Lawrence, Coch et French) peuvent être multiples :

C Les recommandations pour gérer le changement selon Lewin

Lewin recommande de respecter les phases de résistance afin de gérer correctement le changement.

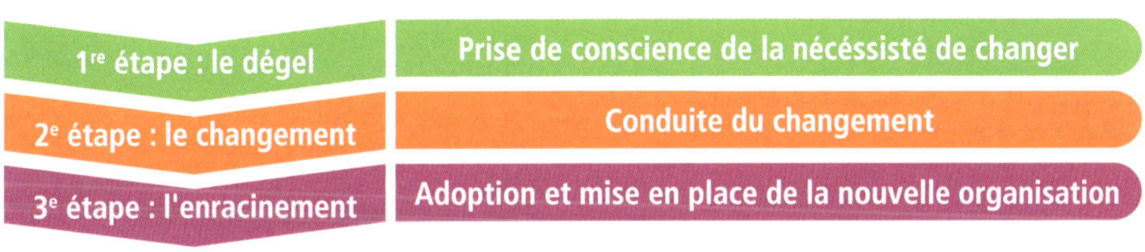

CEJM

59 Offre, demande de travail et segmentation du marché du travail

Attention à ne pas faire de confusion avec le langage usuel :
– **l'offre de (facteur) travail** correspond aux individus qui disposent ou souhaitent disposer d'un travail rémunéré, leur permettant de financer leur consommation et leur épargne.
– **la demande de travail** émane des entreprises et organismes publics, pour qui il s'agit d'un facteur de production.
Offre de travail ⟷ Demande d'emploi
Demande de travail ⟷ Offre d'emploi

1 Offre et demande de travail sur le plan théorique

• **L'offre de travail** est censée être le fruit d'un **arbitrage entre temps de travail** (en contrepartie des efforts les salaires permettent de consommer) **et temps de loisir** (qui apporte une satisfaction immédiate mais génère un manque à gagner ou coût d'opportunité).

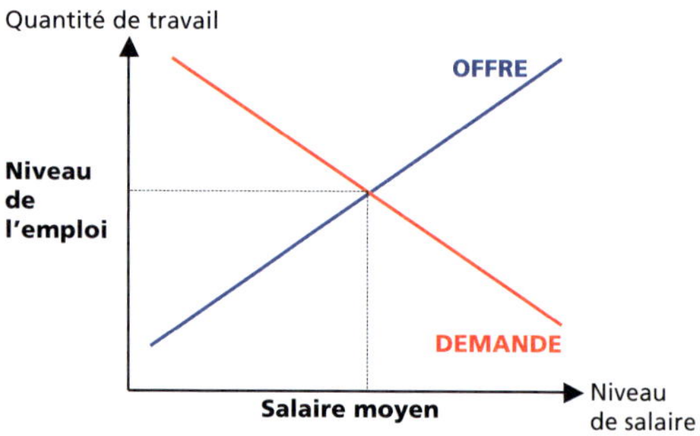

• **L'augmentation du niveau des salaires** rend en principe le travail plus attractif (et il accroit le coût d'opportunité du temps de loisir) et **se traduit par une hausse de l'offre de travail.**

• **La demande de travail** est une demande de facteur permettant aux entreprises de produire. **Elle dépend essentiellement de sa productivité et de son coût.** En principe, la demande de travail diminue lorsque le niveau de salaire s'élève, car cela signifie un coût du travail plus élevé qui peut conduire les entreprises à privilégier d'autres facteurs de production (davantage d'automatisation).

Remarque
En théorie donc, le chômage ne peut exister sauf s'il est volontaire, puisque l'ajustement des salaires permet d'équilibrer offre et demande de travail.

2 Une réalité plus complexe

• En réalité, il n'y a pas un mais une multitude de marchés du travail, car ce dernier n'est **pas homogène**, tant du côté de l'offre que de la demande. Il ne peut y avoir **un seul** niveau de salaire permettant l'équilibre du marché.

L'hétérogénéité du travail	
Offre de travail	**Demande de travail**
Différents : – niveaux de qualification des individus – parcours et expériences professionnels – degrés de mobilité fonctionnelle et/ou géographique...	Des profils différents demandés selon : – les compétences, qualités… – le degré de spécialisation – le temps de travail (temps complet, temps partiel…) – le type de contrat proposé (CDI, CDD, intérim)...

• Ainsi, en dépit d'un chômage élevé observé en France, il existe des domaines où le marché du travail est en tension et où **les entreprises peinent à recruter** et à trouver ou attirer les profils qu'elles recherchent : il y a **coexistence de personnes au chômage et d'emplois vacants**.

3 Un marché du travail segmenté

• **L'hétérogénéité du travail** se traduit par une segmentation du marché qui conduit à distinguer plus particulièrement deux segments :

Marché interne (segment des *insiders*)	Concerne des travailleurs relativement protégés face au chômage ; leurs caractéristiques : – niveau de qualification élevé ; – contrats de travail relativement stables (CDI) ; – niveaux de rémunération élevés ; – perspectives de promotion.
Marché externe (segment des *outsiders*)	Concerne des travailleurs relativement défavorisés en termes d'emploi, plus susceptibles de connaître des épisodes de chômage : – statuts plus précaires (CDD, intérim…) ; – emplois soumis aux aléas de la conjoncture économique ; – faibles perspectives d'évolution dans l'entreprise.

• **Le marché du travail français est caractérisé par des tendances lourdes**, dont une partie est imputable à cette dualité du marché :

Déséquilibres et tendances lourdes du marché du travail français	
Tendances révélatrices d'une forte segmentation du marché du travail	• Accès à l'emploi difficile pour les personnes ne disposant pas de qualifications professionnelles • Temps d'accès à un emploi durable de plus en plus long, notamment pour les primoaccédants sur le marché du travail (y compris avec des qualifications élevées) • Taux d'emploi pour les personnes âgées de plus de 50 ans plus faible que dans les autres pays européens • Écart de rémunérations entre hommes et femmes persistant (même s'il diminue) • Temps partiel subi par un nombre croissant d'employés qui souhaiteraient travailler à temps plein
Tendances liées à d'autres facteurs	• Le niveau relativement élevé du SMIC (par rapport aux autres pays européens) pèse sur l'emploi dans certains secteurs à faible productivité (commerce, restauration…) • Tensions sur le marché du travail liées aux règlementations propres à certains secteurs comme des conditions de diplôme pour pouvoir exercer (médecins, pharmaciens, notaires, avocats…) • L'ubérisation croissante de certaines activités multiplie les formes atypiques d'emplois (indépendants, autoentrepreneurs)

• Certains économistes craignent par ailleurs que les progrès rapides dans le domaine numérique entraînent une disparition de métiers plus forte que les créations de nouveaux emplois.

60 La politique de l'emploi

Face aux déséquilibres du marché du travail, l'État mène une politique de l'emploi qui vise tout à la fois à résorber le chômage et aider les personnes sans emploi.

1 Les politiques actives de l'emploi

• **Également qualifiées de traitement économique du chômage,** ces politiques visent à réduire le chômage, notamment en augmentant le volume d'emplois dans l'économie.

Leviers théoriques visant à réduire le chômage	Réduire l'offre de travail	Retarder l'entrée sur le marché du travail (allonger la durée des études), réduire l'âge de départ en retraite…
	Accroître la demande de travail	Stimuler la croissance et l'activité des entreprises, réduire le coût du travail (SMIC, cotisations sociales)…
	Favoriser une meilleure adéquation en offre et demande de travail	Développer la formation des individus, accroître la flexibilité du travail…

• **Tous ces leviers ne sont pas nécessairement exploités** par les pouvoirs publics ; ainsi, les difficultés de financement des pensions de retraite ont conduit à retarder les départs à la retraite.

• **Les pouvoirs publics ont cherché à cibler les populations les plus fragiles** ces dernières années (jeunes, non qualifiés) et à privilégier les actions suivantes :
– **favoriser une meilleure adéquation entre les demandes des entreprises et l'offre de travail,** notamment par la politique de formation (élévation du niveau des études, développement de la formation professionnelle…) ou *via* l'action de Pôle Emploi ;
– **mettre en place des contrats aidés** (ou subventionnés) pour favoriser l'embauche de personnes en situation de précarité par des employeurs publics (ou privés).

2 Les politiques passives de l'emploi

• **Les politiques passives de l'emploi** visent à faire face aux conséquences négatives du chômage, notamment la perte de revenu qui en découle.

• **L'indemnisation des chômeurs** repose sur des leviers tels que le niveau ou la durée d'indemnisation du chômage. La générosité de l'indemnisation se heurte :
– **aux contraintes de financement** qui pèsent sur les organismes sociaux (financement de l'Unedic) ;
– **à une éventuelle désincitation** au retour à l'emploi.

• **Le traitement social du chômage** est moins mis en avant que par le passé, mais il reste important au regard des mutations extrêmement rapides du travail et des compétences dont les entreprises ont besoin. Il s'agit notamment d'aider les individus en période de transition professionnelle.

61 Les sources du droit du travail imposées et négociées

Le droit du travail régit les rapports individuels et collectifs créés par la relation de travail entre les employeurs et les salariés.
Chaque source du droit du travail se positionne dans la hiérarchie des normes : la norme juridique supérieure s'impose à la norme inférieure. Nous les présentons de la plus élevée à la moins élevée.

1 Les sources internationales

A Les traités internationaux

Ce sont des **conventions internationales** signées entre les États.

Exemple
Les États signataires de la convention de l'Organisation internationale du travail (OIT) s'engagent à ce que la procédure de rupture d'un contrat de travail respecte les droits de la défense du salarié.

B Les normes européennes

Normes	Définition	Exemple
Règlements communautaires	Généraux et abstraits, ils s'appliquent immédiatement dans le droit national des États membres.	Le règlement (UE) 2016/679 du Parlement européen et du Conseil, du 27 avril 2016, régit la protection des personnes physiques à l'égard du traitement des données à caractère personnel et la libre circulation de ces données.
Directives communautaires	Fixent des objectifs à atteindre dans un délai fixé ; elles nécessitent une transposition dans le droit national par les États membres.	• La directive européenne sur le temps de travail (2003/88/CE) impose aux pays de l'UE de garantir à tous les travailleurs des droits minimaux sur les congés payés, la durée du repos quotidien… • Les pays ne disposant pas encore de lois sur ce sujet sont donc tenus de transposer la directive en droit national.

La **Cour de justice de l'Union européenne (CJUE)**, sur saisine de la Commission européenne, d'une institution communautaire, d'un État membre ou d'un particulier selon les cas, veille au bon respect de ces normes.

2 Les sources nationales

• **La Constitution de 1958 prime sur les autres normes juridiques** selon le principe de la hiérarchie des normes.

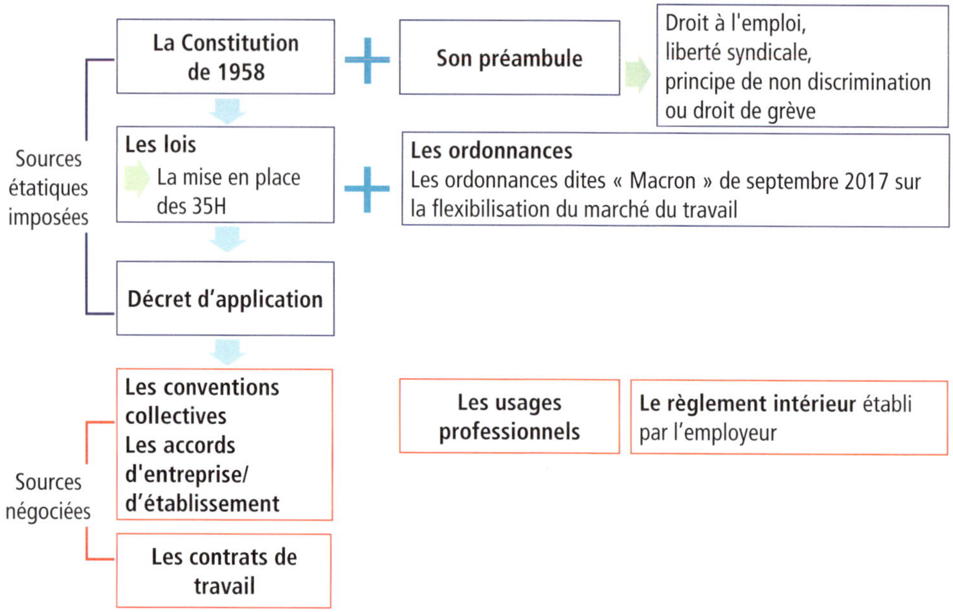

• **Le droit négocié** concerne l'ensemble des textes qui **résulte de la concertation entre les partenaires sociaux** : les organisations syndicales de salariés représentatives (OSR) et une ou plusieurs organisations d'employeurs ou tout autre groupement d'employeurs ou un employeur pris individuellement.

• **La négociation collective** vise à **trouver un équilibre entre efficacité économique et justice sociale**.

• **Le droit négocié, issu de la convention collective,** a pour objectif d'**adapter les règles du Code du travail aux spécificités** de la branche, de l'entreprise, voire de l'établissement.

62 Les régimes juridiques du salarié et du travailleur indépendant

Une activité professionnelle peut s'exercer selon plusieurs statuts.

1 Le salariat par un contrat de travail

A Présence d'un contrat de travail

• **Le contrat de travail** est la convention par laquelle une partie, le salarié, met son travail à disposition de l'autre partie, l'employeur, moyennant rémunération et dans un lien de subordination juridique.

Définition

Subordination : exécution d'un travail sous l'autorité de l'employeur qui a le pouvoir de donner des ordres et des directives à son salarié, de contrôler le déroulement de son travail et d'en sanctionner les manquements.

• **Le lien de subordination** ne peut faire l'objet d'une renonciation par les parties. Lorsqu'il existe dans la relation de travail mais que celle-ci n'est pas considérée comme un contrat de travail, le contrat peut être requalifié et l'employeur peut être condamné pour délit de travail dissimulé.

Exemple
Lorsqu'un travailleur indépendant ne travaille dans les faits que pour un seul client et que ce dernier impose les conditions de travail, le juge peut requalifier la relation en contrat de travail et condamner le client pour délit de travail dissimulé.

B Le statut du salarié

Qui est concerné ?	Les gérants minoritaires ou égalitaires rémunérés des SARL et les dirigeants des sociétés anonymes, mais également tous les ouvriers, employés, agents de maîtrise, techniciens et cadres.
Statut social	Cotisations obligatoires pour les régimes de protection sociale.
Statut fiscal selon la forme juridique	En principe, l'imposition se fait sur les revenus.

2 Contrat d'entreprise ou de prestation de service

Une entreprise qui fournit une prestation de service à son donneur d'ordre respecte un cahier des charges mais conserve sa liberté dans l'exécution de sa prestation. **Elle n'est donc pas subordonnée à son client mais indépendante.**

Qui est concerné ?	Entrepreneurs individuels, micro-entrepreneurs, gérants majoritaires de SARL, associés de sociétés de personnes.
Statut social	Possibilité de choisir une fourchette de cotisations.
Statut fiscal selon la forme juridique	En principe, l'imposition se fait soit sur les bénéfices de la société (IS) pour une personne morale, soit sur les revenus perçus pour une personne physique (IRPP). Pour ces derniers, l'imposition dépend encore de la nature des bénéfices : industriels et commerciaux (BIC), agricoles (BA), non commerciaux (BNC).

3 Des frontières floues

• **Les distinctions entre salariés et travailleurs indépendants s'estompent.** Depuis la création du statut d'autoentrepreneur en 2008 (devenu micro-entrepreneur), les entreprises incitent parfois leurs salariés à devenir leurs fournisseurs ou leurs distributeurs en adoptant ce nouveau statut : le statut change alors que les conditions de travail, donc de subordination, varient peu…

• **Dans le secteur numérique,** les plateformes de mise en relation entre prestataires de services et clients (de type Uber) diminuent encore cette frontière : le prestataire de service n'est pas salarié mais est fortement dépendant des conditions de travail imposées par la plateforme.

63 Les contrats de travail

Le contrat de travail individualise la relation de travail et crée des obligations entre les parties. Il doit respecter la réglementation du travail ainsi que les conditions de validité du droit commun des contrats.

1 Les 5 éléments fondamentaux du contrat de travail

Les parties	Le salarié est forcément une personne physique.
Le salaire versé	La rémunération peut se composer d'une part fixe et d'une part variable et d'avantages en nature.
La fonction occupée	Elle découle de la qualification du salarié : son expérience, ses diplômes.
Le lieu de travail	Fixe ou variable ; il peut inclure une clause de mobilité.
La durée du contrat	Le contrat doit respecter la durée légale du travail. Il peut être signé à temps partiel.

2 Les types de contrat de travail

CDI	Contrat de droit commun. Durée indéterminée. 86 % des contrats de travail.	
CDD	Contrat de travail dérogatoire. Durée déterminée.	Conditions de durée, de recours, de renouvellement, spécifiques afin de protéger le salarié.
CTT	Contrat de travail dérogatoire. Travail temporaire. Recours à une entreprise intérimaire.	

3 Les clauses du contrat de travail

En fonction de la protection des intérêts légitimes de l'entreprise et des souhaits du salarié, les parties peuvent négocier des clauses.

Période d'essai Articles L 1221-19 et suivants du Code du travail	• Pendant une période de 2 à 4 mois maximum, le salarié vérifie que l'emploi lui convient et l'employeur vérifie que le salarié correspond bien à ses fonctions. • Chaque partie peut rompre la période d'essai sans motif et sans indemnité, mais doit respecter un délai de préavis. Le salarié touche ses droits aux allocations chômage même s'il est à l'initiative de la rupture.
Clause de non concurrence	En contrepartie, d'une compensation financière, l'employeur interdit à son salarié de pratiquer une concurrence directe ou indirecte contre son entreprise si ce dernier venait à la quitter.
Clause de confidentialité	Les parties s'engagent à ne pas divulguer des informations dites sensibles telles que des secrets de fabrique.
Clause de mobilité	Le salarié accepte que l'employeur puisse modifier le lieu d'exécution du contrat de travail ; l'étendue géographique envisagée doit être précise.

64 Les principes de la protection du salarié

Face à la supériorité de l'employeur sur son salarié (lien de subordination), le droit du travail protège le salarié en **rééquilibrant la relation contractuelle** : il impose des obligations à l'employeur et confère des droits aux salariés. Enfin, le juge s'assure que les clauses du contrat de travail ne sont pas abusives ou déloyales.

1 Les obligations de l'employeur

L'art L1121-1 du Code du travail fixe **4 limites au pouvoir de direction** de l'employeur.

Obligation	Explication
Absence de discrimination	L'employeur ne peut exercer des discriminations d'ordre religieux, politique, sexuel ou syndical.
Respect d'une obligation de sécurité de résultat	L'employeur engage une responsabilité sans faute vis-à-vis de la santé de ses salariés. Il doit tout mettre en œuvre pour éviter tout accident du travail ou maladie professionnelle.
Respect des libertés fondamentales et de la vie privée	Le salarié dispose de sa liberté d'expression ou encore du secret de ses correspondances sur son lieu de travail.
Respect de la bonne foi	L'employeur doit agir dans l'intérêt de l'entreprise.

2 Les droits et libertés du salarié

A Pour évoluer pendant sa vie professionnelle : la formation

• La formation est le moyen pour un salarié d'acquérir ou d'actualiser ses connaissances, de développer ses compétences et son employabilité. C'est aussi une nécessité pour l'entreprise qui contribue à son financement.

Remarque

Selon l'article L 6111-1 du Code du travail, « la formation professionnelle tout au long de la vie constitue une obligation nationale ».

• Les salariés disposent de plusieurs dispositifs de formation :
– le **compte personnel de formation** (CPF)
– la **validation des acquis de l'expérience** (VAE)
– le **conseil en évolution professionnelle** (CEP)

B Pour défendre ses conditions de travail

• Le salarié bénéficie également des libertés consacrées par le préambule de la Constitution de 1958 :
– **le droit de grève :** cessation totale et collective du travail en vue d'appuyer des revendications professionnelles préalablement présentées à l'employeur ;
– **la liberté syndicale :** tout salarié est libre d'adhérer à une section syndicale au sein de son entreprise.
• Le salarié peut également participer aux différentes instances représentatives du personnel : comité social et économique, délégué syndical.

3 La protection judiciaire du salarié

Le Conseil de prud'hommes tranche les contentieux liés au contrat de travail. Il reste impartial mais protège souvent les salariés face aux abus des employeurs dans la rédaction de certaines clauses.

65 Les modifications du rapport d'emploi

Le contrat de travail est un **contrat à exécution successive** : la relation de travail peut évoluer dans le temps. Le droit protège le salarié face à ces évolutions.

1 Modification à l'initiative de l'employeur

- En raison de la force obligatoire du contrat, l'employeur ne peut modifier unilatéralement le contrat de travail, mais la jurisprudence distingue deux cas :

La modification du contrat de travail	La modification des conditions de travail
L'employeur souhaite modifier le lieu, la rémunération ou la qualification du contrat.	L'employeur modifie un élément accessoire au contrat comme les horaires de travail.
Le salarié doit donner son accord. Un refus ne constitue pas une faute.	Le refus du salarié constitue une faute.

- Les parties peuvent convenir qu'un élément fondamental devienne une simple condition de travail.

Exemple : En signant une clause de mobilité, le salarié accepte que le lieu d'exécution de son travail puisse être modifié ultérieurement par l'employeur sans son accord.

2 Changement d'employeur

Selon l'article L1224-1 du Code du travail, lorsque l'employeur du salarié change du fait d'une fusion ou d'un rachat, tous les contrats de travail en cours au jour de la modification subsistent entre le nouvel employeur et le personnel de l'entreprise.

3 La rupture du contrat de travail

Initiative de la rupture	Dispositif	Régime juridique applicable
Salarié	Démission	Elle doit être écrite et non équivoque.
	Départ à la retraite	Possible dès 62 ans. À 67 ans, le salarié a droit à une retraite complète même s'il n'a pas cotisé tous les trimestres exigés.
Employeur	Licenciement pour motif personnel	Il repose sur une cause réelle et sérieuse inhérente à la personne du salarié. Il peut s'agir d'un motif disciplinaire. L'employeur convoque le salarié à un entretien puis lui notifie son licenciement par une lettre écrite.
	Licenciement pour motif économique	Il résulte d'une suppression ou d'une transformation d'emploi ou d'une modification refusée par le salarié d'un élément essentiel du contrat de travail, consécutive notamment à des difficultés économiques, des mutations technologiques, à une réorganisation de l'entreprise nécessaire à la sauvegarde de la compétitivité, à la cessation d'activité de l'entreprise.
Les 2 parties	Rupture conventionnelle	Elle peut être individuelle ou collective.

- **Le droit cherche à prévenir les licenciements économiques** en proposant des négociations autour des emplois menacés. Ces mesures peuvent être regroupées dans un **plan de sauvegarde de l'emploi**.

66 De la GRH à la GPEC

1 La gestion des ressources humaines (GRH)

A Les enjeux de la GRH

• **La gestion des ressources humaines** regroupe l'ensemble des politiques et des actions qui permettent à une entreprise de disposer en permanence d'un effectif à la fois suffisant et compétent pour réaliser le travail demandé de manière performante.
• **La gestion prévisionnelle de l'emploi et des compétences (GPEC)** est donc un enjeu essentiel pour le maintien de la compétitivité de l'entreprise en anticipant ses besoins futurs.

B La mise en œuvre de la GRH

• **Souvent identifiée par sa dimension quantitative** (recrutements, licenciements…), la gestion des ressources humaines intègre de plus en plus d'éléments en lien avec la gestion qualitative des ressources humaines (cartographie des compétences, besoins en formation des salariés…).
• **L'entreprise doit mener un audit de ses ressources existantes** avant de définir sa politique en matière de ressources humaines. Il est (relativement) facile de faire un audit quantitatif des ressources disponibles (nombre de salariés, nombre d'heures travaillées…), mais il est plus difficile d'établir le bilan des compétences détenues et exercées par l'ensemble des salariés.

2 La GPEC

A Les enjeux de la GPEC

• **La gestion prévisionnelle des emplois et des compétences (GPEC)s constitue un enjeu important** dont l'objectif est de permettre à une entreprise de trouver un juste milieu entre le coût de sa masse salariale et la richesse créée par les salariés.
• **Les ressources humaines étant une source d'avantage concurrentiel durable,** l'entreprise doit favoriser l'émergence d'une **main-d'œuvre polyvalente** (pour répondre à un environnement de plus en plus complexe), **spécialisée** (sur les domaines de compétences recherchés), **réactive** (adaptable), **créative** (source de création de valeur ajoutée) et **disponible** (motivée et impliquée).

> **Définition**
>
> **GPEC :** démarche d'optimisation de l'allocation des ressources humaines. Elle vise à identifier les besoins à venir d'une organisation et à les mettre en relation avec les ressources actuelles. L'écart entre l'existant et les besoins entraîne la mise en œuvre d'actions d'ajustement (formation, recrutement…).

B Les outils de la GPEC

La mise en œuvre d'un **plan de formation** va donc concerner :

– **la réalisation de bilans de compétences** afin que les salariés puissent analyser leurs aptitudes et compétences, définir leurs priorités professionnelles et solliciter les formations en lien avec leurs objectifs de carrière ;

ACTIONS DE FORMATION À DESTINATION DES PERSONNELS

- Actions permettant une adaptation du salarié au poste de travail
- Actions liées à l'évolution des emplois ou participant au maintien dans l'emploi
- Actions permettant le développement personnel des salariés

– **la validation des acquis de l'expérience** pour permettre à chaque salarié de faire reconnaître par un diplôme, titre ou qualification, l'expérience professionnelle (et les compétences associées) acquise sur le lieu de travail ;

– **les congés individuels de formation** permettant à tout salarié de suivre à son initiative et à titre individuel des actions de formation ;

– **le compte personnel de formation** (500 ou 800 euros par an cumulables sur 10 ans) utilisable par le salarié après accord de son employeur pour suivre une action de formation.

Remarque

Un an d'expérience en rapport avec le contenu de la certification visée est nécessaire pour obtenir une validation des acquis de l'expérience (VAE).

Exemple

La pénurie de compétences s'amplifie dans les PME. Au premier semestre 2018, plus de 50 % des petites entreprises estimaient que leurs difficultés à recruter constituaient le principal frein à leur développement. Pour y remédier, les entreprises tentent d'augmenter les heures supplémentaires et la polyvalence des salariés en poste.

67 Les facteurs de la motivation et de la satisfaction au travail

Des actions en lien avec les facteurs de motivation identifiés doivent être menées par le manager pour favoriser la motivation individuelle des salariés.

1 Les facteurs de motivation selon Maslow, Herzberg et Vroom

• **Dans sa théorie des besoins,** Abraham Maslow détermine cinq catégories de besoins, hiérarchiquement structurés, que tout individu cherche à satisfaire et qui sont à la source de sa motivation : les **besoins physiologiques, de sécurité, sociaux, d'estime, d'auto-accomplissement**.

• **Frederick Herzberg** distingue les facteurs « **de motivation** » afférents au contenu du travail (réussite, considération, responsabilité) et des facteurs « **ambiance** » liés au contexte du travail (politique salariale, sécurité de l'emploi, conditions de travail…).

• **Victor Vroom,** dans sa théorie des attentes, explique la motivation des individus selon la récompense qu'ils peuvent attendre des efforts déployés. Elle ne saurait se limiter à un aspect purement financier et doit correspondre aux aspirations du salarié (comme le besoin de reconnaissance).

2 Les outils au service de la motivation des salariés

A Les facteurs liés à la rémunération

Le système de primes	Des primes, variables en fonction du critère retenu, permettent de mener une politique de rémunération flexible qui lie une partie du salaire aux résultats obtenus de manière individuelle ou collective.
La participation aux résultats	Système (obligatoire dans les entreprises de 50 salariés et plus) permettant aux salariés de percevoir une part des résultats de l'entreprise.
L'intéressement	Avantage financier fondé sur les résultats de l'entreprise distribué à tout ou à une partie du personnel de l'entreprise dans le but d'accroître l'implication.
Le plan épargne entreprise (PEE)	Système d'épargne collectif et facultatif mis en place pour permettre aux salariés de se constituer un capital sous forme de valeurs mobilières.
Les stock-options	Droit accordé à certains salariés d'acquérir dans le futur des actions de leur entreprise à un prix fixé lors de l'attribution du droit et pendant un nombre d'années donné.

B Les facteurs qualitatifs

• **Le contenu et l'environnement du travail :** élargissement des tâches, augmentation du degré d'autonomie, ergonomie du poste de travail…

• **Les perspectives d'évolution professionnelle :** promotions, montée en compétence, formation tout au long de la vie professionnelle…

• **L'adhésion à la culture de l'entreprise :** motivation collective par le biais du sens donné aux buts poursuivis par l'entreprise (éthique, valeurs…).

68 Les conditions de travail et leurs évolutions

L'organisation productiviste du travail qui a prévalu dans le cadre de **l'organisation scientifique du travail** a progressivement fait place à une autre approche des conditions de travail.

1 Les composantes des conditions de travail

Conditions de travail

Facteurs physiques et environnementaux
Bureau individuel/*open space*
Travail debout ou assis,
sédentaire/itinérant…

Facteurs organisationnels
Consignes, règlements
Organisation du travail
Procédures et contrôle…

Facteurs sociaux
Relations de travail
Style de management
Travail précaire/CDI…

Facteurs psychologiques
Situations qui impactent
la santé du salarié (stress,
souffrance)

2 Les évolutions des conditions de travail

A L'organisation scientifique du travail

• **Les 30 glorieuses ont marqué la prédominance d'une organisation scientifique du travail** reposant sur une division verticale et horizontale des tâches dans une optique centrée sur une amélioration continue de la productivité des salariés (ordonnancement des tâches, contrôle du temps et des mouvements, organisation des méthodes et techniques de production).
• **Ce mode de production,** adapté à une production de masse standardisée, a été progressivement remis en cause :
– par le développement de la production de services ;
– par le développement d'une demande de plus en plus individualisée ;
– par les inconvénients de ces conditions de travail : démotivation, absentéisme, accidents du travail, turnover des salariés (pénibilité, ennui).

B Les nouvelles formes d'organisation du travail

Elles privilégient des conditions de travail différentes axées sur :
– **une nouvelle organisation du travail :** rotation des salariés sur les postes de travail, élargissement et enrichissement des tâches, travail en équipe, management plus participatif pour impliquer les salariés à la prise de décision ;
– **la mise en place de systèmes de gratification plus incitatifs et plus individualisés :** hausse de la part variable de la rémunération, intéressement collectif et/ou individuels ;
– **l'amélioration des conditions de vie au travail :** sur le lieu de travail (approche ergonomique du poste) ou pour les services proposés aux salariés (crèche, restaurant d'entreprise…) ;
– **l'accompagnement des salariés** dans une évolution des compétences et donc des carrières (promotion, formation continue) ;
– **le développement de l'adhésion à la culture d'entreprise :** favoriser la notion d'identité et d'objectif commun, développement des actions en lien avec la politique de responsabilité sociale de l'entreprise…

69 Le diagnostic interne et externe

L'environnement d'une entreprise constitue tout autant des **opportunités** que des **menaces** ; un manager doit savoir les identifier avant d'élaborer sa stratégie.

1 L'établissement d'un diagnostic externe et interne

A Le diagnostic externe et l'analyse de l'environnement

Voir p. 252

• L'entreprise doit s'interroger sur sa capacité à pouvoir agir sur les différents facteurs de son environnement. **Le modèle PESTEL** en constitue une synthèse.

• On distingue :
– **les facteurs macro-environnementaux** (non directement liés à l'entreprise) : croissance économique, environnement sociétal, facteurs juridiques et culturels… ;
– **les facteurs micro-environnementaux :** spécifiques à une entreprise, en lien avec son environnement direct (marché, concurrents, fournisseurs…).

• L'environnement est perçu comme une **contrainte** ou une **opportunité** selon différents critères parmi lesquels :
– **son degré de stabilité :** évolutions réglementaires, rythme des innovations technologiques…
– **son degré de complexité :** multiplicité des concurrents, substituabilité des produits…

B Le diagnostic interne et les ressources stratégiques de l'entreprise

• **À travers l'analyse des ressources internes tangibles et intangibles,** l'entreprise identifie ses compétences distinctives ; ce sont ses **facteurs clés de succès** (**FCS**) : ils permettent à l'entreprise d'apprécier sa compétitivité et constituent ses principales forces face à ses concurrents.

Définition

Facteurs clés de succès : éléments à caractère commercial ou technologique qu'une entreprise doit maitriser pour être compétitive dans une activité donnée.

• **Le concept de chaîne de valeur** de M. Porter permet d'**identifier les sources de différenciation que l'entreprise pourra exploiter** en fonction des FCS révélés par le diagnostic interne :

Voir p. 256

– elle pourra y allouer ses ressources internes pour accroître son avantage compétitif ;
– ou envisager une externalisation de certaines activités ;
– ou envisager des stratégies de diversification en développant certains FCS.

2 La synthèse des diagnostics internes et externes

Elle permet au manager de prendre les décisions stratégiques qui vont orienter l'activité de l'entreprise et affecter l'allocation interne des ressources disponibles. Plusieurs outils aident à faire cette synthèse.

• **La matrice SWOT** (FFOM en français pour Forces, Faiblesses, Opportunités, Menaces) permet de faire la synthèse du diagnostic interne et externe.

	Aspects positifs	Aspects négatifs
Diagnostic interne	Forces *Strenghts*	Faiblesses *Weaknesses*
Diagnostic externe	Opportunités *Opportunities*	Menaces *Threats*

▲ Matrice SWOT

• **La matrice d'Igor Ansoff** présente les choix stratégiques possibles pour une entreprise en fonction de deux facteurs : la **gamme de produits existants ou en développement** et la **position de l'entreprise sur le marché visé**. Cette matrice est donc plus opérationnelle pour un manager qui souhaite développer une stratégie de croissance.

Produit / Marché	Existant	Nouveau
Existant	Pénétration de marché	Développement de produit
Nouveau	Développement de marché	Diversification

▲ Matrice d'Igor Ansoff

70 La démarche stratégique

La stratégie conduit à la détermination par l'entreprise de choix globaux déclinés en objectifs à atteindre ainsi que des ressources nécessaires pour y parvenir. On peut la définir de plusieurs manières.

1 Définitions de la stratégie

• **Définition d'Alfred Chandler :** déterminer les buts et objectifs à long terme d'une entreprise, adapter les moyens d'action et allouer les ressources nécessaires pour atteindre ces objectifs.
• **Définition d'Igor Ansoff :** piloter les modifications des relations du système-entreprise avec son environnement et de la frontière de ce système avec ce qui n'est pas lui.

2 Les étapes de la démarche stratégique

• **La démarche stratégique** est souvent représentée par le **modèle de Harvard** (modèle LCAG).
• **La définition de la stratégie est le résultat d'un double diagnostic** interne et externe avec les **valeurs et aspirations du manager** d'une part, et des **valeurs de l'entreprise** dans laquelle elle s'insère d'autre part (responsabilité sociale de l'entreprise).
• Cette phase achevée, le manager précise les modalités de mise en œuvre de la stratégie choisie.

> **Remarque**
> La « **démarche stratégique** » renvoie au processus de réflexion et de conception de la stratégie s'appuyant sur un diagnostic interne et externe.

- étape 1 — **Évaluation externe :** analyser l'environnement de l'entreprise (menaces et opportunités)
- étape 2 — **Évaluation interne :** identifier les avantages compétitifs potentiels de l'entreprise par rapport à ses concurrents (forces et faiblesses)
- étape 3 — **Identifier les stratégies possibles** à partir de la synthèse des diagnostics internes et externes
- étape 4 — **Choisir la stratégie à mettre en œuvre**, ce qui implique de définir les actions à réaliser pour accomplir les objectifs fixés

▲ Les étapes de la démarche stratégique

3 Stratégie délibérée et stratégie émergente

Henry Mintzberg distingue deux approches de la stratégie.
• **La stratégie délibérée** est issue d'une **démarche active de l'entreprise** qui effectue un choix délibéré en fonction de ses capacités et de l'analyse de son environnement. Cette stratégie met en œuvre une **planification stratégique pour** atteindre les objectifs visés.
• **La stratégie émergente** est **non planifiée**. Les entreprises sont souvent obligées de faire preuve d'adaptation pour pouvoir réagir aux évolutions subites de l'environnement.

> **Remarque**
> De plus en plus d'entreprises évoluent vers des stratégies émergentes pour s'adapter et réagir à un environnement rendu incertain et complexe par la révolution numérique et la mondialisation.

71 Les options stratégiques globales et par domaines d'activités

Suite au diagnostic stratégique, l'entreprise peut définir sa **stratégie globale** et sa **stratégie par domaines d'activités**.

1 La notion de domaine d'activité stratégique (DAS)

• Lorsqu'une entreprise intervient sur différents marchés, la segmentation de ses activités en **domaines d'activités stratégiques (DAS)** lui permet d'obtenir une **vision synthétique** de ses activités. Elle pourra donc **mettre en place des stratégies spécifiques** pour chaque DAS identifié.

• Les DAS sont généralement définis selon des **couples produits/marchés** caractérisés par un certain nombre de **facteurs communs** (fournisseurs, concurrents, consommateurs, technologies, etc.) pour lesquels il est possible de définir une stratégie particulière.

Exemple

Sur le marché des cosmétiques, l'entreprise L'Oréal met en place des stratégies spécifiques adaptées à son portefeuille de marques en fonction de la clientèle visée et du canal de distribution de ses produits selon 4 DAS : produits pour professionnels, produits de luxe, produits grand public, produits issus de la cosmétique active (avec des vertus médicales).

• Il convient de différencier :
– **les critères de segmentation marketing** utilisés pour définir le *marketing mix* (composition de sous-groupes de consommateurs ayant des besoins différents à assouvir) ;
– **les critères de segmentation stratégique** qui permettent de diviser les activités de l'entreprise en segments homogènes régis par des facteurs clés de succès identiques.

• **Parmi les critères d'homogénéité** les plus fréquemment proposés pour circonscrire les DAS, figurent le métier, la mission, le type de clientèle, l'espace géographique, le circuit de distribution.

• **Les principales stratégies associées** à une approche par domaines d'activité stratégiques, ou « stratégies génériques » selon la classification de M. Porter, sont les **stratégies de domination par les coûts, de différenciation, de focalisation**.

2 Les stratégies spécifiques par DAS (M. Porter)

Stratégies	Objectif	Exemple
Domination par les coûts	• Développer un avantage compétitif prix par rapport aux concurrents. • Permet à l'entreprise d'accroître ses parts de marché, et peut contribuer à lui assurer un avantage durable du fait des économies d'échelle procurées par l'effet volume.	Le constructeur automobile Renault a acquis une expertise dans la production de véhicules à bas coût (marque Dacia).
Différenciation	Quand le prix ne constitue pas le facteur déterminant du choix des consommateurs (*ex. : IPhone*), cette politique conduit à une stratégie de segmentation du marché de la part de l'entreprise.	Stratégie développée par Apple sur l'ensemble de sa gamme qui lui permet de se positionner sur les segments haut de gamme.

Stratégies	Objectif	Exemple
Concentration / focalisation	Focalisation de l'entreprise sur un segment de son marché afin d'y concentrer ses ressources pour obtenir un avantage compétitif suffisant.	En janvier 2018, Kering lâche le sport et se concentre sur le luxe. Le groupe de luxe a indiqué vouloir céder 70 % de ses parts à ses actionnaires.

3 Les stratégies globales selon Igor Ansoff

Igor Ansoff définit deux grands types de **stratégies globales pour les entreprises**.

Stratégies	Objectif	Exemple
Spécialisation	L'entreprise limite son activité à un seul métier sur lequel elle détient un avantage concurrentiel certain.	En août 2017, le constructeur automobile français PSA a conclu le rachat des filiales européennes Opel et Vauxhall de l'américain General Motors. Avec plus de 17 % de part de marché, PSA devient le second constructeur européen.
Diversification	Offre à l'entreprise l'opportunité de se développer sur un marché correspondant à un nouveau métier.	En juin 2017, La Poste poursuit la diversification de ses activités en entrant dans le secteur de la prestation de santé à domicile grâce à une prise de participation dans la société Asten Santé (accompagnement à domicile de patients atteints de maladies chroniques).

A Les diverses stratégies de spécialisation

- **La pénétration du marché** vise à accroître la part de marché de l'entreprise sur un domaine particulier.

- **La politique d'élargissement de la gamme** consiste à couvrir l'ensemble des segments d'un marché particulier.

- **L'expansion géographique** consiste à couvrir un espace géographique avec un produit identique (ou adapté à la demande locale) pour accroître sa part de marché globale.

B Les stratégies de diversification

- **La diversification de placement :** l'entreprise utilise ses ressources disponibles pour investir de nouveaux marchés.

- **La diversification de survie :** l'entreprise qui ne dispose pas d'un avantage concurrentiel initial satisfaisant se tourne vers un nouveau marché.

- **La diversification de redéploiement :** l'entreprise qui dispose d'un avantage concurrentiel initial se repositionne sur des marchés offrant de meilleurs potentiels de croissance.

- **La diversification de confortement :** l'entreprise ne disposant pas d'un avantage concurrentiel initial décisif conforte sa position en se développant sur une activité complémentaire.

4 Intégration - externalisation

Dans une démarche globale, **une entreprise s'interroge sur ce qui constitue son cœur d'activité**. Les choix qui s'offrent à elle relèvent de la stratégie d'intégration, ou au contraire d'externalisation.

Stratégies	Objectif	Exemple
Intégration	• L'entreprise cherche à se positionner sur un maximum d'éléments de la chaîne de valeur du produit qu'elle réalise (des matières premières jusqu'à la distribution). • Cette intégration peut être verticale (vers l'amont et/ou vers l'aval) ou horizontale (création de co-entreprises avec un concurrent).	Michelin se distingue depuis des années des autres grands acteurs du pneu en possédant des plantations d'hévéas ; ils produisent le latex qui donne le caoutchouc naturel, matière première indispensable à son activité.
Externalisation	L'entreprise concède à une autre entreprise la réalisation d'une partie de sa production ou d'une fonction particulière (informatique, RH, comptabilité…) pour concentrer ses propres ressources sur son cœur de métier.	La Société Générale a externalisé certaines activités de ses sites franciliens : maintenance technique (chauffage, entretien des bâtiments), services et supports aux occupants (accueil, courrier), propreté, hygiène et environnement, sécurité et sûreté. Après un appel d'offres, ces fonctions ont été attribuées à des entreprises prestataires spécialisées.

5 Synthèse des principales stratégies

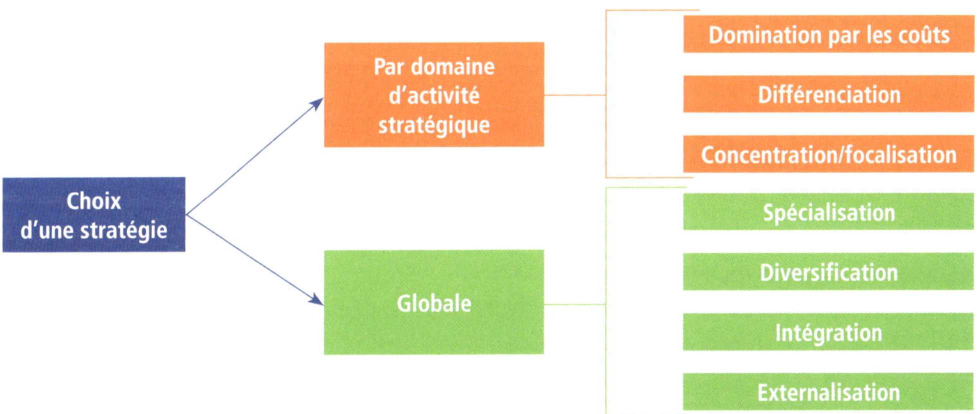

72 Les modalités de croissance des entreprises

1 Les différentes stratégies de croissance

Croissance organique ou interne	Développement des ressources et des compétences en interne
Croissance externe	Acquisition de ressources et de compétences en externe
Croissance conjointe	Association pour développer des ressources et des compétences en externe

2 Avantages et limites

A La croissance externe

Avantages	Limites
• Disparition d'un concurrent, donc moins de pression concurrentielle • Acquisition de savoir-faire non détenus initialement par l'entreprise • Croissance rapide de l'entreprise • Économies d'échelle	• Capacités financières de l'entreprise limitées pour pouvoir mettre en œuvre ce type de stratégie • Difficulté à intégrer de nouvelles ressources rapidement et risque de conflit lié à des opérations de rationalisation entre les différentes unités de l'entreprise • Perte potentielle de pouvoir du manager dans la nouvelle organisation de l'entreprise

B La croissance interne

Avantages	Limites
• Processus progressif adapté aux capacités de l'entreprise • Croissance qui repose sur de l'autofinancement • Facteur de motivation des personnels	• Stratégie longue à produire ses effets • Problème potentiel de taille critique et de compétitivité face à des concurrents qui développeraient des stratégies de croissance externe • Développement limité par les compétences existantes au sein de l'entreprise

3 La stratégie d'internationalisation

• **Dans une logique de production,** une **stratégie d'internationalisation** peut permettre à une entreprise de **maîtriser ses coûts** de production ou de maîtriser ses **approvisionnements**.

• **La stratégie d'internationalisation permet aussi d'élargir le marché de l'entreprise,** soit en accédant à de nouveaux consommateurs, soit en se positionnant sur des marchés étrangers en croissance. L'entreprise devient alors un producteur « national » dans le pays étranger concerné et évite ainsi les restrictions liées aux importations dans le pays visé.

• **L'internationalisation peut passer soit par l'exportation** à partir du pays d'origine de l'entreprise, **soit par une implantation directe sur les marchés étrangers**, directement (filiale, joint-venture avec un producteur local) ou indirectement (franchise, licences, accord de distribution avec un partenaire).

Exemples

Croissance externe : l'entreprise Blablacar a annoncé en août 2018 le rachat de son concurrent russe Beepcar dans le cadre de sa stratégie de croissance internationale.

Croissance interne : en août 2018, le constructeur automobile Tesla a annoncé la construction d'un site de production en Chine pour répondre à l'importante demande locale de véhicules électriques. Actuellement, les véhicules vendus en Chine sont produits aux États-Unis.

QCM L'intégration de l'entreprise dans son environnement

Corrigé p. 336

Parmi les affirmations suivantes, lesquelles sont vraies ?

1. Les fonctions économiques principales des ménages sont :
- a. le financement de l'activité économique.
- b. la consommation.
- c. l'épargne.
- d. la production de biens et services.

2. La fonction d'allocation de l'État intègre les actions suivantes :
- a. la mise en place de règles en matière de droit de la concurrence.
- b. le versement de prestations sociales telles que les allocations familiales.
- c. les mesures de politique économique.
- d. la production de services non marchands.

3. Les revenus du capital (ou du patrimoine) des ménages intègrent :
- a. les salaires.
- b. les prestations sociales.
- c. les loyers tirés d'investissements locatifs.
- d. les intérêts tirés de la détention d'actions.

4. Sur un marché concurrentiel, la hausse du prix d'un bien peut provenir :
- a. d'une pénurie d'offre.
- b. d'une offre abondante.
- c. d'une demande dynamique.
- d. d'une demande fragile.

5. La compétitivité hors-prix d'une entreprise repose sur :
- a. sa maîtrise des coûts.
- b. sa capacité à vendre ses produits à un prix inférieur à ceux de la concurrence.
- c. sa capacité à se différencier par l'image de marque.
- d. sa capacité à proposer des produits innovants.

6. L'existence de barrières à l'entrée d'un marché :
- a. rend ce marché pleinement concurrentiel.
- b. correspond à une asymétrie d'information.
- c. correspond à une externalité.
- d. tend à faire baisser les prix du marché.
- e. Aucune réponse ne convient.

7. Les écotaxes :
- a. sont une réponse possible au problème des externalités négatives.
- b. sont une réponse possible au problème des externalités positives.
- c. sont une réponse possible au problème des asymétries d'information.
- d. obéissent au principe du pollueur-payeur.

8. Les externalités positives sont une défaillance du marché :

a. car le marché ne parvient pas à récompenser les agents qui en sont à l'origine.
b. car le marché ne parvient pas à sanctionner les agents qui en sont à l'origine.
c. qui justifient la mise en place d'un droit de la concurrence.
d. qui justifient la mise en place d'un droit des brevets.

9. La liberté contractuelle :

a. est consacrée par l'article 1103 du Code civil.
b. consiste notamment à choisir librement le contenu du contrat.
c. permet de contracter avec la personne de son choix quel que soit le type de contrat conclu.

10. Le principe d'irrévocabilité :

a. est consacré par l'article 1102 du Code civil.
b. signifie qu'une fois que le contrat est formé, les parties ne peuvent pas revenir dessus.
c. suppose que pour rompre le contrat, les parties doivent respecter un délai de préavis.

11. Pendant la phase de négociation, les parties :

a. sont engagées et si elles rompent les négociations, elles engagent leur responsabilité.
b. sont soumises à une obligation de bonne foi.
c. peuvent prévoir des clauses de confidentialité pour protéger des secrets de fabrication.

12. L'obligation générale d'information :

a. découle de l'obligation de bonne foi.
b. s'applique uniquement pendant la phase de négociation du contrat.
c. si elle n'est pas respectée, peut permettre d'obtenir des indemnités.

13. Le formalisme *ad probationem* :

a. signifie que si le contrat ne respecte pas un certain formalisme, il est déclaré nul.
b. ne s'applique que pour les contrats dits « solennels ».
c. signifie que rédiger par écrit le contrat est obligatoire.
d. Aucune réponse ne convient.

14. Dans la formation du contrat, l'erreur :

a. est le fait pour un contractant d'obtenir le consentement de l'autre par des manœuvres ou des mensonges.
b. peut porter sur le prix du contrat.
c. entraîne la nullité du contrat.

15. Une clause pénale est une clause :

a. dont le montant peut être révisé par le juge.
b. qui prévoit que le contrat sera résolu si une partie ne respecte pas ses obligations.
c. qui prévoit que la propriété du bien vendu n'est transférée à l'acheteur que lorsque l'intégralité du prix a été versée.
d. Aucune réponse ne convient.

16. Quelle est la décomposition de la finalité d'une entreprise ?

a. une mission.
b. une responsabilité.
c. un but.
d. une vocation.

17. Parmi les parties prenantes primaires, on trouve :

a. les actionnaires. ○
b. les clients. ○
c. les concurrents. ○
d. les consommateurs. ○

18. La notion d'intrapreneuriat est une logique permettant :

a. de faire la synthèse de la logique entrepreneuriale et managériale. ○
b. d'opposer la logique entrepreneuriale et managériale. ○
c. que la logique entrepreneuriale soit supérieure à la logique managériale. ○

19. Les critères d'évaluation de la performance de l'entreprise sont :

a. uniquement quantitatifs. ○
b. uniquement qualitatifs. ○
c. à la fois quantitatifs et qualitatifs. ○

20. Quels sont les différents critères d'évaluation de la performance ?

a. économique. ○
b. juridique. ○
c. financier. ○
d. organisationnel. ○
e. sociaux. ○

QCM La régulation de l'activité économique

Corrigé p. 3

Parmi les affirmations suivantes, lesquelles sont vraies ?

1. Selon Musgrave, les fonctions économiques que doit assumer l'État sont :

a. la fonction d'ajustement de l'offre et de la demande. ○
b. la fonction de régulation. ○
c. la fonction de redistribution. ○
d. la fonction d'allocation. ○

2. Le PIB peut être dynamisé par la progression de :

a. la consommation. ○
b. l'investissement. ○
c. les exportations. ○
d. les importations. ○

3. La croissance économique peut avoir pour effet indésirable :

a. une diminution des richesses produites sur le territoire. ○
b. une diminution du revenu moyen par habitant. ○
c. l'apparition d'externalités négatives. ○
d. l'apparition d'asymétries d'information. ○

4. Dans un pays, un dérapage inflationniste peut avoir pour origine :

a. une contraction du crédit bancaire. ○
b. une hausse du cours des matières premières. ○
c. une baisse du coût du travail. ○
d. une demande très dynamique. ○

5. L'objectif de la banque centrale européenne (BCE) en matière de stabilité des prix est :

a. d'être en situation de déflation (inflation négative) car la baisse des prix profite aux consommateurs. ○
b. d'atteindre une inflation de 0 %. ○
c. de contenir l'inflation à moins de 2 %. ○
d. de contenir l'inflation à moins de 5 %. ○

6. Une politique monétaire de hausse des taux d'intérêt :

a. est une politique de rigueur. ○
b. est une politique expansionniste. ○
c. favorise la lutte contre l'inflation. ○
d. favorise le dynamisme de la croissance. ○

7. Une politique budgétaire de creusement du déficit public :

a. est une politique de rigueur. ○
b. est une politique expansionniste. ○
c. favorise la lutte contre l'inflation. ○
d. favorise le dynamisme de la croissance. ○

8. L'appartenance d'un pays à la zone euro l'oblige (en principe) :

a. à confier sa politique monétaire à la BCE.
b. à contenir son déficit public en dessous de 3 % du PIB.
c. à contenir sa dette publique en dessous de 100 % du PIB.
d. à tendre vers un budget public structurel équilibré.

9. L'ordre public de direction est l'ensemble des règles :

a. impératives qui ont pour vocation à protéger les parties faibles.
b. qui ont pour vocation de fixer les limites entre ce qui est interdit et ce qui est autorisé.
c. qui régissent les rapports des individus entre eux.

10. L'abus de position dominante :

a. est une pratique anticoncurrentielle interdite.
b. est sanctionné au niveau national mais pas au niveau communautaire.
c. est un accord entre entreprises qui cherche à limiter l'accès au marché ou à faire obstacle à la libre fixation des prix.

11. Les ententes entre entreprises :

a. sont légales.
b. sont autorisées lorsque l'entente peut assurer un progrès économique.
c. sont toujours sanctionnées par la Commission européenne.

12. L'action en concurrence déloyale :

a. se fonde sur les règles de la responsabilité civile contractuelle.
b. découle des articles 1240 et 1241 du Code civil.
c. suppose la preuve d'un défaut, d'un dommage et d'un lien de causalité entre le défaut et le dommage.

13. Les opérations de concentration :

a. rassemblent toutes les prises de contrôle et de rachat d'actifs.
b. sont interdites car anticoncurrentielles.
c. sont contrôlées par l'Autorité de la concurrence en France.

14. Un brevet est :

a. un titre de propriété qui confère un monopole d'exploitation d'une découverte scientifique.
b. un document qui permet de dater de manière certaine une invention.
c. protégé pendant 10 ans renouvelables auprès de l'INPI.
d. Aucune réponse ne convient.

15. Une marque :

a. est un signe figuratif distinctif qui est protégé pendant 20 ans.
b. est protégée par le biais de l'action en contrefaçon.
c. appartient à celui l'a déposée à l'INPI.

16. Les sources de l'avantage concurrentiel selon Michael Porter sont :

a. l'existence de produit de substitution.
b. le pouvoir de négociation des fournisseurs.
c. le pouvoir de négociation des clients.
d. l'absence de concurrence sur le marché.
e. le rôle de l'État.
f. Aucune réponse ne convient.

17. Le modèle PESTEL permet d'analyser l'environnement :

a. politique. ○
b. légal. ○
c. touristique. ○
d. écologique. ○

18. L'innovation permet à une entreprise de :

a. conquérir de nouveaux marchés. ○
b. améliorer la qualité d'un produit. ○
c. améliorer sa rentabilité. ○
d. développer son profit. ○

19. Connaître son patrimoine technologique permet à l'entreprise de :

a. déterminer sa politique de production. ○
b. déterminer sa politique d'innovation. ○
c. Aucune réponse ne convient. ○

QCM L'organisation de l'activité de l'entreprise

Corrigé p. 336

Parmi les affirmations suivantes, lesquelles sont vraies ?

1. Le capital, en tant que facteur de production, peut correspondre :

a. aux équipements matériels utilisés pour la production. ○
b. à des brevets, des logiciels. ○
c. aux moyens financiers qui permettent à l'entreprise de se développer. ○
d. aux matières premières incorporées dans la production. ○

2. Il y a des gains de productivité lorsque :

a. la production progresse plus vite que la quantité de facteurs utilisés. ○
b. la quantité de facteurs utilisés progresse plus vite que la production. ○
c. la production reste stable et la quantité de facteurs utilisés diminue. ○
d. la quantité de facteurs utilisés reste stable et la production diminue. ○

3. Une entreprise peut être incitée à recourir plus fortement au facteur travail dans sa combinaison productive lorsque :

a. les taux d'intérêt diminuent. ○
b. les charges sociales augmentent. ○
c. le niveau du SMIC augmente. ○
d. les équipements techniques gagnent en productivité. ○
e. Aucune réponse ne convient. ○

4. Les principales modalités de l'impartition sont :

a. le rachat de sociétés par OPA (offre publique d'achat). ○
b. la concession. ○
c. la sous-traitance. ○
d. le franchisage. ○

5. L'impartition se justifie lorsque :

a. l'activité sous-traitée est fortement créatrice de valeur. ○
b. l'activité sous-traitée est faiblement créatrice de valeur. ○
c. l'activité sous-traitée correspond à un avantage concurrentiel du donneur d'ordre. ○
d. le sous-traitant dispose d'un plus grand savoir faire que le donneur d'ordre. ○

6. Lorsqu'un entrepreneur individuel est marié, généralement, le régime matrimonial recommandé pour mettre les biens de son conjoint à l'abri de son risque de déconfiture est :

a. le régime de la communauté légale. ○
b. le régime de la communauté universelle. ○
c. le régime de la séparation des biens. ○

7. L'entrepreneur qui crée son entreprise avec une société commerciale peut :

a. opter pour une SA s'il veut être le seul associé et protéger son patrimoine personnel. ○
b. opter pour une EIRL s'il veut bénéficier des avantages d'une personne morale. ○
c. choisir d'être imposé sur le revenu, dans la rubrique « bénéfices industriels et commerciaux » (BIC). ○
d. Aucune réponse ne convient. ○

8. Les sociétés coopératives de production (SCOP) :

a. font partie avec les sociétés par actions simplifiées des formes juridiques de l'ESS. ○
b. reposent sur le principe démocratique : 1 personne = 1 voix. ○
c. confèrent à l'actionnaire un pouvoir proportionnel aux actions qu'il détient. ○

9. Au sein des mutuelles :

a. les dirigeants sont des bénévoles élus au sein de leurs rangs. ○
b. les actionnaires disposent d'un pouvoir proportionnel au nombre de parts sociales détenues. ○
c. la personne morale a un but lucratif et une capacité civile. ○

10. Les catégories de risques juridiques sont nombreuses. Lorsqu'une entreprise est victime d'un brevet copié par un concurrent, il s'agit :

a. d'un risque écologique. ○
b. d'un risque technologique. ○
c. d'un risque politique. ○

11. La responsabilité civile :

a. cherche à protéger l'atteinte à l'intérêt général. ○
b. se manifeste par des sanctions telles que des amendes et des peines d'emprisonnement. ○
c. suppose la réalisation d'une infraction. ○
d. Aucune réponse ne convient. ○

12. L'inexécution d'une obligation de résultat dans un contrat par le débiteur peut faire l'objet d'une exonération si :

a. le débiteur peut prouver l'existence d'une cause étrangère. ○
b. le débiteur peut prouver que le créancier a contribué à la réalisation du dommage. ○
c. le créancier prouve la faute, le dommage et le lien de causalité. ○

13. Les ressources tangibles ne comprennent pas :

a. les ressources humaines. ○
b. les ressources commerciales. ○
c. les ressources physiques. ○

14. Les ressources intangibles ne comprennent pas :

a. les ressources technologiques. ○
b. les ressources humaines. ○
c. les ressources financières. ○
d. les ressources commerciales. ○

15. Parmi les caractéristiques suivantes, repérez celle qui n'appartient pas au style de direction autoritaire.

a. Aucune coopération entre subordonnés. ○
b. Crainte, sanctions et récompenses. ○
c. Concertation collective. ○

16. Le rôle du management opérationnel est de :

a. rendre opérationnels les objectifs stratégiques. ○
b. mobiliser autour d'objectifs partagés. ○
c. gérer les ressources de manière performante. ○

17. La chaîne des valeurs :

a. permet de mesurer la valeur d'une immobilisation. ○
b. est synonyme de valeur ajoutée. ○
c. apprécie la création de richesse de chacune des fonctions de l'entreprise. ○

18. La RSE correspond à :

a. la prise en compte des impacts environnementaux. ○
b. l'attention portée aux salariés. ○
c. la recherche de la rentabilité maximale. ○

19. Parmi les affirmations suivantes, quelles sont les causes de l'effet d'expérience ?

a. la rémunération des salariés. ○
b. l'effet d'apprentissage. ○
c. l'effet de taille. ○
d. les économies d'échelle. ○

20. Les besoins liés au cycle d'exploitation résultent :

a. d'un décalage entre les recettes futures et les dépenses immédiates d'une entreprise. ○
b. d'un décalage entre les recettes immédiates et les dépenses futures d'une entreprise. ○
c. d'un décalage entre les recettes immédiates et les dépenses d'investissement d'une entreprise. ○

21. Le besoin en fonds de roulement :

a. détermine les besoins en financement du cycle d'exploitation d'une entreprise. ○
b. détermine les besoins en financement du cycle d'investissement d'une entreprise. ○

22. L'investissement permet de financer des immobilisations :

a. corporelles. ○
b. incorporelles. ○
c. financières. ○

23. Le taux d'endettement se calcul en divisant :

a. les dettes fournisseurs par le total de l'actif circulant. ○
b. les capitaux propres par le passif circulant. ○
c. les dettes financières par les capitaux propres. ○

24. Pour obtenir des financements externes, l'entreprise :

a. peut procéder à une augmentation de capital. ○
b. peut procéder à des cessions d'actifs. ○
c. peut contracter des emprunts bancaires. ○
d. peut utiliser sa CAF. ○

Corrigé p. 3.

QCM L'impact du numérique sur la vie de l'entreprise

Parmi les affirmations suivantes, lesquelles sont vraies ?

1. Une place de marché (ou *market place*) :

a. est un site Web qui permet de passer des ordres de bourse. ○
b. est un site Web de vente en ligne. ○
c. est un site Web qui met en relation des acheteurs et des vendeurs. ○
d. est un grossiste spécialisé dans le B to B. ○

2. Les externalités de réseau :

a. découlent des gains qu'il y a à utiliser une plateforme de grande taille. ○
b. correspondent aux dommages causés à l'environnement par l'essor du numérique. ○
c. favorisent l'émergence de monopoles ou quasi-monopoles dans le secteur du numérique. ○
d. se traduisent par une hausse de la qualité de service lorsque les plateformes numériques grandissent. ○

3. Malgré l'émergence de positions dominantes, la régulation des plateformes numériques en matière de droit de la concurrence est complexe car :

a. les consommateurs souffrent de la grande taille des plateformes. ○
b. les consommateurs profitent de la grande taille des plateformes. ○
c. les plateformes adoptent des pratiques anticoncurrentielles. ○
d. il y a d'importantes barrières à l'entrée sur ces marchés des plateformes. ○

4. L'acronyme GAFA fait référence aux sociétés suivantes :

a. Google. ○
b. Airbus. ○
c. Facebook. ○
d. Airbnb. ○

5. La principale source de revenu de la société Google provient :

a. de la publicité. ○
b. d'abonnements souscrits par ses clients. ○
c. de la vente d'articles en ligne. ○
d. de subventions publiques. ○

6. Le modèle économique *freemium* a été adopté par :

a. Netflix. ○
b. lemonde.fr. ○
c. Google. ○
d. Amazon. ○

7. Les principales retombées attendues de l'essor du numérique en matière de travail :

a. l'apparition de nouveaux métiers. ○
b. la disparition de certains métiers. ○
c. une baisse de la durée moyenne de formation. ○
d. une précarisation de certains emplois. ○

8. La CNIL est :

a. la Commission du numérique pour l'individualisation des libertés. ○
b. une autorité administrative indépendante. ○
c. une commission compétente pour supprimer les clauses abusives dans les contrats de consommation. ○

9. Parmi les actifs immatériels suivants, le(s)quel(s) est (sont) protégé(s) par les droits d'auteur :

a. les brevets. ○
b. les courriels. ○
c. les logiciels. ○

10. Les sites Web sont protégés par les droits d'auteur lorsque la condition d'originalité est remplie. Si une entreprise copie un site Web existant en reprenant sa structure et sa charte graphique, la victime de la copie peut demander réparation :

a. en exerçant une action en concurrence déloyale. ○
b. en exerçant une action en contrefaçon. ○
c. en exerçant une action en responsabilité civile contractuelle. ○

11. Le règlement général sur la protection des données est entré en vigueur en mars 2018. Ce règlement :

a. crée un nouveau poste dans les entreprises : le DPO, pour Direction par objectifs. ○
b. permet aux salariés de prendre connaissance des données collectées par son employeur sur les autres salariés. ○
c. supprime la CNIL et crée une nouvelle instance de régulation européenne. ○
d. Aucune réponse ne convient. ○

12. L'article L1221-1 du Code du travail dispose : « nul ne peut apporter aux droits des personnes et aux libertés individuelles et collectives des restrictions qui ne seraient pas justifiées par la nature de la tâche à accomplir ni proportionnées au but recherché. » Cela signifie :

a. que l'employeur ou un de ses représentants peut toujours fouiller un salarié à l'entrée de l'entreprise quand il le juge nécessaire. ○
b. que l'employeur peut imposer une tenue à ses salariés pour respecter les conditions d'hygiène et de sécurité nécessaires à la bonne exécution du travail. ○
c. que le salarié peut refuser que l'employeur recherche des fichiers dans le disque dur de l'ordinateur de bureau de ce salarié. ○

13. Les principales fonctions d'un système d'information comprennent :

a. la collecte d'information. ○
b. la saisie des informations. ○
c. le stockage des informations. ○

14. Une information est performante lorsqu'elle est :

a. synthétique. ○
b. exacte. ○
c. disponible. ○
d. transférable. ○

15. Pour gagner en réactivité, les entreprises peuvent adopter des structures :

a. par projet. ○
b. matricielles. ○
c. en réseau. ○

16. Les principaux risques liés aux systèmes d'information sont d'ordre :

a. opérationnel. ○
b. matériel. ○
c. juridique. ○
d. financier. ○

17. Lewin propose différentes phases pour gérer le changement :

a. le dégel. ○
b. le mouvement permanent. ○
c. la flexibilité. ○
d. l'enracinement. ○

Corrigé p. 336

QCM Les mutations du travail

Parmi les affirmations suivantes, lesquelles sont vraies ?

1. La demande de travail tend à diminuer lorsque le niveau des salaires s'élève car :
- a. les travailleurs privilégient le temps de loisirs.
- b. les travailleurs privilégient les revenus du patrimoine.
- c. le travail « au noir » est favorisé.
- d. le travail est moins attractif pour les salariés.
- e. Aucune réponse ne convient.

2. L'idée selon laquelle il y aurait un marché du travail est contestée car :
- a. il n'y a pas de prix d'échange sur un tel marché.
- b. il n'y a pas homogénéité de la demande de travail.
- c. il n'y a pas homogénéité de l'offre de travail.
- d. les individus ne sont pas des marchandises.

3. En matière de segmentation du marché du travail, le groupe des « *insiders* » a pour principale(s) caractéristique(s)…
- a. un faible niveau de qualification.
- b. une forte précarité de l'emploi.
- c. de faibles perspectives de promotion.
- d. une forte exposition au chômage.
- e. Aucune réponse ne convient.

4. Le traitement économique du chômage s'appuie sur des mesures telles que :
- a. le versement d'indemnités aux chômeurs.
- b. la création de contrats aidés.
- c. la politique de formation.
- d. l'allègement des charges sociales pour réduire le coût du travail.

5. Le traitement social du chômage s'appuie sur des mesures telles que :
- a. le versement d'indemnités aux chômeurs.
- b. la création de contrats aidés.
- c. le développement de la flexibilité du travail.
- d. l'allègement des charges sociales pour réduire le coût du travail.

6. L'essor du numérique et l'accélération des mutations technologiques…
- a. rendent les politiques passives de l'emploi moins nécessaires.
- b. rendent les politiques actives de l'emploi moins nécessaires.
- c. renforcent l'intérêt des politiques de formation.
- d. justifient les réflexions autour de l'instauration d'un revenu universel.

7. Le droit de grève :
- a. est une règle qui prend sa source dans le droit communautaire.
- b. est un droit qui a été négocié dans les conventions collectives par les partenaires sociaux.
- c. est un principe juridique affirmé dans le préambule de la Constitution de 1958.

8. Dans la hiérarchie des normes, une convention collective est une norme juridique :
- a. située entre un accord d'entreprise et un contrat de travail. ○
- b. située entre la Constitution de 1958 et une ordonnance. ○
- c. située entre un accord d'entreprise et une ordonnance. ○

9. Le contrat de travail à durée indéterminée suppose :
- a. un lien de subordination de l'employeur vis-à-vis de son salarié. ○
- b. l'accomplissement d'une prestation de travail contre une rémunération. ○
- c. obligatoirement la fixation d'une durée du travail au moins égale à 35 heures. ○
- d. Aucune réponse ne convient. ○

10. Le lien de subordination dans le contrat de travail :
- a. est d'ordre public. ○
- b. signifie que l'employeur ou le salarié peut y renoncer. ○
- c. découle du pouvoir de direction de l'employeur. ○

11. La clause de non-concurrence est une clause par laquelle :
- a. les parties prévoient une période limitée pendant laquelle chacune vérifie que le poste lui convient. ○
- b. les parties s'engagent à ne pas divulguer des informations dites sensibles telles que des secrets de fabrique. ○
- c. le salarié accepte que l'employeur puisse modifier le lieu d'exécution du contrat de travail. ○
- d. Aucune réponse ne convient. ○

12. Dans le cadre de la relation de travail, l'employeur assume une obligation de sécurité :
- a. de moyens. ○
- b. de résultat. ○
- c. qui peut entraîner sa responsabilité même lorsqu'il n'a pas commis de faute. ○

13. Conformément au respect des libertés fondamentales, le salarié :
- a. peut être fouillé par son employeur. ○
- b. peut consulter sa messagerie personnelle sur son lieu de travail. ○
- c. peut être filmé par son employeur. ○

14. La gestion prévisionnelle de l'emploi et des compétences :
- a. vise à réduire la masse salariale d'une entreprise. ○
- b. permet d'optimiser l'allocation des ressources humaines. ○
- c. identifie les besoins à venir d'une organisation. ○

15. La théorie des besoins de Maslow identifie comme catégories de besoins :
- a. les besoins financiers. ○
- b. les besoins immatériels. ○
- c. les besoins d'estime. ○

16. Parmi les facteurs de motivation non liés à la rémunération, on trouve :

a. l'élargissement des tâches des salariés. ○
b. la VAE. ○
c. l'intéressement. ○
d. les stock-options. ○

17. Les composantes des conditions de travail comprennent :

a. des facteurs sociaux. ○
b. des facteurs psychologiques. ○
c. des facteurs organisationnels. ○

18. Les nouvelles formes d'organisation du travail privilégient :

a. une nouvelle organisation du travail. ○
b. une standardisation des tâches pour gagner en productivité. ○
c. une amélioration des conditions de vie au travail. ○

Corrigé p. 3

QCM Les choix stratégiques de l'entreprise

Parmi les affirmations suivantes, lesquelles sont vraies ?

1. Pour faire la synthèse des diagnostics internes et externes on peut utiliser :
a. la matrice SPOT. ○
b. la matrice SWAP. ○
c. la matrice SWOP. ○
d. Aucune réponse ne convient. ○

2. La démarche stratégique :
a. consiste à déterminer une stratégie en fonction des ressources internes de l'entreprise. ○
b. repose sur un diagnostic externe fait par l'entreprise. ○
c. s'appuie sur les diagnostics internes et externes menés par l'entreprise. ○

3. Face à un environnement qui évolue de plus en plus vite :
a. les entreprises développent des stratégies délibérées. ○
b. les entreprises développent des stratégies émergentes. ○
c. les entreprises développent des stratégies de croissance. ○

4. La segmentation stratégique :
a. consiste essentiellement à pratiquer une segmentation mercatique de l'offre d'une entreprise. ○
b. concerne l'ensemble de l'entreprise. ○
c. permet de répondre rapidement aux évolutions des besoins des consommateurs. ○

5. Une entreprise :
a. doit se spécialiser sur un seul domaine d'activité stratégique. ○
b. peut segmenter ses activités par domaines d'activité stratégique. ○
c. cherche à répondre à l'ensemble des besoins de ses clients. ○

6. Parmi les principales stratégies spécifiques par domaine d'activité stratégique, une entreprise peut mener :
a. une stratégie de diversification. ○
b. une stratégie de domination par les coûts. ○
c. une stratégie de concentration. ○

7. Une stratégie d'internationalisation :
a. peut permettre à l'entreprise de maîtriser ses approvisionnements. ○
b. passe nécessairement par une délocalisation de l'outil de production. ○
c. permet d'élargir le marché d'une entreprise. ○

Corrigé p. 337

ÉTUDE DE CAS

Le cas Roolett

L'entreprise Roolett est une société à responsabilité limitée de 58 salariés basée à La Duchère, dans l'agglomération lyonnaise. Son métier consiste à fabriquer des roues et des roulettes sous toutes les formes (en métal, en plastique, en caoutchouc avec ou sans chambre à air) et pour toutes les destinations (roues de diables de manutention, roulettes de caddie, pneus de brouette…).

L'entreprise créée en 1947 s'est transmise de père en fils, depuis le fondateur Alfonse Roulibre à son fils Albert puis à son petit fils Alain. L'entreprise s'est fortement développée depuis sa création mais aujourd'hui elle doit affronter de nouveaux défis : continuer d'innover et se développer pour faire face à la concurrence.

Vous êtes l'assistant(e) de Monsieur Alain Roulibre et il vous a confié plusieurs missions qu'il vous demande de remplir à partir des documents portés en annexe.

COMPRENDRE EN VIDÉO

Voir 3 vidéos : Répondre à une question de manière structurée et organisée ; Comment organiser son travail lors de l'épreuve de CEJM ; rédiger un cas pratique

Mission 1

1. **Caractérisez l'entreprise Roolett.**
2. **Établissez un diagnostic de l'entreprise et justifiez la pertinence de mettre en œuvre une stratégie d'intégration verticale.**
3. **Présentez les solutions de financement qui permettraient de réaliser cette stratégie.**

Mission 2

4. **Qualifiez la structure organisationnelle de Roolett avant et après le rachat de son fournisseur Nevea. Présentez les avantages de la nouvelle structure au vu de la stratégie adoptée.**
5. **Expliquez le sort du contrat de travail des salariés de Nevea suite au rachat de cette entreprise par Roolett.**

Mission 3

Monsieur Deloin, simple particulier, fait ses courses dans le supermarché Market-In. Alors qu'il se promène dans la galerie, son caddie rempli de victuailles, une roulette cède et le caddie vient s'écraser sur son pied. Gravement blessé, Monsieur Deloin est immobilisé et son médecin lui a rédigé un arrêt de travail pour 4 semaines. Les experts diligentés pour comprendre les causes de l'accident certifient qu'un défaut de fabrication de la roue en est à l'origine.

6. **Contre qui et sur quel fondement juridique Monsieur Deloin peut-il agir en justice pour demander réparation de son préjudice ?**

COMPRENDRE EN VIDÉO

Voir vidéo : Analyser une décision de justice

Mission 4

7. **Expliquez en quoi l'abonnement de Roolett à une place de marché B to B pourrait constituer une opportunité de développement de ses ventes. Précisez l'incidence que cela pourrait entraîner sur ses charges et ses recettes.**

Annexes — Description de l'opération promotionnelle

Annexe 1	Fiche d'identité de l'entreprise Roolett
Annexe 2	Le marché de l'entreprise Roolett : vue d'ensemble et tendances
Annexe 3	Nevea, un partenaire clé pour Roolett
Annexe 4	Organigramme de l'entreprise Roolett avant et après le rachat de Nevea
Annexe 5	Vente en ligne B to B : faut-il investir les *marketplaces* ?
Annexe 6	Quelques articles tirés du Code civil et du Code du travail

Annexe 1 — Fiche d'identité de l'entreprise Roolett

Forme juridique : SARL
Siège social : La Duchère (69)
Effectif équivalent temps plein : 58 salariés
Date de création : 1947
Gérant majoritaire : Alain Roulibre
Chiffre d'affaires : 500 millions d'euros
Capital social : 10 millions d'euros répartis comme suit :

Associés	Part dans le capital social
Alain Roulibre	60 %
SARL *holding* familiale	20 %
Gérald Bicicle, investisseur	10 %
Adeline Tourniquet, investisseur	10 %

Endettement en cours : 1 million d'euros, soit un taux d'endettement de 10 %.

- Les roues et roulettes de Roolett sont le fruit des technologies de pointe et du savoir-faire de l'entreprise, issu d'une longue expérience. Depuis trois générations, la famille Roolett conçoit, fabrique et commercialise des roues et roulettes de tous types afin de répondre à de multiples besoins : manutention, industrie, collectivités, ameublement, grande distribution, jouets…
- Les différentes étapes de fabrication sont réalisées en interne au sein d'un parc machines important : fraiseuses numériques, presses à injecter des thermoplastiques, presses mécaniques, cisailles, plieuses, postes à souder, etc.
- Depuis sa création, l'entreprise Roolett cherche à innover pour répondre aux besoins des acteurs du marché en proposant de nouveaux produits. La société est spécialisée depuis plus de 30 ans dans le moulage des caoutchoucs par compression.
- Son département « approvisionnement / achat » lui permet d'assurer la fourniture de ses matières premières grâce à plusieurs partenaires.

Matière première	Part des partenaires dans l'approvisionnement			
Caoutchouc	Nevea (40 %)	Caooth (25 %)	Latexis (20 %)	Autres (15 %)
Métal	Steelor (30 %)	Holametal (30 %)	Assiri (20 %)	Autres (20 %)

- Grâce aux exportations, l'entreprise étend ses marchés à l'international :

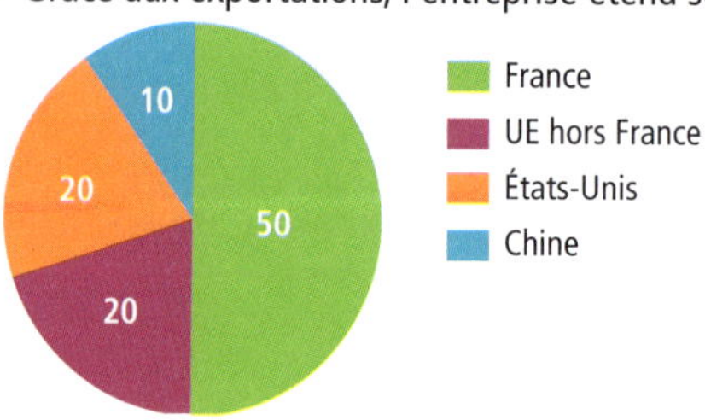

COMPRENDRE EN VIDÉO — *Voir 2 vidéos : Exploiter un tableau ; exploiter un graphique*

Annexe 2 Vue d'ensemble et tendances du marché de l'entreprise Roolett

- Le développement de la logistique et de la mobilité sous toutes ses formes donne un formidable relais de croissance au marché de la petite roue et de la roulette : trottinette urbaine pour les particuliers, chariots et diables pour les entrepôts des professionnels en sont de bonnes illustrations. Mais la concurrence internationale est rude : elle est espagnole, allemande et, dans une moindre mesure, américaine et chinoise.
- Pour faire face à la concurrence, l'entreprise Roolett peut s'appuyer sur ses produits de qualité réputés pour leur solidité et leur résistance aux frottements. Son unité de recherche et développement met au point des innovations pour améliorer les qualités techniques des roulettes : clipsage et déclipsage pour une maintenance facilitée, roues avec axe rotatif pour faciliter les manipulations sur des petits espaces…
- En termes d'approvisionnement, l'entreprise Roolett a besoin de se prémunir contre les aléas. Il est arrivé une fois que Nevea, son fournisseur de latex, subisse une grève de ses salariés, si bien que Roolett a connu une rupture de stock de quelques jours et a dû réorganiser au plus vite ses réapprovisionnements auprès de ses autres partenaires pour y remédier. Cet incident avait occasionné un arrêt de la chaîne de production et une diminution du chiffre d'affaires de l'entreprise.

Annexe 3 Nevea, un partenaire clé pour Roolett

- Nevea est une société d'exploitation agricole (SEA) implantée à Nançay dans le département du Cher (18). Son activité consiste à profiter du sol riche et humide de cette région en exploitant une plantation d'hévéas, arbres dont la sève permet de fabriquer le latex nécessaire à la production du caoutchouc. Nevea se compose d'un dirigeant, Monsieur Borocia, et de 12 salariés.
- Avec sa production annuelle de 200 000 tonnes de caoutchouc naturel, Nevea est un petit acteur sur ce marché, face à une production mondiale qui s'élève à plus de 12 millions de tonnes, qui émane principalement des producteurs asiatiques. Malgré cette concurrence forte, l'entreprise bénéficie d'un positionnement de proximité intéressant pour la France et ses pays frontaliers.
- Le chiffre d'affaires de Nevea est volatil, car il dépend du prix à la tonne du caoutchouc naturel. En 2018, le prix s'est stabilisé autour de 1 500 € la tonne, soit un chiffre d'affaires de 300 millions d'euros environ pour un capital social de 2 millions d'euros.
- Grâce à un partenariat signé il y a 10 ans, 82 % de la production de Nevea est revendue à l'entreprise Roolett. Toutefois, M. Borocia s'inquiète de cette quasi-dépendance envers un seul partenaire et s'interroge sur l'utilité de diversifier sa clientèle pour répartir les risques de son activité ; par exemple, des Espagnols souhaiteraient lui acheter un tiers de sa production. Pour autant, l'exploitation de Nevea n'est pas extensible : compte tenu de son parc d'hévéas, sa production de caoutchouc ne peut pas augmenter ; s'il satisfaisait la demande des Espagnols, ce serait au détriment des besoins de l'entreprise Roolett.
- Enfin, en raison des acteurs asiatiques du marché qui maintiennent une pression à la baisse des prix, M. Borocia est obligé d'être dur avec ses salariés et de surveiller de près leur progression de salaire. D'ailleurs, les employés mécontents ont récemment usé de leur droit de grève pour que leurs salaires soient reconsidérés. L'interruption de travail de 12 jours a empêché Nevea d'honorer une commande à destination de Roolett.

Annexe 4 Organigramme de l'entreprise Roolett avant et après le rachat de Nevea

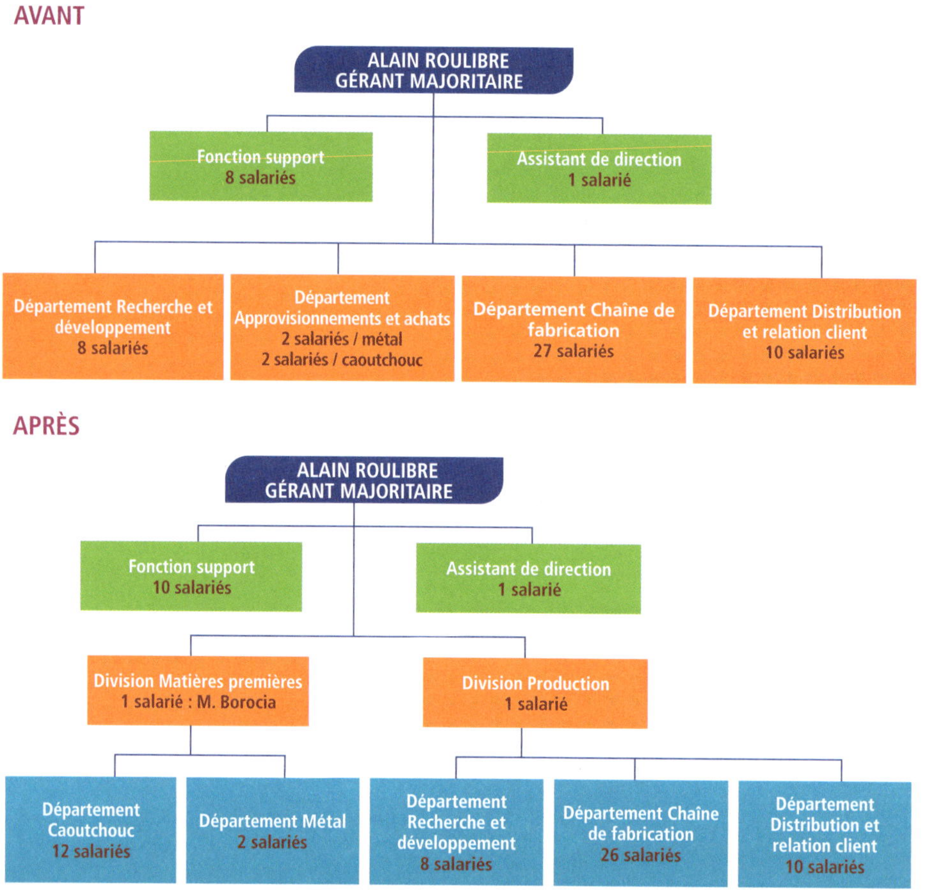

Annexe 5 Vente en ligne B to B : faut-il investir les *marketplaces* ?

La vente en ligne B to B est en pleine transformation digitale. Initiées par les géants du Web Amazon et Alibaba, les *marketplaces* sont devenues le modèle à suivre pour vendre en ligne aux professionnels. [...]

Vente en ligne B to B : un marché boosté par les attentes des acheteurs professionnels

À l'ère de la transformation digitale des entreprises, l'e-commerce est devenu un enjeu stratégique pour les entreprises. Les pratiques d'achat B to B tendent à se digitaliser de plus en plus grâce notamment au développement de services numériques dédiés aux professionnels et à l'arrivée de nouveaux modèles numériques comme les places de marché B to B ou les *marketplaces* spécialisées.

Face à cette mutation du commerce B to B, les comportements d'achats des professionnels évoluent au même titre que les services. Les acheteurs B to B sont ainsi de plus en plus nombreux à faire leurs recherches sur le Web et à acheter en ligne via une solution d'*e-procurement* ou directement sur un site e-commerce. Les professionnels transitent ainsi des canaux offline (catalogue papier, commerciaux, bon de commande, téléphone...) vers les canaux digitaux. Depuis la recherche de fournisseurs en passant par la sélection des produits et jusqu'à la prise des commandes et au suivi des achats, les clients professionnels utilisent le digital tout au long du process d'achat. Les acheteurs B to B font ainsi la tendance en matière de vente en ligne B to B. Face à ce mouvement, les vendeurs B to B adoptent l'e-commerce comme un nouveau canal de vente et adaptent leur stratégie de vente en intégrant le digital comme un nouveau levier de croissance.

[...]

Les *marketplaces* B to B : le modèle gagnant pour les entreprises ?

L'e-commerce B to B représente une formidable opportunité pour les entreprises qui souhaitent conquérir et fidéliser une nouvelle clientèle. Si la création d'une plateforme de commerce en ligne B to B peut engendrer des coûts importants et une restructuration des systèmes d'information, les places de marché représentent un canal privilégié pour les vendeurs B to B qui souhaitent se lancer dans l'e-commerce et tester la vente en ligne sur un segment de produits avant d'initier de gros chantiers au sein de leur entreprise.

Parce qu'elles regroupent un grand nombre d'acheteurs et de vendeurs, les places de marché sont devenues la référence en matière de vente et d'achat B to B en ligne. Amazon et Alibaba sont les géants qui ont initié cette tendance. Les vendeurs professionnels suivent ce mouvement et intègrent les *marketplaces* dans leur stratégie de vente et d'acquisition clients pour capter une nouvelle clientèle et accroître leurs ventes de manière rapide, le tout en bénéficiant de la notoriété de la plateforme et des services qu'elle garantit à ses acheteurs professionnels. Grâce à un trafic qualifié, les places de marché permettent aux vendeurs B to B de générer des ventes supplémentaires et d'être plus visibles auprès des acheteurs professionnels sans avoir besoin de débourser un budget dans des campagnes publicitaires online. En contrepartie, les vendeurs devront payer un abonnement à la *marketplace* et reverser un pourcentage des ventes. Un coût perçu comme un investissement marketing pour les vendeurs B to B. Les *marketplaces* sont aussi une réelle opportunité pour les petits vendeurs qui peuvent se payer une présence en ligne à un coût abordable.

La concentration de l'offre et de la demande sur les *marketplaces* et la garantie de services fiables font le succès de ces plateformes où les fournisseurs et les acheteurs commercent sans intermédiaire.

Amazon a lancé en avril 2015 Amazon Business en Amérique du Nord, sa place de marché entièrement dédiée aux professionnels. Selon une étude d'Acquity Group, 17 % des acheteurs B to B achètent régulièrement sur cette plateforme.

L'arrivée du digital dans le commerce inter-entreprises a permis de faciliter les échanges entre professionnels et de réduire les intermédiaires dans le commerce B to B. La vente en ligne B to B est un véritable relais de croissance pour les marchands professionnels. Avec plus de 20 % des entreprises françaises qui réalisent des achats via Internet, l'e-commerce représentait 18 % du montant total des ventes B to B en 2015. Selon les prévisions de la Fevad, l'e-commerce B to B français pourrait atteindre une part de marché de 24 % dans le volume des ventes B to B en 2020.

https://www.webetsolutions.com

ANNEXE 6 Quelques articles de droit

Code civil

- Article 1217 : « La partie envers laquelle l'engagement n'a pas été exécuté, ou l'a été imparfaitement, peut :
  – refuser d'exécuter ou suspendre l'exécution de sa propre obligation ;
  – poursuivre l'exécution forcée en nature de l'obligation ;
  – obtenir une réduction du prix ;
  – provoquer la résolution du contrat ;
  – demander réparation des conséquences de l'inexécution.
  Les sanctions qui ne sont pas incompatibles peuvent être cumulées ; des dommages et intérêts peuvent toujours s'y ajouter. »
- Article 1240 : « Tout fait quelconque de l'homme, qui cause à autrui un dommage, oblige celui par la faute duquel il est arrivé à le réparer. »
- Article 1245 : « Le producteur est responsable du dommage causé par un défaut de son produit, qu'il soit ou non lié par un contrat avec la victime. »
- Article 1246 : « Toute personne responsable d'un préjudice écologique est tenue de le réparer. »

Code du travail

Article L1224-1 : « Lorsque survient une modification dans la situation juridique de l'employeur, notamment par succession, vente, fusion, transformation du fonds, mise en société de l'entreprise, tous les contrats de travail en cours au jour de la modification subsistent entre le nouvel employeur et le personnel de l'entreprise. »

CORRIGÉS

QCM

L'INTÉGRATION DE L'ENTREPRISE DANS SON ENVIRONNEMENT

Énoncé p. 315

1. b, c
2. a, d
3. c
4. a, c
5. c, d
6. e
7. a, d
8. a, d
9. b
10. b, c
11. b
12. a, c
13. d
14. c
15. d
16. a, c, d
17. a, b
18. a
19. c
20. a, c, d, e

LA RÉGULATION DE L'ACTIVITÉ ÉCONOMIQUE

Énoncé p. 318

1. b, c, d
2. a, b, c
3. c
4. b, d
5. c
6. a, c
7. b, d
8. a, b, d
9. b
10. a
11. b
12. b
13. c
14. d
15. b, c
16. a, b, c, e
17. a, b, d
18. a, b
19. b

L'ORGANISATION DE L'ACTIVITÉ DE L'ENTREPRISE

Énoncé p. 321

1. a, b, c
2. a, c
3. e
4. b, c, d
5. b, d
6. c
7. d
8. b
9. a
10. b
11. d
12. a
13. b
14. b, c
15. c
16. a
17. c
18. a, b
19. b, c, d
20. a
21. a
22. a, b, c
23. c
24. a, c

L'IMPACT DU NUMÉRIQUE SUR LA VIE DE L'ENTREPRISE

Énoncé p. 324

1. c
2. a, c, d
3. b
4. a, c
5. a
6. b
7. a, b, d
8. b
9. c
10. a, b
11. d
12. b
13. a, c
14. b, c
15. a, c
16. a, c, d
17. a, d

LES MUTATIONS DU TRAVAIL

Énoncé p. 327

1. e
2. b, c
3. e
4. b, c, d
5. a, b
6. c, d
7. c
8. c
9. d
10. a, c
11. d
12. b, c
13. b
14. b, c
15. c
16. a, b
17. a, b, c
18. a, c

LES CHOIX STRATÉGIQUES DE L'ENTREPRISE

Énoncé p. 330

1. d
2. c
3. b
4. b
5. b
6. b, c
7. a, c

ÉTUDE DE CAS : CAS ROOLETT

Mission 1 *Énoncé p. 331*

1. **L'entreprise Roolett** est une société commerciale, personne morale de type SARL que l'on peut qualifier de moyenne entreprise par sa taille (plus de 50 salariés) mais grande par son chiffre d'affaires (supérieur à 50 millions d'euros). L'entreprise développe son activité dans le secteur industriel. Elle vend ses produits à des professionnels et relève de la catégorie du B to B (Business to Business).

2. **L'objectif** : faire ressortir les difficultés d'approvisionnement de l'entreprise et justifier la pertinence d'une politique d'intégration verticale de la filière caoutchouc qui représente les 2/3 de la production de roues et roulettes dans un univers concurrentiel.

L'environnement externe	
Menaces	**Opportunités**
Forte concurrence internationale : espagnole, allemande, américaine et chinoise	Secteur en pleine croissance grâce à la mobilité et à l'essor de la logistique
Le diagnostic interne	
Faiblesses	**Forces**
• 40 % de l'approvisionnement en caoutchouc provient d'une seule entreprise, Nevea : forte dépendance • Roolett a dû faire face à une rupture de l'approvisionnement de Nevea • Cette dépendance crée un risque pour le chiffre d'affaires de Roolett	• Capacité d'innovation • Solidité et bonne qualité des produits

La stratégie d'intégration verticale est une stratégie de croissance qui consiste à ce qu'une entreprise décide de racheter une activité en amont ou en aval de sa propre activité. En l'occurrence, il peut être opportun pour Roolett, afin de chasser les aléas sur ses approvisionnements, de racheter l'entreprise Nevea.

Les arguments en faveur de l'intégration de Nevea :

– Roolett pourra contrôler 40 % de son approvisionnement en caoutchouc. Les aléas sur sa production sont donc réduits ;

– Nevea est basée en France, comme Roolett. C'est positif pour son image. L'approvisionnement ne posera pas de difficulté de transport ;

– les clients de Roolett sont principalement voisins : la France et l'Union européenne représentent 70 % du chiffre d'affaires. Le positionnement local est conforté ;

– Roolett contrôle la totalité de la production et dissuade ainsi M. Borocia d'aller fournir ses concurrents espagnols ;

– l'entreprise est de petite taille, tant en termes de salariés qu'en termes financiers de l'entreprise. Le capital social de Nevea est de 2 millions d'euros contre 10 millions pour Roolett. Le chiffre d'affaires de Nevea tourne autour de 300 millions contre 500 millions d'euros pour Roolett. Le rachat semble possible.

Remarque Il nous faudrait également l'estimation de la valeur des parts sociales au vu du montant des réserves de l'entreprise.

3. **Les solutions de financement envisageables pour la stratégie de Roolett :**

Augmenter son capital social en achetant les parts sociales de Nevea	Solliciter une nouvelle souscription de la part de ses associés avec maintien de la répartition si chaque associé contribue proportionnellement à son apport initial.
	Solliciter une nouvelle souscription de la part de ses associés avec modification de la répartition si tous les associés ne contribuent pas.
Augmenter son capital social en intégrant la SEA Nevea comme nouvel associé de Roolett	Si Nevea représente 2 millions d'euros, la société peut apporter cette somme au capital social de Roolett. Elle détiendra alors 2/12e du capital social du nouvel ensemble, soit environ 16,6 %. La part de M. Roulibre passerait de 60 à 50 % (6 millions sur 12). Il ne perdrait pas la majorité du capital. Les autres associés verraient également leur part diminuer.
Augmenter son taux d'endettement auprès des banques	Roolett peut ne pas modifier son capital social et solliciter un emprunt bancaire externe afin de financer le rachat pur et simple de l'entreprise, car son taux d'endettement est relativement faible. La SARL Roolett deviendrait alors l'associé de référence de la SEA Nevea.

Il est possible de proposer un mix de ces différentes options.

Mission 2

4. **La structure organisationnelle de Roolett** avant et après le rachat de Nevea ; les avantages de la nouvelle structure.

Avant	Après
• La structure est hiérarchique et fonctionnelle. • La production semble constituer un seul bloc. • Les fonctions de la production sont les critères de division de l'activité, quel que soit le produit fini.	• La structure est divisionnelle autour de deux stades clés de la production : approvisionnement et fabrication. • Un niveau hiérarchique supplémentaire est ajouté.

L'avantage de la structure divisionnelle est d'intégrer facilement Nevea sans modifier complètement la structure. On retrouve les 10 salariés de Nevea dans le département caoutchouc. M. Borocia demeure au contact de ses salariés et gagne en responsabilité puisqu'il dirige la division « matières premières » et supervise donc les salariés du département métal. 2 salariés de Nevea ont évolué vers la fonction support. C'est également l'occasion de promouvoir un salarié de Roolett du département de la chaîne de fabrication comme responsable de la nouvelle division « production ».

5. **Selon l'article L1224-1 du Code du travail**, à l'occasion d'un rachat d'une entreprise par une autre, les contrats de travail de l'entreprise rachetée sont maintenus et le nouvel employeur est l'entreprise acheteuse. Roolett devient donc l'employeur de tous les salariés de l'entreprise Nevea.

Mission 3

6. **M. Deloin est lié par un contrat** au supermarché Market-In mais n'est pas lié à l'entreprise Roolett. Toutefois, le dommage qu'il a subi provient d'une roulette de caddie fabriquée par Roolett.
Selon l'article 1245 du Code civil, M. Deloin peut engager la responsabilité du fait des produits défectueux du producteur du bien qui lui a causé un défaut. Il n'a pas besoin d'être lié contractuellement à l'auteur du défaut. Les producteurs sont solidaires entre eux.

M. Deloin peut donc se retourner :
– soit contre Roolett ;
– soit contre Market-In. Si ce dernier prouve que Roolett est à l'origine du défaut du caddie, il pourra se retourner dans un second temps contre lui.

Mission 4

7. **L'abonnement à une place de marché numérique** pour Roolett aurait les avantages suivants en termes de développement des ventes :
– visibilité sur le marché plus forte et meilleure mise en relation de Roolett avec ses clients potentiels ;
– le digital est un nouveau canal de vente et donc un levier de croissance supplémentaire.

Conséquences sur les charges	Conséquences sur les recettes
• Pas de dépense de publicité *online* • Réduction des coûts liés à l'édition de catalogue papier • Pas de charges liées à la sécurisation des paiements en ligne (gestion par la *marketplace* elle-même) • Mais coût de restructuration du système d'information et paiement d'un contrat de maintenance ou d'un abonnement avec la plateforme numérique, et paiement de commission sur les ventes au bénéfice de la plateforme	• Risque de réduction de la marge unitaire à cause du prélèvement de commissions et la facilité pour les clients de comparer les prix grâce aux comparateurs. Ces derniers peuvent obliger Roolett à devoir réduire ses prix. • Mais hausse probable du volume des ventes grâce à une meilleure visibilité et accessibilité de l'offre

Culture générale et expression

Entraînement

Retrouve les sujets corrigés et commentés sur www.parascolaire.hachette-education.com ou flashe directement ce code.

COMPRENDRE EN VIDÉO

Retrouvez tous nos tutos vidéos sur notre chaîne YouTube « Objectif BTS Hachette ».

- Comment lire un texte et en cerner les enjeux ?
- Comment introduire ? Comment conclure ?
- Comment définir une problématique ?
- Comment définir un terme ?
- Comment faire une analyse iconographique ?

Présentation de l'épreuve E1

Culture générale et expression

Épreuve écri[te]
Durée : 4 heu[res]
Coefficient :

1 Les modalités d'évaluation

• **Les formes de l'évaluation.** On propose 3 à 4 documents de nature différente (textes littéraires, textes non littéraires, documents iconographiques, tableaux statistiques, etc.) choisis en référence à l'un des deux thèmes inscrits au programme. Chacun d'eux est daté et situé dans son contexte.

COMPRENDRE EN VIDÉO — *Voir vidéo : Comment lire un texte et en cerner les enjeux ?*

• **L'épreuve**

Première partie : synthèse (notée sur 40). Vous devez rédiger une **synthèse objective** en confrontant les documents fournis.

Deuxième partie : écriture personnelle (notée sur 20). Vous répondez de **façon argumentée** à une question relative aux documents proposés. La question posée invite à confronter les documents proposés en synthèse et les études de documents menées dans l'année en cours de culture générale et expression.

La note globale est ramenée à une note sur 20 points.

2 Conseils de méthode

COMPRENDRE EN VIDÉO — *Voir vidéo : Comment introduire ? Comment conclure ?*

• **La synthèse**

La synthèse est l'exercice qui prend le plus de temps. Votre rédaction doit faire à peu près quatre pages, soit deux feuilles. L'ensemble doit être structuré, comprenant une introduction, un développement, une conclusion.

• **La lecture des documents**

Avant de vous lancer dans la rédaction, prenez bien le temps de lire chaque document, d'en vérifier la bonne compréhension et surtout d'en résumer le contenu très succinctement, en mettant en lumière les idées principales, ainsi que les mots-clés.

Ensuite, envisagez les liens entre les documents et leur façon d'aborder le thème général.

Au brouillon, vous pouvez faire un tableau rapide pour synthétiser toutes ces données. Attention de ne pas oublier de document.

• **La rédaction**

L'introduction et la conclusion s'élaborent d'une traite au brouillon afin qu'elles soient dans une réelle continuité. N'oubliez pas que ces deux parties sont fondamentales dans la mesure où elles orientent d'emblée l'appréciation du correcteur face à votre copie.

Une composition de qualité présente un ensemble :

– clair ;
– structuré : avec des paragraphes, alinéas, sauts de ligne cohérents et la présence de connecteurs ;
– concis : pas de « bavardage », ni de répétition, un vocabulaire juste et précis ;
– sans fautes : une bonne relecture finale évite parfois bien des étourderies.

INTRODUCTION	
4 composantes	1. **Présentation** du thème de l'année + **traitement** par les documents proposés. 2. **Présentation du corpus** (nature du document, auteur, date de parution, une phrase résumant chaque document). 3. **Problématique** : la question pivot du corpus à laquelle répondent les documents. 4. **Annonce du plan.**

Présentation	– **Introduction** = un paragraphe monobloc avec un alinéa au début et un saut de ligne avant de passer au développement. – **Documents :** ne pas les citer de façon numérotée (« dans le document 1 »), mais reprendre **le nom de l'auteur**. – **Problématique** à introduire par une formule du type : « **De fait, une question émerge : … ?** ». – **Pour l'annonce du plan**, utiliser des connecteurs : « Dans un premier temps, sera abordé(e)… (= **attention à l'accord avec le sujet inversé)** ; dans un second temps, sera évoqué(e)… ; dans un troisième temps, sera souligné(e)… ».
DÉVELOPPEMENT	
Composantes	– **2 ou 3 grandes parties**, chacune constituée de 2 ou 3 sous-parties. – 1 sous-partie = **un connecteur** + **une idée principale** + **traitement dans les documents** = mettre en évidence comment ils **se complètent ou s'opposent**. – **Transition à la fin** d'une partie : résumé de ce qui a été démontré + annonce de la suite.
Présentation	– Pas de saut de ligne entre les sous-parties, mais **entre les parties.** – Saut de ligne entre **la dernière partie et la conclusion.** – **Connecteurs en début** de chaque sous-partie (« Il en résulte / En effet / C'est pourquoi / Ensuite / Enfin… »). – Attention : ne pas trop citer d'extraits des documents mais en reformuler les idées principales. – SURTOUT pas d'avis personnel. Restez objectif et nuancé. – **Plan logique et cohérent** et non un simple inventaire des documents pris un à un.
CONCLUSION	
– **Synthèse** de ce qui a été démontré. – Reprendre les mots-clés et ne pas introduire de nouvelles données. – 1 **paragraphe** (alinéa + connecteur : « Pour conclure / En somme / Pour finir… »). – Ne pas utiliser de formules maladroites : « Nous avons montré que… ». – Le tout = 3 à 5 phrases dont une phrase au minimum pour chaque partie.	

• L'écriture personnelle

L'écriture personnelle, plus courte que la synthèse, consiste en une réponse argumentée à la question posée. Prévoyez entre 1 heure et 1 h 30 pour la composer. L'essentiel est de répondre clairement, de façon nuancée, pertinente (évitez l'emploi du « nous » et surtout du « je ») et structurée (introduction, développement, conclusion). Les principes de présentation sont les mêmes que pour la synthèse.

Introduction	1. **Amorce :** présentez le sujet. 2. **Problématique :** reprenez la question telle qu'elle vous est donnée. 3. **Annonce du plan.** Le tout = **un paragraphe** (alinéa + saut de ligne à la fin).
Développement	– **Réponse apportée à la question** + **d'autres possibilités**. Pas un point de vue, mais plusieurs. – Pas de simple reprise des éléments de réflexion des documents. ATTENTION : évaluation de culture générale (connaissances sur le thème) = enrichir la démonstration par **des références culturelles personnelles variées** (littérature, cinéma, peinture, sport, actualité, sciences, histoire, géographie…).
Conclusion	– **Une prise de position claire**, **nuancée** et répondant à la question posée en introduction. – **Brève** et **succincte** (reprenant les **mots-clés**) = **un paragraphe**, introduit par un connecteur.

• La préparation au cours de l'année

Pour vous préparer au mieux durant toute l'année, il faut un travail régulier et continu :
– Entraînez-vous à écrire pour entretenir la fluidité de votre expression.
– Faites des fiches de vocabulaire des différents mots-clés pour les réutiliser dans votre composition.
– Élargissez vos connaissances en consultant le maximum d'œuvres que vous référencerez sur des fiches synthèse.

THÈME 1 Dans ma maison

Introduction

« Ma maison », un énoncé simple qui fait écho à une réalité qui nous est bien familière : celle de notre habitat. Dérivée du verbe latin *manere* (« rester », « résider »), elle implique la sédentarité. « Ma maison » est une évidence pour chacun d'entre nous. Les noms abondent pour déterminer ce lieu qui nous est propre, qui nous ancre dans l'espace : logis, villa, pavillon, appartement, bâtisse, immeuble… bien d'autres termes encore déclinent ce référent. **« Ma maison » est plurielle dans sa dénomination.**

Physiquement, elle est polymorphe car elle varie selon les attentes de chaque propriétaire ou locataire, mais aussi selon leurs possibilités financières. Du simple appartement à la villa se déploie tout un faisceau de possibles. Car « ma maison » est le résultat, la somme des savoirs et savoir-faire de l'architecture. Concevoir sa maison repose sur une technique sujette à une évolution et, parfois, à de véritables prouesses. Dans les cas les plus extrêmes, « ma maison » peut devenir objet de dépassement et d'exploits, alliant esthétique et fonctionnel.

« Ma maison » répond à un besoin : celui de permettre à l'homme d'investir l'espace. Diachroniquement, elle renvoie au besoin premier qui, historiquement, a marqué une étape importante dans l'évolution humaine : celui de la sédentarisation. De fait, l'homme a pris possession de l'espace. Socialement, cet état de fait est une évidence. Chaque personne est associée à un espace individuel. « Ma maison » devient donc un marqueur social car on habite tous différemment son logis en fonction de la pluralité de ses modes de vie, des contraintes liées aux territoires occupés, conditionnées par des capacités financières, des impératifs professionnels et/ou familiaux, et du contexte sanitaire.

Temporellement, « ma maison » renvoie au fil de l'existence de chacun à une succession de résidences. Cette expression cristallise notre appartenance au monde, notre ancrage dans l'environnement et donc notre empreinte spatiale.

Symboliquement, on investit chacun le lieu où on réside, notre maison. Lieu de vacances, maison de famille, les souvenirs teintent affectivement « ma maison ». Elle peut parfois s'inscrire dans une histoire familiale. Elle devient alors un héritage.

Singulière et plurielle, « ma maison » reste notre centre de gravité, notre parenthèse dans l'espace de la collectivité. Elle se trouve à la croisée de l'expérience universelle et intime, car nous investissons tous différemment notre logis. Comment alors entre dénotation, la réalité première de l'habitat spatial, et connotation, le symbole de notre attachement, « ma maison » acquiert-elle polysémie et multivalence ?

1er axe de réflexion : *« Ma maison »/« Nos maisons » : pluralité et clivages* *(p. 344)*

Problématiques

- Comment « ma maison » a-t-elle marqué l'évolution humaine, véritable cap dans la relation entre l'homme et l'espace ?
- Dans quelle mesure la maison est-elle l'artefact de savoirs et de savoir-faire architecturaux, conditionnant un déploiement des pièces selon leur fonction ?
- Comment « ma maison » s'impose-t-elle comme une réalité graduelle, oscillant entre logement insalubre et villa de luxe ?

1. Entre nomadisme et sédentarité

« Ma maison » institue la sédentarité pour l'homme que ce soit historiquement ou socialement. Mais « ma maison » peut se concevoir à rebours comme le mode de vie de l'itinérance.

Mots-clés : baraque, bungalow, cabane, hutte, maison, préfabriqué.

2. Entre individualité et collectivité

Par définition, « ma maison » offre une enclave de l'individualité dans l'espace collectif. Elle propose une déclinaison d'habitat selon les territoires occupés (rural ou urbain), le type de logement occupé, le statut (propriétaire/locataire).

Mots-clés : bail, bâtisse, bicoque, charges, construction, domotique, gratte-ciel, HLM, immeuble, immeuble haussmannien, location, loft, masure, pavillon, propriété, résidence secondaire, studio, taudis, villa.

2e axe de réflexion : *Moi et « ma maison » : le processus d'habiter (p. 350)*

Problématiques

- Comment « ma maison » cristallise-t-elle l'investissement de l'homme sur l'espace qui lui est propre ?
- Quelles fonctions affectives motivent cette relation si personnelle ?
- Quelles expériences nourrissent le clivage entre huis clos rimant avec emprisonnement, et refuge cocon ?

1. « Ma maison », théâtre du personnel en tant qu'espace de l'intime

L'espace est découpé selon une constitution de pièces, détentrices d'une fonction essentielle : c'est le cocon, le repli salutaire de l'individu qui se livre dans toute sa singularité par le processus d'habiter et de choisir son habitat.

Mots-clés : antichambre, asile, bien-être, bricolage, chez-soi, confort, *cosy*, cuisine, domesticité, *Feng Shui*, famille, foyer, *home*, *home sweet home*, hospitalité, loggia, maisonnée, nid, refuge, retraite, salle à manger, salle de réception, salon, sociabilité, terrasse.

2. « Ma maison » : l'espace sclérosant

Le processus d'habiter peut souffrir de défauts (insalubrité, nuisances, etc.) et abriter de nombreuses tensions qui, en provoquant l'écart, le repli, font de cet espace une prison et rendent l'homme captif.

Mots-clés : chambre de bonne, communs, confinement, galetas, huis clos, insalubrité, isolement, promiscuité, nuisances, prison, solitude, soupente.

3e axe de réflexion : *« Ma maison », entre réalité et onirisme (p. 355)*

Problématiques

- Symboliquement, comment « ma maison » investit-elle les domaines de l'imaginaire ou du rêve ?
- Par quel processus se met-on à rêver d'un lieu utopique, idéalisé par le souvenir ?
- Comment « ma maison » relaie-t-elle des bâtisses oniriques, peuplées par d'étranges créatures ?

1. « Ma maison » onirique

« Ma maison » résonne comme une projection de l'imaginaire, personnelle car plusieurs maisons émaillent notre vie, notre enfance. C'est « ma maison » des souvenirs, celle de la jeunesse, mais aussi celle des contes de fée, que petits, nous imaginions à travers toutes les légendes qui nous faisaient rêver.

Mots-clés : alcôve, château, héritage, inventaire, maison de famille, maison de vacances, manoir, palais, utopie.

2. « Ma maison » tragique

A contrario, « ma maison » résonne comme une menace, le théâtre des plus sombres histoires, scénarios de nos peurs les plus ténébreuses. C'est aussi l'abri de ma conscience, le lieu où les souvenirs difficiles se cachent pour mieux nous hanter.

Mots-clés : asile, folie, maison hantée, manoir.

1 « Ma maison »/« Nos maisons » : pluralité et clivages

Saisie dans sa réalité première, **« ma maison » désigne un concept : celui de l'habitat. Elle est le vecteur entre l'homme et son environnement, accompagnant ainsi l'humain dans son évolution**. Cependant, si « ma maison » est unique dans sa définition, **elle est plurielle dans son élaboration**. Elle se façonne selon les aspirations et les possibilités de son (ou ses) habitant(s). **C'est ainsi que « ma maison » devient « nos maisons »**. Cette pluralité est renforcée par les bivalences qui la caractérisent et la placent à la croisée de nombreux clivages : propriétaire/locataire, espace public/intime, etc.

1 Entre nomadisme et sédentarité

« Ma maison » se positionne entre le nomadisme et la sédentarité. Elle est modulable selon le mode de vie de son occupant.

• **L'origine de « ma maison » : de l'abri et du nomadisme.** La maison relève d'une notion plus générale, celle de l'habitat. L'homme s'implante dans l'environnement pour un temps plus ou moins long. S'il est amené à bouger, il est donc nomade. L'habitat répond alors à un besoin humain de première nécessité : celui de l'abri. C'est un espace qui offre à l'homme la possibilité de se replier, se protéger ou se reposer, une sorte de **parenthèse dans l'espace**. Dès la préhistoire, le concept de l'avant-maison se décline selon les formes les plus rudimentaires : excavation, grotte, hutte faite de branchages, de peaux de bêtes, de feuillages. « Ma maison » se réduit alors à la notion d'**abri,** c'est-à-dire de lieu couvert protégeant contre les intempéries, les dangers.

Définition

Excavation : creux, cavité dans le sol.

• **« Ma maison », fruit de la sédentarité.** De fait, comme le révèle son étymologie, le terme latin *ma(n)sionem*, qui désigne « un séjour, un lieu de séjour, une habitation, une demeure, une auberge », la maison implique une certaine sédentarité. Ce sens premier accompagne l'évolution de l'humanité. **Durant la préhistoire, l'homme se sédentarise. Il s'implante durablement dans l'espace**. Les premières maisons apparaissent alors dans des formes d'abord très frustes. L'intérieur est sombre, sans fenêtres, avec un feu qui brûle au milieu de la pièce, prolongeant ainsi la notion d'abri. Il tend à se multiplier et à créer les premiers villages, c'est-à-dire le regroupement de plusieurs maisons. « Ma maison » prend alors tout son sens : le possessif cristallise cette notion d'appartenance, de singularité de l'homme à l'espace.

▲ *Tulou* dans la province du Fujian (Sud-Est de la Chine).

Le *tulou* (« maison de terre ») est une forme traditionnelle de résidence communautaire constituée de plusieurs bâtiments. Construits entre le XVe et le début du XXe siècle par les Hakkas, un peuple souvent persécuté, les *tulou* servaient à se protéger des envahisseurs. Ces grandes bâtisses en argile de forme concentrique sont organisées autour d'une grande cour très vivante, qui sert de lieu de socialisation. Chaque *tulou* peut accueillir jusqu'à 800 personnes. Les 46 maisons de terre des *tulou* de la province du Fujian en Chine ont été inscrites par l'UNESCO sur la liste du patrimoine mondial de l'humanité en 2008.

• **« Ma maison » : un choix entre itinérance et sédentarité.** Suivant l'évolution des modes de vie des hommes, **la sédentarité tend à s'imposer**. Le nomadisme devient alors non plus une obligation, une nécessité, dans la mesure où l'homme s'implante durablement dans son espace, mais un choix de vie, personnel et volontaire. Ma maison s'adapte alors. Elle prend une forme temporaire, éphémère ou conçue pour être habitée ponctuellement. Ce sont les huttes, le camping et ses mobil-homes, les bungalows, les cabanes, les baraques ou les préfabriqués qui offrent, par exemple le temps d'un chantier, un abri couvert. **Son caractère itinérant ou ponctuel s'inscrit sur le clivage « ouverture/fermeture »**. En effet, ce type d'habitat se présente comme une maison tellement frêle et « légère » dans l'environnement qu'elle s'unifie parfaitement à la nature (ouverture), tout en proposant un abri (fermeture). Ces habitats, aussi modestes soient-ils, proposent des conditions de vie un peu sommaires, particulièrement adaptés à une brève temporalité. Le bungalow ou le mobil-home sont des îlots dans l'environnement, permettant à leur locataire de vivre au contact de la nature.

2 Entre individualité et collectivité

Puisque « ma maison » cristallise le lien entre l'homme et l'espace, **elle se situe à la croisée de l'individuel et du collectif**, espace à la fois social, fonctionnel et intime.

• **« Ma maison » : un marqueur social. Ma maison est un abri, mais aussi un marqueur social**. Son aspect permet de caractériser son propriétaire ou son locataire et ses ressources financières. Ce sont elles qui déterminent la capacité de l'homme à acquérir et aménager le logis de son choix. Plus ses ressources seront importantes, plus il bénéficiera d'une liberté totale pour son habitat. *A contrario*, les personnes en précarité financière n'ont pas de maisons et sont reléguées au rang de sans-abri. Ce sont les invisibles qui investissent l'espace collectif, public comme lieu d'hébergement. **La maison peut alors devenir un lieu d'inégalité** en tant que marqueur social. Les taudis, les masures, les bicoques s'opposent aux villas, aux immeubles haussmanniens. La notion d'environnement révèle également le clivage rural/urbain. Vivre à la campagne, alors qu'on travaille dans une grande ville, peut rappeler qu'une maison de ville est parfois inabordable compte tenu des prix de l'immobilier. C'est ainsi que se joue également le statut de l'occupant : locataire ou propriétaire. Le premier choisit de disposer d'une maison ponctuelle, possession d'un autre, contre un loyer. En signant son bail, il s'investit dans une moindre mesure dans l'appropriation de l'espace. En effet, le locataire s'y projette de manière limitée car l'espace ne lui appartient pas. Le statut de propriétaire permet une totale fusion entre l'occupant et la maison car ils ne font qu'un. De plus, être locataire peut également signifier des capacités financières moindres, empêchant l'achat.

Document

Le vestibule et l'escalier étaient d'un luxe violent. En bas, une figure de femme, une sorte de Napolitaine toute dorée, portait sur la tête une amphore[1], d'où sortaient trois becs de gaz, garnis de globes dépolis. Les panneaux de faux marbre, blancs à bordures roses, montaient régulièrement dans la cage ronde ; tandis que la rampe de fonte, à bois d'acajou, imitait le vieil argent, avec des épanouissements de feuilles d'or. Un tapis rouge, retenu par des tringles de cuivre, couvrait les marches. Mais ce qui frappa surtout Octave, ce fut, en entrant, une chaleur de serre, une haleine tiède qu'une bouche lui soufflait au visage.
– Tiens ! dit-il, l'escalier est chauffé ?
– Sans doute, répondit Campardon. Maintenant, tous les propriétaires qui se respectent, font cette dépense… La maison est très bien, très bien…
Il tournait la tête, comme s'il en eût sondé les murs, de son œil d'architecte.
– Mon cher, vous allez voir, elle est tout à fait bien… Et habitée rien que par des gens comme il faut !
Alors, montant avec lenteur, il nomma les locataires. À chaque étage, il y avait deux appartements, l'un sur la rue, l'autre sur la cour, et dont les portes d'acajou verni se faisaient face. D'abord, il dit un mot de M. Auguste Vabre : c'était le fils aîné du propriétaire ; il avait pris, au printemps, le magasin de soierie du rez-de-chaussée, et occupait également tout l'entresol[2]. Ensuite, au premier, se trouvaient, sur la cour, l'autre fils du propriétaire, M. Théophile Vabre, avec sa dame, et sur la rue, le propriétaire lui-même, un ancien notaire de Versailles, qui logeait du reste chez son gendre, M. Duveyrier, conseiller à la cour d'appel.
– Un gaillard qui n'a pas quarante-cinq ans, dit en s'arrêtant Campardon, hein ? C'est joli !
Il monta deux marches, et se tournant brusquement, il ajouta :
– Eau et gaz à tous les étages.
Sous la haute fenêtre de chaque palier, dont les vitres, bordées d'une grecque[3], éclairaient l'escalier d'un jour blanc, se trouvait une étroite banquette de velours. L'architecte fit remarquer que les personnes âgées pouvaient s'asseoir. Puis, comme il dépassait le second étage, sans nommer les locataires :
– Et là ? demanda Octave, en désignant la porte du grand appartement.
– Oh ! là, dit-il, des gens qu'on ne voit pas, que personne ne connaît… La maison s'en passerait volontiers. Enfin, on trouve des taches partout…
Il eut un petit souffle de mépris.
– Le monsieur fait des livres, je crois.
Mais, au troisième, son rire de satisfaction reparut. L'appartement sur la cour était divisé en deux : il y avait là madame Juzeur, une petite femme bien malheureuse, et un monsieur très distingué, qui avait loué une chambre, où il venait une fois par semaine, pour des affaires. Tout en donnant ces explications, Campardon ouvrait la porte de l'autre appartement.
– Ici, nous sommes chez moi, reprit-il. Attendez, il faut que je prenne votre clef… Nous allons monter d'abord à votre chambre, et vous verrez ma femme ensuite.
Pendant les deux minutes qu'il resta seul, Octave se sentit pénétrer par le silence grave de l'escalier. Il se pencha sur la rampe, dans l'air tiède qui venait du vestibule ; il leva la tête, écoutant si aucun bruit ne tombait d'en haut. C'était une paix morte de salon bourgeois, soigneusement clos, où n'entrait pas un souffle du dehors. Derrière les belles portes d'acajou luisant, il y avait comme des abîmes d'honnêteté.

Émile Zola, *Pot-Bouille*, Chapitre I, 1882.

---

1. **Amphore** : vase antique comportant deux anses et un pied étroit.
2. **Entresol** : dans un immeuble, niveau ou espace situé entre le rez-de-chaussée et le premier étage.
3. **Grecque** : type d'ornement composé d'une suite de lignes brisées qui reviennent sur elles-mêmes à angle droit.

Ce chapitre liminaire de *Pot-Bouille* révèle combien la maison est un marqueur social. La remarque initiale, « l'escalier est chauffé », montre les commodités existantes dans l'immeuble. Il comprend des appartements désignés d'emblée par l'honorabilité des occupants. Il n'est pas question ici d'aménagements, mais de la dignité de celui qui l'habite. La montée de l'escalier permet d'appréhender le déploiement de la structure du bâtiment. Les locataires s'enchaînent comme dans un macrocosme, révélant un espace fragmenté, mais lisse dans sa probité et son honorabilité. La seule pointe de mystère relève du locataire qui fait des livres, offensant la dignité du lieu. L'acte de propriété est palpable dans l'expression : « Ici, nous sommes chez moi. » L'adverbe « ici » relaie le groupe prépositionnel « chez moi », soulignant la pleine possession de l'espace par le maître des lieux.

Définition

Macrocosme : ensemble englobant considéré par rapport à ses éléments constitutifs (individus, groupes).

• **« Ma maison » : un artefact architectural.** **« Ma maison » constitue aussi une somme de choix pour son occupant**. Il investit l'espace et y pose son empreinte selon différents champs d'action possibles : la décoration, l'ameublement et la conception même du bâtiment. **Ce processus s'inscrit dans une logique qui impose la maison comme une entité façonnable et, par extension, comme un produit de consommation**. En effet, quand la société s'empare de l'habitat, elle lui applique des tendances, des modes, le transformant en terrain d'expérimentation. Les émissions sur la thématique immobilière abondent, montrant comment valoriser sa maison pour la rendre plus esthétique ou pour mieux la vendre. Car « ma maison » cristallise une conception personnelle de l'occupant avec un paramètre fondamental : ses capacités financières. Disposant de ressources conséquentes, il pourra se rendre maître totalement de son bien en choisissant, par exemple dans le cadre d'une construction, tous les attributs dont il souhaite le doter. Les noms de bâtisses d'exception résonnent alors en tant que vraies créations artistiques et historiques. Les châteaux de Versailles, de Neuschwanstein et bien d'autres sont autant de références d'exubérance ou de luxe. L'architecture n'est-elle pas l'art, la science, la technique de construire, de restaurer, d'aménager des édifices ? « Ma maison » est donc le reflet d'une singularité qui s'affirme. Elle implique des choix, une volonté de son occupant de l'aménager, de la créer selon ses désirs ou sa conception de la fonctionnalité. « Ma maison » se façonne donc en intégrant différents paramètres : ceux du confort, de la décoration, mais également des normes environnementales, de sécurité et d'accessibilité (domotique). Elle prend ainsi en compte des critères liés aux évolutions sociétales.

Définitions

Artefact : objet façonné par l'homme.

Domotique : techniques permettant d'intégrer à la maison les automatismes liés à la sécurité, la gestion de l'énergie, la communication, etc.

▲ « Ma maison » se conçoit dans l'esthétique, dans l'élaboration d'un projet colossal. Résidence des rois de France Louis XIV, Louis XV et Louis XVI, le château de Versailles avec ses 2 300 pièces et son parc de 800 hectares visait à glorifier la monarchie française. Ce château est synonyme de démesure, de luxe et emblématique du pouvoir de la royauté, voulu par Louis XIV.

▲ Les 357 miroirs qui ornent les 17 arcades de la Galerie des Glaces du château de Versailles célèbrent les succès politiques, économiques et artistiques de la France tout au long des 73 mètres de cette somptueuse salle de réception.

• « Ma maison », une mosaïque d'espaces. **Ma maison est donc une parenthèse dans la collectivité, mais qui reste elle-même composée de sous-espaces.** En passant du macro au micro, on raisonne alors en terme de pièces. « Ma maison » se déploie autour de différentes pièces. Comme l'espace doit être, à la fois, fonctionnel et intime, les pièces se déclinent selon leur attribution : antichambre, salon, salle de réception, salle à manger, boudoir, terrasse, loggia, cuisine, buanderie, communs, chambre de bonne… **l'énumération révèle combien l'agrégat est complexe. Il reflète la répartition des différentes sphères constitutives de la vie humaine.** Avec ses pièces dévouées au travail, à la cuisine, à la réception des invités… « ma maison » combine toutes les obligations humaines. Cette répartition suit une logique allant du plus social au plus intime car il existe des pièces réservées strictement à l'usage personnel de son occupant, là où il se délivre de toute contrainte, en goûtant une totale liberté. La chambre comme l'alcôve sont des pièces confidentielles qui se dérobent au regard du visiteur. *A contrario*, le salon et la salle de réception, notamment, sont prévus pour accueillir autrui. De fait, c'est l'univers domestique, l'espace singulier dont le propriétaire ou le locataire a la clé.

Définition

Alcôve : renfoncement pratiqué dans une chambre pour y mettre un ou plusieurs lits.

Document

Dans le vestibule Jean pria qu'on attendît. Il voulait allumer les bougies et les lampes, et il laissa dans l'obscurité Mme Rosémilly, son père et son frère, puis il cria : « Arrivez ! » en ouvrant toute grande la porte à deux battants.

La galerie vitrée, éclairée par un lustre et des verres de couleur cachés dans les palmiers, les caoutchoucs et les fleurs, apparaissait d'abord pareille à un décor de théâtre. Il y eut une seconde d'étonnement. Roland, émerveillé de ce luxe, murmura : « Nom d'un chien, » saisi par l'envie de battre des mains comme devant les apothéoses[1].

1. **Apothéose :** partie finale, très brillante, d'une œuvre ou d'un spectacle.

▸▸▸

Puis on pénétra dans le premier salon, petit, tendu avec une étoffe vieil or, pareille à celle des sièges. Le grand salon de consultation très simple, d'un rouge saumon pâle, avait grand air. [...]
Mme Roland ouvrit une porte à droite.
– Voici la chambre à coucher, dit-elle.
Elle avait mis à la parer tout son amour de mère. La tenture était en cretonne[2] de Rouen qui imitait la vieille toile normande. Un dessin Louis XV — une bergère dans un médaillon que fermaient les becs unis de deux colombes — donnait aux murs, aux rideaux, au lit, aux fauteuils un air galant et champêtre tout à fait gentil.
– Oh ! c'est charmant, dit Mme Rosémilly, devenue un peu sérieuse, en entrant dans cette pièce.
– Cela vous plaît ? demanda Jean.
– Énormément.
– Si vous saviez comme ça me fait plaisir.
Ils se regardèrent une seconde, avec beaucoup de tendresse confiante au fond des yeux.
Elle était gênée un peu cependant, un peu confuse dans cette chambre à coucher qui serait sa chambre nuptiale. Elle avait remarqué, en entrant, que la couche était très large, une vraie couche de ménage, choisie par Mme Roland qui avait prévu sans doute et désiré le prochain mariage de son fils ; et cette précaution de mère lui faisait plaisir cependant, semblait lui dire qu'on l'attendait dans la famille.
Puis quand on fut rentré dans le salon, Jean ouvrit brusquement la porte de gauche et on aperçut la salle à manger ronde, percée de trois fenêtres, et décorée en lanterne japonaise[3]. La mère et le fils avaient mis là toute la fantaisie dont ils étaient capables. Cette pièce à meubles de bambou, à magots[4], à potiches, à soieries pailletées d'or, à stores transparents où des perles de verre semblaient des gouttes d'eau, à éventails cloués aux murs pour maintenir les étoffes, avec ses écrans, ses sabres, ses masques, ses grues faites en plumes véritables, tous ses menus bibelots de porcelaine, de bois, de papier, d'ivoire, de nacre et de bronze, avait l'aspect prétentieux et maniéré que donnent les mains inhabiles et les yeux ignorants aux choses qui exigent le plus de tact, de goût et d'éducation artistique. Ce fut celle cependant qu'on admira le plus. Pierre seul fit des réserves avec une ironie un peu amère dont son frère se sentit blessé.

Guy de Maupassant, *Pierre et Jean*, Chapitre VII, 1888.

2. Cretonne : tissu assez solide, fait de chanvre, de lin ou de coton.
3. Lanterne japonaise : type de luminaire oriental.
4. Magot : figurine représentant un personnage oriental trapu et pittoresque, assis.

Cet extrait révèle la théâtralisation de l'espace : il se livre comme un spectacle que l'on découvre en parcourant la pièce. La description spatiale fonctionne sur un diptyque. Elle va du lieu le plus ouvert sur la collectivité car prévu pour devenir l'espace de travail à la pièce la plus intime : la chambre. À cette occasion, Mme Rosémilly, la future femme de Jean, prend connaissance du logis qui sera bientôt le sien. Symboliquement, le lit où elle se couchera avec son futur époux prend tout son sens en tant que couche nuptiale. La décoration, lourde et chargée, révèle les intentions de l'occupant et de sa mère : celle de faire de la maison le miroir de la réussite sociale et du statut de notable de Jean.

2 Moi et « ma maison » : le processus d'habiter

« Ma maison » cristallise le processus d'habiter. Cela implique que **l'occupant se projette, s'accapare le logis pour en faire un prolongement de lui-même. L'environnement devient alors singulier, miroir de celui qui l'habite**, que ce soit **pour le meilleur ou pour le pire**.

1 « Ma maison », théâtre du personnel en tant qu'espace de l'intime

« Ma maison » est **le lieu de notre sphère personnelle, le réceptacle de notre être**, l'espace dans lequel nous nous laissons aller, **où nous laissons libre cours à notre personnalité, celui où nous nous réfugions**. Cela en fait **le théâtre personnel de notre intimité**.

• **La simplicité du quotidien domestique.** Le fait d'habiter laisse place à la simplicité de l'habitude, au plaisir de demeurer dans un lieu dont vous êtes le dépositaire. **Habiter revient donc à investir, mais également à instaurer le respect du lieu dans lequel on se sent bien**. C'est le principe d'avoir son propre « intérieur », **cette enclave personnelle dans l'espace public**. Cela renvoie à la sphère domestique, qui évoque, par principe, toute personne attenante à l'espace, dévolue à son entretien. Car la notion de respect est primordiale. Pour qu'un habitant se sente bien dans son espace, il faut qu'une relation se noue, un intérêt qui demande un investissement, mais aussi une prise en considération. De fait, les tâches domestiques deviennent incontournables, dans la mesure où elles permettent le maintien en état et surtout la propreté de la maison. Le ménage devient le premier devoir qu'un occupant doit à sa maison. Le bricolage et la restauration sont également des inconditionnels qui aident à l'amélioration de l'habitat. Ils participent de la valorisation de l'espace et de son potentiel.

▲ Pieter Janssens Elinga, *La Balayeuse*, vers 1670, Petit Palais, Paris.

Cette peinture à l'huile de Pieter Janssens Elinga représente un intérieur hollandais. La douceur de la pièce, plongée dans un halo lumineux, renvoie l'ambiance sereine d'un quotidien calme et paisible. Le tableau dépeint la simplicité des tâches journalières, exécutées par une servante vue de dos qui passe le balai. Les volets sont partiellement tirés, laissant toutefois passer la lumière, et révélant un intérieur sobre et calme constitué de poutres, de fenêtres, de rideaux, de carrelages et de cadres accrochés aux murs. Le visage de la femme qui apparaît dans le miroir accroché sur l'un des murs montre une figure évanescente.

• ***« Home sweet home ».*** Au-delà du simple soin dédié à la maison existe aussi **la volonté de créer un environnement paisible, consacré au bien-être et à la sérénité**. L'occupant se livre alors pleinement, se laisse aller dans un sentiment de fusion avec son espace. C'est **le fameux « *home sweet home* » qui renvoie aux intérieurs *cosy*, confortables, agréables, à l'image d'un cocon**. Il s'agit d'un espace qui est nôtre, dans lequel on se replie pour mieux se ressourcer. Car « ma maison » peut participer à la régénérescence de l'être selon **les préceptes du *Feng Shui***. Cet art millénaire d'origine chinoise a pour finalité d'harmoniser l'environnement avec son occupant pour favoriser le bien-être, la santé et la prospérité. Cela passe par l'harmonie des énergies visibles ou subtiles pour créer un équilibre des forces et une circulation optimale de l'énergie. De fait, « ma maison » peut être en totale fusion avec son occupant. **Il se replie et se ressource dans ce lieu qui est le sien**.

• **« Ma maison » : le refuge.** Par cette fusion du lieu et de son occupant, ma maison devient donc un refuge, un havre de paix, un prolongement de l'être. Elle est alors idéalisée, icône des aspirations les plus intimes de l'individu. On assiste à **une spiritualisation de l'espace**. On peut alors parler de cocon, d'alcôve, d'un lieu où l'être se laisse aller dans ses plus secrètes aspirations. **Individualité et singularité se revendiquent** pour l'aider à s'améliorer, se parfaire. **« Ma maison » est un refuge**, un théâtre de l'intime où se jouent les plus douces histoires. **Elle permet l'éclosion et le développement des familles**, véritable cellule où parents et enfants tissent leur histoire commune. Cette vie à plusieurs permet de se façonner et d'écrire son histoire familiale.

Document

Ce qui me grisa lorsque je rentrai à Paris, en septembre 1929, ce fut d'abord ma liberté. J'y avais rêvé dès l'enfance, quand je jouais avec ma sœur à « la grande jeune fille ». Étudiante, j'ai dit avec quelle passion je l'appelai. Soudain, je l'avais ; à chacun de mes gestes, je m'émerveillais de ma légèreté. Le matin, dès que j'ouvrais les yeux, je m'ébrouais, je jubilais. Aux environs de mes douze ans, j'avais souffert de ne pas posséder à la maison un coin à moi. Lisant dans *Mon journal*[1] l'histoire d'une collégienne anglaise, j'avais contemplé avec nostalgie le chromo[2] qui représentait sa chambre : un pupitre, un divan, des rayons couverts de livres ; entre ces murs aux couleurs vives, elle travaillait, lisait, buvait du thé, sans témoin : comme je l'enviai ! J'avais entrevu pour la première fois une existence plus favorisée que la mienne. Voilà qu'enfin moi aussi j'étais chez moi ! Ma grand-mère avait débarrassé son salon de tous ses fauteuils, guéridons, bibelots. J'avais acheté des meubles en bois blanc que ma sœur m'avait aidée à badigeonner d'un vernis marron. J'avais une table, deux chaises, un grand coffre qui servait de siège et de fourre-tout, des rayons pour mettre mes livres, un divan assorti au papier orange dont j'avais fait tendre les murs. De mon balcon, au cinquième étage, je dominais les platanes de la rue Denfert-Rochereau et le lion de Belfort.

1. ***Mon journal*** : mensuel de l'époque, pour filles et garçons de cinq à dix ans.
2. **Chromo :** image coloriée reproduite en lithographie.

▸▸▸

Culture générale et expression

Je me chauffais avec un poêle à pétrole rouge et qui sentait très mauvais : il me semblait que cette odeur défendait ma solitude et je l'aimais. Quelle joie de pouvoir fermer ma porte et passer mes journées à l'abri de tous les regards ! Je suis très longtemps restée indifférente au décor dans lequel je vivais ; à cause, peut-être, de l'image de *Mon journal* je préférais les chambres qui m'offraient un divan, des rayonnages ; mais je m'accommodais de n'importe quel réduit : il me suffisait encore de pouvoir fermer ma porte pour me sentir comblée. Je payais un loyer à ma grand-mère et elle me traitait avec autant de discrétion que ses autres pensionnaires ; personne ne contrôlait mes allées et venues. Je pouvais rentrer à l'aube ou lire au lit toute la nuit, dormir en plein midi, rester claquemurée vingt-quatre heures de suite, descendre brusquement dans la rue. Je déjeunais d'un *bortsch* chez Dominique[3], je dînais à la Coupole d'une tasse de chocolat. J'aimais le chocolat, le *bortsch*, les longues siestes et les nuits sans sommeil, mais j'aimais surtout mon caprice. Presque rien ne le contrariait. Je constatai joyeusement que le « sérieux de l'existence », dont les adultes m'avaient rebattu les oreilles, en vérité ne pesait pas lourd. Passer mes examens, ça n'avait pas été de la plaisanterie ; j'avais durement peiné, j'avais eu peur d'échouer, je butais contre des obstacles et je me fatiguais. Maintenant, nulle part je ne rencontrais de résistances, je me sentais en vacances, et pour toujours.

Simone de Beauvoir, *La Force de l'âge*, © Éditions Gallimard, 1960.

3. Dominique : restaurant russe qui servait, entre autres choses, le *bortsch*, un potage traditionnel de l'Est.

Simone de Beauvoir vient d'avoir vingt ans : en s'installant à Paris, dans une pension tenue par sa grand-mère, elle obtient enfin la liberté dont elle avait tant rêvé pendant ses années d'études… Elle raconte cette installation dans le deuxième tome de son œuvre autobiographique. Cet extrait révèle combien la fusion entre l'habitant et sa maison devient lieu d'idéal et d'échanges. « Quelle joie de pouvoir fermer ma porte et passer mes journées à l'abri de tous les regards ! » : c'est l'espace de l'intime qui permet à Simone de Beauvoir jeune de goûter pleinement à une liberté qu'elle a tant espérée. Elle est là dans un intérieur modeste, assez fruste, et pourtant elle y goûte d'infinis plaisirs. C'est juste être elle, chez elle pour se permettre de vivre selon son rythme dans ce cocon, ce refuge qu'est son espace.

2 « Ma maison » : l'espace sclérosant

Cependant, « ma maison » peut s'inscrire dans un processus inverse : **celui de l'insalubrité, du danger, de l'isolement, la rendant semblable à une prison, voire à un tombeau.**

• **« Ma maison » insalubre.** Quand les moyens de l'occupant sont restreints, la maison devient un repoussoir. Elle peut alors être **atteinte par l'insalubrité, faisant d'elle un taudis, un galetas**. Les espaces ainsi caractérisés sont multiples, déterminés par **une superficie trop restreinte, des conditions de vie difficiles**. Le manque de confort, un contexte malpropre et malsain, peuvent mettre en péril la vie de l'occupant. On constate malheureusement de plus en plus de propriétaires peu scrupuleux louant des logements très mal entretenus, exigus. De fait, la dignité même de l'homme est atteinte, ce qui fait de sa maison un véritable repoussoir. **Soupente, promiscuité, insalubrité, nuisances, tel est alors le quotidien de l'habitant.**

Définitions

Galetas : logement très pauvre, sordide, situé dans les combles.

Soupente : espace aménagé dans la partie haute d'une pièce à l'aide de planches pour servir de grenier ou de logement.

Document

Un samedi, Nana trouva en rentrant son père et sa mère dans un état abominable. Coupeau, tombé en travers du lit, ronflait. Gervaise, tassée sur une chaise, roulait la tête avec des yeux vagues et inquiétants ouverts sur le vide. Elle avait oublié de faire chauffer le dîner, un restant de ragoût. Une chandelle, qu'elle ne mouchait pas, éclairait la misère honteuse du taudis.
– C'est toi, chenillon ? bégaya Gervaise. Ah bien ! ton père va te ramasser !
Nana ne répondait pas, restait toute blanche, regardait le poêle froid, la table sans assiettes, la pièce lugubre où cette paire de soûlards mettaient l'horreur blême de leur hébétement. Elle n'ôta pas son chapeau, fit le tour de la chambre ; puis, les dents serrées, elle rouvrit la porte, elle s'en alla.
– Tu redescends ? demanda sa mère, sans pouvoir tourner la tête.
– Oui, j'ai oublié quelque chose. Je vais remonter… Bonsoir.
Et elle ne revint pas. Le lendemain, les Coupeau, dessoûlés, se battirent, en se jetant l'un l'autre à la figure l'envolement de Nana. Ah ! elle était loin, si elle courait toujours ! Comme on dit aux enfants pour les moineaux, les parents pouvaient aller lui mettre un grain de sel au derrière, ils la rattraperaient peut-être. Ce fut un grand coup qui écrasa encore Gervaise ; car elle sentit très bien, malgré son avachissement, que la culbute de sa petite, en train de se faire caramboler, l'enfonçait davantage, seule maintenant, n'ayant plus d'enfant à respecter, pouvant se lâcher aussi bas qu'elle tomberait. Oui, ce chameau dénaturé lui emportait le dernier morceau de son honnêteté dans ses jupons sales. Et elle se grisa trois jours, furieuse, les poings serrés, la bouche enflée de mots abominables contre sa garce de fille. Coupeau, après avoir roulé les boulevards extérieurs et regardé sous le nez tous les torchons qui passaient, fumait de nouveau sa pipe, tranquille comme Baptiste ; seulement, quand il était à table, il se levait parfois, les bras en l'air, un couteau au poing, en criant qu'il était déshonoré ; et il se rasseyait pour finir sa soupe.

Émile Zola, *L'Assommoir*, Chapitre XI, 1877.

L'expression « la misère honteuse du taudis » révèle combien le lieu est insalubre, crasseux, bien loin d'un logis acceptable. On est ici dans l'annihilation totale du logis fonctionnel, qui a pour première fonction d'abriter le quotidien des hommes. La phrase « Nana ne répondait pas, restait toute blanche, regardait le poêle froid, la table sans assiettes, la pièce lugubre » met en évidence l'absence des activités et ustensiles élémentaires. Pas de feu entretenu, pas de nourriture, un ensemble vide, sans âme, proche du néant. C'est un lieu de déperdition.

• **« Ma maison » : une prison.** Ma maison peut également résonner comme **une prison, un espace renfermé, totalement clos qui retient son habitant captif**. Le repli n'est plus salutaire car il est coupé de l'ouverture sur l'extérieur. C'est le principe même de l'espace carcéral, pénitentiaire, voire concentrationnaire qui, en supprimant toute projection, fait de l'être un captif. **L'état du confinement**, mal vécu par un grand nombre de personnes, présente cette coupure, cette rupture entre les espaces collectif et individuel. **L'être est retranché, privé de contact avec l'extérieur**, ce qui lui pèse. À cela s'ajoute également la forme du télétravail qui efface la séparation traditionnelle entre les sphères personnelle et professionnelle. La surcharge mentale sclérose l'individu. Enfin, chacun se retrouve étouffé par la promiscuité ressentie avec les autres. « Ma maison » enferme, devient aliénante. Le manque d'espace, la proximité forcée provoquent une forme de suffocation. La pièce *Huis clos* (1947) de Jean-Paul Sartre témoigne de cette logique carcérale : l'enfer est représenté par la promiscuité constante avec d'autres. La conclusion n'en est-elle pas « l'enfer, c'est les autres »…

▲ Être confiné fait de sa maison un espace que l'on arpente, qui devient notre seul horizon. Le lien avec l'extérieur est minimaliste. Le balcon, lorsqu'il existe, devient le seul lieu d'ouverture, de contact avec l'autre. Et pourtant, cela semble bien dérisoire, voire ironique compte tenu de la présence de barreaux qui rappellent à l'occupant qu'il se retrouve claquemuré, interdit de s'aventurer à l'extérieur. Cela influe directement sur notre capacité de projection et réduit au maximum l'interaction avec l'autre.

• **« Ma maison »… un tombeau.** Alors, **ma maison peut devenir mortifère**, semblable à un caveau. Elle n'est plus un abri, mais le lieu de séjour d'un vivant assimilé à un défunt. Les maisons isolées, sinistres, macabres, enferment leur occupant pour mieux le couper des autres, mais aussi de la vie. En résulte une dégénérescence qui appelle au déclin du lien si fort qui peut unir l'occupant et son espace. **Une seule aspiration animera l'être : le départ, la fuite, quitter cet espace** pour retrouver celui, peut-être considéré comme plus civilisé, de la collectivité. **« Ma maison » retentit alors comme un caveau**.

3 « Ma maison », entre réalité et onirisme

Bien que dans sa réalité première « ma maison » soit avant tout une entité physique, **elle peut être investie d'un sens symbolique**. Car dans l'appropriation de sa maison, plusieurs logis scandent la vie de l'occupant. Ils laissent alors **une empreinte affective favorable ou défavorable**. Certains espaces nous ont émerveillés, alors que d'autres nous ont effrayés, marquant notre inconscient, mais également notre imaginaire. **Cette bivalence entre le mélioratif et le péjoratif rend « ma maison » soit onirique, soit tragique**.

1 « Ma maison » onirique

Quand le rêve s'empare de « ma maison », on la vit à travers le filtre de l'imaginaire, de notre conscience qui retisse alors sa réalité. Ce sont des souvenirs ou des projections qui appellent au plaisir de ces évocations. **La maison devient alors onirique, idéalisée et privilégiée.**

• **La maison comme objet poétique**. Vivre sa maison comme une source d'inspiration appelle **à l'émulation de la créativité, à la poétisation de son être**. Ma maison ne résonne plus comme une réalité physique, pragmatique, **elle devient sujet à l'élévation, à la création**. Car la maison se vit comme un refuge, un abri, un lieu de séjour que l'on vénère. **Elle devient évocatrice, thématique, poétique**. L'écriture peut s'emparer de la maison et l'élever au rang de **l'onirisme**. Elle devient fantasmatique, sublimée dans les mots qui la font vibrer dans sa définition de lieu-refuge, idéale, tissée d'une conscience qui s'amuse de sa réalité. Le rythme incantatoire de la poésie la projette comme une invitation à la rêverie où « ma maison » résonne en tant que symbole puissant.

Document

Dans ma maison vous viendrez
D'ailleurs ce n'est pas ma maison
Je ne sais pas à qui elle est
Je suis entré comme ça un jour
Il n'y avait personne
Seulement des piments rouges accrochés au mur blanc
Je suis resté longtemps dans cette maison
Personne n'est venu
Mais tous les jours et tous les jours
Je vous ai attendue

Je ne faisais rien
C'est-à-dire rien de sérieux
Quelquefois le matin
Je poussais des cris d'animaux
Je gueulais comme un âne
De toutes mes forces
Et cela me faisait plaisir
Et puis je jouais avec mes pieds

▸▸▸

C'est très intelligent les pieds
Ils vous emmènent très loin
Quand vous voulez aller très loin
Et puis quand vous ne voulez pas sortir
Ils restent là ils vous tiennent compagnie
Et quand il y a de la musique ils dansent
On ne peut pas danser sans eux
Faut être bête comme l'homme l'est si souvent
Pour dire des choses aussi bêtes
Que bête comme ses pieds gai comme un pinson
Le pinson n'est pas gai
Il est seulement gai quand il est gai
Et triste quand il est triste ou ni gai ni triste
Est-ce qu'on sait ce que c'est un pinson
D'ailleurs il ne s'appelle pas réellement comme ça
C'est l'homme qui a appelé cet oiseau comme ça
Pinson pinson pinson pinson

Comme c'est curieux les noms
Martin Hugo Victor de son prénom
Bonaparte Napoléon de son prénom
Pourquoi comme ça et pas comme ça
Un troupeau de bonapartes passe dans le désert
L'empereur s'appelle Dromadaire
Il a un cheval caisse et des tiroirs de course
Au loin galope un homme qui n'a que trois prénoms
Il s'appelle Tim-Tam-Tom et n'a pas de grand nom
Un peu plus loin encore il y a n'importe qui
Beaucoup plus loin encore il y a n'importe quoi
Et puis qu'est-ce que ça peut faire tout ça

Dans ma maison tu viendras
Je pense à autre chose mais je ne pense qu'à ça
Et quand tu seras entrée dans ma maison
Tu enlèveras tous tes vêtements
Et tu resteras immobile nue debout avec ta bouche rouge
Comme les piments rouges pendus sur le mur blanc
Et puis tu te coucheras et je me coucherai près de toi
Voilà
Dans ma maison qui n'est pas ma maison tu viendras.

Jacques Prévert, « Dans ma maison », *Paroles*, © Éditions Gallimard, 1946.

Jacques Prévert s'amuse avec l'idée de maison. Il en fait un jeu poétique, reposant sur la musicalité de la répétition. Le lyrisme lié au ludique rend presque semblable à une comptine d'enfant cette maison qui n'est pourtant pas la sienne. Le ton mutin et galant invite une femme, l'aimée qui saura trouver refuge aux côtés du poète dans cette maison qui n'est pas la leur. Cette « maison refuge » propice au bonheur (« maison bleue ») sera également chantée presque 40 ans plus tard (1974) par Maxime Le Forestier dans sa chanson *San Francisco*. La maison devient ici une invitation à l'amour, à l'exaltation du couple qui saura y trouver le refuge à son bonheur.

• **La maison d'enfance**. Mais il est des maisons que l'on affectionne particulièrement. Elles participent de notre vie, de notre jeunesse, de ces moments privilégiés que peuvent être les vacances. **Le prisme du souvenir s'en empare**, les déforme parfois pour les idéaliser et nous renvoyer une réalité sublimée. Les premières expériences sont les plus exaltantes, celles qui font que l'on se frotte à la vie. **Les émotions les teintent de douceur, de bonheurs parfois tant regrettés**. Car l'enfance est le règne de l'innocence, de cette absence de fautes, de craintes et de désespérance. Les maisons d'enfance sont également celles qui rappellent le souvenir de ceux qui ne sont plus et qui, pourtant, ont bercé notre enfance. Les grands-parents, tant aimés, tant chéris, si tendres dans notre souvenir habitent ces maisons familiales que l'on se rappelle comme **des îlots d'innocence et de beauté**.

Document

La maison était grande, coiffée d'un grenier haut. La pente raide de la rue obligeait les écuries et les remises, les poulaillers, la buanderie, la laiterie, à se blottir en contrebas tout autour d'une cour fermée.

Accoudée au mur du jardin, je pouvais gratter du doigt le toit du poulailler. Le Jardin-du-Haut commandait un Jardin-du-Bas, potager resserré et chaud, consacré à l'aubergine et au piment, où l'odeur du feuillage de la tomate se mêlait, en juillet, au parfum de l'abricot mûri sur espaliers. Dans le Jardin-du-Haut, deux sapins jumeaux, un noyer dont l'ombre intolérante tuait les fleurs, des roses, des gazons négligés, une tonnelle disloquée… Une forte grille de clôture, au fond, en bordure de la rue des Vignes, eût dû défendre les deux jardins ; mais je n'ai jamais connu cette grille que tordue, arrachée au ciment de son mur, emportée et brandie en l'air par les bras invincibles d'une glycine centenaire…

La façade principale, sur la rue de l'Hospice, était une façade à perron double, noircie, à grandes fenêtres et sans grâce, une maison bourgeoise de vieux village, mais la roide pente de la rue bousculait un peu sa gravité, et son perron boitait, quatre marches d'un côté, six de l'autre.

Grande maison grave, revêche avec sa porte à clochette d'orphelinat, son entrée cochère à gros verrou de geôle ancienne, maison qui ne souriait que d'un côté. Son revers, invisible au passant, doré par le soleil, portait manteau de glycine et de bignonier[1] mêlés, lourds à l'armature de fer fatiguée, creusée en son milieu comme un hamac, qui ombrageait une petite terrasse dallée et le seuil du salon… Le reste vaut-il que je le peigne, à l'aide de pauvres mots ? Je n'aiderai personne à contempler ce qui s'attache de splendeur, dans mon souvenir, aux cordons rouges d'une vigne d'automne que ruinait son propre poids, cramponnée, au cours de sa chute, à quelque bras de pin. Ces lilas massifs dont la fleur compacte, bleue dans l'ombre, pourpre au soleil, pourrissait tôt, étouffée par sa propre exubérance, ces lilas morts depuis longtemps ne remonteront pas grâce à moi vers la lumière, ni le terrifiant clair de lune, – argent, plomb gris, mercure, facettes d'améthystes coupantes, blessants saphirs aigus, qui dépendait de certaine vitre bleue, dans le kiosque au fond du jardin.

Maison et jardin vivent encore, je le sais, mais qu'importe si la magie les a quittés, si le secret est perdu qui ouvrait lumière, odeurs, harmonie d'arbres et d'oiseaux, murmure de voix humaines qu'a déjà suspendu la mort, – un monde dont j'ai cessé d'être digne ?…

Il arrivait qu'un livre, ouvert sur le dallage de la terrasse ou sur l'herbe, une corde à sauter serpentant dans une allée, ou un minuscule jardin bordé de cailloux, planté de têtes de fleurs, révélassent autrefois, dans le temps où cette maison et ce jardin abritaient une famille,

▸▸▸

1. **Bignonier :** liane ou arbrisseau grimpant, d'origine équatoriale.

la présence des enfants, et leurs âges différents. Mais ces signes ne s'accompagnaient presque jamais du cri, du rire enfantins, et le logis, chaud et plein, ressemblait bizarrement à ces maisons qu'une fin de vacances vide, en un moment, de toute sa joie. Le silence, le vent contenu du jardin clos, les pages du livre rebroussées sous le pouce invisible d'un sylphe[2], tout semblait demander : « Où sont les enfants ? »

C'est alors que paraissait, sous l'arceau de fer ancien que la glycine versait à gauche, ma mère, ronde et petite en ce temps où l'âge ne l'avait pas encore décharnée. Elle scrutait la verdure massive, levait la tête et jetait par les airs son appel : « Les enfants ! Où sont les enfants ? »

Où ? Nulle part. L'appel traversait le jardin, heurtait le grand mur de la remise à foin, et revenait, en écho très faible et comme épuisé : « Hou... enfants... »

Nulle part. Ma mère renversait la tête vers les nuées, comme si elle eût attendu qu'un vol d'enfants ailés s'abattît. Au bout d'un moment, elle jetait le même cri, puis se lassait d'interroger le ciel, cassait de l'ongle le grelot sec d'un pavot, grattait un rosier emperlé de pucerons verts, cachait dans sa poche les premières noix, hochait le front en songeant aux enfants disparus, et rentrait. Cependant au-dessus d'elle, parmi le feuillage du noyer, brillait le visage triangulaire et penché d'un enfant allongé, comme un matou, sur une grosse branche, et qui se taisait. Une mère moins myope eût deviné, dans les révérences précipitées qu'échangeaient les cimes jumelles des deux sapins, une impulsion étrangère à celle des brusques bourrasques d'octobre... Et dans la lucarne carrée, au-dessous de la poulie à fourrage, n'eût-elle pas aperçu, en clignant les yeux, ces deux taches pâles dans le foin : le visage d'un jeune garçon et son livre ? Mais elle avait renoncé à nous découvrir, et désespéré de nous atteindre.

« LA MAISON DE CLAUDINE » De Colette

2. Sylphe : dans la mythologie, être surnaturel, génie de l'air.

La maison natale ou celle qui a accompagné les premières années résonne de cette candeur qui fait de l'enfance une période privilégiée. La narratrice se rappelle avec émotion cette maison qui ne vit plus que dans sa conscience, auréolée de magie. En effet, peut-être que la réalité actuelle est tout autre et que la maison d'autrefois n'est plus. Mais elle subsiste dans le souvenir, dans la conscience qui se rappelle les menus plaisirs, les détails pouvant paraître insignifiants et qui, pourtant, apportaient cette saveur aux souvenirs chéris d'une maison si intime, appartenant à un passé révolu.

• **La maison et le souvenir**. En effet, « ma maison » réside dans notre conscience, dans le souvenir de celui qui l'a occupé, ne serait-ce qu'un temps. Elle se désincarne, pour mieux devenir **une virtualité, celle d'une réminiscence qui émeut au plus profond de notre être**. Car elle peut héberger encore les âmes du passé, ceux qui ne sont plus et qui, pourtant, ont su nous protéger, nous aimer. Symbole si fort, si émotionnellement puissant, **« ma maison » cristallise le passé**. Elle devient **une projection d'antan, vestige d'une mémoire**. Elle se tient à la croisée du présent et du passé. Participant à l'élan introspectif, elle détermine les grandes thématiques autobiographiques que sont le souvenir, le rappel des expériences passées et achevées. Alors, le passé ressurgit dans ma maison, évocatrice de douceur et de sensations passées et perdues, comme un paradis disparu.

Document

Ô mon passé, ma petite enfance, ô chambrette, coussins brodés de petits chats rassurants, vertueuses chromos, conforts et confitures, tisanes, pâtes pectorales, arnica, papillon du gaz dans la cuisine, sirop d'orgeat, antiques dentelles, odeurs, naphtalines, veilleuses de porcelaine, petits baisers du soir, baisers de Maman qui me disait, après avoir bordé mon lit, que maintenant j'allais faire mon petit voyage dans la lune avec mon ami un écureuil. Ô mon enfance, gelées de coings, bougies roses, journaux illustrés du jeudi, ours en peluche, convalescences chéries, anniversaires, lettres du Nouvel An sur du papier à dentelures, dindes de Noël, fables de La Fontaine idiotement récitées debout sur la table, bonbons à fleurettes, attentes des vacances, cerceaux, diabolos, petites mains sales, genoux écorchés et j'arrachais la croûte toujours trop tôt, balançoires des foires, cirque Alexandre où elle me menait une fois par an et auquel je pensais des mois à l'avance, cahiers neufs de la rentrée, sac d'école en faux léopard, plumiers japonais, plumiers à plusieurs étages, plumes sergent major, plumes baïonnette de Blanzy Poure, goûters de pain et de chocolat, noyaux d'abricots thésaurisés, boîte à herboriser, billes d'agate, chansons de Maman, leçons qu'elle me faisait repasser le matin, heures passées à la regarder cuisiner avec importance, enfance, petites paix, petits bonheurs, gâteaux de Maman [...].

Albert Cohen, *Le Livre de ma mère*, © Éditions Gallimard, 1954.

L'énumération de tous les moments privilégiés qui ont bercé l'enfance de l'auteur présente combien ces instants du passé sont chéris. Ils font de sa maison le temple sacré de cette période si enchanteresse car ils y sont entièrement associés (« ô chambrette, coussins brodés de petits chats rassurants », « papillon du gaz dans la cuisine », « antiques dentelles, odeurs, naphtalines, veilleuses de porcelaine », « bougies roses », etc.). Les bonheurs simples, comme le fait d'être bordé par sa mère, associés à l'ancrage spatial de ces actions, en révèlent la beauté.

2 « Ma maison » tragique

A contrario, « ma maison » peut **rappeler de douloureux souvenirs**, **s'avérer être un lieu mortifère**, et même **le lieu de l'interdit**, funèbre et funeste.

• **« Ma maison » : réceptacle des souvenirs douloureux**. Autant ma maison peut abriter les plus beaux et doux souvenirs, autant elle peut devenir **le réceptacle des expériences les plus douloureuses**, voire de véritables traumatismes. L'inconscient peut associer des lieux aux périodes troubles de la vie. **La maison abrite et cache alors les tragédies humaines aux yeux de la collectivité.** Ainsi, ma maison peut, sous des apparences trompeuses, dissimuler des vies brisées, un présent où les êtres se déchirent, se livrent aux pires tourments. Elle devient alors **un lieu que l'on veut fuir, un espace contraint et oppressant** qui fait de ses occupants des victimes.

Document

Et la pistolétade[1] ? Tu sais, Folcoche, la pistolétade !

« Moi, je l'ai pistolétée pendant quatre minutes ! » se vantait Frédie.

Pauvre Chiffe ! Petit prétentieux à paupières faibles ! Si quelqu'un t'a pistolétée, c'est bien moi, je m'en vante. Tu t'en rappelles ? Pardon ! Tu te le rappelles ?... Tu dis toujours : « Je n'aime pas les regards faux. Regardez-moi dans les yeux. Je saurai ce que vous pensez. »

1. **Pistolétade :** coups de pistolet.

▸▸▸

Ainsi tu t'es toi-même prêtée à notre jeu. Tu ne pouvais pas ne plus t'y prêter. Et puis, ça ne te déplaît pas, ma tendre mère ! Au dîner, en silence, voilà le bon moment. Rien à dire. Tu ne me prendras pas en défaut. J'ai les mains sur la table. Mon dos n'offense pas la chaise. Je suis terriblement correct. Aucune faille légale dans mon attitude. Je peux te regarder fixement. Folcoche, c'est mon droit. Je te fixe donc, je te fixe éperdument. Je ne fais que cela de te fixer. Et je te parle en moi. Je te parle et tu ne m'entends pas. Je te dis : « Folcoche ! regarde-moi donc, Folcoche, je te cause ! » Alors ton regard se lève de dessus tes nouilles à l'eau, ton regard se lève comme une vipère et se balance, indécis, cherchant l'endroit faible qui n'existe pas. Non, tu ne mordras pas, Folcoche ! Les vipères, ça me connaît. Je m'en fous, des vipères. Tu as dit toi-même, un jour, devant moi, que, tout enfant, j'en avais étranglé une... « Une faute impardonnable de ma belle-mère, sifflais-tu, un manque inouï de surveillance ! Cet enfant a été l'objet d'une grande grâce ! » Et, ce disant, le ton de ta voix reprochait cette grâce au Ciel.

Mais ton regard est entré dans le mien et ton jeu est entré dans mon jeu. Toujours en silence, toujours infiniment correct comme il convient, je te provoque avec une grande satisfaction. Je te cause, Folcoche, m'entends-tu ? Oui, tu m'entends. Alors je vais te dire : « T'es moche ! Tu as les cheveux secs, le menton mal foutu, les oreilles trop grandes. T'es moche, ma mère. Et si tu savais comme je ne t'aime pas ! Je te le dis avec la même sincérité que le "va, je ne te hais point" de Chimène, dont nous étudions en ce moment le cornélien caractère. Moi, je ne t'aime pas. Je pourrais te dire que je te hais, mais ça serait moins fort. Oh ! tu peux durcir ton vert de prunelle, ton vert-de-gris de poison de regard. Moi, je ne baisserai pas les yeux. D'abord, parce que ça t'emmerde. »

Hervé Bazin, *Vipère au poing*, Éditions Grasset, 1948.

Cet extrait révèle l'histoire tourmentée du narrateur, alors à la merci de sa mère, Folcoche. Le théâtre du drame familial a lieu à la Bel-Angerie, maison de famille qui pourtant n'a pas toujours été ainsi. Quand la grand-mère du narrateur, femme douce et aimante, y régnait en maîtresse, le narrateur connaissait une enfance heureuse et sereine. Il a suffi de la mort de cette brave femme pour que Folcoche, la mère, fasse son apparition. Elle règne en tyran domestique, despote qui soumet tous ses enfants à un quotidien drastique et spartiate. Les enfants y apprennent la haine de l'autre, valeur fédératrice que leur livre Folcoche en héritage. Le texte montre comment dans ce quotidien si impitoyable le narrateur tente de se confronter à Folcoche sans déroger à la règle sous peine de sanctions. C'est le fameux épisode de la pistolétade où le narrateur nargue sa mère.

• **« Ma maison » : le stéréotype du lieu mortifère**. « Ma maison » devient alors **le stéréotype d'un lieu mortifère**. Les représentations abondent que ce soit dans les films ou dans les arts figuratifs. C'est le motel de *Psychose* de Norman Bates dans lequel il vit avec sa famille et où il assassine toutes les personnes qui y font halte. Ce sont **les maisons hantées**, théâtres des pires tragédies, histoires abominables d'esprits qui ne peuvent être apaisés. **Le manoir de la folie** qui amène ses occupants au meurtre ou au massacre est l'un des ressorts privilégiés des films d'horreur où « ma maison » résonne comme un piège emprisonnant ses habitants. *The Shining* (1980) ou *Scream* (1996) sont autant de références qui alimentent cette représentation de « ma maison », lugubre, insalubre, enveloppée de toiles d'araignées, **lieu propice à toutes les âmes tourmentées et hantées**, aux esprits démoniaques, aux crimes atroces perpétrés par les esprits malades et dérangés.

▲ Ces trois maisons évoquent le stéréotype de la demeure hantée, lugubre, théâtre des pires histoires. La mort y est omniprésente. Elles sont à l'écart, coupées du monde. La façade sinistre révèle l'absence de toute vie ou, du moins, de toute normalité. Les symboles abondent entre le brouillard qui opacifie les contours, les corbeaux, messagers de la mort, l'architecture vieille et dépassée qui évoque les tragédies du passé.

• **« Ma maison », lieu de l'interdit**. Ma maison emprisonne, coupe ses occupants de l'extérieur et vit en parfaite autarcie afin de mieux les livrer aux tragédies. Elle s'assimile alors à **un caveau, un tombeau** qui ensevelit ses habitants, les emprisonnant totalement. Ce sont des lieux de l'interdit sur lesquels pèsent de lourdes menaces, amenant au secret, nourrissant les pires cauchemars. **Cette aliénation spatiale se joint à celle de l'esprit**. La maison devient alors un asile. Ce dernier peut, en effet, désigner un refuge, un abri ou un lieu de perdition où sont parquées des personnes considérées comme folles. On les soustrait à la collectivité pour mieux la préserver et surtout favoriser l'oubli de ces êtres mis à part, en totale déperdition. « Ma maison » est alors **synonyme de caveau qui ensevelit ses occupants encore vivants**.

Document

Étant arrivée à la porte du cabinet, elle s'y arrêta quelque temps, songeant à la défense que son Mari lui avait faite, et considérant qu'il pourrait lui arriver malheur d'avoir été désobéissante ; mais la tentation était si forte qu'elle ne put la surmonter : elle prit donc la petite clef, et ouvrit en tremblant la porte du cabinet. D'abord elle ne vit rien, parce que les fenêtres étaient fermées ; après quelques moments elle commença à voir que le plancher était tout couvert de sang caillé, et que dans ce sang se miraient les corps de plusieurs femmes mortes et attachées le long des murs (c'étaient toutes les femmes que la Barbe bleue avait épousées et qu'il avait égorgées l'une après l'autre).
Elle pensa mourir de peur, et la clef du cabinet qu'elle venait de retirer de la serrure lui tomba de la main.
Après avoir un peu repris ses esprits, elle ramassa la clef, referma la porte, et monta à sa chambre pour se remettre un peu ; mais elle n'en pouvait venir à bout, tant elle était émue. Ayant remarqué que la clef du cabinet était tachée de sang, elle l'essuya deux ou trois fois, mais le sang ne s'en allait point ; elle eut beau la laver et même la frotter avec du sablon et avec du grain, il y demeura toujours du sang, car la clef était Fée, et il n'y avait pas moyen de la nettoyer tout à fait : quand on ôtait le sang d'un côté, il revenait de l'autre.

Charles Perrault, *La Barbe bleue*, 1697.

Cet extrait issu du conte traditionnel de *La Barbe bleue* révèle combien la maison peut dissimuler des pièces interdites, qui permettent de soustraire au regard des autres, de la collectivité, les pires atrocités. La jeune épouse va à l'encontre des interdits de son époux, le farouche Barbe bleue, en allant dans la pièce interdite. Elle fait preuve alors d'une curiosité qui peut lui coûter la vie. Elle deviendra, pour prix de sa trahison, une des victimes de son époux.

Conclusion

Pour conclure, **« ma maison » est une thématique qui renvoie à une réalité polymorphe**. Nous avons tous une maison, un lieu que nous chérissons ou, au contraire, que nous redoutons. L'espace s'impose alors comme **une projection de notre propre conscience et de notre imaginaire** car, en s'appropriant notre maison, nous y révélons un peu de nous-mêmes, de notre être, de ce que nous sommes. En l'investissant, en l'occupant, nous faisons de notre habitat **le théâtre de notre vie, de nos expériences, le rendant ainsi incontournable et fondamental**.

Tableau de références

Thème 1 : Dans ma maison

Dans le tableau suivant, vous trouverez des références culturelles non exhaustives liées aux différentes parties du thème « Dans ma maison ». Ces références couvrent les supports artistiques suivants : les écrits littéraires (en **noir**) ; les œuvres picturales (en **vert**) ; les références filmographiques (en **bleu**) ; les œuvres musicales (en **orange**).

Problématiques	Notions clés	Références
1. « Ma maison »/« Nos maisons » : pluralité et clivages		
1. Entre nomadisme et sédentarité	• Le nomadisme : l'abri, l'avant-maison • La maison, fruit de la sédentarité • Le choix entre itinérance et sédentarité	• Les représentations rupestres des grottes de Lascaux • Jean-Jacques Annaud, *La Guerre du feu*
2. Entre individualité et collectivité	• Marqueur social, inégalités • Un artefact architectural • Un produit de consommation • Une mosaïque d'espaces	• Marguerite Duras, *La Vie matérielle* • Guy de Maupassant, *Pierre et Jean* • Émile Zola, *Pot-Bouille* • Do Ho Suh, *Perfect Home* • Cédric Klapisch, *L'Auberge espagnole*
2. Moi et « ma maison » : le processus d'habiter		
1. « Ma maison », théâtre du personnel en tant qu'espace de l'intime	• Le quotidien domestique, la simplicité • « *Home sweet home* », Feng Shui • Refuge, havre de paix, cocon	• Simone de Beauvoir, *La Force de l'âge* • Pieter Janssens Elinga, *La Balayeuse*
2. « Ma maison », l'espace sclérosant	• Insalubrité • Prison, confinement • Tombeau	• Jean-Paul Sartre, *Huis clos* • Émile Zola, *L'Assommoir* • Jean Epstein, *La Chute de la maison Usher* • François Ozon, *Huit Femmes* ; *Dans la maison*
3. « Ma maison », entre réalité et onirisme		
1. « Ma maison » onirique	• Objet poétique, élévation, idéalisation • Souvenirs, nostalgie, maison de l'enfance • Projection d'antan, vestige d'une mémoire	• Albert Cohen, *Le Livre de ma mère* • Colette, *La Maison de Claudine* • Joachim du Bellay, « Heureux qui comme Ulysse », *Les Regrets* • Thomas More, *Utopie*, Livre II • Jacques Prévert, « Dans ma maison », *Paroles* • Vilhelm Hammershøi, *La danse de la poussière dans les rayons du soleil* ; *La très haute fenêtre* • Maxime Le Forestier, *San Francisco*
2. « Ma maison » tragique	• Le réceptacle des souvenirs douloureux • Stéréotype du lieu mortifère • Lieu de l'interdit	• Hervé Bazin, *Vipère au poing* • Truman Capote, *Les Domaines hantés* • Charles Perrault, *La Barbe bleue* • Wes Craven, *Scream* • Alfred Hitchcock, *Psychose* • Stanley Kubrick, *The Shining*

THÈME 2

Invitation au voyage...

Introduction

« L'invitation au voyage », **une simple expression qui résonne comme un appel au plaisir**. Symbole de dépaysement, elle évoque des souvenirs plaisants, synonymes de légèreté, d'oisiveté pour certains, et unanimement de rupture avec la pesanteur d'un quotidien, considéré parfois comme contraignant et sclérosant. Ouverture, appel à la découverte, **le terme « voyage » fait écho en chacun de nous pour témoigner de moments d'exception, en marge de la vie de tous les jours**. C'est cette opposition entre voyage et quotidien qui construit au premier abord sa connotation méliorative. Pourtant, bien qu'il se soit démocratisé et ouvert au plus grand nombre, **tout le monde ne voyage pas**. Certaines personnes ne seront jamais des voyageurs pour des raisons multiples : manque de moyens, peur de l'inconnu, volonté assumée de rester chez soi. Le voyage est un appel auquel certains ne répondent pas.

Le voyage n'est pas que synonyme d'oisiveté. Il peut se définir comme un « voyage d'affaires », nécessaire à l'avancée d'une entreprise professionnelle. Il est alors contraint et nous rappelle que son étymologie est celle du déplacement. En effet, le nom « voyage » vient du latin *viaticum*, lui-même basé sur *via* qui désigne la route. Quand on part en voyage, on se met en mouvement, on s'extrait d'un point d'origine pour en atteindre un nouveau, suggérant ainsi tout un cheminement. Car le voyage ne se conçoit pas sans le déplacement, qu'il soit physique ou mental. De fait, **le voyage nous façonne, nous rend différent** en nous immergeant dans le monde, dans un ailleurs qui peut parfois aller au-delà du simple dépaysement et éveiller des vocations, des volontés de concevoir sa vie autrement.

Ainsi, le voyage se conçoit comme une confrontation au monde. Le voyageur s'y livre sans façon, s'oubliant parfois lui-même pour mieux se réinventer au contact d'autrui. Pourtant, quand le voyage devient source de gain, pris dans une logique mercantile entraînant de lourds impacts sur l'environnement, seul subsiste le déplacement géographique. Le voyageur se met en mouvement par des chemins balisés et donc rassurants, atténuant ainsi la portée existentielle du voyage. En effet, **quand ne compte plus que le fait de partir et de suivre des itinéraires clés en main, le voyageur reste imperméable aux rencontres, à l'Autre et à l'ailleurs**, dénaturant la portée même de l'invitation au voyage. **La notion de voyage se perd alors**, ne coïncidant plus qu'avec un simple déplacement géographique.

1er axe de réflexion : *L'invitation au voyage : un appel (p. 366)*

Problématiques

- Comment se conçoit l'invitation au voyage ?
- Quels en sont les enjeux ?
- Entre partir et revenir, quels en sont les temps forts ?
- Pourquoi certains refusent-ils l'invitation au voyage, la rendant ainsi lettre morte ?

1. L'invitation au voyage : prendre un nouveau chemin

Le chemin est le centre de gravité de l'invitation du voyage. Par le départ, le voyageur prend un nouveau chemin. Invitation universelle, le voyage appelle tout être qui souhaite s'y engager.

Mots-clés & expressions : aéroport, auto-stop, bon vent !, bon voyage !, compagnies *low cost*, covoiturage, étranger, évasion, faire ses bagages, gare, itinéraire, l'ailleurs, l'exotisme, l'inconnu, larguer les amarres, nomadisme, Orient-Express, paquebot, port, train de nuit, Transsibérien, tribulations, voyage.

2. L'invitation au voyage et sa finitude

L'invitation au voyage se conçoit dans l'éphémère. Elle a une fin qui se concrétise dans des vestiges matériels et immatériels, les souvenirs. Et pourtant, parfois, certains ne répondent pas à cette invitation.

Mots-clés & expressions : carnet de voyage, carte postale, géographie, journal de bord, photographies, retour au bercail, récit de voyage, retrouver ses Pénates, *selfie*, souvenirs de voyage.

2e axe de réflexion : *L'expérience du voyage (p. 370)*

Problématiques

- Pour quelles raisons voyage-t-on ?
- L'invitation au voyage est-elle une nécessité ou une simple futilité ?
- En quoi le voyage nous façonne-t-il, nous change-t-il ?
- Souvenirs, créativité : pourquoi le voyage est-il associé à certaines époques et classes sociales, à certains publics ?

1. La découverte de l'ailleurs

On voyage pour de multiples raisons, qu'elles soient nécessaires ou frivoles : commercer, échanger ou se délasser, se dépayser. L'invitation au voyage est une projection vers un ailleurs, des contrées lointaines ou plus ou moins proches, mais qui restent résolument différentes de ce que le voyageur connaît.

Mots-clés & expressions : aventure, ethnographie, expédition, exploration, géographie, grandes découvertes, odyssée, pèlerinage, périple, quête de soi, séjour linguistique, tour du monde, voyage d'étude, voyage éclair, voyage initiatique, voyage scientifique, voyage scolaire.

2. Découvrir l'Autre pour devenir autre

L'invitation au voyage est aussi la rencontre avec l'Autre, c'est-à-dire avec des personnes différentes. Ces multiples rencontres façonnent le voyageur, l'enrichissent en le rendant autre.

Mots-clés & expressions : authenticité, communiquer, comprendre, découvrir, ethnographie, folklore, les voyages forment la jeunesse, s'adapter, tourisme culturel, us et coutumes, voyage linguistique.

3e axe de réflexion : *Les dérives de l'invitation au voyage (p. 374)*

Problématiques

- Prise comme un enjeu mondial, l'invitation au voyage n'est-elle pas dénaturée, détournée de sa vocation première ?
- La destination ne devient-elle pas un ailleurs artificiel ?
- N'est-elle pas conçue sur mesure pour un tourisme de masse qui asservit les destinations touristiques comme des territoires de futilité, et ce au mépris des problématiques environnementales ?
- Le voyage garde-t-il alors l'optique d'un renouvellement de l'être ?

1. Les effets du mercantilisme

Quand le négoce s'empare de l'invitation au voyage, une logique mercantile se met en place. Le voyage ne se conçoit plus que dans le déplacement, sans réel engagement du voyageur, suivant des chemins entièrement balisés et rassurants.

Mots-clés & expressions : agence de voyage, circuit touristique, croisière, *low cost*, tourisme de masse, tour opérateur, voyage de noces, voyage éclair, voyagiste.

2. L'invitation au voyage : la responsabilité du voyageur

Quand l'invitation au voyage se dénature, s'ensuit alors une perte du sens de l'invitation au voyage. Le voyageur doit donc assumer pleinement son choix en le redéfinissant, lui apportant une signification conciliant ouverture et respect de l'Autre.

Mots-clés & expressions : errance, expatriation, fugue, fuite, mérite le déplacement, tourisme culturel, tourisme solidaire, vaut le détour, voyage au long cours, *woofing*.

1 L'invitation au voyage : un appel

Thème 2 : Invitation au voyage…

L'invitation au voyage se conçoit comme un appel à emprunter un nouveau chemin. On se projette alors dans le déplacement, dans la rupture avec son quotidien. Mais cette expérience est limitée dans la durée, rappelant que l'invitation au voyage a une fin.

1 L'invitation au voyage : prendre un nouveau chemin

• **La réponse à un appel.** L'invitation au voyage se conçoit comme l'engagement d'une personne qui répond à un appel. C'est un processus d'incitation qui convie l'être à se détacher de sa sphère quotidienne pour emprunter, pour une durée plus ou moins déterminée, un nouveau chemin. On « largue alors les amarres », on s'embarque sur un nouveau chemin. Car la notion même de chemin est essentielle dans l'invitation au voyage. Elle implique la route. Étymologiquement, le voyage se conçoit par la route, la voie, un espace qui se matérialise par un tracé soit naturel soit artificiel à parcourir. C'est donc un chemin physique qui relie un point de départ que l'on quitte pour une destination connue ou incertaine. La voie se décline selon une multitude de routes (aérienne, terrestre, etc.) et de moyens de locomotion (à pied, en voiture, en avion, en train, etc.). Elle traverse, elle est un espace intermédiaire qu'on emprunte, sans forcément avoir la volonté d'y séjourner. Elle implique le nomadisme, elle signifie le déplacement.

> **Définition**
> **Nomadisme :** mode de vie basé sur le déplacement.

• **Le voyageur en devenir.** Le voyageur transite, c'est-à-dire qu'il se déplace. L'invitation au voyage se pense par un processus séquencé dont la première étape est l'offre du voyage. En effet, c'est un projet qui se conçoit sur une envie, une idée. Il relève d'une volonté de se soustraire pour un temps à son quotidien, à faire une parenthèse. Dans notre société, cette amorce est un enjeu qui s'adresse aujourd'hui au plus grand nombre, notamment grâce au développement des offres bon marché proposées par les compagnies *low cost* qui témoignent de la démocratisation du voyage. Alors, cet élan résonne comme un appel qui fera de chacun un voyageur. Les moyens de voyager sont multiples : auto-stop, covoiturage, train, paquebot, train de nuit… Certains moyens de locomotion sont devenus mythiques comme le Transsibérien (réseau de voies ferrées russe de plus de 9 000 kilomètres, entre Moscou et Vladivostok) ou l'Orient-Express (train mythique et luxueux, créé en 1883 pour assurer la liaison entre Paris et Vienne puis Venise, à partir de 1919, puis Constantinople, desservant ainsi plusieurs capitales européennes).

> **Définition**
> **Démocratisation :** action consistant à mettre un bien ou un service à la portée de toutes les classes de la société.

• **L'amorce de l'invitation au voyage.** De fait, quand le voyageur entreprend son voyage, il peut l'aborder soit en le préparant, soit en se mettant tout simplement en mouvement. Les préparatifs au parcours impliquent une organisation, une planification parfois par l'élaboration d'un itinéraire, mais également la nécessité d'un matériel spécifique, de bagages. On peut prendre la route de manière spontanée, sans forcément s'adonner à des préparatifs. Alors on « taille la route », mettant en évidence que seul compte le fait de se mettre en mouvement. On peut également tout planifier, procéder à une préparation minutieuse, permettant ainsi de séquencer la route, d'en envisager les différentes étapes. Cette matérialité rappelle que l'invitation au voyage est un cheminement, qui arrache le voyageur à un espace ou à une condition initiaux.

> **Définition**
> **Matérialité :** caractère de ce qui est réel, concret.

Document

PERRICHON : Par ici !... ne nous quittons pas ! Nous ne pourrions plus nous retrouver... Où sont nos bagages ?... (*Regardant à droite ; à la cantonade.*) Ah très bien ! Qui est-ce qui a les parapluies ?...
HENRIETTE : Moi, papa.
PERRICHON : Et le sac de nuit ?... les manteaux ?...
MADAME PERRICHON : Les voici !
PERRICHON : Et mon panama ?... Il est resté dans le fiacre ! (*Faisant un mouvement pour sortir et s'arrêtant.*) Ah ! non ! Je l'ai à la main !... Dieu, que j'ai chaud !
MADAME PERRICHON : C'est ta faute !... Tu nous presses, tu nous bouscules !... Je n'aime pas à voyager comme ça !
PERRICHON : C'est le départ qui est laborieux... une fois que nous serons casés !... Restez là, je vais prendre les billets... (*Donnant son chapeau à Henriette.*) Tiens, garde-moi mon panama... (*Au guichet.*) Trois premières pour Lyon !...
L'EMPLOYÉ (*Brusquement.*) : Ce n'est pas ouvert ! Dans un quart d'heure !
PERRICHON (*À l'employé.*) : Ah ! Pardon ! C'est la première fois que je voyage... (*Revenant à sa femme.*) Nous sommes en avance.

Eugène Labiche et Édouard Martin, *Le Voyage de Monsieur Perrichon*, Acte I, 1860.

L'invitation au voyage se fait par le moment inaugural du départ. C'est un ensemble de modalités qui se met en place : l'heure du départ, la préparation des bagages, la nécessité de clôturer, pour un temps déterminé, les contraintes de la vie que l'on laisse momentanément. Cet extrait rassemble les interrogations, mais également les incertitudes. Perrichon embarque sa famille pour un voyage qui l'inquiète car c'est la première fois qu'il voyage. C'est donc toute une entreprise qui se met en œuvre. Le stress, la tension affleurent face à l'imprévu, à l'incertitude. Car répondre à l'invitation au voyage c'est accepter de se confronter au hasard et à l'aléatoire.

• **L'expérience du parcours.** L'invitation au voyage devient une expérience à part entière, se concrétisant dans le voyage même qui peut être quantifiable en fonction de la distance parcourue. Cette évaluation kilométrique induit un rapport au monde que chaque voyageur entretient avec son cheminement : soit il prend le temps d'aller à son rythme, soit, au contraire, il souhaite que le trajet soit le plus bref possible afin de permettre d'arriver le plus rapidement possible. C'est ainsi que se déploie toute une palette de verbes à déplacement géographique traduisant l'expérience du parcours : marcher, courir, flâner, aller, vagabonder, pérégriner, rouler sa bosse... De fait, le déplacement géographique concrétise l'invitation au voyage où le voyageur expérimente une nouvelle vie, s'offre à l'aléatoire, au gré de ses envies, de son rythme, s'inscrivant ainsi dans le nomadisme.

Définition
Pérégriner : se déplacer, faire un long voyage.

Document

L'Usage du monde ***raconte le voyage de Nicolas Bouvier et Thierry Vernet de Genève à la passe de Khyber (l'un des passages les plus importants entre l'Afghanistan et le Pakistan) de juin 1953 à décembre 1954, à bord de leur petit véhicule, une Fiat 500 Topolino.***

Minuit sonnait quand j'arrêtai la voiture devant le café Majestic. Un silence aimable régnait sur la rue encore chaude. À travers les rideaux crochetés j'observai Thierry assis à l'intérieur. Il avait dessiné sur la nappe une citrouille grandeur nature qu'il remplissait, pour tuer le temps, de pépins minuscules. Le coiffeur de Travnik n'avait pas dû le voir souvent. Avec ses ailerons sur les oreilles et ses petits yeux bleus, il avait l'air d'un jeune requin folâtre et harassé. ▸▸▸

> Je restais longtemps le nez contre la vitre avant de rejoindre sa table. On trinqua. J'étais heureux de voir ce vieux projet prendre forme ; lui, d'être rejoint. Il avait eu du mal à s'arracher. Il avait fait sans entraînement des marches trop longues et la fatigue l'assombrissait. En traversant, les pieds blessés et la sueur au front, ces campagnes peuplées de paysans incompréhensibles, il remettait tout en question. Cette entreprise lui paraissait absurde. D'un romantisme idiot.
>
> Nicolas Bouvier et Thierry Vernet, *L'Usage du monde*, Éditions La Découverte, 1963.

Dans cet extrait, le futur voyageur, Nicolas Bouvier, évoque le prélude à sa mise en route dans l'entreprise d'un voyage, effectué en la compagnie de Thierry. Le moment est inaugural car il amorce l'itinéraire, voulu, conçu comme un projet de vie. Nicolas Bouvier arrive à minuit tapante pour récupérer son compagnon avec sa voiture, leur moyen de locomotion. Cette séquence révèle comment deux volontés se retrouvent dans l'invitation au voyage qui se vit comme une impulsion que l'on partage avec l'autre pour s'ouvrir au monde, à ce qui va advenir.

2 L'invitation au voyage et sa finitude

• **L'après de l'invitation au voyage.** Quand le départ a eu lieu et que le voyage s'est déroulé, l'invitation au voyage appartient au révolu. Elle est une expérience vivace, inhérente à chaque voyageur qui en garde tous les souvenirs en lui-même. Mais une fois le retour au bercail ou dans ses Pénates effectué, des traces matérielles peuvent subsister. Les photos collectées témoignent de ce qu'a été le voyage. Ainsi se forment les albums, les vestiges de ce qui a été vécu lors du périple. Cette matérialité reste figurative car cristallisée par des images, des illustrations des lieux traversés ou dans lesquels on a séjourné. Le chemin est alors séquencé, rythmé par ces photos, pâles traces de ce qui a été vécu. Car elles témoignent, tout en illustrant. Elles peuvent être des instantanés de moments pris sur le vif ou des mises en scène. Le voyageur enchaîne les *selfies* pour révéler aux autres sa présence sur les lieux du voyage ou sur le chemin. Alors, l'invitation au voyage se concrétise dans une déferlante de photos, de commentaires sur les réseaux sociaux qui saturent cette expérience. Ces témoignages excessifs font presque oublier au voyageur l'importance de l'instant présent et la nécessité de savoir se détacher de tout ce qui nous rattache à notre quotidien.

Définitions

Figurative : qui représente, illustre.

Finitude : qui est fini, limité.

▲ Augustus Leopold Egg, *Les Compagnes de voyage*, 1862, *Birmingham Museums Trust*. Huile sur toile, 65,3 × 78,7 cm.

Ce tableau de 1862 est une scène de voyage. Il révèle l'invitation au voyage en tant que déplacement, cheminement. Dans une symétrie parfaite, la voyageuse se retrouve dupliquée par la ligne de force médiane. Le train amène ces compagnes de voyage là où elles doivent se rendre, présentant par la fenêtre les promesses d'un paysage d'exception, plaisant et agréable. Le voyage se montre sous différentes facettes à travers ce jeu de miroir : la première voyageuse lit quand la seconde dort, autant d'activités reposantes, qui délassent, symboles du plaisir du voyage.

• **L'écriture du voyage.** Quand l'écriture s'empare du voyage, elle permet une autre forme de restitution de la mouvance du chemin : le carnet de bord ou carnet de voyage. Il s'agit d'un écrit séquencé, rédigé par à-coups, à une certaine fréquence, au jour le jour, ou aux moments les plus forts du périple. Les formes sont multiples : textes et photos se combinent pour devenir des témoignages vivants de ce qu'a été le chemin. La matérialité de l'écrit permet ensuite le partage de l'invitation au voyage aux lecteurs qui peuvent alors nourrir le désir de connaître aussi ce périple. Le lecteur peut ainsi devenir voyageur à son tour, faisant de l'écriture une invitation au voyage.

Définition

Mouvance : caractère de ce qui change sans cesse, qui n'est pas stable.

Document

Lettre de Christophe Colomb à Ferdinand d'Aragon et Isabelle de Castille.

[Je] suivis le chemin des îles Canaries qui appartiennent à Vos Altesses et sont en ladite mer océane, afin de prendre là ma route et naviguer jusqu'à ce que j'arrivasse aux Indes pour y porter l'ambassade de Vos Altesses aux princes de ces pays, accomplissant ainsi ce qu'elles m'avaient mandé ; c'est pourquoi j'ai pensé coucher par écrit tout ce voyage très précisément, de jour en jour, en notant tout ce que je ferais, verrais et parcourrais [.]

Christophe Colomb, *La Découverte de l'Amérique* [1492], Éditions La Découverte, 2002.

L'écriture devient le compagnon de voyage : c'est elle qui permet de témoigner, de matérialiser l'expérience et de rendre compte à l'autre de ce qu'a été le périple. Dans l'écrit de Christophe Colomb, le voyage outrepasse sa condition première de restitution pour devenir reflet des contrées traversées, tout en conciliant une optique politique. Car l'expédition de Colomb permet à ses lecteurs, et notamment ses riches financeurs que sont Ferdinand d'Aragon et Isabelle de Castille, d'entrevoir le potentiel commercial des contrées traversées. La succession des trois verbes « en notant ce que je ferais, verrais et parcourrais » cristallise pleinement la réalité du voyage comme expérience : l'action, l'observation et le cheminement, un triptyque faisant de l'invitation au voyage une expérimentation du monde.

• **Le refus de l'invitation.** Cependant, tout le monde ne cède pas à cette invitation au voyage, à s'immerger dans un ailleurs. Car on s'expose alors à l'incertitude. Certains renoncent à cette invitation pour des motifs multiples : volonté assumée de rester chez soi, manque de moyens financiers, peur de l'inconnu et des risques éventuels. Par conséquent, l'invitation au voyage oppose l'ailleurs à l'ici, c'est-à-dire un lieu pleinement connu, apprivoisé et donc maîtrisé. Elle interroge ce que l'on est et notre rapport au monde. La sédentarité peut être un choix pleinement assumé où se traduit la satisfaction de l'être comblé de son « ici ». Il n'éprouve alors aucun besoin de sillonner le monde, déjà heureux de ce que lui apporte son « chez lui ». Ce sont des natures casanières, implantées dans un « ici » fixe et stable. D'autres refusent l'invitation au voyage faute de moyens. Car voyager engendre des frais que certains budgets ne peuvent se permettre. Ainsi, l'invitation au voyage se conçoit dans les dépenses futiles et totalement superflues. Pour d'autres natures plus rétives, moins téméraires, c'est tout l'enjeu du rapport au monde qui se joue. En effet, céder à l'invitation au voyage, c'est accepter de s'exposer aux fluctuations du hasard, de lâcher prise pour emprunter un nouveau chemin, aussi déroutant soit-il. De fait, ne pas voyager est un renoncement où l'être se recroqueville sur ce qu'il connaît par peur de l'inconnu, de l'incertain périlleux, effrayé par les tribulations éventuelles engendrées par l'invitation au voyage.

Définition

Tribulations : série d'aventures ou de péripéties plus ou moins agréables.

2 L'expérience du voyage

Thème 2 : Invitation au voyage…

L'expérience du voyage est une incitation à l'ouverture, à l'élargissement de ses horizons. Cela permet de se façonner, de forger sa culture, mais aussi de devenir autre.

1 La découverte de l'ailleurs

• **L'ailleurs pour s'ouvrir à d'autres cultures et se former.** Quand l'invitation au voyage saisit le voyageur, se dessine alors la perspective d'un ailleurs. Cet « autre part » reste très variable selon les époques, les personnes. En effet, l'invitation au voyage a longtemps été perçue comme le privilège des classes aisées car impliquant des frais de déplacements et d'organisation. Certains lieux ont également fait figure de contrées attractives, élues. C'est là-bas qu'on contemple un autre savoir-faire, une autre culture permettant de façonner son art. À la Renaissance, l'Italie s'est imposée comme un centre d'attraction pour tous les esprits en quête de savoirs et de reconnaissance. L'invitation au voyage s'assimile alors à un voyage de formation. À partir du XVIe siècle, toute personne susceptible de parfaire sa formation se rend en Italie pour se confronter aux grands maîtres de la Renaissance italienne. Le peintre et architecte allemand Johann Christian von Mannlich (1741-1822) ainsi que les peintres Nicolas Poussin (1594-1665) et Jacques-Louis David (1748-1825), notamment, ont entrepris cette confrontation avec l'ailleurs *via* l'invitation au voyage pour se façonner et se former grâce à ce contact avec le monde.

▲ Nicolas Poussin, *Paysage avec Orphée et Eurydice*, env. 1650, Paris, musée du Louvre. Huile sur toile, 124 × 200 cm.

Cette toile reprend le mythe d'Orphée et d'Eurydice. Le jour de son mariage avec Orphée, Eurydice est mordue par un serpent et meurt. Orphée obtient la permission de Perséphone et d'Hadès, maîtres des Enfers, de l'en ramener, à condition qu'il ne se retourne jamais tant qu'il est dans ce royaume pour voir celle qu'il est venu chercher. Malheureusement, sur le chemin, il se retourne… et perd définitivement l'âme de sa bien-aimée. Ce tableau représente une scène cruciale : le mariage a eu lieu, mais Eurydice vient de se faire mordre, alors qu'Orphée envoûte les naïades du chant mélodieux de sa lyre. L'imaginaire collectif représente les mythes antiques qui sont redécouverts durant la Renaissance. Poussin les reprend dans plusieurs de ses œuvres. C'est à Rome que cette émulation a lieu et que convergent des générations d'artistes, faisant de cette cité une invitation au voyage.

• **L'ailleurs, un apprentissage formateur pour la jeunesse.** C'est par le voyage que l'enfant se mue en adulte. L'invitation au voyage devient alors un véritable levier éducatif, nécessaire ouverture sur d'autres cultures, sur d'autres langues et donc sur de nouvelles connaissances. Ainsi ont été conçus le Grand Tour puis, de nos jours, le programme Erasmus qui honore l'une des figures pionnières de l'humanisme : Erasme. Le Grand Tour apparaît dès le XVIe siècle et culmine au XIXe. Il impliquait un long voyage en Europe pour les jeunes des classes aisées afin de commencer leur éducation aristocratique. C'est dans cet esprit de découverte que se conçoit actuellement le programme Erasmus. Il permet aux jeunes d'intégrer momentanément une université partenaire. Dans ce cadre, l'invitation au voyage devient formatrice d'une jeunesse façonnée au contact d'autres cultures. Le film *L'Auberge espagnole* (2002) de Cédric Klapisch présente ainsi Xavier, 25 ans, qui part dans le cadre du programme Erasmus en Espagne pour terminer son DEA de sciences économiques, et se confrontant à d'autres cultures.

• **Les chemins menant vers l'ailleurs, véritable source d'inspiration.** L'invitation au voyage reste multiple dans ses motifs : voyage d'affaires, voyage d'agrément, voyage en famille. Ces parenthèses très diverses plongent le voyageur dans un ailleurs qui peut agir sur l'inspiration *via* l'appel à la découverte. L'invitation au voyage engendre une créativité, un accomplissement de son propre être. L'ailleurs exacerbe la sensibilité artistique, permettant ainsi de s'affiner, de réaliser sa propre vocation artistique. En juillet 1891, Paul Gauguin séjourne à Tahiti. En quête d'un « ciel sans hiver », le peintre est parti s'installer dans les îles pour y renouveler son inspiration. Ces contrées exotiques, fertiles en découvertes et en dépaysement, lui permettent de créer ses plus beaux chefs-d'œuvre.

Document

Mon enfant, ma sœur,
Songe à la douceur
D'aller là-bas vivre ensemble !
Aimer à loisir,
Aimer et mourir
Au pays qui te ressemble !
Les soleils mouillés
De ces ciels brouillés
Pour mon esprit ont les charmes
Si mystérieux
De tes traîtres yeux,
Brillant à travers leurs larmes.

Là, tout n'est qu'ordre et beauté,
Luxe, calme et volupté.

Des meubles luisants,
Polis par les ans,
Décoreraient notre chambre ;
Les plus rares fleurs
Mêlant leurs odeurs
Aux vagues senteurs de l'ambre,
Les riches plafonds,
Les miroirs profonds,
La splendeur orientale,
Tout y parlerait
À l'âme en secret
Sa douce langue natale.

Là, tout n'est qu'ordre et beauté,
Luxe, calme et volupté.

Vois sur ces canaux
Dormir ces vaisseaux
Dont l'humeur est vagabonde ;
C'est pour assouvir
Ton moindre désir
Qu'ils viennent du bout du monde.
– Les soleils couchants
Revêtent les champs,
Les canaux, la ville entière,
D'hyacinthe et d'or ;
Le monde s'endort
Dans une chaude lumière.

Là, tout n'est qu'ordre et beauté,
Luxe, calme et volupté.

Charles Baudelaire, « L'Invitation au voyage », *Les Fleurs du mal – Le Spleen de Paris*, 1869.

Charles Baudelaire affirme ici l'invitation au voyage comme l'idéal d'un monde poétique, à la fois réalité et chimère. Ce texte résonne comme un appel à un « là-bas », puissant et magnétique, véritable éden perdu qui inspire le poète. La beauté est omniprésente et l'atmosphère calme, d'une sérénité absolue (« calme », « douce », « s'endort »). Tout aspire au renouvellement de l'être par cette description presque onirique, tant elle est voilée, floue, incertaine. Les sens sont également exaltés (« C'est pour assouvir/Ton moindre désir »).

2 Découvrir l'Autre pour devenir autre

• **La rencontre de l'Autre.** L'invitation au voyage amène la rencontre avec l'Autre, la confrontation avec ce qui n'est pas soi. En effet, les routes sont sillonnées par les hommes, des êtres de passage ou, au contraire, bordées par des personnes qui y vivent. On parle alors d'« autochtones » ou d'« indigènes », c'est-à-dire des personnes du pays qui habitent les lieux. Par conséquent, le voyageur les croise, les observe et, parfois, au gré du voyage, s'arrêtent un temps pour bavarder et tout simplement passer du temps avec ces dernières. La rencontre a alors lieu, reflétant une altérité façonnée par une autre culture, la différence avec ce qui est familier au voyageur. L'invitation au voyage permet ces rencontres fabuleuses qui élargissent l'horizon du voyageur par la rencontre avec d'autres personnes, d'autres peuples, d'autres folklores, d'autres us et coutumes. Une science est née de cette confrontation : l'ethnographie. Il s'agit de l'étude descriptive et analytique, sur le terrain, des mœurs, des coutumes de populations déterminées.

Document

Andaman est une très grande île. Il n'y a aucun roi, les habitants sont idolâtres et vivent comme des bêtes sauvages. Je vous le dis, tous les hommes de cette île ont des têtes de chiens, les dents et les yeux aussi, et leur visage ressemble à celui de grands mâtins[1]. Ils ont beaucoup d'épices. Ces gens sont très cruels car ils mangent tous ceux qu'ils peuvent capturer, pourvu qu'ils ne soient pas des leurs. Ils vivent de riz, de viande et de lait, et ont beaucoup de fruits, différents des nôtres.

Marco Polo, *Le Livre des merveilles*, traduit par Jean-François Kosta-Théfaine, © Flammarion, 2017.
Avec l'aimable autorisation des Éditions Flammarion.

1. **Mâtin** : chien de garde ou de chasse grand et imposant.

Dans cet extrait apparaît toute l'ambiguïté de l'observation de ce qui n'est pas soi. Parfois, la différence avec l'Autre semble tellement importante, compte tenu de son propre rapport au monde et surtout de sa façon de vivre, que l'on peut estimer l'Autre comme un barbare. Marco Polo pose la description d'un peuple tellement étrange que la singularité devient physique : ils ont « des têtes de chiens » et sont donc hybrides, à la croisée entre l'humain et l'animal.

• **L'émerveillement de l'Autre.** Ainsi, par l'invitation au voyage, le monde traverse le voyageur et donne lieu à des rencontres décisives qui peuvent influencer durablement les choix de ce dernier. En effet, l'Autre est source de richesse, genèse d'une vie que l'on ne connaît pas et qui peut éblouir et attirer. De là naissent alors la fascination et l'émerveillement face à des cultures et des manières de vivre qui ne sont pas les nôtres. Pour partir à sa rencontre, on met ses pas dans ceux de l'Autre, créant en cela des générations de voyageurs. Certains de ces trajets sont conçus comme des invitations au voyage ancrées dans la mémoire collective. Les entreprendre, prendre la route de ces chemins immémoriaux, c'est se mettre à la recherche de l'Autre, parfois pour arpenter des tracés balisés, connus de tous, remontant à des traditions séculaires. Le chemin de Saint-Jacques-de-Compostelle rappelle ces pèlerinages qui appellent à prendre « la voie », originellement pour se rendre dans un lieu saint et actuellement pour pérégriner selon un tracé ancien.

Document

En attendant, on leur fit voir la ville, les édifices publics élevés jusqu'aux nues, les marchés ornés de mille colonnes, les fontaines d'eau pure, les fontaines d'eau rose, celles de liqueurs de cannes de sucre qui coulaient continuellement dans de grandes places pavées d'une espèce de pierreries qui répandaient une odeur semblable à celle du girofle et de la cannelle. Candide demanda à voir la cour de justice, le parlement ; on lui dit qu'il n'y en avait point, et qu'on ne plaidait jamais. Il s'informa s'il y avait des prisons, et on lui dit que non. Ce qui le surprit davantage, et qui lui fit le plus de plaisir, ce fut le palais des sciences, dans lequel il vit une galerie de deux mille pas, toute pleine d'instruments de mathématiques et de physique.

▸▸▸

[…] les deux heureux résolurent de ne plus l'être, et de demander leur congé à Sa Majesté. « Vous faites une sottise, leur dit le roi ; je sais bien que mon pays est peu de chose ; mais, quand on est passablement quelque part, il faut y rester. Je n'ai pas assurément le droit de retenir des étrangers ; c'est une tyrannie qui n'est ni dans nos mœurs ni dans nos lois : tous les hommes sont libres ; partez quand vous voudrez, mais la sortie est bien difficile. Il est impossible de remonter la rivière rapide sur laquelle vous êtes arrivés par miracle, et qui court sous des voûtes de rochers. Les montagnes qui entourent tout mon royaume ont dix mille pieds de hauteur, et sont droites comme des murailles : elles occupent chacune en largeur un espace de plus de dix lieues ; on ne peut en descendre que par des précipices. Cependant, puisque vous voulez absolument partir, je vais donner ordre aux intendants des machines d'en faire une qui puisse vous transporter commodément. Quand on vous aura conduits au revers des montagnes, personne ne pourra vous accompagner : car mes sujets ont fait vœu de ne jamais sortir de leur enceinte, et ils sont trop sages pour rompre leur vœu. Demandez-moi d'ailleurs tout ce qu'il vous plaira. — Nous ne demandons à Votre Majesté, dit Cacambo, que quelques moutons chargés de vivres, de cailloux, et de la boue du pays. » Le roi rit : « Je ne conçois pas, dit-il, quel goût vos gens d'Europe ont pour notre boue jaune ; mais emportez-en tant que vous voudrez, et grand bien vous fasse. »

Voltaire, *Candide ou l'Optimisme*, chapitre XVIII, 1759.

Cet extrait décrit la rencontre avec l'Eldorado faite par Candide et Cacambo. Ce monde utopique condense tout ce qui fascine les Européens : la richesse, l'abondance de l'or, source de puissance financière. Pourtant, les gens du pays n'y prêtent pas attention. Pour eux, il s'agit d'une simple « boue jaune ». Ils la livrent sans aucune difficulté aux deux voyageurs qui souhaitent partir. Cependant, malgré le fait qu'ils se sentent bien dans l'Eldorado, Candide et Cacambo émettent le souhait de repartir. Par cette rencontre avec le peuple de l'Eldorado, Candide et Cacambo ont appris qu'un monde doux, plaisant et harmonieux est possible, faisant de leur expérience de l'altérité, une leçon riche en enseignements.

• **Le changement de l'Être par l'Autre.** Au contact du voyage et du reflet de ce qui est découvert, le regard du voyageur change, évolue. Il quitte ce qu'il connaît, maîtrise pleinement pour se projeter dans l'altérité, la différence, rendant son voyage formateur. C'est par l'expérience de l'Autre qu'on se construit. Le voyage est vécu en profondeur, avec intensité. Le voyage modèle comme de la boue, rend ses sujets autres, car à force de rencontrer l'altérité, on se transforme, quittant ce que l'on a été pour qu'advienne une nouvelle définition de soi.

Document

En attendant, on leur fit voir la ville, les édifices publics élevés jusqu'aux nues, les marchés. Ce jour-là, j'ai bien cru tenir quelque chose et que ma vie s'en trouverait changée. Mais rien de cette nature n'est définitivement acquis. Comme une eau, le monde vous traverse et pour un temps vous prête ses couleurs. Puis se retire, et vous replace devant ce vide qu'on porte en soi, devant cette espèce d'insuffisance centrale de l'âme qu'il faut bien apprendre à côtoyer, à combattre, et qui, paradoxalement, est peut-être notre moteur le plus sûr.
Repris mon passeport paraphé, et quitté l'Afghanistan. Il m'en coûterait. Sur les deux versants du col la route est bonne. Les jours de vent d'est, bien avant le sommet, le voyageur reçoit par bouffées l'odeur mûre et brûlée du continent indien…

Nicolas Bouvier et Thierry Vernet, *L'Usage du monde*, Éditions La Découverte, 1963.

Nicolas Bouvier montre à quel point le voyage façonne l'Être. Le voyageur arpente le monde et se retrouve traversé par une essence universelle, celle de l'humanité, qui le façonne, le modèle, tout en gardant ce qui fait sa propre singularité. Il devient autre, pour un temps déterminé, le temps du voyage où il se pétrit des couleurs du monde, de l'Autre. Il se transforme, voit sa nature profonde changer au contact des Autres et au gré de ses pérégrinations. Le voyage est fondateur d'un nouveau soi. Ainsi, par l'invitation au voyage, chacun est à la fois soi et l'Autre.

3 Les dérives de l'invitation au voyage

L'invitation au voyage peut être dévoyée, c'est-à-dire détournée. Elle met alors en péril l'esprit même du voyage comme renouvellement et appel à la découverte de l'ailleurs et de l'Autre. Entre tourisme de masse et impact sur la nature, c'est peut-être tout simplement la question du sens que l'on porte à ses propres pérégrinations qui est en jeu. Le voyageur doit penser son voyage comme éthique et responsable.

1 Les effets du mercantilisme

• **L'invitation au voyage ou l'explosion du tourisme de masse.** Quand la société de consommation s'empare de l'invitation au voyage, elle devient un objet de consommation parmi tant d'autres. C'est ainsi que le tourisme se développe selon une logique de business, affichant plus les chiffres, le rendement et les profits créés. De fait, c'est un tourisme de masse qui se développe selon des chemins entièrement balisés et rassurants. Car le voyage organisé prend en charge le voyageur et lui propose, clé en main, des voyages planifiés selon des circuits pensés non plus en terme d'authenticité, mais plutôt en fonction de paramètres d'attractivité. Le voyageur se laisse guider, emmener, parfois bercé par la douce illusion de voir du pays qui n'est en fait que factice et fait de carton-pâte. Car c'est une perte indéniable de l'authenticité, de l'aléatoire qui agrémentent par leur saveur improbable, voire extraordinaire. Les agences de voyage proposent des circuits tissés selon un canevas de lieux emblématiques, comme les croisières vont de port en port, proposant des excursions à la carte. Les lieux que sont les clubs de vacances dévoilent cette dénaturation de l'invitation au voyage. Tout y est paramétré, millimétré pour favoriser une savante programmation d'activités, de visites qui sauront distraire le vacancier. Par conséquent, des lieux sont voués au tourisme au risque d'y perdre leur propre vie locale. Folklorisation des us et coutumes locales, spéculation immobilière rendant presque inabordables la possibilité de se loger font que l'invitation au voyage renvoie à une dissolution de sens dans l'excès d'une logique consumériste implacable.

Définition

Dénaturation : changement entraînant la perte de l'état de nature ; modification des propriétés ou caractéristiques d'un objet ou d'un être.

Document

Départ

Je hais les voyages et les explorateurs. Et voici que je m'apprête à raconter mes expéditions. Mais que de temps pour m'y résoudre ! Quinze ans ont passé depuis que j'ai quitté pour la dernière fois le Brésil et, pendant toutes ces années, j'ai souvent projeté d'entreprendre ce livre ; chaque fois, une sorte de honte et de dégoût m'en ont empêché. Eh quoi ? Faut-il narrer par le menu tant de détails insipides, d'événements insignifiants ? L'aventure n'a pas de place dans la profession d'ethnographe ; elle en est seulement une servitude, elle pèse sur le travail efficace du poids des semaines ou des mois perdus en chemin ; des heures oisives pendant que l'informateur se dérobe ; de la faim, de la fatigue, parfois de la maladie ; et toujours, de ces mille corvées qui rongent les jours en pure perte et réduisent la vie dangereuse au cœur de la forêt vierge à une imitation du service militaire… Qu'il faille tant d'efforts, et de vaines dépenses pour atteindre l'objet de nos études ne confère aucun prix à ce qu'il faudrait plutôt considérer comme l'aspect négatif de notre métier. Les vérités que nous allons chercher si

▸▸▸

loin n'ont de valeur que dépouillées de cette gangue[1]. On peut, certes, consacrer six mois de voyage, de privations et d'écœurante lassitude à la collecte (qui prendra quelques jours, parfois quelques heures) d'un mythe inédit, d'une règle de mariage nouvelle, d'une liste complète de noms claniques mais cette scorie[2] de la mémoire : « À 5h30 du matin, nous entrions en rade de Recife tandis que piaillaient les mouettes et qu'une flottille de marchands de fruits exotiques se pressait le long de la coque », un si pauvre souvenir mérite-t-il que je lève la plume pour le fixer ? [...]
C'est un métier, maintenant que d'être explorateur ; métier qui consiste, non pas, comme on pourrait le croire, à découvrir au terme d'années studieuses des faits restés inconnus, mais à parcourir un nombre élevé de kilomètres et à rassembler des projections fixes ou animées, de préférence en couleurs, grâce à quoi on remplira une salle plusieurs jours de suite, d'une foule d'auditeurs auxquels des platitudes et des banalités sembleront miraculeusement transmutées en révélations pour la seule raison qu'au lieu de démarquer sur place leur auteur les aura sanctifiées par un parcours de vingt mille kilomètres.

Claude Lévi-Strauss, *Tristes Tropiques*, Éditions Plon, 1955.

1. **Gangue** : ce qui entoure, enveloppe ou cache.
2. **Scorie** : résidu.

Dès cet incipit (début du livre), Lévi-Strauss prend ses distances avec le récit de voyage et la description de l'exotisme et de l'aventure. Son propos est de rechercher le principe même de la civilisation dans l'expérience du voyage et de ses rencontres avec des peuples indigènes, mais également des sociétés considérées comme primitives. Le tout n'est pas d'évoquer des anecdotes futiles, des banalités dans les kilomètres engloutis, mais de trouver enfin la vérité de l'être à travers le voyage.

• **L'invitation au voyage et la problématique écologique.** L'invitation au voyage peut devenir problématique pour l'environnement. En effet, les territoires accueillant les touristes doivent se pourvoir des infrastructures nécessaires pour accueillir toute cette activité. On assiste alors à une bétonisation qui défigure les paysages, saturant les lieux par une surpopulation. Des sites d'exception comme les îles Galapagos, le Machu Picchu ou les tombeaux d'Égypte sont en péril. Les ressources naturelles subissent une pollution qui menace la biodiversité. L'impact du développement du trafic aérien représente à lui seul près de 2 à 3 % des émissions mondiales de gaz à effet de serre. La pollution sonore rend insupportable le quotidien des locaux. Par exemple, Venise accueille chaque année près de 25 à 30 millions de touristes. Cela met en péril la vie même des Vénitiens qui voient également leur lagune, déjà fragile et instable, menacée par les bateaux de croisières toujours plus nombreux et imposants.

Définition
Biodiversité : ensemble des êtres vivants et des écosystèmes dans lesquels ils évoluent (micro-organismes, végétaux, etc.)

▲ Un grand nombre de touristes découvrent le Machu Picchu, au Pérou, 2018.

Le Machu Picchu, cité construite au XVe siècle dans l'actuel Pérou, est un des rares vestiges de la civilisation inca. Il a été découvert en 1911 par Hiram Bingham, un architecte et explorateur américain. Depuis, le site ne cesse d'être visité, voire piétiné par des cohortes de touristes toujours plus nombreuses, allant jusqu'à un million par an. Cette invasion permanente met en péril le site lui-même, révélant ainsi les limites d'un tourisme effréné.

Culture générale et expression

• **La dénaturation de l'Ailleurs.** À force de s'enfermer dans une volonté financière et une logique consumériste, une uniformisation des lieux et une banalisation de l'invitation au voyage apparaissent. Non seulement les foules se pressent dans des lieux considérés comme emblématiques et donc iconiques, mais en plus c'est à celui qui saura faire le *selfie* le plus sensationnel. C'est ainsi que les sites sont envahis par des bus de touristes toujours plus nombreux. On s'amasse devant les monuments, parfois emprisonnés par un déferlement de publicités qui abîment l'authenticité même des lieux. On tente comme on peut de se prendre en photo, de garder une trace de son passage dans ces lieux mythiques. Puis on remonte dans son bus et on s'en va, tournant le dos à un ailleurs abîmé par les flots incessants de touristes, à tel point que certains sites en sont menacés : Pompéi se voit toujours plus fragilisée par la venue de tous ses visiteurs.

2 L'invitation au voyage : la responsabilité du voyageur

• **L'invitation au voyage ou l'invitation au sens.** Le voyageur chemine, parcourt le monde. Il se frotte à lui et se confronte à l'altérité, à ce qui n'est pas lui. De fait, l'accomplissement d'un voyage engage l'individu dans la quête de l'autre, mais aussi de soi. Car c'est à travers les expériences inédites, ce à quoi nous ne sommes pas habitués que l'on se révèle, que l'on apparaît tel que l'on est. Comme le disait Montaigne, le voyage est là pour nous apprendre à « frotter et limer notre cervelle contre celle d'autrui » et ainsi faire jaillir ce que nous sommes. C'est donc dans ce jaillissement de notre vrai être que le voyage prend tout son sens. C'est au voyageur à savoir sémantiser le voyage qu'il entreprend. Il s'agit donc de savoir dépasser la passivité pour se rendre acteur de son propre cheminement. Car voyager sans donner du sens, c'est errer, s'expatrier et donc s'exclure de ce que l'on est.

Définition

Sémantiser : donner du sens.

Document

Il ne suffit pas pour s'instruire de courir les pays. Il faut savoir voyager. Pour observer il faut avoir des yeux et les tourner vers l'objet qu'on veut connaître. Il y a beaucoup de gens que les voyages instruisent encore moins que les livres ; parce qu'ils ignorent l'art de penser, que dans la lecture leur esprit est au moins guidé par l'auteur, et que dans leurs voyages ils ne savent rien voir d'eux-mêmes.

Jean-Jacques Rousseau, *Émile ou De l'éducation*, 1762.

Dans cet extrait, c'est la connaissance de l'homme qui est en jeu par le voyage. Rousseau le détermine comme révélateur de la réalité du voyageur, ce qui passe avant tout par le sens que l'on donne au cheminement que l'on entreprend. Il est donc nécessaire de savoir s'engager, se donner entier, faisant de l'invitation au voyage une expérience fondatrice dans la quête de ce que l'on est.

• **De nouvelles façons de voyager.** De ce sens donné au voyage naissent des façons de voyager autrement, qui se construisent à contre-courant du tourisme de masse. Le tourisme solidaire se veut éthique et responsable. Il a pour finalité de respecter l'environnement, tout en permettant une mutualisation des bénéfices. En effet, ce sont les locaux des régions ou pays visités qui en profitent également. Car c'est dans le strict respect de la nature environnante, tout en ayant la certitude que les sommes dépensées vont profiter aux populations locales que les voyageurs cheminent. Autre forme de tourisme : le tourisme culturel dont l'objectif est de faire découvrir le patrimoine culturel et le mode de vie d'une région ainsi que de ses habitants. Le *woofing* est aussi une alternative au tourisme de masse. Le dispositif est simple : il s'agit de travailler au sein d'une ferme biologique en échange du gîte et du couvert. En contrepartie, le *woofer* bénéficie d'un hébergement et des repas sur une courte ou longue durée (variant de quelques jours à quelques mois). En somme, le voyageur engage sa responsabilité pour donner du sens au voyage.

• **Le retour « plein d'usage et de raison ».** Le voyage nous délivre. C'est par lui que se forge l'être et qu'il se révèle. Il nous guérit de maux passagers qui nous affligent. Le voyage se passe de motif, mais il est fondateur dans ce que l'on est. Et c'est uniquement quand on est revenu que l'on prend la pleine mesure du cheminement accompli, à la fois géographique, mais existentiel. Car dans le retour, on est devenu Autre, pleinement conscient de cette métamorphose, forgée par l'invitation au voyage.

Document

Heureux qui, comme Ulysse, a fait un beau voyage,
Ou comme cestuy-là qui conquit la toison,
Et puis est retourné, plein d'usage et raison,
Vivre entre ses parents le reste de son âge !

Quand reverrai-je, hélas, de mon petit village
Fumer la cheminée, et en quelle saison
Reverrai-je le clos de ma pauvre maison,
Qui m'est une province, et beaucoup davantage ?

Plus me plaît le séjour qu'ont bâti mes aïeux
Que des palais romains le front audacieux,
Plus que le marbre dur me plaît l'ardoise fine,

Plus mon Loir gaulois, que le Tibre latin,
Plus mon petit Liré, que le mont Palatin,
Et plus que l'air marin la doulceur angevine.

Joachim du Bellay, *Les Regrets*, 1558.

Dans ce sonnet, le poète affirme la beauté du voyage comme expérience fondatrice. Il est source « d'usage et raison », en somme d'expérience. Mais ce qui est le plus essentiel, c'est le retour au bercail, le fait de regagner ses Pénates, de retrouver son logis et les siens, ainsi transformé, modelé par la route accomplie et l'expérience amassée.

Conclusion

Pour conclure, **l'invitation au voyage résonne comme un appel, une incitation de l'être à s'engager dans le chemin, à se découvrir au contact d'autres cultures**. C'est être celui qui quitte son quotidien pour des motifs multiples, mais surtout **pour revenir autre, et ainsi accomplir pleinement ce qu'il doit être** grâce au voyage entrepris et à l'expérience de soi et des personnes rencontrées. C'est donc **un éveil de soi pour se réaliser**. Pourtant, **l'invitation au voyage connaît des dérives** : dénaturation et uniformisation des sites touristiques emblématiques, tourisme de masse, perte de l'authenticité. **Tout se joue dans le sens que le voyageur donne à son cheminement.**

Tableau de références

Thème 2 : Invitation au voyage…

Dans le tableau suivant, vous trouverez des références culturelles non exhaustives liées aux différentes parties du thème « Invitation au voyage… ». Ces références couvrent les supports artistiques suivants : les écrits littéraires (en **noir**) ; les références filmographiques (en **bleu**) ; les œuvres picturales (en **vert**) ; les œuvres musicales (en **orange**).

Problématiques	Notions clés	Références
1. L'invitation au voyage : un appel		
1. L'invitation au voyage : prendre un nouveau chemin	• La réponse à un appel • Le voyageur en devenir • L'amorce de l'invitation au voyage • L'expérience du parcours	• Nicolas Bouvier et Thierry Vernet, *L'Usage du monde* • Eugène Labiche et Édouard Martin, *Le Voyage de Monsieur Perrichon* • Edward Hopper, *Compartiment C, voiture 293* • Claude Monet, *La Gare Saint-Lazare* • Charles Aznavour, *Emmenez-moi* • Étienne Daho, *Week-end à Rome*
2. L'invitation au voyage et sa finitude	• L'après de l'invitation au voyage • L'écriture du voyage • Le refus de l'invitation	• Christophe Blain, *Carnet polaire* • Christophe Colomb, *La Découverte de l'Amérique* • Kevin Costner, *Danse avec les loups* • Augustus Leopold Egg, *Les Compagnes de voyage*
2. L'expérience du voyage		
1. La découverte de l'ailleurs	• L'ailleurs pour s'ouvrir à d'autres cultures et se former • L'ailleurs, un apprentissage formateur pour la jeunesse • Les chemins menant vers l'ailleurs, véritable source d'inspiration	• Lucie Azema, *Les femmes aussi sont du voyage – L'émancipation par le départ* • Charles Baudelaire, « L'Invitation au voyage », *Les Fleurs du mal* • Édouard Deluc, *Gauguin – Voyage de Tahiti* • Cédric Klapisch, *L'Auberge espagnole* • Paul Gauguin, *Femmes de Tahiti* • Nicolas Poussin, *Paysage avec Orphée et Eurydice* • Jean-Jacques Goldman, *Là-bas*
2. Découvrir l'Autre pour devenir autre	• La rencontre de l'Autre • L'émerveillement de l'Autre • Le changement de l'Être par l'Autre	• Nicolas Bouvier et Thierry Vernet, *L'Usage du monde* • Marco Polo, *Le Livre des merveilles* • Voltaire, *Candide ou l'Optimisme* • Jean-Jacques Annaud, *Sept Ans au Tibet* • James Cameron, *Titanic*
3. Les dérives de l'invitation au voyage		
1. Les effets du mercantilisme	• L'invitation au voyage ou l'explosion du tourisme de masse • L'invitation au voyage et la problématique écologique • La dénaturation de l'Ailleurs	• Claude Lévi-Strauss, *Tristes Tropiques* • John Huston, *L'Homme qui voulut être roi* • Martin Parr, *La Tour de Pise*
2. L'invitation au voyage : la responsabilité du voyageur	• L'invitation au voyage ou l'invitation au sens • De nouvelles façons de voyager • Le retour « plein d'usage et de raison »	• Joachim du Bellay, « Heureux qui comme Ulysse », *Les Regrets* • Homère, *L'Odyssée* • Jean-Jacques Rousseau, *Émile ou De l'éducation* • Jamie Uys, *Les Dieux sont tombés sur la tête* • Jacques Brel, *La quête*

Anglais

Présentation de l'épreuve E2

Anglais

Épreuve écri
Durée : 2 heur
Épreuve oral
Durée : 20 mi
Coefficient :

1 Les modalités d'évaluation

• **L'épreuve E2 comprend deux sous-épreuves :** une sous-épreuve écrite (E21) et une sous-épreuve orale (E22). Le poids de chaque sous-épreuve dans l'évaluation est équivalent.

• **Le candidat doit montrer sa capacité à communiquer par écrit...**
– comprendre un texte à caractère socioéconomique et produire un message écrit ;
– maîtriser les contraintes de la langue écrite ;
– faire la synthèse des informations (comprendre le sens des documents, les mettre en relation, dégager une problématique) ;
– répondre à une question de façon argumentée.

• **...et à communiquer et interagir à l'oral :**
– s'adapter à la situation de communication (gérer son temps, interagir avec son interlocuteur, employer des moyens d'expression pertinents) ;
– organiser son message oral (respect du sujet).

2 Le jour de l'examen

• **L'épreuve écrite** comporte un ou plusieurs documents, **en anglais**, en rapport avec les domaines du BTS visé. Le/la candidat(e) doit en faire un compte-rendu, **en français**, en restituant les idées essentielles, puis il/elle rédigera, **en anglais**, un écrit (lettre commerciale, de candidature...).

• **L'épreuve orale** comporte **une explication en français** d'un document audio ou vidéo suivie d'une **conversation en anglais** avec l'examinateur sur le document, sur certains points soulevés par le journaliste, ou sur votre réaction à ce document.

• Pendant le temps de préparation, prenez des notes de façon organisée comme pour un compte-rendu, repérez les axes de la problématique, préparez des pistes d'élargissement en anticipant les questions possibles sur le thème du texte.

> **Astuce**
> Parlez ! On évaluera autant votre aptitude à comprendre les questions et à y réagir que la qualité de votre anglais oral.

3 Comment se préparer

• **Tout au long de l'année, lisez en anglais et en français** dans le domaine professionnel qui est le vôtre, et le jour de l'examen, pensez à mobiliser vos connaissances et votre culture générale.

• **Écoutez la radio, regardez la télévision en anglais.** BBC Radio 4 diffuse sur les ondes longues, et vous pouvez bien sûr accéder à de nombreuses radios par Internet.

> **Cinq minutes d'écoute active tous les jours** valent mieux qu'une demi-heure une fois par semaine : choisissez une émission ou un sujet qui vous intéresse et prenez des notes. Vous pouvez également enregistrer quelques minutes pour pouvoir réécouter ensuite, et répéter quelques phrases.

1 Les différents types de documents

Les textes et documents choisis pour les sujets sont en général extraits de la **presse britannique ou américaine** (quotidiens ou magazines, revues spécialisées dans le domaine du travail), mais ils peuvent également provenir de sites Internet (journaux en ligne), ou prendre la forme d'une transcription d'émission télévisuelle ou radiophonique.

1 Les sources

Connaître la source du document permet de se faire une idée du type de contenu auquel vous allez avoir affaire. Par ailleurs, vous devez indiquer cette source dans l'introduction. Voici les titres des principaux journaux et revues britanniques et américains.

A La presse britannique

• **Les quotidiens de qualité** (broadsheets). Tous ces quotidiens ont leur édition du dimanche, qui comporte plusieurs cahiers thématiques.

The Daily Telegraph, The Sunday Telegraph : tendance conservatrice.
The Times, The Sunday Times : le grand journal de la bourgeoisie anglaise, centre droit.
The Independent, The Independent on Sunday : publie aussi une édition format tabloïd. Tendance centre gauche.
The Guardian, The Observer : orientés à gauche.

• **La presse à sensation** : les tabloïds.

The Daily Express, The Sun.
The Mirror, The Daily Mail.
The Evening Standard : le journal de Londres.

• **Les hebdomadaires d'actualité**

The Financial Times : le journal de la finance.
The Economist : malgré son titre, analyse tous les aspects de l'actualité internationale.
The New Statesman : politique, société, culture.
The New Scientist.

B La presse américaine

• **Les quotidiens.** Les Américains préférant lire la presse locale, il y a plus de 1800 quotidiens aux États-Unis. Les plus connus sont :

The Washington Post.
The New York Times, qui publie également The International New York Times, que l'on trouve facilement à l'étranger.
The Los Angeles Times, The Wall Street Journal, USA Today.

• **Les hebdomadaires d'actualité**

Time Magazine, Newsweek, US News and World Report, Business Week, orienté vers le monde de l'entreprise.

2 S'entraîner

Lire la presse anglaise ou américaine pendant l'année, c'est vous familiariser avec un lexique et des tournures que vous assimilerez presque sans y penser. Tous les grands journaux ont des **éditions en ligne** qu'il est facile de consulter depuis chez vous ou en bibliothèque.

Sur Internet

Vous pouvez consulter le site de la **BBC** (www.bbc.co.uk) où l'on peut entendre de l'anglais sur tous les sujets.

2 Lire et comprendre le texte

Lire et comprendre le texte est bien sûr la première étape, et c'est la clé de la réussite. Avec un peu de méthode et de l'entraînement, vous prendrez l'habitude de l'exercice et vous saurez quoi chercher et où le trouver.

1 Prendre ses repères

Avant même de commencer à lire le texte, certains éléments peuvent vous renseigner sur la **nature du contenu** : la publication (anglaise ou américaine, généraliste ou spécialisée), le type de document (article de presse, transcription d'émission radio, site Internet), l'illustration éventuellement.

2 La syntaxe et le lexique de l'article de presse

Les titres utilisent généralement des tournures **elliptiques** (c'est-à-dire dans lesquelles il manque un ou plusieurs termes sans que cela ne nuise à la compréhension) : E mail's about to get better, An Open and Shut Case, etc. Dans ce cas, le sous-titre ou le chapeau indiquent fréquemment le sujet de l'article. Apprenez à repérer d'autres caractéristiques :

– **L'utilisation de nombreux passifs**, en particulier dans les phrases rapportant des paroles ou des attitudes : The President **is reported to** have views over… On trouvera ainsi : is expected to, is said to, is rumoured to.
Tous ces passifs correspondraient à « on » en français : « On dit que le président…, on s'attend à ce qu'il… », etc. Ils signalent un manque de précision dans l'origine de l'information.

– **Des adverbes** comme allegedly, reportedly (on dit que / on prétend que, etc.) permettent également au journaliste de masquer ses sources,ou bien de révéler un point de vue.

– **Les citations** sont souvent introduites ou suivies par l'inversion : says X.

Conseil

Après avoir lu le titre et le sous-titre, prenez le temps de vous poser les questions suivantes : que vais-je lire dans cet article ? Qu'est-ce que je connais sur le sujet ? Qu'est-ce que j'aimerais apprendre ?

3 Trouver le sujet

Ce qu'il faut repérer :

- **Le lieu, la (ou les) date(s).** S'agit-il d'un article lié à un événement précis, ou bien est-ce un article de réflexion plus général ?
- **Les noms propres.** Les noms sont-ils importants (personnes connues, décideurs, etc.) ou bien s'agit-il de personnes inconnues du grand public qui ont simplement été interviewées pour l'article ou juste citées ?

Conseil

N'hésitez pas à écrire sur le texte (au crayon à papier pour ne pas le rendre illisible). Entourez les mots essentiels. Ce que vous comprenez vous aide, c'est sur cela que vous devez vous appuyer !

• **Les mots qui sont répétés, ceux qui vont ensemble (champs lexicaux).** Ils vous mèneront directement au thème de l'article ;

Voir p. 397

• **Les mots transparents** qui ressemblent tant au français peuvent souvent vous aider. (Voir la liste de faux-amis à connaître.)

4 Repérer la structure d'un article

A Les idées

C'est souvent le premier paragraphe qui contient l'essentiel de l'information, parfois sous forme d'anecdote pour mieux « accrocher » le lecteur. Vous aurez intérêt à le lire soigneusement.
La **première phrase** contient généralement l'idée directrice qui sera étoffée et développée dans le reste du paragraphe. Prêtez-y donc une attention toute particulière.

B Les articulations

Ce sont les **mots de liaison** qui vous aident à repérer les articulations du texte et à comprendre sous quel angle les faits sont présentés.
Voici la liste de mots de liaison qu'il faut connaître :

Le mot	On l'utilise pour…	Sa traduction
First / Firstly	introduire une idée	D'abord / Premièrement
And / Besides / Moreover / What's more / In addition / At the same time	ajouter ou compléter un argument ou une idée	Et / De plus / En outre / En même temps
For instance … say	introduire un exemple	Par exemple … disons
Or / Or else	présenter une autre idée, une autre interprétation	Ou / Ou bien
That is / That is to say / i.e.	expliciter, préciser	… c'est-à-dire
Above all / Over all / Mostly	insister sur un point	Surtout
Let alone / not least	suggérer qu'il y a encore un argument, une idée, un fait qui pourrait être pris en compte	… sans parler de
As it is Indeed / As a matter of fact	nuancer	Les choses étant ce qu'elles sont… En réalité,…
So / Therefore / Thus / Consequently / As a result	exprimer un rapport de cause à conséquence	Donc / Par conséquent
That's why	donner la raison, la cause	C'est pourquoi
On the one hand… on the other hand	opposer deux arguments, deux idées	D'une part… d'autre part
Finally / Lastly / To conclude	conclure	Finalement / Pour conclure

5 Que faire des mots inconnus ?

Pour accéder efficacement au sens d'un mot, il faut passer par quelques étapes indispensables.

• **Tout d'abord, il faut identifier la nature du mot** (verbe transitif ou non, nom, adjectif, composé ou non, adverbe, etc.), et sa **fonction** dans la phrase : est-ce un sujet, un complément d'objet direct, un complément d'agent, un complément circonstanciel… ?

• **Cherchez le radical,** pensez aux règles de dérivation et de composition.

> **Exemple :** inconsiderately = in + considerate + ly. C'est un adverbe dérivé de l'adjectif inconsiderate, lui-même formé à partir du verbe consider (= considérer), du préfixe privatif in- et du suffixe -ate (= inconsidéré). Il se traduit par l'adverbe français « inconsidérément ».

• **Pour comprendre les mots composés** et les expressions complexes, pensez à partir de la droite pour « remonter » la chaîne des mots anglais.
The North America Free Trade Agreement = l'Accord de libre-échange nord-américain
The Common Agricultural Policy = la Politique agricole commune
Aggressive advertising techniques = des techniques publicitaires agressives

• **Pensez aux mots proches que vous connaissez** et qui peuvent vous fournir des indices : les mots transparents, bien sûr, mais aussi ceux qui ne le sont pas en apparence. Apprenez à reconnaître les parentés entre l'anglais et le français : si recognize peut vous sembler obscur, le rapprochement avec l'adjectif français « cognitif » vous mettra sur la voie de la « connaissance » et du verbe « reconnaître ».

• Au cours de l'année, relevez les correspondances entre les formes des deux langues. Elles vous aideront à anticiper le sens de mots nouveaux.

> **Exemple**
> • Les mots qui commencent par sp- en anglais correspondent souvent à des mots qui commencent par esp- ou ép- en français.
> spy = espion ; spices = épices ; spinach = épinards ; spirit = l'esprit ; sponge = l'éponge
> • Les mots qui contiennent les consonnes -st- peuvent souvent être rapprochés de mots français contenant un accent circonflexe et la consonne -t.
> coast = la côte ; forest = la forêt ; castle = le château ; beast = la bête ; feast = le festin, la fête ; mast = le mât ; paste = une pâte

• **Enfin, n'oubliez pas de confronter le mot à son contexte !** Si le sens d'un mot vous résiste, procédez par déduction. Remplacez le mot par thing et relisez en rassemblant les indices : que savez-vous sur le thing ?

6 Quelques sigles à connaître

EEC (European Economic Community) = CEE (Communauté économique européenne)

EU (European Union) = UE (Union européenne)

GNP (Gross National Product) = PNB (Produit National Brut)

IMF (International Monetary Fund) = FMI (Fonds monétaire international)

NATO (North Atlantic Treaty Organization) = OTAN (Organisation du traité de l'Atlantique nord)

OECD (Organisation for Economic Cooperation and Development)
= OCDE (Organisation de coopération et de développement économique)

OPEC (Organisation of Petroleum Exporting Countries)
= OPEP (Organisation des pays exportateurs de pétrole)

STD (Sexually Transmitted Disease) = MST (Maladie sexuellement transmissible)
UFO (Unidentified Flying Object) = OVNI (Objet volant non identifié)
UNO (United Nations Organization) = ONU (Organisation des Nations unies)
WHO (World Health Organization) = OMS (Organisation mondiale de la santé)

7 Quelques problèmes d'interprétation

A Les particules adverbiales

Les particules adverbiales modifient le sens des verbes qu'elles accompagnent. En voici quelques-unes :

about	It's nice to walk **about** and see the sights.	→ de-ci, de-là
	The company is **about** to go bankrupt.	→ sur le point de
across	I came **across** Mr Jones in Moscow.	→ rencontre
	The goods will be shipped **across** the ocean in air-tight containers.	→ traversée
along	They rode **along** for a few minutes.	→ mouvement en avant
	Come **along**!	→ accompagnement
away	His worries are taking time **away** from his duties.	→ éloignement
	She was typing **away**, listening to the radio.	→ continuité
back	Come **back** about two o'clock.	→ mouvement en arrière
	Don't answer **back**.	→ riposte
by	Trains flashed **by** them.	→ passage
down	Sit **down** and have a talk.	→ mouvement vers le bas
	The prices have gone **down** again.	→ diminution
for	I'm going to run **for** president.	→ but
in	The roof started to cave **in**.	→ mouvement vers l'intérieur
	Fill **in** the form and send it back to us.	→ écriture (formulaires)
off	He's been laid **off**.	→ interruption
	It sold **off** last fall.	→ fin
	Maybe the bracelet fell **off** Jane's wrist.	→ éloignement
on	Prices keep **on** soaring.	→ mouvement continu
	The computer is **on**.	→ en fonctionnement
out	The computer works **out** where it is.	→ extraction
	Time is running **out**.	→ épuisement
	The secretary handed **out** the files.	→ distribution
	The press churns **out** one page after another.	→ mouvement vers l'extérieur
over	I've said this over and **over** again.	→ répétition
	Game **over**.	→ fin
through	Let's go **through** the dossier again.	→ passage, traversée
up	I need to check **up** on holiday destinations.	→ mouvement vers le haut
	Do you know who you are **up** against?	→ face-à-face
	What are they getting **up** to?	→ préparation

B Les formes en -ing

Les formes en **-ing** peuvent se traduire :

- **par un nom**

The **launching** of a new advertising campaign needs to be perfectly planned.

→ Le lancement d'une nouvelle campagne de publicité doit être planifié à la perfection.

- **par un participe présent**

One day, **looking** down the ad. column of the "Evening Standard"…

→ Un jour, en parcourant la colonne des petites annonces dans l'*Evening Standard*…

- **par un infinitif**

Many people prefer **working** in an open-plan office.

→ Beaucoup de gens préfèrent travailler dans un bureau en *openspace*.

- **par une proposition**

Their **filing** a petition in bankruptcy is terrible news for all the employees.

→ Le fait qu'ils déposent le bilan est une terrible nouvelle pour tous leurs employés.

C Les formes passives

Le passif est beaucoup plus souvent employé en anglais qu'en français. Il se traduit de différentes manières :

- **« on »**

We **were advised** to contact you. → On nous a conseillé de prendre contact avec vous.

- **une forme impersonnelle**

What **should be done**? → Que faudrait-il faire ?

- **une forme pronominale**

Her ambition **can be understood** if you consider the kind of life she's had.

→ Son ambition peut se comprendre si l'on regarde le genre de vie qu'elle a menée.

- **une forme active avec changement de verbe**

Your representative **was supposed** to contact us last week.

→ Votre représentant devait nous contacter la semaine dernière.

- **un passif**

They will have to face telling their customers that the goods **had not been cleared** through customs.

→ Ils devront se résoudre à dire à leurs clients que la marchandise n'avait pas été dédouanée.

3 La présentation orale

Il s'agit de proposer une présentation structurée de l'article dans laquelle vous mettrez en évidence le thème principal, avant de présenter les faits et d'expliquer les raisons et les solutions avancées par le journaliste.

1 La méthode

- Vous devez dans un premier temps **repérer le thème et le(s) point(s) de vue exprimé(s)** dans le texte (la **thèse** du texte), puis faire une explication qui introduise le document et restitue son contenu de manière ordonnée, en hiérarchisant les informations.
- La plus grande difficulté est de ne garder que l'essentiel, de déterminer si l'information a de l'importance ou si elle ne sert qu'à rendre l'article plus vivant. La presse anglophone utilise souvent une anecdote en début d'article pour introduire l'idée, le problème qui va être développé ensuite, ce qui permet au lecteur de bien en mesurer les applications concrètes.

Exemple
Pour introduire un article sur la peine de mort aux États-Unis, le journaliste commencera par décrire la situation d'un condamné dans le couloir de la mort d'une prison du Texas. Attention, dans ce cas-là, à ne pas présenter l'article comme portant sur cette personne alors qu'elle n'est que l'illustration du problème.

Conseil
Vous pouvez noter les idées principales au brouillon et ensuite voir comment elles s'articulent. **Faites des flèches**, mettez les idées en relation, demandez-vous quelle est la cause ou la conséquence, ce qui est positif ou négatif. Vous pouvez aussi faire un tableau pour classer les idées au fur et à mesure de la lecture.
Notez les points importants que vous voulez aborder, ainsi que le lexique et les structures qui vont vous permettre de parler du document. Ne perdez pas de temps à rédiger des phrases de présentation : vous n'êtes pas censé lire un discours mais participer à une conversation.

- Il est difficile de donner des règles précises dans ce domaine, tant il est vrai que cela va dépendre du texte que vous aurez sous les yeux. On peut tout de même dire que les noms de personnes sont généralement peu importants, à moins qu'il ne s'agisse de personnalités connues dans la vie publique ou dans le domaine professionnel. De même, pour les noms de lieux, essayez d'évaluer si l'endroit a de l'importance en lui-même, ou s'il représente seulement un type d'endroit lié à un type d'activité ou de problème.

2 La mise en œuvre

A L'introduction

C'est l'introduction qui donne la première impression.

- Vous pouvez éveiller la curiosité de l'examinateur par une phrase d'accroche qui présente le sujet en rappelant un fait historique ou d'actualité qui permet de replacer le texte dans un contexte plus large ou bien par une anecdote personnelle ou une définition des termes du sujet.
- L'introduction doit indiquer **l'origine** du ou des documents (les sources), et la **date** (l'année peut

suffire si vous avez plusieurs documents). Vous devez bien connaître les noms des principaux journaux et magazines britanniques et américains, de manière à pouvoir donner cette précision dans l'introduction.

• L'introduction doit également annoncer le **thème principal** du ou des document(s), et annoncer une **problématique**, c'est-à-dire les grands axes autour desquels s'organise votre compte-rendu.

Remarque

Ne dites pas *~~This document of the Guardian on the seventh of March 2013~~ mais *This article published in The Guardian on the seventh of March, 2013...*

B Le développement

C'est dans le développement que vous détaillez les axes évoqués dans l'introduction. Soyez précis et concis.

Vous devez en général identifier les éléments suivants :

1. *The subject / the topic*

En une phrase concise, et avec la plus grande précision possible, indiquez quel est le sujet du texte, puis répondez aux questions What / Where / When. Faites comme si l'examinateur ne connaissait pas le texte : c'est à vous de l'éclairer.

N'oubliez pas qu'un article de presse est nourri de l'actualité. La question principale pour le lecteur est donc What's new?

2. *The subject in detail*

Why / who / causes / examples / consequences / problems / solutions

3. *The debate*

S'il y a débat, repérez les participants et regroupez-les selon les points de vue et les opinions exprimés : opponents / supporters, arguments in favour / arguments against.

Les éléments 1, 2 et 3 sont très factuels et constituent la colonne vertébrale de votre explication.

Remarque

Il s'agit de développer des idées logiques, adaptées au texte, et de manière organisée. Montrez que vous êtes capable de prendre du recul par rapport au document et de ne pas vous limiter à votre propre opinion. Vous pouvez donner votre avis sur la question évoquée par le texte mais de façon aussi subtile, nuancée et argumentée que possible. Ne cherchez pas à plaquer un cours ou des connaissances si ce n'est pas absolument pertinent.

4. *Significance of the phenomenon in the world today*

Est-ce un phénomène nouveau, qui a des échos dans le passé, des conséquences dans le futur ? Soignez ce point qui prépare et introduit l'entretien en invitant l'examinateur à vous suivre.

N'oubliez pas les mots de liaison pour hiérarchiser les idées.

C La conclusion

• Il s'agit là de rendre compte de la conclusion explicite ou implicite du texte, ce qui revient à résumer la question centrale, ses enjeux, ou les perspectives envisagées pour l'avenir. Une phrase suffit !

• La conclusion ne doit en aucun cas répéter les éléments de votre introduction, ni se contenter de reprendre votre plan. Rien de pire qu'une introduction qui annoncerait « Je vais maintenant vous expliquer A, B et C. » suivie d'une conclusion qui dirait : « Nous avons donc vu A, B et C. » Il faut essayer de poser une question, d'ouvrir sur un autre sujet, de montrer en quoi l'article a permis à votre réflexion d'avancer.

Conseil

Ne terminez jamais par *That's all!* mais faites en sorte que votre attitude, votre intonation et vos propos signalent que vous êtes parvenu au terme de votre exposé, et que vous êtes maintenant prêt à entamer l'entretien.

4 Répondre aux questions

Le but de l'entretien est de permettre à l'examinateur d'**évaluer votre aptitude à échanger à l'oral en anglais**. Les instructions officielles recommandent une conversation sur l'article. Il ne s'agit pas de vous piéger, mais de vous tendre des perches qui vous permettent de prendre part à cette conversation.

1 Comprendre ce que l'on vous demande

Les questions que l'examinateur peut vous poser sont de plusieurs types.

A Les questions de compréhension

- On vous demande d'expliciter un passage, une expression, ou un mot du texte :

Exemple

• On vous demande d'expliquer ce que Bridget Hogg veut dire dans la phrase suivante : "I would advise any secretary thinking about taking a job where hot-desking is the norm to carefully consider their suitability to this way of working."

• Vous devez montrer que vous comprenez cette phrase longue et complexe. Il faut reformuler, c'est-à-dire employer des mots différents pour dire la même chose.

- On peut vouloir vérifier si vous avez bien compris les enjeux du texte et si vous êtes capable de les expliquer :

Exemples

• Do you think the job-for-life culture is coming to an end?

Il vous faudra, en relisant le texte, essayer de définir l'expression job-for-life culture. Il s'agit d'en comprendre le sens par contraste avec ce qui est décrit comme étant la tendance actuelle.

• According to the text, do all the new developments expected from Poland's entry into the EU make Polish farmers happy? What are their reasons for being happy and their fears?

Dans une question de ce type, certains éléments doivent attirer votre attention et orienter votre réflexion : dans la première question le mot all suggère la possibilité d'une restriction (not all the developments, only some of them do, the others don't) confirmée dans la question suivante par l'opposition happy / fears.

Conseil

Ayez préparé quelques phrases au sujet des stages que vous avez effectués, de ce que vous y avez appris, du type d'entreprise et d'activité dont il s'agissait. Vous ne serez pas nécessairement interrogé à ce propos, mais vous produirez une impression désastreuse si vous n'êtes pas capable de décrire votre expérience en deux mots. Cherchez le vocabulaire utile, faites-vous une fiche. Sachez également parler de vos projets professionnels et personnels.

B Les questions personnelles

On vous demande votre avis, on s'intéresse à votre expérience, à votre réflexion autour du thème général du texte, à vos connaissances, à votre culture dans votre domaine professionnel :

Do you think e-mailing is threatened by the rise of spam, scams and viruses?

Would you like to work as a temp?

2 Trouver les éléments de réponse

A Comment procéder

• **Pour répondre aux questions de compréhension,** il suffit souvent de **reformuler** et de clarifier le sens du passage. Une paraphrase intelligente montre en général que vous avez bien compris. Si ce n'est pas le cas, vous pouvez prendre quelques précautions oratoires et dire :
I'm not sure but I think that the journalist means that… / What I understand is that…

• **Pour répondre aux questions plus personnelles,** il faut rassembler rapidement quelques idées, puis les exposer de façon simple et cohérente. Ne commencez pas par donner votre opinion, même si on vous la demande : exposez brièvement le sujet, ses enjeux, les divers arguments possibles, et donnez votre avis à la fin. Il s'agit de montrer que vous êtes capable de prendre du recul.

• **Pour amorcer votre réflexion** lorsqu'on vous demande votre opinion à l'aide d'une question fermée du type : Do you think e-mailing is threatened by the rise of spam, scams and viruses?, **pensez aux axes oui/non/peut-être**, ou bien encore passé/présent/futur.

B Vocabulaire utile

• **Opinion**

I think that… I believe that… In my opinion… It seems to me that… My opinion is that… For my part,… In my case,…

• **Doute / certitude**

I doubt that… I have great doubts about… I'd hesitate to say… I wonder whether… Obviously / Of course…

No doubt / Undoubtedly… It is true that… I feel (quite) certain that… I am (rather) convinced that…

• **Goûts**

I like / I enjoy / I am fond of / I am keen on + nom ou -ing… I don't think much of… I dislike / I hate

• **Préférences**

I much prefer sthg to sthg… I prefer to do sthg than to do sthg… I prefer doing sth than doing sth… I'd rather do this than do that…

3 Adopter la bonne attitude

L'examinateur s'intéresse certes au contenu de votre exposé, mais également à la manière dont vous le présentez : c'est bien d'une épreuve orale qu'il s'agit.

Conseil

Ne lisez pas vos notes, regardez l'examinateur, parlez clairement, et souriez.

• **Ne parlez pas français.** L'effort que vous faites pour vous exprimer correctement en anglais compte autant que ce que vous dites. Utilisez des périphrases pour dire les choses autrement. En dernier recours, vous pouvez demander « What's the English for…? », mais n'en abusez pas, car cela interrompt le rythme de votre exposé.

• **Soignez la prononciation.** On aura du mal à vous pardonner d'avoir mal prononcé **au**thor, **ar**ticle, **jour**nalist, **writ**ten (sans diphtongue!), **wri**ter (avec diphtongue), etc.

4 S'entraîner

A En classe

L'entraînement à l'oral, qui se fait tout au long de l'année, est essentiel.

• **Prenez l'habitude de réagir à tous les documents proposés,** même ceux qui a priori ne vous intéressent pas. Prenez la parole, répondez à vos camarades, contredisez-les ou dites-leur que vous êtes d'accord avec eux, etc. Plus vous jouerez le jeu, moins vous serez déconcerté le jour de l'épreuve.

• **Apprenez à donner votre opinion,** à exprimer votre accord ou votre désaccord, à nuancer votre pensée.

B Chez vous

• Écoutez de l'anglais

Pour vous familiariser avec des accents, des débits différents, et apprendre à repérer les intonations et les rythmes naturels de la langue, il est indispensable de profiter de toutes les occasions d'écouter de l'anglais (ou de l'américain) authentique.

Vous pouvez écouter la radio en direct et regarder les chaînes de télévision anglaises et américaines. Sur Internet, vous pouvez vous abonner aux **podcasts de la BBC**, regarder **les vidéos du *New York Times***, etc. Vous aurez tout intérêt à consulter les sites suivants :

→ **BBC** www.bbc.co.uk
• BBC World service podcasts www.bbc.co.uk/podcasts/worldserviceradio
• 60 Second Idea to Improve the World (5') www.bbc.co.uk/podcasts/series/forum60sec

→ **Radio 4 podcasts** www.bbc.co.uk/podcasts/radio4
• Best of today – news & analyse (8') www.bbc.co.uk/podcasts/series/today

→ **American radio**
• VOA (Voice of America) www.voanews.com
• NPR (National Public Radio) www.npr.org
• WABC Radio www.wabcradio.com actualités et débats. Cliquez sur le bouton 'Live listening'.

→ **Sites d'actualités avec supports vidéo et audio**

PRESSE BRITANNIQUE
• *The Guardian* www.guardian.co.uk et www.guardian.co.uk/audio
• *The Independent* www.independent.co.uk
• *The Economist* www.economist.com

PRESSE AMÉRICAINE
• *The New York Times* www.nytimes.com et www.nytimes.com/pages/podcasts/index.html
• *The Washington Post* www.washingtonpost.com
• *USA Today* www.usatoday.com
• *Slate* www.slate.com

→ **Télévision**
• CNN us.cnn.com, articles et vidéos sur us.cnn.com/videos
• CBS News & CBS Evening News www.cbsnews.com, articles et vidéos
• Sky News, télévision en direct et à la demande news.sky.com

• Intéressez-vous à l'actualité

Lisez la presse, écoutez la radio, les informations des pays anglophones.
Soyez attentifs à l'actualité et cherchez-y des illustrations aux notions que vous étudiez en classe : vous aurez ainsi davantage de choses à dire.

• Faites des fiches thématiques de vocabulaire

Pour chacune des notions que vous aurez abordées dans l'année, notez le vocabulaire utile, les associations de mots les plus fréquentes, les expressions idiomatiques. Vous gagnerez du temps pour vos révisions et il vous sera plus facile de mobiliser le lexique utile le moment venu.

5 Lecture

L'examinateur peut vous demander de lire un passage du texte. Il s'agit d'un test de compréhension tout autant que d'une évaluation de votre prononciation.

1 Quelle stratégie ?

• Il faut avoir bien compris pour pouvoir bien lire. Il est donc logique de préparer cette partie de l'exercice en dernier, une fois que vous avez bien compris le texte. En effet, la lecture trahira immédiatement une mauvaise compréhension du passage.

• Réservez quelques minutes en fin de préparation pour relire le passage attentivement.

• Crayon en main, notez les syllabes accentuées, marquez les pauses et les endroits où vous ne devez pas en faire, interrogez-vous sur la phonétique des voyelles.

Conseil

Entraînez-vous à bien lire les grands nombres pour n'avoir aucune hésitation le jour de l'examen.
100 = one **hun**dred / a **hun**dred
1,000 = one **thou**sand / a **thou**sand
3,257 = **three thou**sand **two hun**dred and **fif**ty **se**ven
10,000 = **ten thou**sand
100,000= **one hun**dred **thou**sand
1,000,000 = 1m = **one mil**lion
65,879,000 = **six**ty **fi**ve **mil**lion **eight hun**dred and **se**venty **ni**ne **thou**sand

2 Quelques principes

Voir p. 394

• Pour que la lecture soit compréhensible, il faut qu'elle réponde à plusieurs conditions :
– les mots doivent être correctement prononcés et correctement accentués ;
– les pauses doivent tenir compte du sens et de la grammaire du texte ;
– le rythme et l'intonation doivent obéir aux règles de prononciation de l'anglais.

• La lecture à haute voix se fait en particulier sur le principe des groupes de sens : on ne sépare pas les éléments qui font sens ensemble. De manière générale, on lie le verbe et son complément d'objet direct. On ne sépare pas la particule adverbiale et le verbe, le déterminant et le nom, l'adjectif et le nom.

• Observez les syllabes accentuées (en gras), les pauses de respiration (/) et les pauses entre les groupes de sens (//) dans le passage suivant.

With a **work**force of just **o**ver 491,000 in 2013, // the **Unit**ed **Sta**tes **Pos**tal **Ser**vice / (USPS) // is **se**cond **on**ly to **Wal**mart / a**mong ci**vilian em**plo**yers in A**me**rica. / But it **still** em**plo**yed **mo**re than 200,000 **fe**wer **peo**ple last year / than it did just **ni**ne years **ear**lier // —when it **han**dled **near**ly 500m **more pie**ces of mail / and had **al**most 2,000 more **re**tail **o**ffices. // The **ri**se of **e**-mail has left A**me**rica's **mass**ive **pos**tal **ser**vice / with **far** less to do, // and it has been **scram**bling to find **ways** to raise **re**venue.

The Economist, April 19th 2014

3 S'entraîner

• Lire à haute voix et s'enregistrer sont les seuls moyens de progresser véritablement et de comprendre en profondeur les mécanismes de l'exercice.

Conseil

On trouve facilement sur Internet de petits logiciels d'enregistrement gratuits, comme Audacity. Ils conviennent parfaitement pour cet usage.

• Des sites comme celui de *The Economist* www.economist.com ou celui de la BBC (Learning English) proposent des enregistrements des articles que vous lisez à l'écran. Le site eman.free.fr/prepa-colle/, destiné aux élèves des classes préparatoires scientifiques et commerciales, propose un ensemble d'articles avec leurs scripts, enregistrés dans un anglais très clair. C'est un matériau excellent pour l'entraînement dont vous avez besoin.

• Vous pouvez procéder de deux manières :
– écoutez l'enregistrement et lisez l'article en même temps en silence. Avec un crayon, notez les pauses, les accents de mots, les intonations, les sons qui vous surprennent. Ensuite, lisez à votre tour, à haute voix. Enregistrez-vous, puis réécoutez et comparez ;
– lisez un passage du texte en silence. Notez au crayon toutes les indications utiles, puis lisez à haute voix en vous enregistrant. Comparez avec l'enregistrement du texte.

6 Éléments de phonétique

Quelques règles simples peuvent vous éviter les erreurs les plus courantes pour des francophones. Entraînez-vous régulièrement pour être prêt le jour J.

1 L'accent de mot

Parfois appelé **accent tonique**, l'accent d'un mot est un élément essentiel de la prononciation de l'anglais. On dit qu'une syllabe est « accentuée » ou « non accentuée ». La place de l'accent de mot est déterminée par plusieurs éléments : l'origine étymologique du mot (germanique, latine ou autre), la présence d'un préfixe ou d'un suffixe et la nature de celui-ci. Nous donnons ici les grandes lignes.

- **La plupart des noms et des adjectifs de deux syllabes** sont accentués sur la 1re syllabe, sauf s'il s'agit d'un préfixe.

Exemple : **ha**ppy, **fa**ther, **pic**ture mais sur**prise**, com**plaint**, re**act**.

- **La plupart des verbes de deux syllabes** sont accentués sur la 2e syllabe.

Exemple : re**peat**, re**lax**, en**joy**, for**get**, mais **can**cel, **co**py, et les verbes en **-en** ou **-er** : **lis**ten, **ha**ppen, **an**swer, **en**ter.

⚠ Quand le nom et le verbe sont identiques, la syllabe accentuée permet de les distinguer à l'oral.

Exemple : record (**re**cord / re**cord**), contrast (con**trast** / **con**trast), export (**ex**port / ex**port**), object (**ob**ject/ ob**ject**), present (**pre**sent / pre**sent**), produce (**pro**duce / pro**duce**), protest (**pro**test / pro**test**), rebel (**re**bel / re**bel**). Mais **pic**ture, **pro**mise, **tra**vel, **vis**it sont toujours accentués sur la première syllabe.

- **Les mots de trois syllabes** sont également accentués sur la 1re syllabe sauf s'il s'agit d'un préfixe (ils sont alors accentués sur la 2e syllabe).

Exemple : **pos**sible, **hon**esty, **po**sition ... mais im**pos**sible, dis**ho**nesty, de**po**sit, ac**know**ledge, pre**cau**tion.

Entraînez-vous à lire ce dialogue en respectant l'accentuation indiquée sous chaque mot
(● = syllabe accentuée ; • = syllabe non accentuée) :

John: When do you begin your internship?
•● ●• •

Mary: On the twentieth of September.
●•• •●•

John: Really? Next Wednesday?
●•• ● •

Mary: I'm starting in the morning.
●• ●•

John: So when are you leaving?
●•

Mary: Tomorrow.
•●•

John: And when will you be back in Paris?
● •

Mary: Saturday November the thirteenth.
● • • • ● • • ●

John: The thirtieth?
● • •

Mary: No, the thirteenth!
• ●

• **Les suffixes dits « neutres »** ne déplacent pas l'accent du mot de départ.

- -able : *__fa__shion* → *__fa__shionable*
- -al : *__per__son* → *__per__sonal*
- -dom : *__mar__tyr* → *__mar__tyrdom*
- -ed : *re__co__ver* → *re__co__vered*
- -en : *__light__* → *__light__en*
- -er : *pro__duce__* → *pro__du__cer*
- -ful : *suc__cess__* → *suc__cess__ful*
- -hood : *__bro__ther* → *__bro__therhood*
- -ing : *__co__ver* → *__co__vering*
- -ish : *e__le__ven* → *e__le__venish*
- -ism : *__te__rror* → *__te__rrorism*
- -ist : *gui__tar__* → *gui__ta__rist*
- -ling : *__change__* → *__change__ling*
- -ly : *po__lite__* → *po__lite__ly*
- -man : *po__lice__* → *po__lice__man*
- -ment : *a__gree__* → *a__gree__ment*
- -or : *re__act__* → *re__ac__tor*
- -ship : *__in__tern* → *__in__ternship*
- -some : *__trou__ble* → *__trou__blesome*
- -wise : *__o__ther* → *__o__therwise*
- -y : *__wi__llow* → *__wi__llowy*
- -ess : *__duke__* → *__du__chess*
- -less : *__pe__nny* → *__pe__nnyless*
- -ness : *__ha__ppy* → *__ha__ppiness*

• **Les suffixes dits « non neutres »**, modifient la place de l'accent dans le mot de départ :

– cas où l'accent tombe sur **le suffixe.**

- -aire : *mi__llion__* → *millio__naire__*
- -ee : *em__ploy__* → *employ__ee__*
- -eer : *__en__gine* → *engi__neer__*
- -ese : *__jour__nal* → *journa__lese__*
- -esque : *__pic__ture* → *pictu__resque__*
- -ette : *__laun__der* → *launde__rette__*
- -eur : *entrepre__neur__*
- -fy : *terri__fy__*
- -ique : *bou__tique__*
- -ise : *ad__vise__*
- -oon : *car__toon__*

– cas où l'accent tombe sur **la syllabe placée avant le suffixe.**

- -eous : *cou__ra__geous*
- -ia(n) : *pneu__mo__nia*
- -ial : *fi__nan__cial*
- -ic(s) : *eco__no__mics*
- -ical : *his__to__rical*
- -ient : *re__si__lient*
- -ion : *organi__za__tion*
- -ity : *natio__na__lity*
- -ium : *plane__ta__rium*
- -ive : *in__tru__sive*
- -logy : *ide__o__logy*

• Notez que les dérivés d'un nom en -tion sont accentués sur la même syllabe que lui : consti**tu**tional, **func**tional, insti**tu**tional, in**ten**tional, inter**na**tional.

Remarque

Exceptions à la règle du suffixe **-ic** : **ca**tholic, **lu**natic, **po**litic, **rhe**toric, a**rith**metic, **A**rabic.

2 L'accent de phrase

L'alternance de syllabes accentuées, légèrement accentuées, ou pas accentuées constitue la structure orale du mot, mais aussi de la phrase, et lui donne son rythme et sa musicalité.

A Accentuation

• Les mots accentués sont ceux qui portent un contenu lexical, une information. Il s'agit des noms, des verbes principaux, des adjectifs. On accentue également les pronoms possessifs et démonstratifs, les pronoms interrogatifs, les formes négatives contractées, les adverbes, les particules adverbiales ou bien encore les mots grammaticaux de deux syllabes comme about, across, because, etc.

- Les mots non accentués sont les autres mots fonctionnels : articles, auxiliaires, pronoms personnels, adjectifs possessifs et démonstratifs, prépositions et conjonctions.
- À l'oral, ce sont les mots accentués qui vous permettent de repérer les idées-clés.

> **Exemple :** Rela**tions** bet**ween** the **com**panies that cre**ate** **me**dia **pro**ducts and **those** that dis**tri**bute them have **long been poor**.

B Régularité du rythme

- Les syllabes accentuées sont généralement séparées par un « blanc », un léger silence, comme dans la phrase Dogs chase cats (Les chiens pourchassent les chats). On peut ajouter des syllabes non accentuées dans ces « blancs » sans que le rythme soit modifié.

• Observez :

	●		●		●
	DOGS		**CHASE**		**CATS**
	DOGS	have	**CHASED**		**CATS**
The	**DOGS**	will	**CHASE**	the	**CATS**
The	**DOGS**	have been	**CHASing**	the	**CATS**
The	**DOGS**	could have been	**CHASing**	the	**CATS**

> **Conseil**
>
> Entraînez-vous à lire ces mots, phrases et expressions en respectant le schéma accentuel.
> ● • = première syllabe accentuée, deuxième syllabe non accentuée.
> ○ • ● = première syllabe légèrement accentuée, deuxième syllabe non accentuée, troisième syllabe accentuée, dernière syllabe non accentuée.
> Vous pouvez également vous enregistrer. Cela vous permet ensuite de vous réécouter d'une oreille critique.

• Quelques schémas accentuels courants :

● • mother Do it. Tell them.	• ● relax She comes. You did?	● • • president Look at her! Go away.	• • ● guarantee He's arrived. Where's the cat?
• ● • important I've seen her. I love you.	● • ● Come and see. Don't forget. What's your name?	● ● • No problem! Don't worry! Please help us.	• ○ • ● a piece of cake The shop was closed. It's time to go.
○ • ● • education John's a teacher. See you later.	● • • ● Give me a call. Where do you live? How do you do?	• ○ • ● • communication I think I know her. I want some coffee.	○ • ● • • nationality Come to Mexico. Where's your bicycle?

7 Boîte à outils

1 Des mots de liaison utiles

• Pour ajouter une idée, un argument

Then / Next : alors, ensuite
Besides / What is more : de plus, qui plus est
Moreover / Furthermore : en outre
In addition / On top of that : de plus
Similarly / Likewise : de même
Especially since / As : d'autant plus que

• Pour indiquer la cause

Because of + nom / on account of + nom : à cause de + nom
Due to + nom : en raison de + nom
Owing to + nom : par suite de / en raison de + nom
Thanks to + nom : grâce à + nom
Since : puisque
Because : parce que

Exemple : **Since / As / Because** time is money, customers with pressing requests are willing to dig a little deeper into their pockets. → **Étant donné que** le temps c'est de l'argent, les clients pressés ne voient pas d'inconvénient à mettre la main au porte-monnaie.

• Pour expliquer les conséquences

Therefore : donc
Consequently / As a result / Accordingly : par conséquent
That's why : c'est pourquoi
That's the reason why : c'est la raison pour laquelle
… , so much so that… : à tel point que
So : alors Thus : ainsi

Exemple : Companies are designing bigger offices **so that** they create more motivated staff.
Companies are designing bigger offices. **As a result** / **Consequently** they create more motivated staff.
→ Les entreprises conçoivent des bureaux plus grands, **de telle sorte** que les employés sont davantage motivés.

• Pour faire des concessions, exprimer des réserves

Although / Even though / Even if : même si…

Exemple : Most companies rely on their employees' good judgement **although** / **even though** / **even if** human resource directors agree that sometimes employees can push business casual too far.
→ La plupart des entreprises font confiance au bon sens de leurs employés, **même si** certains directeurs des ressources humaines s'accordent à dire que les employés poussent parfois la décontraction un peu loin.

In spite of / Despite + nom : malgré + nom
No matter what / who / where : quoi que / qui que / où que

Exemple : **No matter what** the surveys say, dress codes are still very much the norm in companies.
→ **Quoi qu'**en disent les études, les codes vestimentaires sont toujours bien présents dans les entreprises.

All the same : tout de même
Nevertheless : pourtant
Nonetheless / Still : malgré tout

• Pour exprimer le contraste, l'opposition

On the one hand : d'une part
On the other hand : d'autre part
However / Yet : cependant
In fact / Actually : en réalité
As opposed to… / Unlike : à la différence de

Exemple : **Unlike** paper ID, biometric ID is tamperproof.
→ **Contrairement aux** papiers d'identité, l'identification biométrique est infalsifiable.

On the contrary : bien au contraire
By contrast : par contraste
Conversely : inversement
Whereas : alors que

Exemple : Biometric ID is tamperproof, **whereas** paper ID isn't.
→ L'identification biométrique est infalsifiable, **tandis que** les papiers d'identité ne le sont pas.

Despite / in spite of : malgré

Exemple : Despite / In spite of all that, John remains convinced that a blanket ban is the best way to go.
→ **Malgré** tout cela, John demeure persuadé qu'une interdiction totale est la meilleure solution.

• Pour faire le bilan

All in all / Finally : finalement, tout compte fait
Last (but not least) : finalement
As a matter of fact : à vrai dire, en réalité
In short / In brief : en résumé
In a nutshell : en deux mots
In conclusion : en conclusion
To conclude : pour conclure
All things considered : tout bien considéré

• Pour exprimer une alternative

Either you get down to work, **or** you are fired. → **Ou** vous vous mettez au travail **ou** vous êtes renvoyé.
Neither our customers **nor** our suppliers have ever met the boss. → **Ni** nos clients **ni** nos fournisseurs n'ont jamais vu le patron.

2 Des expressions utiles

avoir du mal à + inf	to find it difficult / hard to + inf / to have trouble + – ing
avoir le droit de	to have a right / to to be entitled to / to be allowed to
avoir raison (de + inf)	to be right / wrong (to + inf)
correspondre à	to correspond to
envisager	to intend / to plan
être conscient de	to be aware of
être d'accord avec	to agree with
être en jeu	to be at stake
être responsable de	to be responsible for / to be in charge of
être sur le point de	to be about to / to be on the verge of + nom ou – ing
exigeant	demanding
exportation	export
face à (cette situation)	faced with / in the face of
faire du sport	to play sports / to go in for sports
faire partie de	to belong to / to be part of
faire pression sur	to exert pressure on sb / to pressure sb into + – ing
faire preuve de	to show
faire ressortir	to bring out / to stress / to enhance
jouer un rôle	to play a part
mettre en danger	to endanger
mettre en doute	to jeopardize / to question
prétendre que	to doubt
profiter de	to claim that
provoquer	to take advantage of
rater	to cause / to miss (the train) / to fail (an exam) / to carry out (a project)
réaliser	to fulfil (a dream)
se rendre compte	to realize
résoudre	to solve
risquer de	to be in danger of + – ing / to run the risk of + – ing
s'adapter à	to adapt to
s'avérer	to turn out
s'opposer à	to object to
tenir compte de	to take into account

3 Les faux-amis

Il faut distinguer deux listes : d'une part, les mots qui sont toujours des faux-amis, et d'autre part ceux dont le premier sens n'est pas le même qu'en français mais qui peuvent aussi avoir le même sens que le mot français auquel ils ressemblent.

A Les mots qui sont toujours des faux-amis

accommodation	logement
to achieve	atteindre, réaliser
actual / actually	réel / en réalité
(in) actuality	en réalité
advertisement	annonce publicitaire
to advocate	préconiser
affluence	richesse, abondance
affluent	riche
agonizing	angoissant
alien	étranger
to apologize	s'excuser
appointment	nomination sur un poste
to assist	aider
to assume	supposer
to attend	assister à
ballot	vote, bulletin de vote
to bribe	donner des pots-de-vin
chance	hasard
change	changement, monnaie
college	faculté
commodity	marchandise, denrée
confectioner	confiseur
con man	escroc
corporation	compagnie commerciale
current	actuel
to deceive	tromper
deception	tromperie, duperie
delay	retard
deputy	adjoint
to design	concevoir
directions	instructions, mode d'emploi
dramatically	de façon spectaculaire
engross	absorber
eventually	en fin de compte
evidence	preuves, témoignage
extra	supplémentaire
fabric	tissu
facilities	équipements
fastidious	exigeant
figure	chiffre
to furnish	meubler
furniture	meubles
gratuity	pourboire
gross	brut
hazard	danger, risque
hazardous	dangereux, risqué
inconvenient	malcommode, gênant
issue	problème, numéro
journey	voyage
labour	main-d'œuvre, travail pénible
large	grand
licence	autorisation, permis
lime	citron
location	situation, emplacement
luxury	luxe
malice	méchanceté
notoriety	mauvaise réputation
novel	roman
patron	client
petrol	essence
piece	morceau
place	endroit
policy	ligne politique, stratégie
politics	la politique
to prove	se révéler, s'avérer
rampant	effréné
to regard	considérer
to qualify	nuancer
rate	taux, cadence
to rest	se reposer
rude	mal élevé
sensible	sensé, raisonnable
supplier	fournisseur
sympathetic	compréhensif, compatissant
trivial	insignifiant
utilities	services publics : eau, gaz, etc.
valid	valable, etc.

Et tous les faux-amis qui concernent l'argent :

money	argent
change	monnaie
coin	pièce de monnaie
currency	monnaie légale d'un pays
note	billet

B Les faux-amis qui ont parfois le même sens que le mot français auquel ils ressemblent

application	candidature
argument	dispute ; argument
benefit	allocation ; bénéfice
competition	concurrence, competition
to complete	terminer ; compléter
confidence	confiance ; optimisme ; confidence
to consider	envisager ; considérer
to contemplate	envisager ; contempler
customs	douane ; coutumes
degree	diplôme universitaire ; degré
to demand	exiger, demander
demonstration	manifestation ; démonstration
department	ministère ; rayon ; département
exchange	le change ; un échange
to expose	dénoncer ; exposer au soleil, au chaud, au froid excessifs
file	dossier ; lime ; file
habit	habitude ; tenue, habit
intelligence	renseignements ; espionnage ; intelligence
to introduce	présenter ; introduire
pipe	tuyau ; pipe
platform	quai de gare ; estrade, plate-forme
prejudice	préjugé ; préjudice
to pretend	faire semblant ; prétendre, affirmer
relief	soulagement, secours ; [adj.] en relief
to replace	remplacer, remettre en place
resignation	démission ; résignation
rest	repos ; support, appui ; reste
to resume	reprendre ; résumer
tank	réservoir ; cuve, citerne ; aquarium ; tank (char d'assaut)

Crédits photographiques
p. 71 (haut) : © Ruth Black/Shutterstock.com
p. 71 (bas) : © Ink Drop/Shutterstock.com.
p. 344 (gauche et droite) : © Shutterstock
p. 347 : © Shutterstock
p. 348 : © Shutterstock
p. 350 : © Bridgeman Images
p. 354 (haut et bas) : © Shutterstock
p. 361 (haut, milieu et bas) : © Shutterstock
p. 368 : © Bridgeman Images
p. 370 : © Bridgeman Images
p. 375 : © Melinda Chan/Moment Open/via Getty Images

Réalisation
Mise en pages et schémas : Ma petite FaB
Schémas (partie CEJM) : CB Defretin
Couverture : Stéphanie Benoit
Édition : Justine Massel

ISBN : 978-2-01-718604-5
www.parascolaire.hachette-education.com

Achevé d'imprimer en juin 2022 en Italie par Elcograf
Dépôt légal : juillet 2022 - Édition 01
26/7730/9

PAPIER À BASE DE FIBRES CERTIFIÉES

hachette s'engage pour l'environnement en réduisant l'empreinte carbone de ses livres. Celle de cet exemplaire est de :
1,7 kg éq. CO_2
Rendez-vous sur www.hachette-durable.fr